沙棘旱柳

王 超◎著

花山文艺出版社

图书在版编目（CIP）数据

沙棘旱柳 / 王超著. 一石家庄：花山文艺出版社，2019.4

ISBN 978-7-5511-1789-0

Ⅰ.①沙… Ⅱ.①王… Ⅲ.①长篇小说一中国一当代 Ⅳ.①I247.5

中国版本图书馆CIP数据核字(2019)第033635号

书　　名：沙棘旱柳
著　　者：王　超

责任编辑：尹志秀
责任校对：李　鸥
美术编辑：胡彤亮
装帧设计：陈　淼
出版发行：花山文艺出版社（邮政编码：050061）
（河北省石家庄市友谊北大街330号）
销售热线：0311-88643221/29/31/32/26
传　　真：0311-88643225
印　　刷：大厂回族自治县正兴印务有限公司
经　　销：新华书店
开　　本：787×1092　1/16
印　　张：35.75
字　　数：620千字
版　　次：2019年4月第1版
2019年4月第1次印刷
书　　号：ISBN 978-7-5511-1789-0
定　　价：68.00元

目　　录

前　言

20世纪60至80年代，我曾在冀西北一个地方钢铁企业工作，在那里度过了一生中最美好的时光，亲身经历了从“十年动乱”、拨乱反正到改革开放二十多年间一个地方钢铁企业由小到大、迅速发展的历程，也见证了俗称塞上的那片热土由相对贫困走向富裕的巨大变化。调到石家庄工作后，过去的生活场景一直萦绕在我的心头，一些令人感动的人和事时时浮现在眼前，挥之不去。因此，我很早就萌生了将当时的所见所闻用文字描述下来的愿望——权当写一篇回忆录吧。我退休以后，这个愿望更为强烈，不写点儿东西倾吐一下似乎寝食不安，于是不顾老眼昏花和疾病缠身，毅然动笔投入写作。经过八年多的煎熬，这部作品终于诞生了，实现了我多年的夙愿。

我深知自己水平有限。我用笨拙之笔，写了点小人物的小故事，希望通过它赞美纯真美好的爱情，弘扬自强不息、忠贞重义的精神，鞭挞社会生活中存在的某些丑恶现象。

本书以沉沙钢铁总厂的发展与变迁为背景，叙述了一对恋人的生活、工作经历及其坎坷曲折的爱情故事。男主人公自幼丧母，被本村金家收养，取名金雷文。雷文与养父的次女金彩凤从小相伴，随着年龄的增长，他们感情日益深厚。15岁时，姐弟二人入庙进香私订终身，彼此起誓：非他（她）不嫁（娶）。在雷文离家上学前夕，养父还安排二人试演了一场“入洞房”仪式，雷文吃了定心丸，认为二人的婚事已是板上钉钉。不料，作风不端的养母竟以万元的高价将彩凤卖给了麻子葛存义为妻，彩凤被藏匿他县，杳无音信。其后，雷文多次多地寻找彩凤无果，痛苦万分，一对“鸳鸯”就此被拆散。雷文参加工作后，几经周折到了沉沙钢铁总厂工作，在这里，他与日夜思念的彩凤重逢了，但此时的彩凤已为他人妇并已育有二子，是随丈夫葛存义一起来到钢厂工作的。而葛存义也已任该厂机电部副主任，并且凑巧成为雷文的师傅。凭借亲戚加师徒的关系，葛存义邀请雷文到自家的小院吃住。在一起相处时，彩凤和雷文竭力掩饰炽热的恋情，以姐弟身份正常交往。但自知年龄和容貌逊色的葛存义心存猜忌，经常冷言嘲讽、无端生事。为了避免尴尬局面，雷文忍痛搬出小院，住进了工厂的单身宿舍。

彩凤是水泵工，在远离厂区的水源地看泵。雷文是维修工段的副段长。这一天突逢暴雨，在暴雨成灾行将淹泵的危急关头，巡检至此的金段长一番苦战排除了险情，保住了设备。二人虽有温情，但并无越轨举动，孰料却被人诬陷为“乱搞男女关系”，无辜遭到批判、游街，并分别受到停职、撤职的处分。为了彻底切断二人的联系，葛存义以支援三线建设的名义，携家人调往四川的西南大钢工作。这对情侣再次被拆散。金彩凤作为一个新时代的女性，在被出卖、逼婚之初，也曾反抗、逃跑，但遭到的却是捆绑、毒打。她在西南大钢工作期间，认真学习和钻研医护知识，最终成为工厂医院护理部的主任。面对与雷文的恋情屡屡受挫的现实，她除了痛苦和伤心落泪外一筹莫展，无奈之下，只能听凭命运的安排。

金雷文对彩凤的爱恋则始终坚定不移，死守“非她不娶”的承诺，坚信彩凤终将会跳出火坑，痴心等候彩凤离婚再嫁的那一天。他把对彩凤难以割舍的恋情和缠绵悱恻的思念深深地埋在心里，全身心地投入工作，终日在生产一线摸爬滚打，积极参加工厂的大会战，组织技改攻关和技术革新工作，在工厂的技术改造、治理污染和横向联合的工作中，屡建功勋，做出了突出贡献，受到了表彰，并连续得到提拔，成为全地区的拔尖人才，并当上了总厂长。

在得知葛存义病逝的消息后，他立即动情地向妻子敞开心扉，说服她同意协议离婚，并净身出户，毅然奔赴千里之外的西南大钢，向自己挚爱的彩凤郑重求婚，并最终和心上人走进了婚姻的殿堂。

书中所展现的那个年代工业战线小人物的精神追求和奋斗故事，深刻诠释了工人阶级是国家建设发展的脊梁这一主题。

第一章　往昔的日子

1

呼啸的列车上，软卧间，围坐着三个人，正在摸着扑克牌。一名长者，一身青灰衣服，像个官员。他的对面是原沉沙县副县长现调任沉沙钢铁总厂三把手的刘兴。刘兴的斜对面是中年胖子裘嘉阁。跟刘兴坐在一个铺位上的旅伴，好像姓郭，也是位中年人，也好像是个官员。还有一个站在两铺间扒眼的小后生。扑克玩耍的现场硝烟弥漫，这个甩出去，那个砸过来，后来的一个又毙了，乒乓作响。

“刘头儿，有主牌快出，洒脱一点。”那位长者在将刘兴的军。他本应管刘兴叫刘县长或刘厂长的，因是熟人的缘故，叫“头儿”，显得随便。

“好你个秦局，以为咱老刘不敢出吗？”说到此，刘兴真的一下甩出张主牌，得意地把整句话说全，“有王你就下吧！”说着刘兴又摸出了一张牌，那架势像要砸下去，两只小眼睛紧盯着那位长者，静观其变。

“下王，下王！”

“莫被假象吓住！”

旁人跟着起哄。

只见长者不慌不忙，不像是在打扑克，而像是度量一张棋盘，把小桌上散压着的牌拨弄了一下，这才甩下了一张牌，口里念念有词：“莫忙，莫忙。”两只眼也紧盯着刘兴。接下来牌打到白热化的程度，“啪啪”一阵甩牌，最终真的把这位刘副县长的小牌憋住了。接下来是一通咯咯的笑声。

刘兴展了展剩下的两张牌自嘲道：“看看就这么个小七，还有这累赘的四傻子，不诈唬几句成吗？不过还是没瞒过佛爷的眼睛，若是秦局不留下那张王压阵，我不就过去了。”说到这里他弹了下吸了半截的烟的烟灰，然后吸着烟，洗着牌，从牙缝儿里挤出了一句：“姜还是老的辣哟。”

列车“咯噔咯噔”地响着，大平原上的天地显得特宽阔，似大雨刚过，车速不快，车窗外面的田地一片一片从窗前闪过。车厢里这间卧铺间，一组旅伴继续打着扑克，几个大烟枪围拢在小桌子旁，有拼杀的，有扒眼的，烟气在狭小的铺位空间回荡着。“咳咳咳。”有人咳嗽了几声，是裘嘉阁，这一回轮到他洗牌了，他叼着烟咳着，两手忙着洗牌，洗完牌放在小桌上，又忙着紧吸了两口。他咳出来的气体，把原本有序回荡的烟气搅乱了。那位长者好像不吸烟，用一只手挥赶着脸前的烟气一只手捂着口鼻。刘兴见状瞪了裘嘉阁一眼：“我说裘工，不能少抽点吗？”裘嘉阁不自然地笑笑，猛吸了两口随即把烟掐灭了，刘兴也把自己的烟掐灭。长者的脸已转向车窗一侧了，在一旁扒眼的小后生赶紧脱掉鞋子，踩着铺位扭过身去把窗子打开条缝儿，接着他又把对面廊道的窗子也打开了。在长者的提议下，玩牌的游戏暂时停下，长者往后一仰，靠在被子上养起了神，其他人坐在铺位和廊道的椅子上聊起了天，有个人摸了摸水杯，动作敏捷的小后生提来了列车员常提的那把大铁壶。

这是个临时组成的集体，地区重局的、省直单位的都有，长者上铺的那位是大钢厂的老大，财大气粗，是抓生产分厂级的什么领导。这个人和刘兴对撇子，说起话来滔滔不绝。他的厂子大，常在外面开会，知道的事多，肚子里有话也真敢扔，这会儿正抖搂着国家将在川滇交界处建一座特大钢厂的事，说在调集各路人马铺着摊子。他说得绘声绘色、有鼻子有眼儿，还说要铺占几条大山沟，那不得几百里。刘兴和裘嘉阁听得有滋有味、啧啧叹息，小后生在那里听得发呆，只有闭目养神的长者没插话，也像认真地听着，又好像在说，这国家机密能在火车上议论吗？可他不好真的插嘴阻止那个人的泄密行为，甭看他大几岁，但毕竟不是一个单位的，再说那个人也不是他手下的兵。

“你老兄还不得报名参战大显身手去？”刘兴问。

“不行喽，拖家带口拖得你动不了窝儿。”这人讲下去，“故土难离，还是咱这里好，咱这里是山区，但不憋闷，离京城这么近，周围有首钢、太钢和唐钢，离部里又近，搞协作、办事都方便……”下面他讲起了自己去綦江的经历，说那里窄得抬头看不到天，下午从来见不到太阳。

“你们口北大钢谁能比，还属于部里的三头六臂[①]吧？”裘嘉阁在问。他毕

①三头六臂：喻指冶金部直属的鞍山、武汉、包头三家特大型钢铁企业和本溪、重庆、太原、唐山、宣化的六家大型钢铁企业。

业于北航[1]，也像是什么都知道。

“早不是了，老皇历喽。今儿个可不是‘六臂’了，比十二‘臂’还多。”上铺的那位老哥说到此有点儿沮丧，稍停了下，在自己的卧铺上摸烟，摸到了，坐回了原处也抽起了烟，是自卷烟，又扯起冶金部酝酿在长江边上建一个大钢厂的事，说那大家伙建成了比日本的千叶还大。

听到建国家顶级大钢厂的事，在座的人都提起了精神，这位老郭侃侃而谈，介绍起从前部里组织钢铁攻关建大钢厂的情况，也提到了地方上的冶炼技术人员聚在一起会商搞小钢联或小化工厂、请外国专家的情况。他还说到二十世纪五十年代一个叫巴甫洛夫的外国专家就在他们那大钢厂待过，还和招待所里的一个小妞儿闹出了点绯闻，弄了个满城风雨，待不下去走了，回国了还是回北京了不知道。原本这已是偃旗息鼓放到耳后的事，小妞儿遭辞退后嫁了人，事过去几年无人再提了，可是“文革”时翻腾起了这桩老账，那个小妞儿被打成了“特嫌”，被剪了头发游街，差一点给斗死，最近听说那巴甫回来了，扬言要到口北他待过的地儿看看。

“可别再来了，一般技术上的事儿自力更生吧，他们来了添好多事。”这是老局长秦昌，说起话来心事重重。

口北大钢老郭说：“他们别来，东洋鬼子也别来，咱就安安静静地用自己的炉子炼点儿铁吧，备战备荒为人民嘛。”

刘兴说：“不知道吧？小鬼子那狗日的还准来，新中国成立前在这儿待过的人说要来，北京好像挡着不接待，据说看上咱南边漾河里那道坝——那堆黑砟山了。”

软卧间的小后生就是给金雷文寄信的莫义顺，这次他有幸跟随秦局长参加了全省冶金工作会议，又荣幸地参观了武汉钢铁公司和邢台钢厂。一个中专生毕业后分到地直不容易，现在他是地区重局企管科办事员。

说起沉钢的开埠元老还得说到现下兼任总厂党委书记的秦局，这位常常弯着腰的老汉，一九五八年大炼钢铁时就在那块地儿统帅过全区的炼铁大军，是地区的“老工业”，后来又调来调离那个县多次。沉钢二次上马后，从铺摊子到一期期地扩建，到更新换代建成为地方大型企业，兼职也罢，实职也好，他一直在那儿挂帅组织会战。这次组织精兵强将南下长江工业带参观取经，还去了省里同行业的先进单位邢钢。

秦昌看上去四十八九岁，算得上一个很精明强干的小老头。说他老是因为

①北航：北京航空航天大学的简称。

他过早地谢顶了，摘掉帽子，头顶上亮得很。甭看他只比刘兴大十来岁，可办事说话比刘副县长沉稳多了，很随和，爱跟下边的人聊天，聊起来还很风趣，但在大事上不轻易发表意见，说出话来政策性很强，在局里他的话一言九鼎。据说他当过几个大县的县长、副书记，还当过大企业的一二把手，最大的官职是行署副秘书长，是副专员的人选，在基层拼搏奋斗多年，他这一级的干部也给窝住了，“文革”中也受过冲击，“文革”后期也“靠边站”漂了几年，抓过地区农药厂和地区国防建设公路的基建。三年前地区重新组建重工业局时，他才来局里当了一把手。为啥一提大鼻子巴浦他那么不感兴趣呢？他认识巴浦吗？当然认识，他哥是冶金部的干部，做俄语翻译，过去接触过一批苏联专家，当然他去北京看望他哥时也接触过苏联老外。中苏两国关系紧张后，他哥受到了审查，被怀疑是苏修特务，当然他也吃了瓜落儿，曾一度被当作“特嫌”审查多次，在这个位置上同样也不受信任。口北是个农业大地区，全区上下领导的精力统统放到三百万人吃饱饭上，又十年九旱，不自觉地重农轻工。从总体讲，管农业他秦昌是行家里手，抓工业还真吃力，可这位老同志爱学习，打扑克、下棋只是他联系群众的一种方法，不是爱好，他的提兜子里装有《毛泽东选集》，也有业务方面的书籍。他也没个歇空儿，想多学点东西吃透上头，可又老赶不上。他还兼任着代表地区投资方沉钢总厂的建厂指挥部总指挥，这不在火车的卧铺间里一路上和刘兴副厂长就炼铁建大高炉磨叨儿回了。过去他接触到的多是些小煤窑、小水泥厂、小修配厂、小炼铁厂、白灰窑一类的五小工业，所以考虑问题时还离不了小高炉、小焦窑、土烧结等小字号，老放不开手脚。

刘兴倒慷慨激昂，胸中燃烧着一团火，他说，看人家那1.7M的轧机，看人家那两百多立方米的大高炉，出一炉铁就够小铸造厂干一个月的，看着就让人眼馋。再看看自家的高炉，像个小老头，比人家矮三辈，坐着拉屎多没劲儿！照刘兴的设想，就得大干快上，地委不是讲这地区一号工程嘛，就得多投入，集中财力上，不出十年将在这桑河岸边崛起一座像武钢那样方圆二十里的新钢城。刘兴的想象和规划极为宏伟，他估计，不出十年国家重点工程西煤东运的大秦线和朔黄线就要上马。这要一上马，千里万里铁骑跑起来，要长多少条腿，需要多少轮毂和钢铁器材？咱就用自个炼的钢再滚出个厂。当年国家计划在这塞上建的大型轮毂厂，因战备被挤到了马鞍山，我们为什么不能把这个财神请回来，建个第二大轮毂厂呢？上铺口北大钢的那位厂长，听着啧啧地撇撇嘴，心想，吹呗，当建个大钢这么容易，不滚它几十年，能滚出个大钢吗？这年头吹牛又不上税。同时他也认为，有个口北大钢蹲在这儿竖在这儿了，不把钱投到口北上借鸡生蛋，却另立门户，分散财力，多此一举。

秦昌管过多年的财政，三十多年前刚参加革命时，他是从财粮干部[①]干起的，后来当过多年县财政局局长、分管财税的副县长，“文革”前又当过很长时间协助专员管理全区半个家当的副秘书长，当然养成了精打细算、踏实务实的作风。这么个十年九旱的农业地区，三百多万张嘴要吃饭，人吃马喂开工资办学校开医院都要钱，全区税收多少，花多少，余多少，亏多少，对新建大项目能拿出多少钱，他心里清楚得很。国家和省里光提要求、给政策不拿钱，指着本地区的财政东挪西借搞建设，能迈开多大步子？顶头上司的脑瓜一热能说大话，可是做具体工作的自己不能过热。这会儿刘兴是他麾下的大将，冲锋陷阵得他去干，既然让他具体抓这项工作，担子压在他的肩上，还不让说说嘛，所以对刘兴的侃侃而谈，他只是认真听着，不泼冷水，不鼓励，也不拔气门芯，不时也插一两句话诱导诱导，还把听到的一些数据记在小本子上。这老爷子早把心思从扑克牌的主牌王牌上移到扩厂扩容大会战上了，盘算着这场大战役怎样组织，开场锣怎样敲响。

“呜——”一声汽笛长鸣，惊扰了软卧车厢里的人，把人们向往宏图大业的纷繁思绪拉回到现实。

窗外的天色黑下来，山影看不到了，河湖原野也看不到了，大地山河一片茫然。这列穿越江汉平原进入漯河平原开往京城的特快列车仍在风驰电掣般地奔驰着。信阳、驻马店、漯河诸大站都被它甩在车后。

晚饭时刻，秦昌叫上他麾下的几个兵，到餐车就餐，他请客。他也请了上铺的那位老郭，人家推说累了想睡一会儿，还推说自己的包里有吃食，未去。临走前秦局长经探听得知这位厂长是山东德州人，吃微辣和口味重一些的，于是他们吃饭时，送回来一小盘鸡蛋炒尖椒、一小盘黄豆肉丁、一升啤酒、俩花卷。是让莫义顺提前用铝制托盘端回来的。山东人爽直，那位厂长慷慨接受，一一吃了，只说了几句感谢话，也没有硬给钱。都是搞钢铁的，谁请谁吃点什么算不上甚。好在火车餐车不收粮票。跟随秦局长去考察的还有一个老兵，那是炼铁部的支部书记侯廉，参观完办完事后，他请假去了武昌南的纸坊，看望一下在那里参军的小儿子。

当时的等级观念极强，财会制度执行很严，秦局、刘副县长和那位分厂厂长是县团级，可以坐卧铺，而裘嘉阁、莫义顺是一般干部，只能坐硬座。原本他

①财粮干部：新中国成立初期农村、乡村两级设立的专管财油粮米的干事，乡里脱产，村里一般是兼职。

俩均坐在硬座车厢的，没有局长的指示小莫还不敢往软卧那边凑。在常人的心目中，临时性的软卧间也成了首长所在的“贵宾重地”，小莫去软卧间，是被小裘拉去的。听了这么多信息，长了这么多见识，又饶了一顿局长请的丰盛晚饭，太幸运了，他也飘飘然起来，今天的好事都让他小莫赶上了。半个小时后，又坐回硬座座位的莫义顺，美得不行，感到自己跟上层的门槛只差半步。

过了许昌、新郑，很快进入郑州，这片开阔地曾发生过楚汉相争、官渡之战和宋朝岳飞抗金等故事，酷爱历史的工科男莫义顺，当然兴趣极浓，他几次往车窗外看，可只看到一串灯或一道深沟，或闪过的一幢幢楼宇，别的什么也看不到。列车驶出大站郑州，仍走得很慢，咯噔噔，咯噔噔，听说这是走在黄河大桥上。这样置身于黄河上——这是母亲河呀——小莫当然又感慨万分，他知道东边有个开封府，那是老包坐堂的地方，开封府附近有个朱仙镇，在府南还是府北不知道，那是岳飞大败金兵的地方，他对历史上的英雄的仰慕之情油然而生。岳飞是英雄，可他不懂得“将在外军令有所不受”的道理，那是愚忠，十二道金牌就把他调回京城杀害，实在可惜。其实小莫还不清楚岳飞是在杭州被害的。小莫从古人岳飞想到远在两千多里外的小兄弟金雷文。二十多天前乔三来口上时，他知道了小兄弟雷文没被保送上学的遭遇。小时候他多次听过雷文的爷爷金忠烈英勇抗日的故事，又从父辈那里探知忠烈老汉的为人，牢固地认识到忠烈是英雄不是敌人，忠烈被揪被逮并牵连到他的孙子雷文不能上学，他很想打抱不平，可自己职微学浅没这个本事。自己参加省冶金工作会议曾受到极大鼓舞，又联想到自己能参加省里的会议，还不是亏了自己有地区工业学校毕业生这块牌子，小兄弟雷文处处比自己强，可就因为遭坏人陷害上不了学，实在可惜，令人同情。于是他利用会议空隙给雷文写了一封信，表达了他这个好哥们儿对小兄弟的关心，并介绍了有关考学和考工的信息，提出了暖泉煤矿、贾家营管厂、筹建中的龙福寺矿机厂，以及沉沙钢铁总厂要招工的事，还把风传要恢复高考的信息也写在信上，劝小兄弟在逆境中莫灰心丧气，只要打好基础，准备好条件，一有机会就顶上去，条条道路通北京。

或许是喝多了秦局长不花钱的啤酒的缘故，坐在对面靠窗座位的裘嘉阁早已进入梦乡，躬着腰，趴在小桌子上打着鼾。亏了这趟车旅客少，左右座位上无人，才让小莫伸开腿也睡下。在裘嘉阁的眼里，这小莫甭看是局里的，一个地方上出来的中专生肚子里有多少墨水？跟他聊能聊出个甚，这次跟秦局出来还不是端茶、倒水、提包。

这小裘原本座位与小莫挨着，坐着坐着就蹭到了对面靠窗户的地儿，他把希望寄托在郑州大站了，下车的人多，上车的人少，弄得巧了，自己兴许能占上两三个座位。迎面座位上的小后生心里明白是怎么回事了，便顺应了他。真不愧他们老裘家是牙行[①]门第，这点账单都算透了。对这位比自己大十多岁但总喜欢挂着“小”字喊自己的裘嘉阁，莫义顺一直留着个心眼儿。小莫一直管他喊“裘老师”，这是尊称。直到这会儿小裘调到沉钢当了机电部的副主任，还这样称呼。

因为小莫佩服的师傅葛存义也调进了这个机电部，也当了副主任，所以他还清楚这小裘和自己的师傅葛存义面和心不和。他自感这小裘弯弯道道太多，不好处事，所以为了平衡外交，一个认作“师傅”，一个见面后喊“老师”，显得关系平衡，二人半斤八两，其实亲疏关系不一样。

2

局里放下来的裘嘉阁和工业学校调来的葛存义这俩机电部副主任明争暗斗的事引起了沉钢党委领导的关注。

小裘和小莫退出软卧间回到硬座车厢后，这定员四个床位的软卧间只睡了三个人，尤其走了小裘那个大烟枪，空气清新下来，也安静了许多。过了半个小时，列车员又查了一次夜，给下一站下车的旅客换了票，就把大灯都关了。

不大会儿工夫，列车驶过新乡、安阳进入河北省的邯郸地界。先映入眼帘的是马头发电厂大烟囱上的那五颗星。河北人出省考察学习，尽管接触的是青山绿水，吃了些滋味鲜美的水产，但忙忙碌碌总不踏实，总有些漂着的感觉，这会儿见到电厂上空的五颗星了，感到回到了故土，萌生了一种归属感。方才打扑克聊天的五个人中只有裘嘉阁“文革”串联时去过武汉，革命半辈子的秦昌没越过过黄河，精明得像神仙般的刘兴最南只到过邢台，当过邢台钢铁厂的企业干部。连那位口北大钢的分厂长也是第一次到武汉重镇，更别说小土包子莫义顺了。回到了故乡本土睡得更踏实了，上铺的大钢分厂长喝了秦局请的那一升啤酒，呼呼呼，呼呼呼，早进入了梦乡，隔壁卧铺间也传来鼾声。只有斜卧在下铺两张铺位上的秦局和刘副县长还在低声说话研究着事儿。或许这就是中国基层干部的传统，鞠躬尽瘁，不计较身体消耗，不遗余力。

“怎么了？调给你的这个裘工好像跟老葛尿不到一个壶里，弄得使唤着也不顺吧，咋回子事？”秦局问。

---

①牙行：旧时在市场上协助买卖双方成交的经纪人，也称“斤斤”。和后文的“牙口”均指小裘的父祖辈是牲口贩子。

刘兴接着哼了一声，未做明确回答，好像另有苦衷，稍事思索后继续介绍说：“最近工作老马踩着车，抽不出空儿过问机电部的问题……”刘兴说到此轻轻弹了下烟灰又猛吸一大口，这才狠狠地把剩下的半截子烟摁在了小托盘上。平日他自个儿卷烟抽，要么就抽本地产的大境门，劲儿都比较大，到了江南吸不上劲儿大的烟了，又时刻离不了，昨天从宾馆小卖部弄了条黄山，尝了尝，抽起来喷香，也不呛嗓，就是太细腻了，没劲儿。他不能再抽了，老局长是老革命，这老革命为啥不吸烟、不喝白酒没打听过，可看得出他患有严重的哮喘病，喉咙里老呼哧呼哧的，看得别人都替他吃力，所以不能再抽了。

这场合，就俩人讲，别看都是县团级，可秦昌是刘兴的顶头上司，还兼任总厂党委书记，又是地区派下来的投资方代表，甭看这老爷子不是沉沙本地人，却在沉沙当过三年县委副书记，在当地的根儿比较深，所以秦局说话刘兴这个坐地虎不能不听。对这个哈喽气喘的老头子，刘兴不好意思也不敢不尊重。

而秦昌这位老革命是极有修养的，从不抢话，问完第一句话后，从不紧接着问第二句。别人讲话时，这老同志多在静静地听着，待人讲完了听不懂再问。你提问题让人思考嘛，让人思考一会儿再回答嘛。秦昌念的书不多，文化底子不厚，但说出话来总是那么有板有眼有根有据，他接触的人中，下级多对他很佩服，他说的话很顶事，同僚把他看成学者型人物，都愿意听听他的意见，而他的意见又偏偏那么少；在上级的眼中他也是靠得住极放心的一个。他最忌讳道听途说、捕风捉影，丁是丁，卯是卯，爱找个死卯。上头吃得较准，执行政策比较稳重，不落后也不冒进。他的执政办事水平就多在研究总体和调研上了，跟同志们聊天，了解动态信息也是一种很好的调研，所以这次他还是斜倚在被子上静静地听着，等刘副县长说下去。

“老大老二针尖对麦芒，老尿不到一起。”刘兴苦笑了下说下去，“俩人决定事情时谁都想当老大，当一把，当面握手，背过脸来踢脚，这套儿老拉不成一股劲儿，可俩人俩酒鬼还常凑在一起喝点儿小酒，喝多了就醉，出洋相，耍酒疯，尤其那个麻子。”

“嗯！”秦昌认真听刘兴说下去。说到脸上有几个麻坑的葛存义，他能不清楚嘛，建工业学校时他秦昌当总指挥，麻子是副总，这位从工人中走出来的中层干部，这个一根筋，好坏挺难形容的，一匹难调教的倔驴，他了解。

刘兴是个直性人，说起话来滔滔不绝，个别的言辞让人感到在卖弄小聪明，对下级还偏爱叫人家的外号，或临时给人安上个外号。这会儿说下去：“麻子和胖子俩人半斤八两，他们机电部还没有一把手，俩杠头，当初我错就错在让麻子来牵这个头了。麻子是工人出身，裘胖子是知识分子，你老革命说让谁牵这个头？工人阶级领导一切嘛。这俩人见了面还客气，哥呀弟呀地叫着，主任长、主任短地喊着，碰到崴泥的事——本来不是‘泥’也得叫他们‘崴’出‘泥’来——推饸饹床子玩，甚至拿工作开玩笑，屁大的事也得找我这个刘厂长定夺，麻烦着哩。惹火了就俩人一块捋，不挨骂长不大。”说到此这刘厂长竟吼起来，“都像他俩这德行，我这厂长还不得累死，哪有空儿跟他们磨牙！”

秦昌摸出了粒润喉片吞下，任凭刘兴说下去。

“就说上个月的那件事——屁大的事弄了个惊天动地，县钻机厂跟咱厂借50米长的抱杆加配套绞车，惊动了三个厂长、两名县委常委，险些打到县委一号首长那里去。哼，咱厂丢尽人了，这事处理不好，咱沉钢成了这里的老大，这里的大爷，请不动，沾不了光，没人理睬的大爷，臭狗屎。”刘兴说到这儿动了感情，好像面前就是那个叫麻子的葛存义和叫胖子的裘嘉阁，而不是顶头上司秦昌，他不顾也像没注意到秦局让他压低些声的手势——怕影响左邻右舍，邻近的软卧间还有人睡觉嘛——气急败坏地吼下去：“咱们钢厂再大，再是一号工程，也离不开人家沉沙县这一亩三分地，堵了县里的门子，水电大道小道还有两千多号工程，往远处说是上万号职工的吃喝拉撒睡看病，哪一点离了人家县里行？关住门子搞建设，建设得起来吗？哼！”

说到此，刘副县长也意识到说话的嗓门太高了，才猛不丁地把声音降下来，苦笑着说：“这样搞下去臭了门市，能有好果子吃吗？”接下来，他简单地把县里来人借抱杆让麻子给卡住的事说了一遍。

“沉沙这个工业重镇，省管的、地区办的、县办的、镇办的农药、化肥、冶炼、建材、机械、酿酒和服装以及大型军工和水电企业几十家，大中小家底不一，各拥所有，各有优劣，互通有无是常事。近日，钻机厂革新出一台新型钻机，在这荒僻的口外，也属于震撼全区的大事，县里准备在该厂召开现场会，地革委趁热打铁把南米粮川的八县缺水县社的精英专家都请了来，推荐此举。现场会定在滴水如油十年九旱的粮仓小北川，会召开两天之前，新型钻机试车，谁想到起吊钻机的设备不配套，用老绞车试了试，像铁塔般的那大家伙一动不动，有人出主意把支撑钻机的井架子拆开拉到现场重装，估算了一下卸装的工时，而现场会是全区性的并且早已发了通知，重新拆装时间不允许，所以才打起了向钢厂借抱杆的主意。

“事情也凑巧，沉沙钢厂机电部大院靠墙根就躺着一根大抱杆，好像是专门给钻机厂这次现场会准备的。那大家伙竖起来三层楼房高，是为二号高炉大修整体移动热风炉外壳准备的，进来好几个月了，躺在厂区道路旁的墙根下晒太阳。钻井厂借用正派上用场，人家还答应给租赁费，这不是天大的好事吗？顶了，顶在葛麻子那个死脑筋上了，屁大的事儿，弄了个惊天动地。”说到这儿，刘兴轻轻叹了一口气，继续说下去，“看看眼下咱这干部队伍的素质……你钢厂大能万事不求人吗？你就是只力驮百斤的大骆驼不也得喝水是不是？臭了门市，离开县里你能活吗？”

秦昌极支持刘副县长的这种态度，附和道：“就是，要不能把你这县太爷从县政府请到大钢来？就为协调这些事儿，擦屁股的。”

刘兴说：“我可不情愿擦这屁股，受了累，整天累死你，还不讨好。你猜咋说？压着下边人给县里办些事，沉池来的人就说我是沉沙县的代理人，说甚，笼一派压一派，屁话！”这个县政府借调来主抓生产的刘兴开始骂人了，吼了起来。他质问：“我是哪一派的？我问心无愧，哪一派都不是。拨乱反正，派性都打倒了，我刘兴是党派来的干部，为社会主义建设大厦的，是促进派、大联合派、改革派！”说到此，刘兴感到有点儿冒失，末了补了句，“你说是不是？”

“好同志，好同志呀！忠心耿耿，勇挑重担，敢抓敢管，好同志呀！”秦昌拍着老刘的肩头这样说，这是对沉沙钢铁总厂领导班子的三把手的公正评价。

秦昌一连说了三个“好”字，又挂了一个“忠”字，作为党委书记，对班子的同志这样评价，是诚挚的，让人很受鼓舞。钢厂在扩建，三县六厂冶炼企业的资源整合的后期工作还在进行着。总厂党委班子是临时的，秦昌兼任这个党委书记的头衔也是临时的，他主要得抓地区重工业局的全局工作。总厂的二把手拟从重组的另一个大县沉池县调，目前还没到任。目前钢厂的主要担子都压在这刘兴身上，钢厂还真离不了刘兴这个人，党委书记秦昌非常清楚这一点。

“这也怨我，机电部没有配上一把手，有分工没合作，在老三不尿老二的情况下，让人家葛存义牵头说得也不是那么明确，咋啦？忙嘛。我恨不得像孙悟空那样有个分身术，整天整日管里又管外，老像有小鞭子抽打着，哪有那么多时间想那么细。这大抱杆小院里放不下，躺在大路旁的墙根下我知道，它应该归哪个副主任管我说不清楚，有一天外人来借找谁去说更想不到这么细了。”刘兴顿了顿，又轻轻叹了一口气，不无感慨道，“甚都让我这‘厂长’操心，要他们干甚？！唉！出事那一天赶上咱老刘没在厂里，赶上这个眼中无人的裘嘉阁毛毛糙糙地放了屁就走了，才惹出的事。”

机电部习惯性分工，工程队长出身的老葛管院外的现场维修，就是管电气焊，管配水配电，管土建维修和现场起重装配，管院里院外的八个大抽水泵站和几十里长的电力线路，还有仨变电站。北航出来的小裘，管院里的机械加工和配件制造，管机电部这一级的工青妇。几个厂几个维修车间整合成的这个机电部几百号人马，抵得上县里几个厂子的维修力量，部里的事务，吃喝拉撒睡都归这小裘管。钻机厂试吊失败的那天晚上，偏巧这个钻机厂的一个头在沉沙镇里碰上了裘嘉阁，他们是街坊，多年的老朋友，就顺便提出了借大抱杆的事，这人喊了几句“裘主任”，小裘飘飘然起来，眼里没人，忘了这应该是人家葛主任管的事，来了个满口应承，说好转天上了班，让去拉。这下老葛挑了理。

偏巧钻机厂领头办事儿的是个“棒槌”[①]，找到了那根大抱杆就装车，跟院里机电部的人连个招呼也不打，装上车就想往回拉——建设中的这座钢铁厂，方圆七八里，连个围墙也没有——所以引来一片抓贼的吆喝声。事情闹大了，顶了牛，来人再解释已经和裘副主任打好招呼晚了，说甚也不让拉，从而惊动了葛副主任。老葛一听是裘胖子答应的事就更来气了，更不让拉了，让小裘来说明白，小裘找不到，根本没来厂里。

钻机厂先是找来跟小裘联系的那位领导来协调，跟葛麻子没讲通，又找来他们厂的王厂长也不顶事。事情紧迫转天开现场会要用，王厂长只好直接去找刘兴了。刘兴办公室里没人，找了三圈也没找到，原来去县里开办公会去了（当时他的副县长还未免职）。事情急迫，钻机厂王厂长只好一个电话打到政府办公室，找到刘兴后，偏巧县委的两位常委也在场，当然也说了不好听的话。

刘兴一听急红了眼，在县政府一连往厂里和钻机厂打了三个电话才算处置好。结局是葛存义被狠剋了一顿，老葛立刻亲自喊来人装上绞车押着拉大抱杆的车送到钻机厂，人家钻机厂的王厂长也会做工作，说了一些客气话，也表示了歉意。事后还给钢厂机电部送去大红纸感谢信，这桩让裘嘉阁、葛存义和偷拉抱杆那个头办砸的“抱杆风波”，让厉害的刘兴快刀斩乱麻处理成了喜剧结局。开头县长知道这件事后批评了钢厂，批钢厂就是批主持工作的刘兴。经过这场风波后，钻机厂新产品试车成功，现场会如期召开，事后总结工作时县长又表扬了钢厂。

这会儿提起这件事让刘兴仍哭笑不得，大发感慨。

“看看咱这干部的素质，鸡毛蒜皮大的事都惊动了县委！”

---

①棒槌：指不懂礼节、缺乏修养的人。

随着列车的嘶鸣，刘兴又吼起来，好像不吼几嗓子，表达不了对麻子老葛和胖小裘这对混球的气愤。刘兴接着讲下去：“那时交换台的电话也跟着捣乱，我要找抓生产的副厂长问情况，老接不通，老占线，你说气人不气人，等了十分钟还没接通，我气得对着那小姑娘吼了一嗓子：你给我掐了，我是刘县长。”这时刘兴说起这件事时，还像在训那个电话员小姑娘，还在生着气，额头上冒起了青筋。

“通了？”秦昌老汉也打趣地问。

“通了。”刘兴的情绪回转过来，这时他就是主宰者，像是至高无上的国王，是指挥着一场战役的将军，又拾起那熄灭了的香烟，那烟像代替了话筒的道具，他在对着话筒讲：“汝楫，你给我听着，哪儿也别去，就在你的厂长室喝着茶水等着，用不了一个钟头，我让人亲自押着车把抱杆送上门……”那半截没点燃的烟，又被放回小桌子上，好像讲完了话吧嗒一下放下的话筒。刘兴提到的那个汝楫，就是钻机厂的王厂长，搭了多年伙的老搭档。刘兴果然没放空炮，四十分钟后，拉大抱杆的车停在钻机厂门外，葛副主任不光亲自指挥着搬运，还带来起重工、铆工，并多带来一台备用绞车，乖极了。

“真有你老刘的，干净，利落。”车厢软卧的老革命又在用极其简洁的话语赞美着小自己十几岁的搭档。

“这叫有权不使，过期作废。”这话对着哩，对着哩。

“把不准还是你这个副县长的牌子起作用吧。”

刘兴感慨万分，未做正面回答，也未予以否认，像继续惋惜和自责，又像飘飘然起来。他也顾不上局长的反应，随着列车巨轮碾轧轨道的响动声，时高时低，断断续续地说了以下这些话。他们睡的是贵宾席，对贵宾的待遇宽松，这里又是车尾，列车员没再提醒他们。

“甚叫个大局？大局就是发展，就是争分夺秒地大上大干大会战，把耽误的时间夺回来。你的抱杆躺在那里晒太阳，就不许它站起来换个地方参加会战吗……

“抱杆姓‘社’姓‘公’，不姓‘铁’，更不姓你那个‘葛’嘛！甭说借用一下，人家还说出租赁费，就是送给钻机厂有啥了不起的，都是国家的东西嘛。你说是不是？国家的物件，就要去为国家建设出力，变闲为宝，参加会战，只争朝夕，有甚不好……

“分工还得合作嘛，就像一出二人台[①]，光有男行不行，光有女行不行，没

①二人台：活跃在冀北的一种地方剧种。

有拉弦的打镲的打杂的不行，不行，都不行！这得要合作嘛！我对麻子讲：小裘有不周到的地方回头我跟他算账，今天就得先说你……”

列车过尧山了，有人指着山下那一大片灯光说是正在建设中的一个食品厂，大的食品厂。尧山不高，可那里衍生出不少唐尧虞舜的故事，它的南面邯郸也流传着廉颇、蔺相如的故事，都是讲团结的。联系到当前钢厂机电部干部队伍的这类情况，联系到历史上先人的范例，刘兴、秦昌抚今追昔，感慨万分。又联想到这次全省冶金工作会议，都在为当前厂子的事——振兴的事、挖泥的事伤着脑筋，想着招数，刘兴实在憋不住了，悄悄点起那半支烟，又悄悄地走出软卧间摸到廊道上去抽。秦昌仰在被子上闭目养起神。这些基层领导不容易呀！

二十分钟后，刘兴回到卧铺上，正赶上上铺的那位大钢分厂厂长下铺小解，下得急，几乎把老刘撞倒，俩人都会意地笑笑，刘兴抱有歉意地对分厂长说："方才说话声音大了点，吵着了吧？"

"不妨事，不妨事，这两天累坏了，躺下就甚也听不到了，耳朵边放声炮也震不醒！"分厂长小碎步跑着说的这些话，说到最后半句话早跑出包间门了。刘兴明白啥意思，郭厂长说的炮不是战场上的军炮，是高炉前经常使用的排瘤炮和渣口上的炸响。

撒了一泡尿半睁半合着眼的分厂长闪电般地回到软卧间，又飞身回到上铺，没过五分钟，这老兄又呼噜上了。

刘兴也太累了，也不想再说话，见对面铺上的老局长斜身躺卧着没敢惊动，只是把他腿上盖的军大衣轻轻地给他拉到胸口。

局长微睁了睁眼，表示了一下谢意，又合住了眼，像进入了蒙眬状态，旋而轻轻地咳了几声，又吃力地从上衣口袋里摸出几片药吞下，刘兴急忙递上秦局的水杯。

"没睡着，只打了个盹儿。"秦局说着把身子坐直，朝上铺一努嘴，"我可没有那老弟那个福分，坐夜车说甚也睡不踏实。你困不困？再磨叨几句咋向行署汇报。"

这次省冶金厅在省会召开的全省冶金矿山工作会议，主要研究落实"九五"规划和组织邯邢钢铁大会战的事，与会者主要是省属的几大钢厂和邯邢冶金矿山基地的，也请了有钢铁企业的地区部门的人参加。冶金厅齐厅长原来在口北大钢工作过，比较关心这个塞外山区的冶炼和建材工作，在他的建议下，散会后秦昌带着自己麾下参会人员先后参观了刘兴工作过的邢台钢铁厂、轧辊厂、邯郸钢铁总厂，四天跑了仨地儿，又远赴武汉，参观了全国第二大钢铁公司。

齐厅长为沉钢考虑得很仔细，说武钢的青山有部属的钢铁研究所，水平堪称国家一流，集中了一批专家学者，研究课题中有小高炉的安全运行这一项，正在搞安全系统工程的试点，他建议挤出时间看一下，今后建炉就建一流的高炉、钢炉，搞一流管理。齐厅长还说，实在排不开参观日程，派人登门索要一些技术资料也可。为此齐厅长还让对该所熟识的肖工程师给该所的老所长写了信。武汉参观那几天，马不停蹄，他们真没能挤出时间去，刘兴副厂长就让留下几天探亲的侯廉捎办了这件事。

接下来俩人研究下一步的工作，如何传达省冶金会议精神，吸收先进经验，以及到三个大钢考察后向行署的报告。秦昌的意思是先不忙着写，先召开几个小型座谈会听听意见，联系正在组织的几个建炉夺钢会战，紧密联系一下本厂的实际后再说。秦昌总的思路有三点：步子要大，跨越旁人走过的弯路；起点要高，走出山门，看到江海，创一流的业绩；步子还得要稳一些，一步一个脚印。

当看到刘兴仍在锁着眉头时，秦昌告诉他一个好消息，准备给他调个赵桐过来，八宝山煤矿的一个大矿长，好像早被借到玉马铁矿了，让他填充沉钢机电部主任这个空缺。刘兴听了当然很高兴，他听说过这个维修战线的大将赵桐。这位老劳模，为人正派和善，响当当的全区技术标兵，当年曾几次参加口北大钢的高炉大修会战，主持过多年的机电厂队的工作，还在县里待过。赵桐领导过的单位部门，不少是标兵红旗单位。赵桐的革命绰号是赵旋风。

“好哇，好哇！赵桐到任，助我刘兴一臂之力，这可给咱厂救急了。大战在即，大将出马，一个顶俩，真是雪中送炭呀！”刘兴这样说着，高兴地站起来。秦昌摆手示意：该睡了，躺会儿吧。

3

当个头儿不容易，逼着你往回赶。这个参观团在北京没出站，转身连夜坐上了西去的列车。“咣当当，咣当当”，转眼间三家店过了，官厅水库大坝被踩在脚下了。回来了，回来了！真回到口外自己的家了，这里的水比江水甜！潴窝堡，那里雾腾腾的一片，下车烫个热水澡吧。这孩子气十足的刘兴呀，要疯了，险些喊出声。

桑洋小盆地尖利的风，像把扫帚摔打着人脸，打得人痒痒的，刺疼刺疼的，北京开往包头的这趟列车停靠在一个新兴大站上，这里就是沉沙大镇。

刘兴下到站台刚站稳脚，就让尖厉的风来了个下马威。他本能地把棉大衣裹了裹，又把眼镜扶了扶，心想到家了，北国江南两重天地，昨天从武昌进站时坐的同样是火车，自己穿着件单褂子，裘胖子还穿着短裤，今个下了车，穿着绒衣还打战，得穿皮袄了。刘兴没顾上想别的，急忙往前走了几步，去送回口上的秦局，这礼节是万万不能少的。找到刚才坐的那节车厢，那里的窗户开着，老局长还有口北大钢的那位郭厂长隔窗向他招手。莫义顺帮助刘兴一行提行李，送到站台上，只跟小裘摆了下手就急忙回到车上。局长秦昌没有下车，他们直接回口上了。

这时是凌晨，站台的灯光昏昏暗暗，出站口看不清晰，建筑中的大站房子还没完工，这里仍是小站。刘兴朝路南眺望，一片灯火沉没在星际中，有几盏时明时暗的灯眨着眼睛，刘兴一眼认出，那里就是本厂大料场的塔灯，那个乌嘟乌嘟燃烧着的火把亮点，就是高炉排气管。东南角云雾下的那片火海是大焦炉，是大钢炉。回到家了，就要回到厂子了，哪里好也不如家乡好，长江的水甜，家门口大井的水更甜。不甜的话咋冒出那么个大酒厂——名震华夏的长城干白哟。扫了一眼东山，那里一片鱼肚白，东山的背后就是北京。刘兴天真地想，人真是个活物，前天还在长江边上看1.7M的轧机，看200立方米的大高炉，昨天登上进京的火车，到了首都连个王府井也没逛，就急急忙忙转车回来了，回到了这山药蛋味的本乡故土。这样也好，紧紧张张地干革命忙事业也是其乐融融。坐火车，坐汽车，坐轮渡，坐电梯，就差坐飞机了，爬上参观台看人家钢城的炉口夺铁，坐在竹木椅上听先进经验，站在古城邯郸丛台上听胡服骑射的故事，爬上黄鹤楼看龟蛇锁大江。出差颠达[1]了十几天，从飘雪的北国，到闷热的江南，又回到了这朔风凛冽的沉沙。人呀，真是个活物呀！若是扩建新厂区的钢铁大战也像坐火车坐飞机这样快、这样日行千里万里多好呀！站在昏暗的站台上，承受着寒风的吹打，望着徐徐开走的列车，刘兴这样心潮起伏地想着。

黎明了，星星悄悄从云雾中退去，到处都是雾腾腾的。黎明时刻，万物复苏，充满生机，刘兴的思绪又升腾了。

刘兴的脑袋里不光装着高炉、地爬式土烧结窑，还装着一根独苗——儿子小明。今天是星期天，那小家伙会不会睡懒觉？他说要来接自己的。“爸爸你早点回来！”这是临别前他重复着的一句话。怎么能早回，那是开会嘛！刘兴嘴里像含着一块糖，回味着，两眼搜索着。

①颠达：冀南方言，即走路或溜达，或指颠沛、颠簸。

“刘厂长，回来啦。”接站口一个熟悉的声音在喊。

“啊！存义呀，你也来了。”很注意联络感情的副厂长刘兴和下级打招呼时偏愿亲热地喊名字。“怎么，他也来了？”刘兴疑惑地想。昏暗的出站口，一通招呼声中，刘副县长终于一眼找到了的那个机电部副主任葛存义。

见到这个麻子老葛，一种不祥之感油然而生，搞农业怕发山洪、暴风，搞炼铁炼钢怕炉子出事，当厂长的整天整夜里一颗心悬在嗓子眼上，这会儿他意识到一定是出大事了，若不出事，深更半夜何劳管设备维修的机电部副主任接站，再轮也轮不到这麻子。

于是他着急地问：“存义，家中有事吗？”这是刘厂长的习惯用语，他提到的家中就是厂子，是钢厂的代名词。

葛存义急忙接过厂长的行李，顾不上去握厂长伸过来的手随口回答道：“单位没事，我自个有点儿事来找厂长的。”

“甚事这么急？说吧。”这老刘是个爽快人，也是个热心人，尤其是部下有私事求到自己，向来不拖不推。

他们一边通过出站通道一边交谈着，这会儿刘兴的眼里只有这个葛存义，全然顾不上来接站的司机、独子小明，还有随行的裘嘉阁向他问些甚说些甚都没顾上回答，甚至没顾上听。

“我三大爷死了，我得回去几天。”毕恭毕敬的葛存义说到这里又紧接着补充了一句，“我是我三大爷的过继儿子，他跟前连个闺女也没有。”说到这里葛麻子把厂长的行李递到旁人手里，从上衣袋里摸出一张纸，是电报，递给厂长的同时鼻子一酸，擦着泪。

刘兴的儿子小明是个小学生，鲜艳的红领巾庄重地系在脖子上，那双聪慧的小眼睛在人群中闪着光。小家伙毫不客气地解开爸爸手提包的带子，扒拉着，找不到心爱的礼物，锁起眉头。

刘兴急吼道：“翻个甚？包里都是办公的东西，不怕叔叔们笑话。”刘兴说着摸着衣袋，摸出一支笔来递给儿子，是一支自来水钢笔，花杆的，眨眨眼道：“送你了。”接着又摸，是一包孝感麻糖，摁到宝贝手里。

“谢谢爸爸。”如获至宝的小明又蹦又跳。

接下来刘兴一推老葛的手道：“不看了，交代一下工作就快回吧，这事不能耽搁。”刘兴说到此，打了个嗝，思忖道：“咋走呢？没直达的车……”稍事思索后又道，“你等等。”他顾不上听随行的小裘在说甚，碰了下小裘的手示意他过后再说，转身拉了一下正在和儿子说话的司机道：“把我们送回去后，你甚也甭干，再送一下葛主任，把他送到显赫营汽车站，那里有通龙关、沉池的汽车。”三厂整合时，这位牵头的刘厂长跑过几次沉池和桑阴县，中间还夹着个贾家营新工业带，对去沉池的乘车情况了如指掌。显赫营是口北市的一个区，距此八十五公里。

葛存义急忙打断厂长的话：“不用了，不用了，找到车了。”

刘兴反问：“找到了车？找到车好哇！”不放心地又问，“哪儿的车？”

“那不是在那儿……”葛存义随手一指车站广场上的几辆载重汽车，“我就坐那拉矿粉的车回去好了。”

刘兴说：“我怎么忘了这杵子，那太好了，太好了。”又问，“你家是不是东万口？”

“是东万口。”麻子回答。

东万口在沉沙县的最北边，距县城少说也有八十里。

刘兴拍了一下脑门，像在想什么，自言自语道：“这重车只能到三岔口矿场，回到办公室我让人给古子房三岔口打个电话，派车送你一下好了。”

“不麻烦了，不麻烦了，回到家乡，人熟路熟，我自个想办法好了。”

“那有啥关系，谁家还能没点儿事儿，都是一个总厂嘛。”刘兴指的总厂即设在这沉沙县城关镇的地区钢铁总厂，远在沉池县的古子房矿冶厂和其下的三岔口洗选厂都是总厂下属单位。他这位厂长考虑得很细，给古子房打电话派车接是因为古子房离东万口近。他知道葛存义甭看在古子房干过，但和原单位的关系不好，所以才以总厂的名义这样安排。

刘兴通过两处下属单位的电话，让三岔口送，又备用安排古子房接，双保险。

东方放明了，葛存义返乡奔丧的事安排妥当了，望着厂区火光的厂长刘兴才又顾上炉子。这高炉钢炉生产是公，职工中的生活琐事也属于公，平日风风火火的刘兴厂长很会弹钢琴。

“简单说一下我们走后的情况，二号破碎机的颚板，二炉的布料器，焦化十八孔的炉门框，干得咋样了？”刘兴把麻子回家的事安排妥当后这样问。

麻子葛存义的心也才转过来，毕恭毕敬地汇报着。

专门给刘厂长配的车是北京大吉普，他不要轿车，那玩意儿是花架子，爬不了山，过水时弄不好就趴窝。他这个厂长跟城市里的大厂厂长不一样，南有武家沟，北有古子房、三岔口、贾家营，他可不能坐在办公室喝着茶水指挥生产。现在他的专车就停在车站广场上，广场上更冷，那样的吉普也是八面漏风。于是，刘兴这一行人没回小车里，先借候车室的长椅子办公。这会儿刘厂长的烟瘾又上来了，他摸出一包蚌埠产黄山烟打开，先扔给麻子、胖子各一支，后来自己又叼起来一支。麻子老葛急忙划着火柴送上。

“爸，咋不先回家，妈做好鸡蛋挂面汤等你了。”接下来小明催促道，“都凉了，都凉了，都凉了嘛！”

“说两句话就回，着甚急，我跟葛叔叔有事。”刘兴扒拉了一下儿子接着道，“小孩子别打岔！”怕儿子不高兴，又摸了摸小家伙的头。

“厂长，快回吧，回头我跟裘主任交接就行了。”葛存义也不好意思多耽误厂长，这样说。

“你跟裘嘉阁说，我能直接听到嘛，不再说别的，先把主要的说几句，说腭板……”刘兴说着，有些不耐烦了。为了排除干扰，他把儿子赶跑了。站务人员也会拍马屁，候车室的大灯又亮起来，站长还让人提来大铁壶。

葛存义只好汇报起工作，先把破碎机颚板的事说了说。

沉钢这两座50立方米的高炉属小高炉，原料供应很艰难，矿粉缺口很大，原料只好原矿和精粉、土烧结掺着用。原矿得破碎成一定的粒度才能入炉，破碎机的关键是牙口，这牙口就是颚板，牙口好了再硬的石头能嚼烂，为了省钱用本地产的颚板凑合，小高炉可苦了，百分之四十的料不合格，吃小料，吃杂矿，烧土焦和老虎头矿的大块原煤。新上的机械化焦炉也不顺当，光冒黄烟不“下蛋”。此情况能降焦比吗，能出高号铁吗？不出号外铁[①]、炉子顺当才怪气哩。刘兴懂这个，所以老琢磨这件事。老葛的汇报无非是说二号破碎机的颚板又先后换了三组，都是本地产的，还没有过关。刘兴不耐烦地打断了他的话，拦腰问道：“蔚州去没去？”“没去。”“那首钢和唐钢就更没去了。”“没去。”“为甚？打电话电报催没催发货？”“打了两次电话给蔚州城南铸造厂，厂长讲有备件，没车来，捎不来。”

刘兴急了，吼道：“亏你老葛在古子房也炼过铁，粒度三四十厘米的矿石能让高炉炼出高铁吗？让你整天吞咽干玉米粒子、土山药蛋再加上没有切碎的酸菜，你能消化得了吗？吃久了不闹肠梗阻才怪。”说到这儿转脸对裘嘉阁命令道，“今天你就找运输部派车，你亲自去，就说是我说的，限你四天，到蔚州把颚板给我拉回来。快办吧，回头调度会我还要讲……”

“好，好，好！回去我就办，就办。”裘嘉阁唯唯诺诺地应着。

葛存义又汇报了些关于二号高炉的布料器、焦炉的十八孔炉门框维修的事，

---

①号外铁：指不合格的铁、次品，只能做配铁，铸犁铧、耧脚、饼铛等。号外铁和焦比、土焦、顺行、难行、炉子、精粉、颚板等均是冶金行业的习惯用语。

这两项进展都较顺利，无非是布料器还修着，机电部上了三位技工，从口北大钢请来的师傅也上了炉顶，王吉恩炉长坐镇指挥；焦炉炉门框彻底换了，推焦机、拦焦机配套运行也很顺利。刘厂长听了这些，眉宇舒展开了，他又问了些料场一号皮带廊皮带机打空转儿的问题和五号风机杂音的事，葛存义一一做了回答。

说到这儿，习惯做报告的刘兴说了几条指导性“意见”，葛、裘两位副主任一一记下。这会儿厂长秘书也到了，站在身后。

刘厂长这一候车室长椅子上办公，裘嘉阁不耐烦了，可又不敢守着厂长发火，只好给他的同事葛麻子敲着边鼓：“拣主要的。”“说结果。”“让厂长快回去休息吧，这事儿跟我说就行了。”他小裘是谁，边鼓敲得也有学问，他的边鼓是看着厂长的脸色呼应的，鼓乐班子打镲敲锣的都得瞪着板鼓，敲到点子上。

其实，葛副主任向刘厂长汇报工作，同时也是向他裘副主任介绍情况，又做了交接。候车室外的小明早等得不耐烦了，刘兴只好作罢，于是说：“今个就说到这里吧，回头你们二位主任再交接一下，让存义赶路吧。”打着哈欠的刘兴这样说着，也感到体力不支，想回去好好睡上一觉，况且小家伙还在那里催命。

一个月前，为“大抱杆风波”挨了一顿臭骂的葛存义，对这位小个子小鼻子小眼睛的刘副厂长真是又怕又恨，又佩服得五体投地，从一肚子气委屈得不行又怕得不行，到这会儿气全消气了，佩服感激得不行。这是对一个领导认识的感情飞跃，都是党的好干部作风嘛！麻子想：大丈夫应心胸开阔，你敬我一尺，我回敬你一丈，以德报德。于是刘兴讲着，他认真地听着，把这位上司的指示当最高指示，一句一句地消化着。于是他一边听，一边琢磨着下一步棋。关键是那几块捣乱的颚板，奔丧回来后，那胖子若没解决的话，顶大顶了不起自己押着大货车去趟蔚州或沈阳。这样想着，突然听到厂长发话“就说到这”，便结束了这次汇报。这事儿先扔给胖子再说，自己真的着急赶路，广场上自己打好招呼要蹭坐的那辆载重车的司机师傅等得还不知咋着急哩。

刘兴直起身向候车室外走了两步突然停下，跟在小个子厂长身后的两位副主任和他的秘书也停下脚步候着，以为厂长又有甚吩咐。

这时的刘兴甚也没说，急速从上衣袋里摸出钱包，从中取出一沓票子凑到亮处点了点，又取出了两三张装回夹子里，回过头把另外一沓递到葛存义的手里：“拿着，这是七十块钱，花不着，回来再给我。”

“不不不！厂长，我有。”葛存义怯怯地道。

“有什么？你兜里有多少钱，我们当领导的清楚。”

说这话时，刘兴的声音很低，有点惆怅凄惨，他瞥了一眼拽着自己衣角的儿子小明，像想起了一件事，皱了下眉头终于像下了决心般抓住葛存义的手臂压低声音道：“老弟，年岁不小了，该成个家了，别挑得太厉害，灵活一点，花点钱也无大碍吧。”

麻子还能说什么呢？在他的眼里眼前的小个子厂长就像当年自己的大哥，那一年自己外出打工时，是跟爹怄气走的，在快出村口的上坡路上，大哥存忠赶上来，塞给自己几张票子，可不是七十块钱，只有三块钱。三块钱就不少了，大哥是个卖豆腐的，那是背着嫂子给的，小本生意不容易，他挑着豆腐挑子转悠一早晨敲半天梆子也挣不回三块钱。大哥的钱他是要还的，眼前的这个“哥”——刘厂长给的钱，当然也要还了。盛情难却，不接住厂长会生气的，他只能接着，眼眶里的泪水在晃动。党呀，恩人呀，小个子哥呀，还是党的干部好呀！泪水遮挡了他的视线，半天说不出句话。

接下来，刘厂长坐小车走了，麻子和胖子俩副主任又在候车室里叨咕了一通。

4

刘兴厂长让古子房给三岔口洗选厂打电话安排了车，又让古子房也准备了备用车，做二梯队。葛存义坐的拉矿粉的大货车一进洗选厂，早有那里的干部工人在那儿接着了。当然麻子老葛又散发了半条纸烟，客套了一通。麻子在这里待过，人熟地熟人缘又好，再加上刘头儿的电话关照，当然好办事了。沉沙到三岔口一路顺行，傍黑到了，连夜坐上三岔口矿厂领导派的吉普车如期到了东万口，也顺。

东万口是麻子过继的三大爷住的村镇，一百里加上八十里，第二天的五更天赶到了东万口村口，意想不到的事发生了——外姓盟亲妹夫小顾焦急地等在那里。小顾说：“不着边际的白婆子带着俩儿子来认亲争家产，三大爷葛皮匠二十多年前娶过这女人，这女人现在正带领俩儿子堵在皮作店的门口闹着哩。”小顾是来搬兵去灭这把火的。麻子存义是个有心计的人，从三岔口临行前给三大爷在的东万口一熟人挂了电话，做了出意外的准备，这可做对了。在居住在麻子老家大西沟村的前生产大队书记葛四爷和现任生产大队大队长葛存孝的支持和谋划下，在三大爷皮作店的合伙人辜皮匠一家的配合下，麻子葛存义先是装神弄鬼，后是封住三大爷宅院的门并安排人严密把守，又在公社干部支持下，说理斗智驳斥了白家大儿子过继给葛皮匠当儿子的谎言，那本来就是子虚乌有嘛，把虎狼驱走，保住了家产。通过斗智讲理，真相大白，葛皮匠娶妻的事不存在，就更不存在认白家儿子做过继儿子的事了，争夺家产的一场闹剧才算作罢。

葛皮匠的遗产有：砖瓦土木结构的正房三间外搭一所院落，小房、街门、鸡舍俱全；挂着果的果树四棵，药材一堆；一应俱全的家什、被褥、锅灶和粮米，外加沟坡边沿上的小片荒地三块；还有另一处街上合伙开的皮匠铺的两间房，皮货和容器、大工具若干；外加半成品皮子三张。除一间工房暂由老合伙人辜皮匠代管外，葛存义由三大爷处共继承折合人民币一万三千元，除去办丧事的花费；还剩一万一千元。

这麻子葛四（即葛存义）也是个明白人，他是法定继承人，当然得大头儿了，对于操了心帮了大忙的他二哥存孝夫妇、老爹葛老四爷、大哥存忠、五弟存赤，还有院中一干人等都有表示——都给了点儿好处。葛三皮匠的遗体是要入大西沟祖坟的，在二哥存孝的策划支持下，灵车陪祭车三辆吹吹打打沿途撒金抛银八十三里，待客二十五桌，那丧事的规格办得蛮排场的，引起了县乡的震惊、批评。麻子及其葛氏一家从中出尽了风头，失少得多，收获人民币一万多元，票面币值最大的是二十元，麻子顿时成了万元户。这一万元的现款得装两书包，从沉池大西沟老家把钱弄到沉沙时也着实让存义花费了心思，着实险象丛生。

这次麻子存义返回故里奔丧并赡受三伯父皮匠葛三的遗产，就是奔着娶高价媳妇筹款去的。虽然受了些折磨，事后又被骂得狗血喷头，出尽了风头，又不择手段，他二哥大队长存孝还受到了县革委的通报批评，但是钱终于弄到手了——没出半年媳妇彩凤也让他“娶”到手了。帮这么大忙的除了有权有势的存孝，还有他的老爹葛四爷，他没权了，还有威，还能出主意，如何和争家产的白婆子斗，公社干部如何出面助威，都是在他指点下进行的。还有就是存义的二嫂、存孝媳妇黑凤凰，不少具体的点子都是这“凤凰”出的。这么大的势力、财力，再加上庞信、胡翟和糊涂娘三奶奶铁五妞助纣为虐，那个瘦弱女子彩凤哪里能斗得过？远在百里外十五岁的高中生金雷文哪里会知道？

一万块钱的票子装了两书包，俩书包钱又被锁在一个木制工具箱里，这工具箱从大西沟搬到三岔口，又从三岔口转乘拉矿粉的大货车爬过大海陀，跨过白河口，长途跋涉二百多公里颠簸了十几个小时终于到达了总厂的原料堆场。不容易呀，实在不容易！一路上他像偷钱的贼，又像位押解财宝的镖客，连在大货车下撒泡尿麻子的眼都没离工具箱。

麻子奔丧继产确实不容易，有打油诗为证：

六月朔日亚麻花香，

路上行人车轮忙，
万元钞票唰唰响，
翻山越岭急奔丧。
三大爷为何走得这么快，
惹得侄男哭断肠。
甭看咱满脸花朵肖像狂，
大团结换得美娇娘，
七十的养父寿终归天，
麻子娶妻福禄昌。
哭一声三大爷你慢慢走，
我带领你的孙男娣女上坟烧香，
一滴泪水抵万金，
铁石心肠顺翼淌。

三岔口洗选厂拉矿粉的大货车，行程长达上百里，走的是坑洼不平的三级公路。这是沉钢的重要运输命脉，天天有车队运转，司机师傅们风餐露宿、搏击风雨，好不威武壮观。将要到沉沙县的小北川了，刚刚摆脱了那片沟壑阡陌纵横、丘陵起伏的山野地带，到达了一段平地。这里是新村故镇的开阔地带，历代曾有过响马出没打家劫舍的传说。风很柔和，凉凉的秋风，夹着秋收中粮果、枯叶和泥土的芳香，徐徐扑打到风驰电掣般的货车驾驶楼的玻璃上，撞得叮叮作响，打在脸上、脖子里痒痒的。

坐在驾驶楼里的葛存义被小风戏弄得心花怒放，天南地北地侃着大天，不知所云，风沙扫脸倒觉得是一种享受，能不欣喜若狂吗？三大爷的丧礼办得圆圆满满，一万块钱到手了，那可是唰唰点着的一万块呀！

到了北川一片开阔地上，车队停下来稍作休整，师傅们围着车又查看又敲击，摸摸这动动那，好忙活了一阵子，才找块地儿蹲坐一下伸伸懒腰。每位司机师傅都视车如命，据说这个队半年在路上没趴过窝，这跟高炉、钢炉顺行一样了不起。这空当儿葛存义爬上路旁的高岗子朝西北方向看看，出着神，这块地熟，那块地更熟，川里到处都亮堂堂，像到了关南。那重重西山头上，那片云彩下面，他在那儿前后待过两年多，是玉马铁矿一期会战去的。那里是窑子头村，新工人没处住就住在民房。那村不简单，气象站常住人，人工造雨的燃烧剂就是从那儿打上去的。再往南的头二营，那是烈士董存瑞的老家，光听说过没去过，他牢牢地记下，想抽空去瞻仰一下。

这一天下午，大概三四点，车队回到总厂原料堆场，车队的人和料场的人热情地打着招呼：“回来了？”“回来喽。”“顺当吧？”“顺当。”“长安岭大坡没麻烦吧？”“没事的，没事的。上坡前我这台老马又加草又加料，还敲打了三圈，上坡一口气拱上去的。”料场看场子的老汉从前也是车队的，所以这么关心。俩老伙计还学说着长安岭酝酿要修道洞子的事。

当然葛大主任没时间跟人闲扯，临时从熟人处抓了辆自行车，半个钟头后人到了机电部办公室，那宝贝工具箱当然没离开他的眼。麻子把这个工具箱当成心病了，好像有意作对似的，不熟的人也热情起来没话搭话地在那儿表演，如步入雷区。老葛恨不得一步到办公室，把这心病处理掉。在原料堆场，人家大主任真能干，跳下车先把工具箱安顿好，和师傅们握手告别，当然又说了些“添麻烦”“多联系”“抽空儿到咱机电部坐坐歇歇脚”的话，又给师傅们递了一圈烟，剩下的少半盒子擩给坐的那辆车的师傅了。六十四拜都拜过了，解下毛巾抹了把脸，又擤出来两摊鼻涕，这才算结束了这趟长途探家旅行。麻子主任真算是能干到家了，坐了一分钱不花的车，携着巨款神不知鬼不觉地平平安安到达，还在同路同行的师傅心目中弄了个好印象。事后连刘兴厂长都佩服起麻子能干来，赞道：“你葛大主任这个（他伸出大拇指），也能琢磨出这样的道道来！一万块呀，万元户啊！我这厂长十年的工资也挣不了这个数。”其实刘小个子的话偏颇了，这是东万口皮匠葛三老汉一辈子的积蓄。农村世道，人家是过继儿子。

回到机电部大院北墙下的办公室时到了下午，东南上还亮堂，那里是大湖方向，遮蔽太阳的西山已朦朦胧胧了，时近黄昏，办公室门锁了，开了门正好安安静静地把钱安顿好，就锁在他身后办公坐的自制铁皮柜子里。这才算到家了，几天来七上八下的那颗心才算沉到底。毕竟是一万块呀，来之不易呀！存好用好也不易。单身宿舍一间屋子三张床，人多眼杂没法放，床底下老放着工具箱也扎眼，还是提早放到银行储蓄所好。

部办公室女秘书小贾在门上贴了个条，说是下午开全厂干部大会，有急事到厂部办公第二会议室去找。麻子窃喜，心想老天看咱老葛这命，真帮忙，怪不得一路上、大院里人这么少，都在大会上，该着我老葛走运，这样天不知地不知地把事儿办了。还是碰到个人，是个酒友，沉池古子房来的老乡，推了辆单车迎面走来，轱辘不转了，一见到麻子后衣架上有个工具箱，非拽住麻子取出工具给修。特熟的关系，犯了二皮脸，麻子再推说有急事也不顶事。他只好先支好自己的车，让那人把车子放倒，轱辘放平，胡乱踹了两脚，真棒，毕竟是老修理工嘛。他一抓那人后背，“试试。”果然能转了，他高高兴兴地骑车跑了。又是一场虚惊。

在自己的办公室，他的屁股没坐热，门一响又吓了一跳，他打开保险箱正出神哩，急忙放好箱盖，反倒一屁股坐在箱子上。是风风火火的小贾回来了，见主任这窘态有点怪又不便问，说了没几句话取了点东西又走了，这着实又让麻子吓了一跳。

他跟秘书贾彩凤刚才有段精彩的对话如下。

“咋不听听会去？骂人的，吵架的都有。”这是小贾。

“谁跟谁？又是咱们的刘头骂人吧？”

“不是他还有谁。……骂的话太难听，还是个厂长哩。”

“骂谁？骂啥哩？”

“地不平。”小贾学说到这儿，跟了一句，“咱们的踮大爷。”

“那，他俩这一对老亲家咋能干上了？”

“都怨咱老踮多嘴。”

“我没弄清，不是‘表彰大会’嘛，咋又骂起人来了？”

“有表扬也得有批评嘛。”小贾说到这儿随口读出了俩数字说下去，“咋没表扬？‘表扬’一大串人哩，炼铁的王吉恩，烧结的秦鹤林，原料的汪秀云，还有俺那排房子的添福……就是那瞎子按摩师，还有焦化化工所的李所长，表扬他们大公无私、埋头苦干、颗粒归仓……”

“打住！又不是农业社，钢厂有甚个颗粒归仓的？还有个添福，他那眼窟窿能颗粒归仓吗？”

“人家刘厂长表扬的是捡拾废铁的精神。”钢厂产的边角碎料抛撒严重，遍地是“金”，党委组织开展了拣拾碎铁的活动。小贾说的是这个。

“那应该是原料的汪秀云不是添福吧？”

“添福学会了弹单弦，别人编了段鼓词让他弹的，弹得说得蛮够味。”

“不是还骂街吗？”

小贾把二号焦炉如何上料卡脖，投料工如何捅布料孔，险些掉入料仓出了人命的事故说了。小贾说到这儿，又说了几句，取了点东西又急急忙忙走了。

葛存义的心思都在藏好一万块钱上了，大爷挨不挨骂他不上心。他坐在铁皮柜子上也觉得咬屁股，觉得拣不拣碎铁没自己的事。

快下班的时间，风风火火的小贾又回到机电大院，她可是身兼数职管事很多的企业干部，人夸“茶煮三江，八面玲珑”的人物，头梳得像个飞机，小嘴像只八哥。这一天就连着开了三个会，总厂团委会、劳保福利会和要开的月末总结会。这总结会也得由她写材料，所以她得加班点灯熬油赶。真是挣钱不多管事可不少！这次总厂表彰大会散了后一进大院就被两拨工人围上了，问这问那，有的人还拉着她换粮票，一见办公室里还亮着灯，知道葛主任还没走，觉得有救兵了，在院子里又黏糊了一通，这才进了屋子。

麻子那臭脾气，又爱训人，工人的事不到了万不得已是不找他麻子的，找也不管。但是他今天心情好满眼是花，对这女秘书另眼看待。得互相支持嘛，老葛又和小贾扯了会儿厂部大会的情况才把话题转到本部门。

小贾挺会做人，见了葛主任也像多日没见到的亲人那般问这问那，问完了葛三老爷子的丧事，问家人，问了一圈这才回到原题，回到工作上，说了机电部里的一些事。工人们说她会拍，连这脏麻子老板的屁股都拍上了，都拍红了。不拍行吗？她还只是个预备党员，而人家麻子是党总支副书记。

总之老葛清楚她是胖子那条线上的人，沉钢的实权派人物之一，也得拉着她。麻子留了个心眼，有了钱就是“买”媳妇的话，中间也得有个人，多一个敌人多一堵墙，多一个朋友多条路嘛。

稍事休息，也谈罢了工作，当然老葛先过问了书记主任的月末总结汇报材料准备得如何，接着着急地问：“外边的人有找我的吗？”

“有，有，有……还不少，酒厂、砼肥厂、农药厂常来找您的哥儿们不说了，都是来蹭酒的，好像没啥重要事。砼肥厂林主任找你借起重工，我找踮大爷派人去了。对了，今天有俩外地人找你。”女人说到这儿指了指老葛的玻璃板：“那里还压了个条子。”又补了一句，“好像是蔚州来的，好像俩都是蔚州的。”

老葛瞅了眼玻璃板随口道：“我的一个学生，对象在咱们厂子，水泵房的。”

“谁？”小贾冒失地问。老葛未做回答，边摆弄着玻璃板边反问：“不说俩蔚州的吗？一起来的那个是谁？”

小贾说：“不——不是一起来的，好像是姓郎，不，不姓郎姓庞，庞涓的庞，好像叫庞信，是叫庞信。”又补充道，“小个儿，小平头，挺精神的。”

老葛“哼”了一声，好像料到似的道：“走没走？住下了吧？”

“没走，向我要走咱这分机的一个号码，好像是去县招待所了吧，是跟古子房的矿长一块走的，矿长没进屋，连车也没下。”

小贾说的古子房是沉池古子房矿冶厂。

麻子不言语了，小贾整理起一堆报表，好像很认真。麻子开始整理办公桌后床上的被褥，小贾随口问："咋了，不嫌这屋子潮，主任不回单身宿舍睡了？回来就这么忙，忙个甚？"老葛说："不回了，今晚我值班了。"小贾说："是踮大爷的班呀。"老葛说："我让他回家睡，他那条老腿。"小贾说："兴许白书记要回来睡的，他正在楼里开党委会，估计会开得很晚。"老葛说："叫他们都回，都回。"小贾整理着报表，故作聪明地献媚道："主任您还不知道吧，听说要给你们几位贡献大的人的单身宿舍中安暖气哩。"麻子说："莫胡诌哄人，那怎么安？住得又分散，热源从哪儿接？"小贾说："啥暖气，叫土暖气呗——给你们在单身宿舍垒火墙子哩。"麻子像是这才信了，认真起来问："都给谁垒？"小贾数了数，供销的有李麒麟，焦化的有孟献全，本部门的还有踮大爷。

老踮拐着个腿果然来值班了，麻子把他打发回去，麻子又给在党委开会的总支书小白打了电话，也让他没重要工作就别来了。白班的人下班走完后，这老葛摁不住自己了，走进走出，屁股上像长了钉子。小贾也叫他支回家了，夜深人静，终于让他等到了，便给住在县招待所的庞信打了个电话。当然他瞅冷子去了一趟刘厂长的办公室，转弯抹角又千恩万谢地把那七十元钱还了，才算了了一桩心事。

把别的事情办完后，老葛这才记起从玻璃板下抽出打开他的学生留下的条子。条子是封便函，这样写的：

葛老师您好：

我刚随局长参加了省冶金工作会议，又南下参观学习，长了不少知识。这次随工作组来钢厂检查工作，两次来机电部看您，都没遇上。特留条告知我的情况，全区缺煤缺铁缺水泥，地区局抽调一批干部下矿下厂当联络员去督办，派我去保康煤矿帮忙工作，将一去三年，前来辞行。这里有个小武（武金凤）在贵部当水泵工，请多关照。

明天我要搭车回老家蔚州提亲，五天后上坝。

莫义顺

学生小莫留条辞行的事儿暂时搁下，局里号召的事他葛存义也不感兴趣，那不是在天天喊嘛。莫义顺他们师生间的关系不一般，常有书信往来，形同父子。不过信中提到的蔚州二字却让这位大厂机电部代理行政一把手为之一震，心想：蔚州可能是大县的缘故，前边有个庞信，后边又来了个莫义顺，蔚州，尽蔚州了，县大出来的人这么多，也真巧了。今天来找他的都是蔚州的，或许自己和蔚州有缘吧。

他常听人说：蔚州的城墙，浑源的姑娘。是说蔚州的城墙多么多么坚固，浑源的大闺女多么多么的俊美。千里之外山西的浑源他知道得不多，姑娘有多么的漂亮他也没见过。而蔚州，特别是前些年在工业学校时，他为调拨机械设备在蔚州草沟堡住过一段，那以后为采买拉运建工杆子又去了几次，所以蔚州人他倒见过不少，甚至叫蔚州人给迷住了，特别是那里农村的女娃子那个俊劲儿，那个鲜亮劲儿，让人久久不忘。

5

三百里外的蔚州的雷文，有个姨哥，乳名叫混崽，坏着哩，有一堆坏事儿。

篱笆院起风了，南山团堡刮来的风，北沟壶河水库里刮来的风，厉害着哩。

像是个下午，阳光明媚，彩蝶飞舞，篱笆院处处生辉，屋里的气氛更浓烈，三奶奶要见的一位娇客登门来了。这说的是她的外甥胡翟，他到大金家村半年多了，小伙子模样好，人也机灵，木匠手艺到了众人竖大拇指的水准，给这里东邻西舍帮了不少忙，在姨家村里遇到邻家一些事，木工、瓦工、电工、修车、采石头一类的活儿常常有他在场。还有料理一些红白喜事儿什么的，他都能掺和、帮得上手。在姨和姨父的眼里这后生成了香饽饽，村子西沟这一片儿成了一个亮点，被老家团堡对立面赶得东躲西藏的胡翟在此站住了脚跟。姨父把他当成飞来的财神，言听计从，姨的态度更来了一百八十度转变，把他当成和文娃子一样的心肝宝贝了。这个只大他五岁的姨还真有点长辈的做派，惦记他的吃住，惦记他的冷暖，今天捎话是要他来量衣服尺寸。她也在帮他张罗媳妇。

几年的动荡生活把个胡翟弄怕了，渴望得到处安乐窝过舒坦日子，也渴望有个女人陪陪了。他是死里逃生出来的，当然希望在北山里找个媳妇安上个家了。

那天一大早，三奶奶就喊要出街门上学的文娃子。

“文娃子……”

“娘！甚事儿？”

“午前放了学去趟木匠房，叫一下你姨哥。”

“甚事儿？”儿子漫不经心地问。

“让他来咱家一趟，他穿的衣服胳膊肘子、裤子膝盖都破了，让他替换下来送过来补一补，省得让人家笑话。”三奶奶这话说得斯斯文文，又提高了嗓门，像说给谁听的。

文娃子应着往外跑，三奶奶的大嗓门又补上来一句："让他替换下来，你带过来更好。"

跟下来文娃子飞来一句："我的书包鼓鼓的，可没处放，莫二小还等着我摘沙棘果呢，让他自个送来吧。""吧"字还没说完，文娃子就下了坡道，到沟下了。三奶奶没办法管住这崽儿，无奈地摇摇头。

"醋瓶子！带好了吗？"文娃子应了句："噢——"小手拍了下书包跑了。

三奶奶又嘱咐道："把钱放好！"儿子又是一声："噢——"

"莫打得太满，太满会漾出来。"又一声："噢——"不管这娃能不能听到，养母又跟过去一句："摘沙棘果小心扎破手脸，早点回来吃午饭。"这一句是白说了，三奶奶追到坡头，养子的影子早爬到山崖头了。这娃倒是朝娘摆了摆手。

文娃子哪一次离开娘出门口，娘都愿意送一程——是用眼送的，直到见不到人影子，养子总忘不了停住脚步摆摆手。

送个甚？又不是出远门，但习惯成自然，娘的心头肉嘛。其实这时送儿子的她，两眼看着儿子在前面晃荡，而同时有一个魁梧俊秀的影子在和文娃子的影子重叠着，那是娃的亲爹——金振川。金振川，独身的中学教师，西合营街上的大帅哥。

每次都嘱咐娃子注意这个注意那个，或许也有这原因。可惜这叫单相思，老这么想着一个人。

暂且不表文娃子上学和放学后摘沙棘果的事，故事回到下午，大约是下午的两三点，文娃子去上学了，彩凤、黑凤姊妹俩下了地，金老三还在北山根四道沟草场，草场下面就是他家承包的草场边责任田，这二老汉一边瞭望着吃草的羊群，一边在草场边拔着草。这里草干风大，他把烟袋掖在身后，思谋着咋趁热割豆子的事儿，又像嘀咕着放不放养子文娃子去他亲爹那里过秋收的事儿。二老汉哪里会想到妻子三奶奶也在想着文娃子的亲爹，那是另一码事。

二老汉更不会想到这时自家的篱笆院起了风，那不甘寂寞的对眼女人抓不住金振川，没有朱砂红土为贵，找个替身也好嘛。

鸿雁传书，心想事成。嘴里像含着口蜜的混崽，接到文娃子的口信后，眉飞色舞，心花怒放，觉得桃花运算交上了。春天，天是红色的，偶尔又是瓦蓝色的，那里是瑶池，在天池里洗浴的仙女频频招手。那一天，心潮起伏的小木匠拐上那道斜坡，拐进西北崖头上的篱笆院，院门虚掩着，“吱扭”一声响，屋子里有动静，定神听了听，接下来仍是“嗒嗒嗒”的机械声响，没见人出来。迎接胡翟的只有小狗黄黄。黄黄睁眼看看是家里人，没再叫，只是晃着尾巴悄声走过来，挠地取宠，胡翟随手掷给它块馍。对这拐子来讲，今天的情况就像过大年一样好，“文革”后期连着过了几个大年，几个五月节、八月节，见天里东躲西藏向来没有这么心花怒放过，苦等了几个月和这个小姨单独见面的机会终于等到了。天呀！天儿太美了！

胡翟推掩住街门，蹑足走到屋门口，轻声咳了一声，这是投给姨的第一个信号，像个小偷，蹑手蹑脚地走进屋里。黄黄只送他进了屋，走回街门后趴下，给主人把住门。

院子里刮着风，风还不小，刮得秫秸篱笆呜呜作响。鸡婆鸡娃们啄食，树上的黄莺伴唱。

“甭咳了，屋里只有姨一个人，家里没旁人。”屋子里传出来话语。

堂屋和西里间的断壁门口挂着个蓝布帘，屋里没人迎出来。机声停了下来，继而又传来机子“嗒嗒”声。

说话的是三奶奶，她像有心理准备，既没有起身相迎，又没有扭捏着把客人拒之门外，既没有以长辈自居要求对方左一个姨右一个姨地奉迎喊着自己，又没有再尊称外甥的大名胡翟，而改成爱称混崽了。他小时候她就是这样叫的。

其实与比自己只小五岁的外甥这样见面，完全是她想了多日安排好的，打发文娃子去讨要补的衣服，还对文娃子说了句“你带过来更好”的话，是打着马虎眼留着退路，也是让丈夫女儿们听的，碰巧东邻还有个老妯娌大奶奶嘛。下午她打发彩凤带着黑凤下了地，她知道这样，彩凤就被傻姐姐赘住了她。她打发文娃子后晌下学后去打醋，因为前天小卖部关门挂锁，那醋没打回来，这娃也不会早回的，又留下小狗看家，是为了给她姨甥俩在屋中说话办事看住门。

不甘寂寞、火力旺盛的三奶奶心中早有这个外甥了。尽管人比人气死人，他比那个老帅哥差了大半截子，但凑合一下也解闷嘛。她很注意男人的眼神儿，最近一段时间这个不摸底细的外甥看自己的眼神儿不对，只是不知道这家伙会不会像几年前的小货郎那样，有那个贼心没那个贼胆儿。“甭咳了，放心进来吧。”这是屋子里又一次传过来的暗号，这是句富有挑逗性的暗示语言，特别是“放心”两个字让胡翟这条光棍听了心里发痒。如果屋子里坐着位皇宫里的娘娘的话，在小木匠听来这话语就是懿旨了。

“老姨，忙甚呢？”

“我有那么老吗？”这姨说话时头也没抬，像白了他一眼。

“不老，不老，才不老呢，刚才的叫法是仿照天津人的习惯叫的，千万别误会。”混崽赔着笑脸解释着。

三奶奶似乎有点儿生气，头仍没抬，理也不理，照样忙活她的针线活儿。可是善于观察女人心理的这个混崽察觉得出，缝纫机照样响着，但从声响中判断，他这个姨的方寸乱了，机子不是卡壳就是断线，哪里也不顺手，或许是管着手的脑壳乱了。

“姨，我给你修一下，好吗？”混崽又凑近一步试探性地问。

“你小子是七十二行都会吗？”这个姨白了他一眼，泥鳅般地闪身离开机子，少见多怪地问，“你也动过这机器？”

混崽随口答道：“动过，还会扎几针，前些年造反扎袖章、扎旗帜逼出来的。”说到此讥讽了一句，“可不能站在台阶上看人低哟。”说这混崽聪明也确实有一套，骂人不带脏字，怕引起对方的反感，竟把这句“狗眼看人低”中的“狗眼”换成“台阶”来说。这一点同样聪明的三奶奶听出来了，她没有反击，不由得佩服起眼前这个男人，也不错嘛。女人理想的男人是金振川，他跟振川那老小伙儿个头一般高的，只是振川不拐也洋气，俩人比比，一个在地上一个在天上，不过凑合一下也不错嘛。

说老不老的问题，三奶奶的担心是多余的，这个管她喊姨的拐子大后生把她看成一包水、一朵鲜花。于是混崽急忙解释：“小姨才不老哩，和姨妹彩凤站在一起还以为你不是娘是她姐哩。真的，小狗才骗人。”为讨得女人的欢心，嘴上抹着蜜的混崽又奉承了一句：“姨的这个小脸蛋儿、小酒窝，抵得上电影演员王丹凤、王晓棠了。”这混崽跟着胡诌，“姨若扮出来往大戏台前一站，还不得让十个年轻汉子五对男人直瞪眼嘛。”

三奶奶听罢喜形于色，果然飘飘然起来，这没出过大山的女人不知道谁叫王丹凤，更没看过这个人演的影片，但他听过丹凤朝阳这个词，是个好词，一听王丹凤这名字就知道这人一定和仙女一样美。她记起来了，对着哩，漂亮女人就是王晓棠，仙女下凡哟。看过一个叫什么《斗古城》的电影，那一个人扮了金环、银环俩美人儿的就是王晓棠。当时她就惊呆了，怀疑世上竟有那么漂亮的女人，如今竟有人把自己比作王晓棠了，这怎么可以？这不是胡扯吗？这话也太夸张了，不过听了蛮舒服，心想自己赶上人家一半也喝蜜了。这会儿更可喜的是这个夸奖自己的人竟是心上的那个他。可他是个小拐子，拐就拐呗，蛮好的。不过这个还有点自知之明的女人最后惆怅地说：“姨哪能跟人家明星比，看姨这眼——

蚂蚱眼。”

混崽又捧道：“姨的眼咋了？各有各的美法，大眼有大眼的美，小眼有小眼的美，姨的眼才秀气哩，配上姨的这柳叶眉，不活脱脱像个晴雯嘛。”他违心吹捧的是三奶奶的对眼儿。混崽这里真是胡诌，要说潘金莲家喻户晓，可谁能知道《红楼梦》中的小丫鬟晴雯呢？

一颗炮弹能摧毁一座炮楼，一句甜言蜜语也能哄乐一名惆怅哭泣着的女人。这混崽太能干了，手腕儿高，实在是高。姨甥俩都在沉默，足足沉默了五分钟。混崽看到这个姨把自己要补的衣服坎[①]在一旁不理不睬，有些不快，但还没到手的女人不便发作，这是狼的逻辑，于是按了按火气没话找话地对着三奶奶加工着的蓝色衣料问道：“这样高贵的衣服给谁做的？”

“给狗。”佯装生气的三奶奶揶揄了一句。

混崽是谁？那转轴脑袋瓜转得多么快，立刻明白了衣服是给自个做的，但还想要笑一番这个痴情的傻姨，装傻充愣地答道：“黄黄真有福气，得宠了也能穿上这么漂亮的袄。”

听了这话三奶奶没有开口，瞟了一眼外甥，抿着嘴笑起来，笑得很开心。混崽明白这是笑自己，佯作不明白，继续装作发愣，在那里等待女人的下文和恩赐，可心里着急火燎的。在外甥的眼里，眼前漂亮的女人已经不是什么姨了，更不是收留自己的恩人老人，是一碟子菱糕、一口鲜桃。不知从哪会儿起小狗黄黄悄悄钻进堂屋，坐在那里吐着舌头，混崽也发现黄黄了，愈发可笑，打趣道：“好个黄黄，你也真会投机，来这里干甚？你以为衣服真是做给你的？美煞你了。”三奶奶愈发开心了，抿嘴笑起来，又白了宝贝外甥一眼。恍然间，女人记起了什么——三奶奶倒发现了这个神态的黄黄，不由得内心咚咚地跳了几下，这还了得，恨不得找棍子打跑这厮。立刻想到亏了还没说个甚，若说了疯话偷偷话不都让这厮听去了吗，不过反转一想，她又不怕，这厮总不是文娃子，除了吃甚也听不懂的。这一联想到文娃子，复杂了，登时看到文娃子的身后闪现出了一个俊美高大的身影金振川。倒有点儿负罪感，这是哪跟哪？好像移情别恋是对不起人家那大帅哥。她又一想自己和外甥这样发展下去，就算“偷汉子”了，会让人家当“破鞋”戳脊梁骨。“文革”时这类乱搞的男女是要游街的。所以她想这事儿做起来切莫大意。不过她也不怎么特害怕，对自己的上了年纪的丈夫倒不怎么顾忌，老三不行了，还不允许人家找个“绑套”吗？村里的这类女人又不是自己一个，这会儿不是时兴“能者上”嘛。找的不是别人，是没成家八竿子打不着的

①坎：方言，扔。

外甥，这叫肥水不流外人田吧。想到丈夫老三的火气，她心里也有谱，那是自己的男人吗？比亲爹也小不了几岁，废物点心一个。小货郎溜进家，老三三鞭子吓跑小货郎的事都过去十年了，那会儿丈夫老三还算血气方刚，这会儿上个陡坡就喘。于是她反倒可怜起小狗黄黄来，可怜的小母狗，一年多次发情，连个固定配偶也没找到，想到这里，三奶奶又瞟了混崽一眼打趣道："黄黄，小宝贝，来穿穿奶奶给做的袄，看看合适吗？"黄黄没有听懂，倒是爬起身来，高兴地挠了一通地板，算答谢女主人了。还是混崽心眼多，他就近找到一块苞谷饼子掰一块丢给黄黄，又掰第二块丢给黄黄，这一块丢到院子里了，终于把黄黄引出了堂屋，他悄悄把门关住。

这会儿屋子里又只剩了一个大男人一个大女人了，屋中的光线慢慢暗下来，三奶奶离开机子弯身隔着玻璃翘首望了眼窗外的天色，又好似听到远山有咕隆咕隆的雷鸣声，急忙拉开机子上的抽屉拿出皮尺催促道："快来，姨给你量量尺寸，快量吧，听不到打雷了吗？"

"真是给我做的褂子？"

"那还有谁！"三奶奶说到这里，睃了一眼这宝贝后生，挤眉眯缝着眼嫣然一笑说下去，"装孙子吗？难道真的给黄黄做的？"

"有尺寸吧，要不你照哪个尺寸裁的？"混崽不解地这样问。

"上次缝袄时，偷着在你背上拃[①]了拃，就这么先做了，终是放心不下，怕穿着不得体，叫你来复核一下。"

"快敞开怀，还愣着干甚？"这个姨捉着皮尺催促道。

这时的混崽把"敞开怀"的"怀"字理解错了，飘忽悠悠地如上了云霄，想着到手的好事儿，心急火燎地就要解裤扣脱裤子。

这举动反倒吓了这姨一跳，情急之下，她把捉在手中的皮尺轻轻地抡起来打了他一下，脸变色怒吼道："傻子，想到哪里去了？这是啥时间——大白天，真坏！"接着解释道，"我让你解开衣扣量胸围，快量吧，外面就要来雨了，彩凤他们就要回来了。"

混崽这才猛醒，情绪从天上掉到地上，脸红得像个紫茄子，暗暗怨起自己太冒失，让这个女人笑话了。于是老老实实地脱掉上衣，一手拎着衣服，光着膀子让姨给量胸围、后背。其实这是脱了裤子放屁多余，哪个裁缝也不会这么做，量胸围隔着衣服摸着就量了，谁说还需要脱衣服。满身一个疙瘩一个疙瘩硬邦邦的健壮肌肤让女人眼馋。

---

①拃：方言，量，张开大拇指、中指（或小指）来量长度。

女人再也不敢去看，心里同样“怦怦”地跳着，胡乱地又是极认真麻利地量了量这外甥的胸围、腰围和肩背，收起皮尺，默默地站在那里一动不动地心跳着。女人打定主意把握好自己，为了以后的好事，今天要压住阵脚，不能有半点出格的举动。女人——尤其是有丈夫、有孩子的壮年女人——终究是成熟女人嘛，心总要细一点，想得多一点，好像展现在她眼前的他身上的每个部位都是——美味佳肴。她的身心是不会轻易给人的，何况这会儿就要来雨了，下起雨来，家里的人跑回来，碰上了——漏了馅儿不得了，还不炸了窝。

混崽终于忍不住了，急不可耐地要冲上去对这个姨强行无礼。

三奶奶怕了，左闪右躲，着急地说：“姨愿意跟你好，长期好，再找个合适的时间、合适的地方好吗？总能找到的，这院子里棚屋的门窗都坏了，要不我跟老东西说一声，你来家里做几天木匠活。”

“那敢情好，太好了!”混崽高兴得要疯了，像头发情待喷发的野狼嗷嗷地叫着，尤其是这个姨说了“长期好”三个字，把他高兴坏了，心里有了根底，前途无限光明，满眼都是朵朵红花、簇簇绿叶。他有人心疼了，踏实了。他再也没敢强行拥抱这个姨，而是在临别前，凑上前侧着身子在姨桃红色的左腮上亲了一口。三奶奶不知所措……

篱笆院起风了，小风演变成大风，大风裹来一间大房子，以修屋为媒，来个“绑套”。

三奶奶果真没有食言，从这次幽会到那天午前在良种场三间房办了那事期间，她与这个外甥有过四次亲密接触。正是：

世上事，
真难讲，
对眼儿笑，
外甥发狂，
一个巴掌拍不响。
两条腿的凳子找不到，
三条腿的椅凳不稳当，何不上炕。
只缘三老汉一时犯傻，
财神没请到招只狼，
篱笆院确实起了风，呼呼响，

风越刮越大，火上房。
狼拐走媳妇还叼走姑娘。
文娃子跟着养父也犯蒙，
狼窝里送信哪会好报偿。
大灰狼，莫猖狂！
惹恼了小爷爷够你呛！
踹折了狼腿后开膛，让你狂！

6

姨甥恋不允许，但也没法儿，三奶奶和外甥混崽混了五年，公开了，弄得三老汉家鸡飞狗跳乱哄哄。那叫拉偏套不是，但过日子又离不开人家混崽。全家人谁也不认这账，全家人也气不忿。在外求学的文娃子回家就找碴生事，打过奸夫混崽两次了。文娃子对养母三奶奶还是尊重的，吃她奶长大的，何时也得亲。

文娃子十三岁那年，在路上——在一片荆棘地旁，他和他的养母三奶奶娘俩拉起了家常。三奶奶多日想好的话——打好的如意算盘，今儿个端出来了，谁想娘儿俩弄了个脸红脖子粗！这小东西翻了脸，不认把他养大的这个娘了。“娘，你咋能这样想？说这番不着边际的话？真要到那一步我不当你的儿子了，我跟爹过，不认识你，饿死不吃你做的饭。”

说着，从小抱大的宝贝疙瘩似的养儿子，竟抢先一步跑了，竟离娘几米远了。“站住！你给我站住！”三奶奶追着，追在屁股后骂着。这个三奶奶铁五妞，低估了养子对他养父金老三的感情了，搬起石头砸在自个脚上，也是活该。

狗咬耗子无事生非，又狗咬吕洞宾不识好人心。本来西岗头上的这个篱笆院是相安无事的，尽管三奶奶和名义上的外甥混崽靠了那么多年，体弱多病的三爷爷忍了，蔫蔫地戴着那顶绿帽子，俩闺女、一个养子毫无办法，也只好忍了。日子就这么过下去，过了四五年了。忍耐也是一种没有办法的办法，好在混崽融入篱笆院这个小家庭也算正式成员了，有打里的有挡外的，就这样过下去不就相安无事了吗？可偏偏不，那个三奶奶和野男人她的外甥无事生非，凭空抛出个幺蛾子[①]，想拉偏套了。今儿个让四十上下的中年人碰了一鼻子灰，多没劲。

文娃子刚从西合营中学回到家，是养父病了被叫回来的，让外人看这一家子

①幺蛾子：方言，鬼点子，坏主意。

多么和美，表哥混崽套辆牛车从十八里外的东杏河把他接回来的，这混崽真会做人，未起程回村前，就近在公路边的小卖部里给小表弟买了糖果，见面后又把亲手做的杜木铅笔盒递给文娃子，把这初中生哄得得得的。混崽是木匠，手很巧，还在盒上刻了五星，又刻上文娃子的大号金雷文，怕文娃子听见养父病危的消息受不了，捎信儿时没提“病危”俩字，还瞒了二丫头彩凤，只讲老人偶染风寒，让他抽空来看一眼。其实是两天前金老三出牧不慎滑下了坡，伤着了头颅和眼睛，像是奄奄一息要离开人世的样子，让养儿子回来商量准备后事的。病危的金老三躺在公社卫生院里，文娃子的大姐那情况不需要细细交代，不告诉也罢。可精明能干的二姐彩凤也被摁在家中照料那群羊；不让去卫生院。文娃子直接赶到了卫生院，见到病危的养父的样子吓哭了，问起老人是咋病的，三奶奶说是从崖头上跌下来的，还学说这是送老的病，将不久于人寰。谁知这婆娘对这事有说有瞒，病的细情不跟儿子交代。

老三已病得说不出话，看见养儿子回来，一肚子委屈涌上心头，父子俩抱头痛哭了一场。三奶奶铁五妞倒像个老夫老妻的样子，也擦着泪。

病，有病就看呗，多重的病到了医院总有办法的。见文娃子来了，三奶奶和混崽这对没人性的姨甥把病危老汉推给了十几岁的娃，表演了一通后，借口筹钱求人这俩东西躲到一边了，弄得这娃急火攻心。病房里没人陪护，他要回家找二姐商量也脱不得身。养母这个没人性的铁五妞早就希望有这一天了。或许是和混崽密谋过不给老三看了，让他咽了这口气，踢开这块绊脚石，一切作罢。

急穿了的文娃子急着找医生，医生讲交钱吧，没钱看不了病，又去找院长也是这话，其实伤的是脑袋，路上一折腾又患了大伤风，高烧不退，吃点好药顶一顶兴许就能过来的，得输几天液，退了烧，也许就救过来了。说了半天得要钱，钱就能救命，就能转危为安。一个十三岁的文娃子去哪里找钱？只有让娘出，娘说没钱，那就卖存粮，可家里没有存粮可卖，找表哥混崽，混崽叹叹气也说没钱，还告了半天艰难，似乎穷到山穷水尽了。文娃子想到自家和莫家的关系，只好再去向村主任张嘴巴。

三奶奶和养子文娃子母子俩走在回村筹钱的路上，春风倒是把岗头那片荆棘丛和下面的草场刮绿了，娃子一想到养父，胸膛里就升起慈祥老人的影子，成天弯着身子气喘着在坡面岗上爬上爬下伺候着那群羊。打自己记事以来，养父好像天天出牧，包括大年初一到破五，除了大雪天，一天也没歇过。原本挺硬朗的身子骨，谁想到这会儿躺在病床上竟不进水米好几天了，病入膏肓，危在旦夕，但这一疙瘩永远成了文娃子的伤疤——养父就是从这崖头摔下伤着了头颅躺在病床上。养父是恩人，终身落下拐疾，也使得作为养子的雷文抱憾终生。

铁五妞娘儿俩回村筹钱抢救金老三，这令人厌恶的荆棘岗子着风一吹浅绿色变成了铁青色，就像卫生院院长催账时那毫无同情毫无通融余地的肿胀脸。这穿白大褂的老头子吼道："回去拿钱好了，莫再磨叨！借，到会计那里支用，拿不来钱咋能取药打吊针？那就等死咽气好了，床位还得快点腾。就是人过去[①]了，往柴棚里一丢，你也得交齐了费再抬尸。"这话说得多刻薄，这像党的干部说的话吗？文娃子骂着他哭着离开医院，咒道："这白大褂也不死，说这话有人味吗？怨不得前些年让人剃头游过街！"骂归骂，但大权在人家手里。可是家里人娘和养父不同，咱是亲人呀！一家人十指连心呀！

文娃子不简单，死说活说终于把娘弄回来了。文娃子学会了软硬兼施，三奶奶只好跟他走，听小子的。

文娃子说："娘，我看卖几只羊吧，五只羊的钱，大治病的事就结了。"

"胡翟不让卖，他讲大羊在养膘，这会儿卖不划算，老的羊没人要，那羔就更不能卖了。"三奶奶毫无表情地说。

"那咋弄？大是家里的顶梁柱，顶梁柱不能塌，大一生不易，花多少钱也得治过来，治好。"

小小的文娃子可不是简单人物，也是个说一不二的人。他不是一般的养儿子，从一岁半被抱进家包括俩姐在内好像数他大了，要枣吃就不能给梨。在筹钱的问题上他得当老大，十三岁就想撑起这个家，那野羔子混崽往哪里摆？弄不好就要举拳头。

三奶奶抛开养子的问话，来了个反问："你觉得你大这病能治好吗？你大还能醒过来吗？"三奶奶老愿意拿着自己丈夫身体不好说事，也不都因为要咒丈夫早死，而主要是为她跟混崽的姨甥恋那儿点事开脱，似乎告诉人："老家伙不行，难道还不让老娘找个小的吗？"一听到咒养父死，文娃子急了，再也不像个十三岁的娃。他长得高，身高都一米五了，不认这半瓶子醋，瞪圆了那双大眼，决定和奶大自己的养母翻脸。

"咋能醒不过来？老中医讲，大这叫痨病，就是气管炎，就是一口痰卡在嗓子眼上了，下服好药，把痰化了，就好了。大还不算老，底子也壮，完全能挺过来，没事的，没事的。"又道，"谁不让卖羊咱就试试。"试什么？打架呗。

想到打架，三奶奶铁五妞发怵，打过几次架了，混崽吃的亏还少吗？只能哄。

①过去：方言，即死亡。

“说得轻巧，一服好药要八块钱啊，起码得三服，三八二十四，还得配药引子，得花掉半群羊啊。”娘愁苦地说。

“那又咋了？家业是大劳碌一生攒下的，该花多少钱也得花啊。”说到这里养儿子激动起来，像是表白心迹又像是跟养母辩论，瞪大了眼睛说下去，“卖羊不划算就卖粮食，救命要紧，不够吃我去找村主任大爷想办法。还可以卖收集到的中药材，我回村就去找莫义平二哥，啥能换钱就卖啥，就是倾家荡产这病也得看，公社看不了咱找车去西合营，去县里。就是背了债，也得看，债，我这儿子还，顶大我这儿子不上学了。”又道，“顶大我休学，做店小二也得挣钱还，也得吃药打吊针！”

“胡翟不会同意的，他当着家，他说没谁了咱家的日子还得过吧？”

“屁话，屁话！没谁了也不能没爹！他不同意？他当家？笑话！他姓啥？他算老几？金家院里的事金家人会解决，有他什么份儿？”文娃子学着大人说话，那尖厉的小嘴“嘣嘣嘣”像门小钢炮，狂轰一通。这一闹腾，这养母真怕了，后悔不该让他回来，骂道：“生瓜蛋子，人家在咱家也出了大力，房子是他想办法修好的，人家做木工活挣的都撂在家里了，这几年——打从你大摔伤干不了重活后，除了放那群羊还能干点啥？里里外外不都是人家干的吗？挣家业人家也有份儿，花钱也做得主，人得凭良心说话嘛……”气得说话很冲的三奶奶真的和养儿子辩论上了。

这女人光顾着说话，不曾想穿过酸枣林时被带刺枝条扯着拽着，亏了儿子来救，撕巴了一通才脱身。这三奶奶狠狠瞪了酸枣棵子一眼：“不知天高地厚的货，还想抓老娘一把吗？”实际是骂儿子。

文娃子心里明白，也暗笑，这是娘在骂自己。他不在乎也想得通，娘不高兴时骂几句就让她骂几句好了，唉，不是还打过嘛。给人家当了儿子骂得着也打得着。不过这后生有自己的准主意，说啥也得要按自己的意思办——你就老老实实拿钱吧！要多少你得给多少，耍嘴皮子多说几句少说几句话不打紧，看病要紧。

这大娃子心里暗暗埋怨起养父来，傻了是不是？咋会让混崽那厮当家？他当得着吗？殊不知养父金老三也后悔，千不该万不该娶这么小的婆娘，不受气才怪，戴绿帽子怨得谁？

“人家当家，我有甚法？”这是养母铁五妞的话。她理屈词穷了。

“娘，这话不对，不是大当家，就是娘当家，要不就是二姐当家，再轮也轮不到他混崽，我还想当家哩。你甭笑，不行吗？”文娃子沉了沉接着说下去，“他混崽算个甚？算个屁！野种！最大算你老家娘家人，外人。老说他给咱家挣回多少，没说他在咱家吃了多少，还天天有酒喝，养父该是这家的老祖宗也不这样吧！派头够大的呀，他若好好待就让他待，冒刺儿就让他滚，不信等着瞧呗，老金家的人都是吃素的吗？团堡的野羔子不信的话就请过来试试小爷爷的旋风脚、铁砂掌。”这娃子说到这儿一跺脚。

“闭嘴！小崽子你快给我闭上臭嘴，不想想你可没资格说这种话！”娘急了，顾不上许多，不到万不得已，她是不会说下面的话的，这是自揭伤疤，“不想想你不也是抱来的。”

“不错，我是抱的，但我打一吃奶就进了这个家，我姓金，一个金家，是吃金家你三奶奶的奶长大的。老金家的人，院中族内几百号的人都认我是金三爷的儿子，响当当，不是吗？”文娃子理直气壮地讲着，实际那是吼着。后生可畏，了不得。

儿子没闭上嘴，这位养母倒闭上嘴了，因为养儿子的话都是事实，处处在理，养儿子也处处优秀，没办法反驳也不好反驳。她不想跟一把屎一把尿辛辛苦苦养大的儿子彻底闹僵、让他滚。她也留着后手，养老送终指望着他。另外他的背后还有个他爱得要死的大帅哥金振川哩。

娘儿俩谁也没说话，这会儿已到了另一处荆棘林子的头，弄不好又要被扎着哩。抬杠归抬杠，孝顺是孝顺，文娃子奋起开道，跑在养母的身前身后为她拽开、拉开荆枝，生着气的娘不让跟，说看到他就有气。这文娃子跟彩凤不一样，彩凤跟娘生气是真戗硬顶，弄得三句话不对撇子就叮当，怄了好长时间气了，现在娘俩还不说话。养儿子文娃子可不一样，娘老骂他白痴，白痴就是生瓜蛋子吧，关南人管这叫稍瓜，口外叫不熟，不管确切的含义，反正不是好话，也不是糟践人的话，反正三奶奶也不懂。文娃子他有把娘气哭又哄笑的本事，闹起别扭的时候他会想，跟养大自己的娘讲是非曲直那等于嘴上抹灰，就是错了也没有道理和时间去讲。她讲的是歪理也没法，谁让她是娘哩。可怜可悲又可笑的金雷文呀，菩萨心肠，真把对他有大恩又有大仇的铁五妞当成亲娘了。

终于走出令人厌恶的荆棘丛那条沟，来到较平坦的草场了，养父就是在这里沟沿崖头摔伤的。嫩绿的草芽好像带着仇恨的怒火、厌恶的唾液，耻笑着来往的人流，好像是在说，我的头刚伸出来，你就赶了牛羊来斩我的头，你们有人跌倒、病倒，那是活该，谁让你们贪婪地破坏我们的家园呢！

走了一段路，憋着气沉默了半天的三奶奶又和儿子说话了，人可是怪物，一些说不清、说不准的感情因素，使得这母子俩关系有点儿怪，有时浓有时淡，有时说说笑笑抓耳挠腮，有时候弄得面皮三丈厚，骂人打人没商量。时风时雨。母亲对儿子的情绪极不稳定，时而恨不得抓住这小子踹上两脚扭上几把也不解恨，时而爱得像手心里的宝贝把玩过来把玩过去，甚至像他小时那样拉过来揽一揽亲两口。而这雷文终究不是娃娃了，是膀宽腰圆虎气腾腾的小男子汉了，揽、亲都不合适，再也不那么听话了。

走在暄软似绿毯的草地上，娘又打开了话匣子。文娃子事后才清楚，过了开场白，娘这会儿的话才扯上正题——正戏开锣了。

“文娃子，想过没想过你大若一口气没上来，离开了，咱娘俩儿咱咋办？”

“没想过，不会的，不会的！真有那一天，还能咋办？车到山前必有路呗。”

“你看人家胡翟这人咋说？”

“甚咋说？”雷文一愣，后来佯作不解。

“人品呀。”三奶奶说。

听了这话，文娃子皱着眉头横了一眼娘，心想：娘呀，你太抬举那厮了，那还算是人吗？是牲口，跟这种人哪能讲人品呢？他于是道：“不咋样……一肚子坏水，儿子给娘提个醒：小心点好，最好跟他断了，离得越远越好。”养儿子单刀直入了，横眉怒目。

“又是听你二姐说什么了？”

“不用听，你儿子不瞎不聋嘛。”小家伙据理力争。

“我和胡翟这点事儿，你恨娘吗？”三奶奶这样轻描淡写道，这是一般的“这点事儿”吗？当儿子是小孩子吗？他十三周岁了，况且还是中学生哩。

“恨不恨你老人家自己知道，还用问，让当儿子的咋说？”文娃子又道，“娘就这样吧，何必逼我当儿的表态。”接着反问，“光彩吗？还让儿子说啥？”

“你是娘的心头肉嘛，娘难呀，娘难透了，寻死的心都有，其实娘死过，舍不得娃儿。”又道，“咱这篱笆院有谁跟娘一条心？还不只有娃儿你嘛！娘要走下一步棋实在难，只有和心肝儿你商量了。”三奶奶说得悲悲切切。

“娘，今儿你咋了？咋说这样的话？遇到多大的事儿了要寻死？”文娃子听着，娘的声音中带着哭腔，瞥了一眼，娘慢腾腾走着，似乎在擦泪。娘真要寻死，他不信，骗人的。

养母说下去：“娘是打个比方，今儿个在这儿跟俺娃儿掏心窝子……”

“要掏，你老人家就掏呗。”文娃子停下脚步说下去，“来个痛快，口袋倒西瓜！”雷文说到这里，彻底把脚步停下来，一拉三奶奶的衣袖，娘俩就地并排坐在一处坑塄上。

“娘这一辈子不容易，没过过一天舒坦日子……”三奶奶开始诉苦，诉得悲悲切切、一五一十。

文娃子说：“又跟我诉苦，不就是两口袋白薯干和半口袋小米，大把你换回来的吗？还有大不知道疼人……”

“你得听我说呀，听我把话说全了。知道娘的难处，知道不公，这世道早解放了，还这么不公……”

“你说呀，说吧，儿子在这儿洗耳恭听着哩。”儿子倚在娘身上乖起来。

“来的那一年我才十六岁，周岁十五，比西合营你亲老子小一岁……”

“你说自个吧，甭说俺爹了，我对俺爹的事儿不感兴趣，这会儿主要是照顾俺大。”

“我是讲，配夫妻，我跟你亲爹合适，不是你大。”这是三奶奶，今儿个怪怪的，说着东又扯着西。

“我大怎么了？跟你怎么不般配？”儿子不耐烦地反问，眼睛里射出犀利的光。

“你想想，你大那年三十七岁，比娘大二十一岁，比你打铁的姥爷也小不了几岁，进了门，倒像我的个爹，你想这日子过起来能好得了吗？”三奶奶哪是说了点事儿，简直就是在控诉过去不合理的婚姻习俗。俩“你想”，又把矛盾压到养儿子头上。

万般没有想到，抱来的十三岁的这小东西，竟向着老东西说话，“快甭说这个了，这情况我也听庚爷讲过，屯堡的姥爷那儿那么多人，没那些白薯干，早饿死了，那是六〇年，那是啥年月？”不言而喻，儿子说的是1960年都顾命顾嘴，哪里还顾这嫁女般配不般配哩。

三奶奶也不反驳养儿子的理论，若无其事地说下去：“娘跟胡翟弄出这一锅，光彩吗？不光彩。别人说我这个姨跟外甥有一腿，自己听了也觉得恶心，甭说你们当儿女的了。”三奶奶说到这里压低了声音，继而一只手捂住了脸，儿子以为她是在悔恨，依恋怜悯心上来，和娘贴得更近了。

“你就是金振川的种嘛，个头儿、眉眼都像振川，鼻子和眉心像你爷爷老忠烈叔，可有些地方像娘我铁五妞，可能是吃我的奶的缘故，是吧？”三奶奶这是在问谁呢？谁能给她回答这个问题？如果真讲的话，金雷文很多地方更像爷爷金忠烈，但没有忠烈老汉的暴躁脾气，更平和一些。长相像振川，又像她铁五妞，这是三奶奶在胡扯，是为了拉近和养儿子的关系一厢情愿捏造出来的“事实”，这女人想这样或许就能把自己和老帅哥扯在一起了，真荒唐！

“听人说你大是送老的病，这么憋着，时间一长一口气上不来就完了。”三奶奶第二次说这句话了，它随便溜出嘴那么轻松自在。

“不许你再说俺大这话，快回村筹钱吧！磨蹭个甚？”文娃子真的急了，心急火燎地说。

女人叹口气斜眼望了下天空，起风了，一块黑云压过来。

“娘，别耽搁扯闲天了，咱快走，快回去筹钱呗！”雷文急了，伸手要拉起娘就走。

三奶奶说：“娘累坏了，走不动了。”

“我架着娘。”说话间，雷文近前想扶娘。

“好像脚崴了一下，架也没用，是修西山墙时留下的老病，再歇会儿吧。”女人说罢原地未动，反倒脱下鞋子揉起了脚。雷文不以为然，用异样的眼光看着娘，茫然若失，好像看懂娘的这步棋了，娘和混崽这是干啥？他悲愤至极气呼呼地说：“你自个儿歇着吧，我走了，回到家先把那药材送到小卖部……”下面的话没说，那是要换钱。十三岁的大娃子，想到这法，委实不容易，他确实是西合营中学高智商老师金振川的种。

三奶奶连忙阻拦：“那可不能卖，胡翟联系好了，捎到杨庄供销社就能卖个好价钱，差不少钱哩。”这女人像是被鬼缠住了，满脑子都是胡翟，吵嘴也是胡翟、胡翟的，真烦人。

“又是那个没人性的胡翟，早晚小爷爷非把他赶回团堡！那药材再拉到杨庄，大没气了，卖卖卖，小铺里去卖！胡翟，我X你姥姥！”这从不骂人的小后生气急败坏地边走边骂。

“汪汪！”“汪汪汪！”狗叫声留住了他的脚步，他确认是自己家的黄黄，还在数十米外。一个黑点一歪一斜地飞了过来，好伙伴来了，文娃子当然走不了了。

见了黄黄，像见了多日不见的老朋友，后生不由得一阵心酸，黄黄老了，毛脱得一片一片的，像长了秃头疮疥，昨晚赶回村里，天要黑了，啥都顾不上，转身跑到了公社卫生院，光忙乎大了，把这黄黄彻底丢在一边了。自己不在家的这些日子也不知有人没人按时喂它，它难道也知道自己回来去了医院来找自己吗？要不咋在这里冒出来了？这时雷文心里最惦记的是黄黄饿了，饿得一拐一拐的，没有一点力气。他朝小狗来的方向走了几步又回头疾步走向娘，扑到娘跟前翻娘的篮子和衣袋，果然翻出了半个吃剩下的玉米饼子，又朝小狗来的方向迎过去。

像小伙伴见了面一般，雷文忘记了回家筹钱的事，和黄黄又抓又挠，撕巴起来。

孩子嘛，他长得再高也还是个孩子，十三岁贪玩的大娃娃。这半块玉米饼子解了黄黄的饥，也让小主人饱饱享受了眼福，黄黄又是双腿站，又是打滚，滚在地面上像一团火球。一块饼子补充的能量立竿见影，在小后生眼里这厮还不算太老，或者叫老当益壮嘛。

这会儿三奶奶铁五妞正无计留住回村卖药材的儿子，跑来个黄黄也算救了驾，这就叫巧合。因为孩子贪玩的缘故，文娃子把回家筹钱的事给丢在脑后了，差点误了大事。

要了一通，文娃子也饿了，不走了，又坐回娘跟前，还像小时候那样，摸起娘的口袋，翻开娘的提篮，做甚？找吃的。摸到了些硬硬的、软软的、圆圆的，是枣，是核桃，还有什么。咋把大金从老家捎给他大没吃的干鲜果品又装回来了？还有熟鸡蛋。那片云彩悄悄过去了，天，立刻打开，除了西面有一丝浮云，天色换了另一副模样。老天爷同情危重中的金老三嘛。

娘也不烦了，也不一眼眼横他了。慢慢地这小子在三奶奶眼里又成了一枝花了，像月季，又像鹊梅，红红的，就是长着刺儿。娘俩都顺其自然地想再少坐一会儿，说说话，把刚才被截回的话说完说全。三奶奶遂心愿了，文娃子哪知道其中的奥妙。

“你爷爷说过，人总是要死的，早一天晚一天吧，你大要死——这摊场还能熬几天？娘也要死的，谁都得死，跑不了。一旦你大死了，你和你俩姐都走了，家里不还得过日子吗？到那会儿娘咋办？娘也老了，做事也做不动了，井水也打不上来了，总得有个伴……”

文娃子一只手抚摸着趴在地上喘息着的黄黄的背，又喂了它几块饼子，静下心来听着娘的话，心想：娘又来了，没准又会用话套话吧。

春天的风总像娃娃的手，抚摸着人的脸蛋，抚摸着人的头发，痒痒的。它戏弄着人的衣衫，总是那么轻轻的。风中又裹着清新素淡似香非香的青草芽子气味，使人处在一种困倦陶醉的境遇中，逗得人昏昏欲睡。望了眼日头，太阳爷爷还在正南的上空，时光尚早，雷文往后一仰，靠在了藏有青草芽子的岗子上，眯缝着眼听着娘在倾诉着委屈，一会儿后睡着了。三奶奶还真是疼爱吃自己奶长大的心肝宝贝，动了动身子让儿子更靠近一些。跑跳了不少路十分困乏的小狗黄黄也匍匐在地上合起了眼睛睡在了小主人的脚下。好个风和日暖、微风习习，女人这时的心情特好，她等待多日了，要抓住机会给儿子补上这一课，摆布好今后家中的生活。

三奶奶这婆娘不简单，等文娃子醒了后，开门见山地向养儿子摊牌道：“若你大真走了，咱这个家不能没有男人，咱们的日子还得过呀，我得把胡翟正式招进来。”

“招什么？”文娃子不敢相信自己的耳朵，气冲冲地问。

“坐山招夫。”三奶奶回答。

文娃子一听，火了，竟没想到在这节骨眼上走火入魔的养母竟会这么说，于是狠下心训起娘道：“娘，我大还有一口气，还躺在卫生院，你真不应该这么说！咋能跟儿子说这话呢？不让村里人笑掉了大牙。”

“这话不说了，我招了那厮你得给娘改口……”三奶奶毫不退让，步步紧逼。

“叫他个甚？”文娃子横眉冷对。

“叫爹叫叔都可以。”三奶奶狠狠地说起了疯话，破罐子破摔了。

三奶奶为何在这当口这样急急忙忙地说这种话？她怕两天后儿子又回学校了。

“哪有这种道理！我喊他一声，踢他一脚，看他敢不敢应声，叫他爹吗？我打得过他的话让他叫我爷爷！”文娃子气急败坏地怒吼着。

气急败坏的养儿子再也不能聆听娘的“教导”了，他觉得受到了莫大的侮辱，腾地一下挺起身子，一拍小狗的背怒冲冲地吼道：“黄黄，咱们回家！”又扬扬自得地道：“卖药材，换钱，给大看病！”风婆婆像是深谙民意，呼呼呼，呼呼呼，为文娃子助威。

没走出十步，欲哭无泪的养儿子回头对着三奶奶说：“娘，好好想想吧，金家的人还没死绝，你不能光听那坏蛋的，你打算的——你们筹划的，不是仙境，是陷阱！”说罢引着小狗一溜烟下了岗子没了影子。

三奶奶错了，她低估了儿子对养父老三的感情了……

金老三命大，这次病危是一场虚惊，他活过来了，后来这老羊倌的体格很壮实，还成了草沟堡这片儿的老寿星。人们还见过雷文回来探亲时从北京带回来的儿子虎子，那是四世同堂了。

金老三的心胸比海宽，有个养儿子做靠山。

7

一年后，也兴许是两年三年后，混崽那只拐狼被打跑了，金雷文的那一脚太棒了，换回了老三安静透亮的天。

望着被大雪封盖的院里，金老三硬推开门，慨叹，若没有那厮插足，这篱笆院多安静，多顺人心哟！那样安静富足的日子还会回来吗？那鬼子兵似的狗强盗就死在他屯堡好了！

实际这一天是大年二十九，小年。

这雪下得太大了，转眼间四周都是雪了，地上白茫茫的一片。四山白白的一片，三爷爷感觉天小了，院子也小了，一切的一切都像被压低了。他仰头看天，哪还有天？看房檐，房檐上长出了云朵；低头扫了眼街门洞，像个黑冰窟；房、树、鸡窝、茅厕，还有柴垛等都似乎被大雪压扁了，又像都被吞噬了。看南山，南山也没了，也被雪吞噬了。妻女也讲，近看南山就在眼前，似紧挨着篱笆似的——不！篱笆就插在山坡上，头顶上顶着山岗，双脚站在山梁上。自己窝在了半山腰。

整个山庄似乎没了一点响声，静得怕人。这都几点了，似乎一切仍处于睡梦中，连负责报晓的雄鸡也不知在哪儿。懵懂中的羊倌老汉骂了自己一句："糊涂了吗？起早了。"回转身子瞅了眼座钟，才四点半。雪封门，黑乎的，啥也干不了。

大年二十九这雪下了半天一宿，人们夜里入睡时还在下，无风的大雪压下来，劈头盖脸，很吓人。直到后半夜老汉起夜去小羊圈瞄那两只羊，才发现雪停了。咧着嘴的老汉贪婪地望着银白色的雪的世界，如醉如痴地都忘记了回屋。

好大的雪呀，整个篱笆院都让厚厚的积雪覆盖了，大屋小房门楼圈棚、带顶的地方积雪都有半尺厚，树杈上篱笆的顶端也挂满了雪，像棉朵，像晴天蓝天上的云朵，像新剪下的羊毛，实在让人爱看。隔着篱笆抬头瞭望远山近坡，借助晨星的光亮，真的分不清哪是天际哪是远山，白茫茫的一片。低头看地，自己的双腿就插在雪里，拔动困难。没膝的雪把院子填了个满满当当，自己裹着雪身处一片银白世界。

这哪里是雪呀，是米白色的高粱穗子，是白头峰北山千里的落马川呀，雪是纯白的、静谧的，可这生活没这么静谧。雨雪和墒情本能地联系到一起。有了墒就能下种，种子下到地里，管理得当就能看到粮食。同样坡梁草场上雪化了，小草就钻出地面了，那关联着春羔，还有白花花的羊毛呀。

望望雪地，望望山景，三老汉心里激起这么一股子劲儿，但垂头看看自己这个家，又觉得枯涩乏味。金老三迈着沉重的步伐回到西里间陪妻子，看到妻子消瘦的面庞，老汉又心疼起来，扪心自问，这黄脸婆跟自己也委实不容易，不用儿子嘱托也是应该上心伺候的，一日夫妻百日恩，二十多年了，日夜在一个院落里厮守着，总是有感情的。小狗小猫处久了也会有感情的，何况结发夫妻呢！

穷人家的孩子早当家，千里迢迢回到大金养父家的小蔚州金雷文放下背包顶着大雪去找娘，娘冻病了，发起了高烧，得东邻西舍地到处去寻药，折腾了大半夜，再累再困也得守着，小伙子呼呼地睡着。

清晨，从窗棂子上的光估计是天亮了，他还在守候着。娘翻了下身继续睡下去，文娃子学着二姐的样子以极其灵便的方法又给娘试了体温，三十七度九，基本退烧了，可是额头上还有汗液渗出。细心的后生又几次拿热毛巾给娘蘸拭，儿子的这些细腻动作让老爹看呆了，这小子真真没白养，得济了。小子心细得像个女娃子，那么大的手，在他娘的脸上腋下拭过来擦过去，竟那么灵活。汗少了，烧退了，三奶奶有点颤抖，兴许冷吧，文娃子又给加了床新薄被。然后这后生也轻轻躺下来，靠近娘躺下合合眼。接着又睁眼向养父示意，让他抽烟到外面去，他还要再睡一会儿。

农户家老房子的窗子都开得比较小，糊得又是毛边纸①，一般屋里清晨也还黑乎的。可是今天雪后银白世界的晨光一股脑儿洒在窗纸上，太阳没出山屋子却蒙蒙亮了，是白雪反射进来的缘故。闭上眼的文娃子又睁开，浏览了一下这间屋子，娘负责管理的这间屋子太乱了，锅台上一堆盆盆罐罐又挤进去一堆碗筷，卧柜的摆设乱得很，缝纫机还支着，布条、布料散乱地放着，屋顶的角落还挂着灰。这娃不由得暗暗埋怨起来：娘呀娘呀，这些日子你都干个甚了？！难道年前连个房都没扫吗？走了这么一个拐子混崽竟弄得像掉了魂儿。也埋怨养父没帮忙收拾，又埋怨自己没有早回来几天，也埋怨二姐彩凤还在跟娘怄着气。

他从娘的颓废情绪、家里的种种变化，认识到了问题的严重性。过了这个大年，金雷文已是满十五周岁的大小伙子了，人到了成人阶段尤其是男人，吃一顿饺子就意味着增加一份责任，肩上又加重了若干斤担子，确实不能再混混沌沌地过日子了。

和平年代，刚满十五周岁确实也不算什么大男人，当兵更不要，有些城市这

①毛边纸：用竹纤维制成，淡黄色，质地结实，适合毛笔书写，民间图结实用来糊窗户。

个年龄段的男娃，还被他爹妈惯养着，连个手帕也得替他洗。金雷文可不一样，一岁半就死了亲妈，很可怜的。这会儿他记忆里的家庭成员就更复杂了，有俩爹俩娘。他心里只承认三奶奶铁五妞这一个娘，父亲金振川给他续娶的后娘在他心目中一直处于名存实亡的状态。成员中还有一个哥、俩姐，以及住在西合营学校后娘带来的后弟弟、后妹妹。他脑袋里装的还有与他形影不离十多年的小狗黄黄。当然在他心目中最亲但没进入家属序列的是师傅庚爷。

金雷文环视了屋子一圈，又看着呆呆平平光秃秃的屋顶。这屋子两年前刚修过，太小了，屋顶小得憋气。这时他的心情就和呆呆平平的屋顶一样，无着无落空落落的。他从小跟养父和师傅庚爷放羊时就学会了筛分法（当然当时他还不懂筛分这个名词），抡着长鞭子赶着羊群，先把几个头羊制服了头前稳住脚，再把一些挂羔的羊、病羊拢在跟前照顾着，那群羊的局面就好控制了。当前他养父家的局面也一样，千头万绪总得牵牛鼻子吧。

西合营的家先不管它，那是父亲考虑的事儿。

今冬养父的身体比从前强些，摊上娘和表哥扯在一起的这种下作事儿，养父没倒下，好样的。老人家饲养侍候这群羊，外加三亩承包田，还能过去。养父倒不了，全家人两年的吃穿花用就算有了，这就能甩下这一头。还叫“表哥”的坏小子混崽咋办？天塌不了，不管他。这样掰扯梳理完，他觉得应该花气力处理好的关系还是娘和二姐老少俩女人的关系。

在文娃子眼里，娘心地善良，长得极美，连那两条弯弯的眉毛、一对小小的对眼儿，也在村里显得独一无二。美怎么了？养父老怎么了？过了这么多年，不当吃不当喝嘛。可是这俊美善良的养母骂起人来凶泼得不能再泼了。往宽处想一下其实也没啥，在娘的眼里，文娃子永远是老大。这次回来，趁着混崽那厮还没回来的机会，他要哄娘高兴，把娘拉回到养父这边，改善母子关系。

这次顶着大风雪坐着驴车到二十里外的东杏河接自己的还有二姐彩凤，她被冻得浑身打战，像个小鸡子，不知摔过几次跤。只是有个混崽在旁边，他们没说多少话罢了。看到姐对自己的情深义重，这娃乐得很。可是不知咋的，从昨天夜里的情况看，这个姐对自己有点怪怪的，像有个甚“卡儿”，又像躲躲闪闪。

娘这一病啥事也被挤了，自己和二姐老凑不到一起，更说不上话。这时他看了一眼娘，娘仍在睡着，并且睡得很踏实，于是自己也迷糊了一会儿，醒来后这才把爹叫进来，让爹守在病榻旁边，并随手指了下东里间，示意自己要去看姐。养父并不古板，一点就透，他对姐弟俩的感情是很支持的，况且从前文娃子就是在那间屋子里睡嘛。

雪后的东里间确实亮堂堂的，雪光夹着晨光还有雪白四壁的光亮，亮得连桌上的粉盒和修饰眉毛的竹签都清晰可辨。文娃子还算懂事识趣，进入俩姐姐住的东里间之前先动了一下帘子，故意弄点响声，算是打过招呼，继而先钻进个头去观察了下动静，这才悄然进了屋子。

农村的闺房一般只有门框不装门板，遮得严严的大布门帘一垂到地。房子古老，土黄色的隔断黑漆漆的，门框门楣直通到大梁，更衬出门帘的古朴清秀。门帘上织有淡绿色的回字形图案，并饰以桃花等碎花。

大姐黑凤还在朝东墙那一侧睡着，还打着鼾。全家顶数大姐有福分，天塌下来也砸不着她，全家人都拿她当宝贝。“呼呼呼！呼呼呼！”

二姐彩凤也紧紧裹着被子，合着眼，好像也睡着，毫无理睬弟弟之意。

这里恰恰和娘住的西里间相反，整齐洁净，墙也像是刚粉刷过的。

新炕席，新拆洗过的被褥，新枕头，新地桌板凳，一切都像是新的。两个待字闺中的姐姐住的这间屋子，爹娘进入还得先咳嗽一声，可对小汉子文娃子则昼夜开放着，从来没有什么忌讳和顾虑，这是因为姐弟们都是在这条大炕上滚大的，性别意识并不是那么强。何况他和二姐彩凤又有那层关系，姐弟婚配是早一天晚一天的事。这么一想文娃子倒感倒有了家的感觉，把不准这间屋子早早晚晚会做洞房的。

躺卧在那里的二姐彩凤，半侧着身子低垂着头，紧闭双目，散乱的发丝围拢着白皙细嫩的肌肤，在浅颜色被子的映衬下，恰似一株倒置在案头的白菊，又像一朵匠人精心细雕出来的白莲花，鲜嫩、挺拔而清丽。他文娃子对钟情的金彩凤做过分析，真是个农村辣椒型的俊秀女子，既俊美泼辣还顶聪慧。甭看她没念过多少书，但过目不忘，特别是心算很快，是记忆力好吧。宝黛钗的故事和黛玉宝钗两姐妹的影子一直在雷文的脑袋里影影绰绰。有个发了神经的同学问他黛钗中喜欢谁，开头他说谁也不喜欢，都是大宅门的小姐，娶进门过不了日子干不了活。后来他变了主意，说喜欢黛玉，说宝钗滑黛玉实在，娶了过一辈子靠得住。后来想了想，又不喜欢了，说林妹妹爱哭爱要性子，受不了。这会儿他是带着这问题来二姐房间的。这个二姐有几分像黛玉，纯朴善良，对爱情矢志不移，要是有几分像宝钗就好了，因为总要接触人过日子的。

篱笆院处的西北岗头位置偏僻，东邻西舍中也没几个姑娘，该嫁的都嫁了，小媳妇也没娶进几房，彩凤少有伙伴，也少有议论嫁不嫁的事。特别是和文娃子在白仙洞私订终身后，这闺女像吃了定心丸，一心一意地等“小丈夫”文娃子到了年岁成婚，再也不想别的。只有老顾家的一个前院嫂子得便时说几句话，也碰头不多。但又因为近些年她把自己长年圈于篱笆院和承包田的小天地，所以外界的事知道得很少，想问题做决定又有些偏执，常常紧锁着双眉，处在苦闷中。

文娃子想，这就是要娶的美若天仙的妻子吗？从前咋就没看到彩凤这么美？或许这就叫缘分吧，情人眼里出西施。傻乎乎的文娃子发着愣，住校念书、在社会上奔走，也接触过一些女孩子，也有一些女孩子以异样的目光看着他，可自己从未对其他女孩子这么动过心。这难道就是爱吗？他不知道，他相信了有人说的他俩是牛郎织女转世配夫妻的说法。他相信命。

这次见面后，二姐像不太高兴。自己在这姑娘面前像是准丈夫了，准丈夫应该如何表现，没人能告诉他，他茫然若失。

站在像是还在睡梦中的二姐的跟前，高中生金雷文那颗青春的心蠢蠢欲动，联想到外国小说和外国影片中的一些场面，他情不自禁地跃跃欲试了——也想创造一个“君子好逑”的意境，想冲上去抱一下昼夜思念的这个姐，还想亲一下。进而这娃子更加想入非非了，亲一下有啥？过不了几年，她应该就是自己的人了……

讲起数理化文史哲，这个姐像个傻瓜，但一提到喂羊和庄稼活儿还有人情世故，弟弟又矮了八尺，弟弟从来没有觉得姐姐落后，更没觉得她是山沟子里的土鳖妞，在他的心目中她似乎真是七仙女转世，跟他这个人间的“牛郎”相差老远哩。二姐爱笑，笑起来音色美得像铜铃那么甜美清脆，笑得感染力很强。有点儿不顺心的事时，看到她那种欢快的样子，愁神立刻被赶跑了。二姐从小又爱哭，有时哭得莫名其妙、悲悲切切，抹鼻子擦泪，也不知为个甚。想到这儿，他突然发觉被窝里像睡着的二姐脸上还挂着泪珠。又是咋了？我金雷文刚刚回到家可没得罪你吧？一定要问个明白！又联想到一个农村的女孩子，又不是《红楼梦》中多愁善感的林黛玉，这会儿政策好，党的工作重心转移，农家的日子芝麻开花——节节高，不愁吃也不愁穿了，哪有那么多闹心的事儿！

文娃子脑袋瓜真够复杂的，进入青春期后，他和金彩凤名义上是姐弟，实际上是初恋情人。这后生想入非非过，但没有越轨，都是这“礼”字把关的缘故。在这后生脑袋里扎根的民间故事有：关云长秉烛待旦读《春秋》，目不斜视侍奉两位嫂夫人；柳下惠坐怀不乱；马寡妇开店，狄仁杰拒柔情；赵匡胤仗义千里送京娘。当然还有数不清的行侠仗义、精忠报国、苦读奋进、崇文尚武的故事。

金雷文屏气凝神地站在那里瞅了足足有半个钟头，仍然站着一动没动。二姐彩凤似乎真的睡着了，没有丝毫反应。他记起自己是和二姐一起服侍在娘病榻旁的，自己睡着了，二姐还服侍着，他几点睡的说不清。二姐像尊玉雕佛，一副凡人勿扰的样子。文娃子总还嫩了点儿，在情与德之间不知该如何把握……

晨曦退去，东山露出了刺眼的光芒，把银白的世界照射得更加耀眼夺目。院子里白雪朝阳制造的光亮火一样耀眼，反射到屋子里，把黑暗统统赶走，霎时间全屋大亮了。西里间有人走动了，那是他们的爹在走动，门子响动后，院子里传来“唰唰”的声音，那是爹在扫雪。还不时传来爹说的什么瑞雪兆丰年的话语。彩凤轻轻朝里翻了下身，靠近大姐那一边继续睡去，眼皮动了动又合住。弟弟这么个大活人站在炕前她全然不知。

“二姐，二姐！”文娃子再也等不下去了，他有事要和姐商量，近前点了点彩凤的肩头招呼着。

“咋了？烦人，还让人睡觉不？”睡眼眯成一条缝儿的彩凤嘟囔着。

“烦人”“讨厌鬼”“没心肝的”，这类话二姐是挂在嘴边上的，生了气，还可能戳眉心、扭耳垂。雷文想，自己终归是人家背大的，不管到哪个时候关系有何变化，人家终归是姐，能疼就疼能打就打，有疼的份儿也有打的份儿，当弟弟的永远就得挨着。

又一连叫了几次，彩凤这个姐仍然没有醒，雷文真的着了急。昨晚他给娘寻药时跟好友莫义平见了面，说他哥莫义顺也要连夜回来过年，他因急着用药说了几句话就告别了，约定好今儿个老柳树底下见面的，“姐呀姐呀，你看到啥时候了？再不起快误事了。”被娘的病弄得，大姐黑凤睡得也迟，弟弟怕吵醒她，腿脚轻了又轻，嗓音低了又低，生怕招惹起傻姐姐，影响和二姐说事。

坏小子想了个坏主意：你金彩凤不是要赖不起床不理我吗？我文娃子有招儿弄醒你。想到这儿，他悄悄拿来一块长方形的小梳妆镜置于窗台西侧，镜子里立马集聚起刺眼的阳光，然后把这光束轻轻移到彩凤的脸上。这一损招儿真灵，一下子就把二姐弄醒了，醒了后的彩凤揉揉眼，见是弟弟捉弄她，又开口骂道：“坏娃子，捣蛋鬼！你几点睡的？姐几点睡的？熬病了姐，还让不让姐过年！”这时文娃子才知道因为娘风寒发烧，弄得俩闺女三更天才睡下。

彩凤说着腾身坐起，随手抓了件大褂子披在身上，又拉了拉被子。二姐是和衣而卧的，如云的秀发，细嫩的皮肤，粉红色紧身的小棉袄儿，更像刚刚露出水面的芙蓉，香气袭人，让小伙子看直了眼。

“看个甚？不认识姐了吗？看你这傻样儿！”彩凤说。

直眼的弟弟马上醒过神儿来，忙遮住嘴“嘘”了一声，又朝睡着的大姐努嘴，彩凤会意，这才中止了扭打弟弟的动作。

弟弟突然用两只软中带刚的大手从脖子后面搂住姐的肩。这么多年来，姐弟俩间的这个动作太经常了，就像儿时不想跑了让姐背时那样耍赖，那时兴许天天有，这时都大了，有些拘谨罢了。

这一常态的动作让姑娘彩凤猝不及防，她愿意让弟弟这样亲昵地搂抱着，心咚咚地跳着，她能说什么呢？骂他几句，将他推开？不是自己求之不得的吗？弟弟有错吗？没错，从小撒娇时不都是这么搂着姐的脖子吗？

可猛然这姑娘又吓了一跳，大姐还在身旁睡着，傻姐姐一睁眼看到这架势不又会吓一跳？两年前她差点让混崽那坏蛋污辱时吓得姐姐犯了病疯傻了半年不是教训吗？西里间还躺着病重的娘，院子里活动着扫雪的爹，老人们发觉了多么不好？

她没有翻脸——她没有任何理由翻脸——而是扭头朝知心人妩媚一笑，极其礼貌又很得体地用自己的那双小手拿开那双大手，挪开前，两只小手又极其温存体贴地攥了一下大手。这一攥让小伙子如触电一般，蓦地猛烈地亲了姐的发丝一下，算是对姑娘的回报。

从文娃子第一次喊二姐，到彩凤第一次骂“烦人”，又到第二次骂“捣蛋鬼、坏娃子”，再到骂“傻样儿”，前后不到二十分钟，说了不到三句半话，加上文娃子“嘘”了三声，也不过八句话。这二十多分钟，整个亮堂堂的东里间始终处在喊喊喳喳或鸦雀无声的状态。特殊身份的姐弟俩办了多少事：他拿镜子照她，她骂他又要起来去教训他，他大胆地从背后扑向她，用儿时的老法搂抱抚摸了她，这就又一次表达了爱恋之心。这些动作都是在无声世界里完成的，又都做得那么完美得体、天衣无缝。

二十世纪末，人们往往还把谈情说爱这类举动看成是城市青年人的专利，好像广大农村偌大一片沃土都成了被爱情遗忘的地方。其实不然，金彩凤、金雷文都是农村人，如今也都这么谈了情说了爱了，并且把爱情和家庭伦理道德处理得很好，又有滋有味。

雷文松开二姐后，屏气悄声走到堂屋里听了听，西里间娘打起了鼾，院子里的爹还在“唰唰”地扫着雪，这才又回到东里间。姐弟俩这才算放了心，大声交谈起来，不再避父母，也不怕吵醒大姐了。

“娘的烧退了吗？”姐问。

“退了。五点来钟又试了试表，三十七度五。这会儿娘打起了呼噜，睡得很好，尽量别惊动她。”雷文一五一十地讲着。

说到此，他倒给二姐派了活，提出了要求：“我得出去一下，小铺里的二小讲莫家大哥让我九点到大柳树下跟他说说话，家里的事儿都交给你了。娘醒了后再让她喝点儿水，我下午给扫房——整理西里间，干干净净过年。”说到这儿又问，“是不是该叫醒大姐了？”

其实后半句雷文这一通任务都变相交给姐了，扫房一类也都是废话，被当成小精灵的二姐彩凤还不懂得这样做嘛。

其实爱情的力量是神奇的，文娃子的话都是真理，文娃子的音调像美妙的歌曲，文娃子放个屁这会儿都是香的，文娃子说的就得办。这闺女的身上还留着弟弟那温暖的体温，顺心极了。她登时觉得光辉灿烂，繁花似锦。

“大姐，起来，起来！快扫雪去喽，扫雪去喽！”彩凤连续喊了几声。

雷文朝二姐挤了挤眼，又朝蒙昽中的大姐黑凤笑笑，抽身走出东里间，他要在傻姐姐睁开眼前离开这篱笆院，否则就难脱身了。

8

金老三已经把院子扫出了几条道，扫出了门子，扫干净了街门口，正向通向沟下的斜坡小道上进军。俩孩子后半截的讲话他听明白了，知道养子要去大柳树下。对儿女们外出活动，这老羊倌向来不拦挡。他朝屋子里喊道：“黑凤，快出来，堆雪人儿了，堆雪人儿了。”他呼喊的是傻闺女，二十二岁的大闺女黑凤心理仍处在七八岁的顽童期，爹只有哄的份儿。对这个傻闺女，他有懊悔不止的地方，那时穷嘛，发高烧没钱看大夫，如果请大夫打两天吊针的话不就不会这样了。

雷文走到爹身旁：“大，给。”他递给养父烟具、烟荷包，却接过了爹的大竹扫帚，哗哗哗扫起来。

西沟是第五队村民居住区，大柳树恰在去大公路的西口，是集体出工那会儿打钟集合的地方，是块风水宝地。这会儿人们有事没事爱往大柳树下聚一聚，说说话，听听新闻，或队干部说说事什么的。多年不遇，老天爷给来了这场大雪，更把年味堆得浓浓的。大年二十九、三十，全村整条沟银装素裹，喜气洋洋，没到大年初一，就散发出浓浓的过年的气息。家家户户都在扫雪，扫净宅院扫出门外，又扫着小坡大道，几十把扫帚朝这大柳树下聚集。

雪呀，吉祥物，在奏着无声的美妙乐章，那是大米白面高糖酥油，饱和着口外汉的心田。冬日的北国，千里冰封，万里雪飘，整座大山大川几乎都进入了冬眠状态。白的山，白的沟，白的阡陌，白的农舍，东南西北白茫茫一片。黄土地、青山绿水也都变白了。这雪后可热闹了，社员们像抱了个大金娃娃般奔走相告，哪块地里种什么、收什么都要提前谋划。娃儿们投掷着雪球，嚷闹着。

这场大雪以后，好像这里的大地都被厚厚暄暄的雪覆盖了，田间的万物都像睡着了。这土地也该休息一阵子了，那么稀薄的土脉被创收夺尽了元气。各个农家宅院的人们多数进入了煨冬①的状态。

生产队年代时，大年初一初二还出工，那叫向地球开战，敲半天钟，社员们来到树下聚一聚，夹着、扛着铁锹，抄着手，到地头上转一圈，铲几锹土，那也算填沟垫地表忠心了，讲形式嘛。这时节不兴那一套了，煨冬就是煨冬，干了一年，累了个腰酸腿疼，也该坐在自己的炕头上歇歇脚了，好好地放松放松。扫扫房，串个门子，甩几把扑克，喝点儿小酒，伸伸胳膊，踢踢腿，活动一下筋骨，养精蓄锐，以利来年再战。

东山头上的太阳好像也在煨冬，八点多才懒洋洋地出山，十时许才高悬在东南一隅，那么一点点，像距地面很远很远，难道太阳也怕雪的挤压躲得远远的？阳光也没有秋夏那么火辣，整个山庄处在暂时休憩煨冬的状态，只有这大柳树下显得生机盎然，十几把扫帚挥舞，欢声笑语。

大金家村处在小五台山系的北麓，坐东北朝西南，从农时采光讲，吃了大亏了，太阳来得晚嘛。南山口上的岔道村可不是这样，那里坐西朝东，日头早出来两小时，入夏的田间那里的人都来回锄了三垄地了，这里的人才夹着锄头出工，懒吗？不都是懒，太阳爷爷开门晚嘛。这会儿太阳磨磨蹭蹭刚跳出东山，这里才听到扫雪的扫帚响。过年了，年货都备齐了，雪后的天，封了山，封了路，断了财路，断了走亲戚、去远处串门子的条件，还能有多少事儿要干？扫雪这活儿早扫一会儿、晚扫一会儿一个样。

在五队的西沟，起得最早扫雪也最早的要算金老三、金雷文父子了，老三把院里的路扫通了，还堆起两大堆雪呼叫傻女儿堆雪人，那是“资本”。养儿子接过扫把扫下沟时，太阳才刚露了个头，在沟沿碰到了老庚爷，庚爷还夸了他几句：“行，是老三的儿子，在外住了几年洋学堂，还没变，还没睡懒觉，是咱羊圈边上带出的娃。”老庚牵着他的宠犬北极星朝西走了，胖胖的北极星长得极像羊，文娃子也以为是牵着只小肥羊哩。据他说是去找一件什么东西，黄色的，核桃大小。庚爷走了几步又朝文娃子喊话，是问他见没见到熟核桃那么大的玩意

①煨冬：形象地说就是围在炭火盆或煤炉子前坐着，聊天、喝酒、做针线活。高寒地区有越冬煨冬的习俗。

儿。雷文道："师傅，还用问，见到了还能昧下你的？我又不是三岁娃。"接着他学说昨晚下了公路后，铺天盖地的雪打得他睁不开眼，回家后又出来找娘时天都黑了，雪那么厚，甭说核桃那般大，就是西瓜大的玩意儿也看不到。没等徒弟说完，老庚心急火燎地朝公路方向扑去了，师徒只能草草地远距离喊话。

"文娃子……""咋了，庚爷？""在这儿等一会儿师傅，一会儿我还回来！""咋啦，有事儿？""有事儿。""甚？师傅……""说说话。""我就在大柳树下等，一会儿村主任家的哥来找我。"须臾间老汉消失在雪幕中，还是练功人的缘故，这老汉走得很快，像是传说中的"雪上飞"。半个小时后，文娃子听到他的北极星在叫。

"啊，娃是往哪儿扫？……大柳树？谁？"见雷文扫雪有人这样惊叹。走近看清是东沟的储六爷。

"老三家文娃子。"有人答。

"这娃是实在，咱村向来还没往这么远处扫过。"

"土命人心实。"了解文娃子的给了这样的评语。

高岗沟沿上一些长辈在议论着，也有夸三爷爷教育得好的，也有说那是西合营的大先生教育得好的。

从金老三篱笆院下坡道顺沟南下到大柳树下，大约有半里路。

金老三家的文娃子今天扫下坡道，沿着大沟西沿儿的小道扫下去，扫了半里。这下更惹来一群人夸赞，村子西半边天的娃儿们、妇女们看着新鲜，站在门口隔着篱笆说小话[1]："看哟！洋学生多么积极，遍沟遍大街扫雪了，把不准要扫到西沟口，扫到大公路哩！"又有人说："城镇里念书的学生有任务，学雷锋做好事哩！"

文娃子不是"王小二拜年没完没了"的那种生瓜蛋子，不会扫上大公路的，而是扫到了大柳树下罢了手。

要说有"任务"也不假，西合营中学要求学生寒假期间回到家乡参加劳动，帮爹娘干活，参加村里的公益活动，也有布置做社会调查的。这个假期，金雷文在他哥在的果树场当了十天副业工，年后又随好友莫义顺参加了地区一个会议的筹备工作，并借机蹭饭吃。这都跟完成学校布置的"任务"有关。也就是这次帮忙筹备会议时，他认识了老革命、老局长秦昌。

大柳树下的雪扫了半截儿，那是莫义顺扫的，扫得东一耙子西一扫帚。

---

①小话：方言，即小笑话、玩笑话、背人的话。

“咋了？”文娃子看到莫义顺扔下扫把往回走，只是冲自己打了个手势，没说什么话，像是有人在喊他，像是有个甚事儿。那莫家的大小是让二小给叫了回去。二小是站在他家那崖头上喊的，他娘也跟在二小身后，想必是有甚急事。

“砰，砰——”鞭炮的巨响从莫家宅院方向传来，那声音震得山庄回颤。雷文在本村从来没听到过这么大的响声。接下来是杂乱无章连串的摔炮声和娃儿们的嬉笑吵闹。雷文不去管它，他要接着义顺扫的茬口继续扫大柳树下这片村民活动的区域，要扫得一干二净。

这大柳树长在小三岔口，另一条小沟通莫义顺家。大柳树下有中型摔跤场那么大的平整地方。大柳树像一把斜撑的稀疏的落叶大伞遮盖了这片空地。树的南侧是一面峭壁，峭壁白石裸露光亮如镜，恰巧两旁有几株高树，这就形成了一个天然优良的电影放映场，中间空场上摆了一排排砖头石块。那是电影散场后的遗留物。昨天晚上他给娘找药时见到了村主任。莫义顺和金雷文是领了任务的，承担了清除这片场地积雪的任务，准备初一团拜用。看事容易做事难，积雪挺厚工具又不应手，要清扫偌大一片场地确实也要费点工夫，何况这文娃子属于土命人心实的主儿，办事一丝不苟。莫义顺走了半个小时还没回来，雷文奇怪，不知道莫家宅院发生了什么事，自己的娘在家里还病着，他是应邀来听听外面情况的，竟这样耽搁着，但他只好一个人清理下去。

“砰，砰”，又有两声炮响，接着一阵吵闹，夹杂着孩子哭女人们呼叫的声音，声音中有莫义平，听声音像放炮炸着人了，村民们向莫家宅院集中，那里是村主任家，也就是莫家开的小卖部，也临时代做大队部用。心里有些焦躁的雷文有点儿不祥的感觉，也想凑上去看个究竟，恰巧此时义顺走了回来，继而又往回走。

“这是又咋了？”义顺又被岗台上的人叫住，停住脚冲着岗台子讲话。岗台上仍然是他娘还有义平在说话，远隔十几米，人家娘儿仨又再商量什么事。啊！干部就是操心的人，在外面当干部回到老家也不省心，人家的爹当村主任，义顺哥刚回来就成了村里的半个村主任了。

“咩咩！”“咩咩！”“汪汪汪！”“汪汪汪！”

自己的养父像是带领着一队人马从自家院的方向走过来，雷文抛下莫义顺那桩事儿先迎着爹。爹扛着把铁锹，披着大皮袄，还挎着个布兜子，牵着两只山羊，跟着一只山羊羔子，断后的是小狗黄黄。这次回来，雷文发现他的“小伙伴”黄黄有点儿蔫，莫非真是老了？

雷文走上前搭讪：“大，咋了？这么厚的雪去哪儿撵草芽子？”

“哪里是撵草芽子，大带着这厮们去良种场看看，把黄黄留在那里吧。”老汉的后半句话是讲：把小狗留在良种场帮助照看那群绵羊。老汉发觉可怜的黄黄也没顾上好好喂，感到揪心，翻翻布兜子里带的吃的，一块半块的炸糕呀，脆饼呀，甜食呀，尽是些年货，小狗也得过年吧。

“那可不行，黄黄不也得过年吗？”雷文这样搭讪着。

“让那厮和羊们一起过好了，回头给送点火烧、饺子什么的，喂喂就行了。”

“不中，不中！我还得跟它要哩，教它拿大顶。”

“莫再折腾它了，它也老了。”同病相怜，老汉同情起小狗黄黄。

“不中，不中！我想它哩。”

“就依你吧，回头我给你带回来好了。”

老汉对儿子向来依顺，看到儿子这般辛苦，心疼起来。一个羊倌吐不出多少体贴话，只是停住脚从腰间拉出条毛巾递给儿子，老汉又拿出个馍递到儿子手里。这是因为折腾了半夜，儿子还没好好吃早饭。文娃子明白，随手擦起了汗。老汉埋怨道：“不能歇着干吗？”又埋怨：“就是你这娃儿土命人心实，连沙沟大道也给扫了。”

文娃子傻吗？不傻。他只是想为人民服务得完全彻底。对着养父这娃子甚也没说，只憨厚地笑笑。金老三也咧着嘴笑了。他从儿子的身上看到了自己的影子。

雷文急忙问：“娘呢？醒了吗？”

“醒是醒了，醒了后咒天骂地，骂人骂三代五辈，骂累了又睡着了。跟她理论了几句，牛皮膏药粘上了揭不掉，骂个没完没了，为躲气我才出来的。”

“回头，跟义顺哥说几句话我就回去陪她，我有法哄她笑，劝劝她，兴许要好些。”

“甭说你那狗屁法儿了，甚也不顶，以为她待见你这儿子吗？得把你骂死，恨不得咬你两口。好好在这里待会儿吧，过年了，躲气生。还懒得搭理她，混婆娘。”

“好歹是我娘，到何时我都得搭理她，顾着她，咋能不搭理她呢？”雷文说到此反问道，“我刚回来，没说上三句话，我又咋得罪她老人家了？”

“还不都是那坏蛋惹的祸，哼！”老汉感到一阵语塞，呆呆地横了一眼铺满皑皑积雪的群山沟壑，突然一口唾沫唾到地上又骂道，“做得稀的伤风败俗的东西。”又道，“哼，死在屯堡吧！”当地人发音不准，常常把“屯”叫成

“团”，老汉又识不了几个字，到底那厮的老家是“团堡”还是“屯堡”始终没能搞清。

老汉提到了伤心事，火冒三丈不能自持，仅有的几颗牙咬得山响，气愤至极的老汉伸手想从腰间抽鞭子，这才发现今儿个不是出牧没带短鞭，咳了一声强忍着把那口痰咽下去悻悻走了。这种情绪感染了儿子，雷文胸中的火跟着往上撞，一阵悲哀，再也说不出什么话。

他只是个养子，又不常年在家，又只能算个大娃子，能有什么扭转乾坤的法儿？

金老三走出几步突然停住脚安慰养子道：“你小子是她的心肝儿宝贝，那婆娘还离不开你这儿子。一会儿就回吧，没事儿的，记住，有爹在，她吃不了你。”

“是，大。我知道，放心吧，爹娘都疼我，娘那里我会做好工作的。大，到良种场清清圈、添把草料回来吧，中午坐在一块吃顿团圆饭。说好了二姐做，让大家吃顿莜面窝子。”

村里的东崖头有人说话，有人边走边喊。

“文娃子，文娃子！我回来了！”这是义顺。

“义顺，义顺哥……”俩好朋友老远喊开了。

事也凑巧，养父赶着羊带着黄黄走了，好友莫义顺从大柳树东边的另一侧登场。

地区重工业局小职员莫义顺从口上回到大金，也是回来过年的。引出一些故事。

事后有一个朋友，依此作了一首打油诗：

一场春雪染白了大金山山水水——真美
半块肉掉进斋饭弄得满锅腥膻——可恶
混崽这根楔子进入从此不宁安——坏根
美好情侣姐弟情恋半生难团圆——好苦

9

插曲，一个接一个的插曲。

这一天傍晚，篱笆院东里间的窗户外，一个雪堆前，彩凤、雷文姐弟俩在一起窃窃私语。姐姐心事重重，他们是躲大姐黑风的，劳累了一天的爹打着盹，娘仍在西里间睡着。

“可别把娘看得这么坏，娘不也是把你看成宝贝吗？还说过你是家中的顶梁柱，今后嫁了人也不能离开篱笆院的。”这是弟弟文娃子。他虚岁十五，还是个童声童气的娃娃，但句句都学着大人说话。

“那是过去，是那坏东西来之前，那时我才十六七，我身体壮，爹娘把我当成壮劳力使，给他种地下苦力嘛，咋能不说好？而这会儿不顶用了，看娘那劲头……”这是姐。

夜，静悄悄的。这是入夜前的那段时间，都晚上八点了，叫小夜吧。叫小夜更确切，这里地势高，没有树影的遮拦，因为刚下过大雪，洁白的山体毫不吝啬地把所有的阳光都倾泻给高岗子上的篱笆院了，别处黑洞洞的，这里却亮堂堂的，院子里亮得地面上掉个针都能看得到。这时出奇的静，或许是因为要守岁熬财的缘故，大姐早早进入梦乡。娘在西里间大炕上睡着，爹在堂屋的大圈椅上打着盹儿，大姐“垄断”了东里间的大炕被，要说个悄悄话只能挤到院子里。姐弟俩背着爹娘说悄悄话也真能伪装，双双像在耍着坐在一堆雪前，一个人屁股下填了个小板凳，一人一根柴草棍耍着雪，偶尔在地面上写着字。

黄黄成了跟屁虫，这会儿趴在雷文脚下不动了。

“二姐，莫想得这么悲观，到时总会有法的。”这是雷文，他俩的两颗心真真贴到一起了，他听得见她的心跳。

“嗯，嗯！”半天她再没有个畅快的言辞，他她感觉到他的心也在狂跳，喘出来的粗气打到他的脸上。

“噗噔！”随着堂屋里传来的响声和受到惊吓后的哭叫声，文娃子后面跟着彩凤疾步跨进东里间看究竟。彩凤猜到发生甚事了，竟自责起来光顾说话竟把大姐这茬口给忘了。让她独自睡着也没给挡一挡。二十多岁的大姐仍像个奶娃得随时保护着。

果然是睡着了的大姐摔到了地上，受到惊吓又犯了病，哭闹起来。这一闹把堂屋里的、西里间的爹娘都吵醒了，双双穿出屋子，屋子乱作一团。彩凤找到煤油灯点上，文娃子也点上手提红灯笼。全家人注视着事态的发展。

“红灯笼，红灯笼，我要耍灯笼，过年了，过年了！”

形势立刻扭转，登时静下来，看到红灯笼后傻姐姐立刻不哭不闹了。想不到文娃子预备了这一手，摆在大姐面前的这灯笼真用上了。灯笼是文娃子自己研制的，光做这灯笼罩子就耗费了两个钟头，还请来前院的哥指导。铁丝网成的灯罩，圆木片托底，糊的是大红纸，半支蜡烛竖在中间，像尊红衣泪佛，好玩儿极了。

文娃子的爱犬黄黄最谙人意，人家一对情侣在这儿幽会，它怕在眼前碍眼，主动跑掉，找傻主人黑凤要灯笼去了。

除夕夜，人们睡得晚，男女老少都准备请家堂熬夜，大金象村一擦黑有的人家就灯笼火把一串串了。巷子里有人在走动，噼噼啪啪还偶有小鞭炮声响。

入夜，金老三家堂屋里点起了大汽灯，手提桅灯站在那儿随时听命，干甚？听吆喝去接家堂。东西里间门框上的吊帘都扯挂到门楣上，三间屋子成了通屋，亮堂堂的，连雪后的整个院子都显得那么明亮，让东邻西舍点煤油灯豆油灯的羡慕去吧。兴许有人会说，今年这是咋了？金老三家这么威武气派的大汽灯点着，中了甚个喜？抱了个大金娃娃吧？还有个甚？这不明摆着，轰走了那个坏种，一家人喜气洋洋。大汽灯是从良种场提回来的，在过去，只有半夜接羔时才会用的。今年过年三爷爷特高兴，才想起了点这家伙摆摆阔，青菜豆腐，大发大富，青灰还有发热时嘛。

雷文的玩心更浓，被养父扣在家里憋得慌，跑到街门外看红火，遥望了一圈，已经是万家灯火了。他谨遵父嘱，张家的娃叫，李家的娃叫，都没走。

金老汉到东厢看那两只奶山羊了，黑凤和彩凤姊妹各忙各的去了，堂屋里只剩了三奶奶和雷文娘儿俩，娘配着面粉，养子在一旁跟娘唠着嗑打着下手。文娃子那是故意来娘这里打下手的。文娃子的小嘴说甚娘也爱听，娘过去对儿子的一肚子意见早已无影无踪。委实是羊羔跪乳，舔羔羔娇，亲密无间，让人羡慕至极。三奶奶最喜欢这样单独和养子在一起，这样才表明他是自己的儿子。这时五妞正在铺摆开和合子粉，和好后先让它饧着，好擀起皮来也薄。不知咋的，这一会儿的铁五妞再没有去想爱得要死的混崽，而想的是金振川。有些痴情女子或许就是这个样子的，不管振川心里有她没她，不管想了人家十几年连个手也没碰过，她仍然在想着人家，打心底觉得这个儿子就是自己和振川的。这个院子里除了儿子还有什么呢？儿子的一举一动让娘牵肠挂肚，虎头虎脑的小模样儿咋看咋顺心。

高寒地区基本不产小麦，百姓家一年见不到面，过春节公家配给的饺子粉都分到户里，每人只给三斤，除了包饺子用净粉，做别的面食多是掺上杂粮面的。晚饭吃馅饼，三奶奶的计划是面粉、白玉米面、杂粮粉三样掺和着吃。这样做出来，这皮儿颜色仍保持银白色，也能省些面粉，可以多吃几顿饺子。会过日子的妇女都会这样想的。三奶奶和面时水倒多了，和软了，需要再加些面粉，让儿子打起了下手。雷文拿起面瓢尖尖地挖了一瓢面粉就要往面盆里掺。三奶奶急忙拉住道："小祖宗，可别挖这么多，初一、破五、十五、二月二龙抬头，还有四顿饺子哩。"她还告诉儿子，白玉米面也得省着用，咱口外不产稻没白米，是托人从关南换回来的白棒子推的。三奶奶问儿子见过麦子吗，文娃子摇摇头，拽着娘问麦粒的样子，娘说："我也没见过，去问庚爷吧，好像尖尖的，黄色的，有个嘴儿。"

"为甚今儿个一定吃合子？"雷文不解地问。

三奶奶答："咱们家过大年比较讲究，这是照你关南太姥爷的吃法，'合'就是'和气'吧，全家团圆和和美美的意思。"

雷文又问："玉米面、豆面，再加点莜麦面什么的不也可以烙合子吗？"

三奶奶说："那可不一样，要白色的，银子的颜色。所以馅饼也就是'合子'，别处也叫'银饼'，好让袁世凯的银大头哗哗流进咱们家的意思吧。"

"来！儿子，撑着。"三奶奶把装面粉的袋子口递给雷文，让他帮忙把余下来的面倒回袋子。

听了这番话，雷文非常高兴，暗忖娘的心思调整过来了，她所比方的"全家团圆和和美美"似乎不包括混崽那坏东西。雷文仔细地扫了眼屋子，这才留意到堂屋扫得很干净，一条大几案躺在身后，北墙上的佛龛移了下来，几案空空，那是准备摆供品的。

面很快和好了，娘支开案板，端来馅盆子，拿来擀面杖，又取了些面撒在案板上，就要铺开身子擀片。

"文叔，文叔，文娃子老叔！三爷爷，三爷爷！"街门外一迭声的吆喝，加上小狗黄黄的一通狂吠，使平静的篱笆院陷入一片嘈杂混乱中，立刻打乱了堂屋里母子俩的唠嗑。雷文正要放下手中的活儿冲出屋子问个究竟，只听到在院子里干着活的二姐和叫门人搭了腔，并喊黄黄莫叫了。

来者是大奶奶屋里的一个小孙子，来叫三爷爷和文娃子到他们家集中请家堂去。来者论辈分讲，管金老三喊爷爷，三爷爷的儿子雷文他当然得喊叔，所以在门外喊文叔。萝卜不大长到背（辈）上了。为了表示友好，文娃子拿出当叔的架势，像变魔术般快速地塞给小孙子几个大灵枣。

在东厢小羊圈里忙活着的金老三听到后急忙撂下手中的活计，吹灭灯，扫了扫身上的尘土，胡乱洗把手，又披了件新缝制的外套，叫上养子风尘仆仆地去后院嫂子家。临出街门，二女儿彩凤递给他点亮的小桅灯。大汽灯照旧高高挂在院子的葡萄架子上。

庄稼人的日子都是省出来的，点煤油灯就算奢侈了，有的户还点着豆油灯。虽是过年，但山村的夜晚到处还是黑乎乎的，有些山路的雪没人扫，简直是没好路走，大奶奶家虽不远但也得经过弯弯曲曲的小路，亏了儿子雷文的扶持和这盏桅灯了。

“大娘，您老好呀！”雷文进门后先找他应喊作大娘的大奶奶问好。

大奶奶撂下手中的活计，急忙答应着：“好，好！俺娃子也好，看这小伙子长得多高了，都超过他爹了。”又亲热地问，“快毕业了吧？”又道，“这娃儿喝的墨水跟他爹一样在咱村顶破天了吧？！”

“嘿嘿，嘿嘿！差得远哩，差得远哩。”没有文化又不解事的金老三，听拧了，以为嫂子夸养子文娃子也就是夸自己，误会了，沾沾自喜起来，才这样回答着。这个爹，大奶奶指的是文娃子的亲爹金振川。

大奶奶屋子里坐满了人，老金家是大户，老古礼是严格要讲的，按辈分讲规矩，这会儿分出辈分老少，娃儿们不敢凑近耍闹，避在一边看红火。其他晚一辈的婆姨们也避了，有的就避在街门口背影儿处看着。院子里也有人站着，都是金家这个大家族中各屋里的男人，聚在这儿等待请家堂的。大家互相打着招呼，雷文对院中的长者该喊叔的喊叔，该叫哥叫哥，还照顾到同龄人，有礼貌地一一问着好。

大奶奶屋里的大哥在一块平坦的地板上打着纸钱，用的是买来的黄表纸，裁成方凳面那么大的尺寸，利用木槌纸凹子①捶打成纸钱，供祭祀用。大哥屋里的嫂子骂道：“好懒的猪哟，现上轿现扎耳朵眼儿。”大哥回骂道：“这都应该是你们女人干的，你早干了哪劳咱男人动手。”

大奶奶屋里儿孙多，站到一起能成半个排，可惜文化水平都不高，不过勤俭持家，男耕女织，各家的小日子都算可以。大爷爷早死了，但他们家是族内平辈中的长房，族内人又抱团，所以不少事儿还得他们家牵头。大哥是个拙嘴笨舌的人，想不干也得干，所以爱拉住文化高的雷文聊聊。

“大奶奶好！”“大奶奶您老壮实。”“大奶奶福分！”一伙伙的晚辈侄男侄孙们抢着向大奶奶打招呼，好像提前拜年了。

咋这里的方言跟天津人接近呢？据说临近村子的人也有管大金家村叫天津屯

①纸凹子：打纸钱的金属器具。前圆后方形的空腹砸具，圆头接触黄纸，锤打后加工出一吊吊古铜币般的纸钱。

的。

或许历史上外地来蔚州当官的人中有个天津卫人，不知是明嘉靖，还是清嘉庆。不知何缘故，这个官老爷年老去职后，在大金家村客居多年，可能贪恋这里的山水吧。他的晚辈也有落户在大金家村的。这个人是官，文化水平又高，影响就大。传说这位官老爷又极平易近人，常和平民百姓交往，所以，天津人的一些生活习俗不少留给大金家村了。比如称谓，尤其是对受尊敬的长者的称谓就受到了影响。像管大哥的娘或年长的妻子叫大奶奶，大哥的三叔、三弟叫三爷爷。依次排下来，管三婶铁五妞就叫成“三奶奶”了。村中的人男女老少都这么叫，叫习惯了，“三爷爷”三个字成了金老三的代号。村里没有几个人知道三奶奶叫铁五妞。

金雷文今天见了大哥家老太太叫大奶奶，叫得老太太心里热乎乎的，她真的把雷文当成孙子了。金雷文的爹金振川吃过老太太的奶，老太太就是乳母，奶儿子金振川的儿子当然得要喊她奶奶了。老三娶妻晚，抱来的文娃子这么点儿，院中人多管他文娃子喊老叔，出阁的姑太太们家里的娃就得喊他老舅了。当然得喊彩凤老姨。大奶奶年事已高，很少走出街门，和雷文一年也见不上几次面。过去几年大奶奶见了雷文就叫孙子而不是叫侄子，委实让这雷文不痛快，解释几次也白搭，老想躲着老太太走。为此事金老三出面也说到过，总因为跟这土埋了半截子的老太太理论不清楚，这事儿就糊涂下来，没人认真。所以金老三是抱养了一个儿子还是一个孙子的问题，始终没个一致的说法。其实大奶奶家老少三代一家二十几口，除了黏黏糊糊的老太太坚持己见，其他人见了雷文平辈叫弟弟，晚辈叫老叔。雷文脾气随和，文化水平高，又开朗热情且爱助人为乐，全院中的人都喜欢他，说他是金老三养儿子的这个辈分也从无异议。河北农村管抱养来的儿女叫拾的，也有叫拾羔子的，意思是捡来的，不是亲生的，多受歧视。文娃子的抱养另有隐情，本人素质也高，父亲也撑劲，就没人敢歧视了。

后院大奶奶宅院里的灯光也亮堂堂的，那可不是大汽灯，而是坐式泡子灯和棉油豆油灯，灯光连着灯光，甭看灯头小，聚在一起就亮了。人们提的桅灯不是一盏是多盏，这会儿又添上三爷爷捻亮了大号泡子的桅灯，就更亮了。这就是大姓请家堂的做法，家道苦寒但摆谱不小。若小姓宅院在街门口烧张纸帛就迎到家堂了。可是金家就不一样，得张张扬扬。这么大的迎驾队伍，请家堂又得到坟地冲着村庄的路口上去接，上上下下还爬一段路的。老弟兄中，除了大奶奶和三爷爷这俩屋以外，还有东岗子的二爷爷家，沟口外的四爷爷家，大柳树旁边坡上的五爹爹、六爹爹家。请家堂当中，把老祖宗请来，晚几代的祖宗也被连带请了来，像过了世的二、四、六几位做鬼的爷爷、奶奶也得各回自己的老宅——长房的儿孙家中过年，也得需要光亮指引的。请家堂这项活动挺麻烦的，哪一步也得走到，也算一项系统工程吧。文娃子见甚也新鲜，竟摆弄起待挂的家堂族字来，五爷爷急忙制止。

人们在大奶奶院里等，是等人，住得远的六爷屋里的子孙和哈喽气喘的五爷爷还没到，等人齐了才能带上队伍去村北口，坟地就在草场边半坡上。其实，请个家堂呼三唤四这么麻烦个甚，不就是族内人凑在一起人多和气嘛，人多的大族就没人敢欺。骑在金老三脖子上拉屎的混崽被雷文两脚踹跑，不光是因为这娃子有武功，还因为娃子的背后有这些爷爷、哥哥们。

等人的空当金老三领着养子二次来到老嫂子跟前说话。叔嫂俩投缘，前院后院又离得近，空闲时常凑在一起说话的。这会儿说的也不外乎是下大雪的事、羊的事，还有卖余粮换油的事。金老三对老嫂子大奶奶那么顺从，老嫂比母嘛，大奶奶问三爷爷："他三叔，你喘得这么重，少抽几口烟不行吗？瞧你这脸色，都抽成啥样子了，要找你大哥那个死鬼去是不是？"三爷爷只好听着，不吭声，但还是抽。有空当就抽，戒不了。老嫂子只能费口唾沫白几眼。

半晌金老三磕磕烟锅回道："可不是，不抽就馋得慌，心里空荡荡的，我可不想去找大哥，文娃子彩凤他们的婚事还没办哩。"

大奶奶听了这话一脸不高兴，暗暗骂道："老三糊涂呀，娘儿们糊涂，你也跟着糊涂起来了，彩凤是姑，文娃子是侄，辈分不对，能结婚吗？"碍于今天的人多，老太太只是张了张嘴把话咽了回去。

"大奶奶，你的腰疼好一些了吗？俺来前俺爹让我给您老捎了好，挂心您老的腰，让您老少出门子，该拄拐杖了，这么大年纪，就拄吧，莫怕人笑话。"雷文跟着说了几句。

大奶奶也问起了她的奶儿子金振川的近况，她最惦记振川的胃病，问饭后还倒酸不倒酸，让文娃子转告他爹，再倒酸时就嚼几个生花生豆。老太太屈指算了算，说振川六年零仨月没回来看她了，快把她这老婆子忘了。为了消除误会，文娃子说了些他爹振川怎么怎么忙的事，大奶奶也问到了她心目中那大孙子雷军，雷文一一做了回答。雷文跟这老太太说了不少话，拣着她爱听的说，唯独没敢说他爹振川又续娶的事。生怕老太太怪罪了，又叨叨，为啥不带上新娶的媳妇来看她。

雷文和大奶奶交谈，一直小心谨慎，一口一个大奶奶地叫着，而没有叫大娘或大伯母，就为了省去很多是非口舌。否则，若大奶奶认起真来，弄得人说不清道不明，麻烦得不得了。

大奶奶认金雷文当孙子还是当侄子很重要，这关系到雷文和彩凤的婚事。若当成孙子，彩凤论辈分成了雷文的姑，姑侄相恋那是乱伦，在古蔚州这大山深处是万万不允许的。所以从六年前，这老太太就对细弦子村的瞎眼婆子说彩凤和雷文是天上的牛郎织女要转世配夫妻的一类鬼话坚决反对。有一回她像轰鸡一样往村外撵那婆子。这一回好了，几声亲切的大奶奶叫着，老太太以为是在和孙子说话，心里蛮舒服。

“五爷爷好！”“五叔你老人家来了！”大柳树旁边坡上的五爷爷来了，老六家的子孙们也到了，大家又一通热情的招呼。这时提着个大灯笼的大哥高声宣布：“咱们走，请家堂！”

请家堂的还打有火把，浩浩荡荡顺着西沟往北走，形成了个大队伍，不下三四十人，简直像条龙，龙头龙尾摆动着一串灯笼。这可是大金家村的大家族，灯笼前后呼应起来有十多盏，唰唰地走在西沟大道上好不威风。金家大族的队伍刚过，李家队伍也灯笼火红地赶过来，那三四个火把照亮了半个街筒子，不亚于金姓大户。他们族的祖坟在东山，为了显示族人心齐荣耀才拣大西沟走出北口，绕三条街巷半个村上东山的。村里的大姓大族比着，确实也成了凝聚同门力量的习俗。莫家是小姓，但村主任老莫是个爱红火的人，不光不限制还鼓励。他要叫前村后店看看这个村的民心和成绩。他们村要和邻村集资过大年放两场电影，正月十五还要请龙灯狮豹会演。

金家请家堂的队伍中走在最前头的是长房的那个大哥，其后是两个老字辈的爷爷——金老三和他的五弟五爷爷，其后按辈分、长幼、年龄排序。照常规排法金雷文咋说也应在后面了，可这次活动不同于其他活动，长房大哥偏偏让他随在身后，不光是因为他的文化水平最高，也因为他已经被大哥指定为“助理”了，抱家堂族字和读祭文都是他的事，没有人去跟他争。

大年三十的晚上是个月黑天，山沟子里四面都是山，山山相抱，山山相遮，把人们都像装进一个巨大的黑洞中，如果不是这么多人，如果没有铺盖大地的积雪的反光，走在雪路上的人们步步都会陷入泥潭，踏入陷阱。再加上参加请家堂的人请到家堂后不准回头的陈规，就更搞得神神秘秘了。为甚不让回头？回头又怎么了？这老问题谁也说不清。哪有那样的犟种？不让回头就不回好了，反正不就是“接家堂”往回走一会儿的事嘛。离开村子的房舍，冷风嗖嗖，鬼火粼粼，活着的人也觉得头皮发麻，好像离阳间越来越远，离地府越来越近。农村一些大姓大户就讲这些习俗，再搞反封建迷信，总也彻底改不掉，不让大搞就小搞，娃子青年不信，老人们信，不让白天搞夜里搞，政策紧一阵又松一阵，一开放这一陋俗更死灰复燃了。南坡几个小姓人家还组织一起请家堂，不光有配乐还有执饰[①]开路招引，很恐怖的。金家的队伍中不知谁喊了一句“到了，就在这里吧”，更显得是在叩着阴曹的门，不少人的头皮麻起来。又有人悄声嘀咕：“来了，来了！”“是排着队来的！”“快撒钱迎接吧。”更有人大声吼道：“烧纸，烧纸！”“跪下，跪下！”何年何月遗留下来的这古朴的民间文化，弄得活灵活现，煞有介事。这里就是进出村子的北口，躲开大路，选了块开阔平坦的地方作为金家迎接祖宗家堂的祭祀场地，霎时间灯笼落地一字排开，打火镰的划火柴的忙了起来，几处火光徐徐燃起，纸箔烟尘升入高空，这就开始了请家堂的迎驾活动。长房大哥喊：“文娃子，念祭文！”这时雷文手中的家堂族字已经转移到长房大哥手里，大哥跪到那里双手将扎着的捆着的极为珍贵的族字毕恭毕敬地高高举起。族字是裱糊完美写满亡故祖宗名字的中堂[②]，害怕荒郊风大损坏，只能扎着捆迎驾，中堂上写的名字，就是要迎接的祖宗。大哥又嘱咐了一句：“注意接到家堂别回头呀，一直往前走好了。”大家纷纷应着。

众人屏气静心地听着，只听到陪祭人金雷文高声唱道，唱词有点像快板书又像蔚州秧歌。

敲起鼓打起锣[③]，锣鼓脆响请公婆[④]，
子孙跪地迎大驾，烟火缭绕连天河，
年是丰年收成好，打的粮食吃不了，
五谷丰登人丁旺，请来祖宗公婆回家把年过。
想吃甚，尽管说，好吃的为您老准备了半簸箩，
银元宝饺子长寿面，黄彤彤的炸糕莜面窝。
过大年，行大礼，祭天祭祖拜仙佛，
人人都说政策好，念真经，办实事，带领百姓过黄河。
丁丁丁，当当当，金家的儿孙人人棒，发家致富笑呵呵。

---

①执饰：方言，即祭祀时队伍行进时打的风幡。

②中堂：书画的一种，悬挂在客厅正中的尺寸较大的字画。

③起锣：据传古时的豪门望族大户人家有敲锣打鼓迎家堂的。习俗不一，冀南请家堂无锣鼓。

④公婆：公，泛指太公，即曾祖父；婆，泛指太婆，即曾祖母。这里泛指过世的祖辈中的爷爷、奶奶。

刮大风，下大雪，风调雨顺已定砣，

猪满圈，粮满仓，风吹草低见牛羊，明年的生活更比今年强……

雷文唱到这里打了嗑，忘词了。有个后生追问："下面呢？下面呢？"

憋了个大红脸的雷文只好搬救兵，"我接不上了，下面只好求五叔，请五爷爷接下句。"

五爷爷捋了下胡须接口道："刮大风，下大雪，漫山遍野踩窝窝。三九四九冰上走，责任田里捡了个金斗。九九八十一，家里做饭地里吃，金窝窝紧挨着银窝窝，打了粮食剪了羊毛没处搁。"

本来极为严肃的迎驾祭场倒被雷文和五叔的快板书逗乐了。有人捂着嘴笑出声。长房大哥吼道："严肃点儿！严肃点儿！"

金雷文可没有莫义顺作词赋诗的才能，这一天经历了这么多事，把他累得够呛，夜晚集中时又碰到大奶奶这爱挑字眼儿的老太太，没有时间提前拟好祭文稿子，让他唱祭文，也只好赶着鸭子上架，临阵磨枪胡诌一通，幸亏在场的叔伯和兄长都是些地老大，什么韵，什么味，什么叫意境，他们甚也不懂，没那么高的要求，逗个乐儿就行了，才没出多大丑。就这样，诌了几句顺口溜总算把场面搪过去了。

谁能想到，文娃子信口胡诌而来的祭词，一度被传唱，成了村里娃儿们乱唱的儿歌。文娃子这娃儿人缘好，外出打工回村后，屁股后面老跟着人，或许从这时念祭歌开始的吧。

"莫回头！"在迎驾场地大哥又一次嘱咐。"莫回头！"有人也跟着这样附和着。

这古老的民风民俗流传了几千年，有的少说也有几百年吧，"文革"那些年经过所谓的洗礼，清除了看得见的封建糟粕，可清除不掉头脑中的旧东西。请家堂，还有上供、拜年、祭鬼神一类习俗，那会儿是稀里糊涂破的，这当儿又稀里糊涂恢复了。

念罢祭文，烧罢纸，有人嘴里不断叨叨着："上坡了！""下崖了！""拐弯了！""迈门槛，进家了！"

往回走的这支队伍走到了一棵大树下，纷纷停住脚像等人说甚，长房大哥高声宣布道："家堂族字挂在俺娘的堂屋，不再集中跪拜了，各屋里兄弟爷儿们几时祭拜，零活掌握吧。下面请各屋引领着自家的先人走好，没事了。"

接下来，迎请家堂的队伍像一条大龙分成了几条小龙陆续散了，各家提着灯笼，引领着自家的先人走向自己的宅院。西沟西岗头金家这一大家族，迎请祭祀祖宗家堂的活动有分有合。大奶奶供了家堂族字，上了有整鸡整鱼整个猪头的大供，算是这支大家族的主祭堂。金老三和他的二哥、四弟、五弟、六弟家几个爷爷辈的小宅子也上了供，算是分祭堂。金氏家族的子孙，尊敬祭拜祖先，委实像这么回事儿，都有点诚惶诚恐了。其实上供也不吃亏，只是麻烦。

金老三和雷文爷儿俩迈过了两条小沟，插着邻家的后山墙蹚了几段积雪才算回到自己的家。篱笆院的光亮也黑了，大汽灯换成了坐式泡子灯，进屋子前尽管提着桅灯的老三、雷文父子看得见路，但又把灯头捻大了一些，但是屋子里的光度仍比出门前差远了。雷文还听到养父在身后叨叨："爹娘，到三儿子家了，迈门槛，到了，进家吧！"煞有介事，把雷文说得头皮发麻，随后养父取来一根木棍子放倒横拦在街门的里侧，这才把实际的街门插住闩好。又赶忙让养子捻小了桅灯。透过夜幕，从窗纸的影上看到梳着鬏的娘和疏着辫子的姐在腾腾的烟云中忙活着。大姐黑凤这会儿来了精神，围着堂屋里的供桌自言自语，指东指西。黄黄仍没有叫唤，见到小主人和老主人回来欢起来，像是高兴过大年，欢得不行，两只爪子抬起来，在举手欢迎。借着灯光发现，黄黄的头上也系有朵绒线红花，红黄间配顺色。黄黄是个母狗，像个大姑娘羞羞答答实在好玩，文娃子猜这不出是哪个姐的作品心想，也该让黄黄过年，黄黄也长了一岁。

养父在院子里不知又叨叨了些什么，仍是在自言自语。

进了堂屋，雷文把桅灯灯头捻大置于高处，这才看清堂屋大变样儿了。整鸡、整鱼、扒鸭子、扒肘子、大南瓜、小花生仁、炸丸子、酸菜从东到西摆满了条形几案。那些供品中，体积最大的还有个烤全羊，跟大奶奶家的比除了民间供品中最高贵的大猪头啥都有了，雷文从记事起也没见过这场景。可能是今年大丰收的缘故，也可能是肉中的那根刺——那个坏种混崽被剔出去了，养父特高兴的缘故，才置办了如此丰盛的供品。雷文又特佩服起养母和二姐的本事来。走前还是空空的大几案，这会儿像开了展销会。也不知道这些上等供品刚才存放在哪里了，娘还病着，二姐那会儿还在整理着院子，如此短的时间内娘儿俩像魔术师般把色香味俱全的高档供品摆上了香案，令人"啧啧"赞叹不已。

受经济条件所限，地方又狭窄，普通百姓家分不清是神尊还是鬼尊，遇到春节这样重大的祭祀活动节日，往往搞个"和桌"，把神和鬼摆在一起了。百姓可不管这么多，会这么想：咱家就这么多鱼肉，就坐在一起吃吧，又想到咋摆也是糊弄人，吃能吃多少？还不都是"撤供后人吃"嘛。

香案前后两层，后上方供神佛，前下方供家堂。雷文放眼看去，堂屋里挤在东北角佛龛里的那尊神——木板年画印刷的神，可能是玉皇吧，被移到香案中间正方了，祭祀的众鬼神数他至尊，这是祭祀中的主神。常年供在东厢粮食囤旁边的那尊财神也被移了过来，摆在玉皇的右下方。左下方和财神对应的是极为精巧的白瓷娃娃般的神，雷文以为是娘常提到的送子娘娘，看错了，原来是观世音。玉皇、观音和财神的三座神像前都置有香炉，已点燃了香，香气缭绕，芳香扑鼻。

香案前方，即长案子上丰盛供品的后面，摆有两个木制牌位，牌位上书有“先考”“先妣”字迹，好像还写有字，是名字，字很小，看不清晰，雷文认为这一定是爷爷奶奶的牌位了，也摆有香炉，还未点香。这三尊神佛、二位家堂共置五个香炉，香炉也分三六九等，铜铸的、陶制的、瓷碗代替的，新旧、大小、置备年代都不一。但都极严肃，逼得人肃然起敬。

另外，院子里鸡窝子上方还供有天爷爷，锅台头起还供有灶王，都一一上着香。不知咋的，今年爹在门神钟奎画像前也设了香案，还几次上香，冀求驱鬼避邪。

事后聊闲天时，雷文求过会计出身的莫村主任算过一笔账：一只烤全羊十八元，鸡鱼鸭都是家养的，若买三样也得二十元，其他肘、南瓜、花生仁不花钱了。大小十八个香炉，各炉都上三次香的话，得买八把香，加请几位佛像点灯油，不算压岁钱，一个百姓家光这个请家堂的大年三十少说也得花三十块钱。过年过个甚？愁坏了当家人，过不起呀！

“文娃子，站在一边，咱给祖宗上香。”三爷爷认真地提醒养子。随口冲西里间喊：“他娘，把活儿撂给二闺女，家堂请来了，一起给祖宗上香了。”

“就来，就来！”三奶奶急忙应着，并且疾步走出来，全然没了头疼发烧腻腻歪歪的样子。她对神和祖宗毕恭毕敬，她深信，一年顺不顺都仰仗诸神和祖宗保佑了。有时她嘴里许愿时还求神灵保佑外甥安康。

香案供桌前，早铺好了一条长方形的羊毛毡子，毡子是古铜色的，既协调肃穆又耐脏。毡子在家什中是极贵重的物品，特别神圣，每年就用这一次。

金老三先给两位考妣上好香，然后他向妻子递了个眼色，接下来夫妻俩并排站好，同步躬下身去，跪到毡子上，向请回家过年的老人磕了仨头。接下来，金老三喊出两个女儿、雷文，姐弟仨也冲着爷爷奶奶的牌位磕了头。

今年过年过得特讲究，就拜家堂而言也显得特认真。姐弟仨是一起拜的，拜当中，谁也没笑，都一本正经地磕了三个头。谁也没多磕，谁也没少磕，包括大姐黑凤都那么规规矩矩，因为有爹在一旁监督着哩。姐弟仨磕着头，脑袋可没闲着，各有各的感受，各有各的心理，还好像在各许各的愿。

这不是祈福许愿，也不是许愿还愿，他们仨家伙还不懂。大闺女黑凤想得简单或根本没想。有人说她这茬口的够了年岁，找个合适的主儿[1]，生活若好了，可以活到百岁。能吃能睡不想事、半傻又身体强壮的这位大姐心里不想事，永远有一颗童心，再得到家人的善待，能不长寿吗？今天的拜家堂也是这样，她觉得过年蛮好玩儿，磕头挺有意思，天天过年才好哩。

彩凤却不同，总那么心事重重的，盼了一年下[2]终于盼到跟情郎在一起了，可这个可心的人最多还只能住三天三夜又要离开。别时容易见时难。分开了谁能料到是一个月还是俩月、仨月才能见上面呢！这过年在她来讲不是“关”口，可过了年后，那个混崽一回来又要天天过“关”了。二丫头的这仨头磕下去，不求金钱，不求财宝，只求神仙祖宗保佑平平安安地再过这一年，不，是三年。三年就是一千零九十多天，三年后结了婚过穷过富都认了，就能和情郎弟弟日夜厮守了。一个农村姑娘没有过高的奢望——没有想过让如意郎君带到城市，住洋楼，当太太怎么的——而只是想找个可心又般配的人嫁出去生儿育女过日子，见天在一起说话。这样的如意郎君自己是找到了，在小姐妹的眼里村里最帅最棒的小伙子让自己逮着了。偏偏这“郎君”又是自己的弟弟，这个弟弟偏偏又比自己小了五周岁，说甚也得等到三年后才能结婚成为一家。偏偏这个弟弟遇到那么多缠手绕足的事，又那么争强好胜，非要考上大学，做出一番事业，出人头地。世上的事儿，怎么这么复杂，“好事”咋偏偏又得“多磨”，这么不尽如人意？

而金老三的养儿子雷文的心思没在这篱笆院，早跑到百里外的龙泉寺去了。

农村人过大年老古董老俗礼就是多，简直累煞人、烦煞人了。

篱笆院里金老三一家五口吃年夜饭——吃合子是极其简单的。该说的话今儿个午餐家宴那会儿都说了，该闹哄的节目那会儿都闹哄了。累累巴巴一天都蔫了，那张张嘴的功能就是个吃。三奶奶把一张张的香喷喷的合子铲给全家，这个说香，那个说不咸不淡，黑凤吃得嘴边挂油，立刻形成了一次歼灭战。

他家使用大八沿锅，锅口如缸口那般大，可一锅只能烙一张。那一张切开四大叶子，常人一顿吃不了。三奶奶心灵手巧、干活利落，经她烹制的这合子馅大皮薄，饼皮儿的两面焦黄脆亮，渗着鲜嫩闪着光的油珠儿，咬一口香香的。吃过的人，尤其是祈求和好的人，都想吃第二回第三回。口外人管这叫合子，天津人

---

①主儿：这里指找个丈夫。

②年下：方言，过农历年的时候多指年底和年初一的时间。

叫馅饼，沧州吴桥人叫大火烧。一张肉馅的大火烧，一条壮汉也能吃个饱，一般饭量的一家人，两三张馅饼就能饱全家。一张馅饼，横竖三四刀，可以切成六个角或八个角，全家人围坐在一起，中间放着个漂着油珠的大磁盘，还摆有醋盘，一个调味羹，准备提味蘸醋，不蘸醋也更鲜嫩可口。围坐的进餐者每人一张碟子一双筷子，讲究趁鲜嫩现做现吃。厨师把“乒乓”“嚓嚓”带着响声的大饼捞出锅摔在案板上，白案厨工下刀“嚓嚓”转眼间分成若干瓣儿，一一分到每个人的碟子里，六角者称“六六大顺”，八角者称“八仙祝寿”，团团圆圆的一家人可享受到了一顿合家欢美餐。

金老三家吃这顿美餐，是三奶奶和彩凤娘儿俩烹制出来的，一个人上面操作，一个人灶膛里烧火，火焰不能大也不能小。娘儿俩的辛勤劳动，给了合家口福，换来金家人的微笑，吃得咧着嘴的文娃子一个劲儿地说“好”，一顿饭吃了五大角。

最累的要算每家的老太太、大媳妇了（三奶奶铁五妞就扮演着这角色），整年下都把她们推到前台忙在锅上灶下，累了个腰酸腿疼。

可是关上门说话，小户家庭的一家子就无所谓了，饿了就吃，困了就睡，生起气来就关住门子不出屋，愿咋吹牛就咋吹牛，无人笑话，更无人攀比。一年嘛，进了腊月沿儿家长不管孩儿，更不受礼俗的约束。今天金老三全家人都累了，傻大姐黑凤吃着饭眼皮就睁不开了，撂下筷子进入东里间一着大炕就着了，第二个睡着的是文娃子，跑到西里间一歪睡着了。铁五妞眼中的老东西金老三可没敢睡，其实他睡得最多。篱笆院的哈喽气喘的老羊倌有三大嗜好，第一个是捏鼓东厢棚子里那两只山羊；第二个是转到各个房子摆弄那堆箱箱柜柜、坛坛罐罐和小工具、小农具；第三个就是睡觉，有五分钟、十分钟的闲空儿也能迷糊它一觉。他在妻子的眼里上不了位，简直是一口猪，不光老，还脏，谁愿意跟一根又脏又闷的木头疙瘩相守一辈子。

金老三是最后一个吃饱的，这都是因为牙口的原因，三十来颗牙，完整的只剩下八颗了，反正也没进城看过，半半拉拉的还不知有几颗，照着镜子数不清，让二闺女看也看不清哪是好的哪是坏的了，反正吃东西得一点一点地磨着翻倒，牙齿磨损了，舌头还是完整的，充分利用完整坚实的舌头上下左右翻腾着破碎食品，左边嚼着疼就翻到右边，右边也疼了就暂停一下，攒攒力气放松后再嚼。过去吃饼时，孝顺的二闺女彩凤给他切成条做成烩饼。今天大年三十一儿两女加婆娘人都全了，团圆了，为了全家团圆，为了让儿女们高兴，这个合子他也得吃。老汉是抱着参加一场消灭战的决心和毅力来吃完除夕饭的，经过一通又一通的东拼西杀，费了半个时辰，捂着半拉嘴，结果还是吃到了最后。二女儿极懂事，她尽管只吃了两角火烧，也是含到嘴里一点一点磨，那是为了陪着爹吃，终于让爹高高兴兴吃完了这顿合家欢饭。

今天作为妻子的三奶奶表现极为突出到位，对丈夫宽容、友爱，再没有一眼又一眼地白蜡①吃得磨蹭的老汉。尽管头还有点晕，但这个当娘的特高兴，还是因为看到儿子了。她以为在金家的五口人中，最疼（孝顺）自己的最靠得住的还是这养儿子。她也明白了，那个管自己喊姨的混崽终归靠不住，那斯只能是图一时乐和的相好的，不是终生依靠，更不能靠他养老。他早就和他四姨自己的亲姐姐好上了，人家四姐管吃管穿当宝贝疙瘩，待这厮那么好，又来找自己这个五姨，这不叫变心叫什么？还不是因为自己比他四姨年轻漂亮嘛。过几年会怎么样，难说。还不是一时痛快嘛。这会儿过年不在也好，也可以少生点儿气。

10

说金老三没敢睡，也是实情，他这个当家人得以身作则嘛。早在没吃合子前，他以家长的口吻喊上了："今晚全家人都熬财，熬财懂不懂？谁也不许睡！"

"熬财，熬财，知道了，不是年年都熬嘛！"儿子这样懒洋洋地应着。

"我不睡，我值班，谁愿睡就睡吧。不睡的咱一起熬，看谁熬过谁。"彩凤这样说。

"今儿夜黑，都熬，娘陪你仨一起熬。"

彩凤着急地说："娘，你疯了，你不是还发着烧吗？"

三奶奶说："没事儿了，没事儿了。"

碰到这种情况，人家黑凤不搭腔，甭说爹的指示，最高指示也管不着她。

经过中午这场联欢会似的家庭盛宴，文娃子发现娘和二姐说话了，别扭的劲儿缓解了，烙合子时，一个锅上，一个锅下，没话也能找话说。就过日子讲，这个家里这个母女组合是最理想的组合，这日子全凭娘和二姐俩顶了。事后二姐常爱说的话是："咋说，她不还是俺娘嘛。"

雷文说："我可困死了，二姐你先替我熬夜吧，吃完合子我得先迷糊一觉。过晌乎②娘、大姐还有二姐你们都睡觉了，我亏了。"

---

①白蜡：方言，即白眼，眼睛朝上或向旁边看，现出白眼珠儿，是看不起人的表情。

②过晌乎：方言，即午后。

“大雪天，又喝过酒，你不在家睡觉颠个甚？偷人去了？”

“看二姐说的，你弟弟偷过人吗？你弟弟办的都是些大事儿：扫雪了，扫干净了好让你们初三后晌看电影；说话去了，和老庚爷说话，和义顺哥说话，说的都是国家大事；咱村的狗把后村的狗咬了，后村的人不干，就又劝了一次狗架；刚才这不请家堂去了，把爷爷奶奶不都给请回来了嘛！”

雷文的嘴严得很，地区重局开会研究节后会战的事他没说、义顺邀请他到口上帮忙筹备会议的事，是下过毛毛雨的，没定局，又得提前回学校，怕二姐赘脚，他更没说。

“就你会说，你忙，还忙的什么‘国家大事’，还劝开了那么一场狗抓架，看你这出息！”

“真的，二姐，我的上眼皮和下眼皮打了半天架了，回头我早睡，你代表我熬财陪大、陪娘说话。五更头上我起来，我再代表你熬财，咋样？”

“这能代表吗？不怕熬出来的财我都要喽？”快嘴姑娘说着俏皮话。

“就都归你吧，三五年后我所有的财，不都得归你保管。”雷文说到这儿，吐了一下舌头。

这话不中听，后半句带有挑逗性且是守着爹娘说的，气呼呼的彩凤骂道：“贫，贫，贫！再要贫不怕姐撕烂你的嘴，坏东西！”

这些对话都是俩钟头前的事。吃完了大火烧，金老三胡乱抹了下嘴，取出烟袋正想抽口烟，他突然又把装满烟的烟袋锅塞进了烟荷包，心事重重慢腾腾地到了院子里，他这当家人还有好多事情要做。

老汉拿着把大竹扫帚又夹了把小笤帚，把桅灯高高挂起，像耙完山药白薯地又挎着篮子拾掇那般，把小院又从东到西过筛子过箩地拾掇一遍，连院里和门口的雪堆也拾掇得整齐有序。迈过那道拦门棍出了门子，可以看到院中的大部分积雪被他收拾聚集堆放在街门的两旁，堆成了体积大小相近的两座金字塔，这叫两座金山银山对称排列吧。这叫开门见喜，就是打开屋门朝南一看呈现在眼前的是一个白皑皑羊毛堆成的山和另一个白晃晃面粉堆成的山。老农民老羊倌，能有多么大指望？一年到头地累，累一年，不就是盼个粮食满囤、羊毛满仓嘛。这一忙活就是一个多钟头，他累得气喘吁吁。

老汉走到黑咕隆咚的东厢杂物小屋前突然停住了脚——整个人像被钉在那里，足足被钉了五分钟。他脚动了下儿，原地儿没动窝的身子转了半个圈，是向南了还是向东向北了说不清。继而又钉了五分钟。老汉终于控制不住感情，借着漆黑的夜色偷偷抹了一把泪，并悄悄朝正房瞟了一眼。这举动在篱笆院是个谜，谁也没捅破的一个谜。

犹豫片刻，夜幕中的老汉金老三终于没有进那间房子，须臾老汉出乎常态，行动异常，旋即轻手轻脚地从正房门口摘下那盏桅灯并捻亮，这才又回到小杂房。

爹是又咋了？机灵的彩凤蹑足跟踪想看个究竟。老羊倌有个习惯，从来不许儿女打听自己的事。

原来老汉仍回到原处轻手推开门子，又迅速把门子关闭。彩凤从门缝看到爹对着一个房间自言自语道："星星，过年了，爹把你接回来过年吧，和全家人一起过，爹想你。"老汉说罢，又在原地冲那墙角发了一会儿呆——原来墙角一旁是个粮食囤，墙角周围被清扫收拾得干干净净，墙角并排四块砖码起了方凳一般高的砖垛，乍一看砖垛像个香案。香案中间插着根粗粗的谷草，未置香炉，只是在插草的足下摆着几颗红红的酸枣。老汉把那根草扶了一下，扶正了，蹑手蹑脚地踮着脚燃亮高悬在高处的豆油灯，这才提起桅灯轻脚退出屋子，圪蹴在房门前抽起了烟。

当地习俗，供奉夭折的孩子，不设灵牌，也不许上香点火。彩凤很快明白是咋回事儿了，也蹑手蹑脚地退回正房熬夜去了，对谁也没提过这件事。她一生对弟弟文娃子更忌提这件事儿。

行了，老汉像完成了一项——工程。

过了一袋烟的工夫，老汉又继续着拾掇院子的节目。这是又一项工程，一项一项做得相当认真。他举起个竹竿，把桅灯高高挂在正房门西侧休眠状态的果树高枝上。挂灯的那高枝快跟房檐一般高了，高灯下亮，把整座院子照得亮堂堂的。这里地势高，中间遮挡较少，兴许站在村落另一端看过来，大汽灯灯光亮得像悬在当空眨着眼的月亮，星光点点，和高悬的汽灯遥相呼应，在山村的万家灯火中，鹤立鸡群般。老汉走到门洞摸了摸街门插关儿，确认插管插住了，又确认了脚下的拦门棍。当地风俗是除夕请回安放好家堂后不许串门子，否则怕惊了回家过年的老爷爷老奶奶。老汉提着桅灯看了眼吃饱饮过的大小三只山羊，摸了摸鸡窝门子堵得怎么样，查看了一下晾在铁丝上的物品是不是都收了，又举高灯查看了一下茅厕及粪坑，在这里看什么？这老倌子自己也不知道，只是觉得过过眼就放心了。这些事做完后，才把正房屋子里院子里的扫帚条担统统收起来，丢上人眼看不到的小房顶。这是老习惯——除夕夜晚到初二的清晨出太阳前规定不能见条担更不能动条担扫帚等物。老习俗不知流传多少年多少代了，为什么？老羊倌从未想过，兴许是怕扫走财气吧。

统统干完后，老汉才开始撒芝麻秆子（也有撒胡麻秆子的），院子里所有能走着的地方都撒遍了。讲究大年初一这一天，来院子里拜年的和自家人都走在芝麻秆上，走的人越多越好，也越有钱花，取芝麻开——花节节高之意。

这时老汉突然想起个事儿，就遍院子找起小狗黄黄，暗忖道：咋把这茬口给忘了？又急忙返回屋子里拿来两角火烧。黄黄不请自到了，像知道老主人在找它似的。老汉急忙把火烧丢给这厮，也不怎么吃，因为小主人早喂过了。

又过了一袋烟的工夫，老汉仰面看看天，满天星斗，银河北斗清晰可辨，天是那么晴朗，地是那么静谧。老汉握着烟袋屏着气想了想，又环视了一周，觉得真是山高水远、万籁俱寂，闭住眼睛听得到自己的心跳，忙活了一天，该办的事总算都办完了，又忙过一年了。一年到头，忙忙碌碌，马不停蹄，该忙的事都忙完了。

老汉回到正房，屋子里也很静，妻子儿女都睡了，都是和衣而卧睡下的，老汉心里骂道，娘儿四个两对懒鬼，难道这也叫熬财吗？又一想娘儿四个也确实够累的，不说仨健康人，连长女黑凤不也堆雪人赶鸡撵狗忙乱了一整天吗？他把门子打开，放放烟气。除夕夜堂屋里点了两盏灯，民间讲究这一天昼夜家堂坐的地方是不能断灯亮的，断了灯亮会对活着的晚辈怎么样怎么样。这样点了双灯，打了包票，头上是添满油的大肚子桅灯，永远明亮，香案上是豆油灯，点燃香火用。打开门子这才看清，六个香炉的香五个快燃尽了。屋子里，轻烟袅娜，香气扑鼻，给人步入仙境的感觉。顾不了多想，老汉急忙上上下下都添了香，还拨亮了油灯，使得整个环境更加完美和谐，人间、冥府几代祖孙阖家团聚，其乐融融。全家五口人，过去心情最沉重这会儿最放松的是这老人，一天最累的应该也是这老人，近六十岁的老汉了，腰弯了，耳聋了，眼睛也有病，又有哈喽气喘病，完成了一天的使命应该歇息了，驴子也有卸磨的时候吧。金老三搬过一把圈椅放在香案对面的一侧，圈椅前又摆了个方凳，解开皮袄衣襟下部的扣子，软绵绵地瘫坐在大圈椅上，脱掉毡靴，两条腿搭在了方凳上，感到舒坦极了。本来他应该闭目养一会儿神吧，但他又慢腾腾地穿好毡靴直起身子下了圈椅，走到香案跟前，两眼冲着考妣的牌位，俯身跪了下去，嘴里喃喃地说了些什么，说毕磕了个响头，这才又直起身子，回到圈椅上闭目养起神来。方才对着祖宗说什么呢？无非是告诉祖宗神灵，他在这灯下案前陪伴祖宗过年了，求祖宗保佑自己，同时求玉皇观音诸位神仙降福。金老三就这样舒舒服服地睡着了，不大会儿工夫他打起了鼾，发出呼呼的鼾声。他睡得香甜极了，兴许一次睡了三四个钟头，中间妻子三奶奶添了一次香火，儿子出屋撒了一泡尿，全然没惊醒他老汉。这就是“熬财”之说的宣扬者、封建习俗的维护者金老三的“熬财”举动。

几十年来，包括“文革”“破四旧”那会儿，金老三年年除夕夜“熬财”——那会儿灯油少，点一盏长明灯也算熬财了——总没见“熬”来多少财宝。

新的一年到来，他的财运应该不是“熬”出来的，是花气力所换，劳动所得。

这个除夕夜，金老三的篱笆院四间屋子加几间小杂房，通宵点燃了六盏油灯、一盏大汽灯，这些灯的灯油花费抵得过老汉抽仨月烟叶的花费。人都有个情愿的时候，信就是浪费了也不心疼，像是准能得到回报似的。老汉坚信这一套嘛，情愿嘛，愿打愿挨。

除夕夜的篱笆院里和金老三一起瞎折腾的还有妻子铁五妞。这女人，不是着凉发烧了吗？是着了点儿凉，但吃了两次退烧药，好了，还有点儿咳嗽鼻塞。乡下人泼辣壮实，这对眼女人身体又好，壮得像头奶牛，又不是什么真正的大病，又是偶遇风寒而已，已不碍事了。她拿出了饺子粉，切出了饺子馅，一切准备好，光等包了。馅是白菜大葱加粉丝的，粉丝泡过，还打进五个鸡蛋，加足了香椿、五香面儿、香油一类的调味品，尝了尝，味道蛮不错。这是素馅，据说供奉的观音菩萨是吃素的，既然信了菩萨，初一这一天人们也就得跟着吃素了。三奶奶把擀面杖、面板、剁剂子的刀，还有码饺子的盖帘儿什么的都预备到手下，这才安心地和衣睡下，这是准备好起五更包饺子的。

不到五更天，外面叮叮当当响开了，那是后面的小庄细弦子。农村人像特相信上天祝福发财的，不光有“熬财”一说，好像还有“抢财”一说，半夜三更天，后村和前面的小庄叮叮当当，响成了一锅粥。后村的祖辈人经商的家庭多，过大年外头的人多，所以这会儿折腾上了。远在天边、近在脸前的声声脆响愈发搅了三奶奶的好梦。

金雷文这会儿也真困乏得睡实了，放鞭炮折腾，黄黄挠门闹腾，终没把他弄醒。这样也好养精蓄锐嘛，养足精神去干正事儿。

小伙子还真是个横冲直撞的茬口，睡梦中也在干事业拼搏，这会他人在西里间的被窝里，心早去了宝康县的煤矿井下，好像是跟义顺哥一起去的，见过很多人，还参加了挺好玩的劳动。井下是甚个样子梦得不具体，反正像从取水的井口往下看那般吧，黑洞洞的，深不见底。他不怕，他还有南山拳王爷爷在暗中保护。霎时间他来了个土行孙土遁，一口气入地三千尺，又像孙悟空那般冲天一起到了云端。

没有敢继续睡下去的三奶奶轻轻地起身下炕，掀开布帘到了堂屋，堂屋香案上下香烟缭绕，怄得人头晕。丈夫金老三就是在这样的环境中呼呼大睡的。妻子暗暗骂道：真是个猪，省得抽烟了，这浓烟都吃到肚子里了。女人轻轻打开了一扇门排那烟气，院子里的微风吹入，立刻使屋子里的空气清新了许多。她没有叫醒年迈的丈夫，而是轻手轻脚地走到近前，帮丈夫把遮住脸面影响呼吸的羊毛衣领整了整，心想，让老东西睡吧，弄醒了怕又睡不着了。这把年纪了，还有哮喘病，这一天家里外头山上山下跋涉确实不容易。接下来她给香案上的几炉香一一添了香，挑亮了两盏灯芯，这才出了屋子随手带住了门，又沿着墙根儿躲开积雪蹑手蹑脚地走到东里间窗下听了听，女儿无动静，这才走近打开东厢杂房的门子看了看砖垛上的那棵草，豆油灯还亮着，她随手拨一拨。其实丈夫在俩钟头前转转悠悠干的那些事她是清楚的。丈夫回到屋子取灯火两次进出小杂房她也明白是咋回子事的。从对丈夫的关心照顾中可以看到这对老夫妻的关系。铁五妞对金老三没有坏心，毕竟是二十多年的夫妻，坑坑坎坎一起走过来的。她偷汉子对不起老三，但从生活上还挺关心这羊倌丈夫的。

“当——”“丝——”连着几声带鸟叫的弧光和火线炸响，整个山乡——包括大金、小金、细弦子等前庄后店好像都被震得炸沸了锅，掺杂着娃儿们的欢呼喊叫声。有人爬到房顶上看，三爷爷也被震醒了，登上半截子梯子抓住果树枝条朝半山瞧。北庄那一片一阵闪光又一阵欢呼声。前邻的嫂子在房顶上搭了话，说娘家就是那个村的，有个在湖南浏阳做生意的人家发了财，弄回些闪光雷在那里放。西邻房顶有人搭腔，说不是浏阳的，是咱这里王口的，问王口在哪儿，答石家庄辛集儿。

睡在东里间的彩凤这除夕夜也没睡好，她可不像弟弟那样代表仨姐弟熬财，也不信睡了觉菩萨和家堂会怪罪，心想你们来过年的神鬼坐在供桌上尽享受现成的，而我们白天得做事，不睡觉咋能受得了。这闺女近来睡觉轻，娘这次起夜干事她知道，娘在她们的窗外听她也清楚，怕惊醒了有病的大姐才没有吭声。这次是娘，俩钟头前是爹，两次开合杂房的门子，她也知道咋回子事。她清晰记得十二年前全村人遭遇瘟疫的那一幕，星星患了病，高烧不退，为防止传染在东厢杂房里单支了个小床，星星就是死在那小床上的。放置小床的地点就是今儿个给星星设牌位处。这样的供奉祭祀多年了，全家人只是瞒了文娃子和大姐，大姐瞒不瞒一个样，瞒文娃子是娘的主意，怕文娃子隔心，其实他们的爹是给文娃子下过毛毛雨的。老羊倌在一次去东岗子上（星星就葬在那里的一棵枣树下）放羊时跟养儿子隐隐约约讲过，说他共有两个儿子，说文娃子上边还有一个哥哥叫星星，说星星得了大病早死了，说今后日子过好了，还准备给文娃子的这个哥娶一门阴亲①。那时文娃子还小，只知道篱笆院里有俩姐，不知道有个哥哥，更不知道啥叫娶阴亲。甭看这小星星在这个世上只待了两周岁——即给彩凤当了两年弟弟，可给全家人（不包括文娃子）留下了记忆，彩凤隐隐记得那个弟弟有一双小胖手，抓人抓得挺厉害，还爱抓自己的鼻子，抓一回打他手一下，几回都打哭了，她这个二姐也抱那小东西耍。星星死后，二姐知道没他了，哭了几天，直到文娃子抱进门，才用文娃子代替了他。黑凤可不一样，那时黑凤还没病，她是看护星星的主力，直到这会儿病了，还一直把文娃子当星星，偶时还“星儿”“星儿”地吵吵着。在娘面前忌提星星，谁提跟谁急。只有爹对星星还有独到的爱，和庚爷讲起来惆怅万分。

三奶奶在亡儿牌位那根谷草前默默站了一会儿，惆怅万分。这间小屋子过去她是很少进来的，人这一辈子都有几件伤心事，这是她终身的一个心结。宝贝儿子死前躺过的那张小床她看了就伤心，后来让混崽拆掉做了别的木器用了。她后悔生过星星后听信了宣传，匆忙做了结扎术，不然抱养了文娃子后也可以给文娃子添一个弟弟。当知道女人结扎了输卵管还可以拆开，拆开后就能再生时，在混崽那厮蛊惑，她动了拆开结扎给混崽添个后的心思，却迟迟没有去拆，再后来计划生育又紧张起来，又见文娃子那么孝顺那么优秀，并且这孩子又是她暗恋着的老帅哥振川的种，才彻底打消了这个念头。

三奶奶打了个冷战，这时才意识到自己只穿了个小棉袄起来的，告别了当亡儿牌位的那棵谷草，急忙回到屋子钻进被窝，这才觉得暖和了许多。

女人心思多，牵肠挂肚的事儿也多，看到熟睡的儿子，又想起刚才在女儿的窗台下听声的心情——这二丫头一定也没睡着哩，睡着的话不会是这种声音——突然一阵心酸后怕的阴影涌上心头。突然想起她的心肝宝贝外甥给他出的一个馊主意，这会儿想起来还心里打战，骂了句混崽那厮做事也太绝了，那样做太狠心了，毕竟这丫头也是自己身上掉下来的肉嘛……唉！到时候再说吧。反转又一想，二丫头她拿自己当娘了吗？丫头她能往娘的火炕上扔半块砖，娘能光受着？娘要对不起了，这女人又“唉”了一声，似在说翻到你丫头的身上想一想，娘还

①阴亲：河北旧时的民俗，让两个未婚配的死去的青少年男女“结婚”，并埋在一起。

有啥办法呢！

三奶奶和二闺女这仇记得很深，她误会了。她以为调唆那个愣头青的文娃子打跑外甥混崽是这个二丫头使的坏，其实错了。

殴斗的那天彩凤并不在现场，彩凤自己说打架以前她就走了，说是前院嫂找她有事。跟混崽势不两立的是她爹老羊倌金老三。

“熬财”的这空当另一个闹心的是彩凤，这也是一位在篱笆院说一不二的主，这空当也在想心事，要走人，主要还是怕混崽那坏种再回来。

她正想着，门外传来“噢噢”声。

“二女哟！”“爹！”“听到了吗？黄黄在街门外挠门了。”“知道了，爹，我去开。”这是父女的对话。小狗也确实被关在了街门外。

三爷爷又开口了：“小心放好拦门棍！”“爹！知道了，我给你摆正了，放心睡吧。”女儿向来就这么依顺。

在这个除夕夜晚，金彩凤没睡好，既不是在“熬财”，也不是因为烦心的家事，更不是跟小狗黄黄挠门有关系。她翻来覆去地在想自己和被称作弟弟的未婚夫金雷文的出路。雷文的亲爹续娶的事她知道了。这对文娃子很重要，表明文娃子在西合营的财路，以及一旦上不了大学的退路都断了。所以作为他的未婚妻也是他的姐的自己，必须出去挣钱，供他出去上大学，供他发展。懂事的闺女意识到身上的担子和责任。

“喔喔喔——”“喔喔喔——”东山洼子里微露鱼肚白的时候，院子里的公鸡发出了悠扬清脆的新年的第一声叫，这大公鸡比人还强，是极负责任的。接着东邻西舍断续地也传来鸡叫声，不大一会儿的工夫，东西南北鸡叫声一片，此起彼伏，组成了一片悠扬的晨曲。好像在唱“过年了，拜年了，快快起”。若是在家畜家禽中评优的话，第一个就应该是鸡，特别是篱笆院的那只大芦花鸡，太优秀了，太敬业了，从来不睡懒觉。

鸡叫头遍，三奶奶就起来了，她没顾上梳洗，先轻身下炕，到了堂屋，又到了院子里，继而到了东厢小杂房，先后给各香案，还有星星的那堆砖上添了一遍香火，又正正那根草，这才蹑脚到了东里间窗外轻声叫道：“二闺女，二闺女，包饺子了，听到了吗？包饺子了！可莫吵醒你姐。”

叫罢，她去了一趟茅厕，回屋里洗把手，这才铺摊子准备包饺子。二女儿彩凤也到了，这闺女真利落，怪不得刚才她屋子里的灯那么亮，一定在洗脸梳辫子。

母女俩干活处是炕梢，包饺子的盖帘儿只好放在锅台上，操作伸不开手。三奶奶点着熟睡的儿子说："文娃子，文娃子，往东靠靠，靠到娘的被窝去睡，这里包饺子坐不开！"雷文听了往东边挪挪，二姐喊他再挪，又挪了挪，终没有腾出多少地方，彩凤急了，上去拉住他耳朵吼道："要不你就彻底挪开，要不也爬起来一起包，这样睡，还吃不吃，吃到晌午吗？！"

后生终没有爬起来一起包，睁睁眼看到还点着灯，窗外还黑着，这才叫了声"娘"，接着又叫了声"二姐"，以示歉意，真的挪到娘的被窝里倒头又睡下。

对这宝贝弟弟懒洋洋的样子，彩凤一点法儿也没有，这个姐如何舍得真拧弟弟的耳朵呢？只是碰了一下就放过了，这未来的小女婿是只能疼不能招惹的。

彩凤擀着皮儿，娘包着，娘是挤饺子的，两对大拇指二拇指齐动，一挤一个饺子，速度快极了，让闺女眼热得不行。一年才能吃几回饺子，时间短了学也学不会。她一个人擀皮竟刚供上娘一个人包。娘抽空揉了下自己的鼻子，娘过去给她说过，那是怕打喷嚏，说大年初一冲着人打喷嚏是要妨[①]死人的，可母女俩谁也不信。三奶奶干活的对脸就是二闺女，其实打喷嚏的话妨就妨着彩凤了。三奶奶转念一想，不对心思也是自己身上掉下来的肉嘛，可不能妨她，妨死了还得了！这会又想起来闺女是娘身上的小棉袄了。

三奶奶、彩凤娘儿俩一个揉面一个剁剂子，然后再一个包一个擀，配合得很好。可谁能想得到，大年初六被三奶奶看成香饽饽被族内人看成瘟神的混崽又回到了篱笆院，谁又能想到北山矿上的那个小个子小车司机两次到三间房看混崽，而更让人想不到的是在春暖花开的三月初，在东台山冰雪融化、金河水开始流淌、大金家村万物复苏、万象回春的时刻，篱笆院竟出了那么一桩塌天的事儿——铁五妞、金彩凤母女俩都消失了，逼得老羊倌差一点儿上了吊。

鸡叫了头遍二遍，还不到三遍，大金家村的各个街巷好像都有人走动了，停息的鞭炮声又响起来，夹杂着嬉笑打闹拜年声。拜年不能白磕头，不给些人民币也得给支烟抽。这里时兴抢喜烟的习俗，莫村长嚷嚷着跑掉了，他兜里的两盒烟被掏空了。这正是：

大年初一头一天，
初二过了是初三，
紧日子过年似过关，
吃穿愁过愁岁钱。

---

①妨：方言，即妨害。

前门贵，白牌菊花嫌贱，买上两条大境门[①]，
人人争抢抽“万元户”的烟。
常日子过年善盘算，
查了缸底（儿）算油盐。
丰年之后有个歉，
算了今年算明年；
富日子过年莫大手，
日子富足讲节俭，
该花就花该省就省，
该帮就帮，
该贡献就贡献；
富了的日子庆团圆，
添人进口益寿年。
隆重祭祖请家堂，
日子过好饮水思源。
初一的饺子初二面，
麦面杂面一起掺，
初三焖上一锅饭，
顿顿不离山药蛋，
莜面搓窝盛大盘，
羊肉鱼子[②]打鸡蛋，
要想长寿少加盐，
一缸酸菜吃半年。

11

主人公金雷文出外打工，离开故乡到了京西的沉沙县。在蔚州窝了七八年，该让人家娃出山了。

事情过去七八年，这会儿在沉沙县的南山坡，沉钢的一个下属单位沉钢玉马矿。这玉马是个山村，往东是延庆，离京城不到一百里，离老家蔚州三百里。

①大境门：河北名烟，前门和白牌菊花都是香烟的牌子。

②鱼子：方言，莜面搓成小鱼状的一种面食。鱼子蘸着羊汤吃，是地方的美味佳肴。

风声雷动，喊杀声震天，呼啦间安然山沟里黑了天黄了地，随着嗖嗖的风声响动，登时树叶枯草铺天盖地自天而降，吓得多群麻雀奔逃腾飞七零八落，山雕也避得极远，那只呱呱报丧的乌鸦也飞避到西山丛林，乱了乱了！现场乱成了一锅粥。

“谁？谁敢撒野！谁敢拿鞭子抽人……”有人怒吼着。

接下来是夺鞭子的响声和威武娴熟的鞭艺表演，以及一些树叶哗哗落地声。混乱的局面登时静下来，继而鸦雀无声，这就是小蔚州金雷文出场。这后生腾空而降，冲下悬崖，在一处空地登场。其间摆了一个架势，蹲立在地面上。

“啊！”

“啊！哪里下来的？自天而降！”

“啊！矿上真有能人！”现场沸腾，赞叹声一片。

“小师傅！岁数不大呢！”

“也就是二十郎当岁？！”

“铁矿有人哟，好家伙！”

小蔚州可不是临场献艺、哗众取宠，是在排解一场纠纷。他立在那儿的姿势，好像叫金鸡独立。

金雷文号称小蔚州，当然不能窝窝囊囊蔫蔫地溜出来，是大喊大叫地出场的。紧接着登场的是赵桐、赵有宝叔侄。当然老主任再也不能猫着，瞅准机会一并冒出来，赵桐也是唱红①的嘛。

这源于本矿工人和当地老乡的一场吵架。

燕山东麓，河沟子的一处矿场，是沉钢边扩建边生产的二级单位玉马铁矿。准确一点讲，沉沙钢厂玉马铁矿生产区东围墙外的沟坎上要建一道石砌的高墙，把矿区采场和当地生产队草滩分个泾渭分明，井水不犯河水。墙体用片石、水泥砌筑，凝固后会给矿场形成相当坚固的一道蔚蔚壮观的墙。高达丈余的围墙下面是条流量细小的排水沟，沿着高墙外的沟边有条小路通向岭后小村玉马。很明显，建高墙就是为了堵塞这条小路，明显是给人家添堵。玉马村的老少爷们儿可不吃这一套。

这当儿高墙里外聚拢了一群人，穿蓝色工装的矿山工人，裹着皮袄夹着羊鞭或扛着农具的山里人，骑墙的、登高的稀稀拉拉上上下下站了一片，剑拔弩张地吵着架。墙外还散放着一群羊。

墙里支有脚手架，工人们蹬在架子上继续加固加高着墙。墙像驼峰弓曲着分

①唱红：方言，这里指唱主角的。

了几段竖在那里，大约三米多了，沟的沿口剩了一个口子。墙里面放有水泥、毛石料、水桶什么的。围墙的一端高高低低三四十米处连着峭壁，峭壁背后好像连着山崖，这铁矿恰在半山腰，露出半个平洞，还有牵引绳索，属于山腰凿井，上山平洞作业。坡高山陡，高耸入云。两段墙体的豁口处，有背柴的、扛犁耙的人通过。

矿山是个大矿，占地数里，围墙向上延续部分的半墙体上是铁丝网，其间矿山的山峦上布成一字长蛇阵。加固围墙的现场又分几摊作业。

高空几十米处的另外一个作业点，维修组长金雷文正领着几名矿工在修筑加固一段丝网围墙。他们沿峭壁边沿攀岩而上，凿石挖坑，栽地桩，安装刺丝，忙上忙下，顾不上下面的纷争。

“师傅，咱是上一天班撞一天钟，拿那几十块钱，庙里不管庙外的事，庙里的让咋干就咋干，不干行吗？有意见你找官儿们说去。”

下面这一段因为吵架的干扰，架子上垒墙的工人陆续停下手中的活计冲着墙外吵。“不找你找谁？是你在垒墙嘛……你矿上人是土匪恶霸，这就像打劫，欺压人民。”

也有坐山观虎斗的，是一个四十来岁的汉子，像生产队管事的，夹着把锹蹲在那儿不吭声。

另一位穿着矿山服饰的年岁略大的汉子，也扛把铁锹疾步走过来爬到高处往下扫了一眼，接下来静静听着没往前凑，就势坐在一个制高点上看着。农村戏台子上演戏没“舞台监督”和“导演”这一说，只有当家的“师傅”，有的叫“鼓老”。鼓老身兼多职，掌舵的就是他。燕然山下玉马沟子里这出戏开锣了，双方的后台老板可能就是这二位。

“矿长，您？”看见扛着铁锹的汉子过来，一位矿工急忙招呼着。

“吁——”中年汉子拉他也坐下来，又问了几句什么，“料到会碰到这麻烦的。”这人嘟囔了一句。有水平的当家人爱站在一边看，看阵势看事态发展，看看再说嘛，再掂量个几斤几两。

矿山干部和农村干部都叫干部，但所在单位所有制不一样，立场也就不一样。尤其是建矿初期，厂矿和社队用地用电用水和占路又免不了交叉，厂地矛盾几乎年年有，厂子占了生产队的地，污染了地方的水源和空气，社员不让，社队当家人也不想白吃亏，老算计着从厂子弄点钱，给社员办点好事，扩大一些集体经济，多占点儿光。两方面的干部都不容易，又多各讲各的理，不是一本账嘛，沾上也是西瓜皮擦屁股黏黏糊糊，谁也不愿意让谁，吃亏更不愿意。

山里人讲不出多少道理，嗓门儿倒是挺大，吼着骂着，啥都敢掷，晃着铁锨、镐头，摆出要拼命的吓人架势，一阵阵地盖过了工人们的理论，铁器铲地、撞石头声不时闹出“嚓嚓”儿响。

工人们都是新招来的年轻人，也多数是村里来的，谁也不怕谁。“你是爷，咱也不能当孙子，谁当孙子不是娘养的！”他们吼着，挥舞着工具，烟火味浓，唾沫四溅。

“停住！莫再垒了，垒了也白垒，统统给爷儿们拆开。垒起来的再推倒，不是白费牛劲嘛！”社员中一位中年汉子喊着，接下来讲起了理，“老多年头了，这里本来就是上山大道嘛。”又道，“开天辟地，盘古至今，谁敢说不是……”

“我可不认识盘古，莫再跟爷儿们转①了，我不清楚盘古，再抬出三皇五帝来压咱不更好吗？我不听盘古的。”

“这里贫下中农说了算，叫你扒你就得扒！”

“扒个球，谁敢要横站出来试试看。”

“就骂了？！”

“骂了就不行，拉完了屎擦干净腚再说话！”

“是垒是拆你跟矿上的官儿说，我们是干活的，听喝的。”一名瘦削的工人毫不示弱，挖了一铲灰投到砌筑的石材上，应付着。

一个中年农民驳斥道：“谁挡道咱就跟谁说，咱老百姓怯官，可没这么多闲工夫去磨牙。”

另一个青年农民吼道：“垒上也白垒，谁垒的谁给爷拆除，这不白浪费畜力嘛。”

这名工人立刻翻了脸，也吼道：“骂人，是不是？甚叫个‘畜力’？先擦净屁眼儿再说话。”

随着说话声，牧羊的鞭子声一阵响动，战火似燃眉在即。

“莫急，莫急嘛，都文明点。社员同志们，还有咱工人老大哥，谁也别骂了，咱们心平气和地讲点理好吗？你们矿上征了地——坡头的地，没征这条沟，沟是上玉马、下玉马俺俩村的通道，俺俩村一个大队，多数人同宗同姓，一个祖宗，掐了道，断了上玉马的通路，还让活不让活？”社员中一位干部模样的人站出来说了这样的话。

“老乡，不是早交涉好了吗？路堵了，不是墙外平整修出了一条上山的路吗？”说话人像主事的。

---

①转（zhuǎi）：方言，即撇，没学问的人偏愿意撇京腔说大话。

“那叫路吗？让爷儿们多走两里路，路面也没硬化。”那位山里的老汉涨红了脸，指着自己鼻孔下的人中①道，“这道沟本来就长在这儿的，这一闹咧到腮帮子上去了。”这话引起了一通哄笑。

“工农联盟建设社会主义嘛，多走点儿路不就是为革命多做点贡献嘛，况且牺牲也不大。”

“甚个叫不大？！上山出一次工多走两里路，往返就是四里路，走这条路，队上应该多记半天工。”

“记工，等给你记个球吧！队上才不管你这一套呢！找矿上要，只能让矿上还我们‘大好河山’了。”另一个农民阴阳怪气儿地搭了腔儿。

另外两个更年轻些的农村后生咋咋呼呼地扑到前面，用铁锹头顺着刚刚砌过的石缝子撬石料，还吼道：“你能堵我就能扒，这叫不破不立，看你堵得快还是我破得快。”

“你这叫破坏社会主义建设！”矿工一方上纲上线了。

“破的就是你资本主义的根。甭给爷儿们扣帽子，再拿大帽子压人不顶用了，帽子工厂砸烂了。”社员一方毫不示弱。

“再破坏我就砸了。”这个年轻工人说着用抹灰的瓦刀敲得料石山响，石头末子四溅。

一上一下接了“火”，铁锹、羊鞭朝上面挥舞，和上面的瓦刀、抹子弄得叮咚作响，站在圈外的一个羊倌鞭子抡过来，差点儿抽着人的头。

双方剑拔弩张都是虚张声势吓唬人，谁也不敢动真格的，不敢贸然开第一枪。霎时间天黄了，地也暗了下来，地面上的生物都在动，空中的虫鸟乱作一团。

群殴开始，墙头上几名作业工人一一飞身跳到墙外抡起家什要迎战，见扑上前来的人只是比画，撞击声不断，也有站在墙头上喊的，“打了人了，打了人了，玉马村的小子们动手了！”“打呀，打呀！谁不敢打谁是孬种！”“快去保卫科叫人。”……

喊声震天，骂声动地，围墙豁口沟沿沟底抡拳蹬腿的一团，喊声、骂声、工具撞击声响成一片，震得整座山都在动。明眼人一眼就能看清，这又是一起关系到国家利益和局部利益的纷争。当地干部和地直企业干部不知在忙些什么，积弊成疾，潜伏多时的矛盾可不得了，兴许会酿成大祸。

“小金，小金！下来！快下来！”

这中间，下面领人堵墙头的一位师傅向坡顶上招呼金雷文，意思是让他们快

①人中：人的上唇正中凹下的部分。

下来共同撑持局面，这人是另外一个作业组的组长。

金雷文终于被喊应了，一边沿着峭壁边沿挪动，那峭壁太陡且窄，从下面看上去像腾跃在弓弦背上，一边示意下边快到矿部报告。他磨蹭着没动地儿，其实他也有私心。这场面他见多了，本地人终究是一块土地上的，打也快和好也快，仇小些，结儿也好解。他们欺生，他得罪下人吃不消，他有过教训。

雷文的喊话下面的那位听清了。金雷文说："赵矿长在第二石门[①]。"赵矿长即主管基建和维修的副矿长赵桐，"老矿山"[②]，生产基建一把抓的工农干部，办事干脆利落，人称"赵旋风"。

危急时刻，双方都不想把事情闹大，堆在那里吵吵的是一伙子兵，还都是些散兵，都在等什么？事情闹大了，总要有负责人站出来的。

"都别乱都别乱！"矿山的一位长者近前忙拦挡着，还吹起了哨子。他是带红箍的安监员。生产队的主事人跟着也站了起来，就是那位拿把铁锹蹲在一边的汉子，维持着秩序。那位作业组长一阵风似的去找矿长，又一阵风似的回到了现场，才发现矿长早在这儿了。

赵桐示意让他先去看好自己的人。

这时金雷文也从两丈高的半空回来了，俩工头碰了面，回去又和另一个组长嘀咕，事情闹大那得如何如何，但是都没人强让矿长露面，分别回到各自的岗位做工作。

金雷文仍回到两丈高的作业地点，作为作业组长那里还有一摊子事，高空作业还离不开他。

尽管现场乱得很，也真的动了家伙，但双方有自己的底线，家伙碰着家伙叮叮当当，终没人敢往头上打，都清楚打出人命要吃官司。咒骂声、喊杀声、金属器具撞击声把现场的气氛推向顶峰。

矿保卫科也来人了，只来了个干事，社员是不怕这种人的。这位干事见矿长在那儿没露面，自己也没敢出面制止。

夹在人群里的头头脑脑都把心悬到了嗓子眼儿，谁也预料不到事态的发展。

每次闹事，总有那么几个挑事的愣头青。现场嗓门高的几个人继续喊着，扬着威。

"要比画就下来好了，爷可没闲工夫跟你磨牙……"随着吼声，铁器和地面摩擦，地上的那个愣小子操着家伙往前凑着叫嚣道。

---

①石门：方言，矿山通向作业区的隧道口，指作业区。

②老矿山：对从事多年矿业工作、威望高的老职工的敬称。

“下去咋了？敢咬了爷的球……”这愣小子往外扔脏话。

“那就下来呗！”谁能想到另一个后生真的用铁锹把料石撬活了，随着料石活动，刚才在墙上喊叫的人走了神，一脚蹬空，“哗啦”一声，人随着石头一齐摔下，恰巧碰到地面的硬物上，登时见了红。

被摔伤的那个泥瓦工爬起来发现自己挂了彩，马上毛了，“孙子，孙子”地怒吼着，找了件长家伙吼声震天地要找暗算他的人玩儿命。“你娘的，使绊子算什么汉子！有种的站出来，爷爷劈了你这三孙子！”他声嘶力竭，恨不得找出仇人来一口吞掉。

“怎么了，你这孙子敢骂娘？好汉敢作敢当，是大爷我把你弄下来的，又能怎么样！”应战方也是一个后生，当头一站，敞怀披了件白茬皮袄，甩着个小羊鞭，又扛了一杆丈把长的大羊鞭，啪啪地响，俨然是个壮年羊倌。其实，刚才撬动石料诳下泥瓦匠的不是他，是背后那个握铁锹的，他哥，上阵还得亲兄弟，泥瓦匠骂他娘把他骂火了，劈头盖脸扬起鞭子就打。泥瓦匠也不示弱，挥舞着铁锹，要起了“大刀”。

“住手！住手！有话好好说，谁也不许再打了，打斗能解决问题吗？”喊话的是去找赵矿长的那位组长，挡在泥瓦匠身前，亏了躲闪及时，不然那鞭子就打到他头上了。

说是说，总没人敢来真的，小羊倌的大羊鞭在空中摔了两声铮响，疾步退缩着。

与此同时，出现了本章开头那惊险的一幕。听到高空中有人随声喊了句“住手”，同时飞下一枚石子儿打在羊倌跟前，险些打到他手腕上，着实吓了人一跳。那石子打得很有水平，不前也不后，打在手，上就那么轻轻一擦，明白人一看就知道行家里手到了，定要看个结局。现场叫好声一片，慌乱当中，小羊倌闪电般地后缩，也躲得好。

话到人到，呼啸的同时，一个人像一朵棉絮飘落在近前，原来是名威武的后生。救兵到了，那组长急忙让位。

“要文斗，不要武斗。有把子力气在这儿逞何能？都是阶级弟兄！”

“莫再抡鞭子了，那是赶羊的！”有人呼喊着在人群中站定。

第二个喊话挡在泥瓦匠身前的人正是金雷文，这个压事的主儿终于来了。

只见这人站在羊倌跟前比他高了一头，两只闪着亮光的眼睛咄咄逼人，羊倌怔神间，这人反手抓住了羊倌的腕子使之动弹不得，羊倌还未反应过来，鞭子早到了这人手里，羊倌不由得踉踉跄跄地坐在沟沿上。

小羊倌纳闷儿，这人也不知是从哪儿下来的，似飞似飘落，好像自天而降。事后听人描绘，他是从峭壁上穿过来的，走墙头如踏平地。

“后退，后退，请长辈哥儿们都后退了——鞭子可没长眼！”

随着话音，连着“啪啪”几声响，这人吼着在空中要花活般甩着鞭子，似刮起旋风，霎时间使现场闪出了一块地盘儿，厮打争斗的人们被震得罢了手，纷纷退了后。

这人当空一站，那像座塔似的个子、洪钟般的嗓门，委实镇住了混乱局面。

只见他像杂技演员般一拱手道：“父老乡亲，给兄弟个面子，听我说几句。咱们都是矿山的主人，都是贫下中农——声明一下俺爹也是羊倌，是贫农，有分歧好好商量，没有谈不拢的，自家的事揺拳头抡铁锨解决不了问题。”说到此，他鄙视地对小羊倌道：“这位小哥哥不是想要鞭子吗？兄弟我先陪你要几下吧，见笑了！”

众人不置可否，后生也未马上动作，只是环视了一周，要把戏的那叫撂撂场子。周围除了人和星星点点的树棵子，只有追逐觅食的小麻雀。到此，只见他晃动羊鞭虚晃了一下，微合双目自言自语：“树爷爷树奶奶对不起，只好委屈了！”说时迟那时快，只见他丁字步一站，两只脚似钉在地面上一般，双手紧握长鞭，转瞬间随着“啪啪”的炸响声，长鞭朝着一片树丛扫过去，“唰”的一声，半面子小树头被削掉了。未等大家回过神来，他猛地转身长鞭朝背后的一株小树的树冠打过去，“咔嚓”一声，把半个小树脑袋削掉了。接着他在众人面前又裹起了一股旋风，只见他拔地而起，转瞬间，手中的长鞭朝头顶冲天入云的大树杀过去，尽管没扫到树的枝杈，但鹅毛般的一片片树叶子纷纷落向地面。

好哇，真是连发三枪连中三元呀！“蔚州猴！”“孙大圣！”“反了！反了！神威呀！”有人这样喊着，是惊恐是暴躁，也含着嫉妒情绪。

这一突如其来的动作让人倒吸了一口凉气，都说蔚州人能，耳听为虚，眼见为实，今天真开眼了。

“好！”“好！”“好啊！”“啊！了不得，了不得！”异口同声的叫好声过后，“噼里啪啦”又是一阵掌声。

前后现场气氛判若两种情景，事态实难预料，群殴变成了献艺。

12

谁能想象到乱糟糟喊杀、厮打的混乱局面，被这突如其来的欢快局面扭转了，愤怒，仇视、非争个我高你低、歇斯底里的仇杀气氛一扫而光。大部分闹事者看得清又看不清，那鞭子神了，那走墙头如踏平地的功夫也神了，谁的脑袋能顶过这片树。这鞭子若抽到头上、肩上，还不来个大开花，掉层皮？让人看到的是这些，没露的真招儿还不知道有多少呢！

“蔚州猴，蔚州猴！”“猴又怎么了，看真本事就行了。”“矿上还真有能人呀。”“猴又变魔法唬人吧！”“这可是真功夫，不是魔法。”“一句话，藏龙卧虎之地切莫再小瞧喽！”七嘴八舌，现场说好的讲赖的都有。

在一个制高点上看“红火”的是主持矿山工作的副矿长赵桐。为啥他先不出面排解？是为了培养锻炼下面的人嘛。他静静地蹲在那儿没吭声，地矿矛盾由来已久，调来玉马矿前，他在八宝山煤矿就经历过多次，最麻烦的一次是由一位专员、三位县处级干部排解的。在场的几个“大头兵”也都是些老油条，相信能控制住局面，才事先没惊动他。这里的社员也老实，老老实实劳动，老老实实处事，老老实实地对待公家，不生大事。而老矿长更相信自己矿上人的协调息事能力，都是有嘴有心嘛。矿山的人也好，村里的社员也好，往大处讲都是贫下中农嘛。

出乎他意料，竟然打起来了，雷文献艺耍了一会儿鞭子功才把事态暂时压下去。赵桐很惊喜，也发现了个人才，但也没有立刻表态支持。赵桐放过羊，懂一点鞭技的道理，当然没有小蔚州这么娴熟。一阵鞭声把纷争镇压下去了，但这小儿科“解决”不了根本问题。这老汉蹲在那儿不吭声、不出面，是在想彻底解决矛盾的办法，也是想继续看看本矿的班组干部的能力。

到此见好就收，小蔚州雷文看见矿长在那儿，找个空儿坐下来不再说话。

闹事的人们赞不绝口地议论着，今天可让众人开眼了，又都不打不争了，静下来等待干部们出面解决。

山里人质朴，处理事情不是看说是看做，只要你的话是真的就跟你走。其实单位跟单位这种利益纷争一般不涉及社员个人的具体利益，吵起来引来些人凑凑热闹而已，谁也不会为虱子烧袄，也不愿为公家集体的丁点儿小事去拼命。

“我说几句……”维修一组组长那条汉子又说话了。

“不！先让我们矿长说说吧。”这位组长欲言又止。

“不！叫有宝说吧，要谈的话，回村里大队房子协商。”这是老矿长，说罢直起腰。他问公社领导来没来，说没有，又问大队有人吗，说没有。他张望了一下说：“去大队房子吧。”人家矿长撂下这句话一晃不见了。他的观点是在这里谈不拢，得经过生产大队甚至公社彻底解决问题。

人们这才意识到不知何时人家矿长蹲在人群里了。一样的工作服饰，也是一身矿粉，谁能轻易看得出？加上随手带有工具，朴朴实实。再看那双大手，那脚板子，传说他一个人扶正过大矿车，技压群雄。

大队房子就大队房子呗，一个破大院，两间半破房子，外加牲口棚和铁匠炉。那是社员之家，又不是公社基层的衙门，更不是公安局派出所。那里进出随便，找人好找，办事好办。

刚才那一会儿，赵桐这倔老汉才不是在一边歇凉，他在看现场情况，看阵势，思谋着这次纷争的前因后果。不光他坐在人群里，他发现村里的几个实权派人物也混在人群里，只是不显山不露水。这道围墙不是不让垒，是借机要钱，村里公社还要几个招工转正指标。其实封料场改修一条便道跟大队干部协商过几次，公社管委也研究同意了的，只是头儿们意见不一致，甚事也得利益换利益，对方的价码要得太高，矿上装哑充愣不吐口而已。

赵桐也确实有他的难处，一把手没到任，眼下在矿上他是一言九鼎的主儿，但矿上的派性流毒很深，他也是外来户，有些事情还得谨言慎行的好。再说跟这伙地老大们光讲马列讲不通，必须搬救兵，动实的。所以这场合他还是先不讲好，思谋着下一步棋。

赵桐临走前交代了，先呛呛一气，看看情况再说，实在不让堵就先不堵了，把人撤下来去修路。讲到露天采场的维修建设，副矿长“赵旋风”麾下有两员得力大将，一位是被他看成眼珠子的矿山新秀金雷文，刚刚鞭响镇群雄的那位二组组长，一位是眼前的这位一组组长赵有宝。

赵有宝是“赵旋风”的本家侄子，尚未转正的副业工，已在口北大钢高炉上当了好几年炉前工，家住沉沙镇，妻儿还是农业户口，为了转正，赵桐来矿上，他跟了过来当了作业组长，矿龄也才一年多。今儿个堵墙头他带班，正因为他跟赵桐有这层关系，说话极顶用。这个现场共有三个组长领工，平整场地的，垒墙的，安装刺网的，三摊儿呼应交叉作业，这一大摊子他是领工的总头儿，实际成了工段长。

金雷文露了两手“鞭艺”镇住闹事儿的，轮到赵有宝说话了。他带领的第一作业组正是垒墙堵豁口的。赵有宝是个个头不高、矮墩墩的壮年汉子，文化水平不高，嘴长得又大了点儿，说话不靠谱，有时说话的口气蛮硬是板上钉钉，可又有时说的和答应下的事蛮活泛[①]，当大爷是他，当孙子也是他。他因有矿长侄子这头衔，人们遇到事总把他推到前面。这人也爱揽事，背黑锅的事干了不少。不

①活泛：俗语，指善于随机应变，心眼活。

过这人圆滑，常常说了不算数，说了过头话也能圆回来，让人把握不准，也算个难对付的主，绰号赵大嘴。

这会儿他站在一处高坡上吼道："……我说话你得听着，要不然你就来这儿站到这儿让你说，大伙听你的……哎，哎，哎，说你呢，二愣子，喊的就是你，当我不认识你吗？我跟你爹在小店里一起喝过酒，把不准你得管咱大嘴叫声叔，叔有资格训你。你，你爹那半斤醋我都知道。"大嘴的家属[1]来矿上探亲闲住，一住就是半年，多数时候住村民的房，所以熟。

赵有宝这么一吼斥，又指名道姓地拿后生二愣子开刀数叨一通，闹事的人群总算安静下来。他开始说正题："今儿个你们凑到这条沟里干个甚？不是来看杂技的吧？我们小金师傅露的两手不是杂技，是防身术，不信就跟他比量比量。村里人堵矿上的人，不让垒墙封沟，是不是？对了，两家顶了，这里要封，你们就非不让封，咋说？要打？当然咱不能打，矿上和村里的贫下中农是一家人嘛。打不成了就耗着，好了，咱就耗着吧，耗饿了都上我家吃去。我还是个临时工，家还没搬来，在沉沙镇西关街，到我家吃饭可以，也管得起，弄上它两大锅野菜糠窝窝等着好了，有汤吗？没有。可得自个买公交车票，往返一百六十里，四块六。甭笑，笑个屁。耗，咱就耗吧。没关系，我们维修工段六个组，可以两组一班三班倒着跟你耗。我们不怕耗，就在这儿坐着，再来时带个垫儿来坐着，抽着自个卷的烟、喝着锅炉里的水坐着，坐一天他得给大嘴咱开三块钱——三块人民币。你们怎么样？有人告诉我说是队上组织到这里闹的，一天给记六分工，有这回子事吗？说得也合理，因为是轻活嘛，哼！担水上山浇玉米，壮劳力一天给记十三分工，锄草追肥十分工，耪山药[2]、谷子什么的给的分更多，活儿细嘛，锅的腰疼嘛，不然谁干，急躁马虎一点儿苗遭殃了，划不来。那位哥儿们在笑，问我怎么知道，我当过队长嘛，这不明摆着嘛，想一想：在这里闹一天记六分工划算，还是回到田地里挣十分、十三分工划算，还是回自家小片荒地里折腾一阵划算？咋办？采出的矿石是谁的？不是你的，也不是大嘴我的，矿长的吗？更不是。国家的，也就是全民的。咱们的国家是全民的，广义讲咱们都是矿山主人，拿国家的钱。这是什么性质？是不是挖墙脚？人民内部矛盾就得坐在一起内部解决。我劝大伙愿谈判的都回大队房子吧，刚才矿长走时留下的话，我们的领导——赵桐赵矿长，还有公社的官儿在那里等着你们了，怕你们渴了，还让伙房的人送去了两桶绿豆汤……"

①家属：方言，专指男职工的妻子。

②山药：这里指土豆。

这话也真够啰唆的，绕了一大圈，绕回来才点到正题上。正题就是回村里的大队房子谈判。这才圆满地转告了矿长的指示，多么逗。

这大嘴真够呛，说到这里不说了，挪了个地儿——找了块平地儿，不知从哪里捡来个破草袋子，又搬来两块砖头摞在一起，坐下，掏出烟荷包卷起烟，抽开烟了，再逗弄也不说了，那架势像往后一仰要睡觉。咱就耗呗，要不都去大队房子。

垒墙的工人真的停工了，没留几个人，转换了工种，转移了阵地。社员们你看看我，我看看你，散了。

还真有大嘴的，他这么一忽悠，来闹事的人被“瓦解了”。本来就不是大队上派来的。就在大嘴开涮似的忽悠大家之际，不光旋风矿长不见了，两方面的负责人也都慢慢溜了，队上的干部不够意思，溜也不打个招呼，害得这些平头的百姓傻等着，还等啥，回呗，大队房子喝绿豆汤去了。有的人明白矿上得去公社求援兵，一会儿就来了，所以才把人弄到大队房子。尽管有个别上玉马小队的干部还在里面鼓捣，总顶不了多大事，乌合之众嘛。

果然闹事的社员多被请到了距铁矿半里外的玉马大队房子。玉马村不大，但在它周围一里二里又有几个自然村，围拢起来也不得了。一听到这起地矿纠纷，打了起来，动了铁家伙见了红，官司打到公社，乡领导要在大队房子断案，呼啦一下全村上下都嚷动了，不管参与闹事的还是没参与的都往大队房子聚，想看个究竟。果然副矿长赵桐，还有公社书记、村干部等头头脑脑都虎视眈眈地瞪着对方等在那里了。

赵矿长真的派人挑去了两担四桶绿豆汤，当下是六月天，正是燥热的季节，绿豆汤是矿山建设者们的防暑降温福利待遇，这会儿这“待遇”也作为打通关系的手段（实际是“炮弹”）用到与地方的外交上了。

赵矿长的说法很有人情味儿，让人愿意听。他说起话来和和气气，满脸和颜悦色，真的没当“大爷”当起了“孙子”。赵矿长说：“都是咱的工作没做到家嘛，是咱麻烦大家不是大家麻烦咱。咱要不在人家门口开矿，甚意见也不会有。那条小沟儿照样流水、渗泉水，社员可以抄近路去地里出工，上下玉马村串亲戚离得近便。但是这是问题的一个方面，国家需要嘛，保卫祖国上军工，粮食产量要上纲，要过黄河都需要铁矿，这就得扩充矿场，不然生产就伸不开手脚，那这条沟只好占了。近便的道路给堵了，尽管铲了条新道，但得绕那么远，不过为社会主义建设让咱社员同志们做出点牺牲吧。这就是遇到的麻烦，不愿‘牺牲’就顶着闹，这不好嘛。谈到为国家建设做出点牺牲，公社领导的嗓门更高。他讲和平年代走远路牺牲点算个啥，董存瑞烈士为新中国的建立不是连生命都牺牲了吗？多走点路算个啥！何况扩场地多炼钢铁正是在建设社会主义的康庄大道呢。可以理解嘛——咱们是人民的国家，矿山是国家的，闹事耽误了国家的事不等于自己跟自己闹嘛，不划算哟。都闹了半天了，太阳底下晒着都快晒成干儿了，让大家坐下来协商是咱求大家，说道说道吧。管不起饭，给大家盛碗绿豆汤润润嗓子还是应该的，喝完了再去挑。”

干部的作风改了，处处让人称赞，赵桐走出去，走上门处理矿地纷争，没有像过去“旋风般”那种粗线条地处理问题。这一回处理得好，处理得和风细雨，不留后遗症。他摁着没让工人动武。过去那些头儿会让矿保卫科抓几个“破坏分子”送公安分局了事。而这回是坐下来心平气和地做细致工作，他成功了。谈了俩仨钟头，工作做通了，他就是老大，认准是力所能及的事儿就办了。赵桐爱说个“中”字和“再掂量掂量”。一个分量很重的“中”字就算办了，需要商量报批的事也给人希望。有把握、根底清晰、符合政策的事应得办得都痛快，好个赵矿长，点头应允，一锤定音。

赵桐这位“旋风”矿长名不虚传，处理起事儿来蛮利落，涉及矿和村（主要是上玉马）还有个别社员利益的事儿都应下了。无非是把新修的小道调直一些，弄些台阶，弄顺一些。可是，涉及村里的还有自个矿区投资的两件大事他一口否认了。第一是村子里提出在围墙外部新修便道上加座桥，社员上山可以少绕半里路，他没应。那要花很多钱的，不过他答应经过技术人员测量设计报总厂定。第二是金雷文提出的改建料场的方案——把原顺水沟利用碎石、石料发碹成的阴沟明改暗，彻底改变了原有小路线路，也扩大了矿石料场面积。赵桐讲这要请水利专家论证可行性怎么样，还要做出预算，报总厂和政府核准审定。

赵矿长采纳了雷文的建议，没有强行堵这堵墙，让“口子”先张着嘴，拉上刺网暂时挡行人。这样避免了矛盾激化，实行墙里墙外两条道路同时通行，新平整的道路更平坦，走走就习惯了。关于占道方面的小问题能给钱的补钱，能帮助办的应下来立马办了。

玉马村东坡头上有个六十来岁的锅腰子老汉，也姓赵，谁能想到这次反对垒墙堵沟的纷争，他竟然是发起人和中坚力量，为什么？堵了墙他家受到的损失最大。这是因为东墙外有他半亩坡地，曾是他家的祖产，他在这片地上圈起了一角养鸡养羊。还盖有一大间住人的棚子，他瞎眼又多病的老伴住在村子的家里，老汉村里的家和东墙外的鸡窝羊圈都不能丢，得天天跑过来跑过去，若堵了这条道可苦他了，是要跑很多路的，对他来讲就活不了。老汉见世面不多，有官在场不敢说话，只会怄气、豁命。“旋风”矿长了解了他的情况后，主动走到他跟前搭话。

“也姓赵，是吧，老哥？不！我得叫你个叔，从年岁上看，差不多得差一轮儿吧。”

“不敢，不敢，你是领导。”这老人倒像个娃儿，腼腆得不敢抬头。

“甚个领导不领导，都是百姓嘛。”赵桐先扯起闲天，“知道《百家姓》里第一个字为啥是赵吗？那是宋朝人编的，皇帝宋太祖姓赵叫赵匡胤，这是拍太祖赵匡胤的马屁嘛。这会儿不同了，国家是人民的，百姓就是人民，您老叔姓赵，我赵桐也姓赵，都是老百姓。天下赵姓的是一家，一家人不说两家话，说说吧，尽管说，能办的赵桐我一定应，看中不中……”

“真的？”赵老汉有点犹豫。

“在管理线上干了这么多年，假话说得不多，咱老赵坚持说真话不说假话，老人家尽管放心。”赵桐先表了个态。

“我想……”老汉张开嘴看了眼公社书记，扫了眼别的官官头头，又把话咽回去了。

有宝急忙鼓劲说：“赵爷爷说呀，‘我想个甚’？”

公社书记也助阵道：“老人家，说吧，地是咱玉马的地，矿山也是咱人民的矿山，又碰到这么好的矿长，想必有求必应，说吧。”

赵桐说：“有求必应可不敢说，这有个前提——看能不能做到，只要能做到，都应。”

“我想如果堵了这条路，等于堵了我们的生路——我家全靠养几只羊几只鸡。家里有个瞎眼婆子上坡上不了，不养点儿鸡羊吃什么？鸡窝羊圈又搬不下来，你公社书记、矿场领导没到过俺家，队长是知道的吧。若牵扯着羊圈鸡窝往回弄，家里那屁股大的地儿往哪儿搁？埋汰着哩。”赵老汉把球踢给矿长后不说了。

赵桐问：“老人家你说咋办吧？”他把这球又踢回去了。

“旋风”矿长又像是自言自语坚定地分析道：“这堵墙非堵不可，不堵墙，车来人往那还形不成个封闭的堆料场，从安全上考虑也太危险了，矿上无法作业。可又不能影响老人家的生活。咋能够堵了你的生路呢？”

赵老汉吞吞吐吐说：“单独给留个后门行不行？能过一个人就行，应对铁矿大门口检查，单给发个什么证更好。”

“这不等于没堵嘛。”赵桐朝赵有宝和金雷文努了努嘴，“你们班组长看咋说。”

赵有宝说：“这可不行，今天你赵爷爷要求出进这道小门，明天李老伯，后天王大哥都要走这小门，都是玉马村的，都有充分的理由，这咋掌握？这不等于没垒墙嘛。保卫科也不干。再说垒了墙，矿区封闭作业不光保护好国家财产，现场顺当了，也提高了质量。更重要的是有利于安全生产，是保护人的，这顶顶重要。矿里有一段露采区，采面上经常放炮，闲杂人员出出进进很危险。作业区像前线战场上的布雷区，不是唬人，随时随地都有踩上雷管炸药的危险，碰到个倒霉蛋儿，崩死一两个，就麻烦了。”大嘴说得邪乎极了。

赵大嘴讲的真不是危言耸听，历史上这一片的矿山和附近的采石场都有过血的教训。崩死人的，崩瞎人的，都看过，血淋淋的教训触目惊心。

在场的人面面相觑，事情卡在这里，半天没人说话，赵桐副矿长和公社书记等领导也陷入窘境，一时无话。沉默了一会儿，主持会议的赵桐终于又说话了：“说话呀！谁有两全其美的高招贡献出来帮矿上排忧解难，能够兑现的合理化的，一旦付诸实施我给发奖金。”

关于锅腰赵老汉的这个难题，在场的人先是闷着，半天没人说话，接下来吵吵起来，吵了半天终也吵吵不到正题上，还是先不堵吧，明年开春再说吧，又倒退到原来的提议，也有人暗自埋怨起赵矿长来。解决不了就啪煞[①]算了，要建设总会有人做出牺牲的，不牺牲又有啥招儿？小服从大，个人服从集体吧。没想到爷爷犟死孙子，这“赵旋风”非要找出个法儿不可。赵桐呀，赵桐呀，等着累死吧。

13

赵桐又道：“谁有高招儿献出来！”这位老矿长的上眼皮快碰着下眼皮了。外人认为他老了，五十岁挂零的人连着几天没睡好觉，能受得了吗？

知道底细的人知道，第二采区顶板有裂缝需要排除，他管生产安全的必须在现场盯着。昨天好像连轴转了，他今天又在二石门口忙活了半夜，那里的葫芦没摁下，这里又起了瓢，再性急要强也是年岁不饶人。

公社书记凑到赵桐跟前叽咕了一下得到默许后道：“我说个法儿，看能否行得通。”他的解决方案——置换。建议生产队从村附近找一块地和老赵头换，把老赵头的羊圈鸡窝搬下来。村干部犯了愁，生产队集体的田地统统包到户了，还

①啪煞：方言，拍死的谐音，即“放过去”或“枪毙”的意思。

是刚刚承包到户的。这山窝子的地块，多是越低越近水，近处的地块平坦便于耕作，远处的贫瘠耗工多，没有人家肯与老赵头换。

这当儿赵有宝也凑到叔叔近前喳喳了两句，高声推荐道："我们维修工段提个方案，就让我们小金师傅说吧。"他讲的小金师傅即金雷文。

推让了半天，这维修二组组长仍没被请出，金雷文是一向敢想敢冒尖的后生，今天这是咋了？脱了学生装，工人群里钻了几年，学了不少好作风，也历练得长了心眼，虚套套学了不少。人家赵有宝的年岁长，论年岁他该叫叔了，又有与矿长的这层关系，所以出头的地方都推给有宝了，俩组长推让半天总还得由有宝去说。

"方案是……"有宝又说话了，"有个合适的法，用矿上的刀把子那点儿地换赵爷爷鸡窝羊圈的这块地方。两块地方都在沟边上，只是一块被堵在料场的上边，一块在下边，平时露点潜流，可以渗点水，雨水季节拨拉条小沟就浇上水了，土质下边的当然好了，亩数刀把子地也兴许比赵爷爷的地块大一点，下边优于上边，能换吗？换了看咋说？"

"好哇，好哇，这不结了，咋早不说？"赵桐的困神一下子被赶跑了，拍案即起，大嗓门地说。

"那！咱们就……"公社书记听到这话兴奋得不得了，推动老矿长拍板。

赵桐说："不！再思谋思谋还有甚问题……"他这是对着老赵头，"看看老人家咋说，还有问题吗？"

"好……好好。"老赵头激动得磕巴了，猛地直起身子近前捉住老矿长的手摇着，"这可解救我老头子了，论恩情得给你磕头。"

赵桐说："瞎说瞎说！你是长辈，磕头轮不到你。矿山是人民的矿山嘛，这是我们应该想到的。"赵桐转脸像找人，他是在找金雷文，找到了——就在自己身后，接着对老赵头道，"要谢就谢我们矿的小金师傅吧，昨个他还扛着把铁锹又转了转哩，那是个大晌午，好像还没吃饭，我当是挖药材，原来如此。"说到此冲雷文问，"小金，你扛着铁锹是在……挖甚？"

金雷文忙答："挖水源看水线哩，沟边下去三锹就是水。"又补充道，"在家我种过地，还参加过老家公社的水资源调查，懂这刀把子地块比赵爷爷的地块肥多了，水也旺，咕咕地冒。"后生的兴奋溢于言表，看来真的下功夫了，他说赵老汉的地块像说老家自家沟边的那块地，说得有滋有味。

赵桐又问："刀把子的地亩大概有多少？赵老汉家那片大概又有多少？"

金雷文立即答道："刀把子地大概不到六分，赵爷爷家的地半亩差一点儿。”

“你咋丈量的？还是听说的？”

“我步的，在老家时，队上也遇到过这类事儿，村主任叫了我去帮着助步，也和皮尺量比过，两个法儿差不多。”

“村里会计在吗？”赵桐是在找下玉马大队的会计。公社书记和队长也帮忙找。

“在在。”一位四十不到的农家汉子应着探了下头，还扬了扬手。

赵桐问：“他说得对吗？”接着追问了一句，“找找底账方便吗？”

“对对，差不离，不用找底账，都在这儿装着了，赵老汉家的地块四分九，矿上刀把子的地说不清了，不知从哪儿到哪儿。”他指的“这儿”就是他的脑袋。

“活账本，活账本，铁算子……”这是众人对会计的夸奖，现场引来赞叹声。

赵桐说：“让社员赵老汉吃不了亏就行，矿上地面大了，不差这一点点，我看换了就算了，咋说？”说这话的同时他看了眼在场的几名矿上的领导，最后微笑着把目光落在公社书记脸上。公社书记也微笑着点点头。

赵矿长这才扬了扬手算是拍板定案道：“就这么定了哟。”扭头向有宝等几位班组长道，“你们安排一下帮助赵叔叔——你得喊赵爷爷是不是——搬搬家，叫土建队给他拆了旧房翻盖一下，旧砖木材料尽量利用，缺的没想到的还有用工都由矿上出。矿办派人协调一下，就说是我说的。”矿办的人急忙应着。

这当儿的，两个大队干部毕恭毕敬地找到赵桐说了些奉承话，落脚点是在矿上几个亲友的转正指标上，先头矿长默不作声，最后甩了一句：“那得跑地区批，写下名字来吧。”接下来，赵桐和公社书记、大小队干部们又把这次群众闹事中——这次协商会议中提到的问题一一做了了结或答复，双方取得了和好双赢的结果，可以说皆大欢喜。

快到午饭的时间了，公社领导、乡村主要干部是企业请来为自己消灾解难的客人，当然得请到矿山小餐厅撮上一顿。小食堂掌勺的大厨是从农药厂食堂借过来的，据说在京城的翠华楼学过艺。请客这是常礼，酒不敢上，蛋和肉能吃上的，兴许还有鱼，起码每人得给塞盒大境门吧。

那会儿的一些基层干部处理起这类纠纷来多扮演着和事佬的角色，整天里在社员堆里钻，念的经当然代表社员群众，但是薪资又多数是从企业单位纳税人那里征集的，当然也不能得罪企业。何况厂矿的财产一草一木都是社会主义的资产呢，他们谁也不敢太得罪了，常常自觉不自觉地唱着三花脸的调调，总要表个态，说两句的。这会儿公社书记又在讲话了，把矿山及沉钢整体对地方发展的贡献奉承了几句，又说矿上和社员们在解决这次纷争中识大体顾大局，大局就是“备战备荒为人民”，这是又一次取得了什么什么思想的伟大胜利。当然最后的落脚点还是落到教育群众上，是教育社员遇事要冷静，要顾大局，要按组织系统反映，要用政策说话，不要闹事。

当然人家公社书记不单是来吃请压事捧场的，顺便向矿上募捐，给他负责的北片办了两件事：矿上出资出料组织矿工和社员参加义务劳动修通了两村间的断头路；修旧利废给公社中心小学配了一个饮水锅炉，又给玉马小学增配了十套桌凳。

赵桐副矿长是平息这场风波的明星人物，他被请来的客人簇拥着走出村里的大队房子，这是一支胜利之师，像刚刚攻克一处高地，带着喜悦的心情去参加庆功宴。

赵桐这个“老矿山”，从当工人、班组长起在工业战线拼搏了几十年，都五十挂零了，他十分留恋过去那种安安静静抓生产的平静生活，厌恶了那些“打打杀杀批批斗斗”、一个“中心”又一个“中心”唾星飞扬的内耗“斗争”。他是位极普通的企业中层干部，工人身上有多少油垢粉末子，他身上也有多少油垢粉末子，他的宗旨是：当什么叫什么都好，你终究是个工人嘛！工人就是干活的，干不出活来说贡献多大多大都是空的，说下大天来也不顶事。今天算是又闯过一关，他大踏步地走在回矿的路上，麾下的几个办公室的兵和作业段组长跟在身后，他哪能不轻松自在呢？压下封河垒墙的这个葫芦再全力去处理他的“顶板”破碎问题，二石门的工段长等着他去哩。老矿长脑子总闲不住，总得为矿上谋划点什么，这时又像突然记起了什么，让前来迎接的矿办公室主任陪着客人头前走，故意放慢了脚步等了等几个班组长，问问看还有些啥问题，看看刚刚调换的这半亩地块安排做啥用最合适。

老矿长平易近人，下级敢跟他说话，也敢提意见，对待半亩地咋安排说了些想法，有的是想给矿山食堂办个养鸡场，也有的建议建个顶板材料厂。老矿长倾向雷文提的建议：盖几间房子，垒个高围墙，安上刺网，做个炸药库。

经过平息堵墙风波的几次接触，赵桐更加看重雷文这个年轻人了，他得知雷文是蔚州人，又停下聊了几句闲天。赵桐猛然记起十几年前在口上工人俱乐部接触过一个叫什么金凤的女“红卫兵”，这姑娘跋涉数百里找她弟弟，好像找的小家伙就是这金雷文。人呀，活得太快了，一晃十几年，这会儿长这么大了。说来说去，越说越近，千里有缘来相会，老少几代人碰到一起了。

先垫上几句——那个姑娘不叫金凤叫彩凤，原来就是雷文的姐姐，要找的调皮鬼文娃子正是眼前的这金雷文。这或许叫缘分，或许叫无巧不成书。赵桐又说起那金凤多么多么的刚强，个不高，梳俩小鬏鬏，能说会道。那时赵桐在口上支左当工宣队长，还说到是他派女“红卫兵”把金凤送到一中的。

“小金师傅，小金师傅！快回工段，你家乡来人了。”往回走的路上，有人站在矿场大门外岗子上呼喊着金雷文，是电焊工小黑刘。

黑刘远远招着手，因心急的缘故，忽忽闪闪地下了坡迎了上来，听到应声急着又补了一句：“可能是你爹，还提着个羊鞭子，累病了，哈喽气喘个不停，现在在工段值班室。”

听到喊声，小伙子先是一怔，应着声急忙跑了几步跑向小黑刘，又停住脚朝老矿长摆了摆手，这才跑起来迎着黑刘扑过去。福星来了，亲人来了，好消息到了。

“他的老人来了，这么远、这么偏僻的地方，竟然找来了！唉！不容易呀！”继续走着的赵桐自言自语叨唠着，随口问身边的堂侄赵有宝，“客人来了有处睡吗？铺盖够吗？我那儿有一套富裕铺盖告诉小金来搬过去。”一组长急忙应着，说：“有处睡，除了各自的床位还有间大房子，单独空出一条大炕，预备着哩。”

赵桐嘱咐侄子，工友们要互相关照，父母找来也好，媳妇来住也好，都不能慢待，工友们谁难都免碰上事儿，与人方便自己方便嘛。

有宝听着一一应下。

其实老矿长也是多余操心，这有宝和雷文可不是一般关系，甭看年岁差这么多，站在一起形同父子两代，可处起来真像哥儿们弟兄，俩人互助得很好。这小金才到段里时，是以技工招来的，年岁不大，干活中免不了露两手，又指指点点，让人有点儿别扭，招来些排外思想。谁能想到小伙子先后进过几个单位，前后当了三年维修工了，不光一般机器能修敢摸，连摩托车、拖拉机一类机械的修理也掺和过。而如今偏偏碰到搭伙的有宝在维修线上是个外行，难活、重活、精细的活真真离不开人家这老兄弟，技术比赛、技术攻关，几次较量都让这技术娴熟的小伙子胜出了。加上小伙子又谦虚憨厚好学，一来二去和当地人揉成了一团，和老组长有宝也打成一片了。从此以后，矿上人亲热地给雷文起了个绰号，称“小蔚州”。

在“老矿山”赵桐的眼里不光乌黑黑的煤、红的矿石是宝，驾驭这些煤炭矿石、石灰石的人，特别是技术能手更是宝。远远望着大步流星离去的金雷文，特别是小伙子那魁梧的身材、虎气腾腾的神态、风风火火的步态，他打心眼儿里喜欢，倒看到了自己年轻时的影子，打心眼儿里认为是棵好苗子，赞叹声不由得脱口而出："好小子，好小伙子，铁矿铁厂有人了！"

"这小伙子真不错，不光心灵手巧、憨厚和气，还对一些事可上心了，主人翁意识特强，第一个想到和赵老汉换地的就是他。他想得还很细，为了解决好这个事儿，起早贪黑地在两块地方转悠了两天。"

赵桐才猛然醒悟，怨不得这小子在会上对答如流，这是做了充分准备，胸有成竹呀。

这天中午，款待公社书记、大队长们的宴会，矿上是叫了大嘴有宝等去陪客的。当然也拉带头闹事的个人鸡场的赵爷爷了，老头子没好意思去。按理金雷文也应该去，他是息事的关键人物。矿办的主任看矿长的脸色办事，当天中午让食堂大师傅切了半条鱼、一个鸡腿，找到宿舍给金老三和雷文父子送了过去，激动得老羊倌光说："矿上太那个了！矿上太那个了！"哪个了，这不明摆着嘛。

"了不得，了不得！"老矿长不由自主地这样赞叹着。正是：

罗成十二挂帅，孙权年轻轻称王。
曹孟德自愧不如，打江山还得讲究年轻力壮。

金雷文从小跟在养父羊倌金老三的屁股后长大，金雷文这么强壮的体格也是因为喝老三家的羊奶催大催壮的。不是亲生胜似亲生，父子俩三年没见了，见了面免不了又是一番擦眼抹泪倾诉离别之苦，都免不了婆婆妈妈地哭一通诉一通，常人嘛。哭诉最多的当然是他那个姐彩凤失踪的事。

娘来信了，二姐彩凤有了消息，养父果然送来了天大的喜讯，也让后生的心头添了喜悦。

父子未见面前，雷文听说养父是坐军车来的，是同乡解放军战士储大龙部队的车，部队上专门派军车——吉普车绕了个远送金老三来的。军民一家亲，养父在路上被照顾得很好，雷文甚为感激，准备写封感谢信寄过去。养父是陪大龙的爷储七爷去探视战备施工致残的大龙的。大龙在部队的英勇表现、大龙现下的高尚情怀历历在目，一个高大的英雄形象站在金雷文脸前，他也不由得想起了童年好友那个打架大王储大龙的好处。

14

燕然山下，沉钢下属铁矿接待来客的那处大房子。

当天夜晚，小蔚州金雷文和养父金老三就睡在这大火炕上。

夜很深了，伴和着“呜呜”牛嘶吼般的北风，躺卧在那条二三十米长的砖坯大火炕上，爷儿俩还在叙谈着家乡那些事儿，儿子得到一个巨大的喜讯，高兴得跳起来。大火炕多日没住人了，冰凉冰凉的，可这会儿小蔚州、金雷文的胸膛却热乎乎的，似揣着块烫人的火砖。他从养父的嘴里听到了爆炸性的喜讯：他的养母来信了。羊倌老汉在村里奔走相告：“篱笆院走失的那三奶奶找到了——来信了，还寄来了钱。”

特大的新闻，特大的新闻哟。

这爆炸性新闻在两个半月前就震撼了南山的大金家村，还有周围三里五里十里八里的村子，还有本公社外公社和附近那么大个王喜洞林场。听说过这桩事儿的人到处义务传播着。

“人没死呀，人没死！怎么会死呢？”事实说明——活生生的人有可能回来，那些事先诸葛亮们极力想着自己的预测变成现实——对形形色色骇人听闻的说法是一个很大的订正。不是八九年前，风传铁五妞金彩凤母女被狼叼走了吗？

“我早就说过，好好的俩大活人，光天化日之下，哪能说死就死了呢！”

“篱笆院的这桩离奇的公案该水落石出了！”一些事后诸葛亮们的说教应运而生。“她为什么要跑，儿时回？”有人又谈道，“那闺女呢？丢了？”

都五年了，乱了五年，把老羊倌金老三和文娃子父子险些折腾死的五年。五年算一个轮回，祸福周期不算短。若从雷文为此休学提前参加工作算起可不是五年，到这会儿八九年了。也应有点说法儿了，祈福避祸这么多年的金家篱笆院羊倌老爹和他的养子终于盼来了这一天。“大喜呀，大喜！咱大金从来没有第二桩这样的喜事！”

那个年代通信不发达，羊倌老爹又写不了信，信一耽误就是几个月，这才拖到现在，养父跨过五个县远的路跑来给儿子报喜。

“文娃子，咱家大喜了。”老羊倌激动得说话带点儿颤音，摁着衣袋的手抖动着。

“甚个喜？把不准有娘的信？”熬煎了这么多年，文娃子黑白想的事儿没有比这事再大了，才这样直接问，问话也带着颤音。

“那还有错，那个没正形的老婆子还没死，还没现世[①]够，不知又要出啥幺蛾子。哼，哼！总算还知道来封信。”老汉说了这些话总觉得还不解气，又咬牙切齿愤愤地道，“这个死不了的灾星，咱爷儿俩的生活刚刚平静了，把不准又想搅得咱家底儿朝天吧，哼！”又道，“可是你姐……”

“俺姐咋了？”雷文接着问，“信呢？快拿出来吧，今后不许再这么说我娘，咒我娘，不然我跟你急。”说这话时雷文一脸严肃。对特殊家庭的这个养儿子来讲，这确实是天大的喜讯，盼这信盼了七八年了。才二十多岁的人，雷文的额头上横添了条抬头纹，或许就因为这。

“怨大说嘛，那婆子不是灾星是个甚，办得那叫人事吗？”

“说说说，再说再咒人，我要走了，哪会儿你说够了我再回来。”雷文说着其实是吼着，猛地从火炕上爬起，披衣下炕，摆出要离开的架势。甭看是抱养的，在羊倌跟前，雷文从小就爱使性子。

接下来雷文无法控制情绪地申诉道：“大，这就是你的不对了，娘和姐走了，不差一点儿把咱爷俩愁死？天天盼个信儿，望眼欲穿，弄得人死的心都有，最起码的盼头不就是要封来信嘛。这信终于盼来了，人家我娘再有不对，不也是给咱写了信吗？这不是天大的喜事吗？咋了？你老人家倒倔起来了，毫无道理。那信呢！在哪儿？快给我！”又随口问道，“娘写的，还是二姐写的？”随口又埋怨，“咋不早说，咋不见了面就递给我。”

老汉不置可否，面带愧色，愧的是信来了几个月了才送来。

“老婆子找人写的，你二姐呀？唉！看看就知道了。”说到这里羊倌老爹极度悲愤，头垂得很低，像做错了什么，也没想到往外拿信。

“唉——”这是啥事？什么呀？什么呀！闺女早嫁了，闺女本来是约定好嫁给养儿子的，这是办的啥事？让人家有婚约的养儿子白等了！唉！这叫老爹咋说？老汉一时心里七上八下，自感羞愧难耐，无脸见人，恨不得有个地缝钻进去。

“信，信，就这……”老汉从贴身小褂的口袋里摸出团成团儿的那封信递给养儿子。老汉像由于自己的过失让别人丢了财宝那般难堪，打这以后始终不敢正眼看养儿子。心想，自己算啥人，还算个爹吗？恨不得抱着那娃大哭一场。老天呀，自己冤呀！咋就这样无能呀——不无能又有啥法子呢？有愧呀，顶顶顶顶愧对人家娃子了。老汉这样想着，一只手砸着自己的头。

霎时间，天黑咕隆咚的，矿区岗子上的天更没丁点亮儿。看着信的文娃子的

①现世：方言，出丑、丢脸。

手在抖，青筋蹦起来老高，看了头遍把信捏在手里，搓成一团，又轻轻地把信打开展平又看了几眼，又伤心地合住。哎呀，这是来信吗？这形同一纸判决书呀！还能咋？太不公平了！金彩凤，你嫁了人！你不拍拍良心，你个球蛋！天呢？天要塌了，不公的老天压得自己喘不出气。天呀，天又在哪儿？

其实他早就应该有这心理准备，早就该想到二姐的这归宿。一个女人——一个姑娘，一走这么多年，她的信仰如何？她的自卫能力又如何？命运对她的捉弄如何？环境又如何？总得要接触男人的，甚至嫁人，这当然是归宿和结局。

羊倌老爹当然熟知熟记了来信的内容。信是以妻子铁五妞的口气写给养儿子雷文的。尽管老汉是个半文盲，大字识不得几个，但信是一遍又一遍求人念过多次的。那叫信吗？那叫说混话，那叫糊涂鬼词不达意的忏悔词。

念一遍，挠一次心窝，念这么多次作甚？雷文说不清，或许抱着一丝希望，想从字里行间找出什么破绽。希望还能有什么？都这么多年了，咋说人也是别人的了。信除了传递好的信息外，最坏的信息莫过于“汝姐已嫁，莫再等”七个字了。老汉思谋这七个字是射到养儿子心窝子上的七颗穿心噬肺的子弹。是子弹，真的子弹呀！俩孩子从小的那点事——那么深厚的感情，又有过牛郎织女转世配夫妻的说道，在老汉自己的主持策划下，俩娃也算入过洞房了。这样的突变打击痴情的养儿子能经受得住吗？会咋说，咋说哟？老人家揪心地思索着世上的事儿，咋如此不公平？太惨了！苍天呀，天爷爷玉皇大帝呀！咋就瞎了眼！这娃儿的命咋这么苦呀？披着棉衣蹲在床上的老汉“吧嗒吧嗒”抽着旱烟，一会儿烟也抽不下去了，觉得六神无主，像心口上滴血，呼呼地流着，像刀子搅着心痛痛的，嘴里苦苦涩涩的。半天，他咂了咂嘴，又咂了咂嘴，齉齉不唧地挤出五个字问道：“娃儿，头痛了？”

“大，没事儿的。儿子我扛得住，扛得住。”雷文像是遭了个五雷轰顶，险些被砸趴下，但终究还是条汉子，斩钉截铁地这样回答道。他总算心里明白了：日头有东有西，月有缺有圆的时候，但摔烂的西瓜完了，一了百了了。

羊倌老爹接到来信好多天了，三四个月了吧，要不要转交给儿子，要不要到矿上看看儿子，这是老汉一生中最艰难的一次抉择。为此老汉一连折腾了几个月，愁得茶饭不思偶尔夜不能寐。那群羊也掉膘了，那个篱笆院也不像家了，连嫂子大奶奶也心疼起来，也说：飞就飞吧，抱来的莫管这么多事。亏了有个老搭档庚爷处处给照料着。有人劝他先把信寄给儿子，让孩子自己处理吧。他害怕儿子过不了这道坎儿，未敢转寄。别人又出主意说不能再瞒了，越瞒下去越害儿子。老汉听了这话，在两难的情况下选择来看儿子，幸亏蹭了褚七爷的车，他这当爹的——对他这养子比亲生的都亲——要亲口跟儿子说才好。他下了决心准备好才动身来这儿，若儿子有个三长两短，他也不活了。

在老家时老汉做过奇怪的梦，需要补叙几句：彩凤三四岁时丢过一次，后来自己跑回来了，说是白仙姑捡了把她送回来的。所以老汉寄希望有一天二丫会自己回来。这一天出牧北坡，他吸着烟迷糊着了，看到二丫头真的又回来了，又是从白仙姑庵回来的。说是被坏人劫持了，是白仙姑救的她，在山坡背面的黄羊寺住了多年，吃斋念佛修行了这么多年，奉了师父的命回故里完成牛郎织女转世的姻缘。老汉急忙从一个厂子把儿子找回来，吹吹打打成就好事，正喝喜酒时，养儿子让他说几句话，他憋醒了，原来是南柯一梦。

金老三抚摸着儿子的背轻轻捏了下道："孩子咱睡吧，天儿不早了，兴许到后半夜了，没有过不去的火焰山，咱睡咱的觉好了，明儿个你还要上班哩。"老汉叹着气，话语有些哽噎颤抖了。

爷儿俩都是苦命人，苦命人与苦命人血脉相连，心脉相通，都是在吞咽着苦水。这样涩涩地交流感情。对养儿子文娃子来说，疼自己的养母和自己最拢心的二姐没了（他怨恨二姐吗？恨，但是又恨不起来），西合营的亲爹跟自己不贴心，亲哥雷军离得这么远，拉家带口也顾不上。篱笆院的亲人只有这养父了，养父也真老了，可不能有个三长两短。对羊倌老爹来说，他们家一切都完了，也晚了，完蛋了，这养儿子是自己的命，是寄托了后半生的命，他觉得养儿子文娃子命苦——弄成这样的结局和自己没尽到当爹的责任分不开，实在亏待了这娃。惭愧呀！他情不自禁"咚咚"地捶了两下自己的头自责道："爹对不起你，爹没能耐，没把家庭摆布好，对不起你哟！"

"爹，可别这么说，我金雷文永远是你的儿子，亲儿子。"文娃子齉齉着鼻子挤出这句话。掏心窝子的话后生想不起再说什么好了，猛然抓起了养父的手颤了颤。他的背靠向养父的胸膛，几乎靠到了一起，像小时候那样父子饮泣着。不知从何时起，他对养父这个"爹"，更亲近了些。

大房子外"呜呜"刮着风，刮得门板子"呼嗒嗒呼嗒嗒"响。这大房子大通铺从前做过驻军转移的接待站，也住过挖大渠的民工和拉练的民兵，当然最多的是接待家属了。这会儿大土炕上只睡了爷儿俩，孤若掉队的两只大雁。大风裹卷的栗色、黄色矿尘"唰唰"地打在玻璃上，似炒豆子那般，一颗颗摔打到人的心上，使得心刺疼刺疼的。金家父子的心呀，肝肠欲断地疼痛着。

养父金老三似乎傻了，张了张嘴停下，停了一会儿，又张了张嘴，最终还是又停下，茶壶里煮饺子——干着急倒不出来，他"唉"了一声又闭上了嘴。平时草滩上的那二三十只羊都调教不好，何况全家里里外外这么复杂的几口人呢！拙嘴笨舌大字不识得几个的他能有啥招儿？能对养儿子讲出哪些道理呢？何况造成这种凄惨局面的原因不在儿子而在自己这个没有用的老东西——在自己没有管住心里浮华、心花荡漾的臭婆娘，也没管教好自个儿的负心二闺女。彩凤负心没负心说不清楚，至少这会儿老爹这样认为。尽管他不知道二闺女彩凤是如何嫁了人的，她也在保定吗？离老家远不远……但咋说这也是一种背叛。背叛，背叛，耻辱呀！

五肚子十气的雷文把信叠起胡乱塞到上衣口袋里，抹了把泪水扑通一下躺倒在被褥上轻声说道："爹，咱是该睡了，睡吧……"说着脸朝一侧合上了眼睛。金老三见状放心不下，漫不轻心地附和道："那，咱就睡好了！"心想这种情况能睡得下去吗？可不睡又有啥招儿？又有何话要说？

也根本甭想睡着。老汉的心仍然悬挂在半空中，他清楚养儿子这娃儿的心性，这娃儿甭看是抱的，论孝顺在村里数得着，在村里还有前村后店常被人夸是大孝子，从来没有给自己孤老头子添多少事。特别是近五年多次捎钱，捎粮票、药。这娃儿含着黄连苦胆也是自己慢慢吞咽的，从不对自己使性子，用他师傅老庚的话说：是打掉了牙咽到肚子里的那茬口。

雷文更睡不着了，他可没涞源石匠铺的马六那一套，若是搁着马六，她金彩凤走了——不管说不清是啥因由走的——难道谁离开谁不能活吗？是你彩凤亏了我，又不是我亏你的，还等上五年吗？早另寻媳妇了。不能用花轿抬进家也得偷偷地过着，把不准抱出俩仨娃子了。

院子里传来牛嘶般呼号着的北风声，"沙，沙"，矿砂颗粒打得屋顶铁皮顶棚脆响，又颗颗打在爷儿俩心上。

爷儿俩躺倒后大约过了一刻来钟，雷文猛地从炕上爬起来转身对养父大声道："爹，不对哟，不对哟！这信不是娘写的，娘不识字咋能自己写？俺姐为个甚不写？！"停顿了一下又似自言自语，"二姐呢？二姐哪儿去了？嫁了，还没在一个地方吗？很远？能有多远？不对！有鬼，有鬼！"

雷文说着，转眼间从衣袋里取出信打开抻平了，又一次认真地看起来，看了一阵子，琢磨了一通，擦了擦眼又看起来。灯是吊在半空的，这后生直起身子凑近灯光，又看，好像看个别字看过不下四五遍了，又翻转过来看，踌躇着，信纸随着手抖动着。遇到艰难险阻时，这是条汉子的表现吗？咋说不是，都是人嘛，尤其才二十多岁。信，这哪里是纸写的信笺，像新听到的母羊腹中即将诞生的羔子的胎音，似刚发现的富矿，其中蕴藏着莫大的生机，不光后生愁眉展开。望着儿子的脸色，想必有救了，羊倌老爹也跟着激动起来。

信不长，写在雪莲纸信笺上，竖写，正规小楷，他在西合营学校看过些老式竖排书，雷文又一次辨别出这是街面上的卖字先生写的，通常邮局的门前就有。信的内容极其格式化，文白相参，老气横秋。

雷文吾儿见字知悉：

娘好想你，想煞老娘也。早欲寄信，每每放下，遭遇逆境，羞于开口，苦于言表。犹豫再三，舍下老脸，疾就此书，倾诉衷肠，略觉宽慰。千里迢迢，分别数载，思儿挠心，忧儿吃穿，挂儿冷暖，苦哉，苦哉！思儿常常惊梦吓醒，夜不能寐，娘好悔矣！

娘几次欲回故里看看，耻于言表，难以启齿，欲诉无门，欲回无路。希望儿谅解娘的苦衷，娘没办法才走上舍儿离家出走之路。

颠簸流浪数载，时下终有个落脚之地，替人缝补，略能糊口，吾儿勿念。另随函寄款二十元，略表娘意。照顾好你大，俟到便时，娘回故里看汝等。汝姐已嫁。娘实在对不住吾儿矣，莫再等。

母　字

信写得恳切，浓情厚谊，但词语有点滑稽，代笔的可能是位老先生，真下了功夫，故纸篓子捡拾来的“之乎者也”都用上了。

信的末尾加了几个字：“漂泊无定，勿回信。”唉！这七个字写得大些，很明显，就把下文堵了，肯定不让回信了。

雷文翻来覆去地重新看了几遍，想从字里行间找出点什么瑕疵，找出些隐语、暗喻、影射什么的，还想哪个地方塞了个“钉子”，哪些地方不好明说让你猜的。雷文设想，当时，混崽那坏蛋有可能就在娘身旁，守着狐狸念咒语，老人家有难言之隐的。也可能这封信就是混崽那厮一手导演的。

高中生雷文，在那位当教导主任的亲爹面前熏了数年，到了社会上又经历了这么多的事儿，能看不懂解不开这类文绉绉的家书吗？文言家书很难解，但在这位精干后生面前终能解开，当然避不开“之乎者也”。

家书是娘写给自己的，为啥不直接写给养父，还不让回信？这是为啥？

在信中养母似乎有悔过的意思，要去找能找回娘来吗？娘能自动回来吗？这就留了些活口和希望。

如果想隐瞒的话，娘来信这事儿拐子混崽知道吗？会知道的。那坏蛋这会儿扮演着什么角色？还寄了钱，实在不得而解。

人呀，命呀，命好命坏来到世上都不容易，可难为雷文这娃子了。一般农户家的子弟，这二十啷当岁的小伙，甚甚都是爹娘护持的，正是在父母面前浪浪荡荡享受自在生活的时刻，可这苦命的雷文呀，却在愁这愁那，却在这里测字。刚才被姐嫁人——“媳妇”飞了的事气得火冒三丈，这当儿又为娘在哪儿、找不找得到娘伤透了脑筋。保定地面大着呢，还不一定是保定哩，这样去撞的话还不等于大海捞针。

“爹，信封呢？有信封吗？当然会有。”雷文看罢，怔了半天神儿冒出这句话。

儿子这一问倒把养父问愣了，反问道：“要甚？信封？就是信皮儿吧？做甚？没带来。”

“信皮儿在哪里？在咱们家吗？东里间还是西里间？放在哪里了？不会是粮种站吧？”

“莫慌，让我想想……记起来了，在莫二小那里，看过信纸后他找我要哩，他拿了那皮还有信瓤儿说让他爹看哩。”

“有就好，待我也想想……待我想办法打个电话问问就好了。”雷文转忧为喜和养父调侃了一句，“万幸万幸，那纸制的信封，没让您老卷了烟算万幸了。”

“真想卷烟哩，可那是牛皮纸，撕不开。”

“爹，你看懂没看懂信封上的字？”雷文疑惑着这样问。这对一个文盲老汉来讲，也太难为他了。

“我识得中间一行你娃儿的名字金雷文，还有大金家村，别的识不得了。”

“下款——就是发信地点处有字没字？”雷文紧着追问，“找人看信时，没问过人从哪里寄来的？”雷文又这样问，这是极关键的一句。

“有有，拿给二小看时注意到了，说是涞源你四姨家，光说了个城关，写了东关小庄儿，没写街道门牌。”

说到这儿老汉不吭声了，想了半天又道：“我问过储七，年轻时储七在那涞源待过，他说来信地点是瞎诌的。说涞源根本没东门咋来的东关？东北角有个豁口子，出豁口是河，蹚过河水上山了，哪有关这一说……”

雷文问：“寄信地点是假的了？”

老汉说：“不是假的还有个甚？故意瞒咱爷儿俩嘛，兴许怕去找……”说到此狠狠骂了句，“臭老婆子！”

“又是骂，骂顶甚，汇款留下条子了吗？”雷文追问着，又进一步做了说明，“我说是汇款回执，那回执上兴许就有详细地址。”

金老三说：“有有，准有的，没来得及看，盖了戳儿就拿走了。”

雷文有点儿生气，拿走了，没留下丁点儿纸条不等于没说嘛。跟这样的糊涂老人在一起毫无办法，让人哭不得笑不得。

雷文甭看没当过邮差，但懂这个。他邮局里有个好朋友——八九年前驮他给继母拜年的那个小乡邮递员——摆弄过邮局的业务账册。再者辍学后的五年中，他先后在西合营农机修配厂和城南铸造厂，还有他哥上班的果树场，打过四年多零工，挣工钱留足了买饭票的钱和必要的零用都寄给养父金老三了。不管养父需要不需要都照寄不误。正因为常寄钱，所以深谙邮票、邮戳、回执那一套。

雷文“唉”了一声，有这么个又文盲又聋的养父你能咋着他？毫无办法。想到老人跑了这么远来看自己，送来喜讯，还哪能张开嘴再说老人呢！这个嘴可张不开，再说，说又顶屁用。没带就是没带，收走了就是收走了，再说也没用。不过他一听说信封在好友莫义平那里，转忧为喜，好朋友义平住的大队房子有电话，这就有办法。

“哗啦”一下，大屋子的门板又一次被推开了，头两次推开的是赵大嘴和小黑刘，送铺盖，送吃的，一名哈喽气喘的老工人端着烟气腾腾火光闪闪的一锹红炭放到爷儿俩炕近前，没说个甚就急忙去清理灶门，铁锹里的红炭“噼啪”地响着，吐着欢快的火舌火花。

“魏师傅，咋啦？要给烧炕是不是？多谢了，多谢了！”雷文翻身坐起继而跳下大炕，亲热地打着招呼。

“你爷俩别动别动！谁也别动好吗？我自己弄吧，一会儿就会暖和的。”这是来人答话声。他也是个老人，看不到脸面，说话瓮声瓮气的。雷文跳下炕拉亮灯后，羊倌老爹才看清，这人比自己还老，快六十岁了。事后得知，赵矿长路过，顺便喊一声让他来看看的。正是：

世上都言黄连苦，
苦不过窦娥苦胆[①]一两五。
苦不过小蔚州金雷文心头堵。

①苦胆：方言，言极苦。

打破砂锅问到底儿，
底儿在哪儿——姐在哪儿？
潴窝瀑？阳门堡？[①]
弟弟磨破了铁鞋无觅处，
爹求佛拜仙多处问卜。
娘的心，姐的心，
八两咋不能换半斤？
如何换回姐的心？
保定“腿子”传为虎。
虎能吃人，人能伏虎。
娃子苦得在呻吟！
苦命人记挂苦命人，
夜半同事送温暖，
驱走寒气暖人心。

金雷文找养母、二姐找了六七年了，这天半夜睡不着了，想起了好友莫义平，想起了这个哥载他去王喜洞、去涞源的事。

魏师傅把火炕给弄暖了，可是娃子的心还凉凉的。找娘，找二姐，他一直在寻找。

15

口外山乡，硬骨头、品行兼优的好小伙儿可不止金雷文一个，说说储七爷和金老三到部队探望因战备致伤、身残志不残的孙子储大龙这件事 。

“咱们军队上的战士都是硬骨头，人家的政治空气咋就那么浓？部队真是改造人的大学校，小时候齉打糊嗤[②]的大龙这娃子，出息了，出息了。摊上这么大的事，竟表现得这么好，咋了？一条腿没了，没了腿也得站起来说话，在他爷爷的面前一滴眼泪也没掉，一句怨言也没说，好样儿的。”这是这次到兵营探亲和这以后金老三不止一次说的话，算是对党领导下的军队和人民子弟兵现役军人的总体评价。

①潴窝瀑、阳门堡：张家口市郊的两个地名，一个在怀来，一个在万全。

②齉打糊嗤：方言，小孩儿鼻涕挂在鼻孔下的脏样子。

大金家村东岗头住的老农储七老汉，长孙储大龙参军一去七年没回来探亲，这个孙子在孙子辈中最听话，老汉实在想呀，想得厉害，但是写回信不少，也寄过钱和部队颁发的奖品，还把学习毛主席著作积极分子标兵的奖状寄回了家，在全家全村赢得了莫大的荣耀。可最近有一段时间没收到信了，前儿个[1]部队来了人，来了辆军车，县人武部的同志陪着来的，接家里的人到部队探视，说那后生受了伤，几个月接不着信，原来如此。接到此凶信，储家的人吓了一跳，储七爷决定亲自去部队安慰孙子。听说部队就在几百里外的显赫营，同病相怜见子心切的金老三跟了来。

显赫营坐落在安然山的西麓，雷文所在的玉马矿恰在安然山的东山脚。老羊倌做对了，这样蹭了车不光省了路费，路上还有个照应，要不然去看养儿子得坐三次汽车一次火车，把不准绕了远甚至迷了路。

这羊倌金老三真是个老“山汉”[2]，走出了大南山就识不得东西南北了，从家门口坐上部队的吉普，过了西合营真的迷糊得不知这车往哪里开，经过数不清的大山、小山，不知跨越了多少沟，也不知拐了多少弯，人家说那里是深井十八盘，七爷数着数着不知多少盘了，还进出过洞子，后半晌才到了一片开阔地带。七爷也没出过这么远的门，问他他也不知道，说是叫什么川吧。七爷识得几个字，说是川，是赵川。听到火车叫了，一会儿又看到火车了，啊！这么长，这么个大家伙，抵得上公社镇里一条街长哩，真是吓人呀！三爷爷这个土包子，除了见过在电影上忽闪而过转瞬即逝的火车影子，平生第一次真的见到火车。他们以为到了，但还没到，说这里是市区，说去要去的兵营还得往北走，还有俩钟头的车程。第一次坐这么远、这么颠簸的车的金老三在车上晕得不行，下了吉普，晕得半天站不起来，吐了个一塌糊涂，恰好在这里得换大闷罐汽车进山。部队的同志问，能走吗？不能走的话就到招待所住一夜。还有一条建议：俩人在这里分手，这里有东去的火车，老三就倒火车去沉沙找儿子，让七爷一个人进山。这怎么行，出于人情，出于良心都不能那么办的。要老三不去看看大龙说不过去的。要在这市里住宿七爷又不干，人家想一步见到受伤的孙子，俩老汉只好又晕晕乎乎上了车。刚上的车是辆全封闭的军车，车上铺了块大苫布，苫布下像有个草垫子，倒是软和，是供俩仨人躺卧的，车厢里只有他们俩老汉，从上了车到下车甚也看不到，这一点上车前军队的同志打过招呼，说这是保密的军事地区，规定这样行车。这时太阳还没落山，夕阳闪现着灿烂耀眼的金光，转眼看不到了，一上

①前儿个：方言，也叫前日个，即前天。

②山汉：方言，对没出过门目光狭隘的乡民的贬称。

车漆黑一团，那是进了洞，怎么那么长的洞。

这里又是片大深山，说是燕然山的西脉，人真是活物，只要想动想活想飞跃，立足实际甚也能办到。金老三在晕乎当中倒也感到幸运，一天的工夫跨越北国山峦绿洲上千里，从大南山飞到大北山了，所以似乎觉得这天这地无比的大：壶河大川的开阔，十八盘的险峻，泥河湾伟岸巢穴的古朴，古城区新生后的繁华，足足地让这羊倌老爹激动了一阵又一阵。头昏脑涨的时候他饱了眼福，也得到一种缓解和抵消。储七爷却不这样，越往里走越觉得心颤，因为离孙子大龙越近了一步。

这会儿俩老汉仍在晕乎中，进了大山后霎时间天黑起来，昏黑得恰似进入夜晚，封闭的铁皮罐车内一丝阳光也没有，若不是驾驶楼里微弱的灯光透射进来，像瞎子燃灯那般点滴亮儿也没，真不知是白昼还是深夜。借助声音辨别车外的情况，一会儿死寂般的静，想象是到了一条路况好平坦顺直人烟少的深谷，一会儿车外嗡嗡响动得震耳欲聋，又很少有别的杂音掺和，想象这是在隧道里行车了，一会儿觉得跳跃攀爬忽然旋空又忽然砸下，轮间哗哗作响，想象这不是碰到搓板路①就是在过水路面②行走着。还有两处巨型机械轰鸣似隆隆炮声，兴许那是新线路施工现场，咋个这么远还不到呀！度日如年，度时如月呀！恨不得一步到达目的地跳出险境。

“这身子骨像散了架。”

“可不，比耪亩谷子还累，就是的，就是的。”伸着腰的俩老汉叨叨着。

行车一个多钟头后，汽车停在一处明亮地带，昏昏欲睡的金老三支起像散了架的身子勉勉强强从苫布上爬起，忽听到车下有人喊：“老爷子，下车吧！”又有人做着解释道：“下车透透气，方便，方便。”

狗咬水泡，金老三空欢喜一阵，打听了一下，司机说，这里是道洞子里的中间站，像是现代高速公路上的服务区，检车加油放水的地方。两名汽车兵怕俩老汉着急上火，一个劲儿地解释：“快到了，快到了，估摸顶多再有四十分钟就到达营地了。”

人在困境，只好听从安排，这里在哪儿？营地的地名叫个甚？无人告知，人家是“三线”嘛，是军事保密地带，识趣的俩老汉没敢问，问也不告诉。

满以为这里是洞子外的空阔地带，错了，这里仍然在洞中，只是地下工程中的一处三岔口。一些地儿稍透点儿亮光。俩老汉下了车，站到地面后，一股寒

①搓板路：俗语，指松软鼓包路面极差的路。

②过水路面：俗语，一种没在水中难行的路面。

气包抄过来，使人冷得后背像泼上凉水。蹲在地面上的老汉金老三有一种陷入冰窟的感觉，浑身哆嗦不止，连话也说不出了。这他经历过，在老家北山一个洞穴找羊的那会儿他经历过，那时他才十几岁。冷气的刺激倒使他清醒了许多，灯光照射显现出大山洞的轮廓，好大的壮阔空间，大得无边无沿了，像在两座陡立大山夹持下的“一线天”，嘈杂的环境，静下心来可以听到从洞子里引出的另一条洞内隆隆作响的声音，混有烟尘和刺鼻的气息，很容易使人联想到那或许是开山的地方。放眼朝顶部望去，好大的洞府，有多么宽、多么高、多么长，甭说没见过世面的金老三了，就是再聪明的人也难估摸出。听见多识广、阅历丰富的庚爷学说过这样的洞子，可以藏千军万马。这时金老三呆呆地想，打起仗来装进几个团、半个师或许没问题的，太伟大了，太伟大了，凿出这么大的地下城，坚固的地下堡垒，出奇兵力歼顽敌，人定胜天哟！他激动得又撒起欢儿来。

平静了没多长时间，也就十几分钟。忽听到汽车兵说：“老人家快上车吧，上车吧，这里又要开机了。”金老三应着声，急忙摸到一处昏暗空阔的地方撒了泡尿，偷人般，跟头轱辘地钻进闷罐车。

“嗡嗡嗡——”“哐当，哐当！”

果然没等俩老汉坐稳，震耳欲聋高分贝的噪声又包裹了整个洞子，像是天塌地陷。顶着嘈杂的噪音，闷罐车又徐徐朝前方开进了。洞子里伴裹着噪声留下俩老汉惊讶后的赞语和叹息。

终算熬到了头，闷罐军车驶出大山洞，跑了一段山湾地带的平坦公路，又经历了几个搓板路段，到达了大龙所在的工程兵营地的卫生院。这里的标志明显，阳光灿烂，有绿树草丛了。大龙是拄着单拐由护士陪伴着在医院门口迎接亲人的。部队的政治空气浓，好像忙忙乱乱地举行了欢迎仪式。当然祖孙见面是一番撕心裂肺的抱头哭泣和离别后的苦楚思念的诉说。大龙早当了这所卫生院的兼职辅导员，他是一连几年的部队学毛著积极分子。这次工程冒顶事故是仨月前的事了，为战备为革命他失去了一条腿。

开头他也极度痛苦悲观过，甚至有一次想溜下崖，但经过数月的磨炼终于从悲痛的愁绪泥潭中站了起来，拖着残缺的身躯，坚决留在部队立新功，从事力所能及的工作，当了宣传毛泽东思想辅导员，还担负了卫生院疗养连的部分后勤工作。他在等待残肢的彻底康复，康复后换装假肢，准备重返第一线。他有文化，入伍后参加过建筑工程中专学习班，学会了一些简易设计和施工工程监察技能，自以为工程一线有不少工作自己可以承担。这名单腿独肢的模范军人就要飞起来，重新驰骋于备战一线。

储七爷邀了羊倌金老三一起探亲，原本准备让这羊倌老爹[1]帮助做大龙的思想工作的，以解事故致残之痛。没想到人家解放军大熔炉里锻造出来的储大龙早度过了危难期，情绪饱满地轻装坚守在岗位上了，反倒又做起了羊倌老爹金老三的思想工作来。金老三人来到大龙所在的部队卫生院，思想早跑到儿子所在的玉马铁矿去了。他愁这次不知如何见儿子，老婆子来信讲到的二女儿已嫁了人的这桩“悔婚约”的事儿，他不知如何对文娃子说。

当然人家部队领导的工作做得很细，不光在现有的基础上安排大龙进修，对大龙的生活和婚事也有考虑。

下面是金老三和储七爷、储大龙祖孙三人的一些对话。

“三爷爷，谢谢你跟我爷爷结伴来看我。”这是大龙对金老三说。论辈分大龙应该管这羊倌老爹叫爷爷还是叫大爷说不清，不是同姓本家，老辈子就没掰扯清过。“三爷爷”仨字是全村人对金老三的尊称，大龙也就随大溜喊了。

老羊倌说：“没没，可不是光为看你，是蹭了你家——人家部队的车跟七爷搭伴看看你，我还得去矿上看俺家崽儿文娃子的。”老羊倌简单得很，语言也少也粗俗，当然也半半拉拉地说了几句安慰的话。

大龙说：“文娃子也在这里？！他多么大？也入伍了？”储大龙和金雷文相差七八岁，他们不熟。大龙又几年没回老家了，雷文又在外地念中学，所以俩年轻人近几年从未见过才这样问的。

“不，不，没入伍，是在地方的铁矿上当工人。他二十三了，虚岁二十四了，可能比你家四龙还小。”这是金老三。四龙是储家的四小，在县马车社，雷文的好朋友。后文中他帮助雷文找过娘三奶奶和二姐彩凤。

“在矿上，在铁矿？是庞家堡还是烟囱山？”大龙问。他指的是附近俩国有大矿。

“都不是。在沉沙县的玉马，可能叫玉马铁矿。”说到这里这羊倌老爹好像又犯了心病，愁苦地低声问，“他那里也是见天跟石头打交道，也会这么危险吗？”养儿子是心头肉呀，老三也这么见风就是雨。

“三爷爷，你想想，打眼儿放炮跟石头打交道还能没危险吗？”这是大龙，但学说得有点儿勉强。

身旁的储七爷听了这话瞪了孙子一眼，大龙会意说重了，可此话想收也收不回来了。

“他们那里也会冒顶——出这样的事故吗？”老羊倌好像身临险区，惊恐愁

①老爹：俗语，对人称自己的或对方年老的父辈。

苦地这样问。

“三爷爷，不会的，不会的。”大龙已经看出这羊倌老爹对儿子的担心来了，他处处时时事事坚守着自己这个辅导员的责任与宗旨，故意说些宽心话消除老汉的顾虑，把“不会的”三个字说得很肯定，以便让老汉更加安心，但他注意运用辩证法——又一分为二地说道，“说不出事不能绝对，但他跟我们军工不一样。”咋个不一样，他讲得很细，专业性又很强，“我们是打洞子钻山修路，遇到再破碎的顶板也得做，即便碰到流沙也得搭个棚子把沙拴住修过去。他们铁矿就不同了，我见过——我到过庞家堡的井下，那顶板铁铸一般，那能冒了顶才怪。铁矿都是凝固在一起的，铁有多硬，钻眼儿都那么费劲儿，根本就不会有塌方冒顶这一说，顶板管理又好，又没有瓦斯，还能出事儿吗？”不过大龙犯了“做宣教”的毛病，更细地说下去，“不过话也不能说绝对了，小事故是不好杜绝的，有可能有透水，干长了有矽元素感染……”他光说了个矽元素感染，没敢说出“矽肺”俩字，其实说出来也没太大的事，反正老羊倌听不明白。这儿子得不得矽肺的问题不需要养父担心，半年后雷文调到沉钢总厂了，那里是露天作业，不存在此问题。

“你们开的洞子我见到了，好家伙，那么大！比草沟堡集镇占地都不小吧？！说书听到《封神榜》上有个土行孙，一跺脚在地下遁出几十里，你们解放军能耐大过土行孙了，了不起呀！”说到这儿三爷爷又竖起大拇指。

“三爷爷，看你说的，土行孙的本事太玄了，那是神话传说，不是真的，两者没法比，我们军队打的是实实在在的工程，战备的需要，不深挖洞广积粮敌人打过来咋办？”这后生说得更斩钉截铁。

“好家伙，那洞大得一列火车、飞机都装得进去吧？几个团半个师也都能装进去吧？”

“那当然了，装多少咱说不清楚，兴许能装进千军万马。”后生又一句雄心勃勃的豪言壮语。

金老三压低声音问：“这洞子还在挖，好长好长吧？那得挖到哪会儿？”

大龙说：“这是前线，需要多长就挖多长呗，把不准和口上鱼儿山的洞子挖通连上，往北得通坝头狼窝沟。敌人来了，就彻底消灭光！”

储七爷又瞪了孙子一眼：“大龙，莫瞎说！你的嘴上没个把门的不怕犯错误呀？！”

大龙只是个兵，军事工程情况是绝密的，一个兵在军事部门讲也是个“老百姓”，大龙也讲不出多少秘密。金老三只是一时好奇随便问问而已。俩老汉对战备又急又不急，昏昏沉沉。这工程跟大金家村的春种秋收出牧接羔没关系，这俩普通的农家老汉讲的是种地吃饭交税，磨刀霍霍的侵略军远着哩，他们也根本不关心这些。

其实这百姓中的老羊倌看事情也过于简单，觉得那就像幼年时期打架斗殴的孩子们，恼了就打，打一阵子又和好，甚至拥抱握手。小时候文娃子、他二姐彩凤二丫头，为点不吃紧的小事和大龙的弟弟那个捣蛋鬼储四愣现名储士龙的不是也打得一塌糊涂吗？事后好起来又像一个人似的。南口的工事也好，狼窝沟的工事也罢，硬碰硬，都是摆形式吓唬人的。他们导弹上了架，咱的“反导弹”玩意儿悬在架子上等着呢。

储七爷祖孙在兵营卫生院的客房好像说了半宿话，羊倌老爹可不一样，颠簸了一天，真累了，早早躺下了，睡着了，还打起了鼾，这会儿的梦境是到了儿子那里，跟儿子也说了不少话，说了些啥记不清了。第二天清早老汉就搭上部队进京的小汽车，前半晌就到了玉马铁矿，汽车兵照顾了他一路。

部队卫生院也在深山一角，坐车来时险象环生，返程时还得同样受到长途跋涉的艰辛。储七爷回村，不再细表。

16

从江南取经回来，地拨了款，大湖岸边的大高炉竖起来了，沉钢鸟枪换了炮。

“房前有座山，山上有座庙，庙里住了个老和尚，和尚帽子不搭。”这是高炉炉前工姚强说起厂子里的一些事。形容刘厂长胡乱编的一段顺口溜。老姚说不是他编的，是南园的娃儿编的，他引用过来的。那座“山”是新建的刚上马的三号大高炉，好家伙，竖在那儿容积一百米立方米，把原有的几座19米的、55米的小高炉比下了。加上炉周的管线和料廊设施，再加上出铁棚一大块，真成了一座山了。爬到炉顶一看，那原有的二号炉、五号炉成了小山包了。才刚时说人家二号炉、五号炉傻大笨粗，这位洋公公竖在那儿，胖墩蹾的身子，鼓鼓的肚皮，蹲在那儿张牙舞爪、耀武扬威，不也是一堆铁甲的傻大笨粗吗？高炉不远处的岗子上红砖红顶的二层小楼的办公室是“刘兴一线办公室”，像座庙。刘兴在办公大楼里有办公室的，这里算“一线指挥所”。这办公室住的人不多，除了楼下的俩调度，就是楼上独居的刘兴了，倒真像个撞钟的和尚。

“和尚的帽子平不搭。”这类话在工人们的嘴里经常出现，刚听到时很刺耳，比浇了凉水还难受，听习惯了也就这样了。刚烘炉点火时，“新指标”“破新纪录”“新的起点”“跃进”“翻番”，一阵报喜的锣鼓声，又一阵献礼的锣鼓声。这会儿听不到了，除了“嗡嗡”“咚咚”的机械声和叹气声，别的都销声匿迹了。好像刘兴说过，新炉子理顺了，产量翻它几个番，我给你们庆功，新村里盖大楼，建水塔，修新型的标准化大食堂，再修个可以游泳的大浴池，还修条大马路，往县城新市区通公交车。老太太坐飞机听两响，抖上天儿了。

三个月过去了，五个月又过去了，里面肚膛是土的，外面的骨架披挂是洋的，形式和内容不配套，吃面包喝洋汽水，五天三天休风，一来就肠梗阻。

人家厂长刘兴也不否认自己的工作，“老和尚的帽子平不搭”。“平”又有什么不好？有矛盾压下去了，处理了，平平安安过来了嘛。上面的评委也是这样评价嘛，本来就是这码子事嘛，许下的优质家产在哪儿？大楼水塔大浴池又在哪儿？职工的福利待遇有多么大的提高？说出去大话，听不到响屁，起了个大早，赶了晚集，甭说“黄河”“长江”，连“官厅”大库也过不了呀。

从刘兴的脸面变化可以觉察到高炉的顺兴道行，看得到生产形势的优势。有一段，刘兴老了也瘦了，壮年汉竟然成个干瘪的小老头，走路靠边走，会场靠边坐，蔫了，没精神了。近些日子，小老头变成壮汉了。刘兴还真行，高炉设备重新做了调整，换了热风装置，抓了焦炉原料和烧结，改进了装料制度，人强马壮吃上了净料。他又拎来个技术上掌舵的名炼总工武荣先，又调集了精兵强将去地区培训，南来的风、北来的精料一掺和，炉况果然好了，高炉钢炉现场悄然顺行，丰收的锣鼓响了。刘兴真行，生产上去了，工厂面貌翻新，阵阵曙光照红京北大湖的天，职工宿舍大楼起来了，大浴池、大水塔也都拔地而起，职工的腰包也鼓了。再看厂长刘兴，红光满面，走路健步如飞，爱笑爱逗，说话的调也变高了。

沉钢的生产面貌变了，跟干部职工的奋战分不开，真是日日夜夜、马不停蹄地干哟，大干快上哟。生产大变样后，沉钢在全地区真成了一号工程，地区的国防建设工程预算兜底，小工业的上马以及地方的水利道路建设用钢用铁都得看钢厂生产形势行事。秦昌、刘兴、学英在地委地直那里开会靠前坐了。小个子厂长刘兴常常是仰头看天，鼻梁子抬得高高的，地委刘书记说的，要功劳要地位你得有作为嘛。

刘兴这个沉钢的行政一把手，生产生活一把抓，确实不容易。不是还有个学英副书记和武荣先副厂长总工嘛，可他还不放心，学英还有点儿年轻，荣先刚来又是个管技术的，怕有些事下边不听他的。最近焦炉有点不顺，大炉子三号炉的配套设备二号热分炉又刚换了砖，加上县里有事（支农的事儿）还老拉着他，厂里推不开。他白天一般在大楼里办公，夜晚常常在这调度室的小楼上。“咳咳咳，咳咳咳。”刘兴又咳了，那是抽烟抽的？不是，那是累的。旁人提醒说刘兴放不开手是毛病，刘兴听不到耳朵里去，讲小车不倒只管推。

这一天晚上九点，刘兴厂长爽神地又到总厂调度楼值晚班。亏了没回家，还真赶上了。喇叭响了，贸然间响的，准没跑了，是找人，先找焦化分厂孟书记，接下来找副厂长武荣先，说有急事，到焦化分厂值班室集合。

刘兴到了楼下一问，值班调度正给焦化摇电话，通了电话说：萘胺萘苯挪污管道的总截门堵了，鼓捣半天弄不开，污水漾了满屋子，已流到院里，院里再流是明沟，明沟通京北大湖，发展下去，流进大湖那可糟了，出大事了。

问有没有从机电部搬救兵。

电话里讲，机电去了人，也没弄开，一伙儿人干瞪着眼看着污水横流。救急的办法另挖道通往污水池的明渠，往处理池里挪。

总调值班员抓起电话给建工大队调人挖沟，联系半天，建工大队找不到人，说人都下了班，又说隆冬季节，冰冻三尺，哪容易刨，任务相当艰巨。焦化的孟书记到位了，研究了半天，只得就近从村子里的生产队雇人刨。雇人得一大笔开支，计划外用工这得总厂批准，找武荣先副厂长，厂里寻不到，这不正派了车到他家去找，他家刚搬来，住在沉沙街上，找到他难了。

刘兴一听，急了，抓过电话来对来电话的老孟讲：“马上找人挖沟，找三十个人，带镐头风钻来，求技术处的人来指导，马上动手挖，生产队的人到位以前自己人挖，动员全厂科室挖，一桶污水也不能流向大湖……”这道死命令调动了焦化全分厂挑灯夜战，开挖排污沟。

祸不单行，福无双至，刘兴值班室的电话一直响。这个夜晚，厂区生活区，还有所在县的沉沙街上出了三件大事，都是找刘厂长处理的。县城东侧的土木乡，社员挖地道，渠水把地道灌了，躲闪不及，淹死了俩人。乡长一个电话打给刘兴。这土木村恰巧是刘兴老家的那个村，人命关天，哭声一片，你说你老刘管不管？得管，不管村里人还不骂娘。刘兴咬着牙拍着桌子瞪着眼，凭他还有点儿“沉沙县副县长”的旧影响，大渠值班室、县医院，还有钢厂有关科室，通盘调整指挥，让大渠停了水，把伤员送到医院抢救，把死者家属安抚好，做好了一切善后工作。刘兴忘记自己是总厂长还是副县长了，一直发号施令，嗓子都哑了。南岗子上的县猎场，高扬程泵坏了，猎场来了人，求援找到他，他慷慨地从厂区的南污水渠地调上去水。北生活区的一个职工得了肠梗阻，需要开刀处理，县里治不了，要送口上大医院，县里派不出救护车，家属先找厂区小医院，小医院院长出主意让找刘厂长，家属见到厂长后五体投地一个头跪在那里了。没有他法，刘兴一扭头，快派车。

凌晨四点多，刘兴刚睡下，是在调度室的小楼上凑合着睡的，只有那么个木板床，铺了个草垫子，盖了件军大衣。是他刘厂长规定的值班调度可以迷糊一会儿，但不能舒服地睡，不能带被褥，今天又轮到他刘兴自己了。他准备迷糊一觉，明早八点赶到口上开会，亏欠的觉只好在车上补了。

“叮叮叮！”讨厌的电话铃声又响了。“总调吗？我是炼铁风机值班，电压波动厉害，不是咱厂的事，官厅限电了。”“怎么着？限电也不能限我们，给我直接接口北电厂总调……”

瞬间，电厂总调电话接通了，总厂长提高了嗓门儿：“……不管哪儿需要，钢铁是第一需要，再限电也不能让我们蹲炉。”“问我是哪儿？告诉你们厂长我是刘兴，刘兴！”“……”“钢厂的刘兴，刘兴——听清了吧？！”

17

那天夜里在玉马矿的大板房，看过来信后，雷文惆怅万分，彻夜难眠。一个男子汉这是咋了？他一次想起五年前那一趟王喜洞和涞源寻亲之旅。那是最后的一次战斗，难呀！

气急败坏的后生骂人了，睡梦中也骂。

“娘呀！姐呀！混煞了，娘和姐一对混球，混球一对呀！”

“长着脑袋干啥的？……这一对混蛋！”气愤至极，他连养母也骂。

他骂着养母和二姐，百感交集，这后生一拳打在自己的头上，嘟囔道：“一对混球，一对混球哟！”一年来，他跑遍了山前山后，跑遍了全公社，几乎问遍全县了，连毗邻的兴和、浑源都去了。

他到小五台东山后找娘，沿桃花岭金河川找了个遍。

他到西合营找娘，找了一个镇、三个乡、四十八个村。

他到南梁庄找娘，找遍了大南山西面的三道沟，捎带两个保密厂，捎带着浑源的一些村寨，都白跑了。

一幕又一幕愁绪，愁煞十几岁的娃，也愁煞了羊倌老爹，打起精神满腔热血而去，每每结果是狗咬尿泡——空欢喜一场，又一场！

这个养母还有姐姐彩凤可让他后生伤透了脑筋，这是最疼最爱他的俩人，平白无故，活不见人，死不见尸，俩大活人凭空就这么没了。

这个娃子命不济，一岁半死了亲娘，七岁失去了爷爷，养母和二姐这俩亲人又没了。有人说这娃子属相为羊，命不济，不然哪这么苦，小小的年纪遇到这么多烦心事。可这娃子不信，不信是属羊之故，偏说自己是属虎的，又说自己是属大龙的。龙腾虎跃甚也不怕，属羊属虎谁能说得清呢！反正命够苦的。找了半年，想不找了，又过了半年，死不了这条心，说啥还得去找。有好朋友相助，这才又勾起了去南山王喜洞寻亲的事。

一个人，十五岁，还是个毛手毛脚的孩子嘛，可是让养母和二姐失踪的事闹得几乎趴下了。他没了童年的幸福和童年的天真活泼，被压得瓮声瓮气、少言寡语，像个小老头儿，也整天婆婆妈妈的，今天义平二哥驮他来找娘，也是为了让他纾解一下愁绪。这会儿他们正穿梭在林海中。天呀，咋就让他这么倒霉呀！

莫义平的摩托车穿林海，越沟壑，又越上了一处狼尾巴速生林地带，这里是光山秃岭的北方，见点儿树影和披绿的地也是新鲜的。这里算是条时断时续、高高低低颠簸的林间小道。他们在林间小道上飘来飞去，终于飞到了林子尽头。

这里似到了关南，别有洞天，高山陡立，古树参天，或许到了什么洞府，青烟缭绕。这些全然没换来后生的好心情，心思均缠绕在寻人上。穿出密林又开了一段路，霎时间眼前一亮，像到了开阔地，一处夹山漫坡的村庄田舍。

山窝深处确实别有洞天，一处世外桃源般的好去处。这处的自然村村名叫黄土台。据说从前这儿有一窝子黄土，历代都有砖窑，属于小五台的中台，下面有座座破败的古庙，古庙维修殿舍的砖瓦就全仗这里供给。

找到乔三家，黄土台正处在一角，乔三家这个院恰恰建在边角的台座上。刚办完喜事的乔家还贴着喜字，锁着门，听说新媳妇出工去了，乔三更没回来，房前除了花木还养着一群鸡，院落整理得有条不紊，一眼就能看出小媳妇的勤快朴实。

乔家算大户，整排房几乎都占满了，老少都属于亦工亦农，都回原籍掇弄[①]庄稼了。乔三有个妹子也出嫁了，全院子只有出阁的大姐毛妞一家还有人。

毛妞也是副业工，丈夫从部队转业，是邻县半坝地区一家煤矿的党总支书记。毛妞随了去，户口还没转，这会儿回家探亲才在家的。

因为是熟人的缘故，找不到弟弟乔三，俩人就直接进了毛妞家。

“大姐在家吗？”义平礼貌地问。

---

①掇弄：方言，也叫摆弄。

“娘，来客人了。”一个小妮儿迎门应酬着。和她一起的还有几个小伙伴。

“谁？二小，她二小舅！二小来啦！”风风火火的毛妞听到喊话一步跨出屋子招呼着。常来往的缘故，毛妞大姐没尊称义平的大号直呼小名亲切地喊道。“她二小舅”是比着孩子叫的。

“快叫舅舅！”毛妞指着义平让小妮叫，又指着雷文说，“这也叫舅舅吧？”

小妮儿叫道：“舅舅、舅舅。”义平、雷文急忙应着，义平还摸了一下小妮儿的小辫子，从衣袋里掏出块糖果塞给她。

义平向雷文介绍毛妞道：“叫大姐。”这是对雷文说，又转头对毛妞说，“认识吧？三儿的盟兄弟，金雷文，大金的，还上着学，在县中。”毛妞也急忙应酬道：“好像见过，彩凤的弟弟吧？”雷文应着：“就是，就是。”

毛妞和雷文面生，还有点拘谨，彼此都笑了笑。

毛妞这才发现，叫雷文的后生这般高大，长得又十分英俊，比义平高了一头。

毛妞对叫“二小”的义平可不一般，形同娘家弟弟，毫无拘束地笑着，逗着，亲热得不行。

这房子前面排满了树，是国有林场嘛，树影婆娑，欢快地翩翩起舞，陪伴主人迎接着客人。鸡娃们也堆聚穿行在他们脚下，欢快地叫着。雷文对这方面不陌生，也不拘束，捉起只鸡娃捏捏嘴，逗弄着。

“进家吧，快进家吧。”毛妞忙张罗着。

“不！”义平迎面来了个否定句，接着道，“回头来你家，我先找三儿。”他说的三儿即乔三。

“还没回来，没见他的单车在家是不是？”说到这里毛妞望了眼乔三的屋门又望了望日头，“还早着哩，每次回都没了太阳了。”

“找人给他捎信了，让他早回一会儿，有事儿找他。”义平说。

“你当他还那么轻闲，这会儿忙着哩。”讲到弟弟的现状，毛妞眉飞色舞。

“他能忙个甚？不就是当当书记乡长的‘腿儿’吗？提个公文包拦个车什么的，不会叫他去写材料、做报告吧？”也不喜外①的这莫家二小儿真二百五，咋想的就咋往外说。那会儿乡间没有轿车、吉普，公社书记、乡长出门还没配专车，外出一般骑自行车或拦劫蹭坐过往的机动三轮车、马车。

“算让你说对了，咱三儿就是跑腿的料儿，你让他坐下来整个什么东西他就

---

①喜外：方言，也叫稀外、见外，就是客气，把自己当成外人。

坐不住。可搞点甚个外联什么的，跑跑还行，行着哩！有两把刷子。”讲起弟弟来，当姐的光彩。毛妞接着介绍着：“有人管乔三叫乔干事，这不，乡长在后滩蹲点哩，搞了个甚‘过长江’‘过黄河’，让他联系换良种调良种哩。”毛妞可是个热心人，又见多识广，讲起弟弟乔三来总有一种自豪感，像滔滔黄河水没完没了。那会儿，农业上粮食亩产上到800斤，形象地叫“过长江”（江南农业上的产量数字）；400斤叫“过黄河”，这是上“纲要”的指标。

“搞破坏了！”“莫抽打摩托！”院子里传来娃儿们的哭闹，惊动了说话人。

“小祖宗们，反了，反了！”主客的话说了半截儿，院子里翻天了。把客人砍[①]在一旁的毛妞三步并作两步地喊着朝乔三的屋前跑去。传来毛妞大声的吆喝声：“下来，下来！”

义平的摩托车停在那儿，一伙孩子围在那儿，有一个捣蛋的男孩子骑在车座子上了。小妮儿一边紧护着后衣架往下拉捣蛋者，一边哭喊着。客人们也赶紧跑过去。小妮儿以主人自居做了卫道士，制止不了这阵势就在那里哭。孩子们一见赶过来的毛妞，腾地闪开了，没等毛妞抓到骑上座的那个娃儿，那小家伙一骨碌跑了老远，还朝这里做着鬼脸。

义平、雷文来到乔三的房前时，毛妞正训那伙孩子。

“这是外地叔叔的车，从口上买来的，值一百多块哩！弄坏的话谁赔得起？”毛妞狠狠地骂着，两眼射出灼人的凶光，像轰鸡鸭那般一下子把这伙孩子撵跑了。“一百块嘛……”“赔赔，赔得起嘛……”“陪你坐着好了。”传来娃子们的吵闹咒骂学舌声。

其实，这毛妞也是瞎侃，她也不知道这玩意儿值多少钱，也不管是从县里还是大城市买来的，只随口这么一说。当时在庄稼人心目中“上百元”“一百多块”这数字够吓人的。

“没关系的，没关系的，我早锁住了。”赶上前来的莫义平用这话给娃儿们解围，他从心眼儿里亲近这群娃儿。其实他心里十分感谢这大姐。若真给闹坏了，兴许这里真找不到人给修。这段小插曲很快过去了，客人才腾出时间欣赏这里的美景。

或许由于这黄土台地势高耸的缘故，显得极其开阔，放眼望去，绿油油的一沟树都在脚下，蔚为壮观，活像站在云端俯视。那个大火球般的太阳驱走了云雾，跳到了西南上空，恢复了主宰者的地位。整座绿沟、整个树丛、整座山上的

①砍：方言，把东西扔出去，把人丢在一边。

花花草草都在它的驾前俯首听命。

“三儿呀，三儿去了哪儿？兴许三儿该回来了！”心急如焚的金雷文眼巴巴地望着落日，望着远方。

主客回到屋前，那伙娃子跑了，摩托车旁只剩下小妮儿一个人。轻风戏弄着小妮儿的冲天辫，她趾高气扬，她是胜利者，她维护摩托车的行动胜利了。胜利的果实还得拿起武器去保卫，她折来一根柳条昂首挺胸地站在摩托车旁保卫着。那伙捣蛋的娃儿们还真的没走，猫在一边伺机再起，有的孩子质问妮子：“你家的吗？”妮子说：“就是俺家的——俺家客人的就是俺家的。”小孩子间哪有是非曲直，斗着嘴，辩论着。

毛妞和义平回到原地继续说着乔三的事，一旁的半大后生雷文半天没动地儿，对娃儿们咋祸害车和乔三去调种子的琐事根本提不起兴趣，蹲在木墩子上歇着脚，想着心事。几年前这里有个官二代打过彩凤的主意。至于是不是那家人抢亲，也难说。有病乱求医吧。

金雷文的思绪没离开二姐彩凤和这林场的一个小司机——爹是公社人武部长的小司机。七八年前二姐领着自己坐林场的汽车回大金家村，半路车趴了窝，老师傅下车处理，自己也跟着下车看热闹，林场的小司机看车上没人就调戏二姐，他在车头前甩了三鞭子把那厮镇住了。那以后的两年多后，是个夏天，自己陪俩姐在沟边田里摄弄庄稼，就是这个女人乔毛妞到了田间给二姐介绍对象，对象正是当年要流氓的小司机，二姐婉言拒绝了。他知道这件事后误会了二姐，找到她使着性子大哭大闹，这才从二姐嘴里讨得“谁也不嫁，一辈子跟文娃子过”这句话。又过了几年后的一个傍晚，在草沟堡的一家酒馆，今天来找的这乔三劝他把心爱的二姐让给“他爹掌握实权”的小司机，交换保送上大学的指标。自己登时和盟兄乔三翻了脸，说再讲这馊主意就绝交。乔三怕了，这位盟兄真的对他很好，此后乔三再也没起这个心。在酩酊大醉后的第二天深夜，在二姐的逼问下，他道出了和乔三的对话，二姐哭了，哭得极伤心，惹得自己也大哭起来，姐弟抱头痛哭，二姐又一次紧紧搂抱住自己，吻了自己的眉心。

想这些事干甚？不想怎么行，不想就来不到这王喜洞。这会儿的雷文满脑子都是小司机了。到这林场来找娘和姐的主要线索就是这动用权势追求过二姐的小司机。刚见面时，雷文一眼认出眼前这女人就是乔毛妞，从而留心留意起来。甭看他二姐多次说这大姐怎么好怎么好，可在他小小的脑袋瓜里对这个黑乎乎的女人没好感。在二姐走失的问题上一直画着问号：他小司机是什么人？这乔毛妞又是什么人？为什么当年小司机托她来提亲？她姓乔，是乔三的姐，为什么当年乔三说那些话——劝自己让出二姐彩凤？两方面像有个甚必然联系。他对她印象不好跟她就不能多说话。

雷文也想到过别的类似王喜洞的线索，后山一个大村的村支书托人给他儿子提过亲，他儿子在林场当电工。想起公社宣传队，雷文又记起一个自己叫艾香姐的二姐彩凤的好朋友。自己的姐彩凤和这个艾香姐当年都住过宣传队，都是队里的骨干，这会儿这个艾香姐就嫁到这一片了，是王喜洞林场还是草沟堡说不清。再就是乔毛妞、乔三的一个妹妹也是二姐的好朋友，也在宣传队干过。

部长的儿子小司机也好，大队书记的儿子小电工也好，这个艾香姐也好，还有眼下的这位黑肤色女人，都跟二姐有过接触，近两年有没有走动尚不可知，坐在木墩子上的金雷文巴不得通过其中一条线索就抓到二姐的衣袖或淘到点儿什么音讯。你当事人着急，人家外人不着急，人家说点题外话，人之常情，没办法！这小伙子恨不得一拳打出个井。你个乔三呀，咋还不回！后生的两眼直勾勾地望着那片林子，恨不得一眼捕捉到乔三的影子。

青年人考虑问题是简单的，脾气上来恨不得一拳打个井。中学生浮想联翩，惆怅万分，像似二姐就藏在这屋子里，就在眼前晃动，可就是抓不到，所以有时用眼向屋子里扫着，可就是没彩凤的影子，烦煞了。小麻雀在地面上“喳喳”地啄着食，吵闹着，远处的林子间有一只乌鸦“啦啦”地叫着，阴冷郁闷的气氛给雷文阴暗的心底更添了晦气。他暗暗埋怨起好友乔三来，本来说好今儿个来你家会面的，可就是见不到个影儿，愤懑之余更厌恶起跳来跳去的那群麻雀，随手捡起了块石子丢过去，那群吵着啄食的家伙“嗵”地一下飞走了，把徐徐吹着的微风和飘飘飞舞着的蠓虫儿搅出了一个旋涡。

这块石子的响声惊醒了拉着家常的乔毛妞和莫义平，俩人才发现冷淡了人家中学生。风风火火的毛妞急忙走过来套起近乎，还随手捎过来个方凳放在雷文近前，又展开自己的衣袖擦了擦凳面道：“快坐这儿吧，木墩儿潮湿，莫把小兄弟的裤子弄脏了。”她见他不好意思坐，又亲昵地拉雷文坐定，自己反倒坐在了那木墩上。莫不是大龄的老姐姐也喜欢上帅哥小弟弟了？也难说。接下来这女人探身以更亲热的口吻与小帅哥搭讪着：“叫个甚文？……啊！想起来了，还是叫你文娃子好吗？这样亲切，你姐彩凤几次说到你都是这样叫的。”

义平是个爱热闹的人，见摩托车旁的小妮儿和捣蛋娃对峙着，就离开二人凑过去。

“你姐彩凤几次说到你……”这句话登时引起中学生的警觉，也在后生的心头上燃起了一丝希望之火，登时对女主人有了好感，攀谈起来。

“大姐，听话音你是见过我彩凤姐了。”又追问道，“是近期吗？”

“没有呀。你家的事我知道了。近期嘛，没有没有！真的没有！近期我没在蔚州，在离这儿三百里地的煤矿呀。我离开咱们县一年了，上礼拜才回来探亲。”极敏感的毛妞忙着洗白。

“那最后一次见到我二姐时是哪会儿？在哪里？”雷文一听上边这话心里凉了半截儿，但心里突然冒出个新的思路：在蔚州见不到难道不能在外县什么地方见到吗？把不准就在尚义或口上、显赫营什么的。

“哪会儿？头年端午节前吧，在东杏河，俺俩都去磨面碰上了。”

“那过大年那会儿你没回来拜年吗？”

“问这个干甚？看你这小兄弟咋个这样说，我就是没回来过年，那里是半坝地区，坝上下大雪封了山，堵了道，亏了事先把姥爷姥姥接到矿上过的年。”毛妞这女人可不是个善茬口，口头上绝不吃亏，说到这儿反问道，“我真的没回来过年，就是回来了，我在王喜洞，你家彩凤在大金，两家子年节从没走动过，更甭说年礼了，我和彩凤咋能见上面？听话音儿这里有啥猫儿腻吧？”

“没问题，没问题，大姐你多心了。”自知理亏，小后生急忙洗白。

“我多哪门子心了？没问题，你这么问干啥？锣鼓听声嘛。”毛妞登时虎起了脸，“今儿个这是咋了？你俩来干啥？想问啥……”

义平回来了，坐在另一个木凳子上，听到俩人讲话讲顶了，急忙打圆场。他着了急有点口吃，应付道：“也没……没啥，闲着没事儿，出来颠达颠达呗。”

“好呀，想吃山鸡炖蘑菇了吧？俩村子都是山地山区，大金有多少蘑菇不好炖，咋就想起到咱王喜洞了。”毛妞说着对义平也虎起了脸。

“我是怕部长家的小司机……”慌不择路的雷文下边的话没说出口，被这位黑肤色女人下面的手榴弹一通轰，轰哑了。雷文没出口的潜台词是“来捣乱”或“来抢亲”。

“难道你姐彩凤丫头是我乔毛妞藏起来了吗？是找我来要人呗？这就怪了，我算哪头蒜？就请进屋子翻一翻好了。或者带你到部长家的老宅去翻！翻到了，是你家的二姐你带走！……翻呀，进家吧！”

“大姐，你误会了，不是这个意思，我没想到人家部长家……”雷文很尴尬，勉强这样说。

“不是这个意思是甚个意思？人家部长是党员，是干部，啥俊模样的儿媳妇娶不到，再说这种人家背后使点坏给人穿个小鞋——用点儿权什么的还可以，让他去替儿子抢亲，敢吗？有这个胆吗？”毛妞绷起脸义正词严地质问。

毛妞又道："再说，你家也太把自家彩凤高抬了，人家就为一个脸子白嫩点的农家女冒风险抢亲，值吗？俺那一口子就是个党员，半点出格的事不敢做，比老鼠胆儿还小。"

这黑肤色的女人略停了停打了个嗝又开说了："也怨我，当年想起啥来去你家提亲，不是姐妹不错嘛，彩凤说不同意，我回来就回绝人家了，不同意就是不同意，我回绝得很干脆，没留丁点儿尾巴。后来人家也没再提这件事。再说听说人家儿子早娶媳妇了，可能这会儿连孩子都抱出来了，这事早过去了，你咋还能这样想？让大家都不愉快！都愿多我管闲事，腾出那点儿时间多掰几个玉米棒子多好。"

乔毛妞这样的中年妇女天不怕地不怕，她是基本群众、白板①一个，皇帝老子来了奈何不得她，今儿个雷文碰上了这茬口就自认倒霉好了。

雷文还是小，不懂世故，今儿个出师不利，自感晦气，亏了有义平打圆场，没打退堂鼓。

"有的男人没出息禁不住三两尿。"俩女人这样喊喊喳喳说着。三个女人一台戏，蒙白纱巾穿花袄的正是乔三家刚娶来的小媳妇，刚进门不久，在跟姐妹们数落自己的男人让人挂心。走在大路上的小媳妇细眉大眼，满脸挂着笑，她和伙伴们刚收工回来，右手握了把小钢锄，左手提了个编筐，脚蹬一双时髦的黑塑料凉鞋，千娇百媚。

拖拉机机声"嗒嗒"，微风习习，人呼马啸，黄土台一幅沸腾火热的图景。东坡盘山而下的坡道上，一台拖拉机摇摇摆摆开下来，像飘在树丛间的一只黑蝴蝶，翩翩而下钻进树丛，又像忽上忽下斩关破浪而下的冲浪船，给崎岖颠簸的山路增加了一分优美，只有眼尖的小妮子才能欣赏到如此美景。

乔三不是在下面的草沟堡嘛，咋个今儿从山上下来？毛妞清楚，乔三是从这座山背后的林场总厂攀登过来的，或许是到总厂办事了。

总厂所在的村镇级居民点叫林海，也叫王家营子，那里是一片小湾地，可是个"蚂蚁虽小五脏俱全"的政治加经济中心，繁华程度抵得上个小市镇，这就是地图上标的王喜洞。真正的王喜洞就在山背面的林海上面。所谓的王喜洞，只能算个传说。相传这个洞在大山背后一处银白世界的山窝窝里，深山藏幽，洞深无底，美景如画，当然也有神仙的遁影，但只是这么传说而已，谁也没找到过，更没听谁真进去过。不过传得再玄妙也引不起金雷文的兴致。

①白板：方言，指未入党。

远远传来娃子们的欢笑吵闹声。“小舅的车又走了，钻进了树林子，小舅又出来了，好潇洒呀，像位先行官，跟我摆着手。”小妮儿高兴地跳起来，狂呼着，拉下纱巾舞蹈着，“小舅，我在这儿……我在这——”

钻云入地燕子般的拖拉机转眼间钻出树丛到了坡下，越过街区停在一家小卖部门口，人群围上去卸着货。像凯旋的将军，身披迷彩风衣的小职员乔三转身跳下车，整理了一下衣帽，拍了拍土，转身之际看到了头顶上自家的排子房和岗头上的几个人，好朋友来了。瘦子莫义平和大个子金雷文向他招着手。

还有大姐，大姐家的小妮儿，邻家的那一窝子孩子，娃儿们嚷着跑着跳着，招着手。

“乔三！”“乔三！”台顶上传来呼叫声，莫义平眼尖，一看那阔步穿行的神态，猜准是乔三。乔三风华正茂，头上挂了个公社干事头衔，又刚刚娶了个花娘子，当然飞黄腾达、兴高采烈了。

“莫二小！文娃子！我回来了，回来了——”乔三回应着，石壁山崖浩荡的长空中阵阵回荡着小弟兄间呼喊答应瓮声瓮气的回音：“我回来了，我马上上去！”“……马上上去——”“乔三——”“文娃子——”

金雷文的到来，让乔三极其高兴，好像两年没见了，这文娃子不光是磕头五弟兄中的县里公认的帅哥之子、“南山拳王”的孙子，还是跟着大哥进地区筹备会议受到领导瞩目的小才子。

18

黄土台居民区从乔三站着的第三台阶到雷文、义平站着的第七台阶，相距50米，错落有致，凹凸不平，绿白相向，葱翠且陡峭，既有丛生着小树的坡岗，又有大树树荫下平坦又突起的小片民居。下班时刻，人声嘈杂，轻风裹着芳香气味在其间流荡，小鸟儿叫，彩蝶在晚风中飘舞，更加渲染了好友兄弟相见的浓烈欢乐气氛，更加助长了友好气氛的火热传播。

身轻似燕猴子般的乔三躬身疾步攀上了一级台阶又一级台阶。金雷文、莫义平也拥着疾步下了一级台阶迎接着好友，重逢的三兄弟热烈地拥抱在一起，进而又擂拳头蹬腿抱腰打闹一番。谁说闭塞的农村陋巷没有热闹儿①，这小弟兄们凑在一起就是台戏。大姐毛妞本能地移步也跟了下来。

寒暄过后，兄弟们又相拥着登上最后一级台阶，回到排子房前，毛妞才想起

①热闹儿：方言，河北一些农村管文艺节目叫“热闹儿”，看节目叫“看热闹儿”。

把客人让进屋里，倒茶递烟尽地主之谊。毛妞急着追问弟弟乔三这是干啥去了，草沟堡在沟底下，咋个从山上下来的。

义平亲热地捶了乔三一下，佯装生气地埋怨道：“你三儿再不回来，老五就坐不住了，要开拔哩。”老五指他们磕头弟兄间排行最小的五兄弟金雷文。

乔三道：“真不像话，哥晚回来一会儿，咋就说要走？哪里去？到这里就算到家了。”

“我们真的有急着干的事。”这是义平。

乔三说：“咋这么急？再急也得吃饭吧？再急没有喂脑袋重要吧？咋说也得住一宿吧？哥带回来的有好酒，不喝倒几个哪够朋友。”

“莫再瞎扯了，先说你干啥去了，咋个又从山后回来？”毛妞也急着追问弟弟。

义平说：“娶了个花朵般的小媳妇不在家守着，瞎串串个甚？”说罢吐了一下舌头。

“干啥去了，还能干啥？办事儿呗——给人家孙子过百岁①去了，不也是帮文娃子办事去了。”乔三卖着撇儿②，像连中三元那般。

“给人家娃儿过百岁就过百岁吧，咋又说跟我有关系？”雷文反问。

乔三以长兄的口吻反问道：“咋个没关系？先给哥回答，来林场干啥来了？”

“找我娘，找我二姐呀。”雷文有气无力地低声回答。

“这不截儿③了。”爱卖撇的这主儿说下去，把意思直接挑明，因为部长家的儿子小司机追求过彩凤，一而再再而三地遭拒绝，失了面子，他家有权有势，怕他报复抢亲——把彩凤抢了去，藏起来。说到这里反问起雷文，“你说是吧？”雷文也不否认，他就是不放心才找上门来看个究竟的。

乔三一五一十地学说下去：“你应该放心了，人家部长家早死了这条心，人家这么大的干部也不能干抢亲抢人的事。”雷文紧盯着乔三似在问他何以见得。乔三介绍，那个部长早调走了，不当公社人武部长转到地方去岔道当公社书记去了，把家口都带了过去，况且人家小司机早寻了媳妇，这不孩子都生下来一百天了，正在过百岁嘛。

雷文、义平才恍然大悟，原来担心小司机抢了彩凤的疑问彻底解除了。这个

①过百岁：旧俗，孩子出生一百天，主家举行的庆典活动。

②卖撇儿：方言，即卖嘴。

③截儿：方言，告一段落，办完。

乔三还真是够哥们儿，为落实这件事，还专门随管他的官儿去岔道凑了凑热闹，那得要随礼花钱的。他说临来时那哥们儿还硬塞给他一瓶新产品，说着从裤兜里摸出了一个小白瓶放在义平眼前，说是从山西弄到的。“这叫新产品？”“新在哪儿？”“醉八仙咋说？”乔三撇了撇嘴，“八仙桌两桌席醉倒了八个。”“咱一定得尝，一醉方休。”不知谁凑趣道，“那叫醉了荷花没醉藕。”接着乔三张罗桌席碗筷杯子，让快上酒。

乔三还表白，这次去岔道公社也不光为给官儿的孙子过百岁，也为联系调换籽种，籽种没换成，但顺便看了下人家的高产田和良种场，还讨要到地区坝下农科所试验田里的一些良种，带回来本公社领导一定很高兴，因为他们准备开辟自己的试验基地。

又得说乔三人好心也细，办事爱搂草打兔子——捎带金老三篱笆院三奶奶的那些破事他都有耳闻，并且他决心帮兄弟金雷文一把，便利用夜晚串门的时间，打听到了混崽和一个叫庞信的家伙在大雪封山时偷过边际检查站被拘留那件事，并打听到涞源混崽他四姨的地址。听他说起他们，雷文一百个不痛快，但也没法阻拦。

毛妞又问：“从岔道下来后咋个不抄小路回来又去了山后面的林海？又是蹭酒喝去了吧？”说到这里一挤眼。

乔三说：“姐，看你说的，真把自家弟弟看成馋鬼了。酒倒是没亏了嘴，昨个儿岔道凑了两场，喝得起夜三次，真有点儿应付不了了。人家沿海地区的老客①说这叫公关，搂草打兔子——捎带，办事儿想办成都得这样斩关落锁，兄弟也是为打通关系哟。可今个绕道去林海的总场，纯粹为了文娃子老兄弟……”

原来乔三在闲谈中听说这王喜洞林场副业上搞了一些纯质原木的木器厂，招了一批木工，产品做出来准备拉到关南城市去卖，他是想看看木匠里有没有胡翟这个人，这也算寻找彩凤的门路嘛。他问了总场，总场说不清楚，又连着找了俩分场，也没问出个一二。听罢，众人投去赞许的目光。毛妞咧着嘴称赞道：“俺家三儿真出息了，整天里煽煽乎乎的主儿，没想到心还这么细。”

屋门子一响，小妮儿跑进来说小舅妈回来了，还割来了肉，买来了菜，叫小舅回自个家去。

乔三这才想起自己的兜子丢在拖拉机上了，忙着往外跑下坡崖找兜子。随即追上小妮儿让她告诉她舅妈先把肉炖上。小妮儿一溜烟跑了，接下来毛妞忙着张

①老客：方言，旧时商界时髦语言，无准确意思，泛指商业人士，类似于老江湖，也有指老顾客的。

罗其他饭菜。

直到这会儿，雷文才想起摩托车上带来做礼品的东西，旋即跑出去取回，是一条长口袋，解开口袋倒出一堆土特产，养父特意预备的，一小堆儿沙棘果，一大堆花生，还有核桃、干蘑菇和红枣。按照养父嘱咐分成了两份，一份留给乔三父母家，一份给乔三夫妇。当然这会儿又多了个大姐毛妞。不大一会儿，乔三回来了，提了个鹿皮兜子，义平认识，那是乔三常提的办公包，平时笔墨纸张都有，有时还装有一个时兴的茶杯，这一回成了装酒背烟的袋子了，提着走动就听到了清脆的玻璃瓶响。另外一只手里是个鼓鼓囊囊的帆布兜子，装的可能是鲜蘑菇。

晚饭就摆在毛妞家的大炕上，大红漆船盘上摆了炒菜、炖肉和羊汤，主食是搓鱼子，香喷喷，热气腾腾，平日百姓家这样待客算上乘了。

义平、雷文俩得到乔家这样热情的招待可跟金雷文找他姐彩凤没甚关系，主要看在莫义平面子上。乔三是个极注意关系的人，对义平这个盟兄弟更加重视。大金家村在全公社是富村，大家都知道，富村富户是县社干部吃喝办事的支撑，额外开证明、派点集资款、挖些山货这类事儿乔三通过义平找莫村主任可办了不少。再说人家地区还有个工业局的干部莫义顺，可不能怠慢，何况他和义顺、雷文还是磕头弟兄。他还认为老兄弟雷文发展潜力很大，在西合营还有个当中学领导的爹，更得好好待了。

除了乔三的小媳妇和小妮儿，客人主人都上了席面，围着船盘坐了一圈。那时的家宴就是这样，不撑八仙桌，堂地上没处摆放。毛妞以大姐和东道主的身份盘腿坐在席面上，不光像男人那样大嗓门地让酒让菜，还和男人们碰了杯。

乔三刚娶进门的小媳妇从没见过世面，不光不敢入席就座，别人问她答不上话，只会抿着嘴笑笑，巴头探脑儿当了“堂倌”。义平问些闲话，调笑两句，她不知所答地胡乱答了半句话，捂着脸跑掉了。新媳妇的举动成了席面上一大亮点儿，众人齐心想把她拉进席，又想逗她唱歌，应该起护持作用的大姑姐跟着调笑起哄，最终也没把小媳妇请进席，引发了一阵阵笑声。这位小弟媳妇极为佩服大姑姐，想象不出这个姐哪来的那么大胆量和汉子们推杯换盏、平起平坐。她可不知道比自己大一旬的这个姐，当过农业社妇女队长，在林场副业摊子一干又是八年。

这种情况的农家便宴，只能算个小酒场，就这么三个“弟弟”一个“姐”、三男一女的普通晚宴却吃了两个半钟头。若不是雷文事先和乔三打好了招呼让人领着他去打电话跟学校续假，东拉西扯的这顿饭还真不知吃到半夜几点。

这么几个人，又没有能叫板的“酒鬼”在座，不大会儿工夫，两瓶酒就下去了一瓶子半，酒主要让称得上大老爷们儿的莫义平和乔三喝了，喝得义平舌头短了半截，乔三出去了两趟。义平逮着这不花钱的酒一定要和“见过大世面的”三哥一决雌雄，分个上下。他忘记了这不是串酒馆，是出来帮人办事的，不是遛街筒子闲逛，更不是来蹭闲酒哩。他在人家林场甚话也敢往外扔，把文娃子养母和他姨哥那类破事儿都抖搂出来了，弄得耳热脸红的雷文翻了脸险些要翻桌子。亏了有个毛妞大姐在场镇住了没把事情闹大。

乔三的嘴也没个把门闩，公社的县里的那点破事逸闻和盘端出有啥咧，不管不顾了。他那位厉害茬口的姐毛妞还几次提醒：“我说，墙外有耳呀，隔墙有眼啊，小心老大炒了你的枪乌贼！”

这乔三哼着喊着，总没听到心里去，大大咧咧，满不在乎，后来果然为此吃了亏，险些招人打上门来，险些被打破头，自己还被记过处分。到这时这个大姑姐倒埋怨起三儿的媳妇来，传经送宝地嘱咐道：“可别光宠他，耳边常说着点儿才好，他们男人嘛就这熊样，三两猫尿下肚就不知道自己是吃几块毛糕的了，啥都敢往外咧，悬崖火坑也敢跳。”

毛妞说的大男人们太绝对了，弟弟乔三和今个也喊她姐的莫义平都是这熊样，远在几百里外的丈夫牛二桐也是这样的人，但男人不都是这样，今天就有个能把握自己的小男子汉中学生金雷文。本来今天这场合，让酒敬酒的应该是他雷文——为他寻亲办事儿才来到这里嘛，做东表达感激之情的应该是他文娃子。可弄到这步田地事情颠倒了，反主为客，他这来求人的中学生倒成了座上宾。尽管小伙子好话好像说了一箩筐，但那都是空头支票——都是些空话。他本来想吃顿便饭找个火炕倒上一夜，第二天继续去找人就得了，不知道义平跟人家怎样说的，弄成了这结果。在家靠父母出门靠朋友，出来就只好一切听义平的了。

人在酒桌上猜拳行令斗智斗勇，但小伙子的心像长了翅膀一样飞走了，飞回到篱笆院，忽而又飞回学校，偶尔飞到口上的好朋友义顺哥身边，飞到熟悉又陌生的地方，也到即将去的涞源团堡等什么地方，但始终感到自己的养母铁五妞和彩凤姐就在身边，似乎晃在眼前那般，自己好想扑到养母的怀里又哭又笑又打又闹，但等到定睛看时又没了。娘和二姐像两个缥缈不定的魂魄紧紧跟在自己前后，好像娘儿俩中有人在喊：“娘和姐在这儿遭着罪，傻小子你还有心喝酒吗？……”

酒过三巡，这是一般酒场上最热闹的时刻，劝酒的躲酒的看稀罕的都大显着身手，挖空心思地算计应付对方，求输赢于一搏。这个场面上的莫义平、乔三，还有大姐毛妞，酒兴正浓，谈趣正浓，都在抓扯着。想不到一边打蔫的金雷文如坐针毡，转着眼珠子想溜，尽管找不到合适的理由，但也想借故退席。这没有躲过盟兄乔三的眼睛。做东的乔三把意思闹翻了，心想第一个应该吃饱喝好的是雷文，老兄弟近日心情不好，咋说也得让他放松放松，急忙让小媳妇拿来醒酒汤。喝罢汤，头似乎轻快了些，又让老兄弟勉勉强强对付了俩半杯，后生又耍了滑头，佯装迷瞪说胡话。毛妞好骗过，也是考虑他年岁还小嘛，可俩知根底的哥哥哪瞒得过，不依不饶，必须罚酒三杯，多亏了有个毛妞姐说情，罚酒才躲过了，但得真格地跟进三杯。三杯酒让这个中学生真的头痛起来，右挡左推，再让说甚也不喝了。咋了，小就是理嘛，谁也得照顾小弟弟的。

这时雷文真的处在朦胧状态，眼前像憋在洞里的一片薄雾中，不光有两位盟了誓的哥哥和好心的毛妞大姐，还有乔三嫂子在眼前晃。晃眼间，娘和彩凤姐，还有养父，还有仇家混崽等有关人也在眼前晃动，脑海里不时浮现出四个月前自家的篱笆院里的那顿合家欢年夜饭，二姐唱歌、大姐出洋相、爹娘现场顺口溜、自己要狗技的欢乐情景又映现在眼前。他失态地把递上醒酒汤的乔三嫂子当成彩凤姐了，把劝酒的好心大姐毛妞当成养母了。临阵出丑，现场装傻充愣，遮遮掩掩，在场的人都比他年长，看他的笑话，只好睁一只眼闭一只眼了。

小伙子总是有根基的，头再眩晕也没忘记给就读的中学续假的事。

乔三喝得醉瘫了，毛妞只好领着雷文去物资站打电话给学校续假。好心大姐毛妞在打电话往返途中和刚认下的这个盟亲弟弟文娃子说了不少话。离开酒场后这个半大娃子在交谈中心里都明白了。毛妞豪气满怀敢说敢道的悍婆娘气质彻底扭转了中学生对这个姐姐的认识，慢慢真把毛妞当成自己的姐了，直到无话不谈，倾诉衷肠，悲愤至极，他哭了，掏出了真心。当然他也讲到了口上的好友莫义顺和涞源的马六，也谈到了老家的师傅庚爷。姐弟的年龄差了一半还多。在毛妞跟前雷文像找回娘的感觉，娘和二姐走失后，心情极度苦闷孤寂的半大娃子渴求找回这样的感觉。

俩人的交谈没离开过彩凤，毛妞问了问彩凤走失时的一些细节，想从细节中找出症结所在，从中具体分析彩凤的心理状态，分析彩凤母女出走可能落脚的地方，从刚才乔三给介绍的线索中想出先到哪里去找后到哪里去找。雷文越发觉得这位大字不识一箩筐的农村妇女确实不简单，不认识字还把毛爷爷著作中的思想融化在语言中。

毛妞无非说了三层意思，一，借着有义平的摩托，先朝山南的团堡找下去，一竿子插到底，能找到混崽的四姨铁四妞，准能问到一些情况；找不到铁四妞就沿着石匠铺这条线找马六，找到马六兴许就有办法了。二，毛妞自告奋勇，从王喜洞林场各分场新招的木匠中找寻，找到木匠混崽兴许能弄出彩凤的准信。还答应吆喝着当年彩凤在宣传队的好姐妹、已经嫁人的乔二妞，动员起来一起找。三，公社所在地的草沟堡和山前岭后的几个公社就先不去了，都交给乔三好了。

经过这番交谈，这盟亲论起来的姐姐对小老弟雷文更有了好感。酒场散场睡下后，看着炕上睡着的三条汉子，毛妞对乔三家小媳妇夸赞道："人家这娃儿，有根，彩凤妹子的眼光瞅对了，跟了这人准成器。"又道，"好事儿多磨哟，一个仙童，一个玉女，天生地配的一对。这娃咋就偏偏小了几岁，要不早吃过喜糕了。"

这一夜，喝得过量的莫义平和乔三又吐又排便折腾了半夜，受了不少罪，而人家睡在炕头上的小兄弟雷文却安安稳稳地睡了一夜。听听三弟兄还要着贫嘴，这个说这娃儿不管哥了，睡得像只死狗，懒猪！那个说，馋猫莫叫唤了，明个还得爬山越岭走天涯嘛。三个人对骂着，骂骂咧咧又睡着了。对中学生雷文来说，学校的假续了，下一步去的地方也想好了，出征之前正好睡上一大觉。你喝你的酒解了馋犒劳了嘴，我吃饱了饭菜，加足了油，上足了水，养足了精神，去找养母二姐了。

文娃子一觉睡了九个来钟头，美极了，喝汤的喝汤，吃肉的吃肉，各随其好，各得其所。走上来凑趣的毛妞，指着雷文唠叨："从南京到北京，精人在这里。"

大自然的恩惠都给了好人家、善良人家，住在黄土台台座上的乔毛妞家承受了东方第一缕阳光。恰巧东南方有一道山口子，是个朝外开的喇叭口，那里正是去涞源的那条大道，睁眼看去，那里先是点点土黄色的纱幕冉冉挂起，接下来一片金黄，不大一会儿工夫霞光万道了。刺眼的霞光，掺和着飘飘扬扬的婀娜树影，打在了向阳房间的窗纸上，贪睡的懒汉们把被子捂在脸上。雷文早起来了，蹲在摩托车边聚精会神地给车子相着面，不时捅捅这摁摁那。这趟王喜洞、涞源行他要学点艺儿——学点驾驶、修理技术，盼望自个儿到了啥时候也能开起来跑。毛妞早把早点准备好了，好心的姐姐备得有干又有稀，香甜可口地让仨弟弟饱餐一顿，好外出办事，还带了路上吃的，有烤薯干，还有大烙饼和枣子。

出发前，乔三帮义平给车子加足了油，又带了一小桶油，带足了人喝的、机器用的水，对车子又细细养护一番。毛妞和莫义平这位兄弟更熟了，又千叮咛万嘱咐了一番，她知道这毛毛躁躁的义平前些时摔过一跤。都这么大的人了，出发前用得着盟姐唠叨絮烦这么多嘛？义平是个柔和脾气，觉得多了个"姐"的关心还多了份福分嘛，时刻给自己敲着警钟。临行前小弟兄仨蹲在一起磨叨了一会儿，雷文弄根柴棍在地面上画了个草图。乔三说：“你们哥俩要去的地方，派性流毒还较重，听说还常常有人为争辩不清的事儿抱拳头，你俩遇到多大的不平事也莫掺和，咱是找人的，找咱的人好了。”义平、雷文一一应下。

太阳委实出山了，跳出山沟山窝窝悬挂在南山头上，风和日暖，正是出行的好时刻，送别的人们都扬了扬手，摩托车伴着“突突”的低唱钻进了南山沟，在那里拐几个弯拐出王喜洞，驶上通往涞源城的大公路。

“文娃子兄弟莫着急，找不到莫灰心，你家婶子和彩凤妹子总会找回来的。找不到就回来，姐和你一起继续想办法。”

“……一起想办法。”这句温暖肺腑的话语也尾随着摩托车走了，留在了文娃子耳边。亲情呀，友情呀，一个好汉三个帮。

一副热心肠的农村婆娘乔毛妞，对金雷文、金彩凤姐弟的遭遇和抗争出奇地关心。对蔚州人来说，善良、正义或许是一种天性。这位姐姐对义平俩后生出外寻找又一直放心不下，义平、雷文走了三天，她记挂了三天。要去的团堡也不知在哪儿，可更远些的涞源城她去过，还在那里住过，是丈夫服役时她随军探亲去的。涞源城中那条日夜流淌的小溪，那古朴的春光明媚的小山城她是极熟悉的。所以她的思绪随波而动，雷文俩头一天到哪儿，第二天又到哪儿，她随着想象都给了假设，不时心想或许这会儿文娃子母子姐弟见到面了，团圆了。每逢有机动车的响声她总要听听看看，有时她的眼嘣嘣嘣跳起来，这婆娘犯了嘀咕，嘀咕或许是这俩兄弟遇上什么麻烦事儿了，或许讲到了自己。其实，这位大姐确实自作多情了，文娃子没有时间想她，如果想事情的话，想得最多的是他的养母三奶奶和姐姐彩凤；莫义平想得最多的是后村收购的那堆山货还没收到店里和别人给自己介绍的三姐夫家的那个妹子。他们哪有空儿想起她、讲起她呢。

三天后的那个中午，乔毛妞果然又听见摩托车响了，响声很熟悉，一辆“突突”的摩托车冲上坡崖这个台子面，嘎的一声停在窗前。隔着玻璃看到是义平回来了，她奇怪咋只有义平一个人，那文娃子呢？

她慌手慌脚地走出屋门看到，果然真的只有莫义平一个人，往周围看了看仍找不到雷文的影子，急忙问道：“你一个人回来的，那文娃子呢？是直接回了大金还是留下了？出事儿了？”

“唉——甭说了。”心情慌乱颓废的莫义平无精打采地哆哆嗦嗦地说起了这两三天的遭遇。三天的情况无非是到了团堡四姨的老家，早搬了，搬到城里了。找到城里，上四姨的那幢房子连去两天五次都是铁锁把门，最终问清，四姨得了大病，到外地住院去了。问到有没有外地亲戚来找，像胡翟什么的，说四姨一年前就走了，这找人的事不会有。说他的那个叫混崽的养儿子多少年没听到过了。义平学说，文娃子坚持要找下去，义平说摩托车没油了，盘缠也花得所剩无几，留下一部分钱给雷文花费，不能再拖了，只好一个人先回来了。不过义平介绍，有一条活路，雷文找到石匠马六了，马六父子很仗义，说倾囊也要帮助雷文找下去。这会儿马六带着雷文到县外的一家走马驿保密厂找他俩的好友魏良去了，小魏兴许是胡翟的姨表兄弟。正是：

世事纷繁惹心烦，
千里寻亲荡南山。
攀山耗尽一腔血，
二八花开月自圆。

19

要问起金雷文一生最艰难的事，那就是葛麻子天经地义的媳妇让他叼走了二十多年。葛存义也有倒霉的时候，该倒霉，他这是作的。

那一年，大概是一九七四年前后吧。大南山通往显赫营的中巴，好像走到深井路西，是宣化的深井，这里有十八盘嘛，背靠在后排椅子上的老葛眯着眼觉得扫帚顶门尽杈，这里空气稀薄，让人有点儿喘。特别是自告奋勇借调设备的这件事更让人窝气。弄不回的话咋交差？咱老葛的脸往哪儿搁？

山路崎岖又赶上松散路面，车是五公司跑涞源的老爷车，走起来摇摇晃晃，石子打得底盘叮当作响，愈发招人烦。

参加调运起重设备的有他的得意门生莫义顺，蔚州人，就这一片的，当然用他带路，这战备留守处距他家大金只几里路的光景嘛。

那一天敲开南山战备公路留守处大门，他这带队的亲自出马，和和气气对接待人员说话，毕恭毕敬地拿出地区革委会盖有大印的借调凭证，谁能想到接过这封公函的人员进到里间研究了会儿竟出来把信退回到他的手里道："这属于战备物资，把得紧，地方上的信不顶用，必须有省主管部门的批件。"

他问："省里哪个部门？"

那人答："省军区战备物资储运指挥部。"

他要求见这里的领导，那人说领导正在开会，无暇接待。并告诉他这就是他们领导研究决定的。正在此时，屋子里又传来清晰的话语，这声音听起来咋这么熟，一句话听得最清楚："让他走，让他走，磨叽也不行，没时间跟他废话。叫他走，走！"

老葛心想这人还知道自己，熟人吧？认识的人办事怎么倒这么难？近前一步从敞开的门子看清了，不由得一愣，糟了，咋会碰上这茬口——真是冤家路窄！几年搞派性斗争的对立面，原来曾在一起辩得面红耳赤，还动过手。要泡汤！

必须另辟捷径才行，他只好垂着头走出这所院子。这趟差太惨了，砸都砸在派性流毒上了，窝心的是，带了这么多人，跑了几百里，不光设备没调成，连口水都没让一让，孙子们做得也够绝。

接下来一连几天，葛存义找县生产指挥部，找县公路部门，找县文教局，还给口上的革委秘书处打了电话，甚至还打电话求到了主管的朝专员的秘书，和几处交涉，都白磨了嘴皮子。又跑了几十里冤枉路，找到的人又说了点空话，要么替对方遮掩，要么说阴阳话，同情的人也摇着头讲，回吧，回吧，回去想别的办法吧，人家留守处垂直领导，是通天的，地方管不了。

家在当地的学生莫义顺也初步显才华，建议找公社武装部给协调，找到在县物资公司一位喊大爷的父亲的熟人走关系，父亲莫村主任还答应办成的话在蔚州最好的饭店翠香楼摆一桌酒席，结果人家留守处都不吃这一套。心尽了屁也不顶，小莫灰溜溜的。

这一来把老葛气得像着一颗咽不下的苦果卡在嗓子里，这个粗胳膊粗腿血气方刚的汉子暗暗骂道：让这孙子等着，有一天会有人好好收拾你，整死你！他也几次撸起袖子想：照过去他老葛的脾气，碰到这茬口，二话不说非调上一批人先把这龟孙子留守处给砸个稀巴烂。经过"文革"那场灾难的荡涤，在个别地区个别部门派性流毒还那么严重，什么什么都带上点儿观点。不会开口的设备也贴上派性标签，存放多年又欠缺养护的重型设备趴在那里就是堆废铁，找些内行人保养保养开出去用到急需的地儿有多好。今天搞过派性的又遇到了同类人不顶牛砸锅才怪呢。老葛长吁短叹，一脸秽气，这会儿正灰溜溜地坐着返程车往回走。

葛存义、莫义顺要回的学校所在地叫沙岭子，是塞外山城南边的一片沙岗地，传说古代这里属于沙陀国，这块含沙的地名还真不少，沙井、沉沙、西沙沟、东沙市儿、沙家屯、钱家沙窝。

长途车慢慢与这些带沙的地方擦肩而过，沿着宣大线闯过十八盘下到鸭河北川，拐上西北坡，驰上进城的大公路。这郊区地界人烟仍稀少，半丘陵地势，稀稀拉拉的村落一一闪过，长途汽车穿过一片葡萄园和零星的苹果园、枣林、杏岭，过了朱家庄二里半，展现在眼前的是几个垴包组成的一片宽阔地带，先闯入眼帘的是一片速生杨，长得虽稀松瘦弱，栽得却齐齐整整，布局呈棋盘状，北高南低，拾级而上，又波浪起伏，其中的建筑物也多呈网格状，大田字中带小田字。回来了，空着手回到学校了，真丧气。好像有些人接车似的堆在大门口巴眼瞭望，似乎备有迎驾的旗帜锣鼓。近前望到这好大的一片民居群落直挂上半坡根，这就是沙岭子镇西南的一个镇店，很远很远的排子房就是地区工业学校新校区。

汽车停在一个丁字路口，葛指导员带领的这支小分队全部下了车，公路绕了个小弯把长途车带到岭后，那里是农研所、铲车厂、钢管厂、大北滩果树场、军械炮厂，排列在大路两旁，往上进入到市区。附近还有农专、农机队、地贸学院。

汽车站距学校正门还有一段路，走到一个避风处，老葛喊住众人蹲下围成一个圈说些事，无非是又安抚了一番。他提高嗓门又骂了一通那个留守处，无非是那些设备早晚是咱们的，再让它在山里趴几天，让那几个孙子好好给咱看着，一个螺丝钉也丢不了。我回头就要跑地区，跑省，跑北京，看我怎么收拾那几个孙子。老葛说到最后的话也无非是，各自回连队，做好准备，随时等候组织的派遣。

众人散了，迎接的锣鼓队一下没搞也散了。莫义顺回到宿舍，心里五味杂陈，在家的同学问缘由，他真懒得说。对他这个学生讲，自己是学管理的，不是学机修驾驶的，设备调成调不成都无所谓，但一看到学校这半死不活的现状，觉得有点儿秽气，不过又想到，自己是个学生，这三年中专也好混，混到最后弄张文凭就是名国家干部。这次他是心满意足的，报到后到了处新地方，寂寞得不行，十分想家，想娘，想好朋友。葛老师给了自己这次回家的机会，家回了，眼也开了，又去了一趟蔚州城，顺便还把娘让买的皮货捎回去了，给好友文娃子买的书也带了回去。他极想念好友雷文，他在西合营没见到他。这趟去蔚州城跑县里去农林局找人，也有点儿窝心，要找的武金凤的小姨说，金凤根本没在蔚州上学，说早在沉沙钢厂上班了。也好，总算打听到了。

葛存义可没这么轻松，他兼任建校指挥部副总指挥，担子很重。工业学校向地革委下了保证，实行边建校，边教学，边选育人才的治校思路。一个月平整好场地，半年建成五排宿舍、二十间教室，还有大礼堂，一年成规模，二年从市区全部搬迁，三年建成上水平。当前，老葛分工负责的是场地平整，要削平搬掉三个沙包，整修填平沙沟坑地，为土木开工打好基础。过去采用的多是小车大车加铁锹的人海战术，他从公路部门朋友那里得知，有那么多台重型设备闲置趴在山沟里，这才自告奋勇主动请缨带领人马进入南山。若真搞到了推土机、翻斗车那洋玩意儿，不出一个月就能削平这几座沙丘，谁曾想弄了这么个结果。葛存义不是在编的教师，是借调来的兼职政工人员，出来几年一直是原单位发着工资劳保。他是定编的四级矿山维修工，后来又整改了个工人助理工程师，随着“工人阶级领导一切”的伟大号召洪流，他被派进了地直上层建筑单位，在地革委文教办公室、医学院、师专、工业局工作过，转来转去转到这地区工业学校。时来运转，他可以不去参加武斗的沉沙冶炼厂了。打倒了“四人帮”，形势翻了个“个儿”，他这造反派要倒霉了，要挨整了。

回到学校后的一天下午，百无聊赖的莫义顺爬上西沙岗，想心思，看山景。讲现实改天换地的斗争，这里就显得枯燥乏味了，沙岭人战天斗地改造自然干了三十载，不还是土地瘠薄，单位分散，人口稀疏，风沙为伴，常年少雨，除了沙子还是沙子嘛。在这片坡地上建校，求学的师生们得整天灌着风，吸着沙尘。这些日子，小伙子的思绪经常处在游荡中。他在迷迷糊糊百无聊赖中过了两周，真不知是咋过来的。

“呜”的一声长笛划破了长空，几声柴油机车汽笛响过，把正坐在沙岗头想事儿的莫义顺拉回到现实中，一闪而过的那列火车，离这里二里半，那里是沙岭子火车站。又一声长笛到了岭后，那是朝着大同的方向。

接着长笛嘶鸣，夹杂着“嗒嗒”“呜呜”的拖拉机、汽车短促嘈杂的响声从岭后传来，望得到长长的一串车辆扑下山来，还卷起一股股沙尘。

车队徐徐停住，好家伙长长的一溜，重型卡车和几辆拖拉机一字排开，停在学校大门口，从最前面那辆车上跳下一个人，莫义顺远远看清那是他们的指导员葛存义。他显得特有精神，转身登上高台，还有一个人也被他拉上去。他们对着一长串车队讲话，说了些什么听不清。这时往这里跑着的小莫才看清，汽车、拖拉机上满满装的尽是杉杆、跳板、独轮车、水泥、锹镐、锤锛大大小小的建筑工具，后面的车上像拉着生活用品和全副工装的工人师傅。

“今天进场，建校重头戏的锣鼓就要敲响了！”随风送来老葛那个大喇叭嗓子的喊话声。

20

说句俗话是建校指挥部的头衔儿救了老葛。

没等开工锣鼓敲响，老葛不见了，一连五六天工地上没见他人影儿，据说是回原单位了，也有人说他回老家沉池了，没有人有准确的信息。越不见面越怪，班干部问到叫连长的班主任，连长支支吾吾，弄得一头雾水。小莫倍感孤寂，建校会战正式开工后，大喇叭日夜奏响，灯火辉煌，昼夜奋战，是一个会战接着一个会战，也没消解了对他恩师老葛的思念。

这会儿老葛在哪儿？在原单位挨着整。打了几年“派仗”，这葛存义本是整人的主儿，这会儿不同了，他被揪（名义上被“叫”）回原单位把问题“说清楚”，不叫“整”，叫参加学习班，说不清的就甭上岗。这时候政治形势变了，调了一个“个儿”，打倒了“四人帮”，要拨乱反正，要落实政策。该着麻子倒霉了，麻子也不怕，风水轮流转嘛。

“这事儿你得说清楚，给人家扣上的敌特帽子，无中生有，居心何在？证据？没有证据——是你，是别人，谁说出的话？得说清楚。没这么回事也得说清，出材料，还人家个清白……”专案组的人在质问。“学习班”的斗争形势如火如荼。

“说吧，葛存义，当时你是头儿，打人的事儿脱不了干系，三队队长的腿是不是你支使人打折的？斗老矿长时，从背后给了人家一脚的人，是谁？是不是你？”另一个人在质问。

“别麻子麻子地叫好吗？这是审案，不是骂街放屁，打人不打脸嘛！”“麻子，你得说，如实交代，想绕，绕不过去。”葛麻子要赖，倒打一耙。

这是沉池矿冶厂管理区的一间房子，这里就是老葛的原单位，从前他飞扬跋扈的地儿。五天前他被厂革委会派去的人从学校悄悄押回来受审。回到矿上，他失去了人身自由。没人喊他队长主任了，不客气地叫他“该死的葛麻子”。这是报应。

井口旁这座高墙铁门紧闭的小院，成了临时羁押他的“牢房”。大联合后这会儿对立面掌了权，也不打，也不骂，也给吃喝，就是不让“乱说乱动”，关上你一阵子，熬上几夜，必须“说清楚”。事也凑巧，关他的地方，正是从前他当矿“革命领导小组”五号服务员时建造的“牛棚”。围墙是那会儿加高的，墙头上也安装了铁丝网，大铁门子也是那会儿在他的授意下焊的，加厚加上刺网，那把大锁半斤重。时过境迁，循环报应，这会儿轮到他自个在这里“受用”吧。

他那个班的班主任（当时称连长了）倒是个功底厚实的教师出身，论心眼儿三个葛存义绑在一起也不如人家一个人，只是受过冲击，胆小怕事，凡是难推动的工作，都把老葛这愣头青推到前面当枪使。建校的不少外联工作归了他们连队负责，具体讲又是老葛办的，建校会战打响，在这关键的时候哪里离得开他这个敢说敢冲的副总指挥。他被押回到矿上，他人在曹营心在汉，这里被隔离审查，心早跑回了沙岭子，几次毫无顾忌地对专案组说：“快问吧，我姓葛的可耗不起，建校的一大堆儿事等着我哩。”专案组却说：“急个甚？我们落实党的政策，有错必纠，是头等大事，比你还急，想快结束嘛，好哇！得端正态度，把实际问题都讲出来，一五一十彻底交代。否则，你是逃不脱的。”专案组另一个办案人员跟着挖苦道：“地球离开谁都照样转的，甭觉得自己特殊，了不起！交代不清，甭想开溜，说不清楚，你葛存义走不了。”另一个人接口道：“不要忘记，出去冲杀了这么多年，溜达了一大圈，到头来还不是又溜达回来了。矿上还不是一直拿钱养着你，难道你离开矿上能活？”这个居功自傲仍不可一世的葛存义没等对方说完就火了，腾地站起一拍桌子喊道：“我没吃你家的，我是国家的人，为保卫无产阶级江山拼杀，为建设祖国出大力，没在外面游逛！矿山是国家的，高炉也是国家的，工业学校也是国家的，拿国家的钱，吃国家的饭，给国家做事出力，天经地义，谁也管不着。”说到此，没等对方扔出反击讥讽的话，老葛倒又苦笑了一下跟上了一句，“看我在外面游逛眼馋吗？你也给咱出去溜达一圈看看。”

这也苦了他，他吃了亏。问话专案组的多数也是大老粗，管你政策不政策，这也活该，谁叫你麻子当年那样对别人呢。

这是第三次交锋，是老葛被押回到矿上第五天的事儿。顶了，顶得很厉害。关键问题是：造反派头头葛存义当年在冲杀矿部和冶炼厂揪斗所谓“走资派”时打没打过人。老矿长被踢得脊椎裂了是不是他干的？有人证明是这麻子踢的。有一次批斗时让老矿长取“喷气式飞机”站位，对质最激烈的当口，有人从背后踢了他一脚，老矿长当时就被踢得趴在地面上，从此再也没直起过腰。

这一脚像是麻子踢的，当时就有人埋怨他下手太狠了，可这麻子就是不承认是自己踢的，并辩解说，自己一直在前台问话，根本没时间转到“走资派”背后。一个说是他踢的，一个说他没踢，麻子横眉竖眼死不承认。事隔几年，偏巧能证明此事的老工人因病去世了，问了审了多次，不能结案，只好作为悬案挂起来。“造反”的那年月，麻子打过人是肯定的，不过多属武斗群殴，你也打了我，我也打了你，上不到纲线，也奈何不得他。

这次老葛被押回原单位隔离审查，又在较短的时间内“解除”审查回了借调单位工业学校，多亏了他兼任的这个建校指挥部副总指挥头衔了。在这建校会战大忙的时刻，敢抓工作又懂技术的“后勤部葛部长”的作用是显而易见的。这期间，从沙岭子，后来又从地区重工业局打到沉沙古子坊矿厂办公室“求援”的电话一个接一个，矿冶厂不怕工业学校，而怕对口上级重工业局的干预，也只好把问题挂一挂，暂时放人。

在班上回答学生问询的连长支支吾吾，也为老葛平安归来埋下伏笔。

老葛回到沉池县遇到另一个扫兴的事儿，处了多年的对象吹灯了。吹灯的竟是称得上“青梅竹马”一直被他喊作萍妹爱得要命的小萍，弄得他想不通，抬不起头，半年没缓过劲，就像到了嘴的鸭子飞走了。不是有句俗话叫“夜长梦多”嘛，这话在葛存义的身上应验了。

这条粗手大脚的汉子，大个子，方脸盘，大眼睛，高鼻梁，也算白白净净，还生了两条剑眉，一对元宝耳朵，从脸面看除了鼻翼两旁的那一大片白麻子，倒也算个俊汉子。除了脸上的缺陷，他这腰身也太有损这大个子的形象，后背有点儿驼，肚子大了些，大小腿伸不直，膝盖前突，显得下肢有点儿弓，整个人站在那里猛一看，一条直棍三道弯，瘦得像着风要倒，活像个大烟鬼。

这么条高腔大嗓叱咤风云的汉子，都三十有一了，还没娶进房媳妇，爱神老没光顾他家的门庭。在恋爱这个严肃的问题上，你说老葛过于拘泥动手晚了吗？一点也不晚。不说娘给张罗，光他自个搞的，想得起来的就有四个，他的恋爱史长达十年。他娘从十六岁就给他在老家张罗，儿子过继给三大伯了，当娘的自个也得操着心。越是烫手的白薯越要抢手嘛，张罗了不下三四头儿，都没成。那会儿在他农村老家都这样，他大哥存忠就十九岁得的子，三十八岁当了爷爷。说起这葛存义的老葛家在村里算得上“官宦世家”，土改时，爷爷是村武委会主任，为革命积劳成疾，过早地献出了生命，因为功劳大，他们家成了优抚对象。轮到他爹，也一直在村子里当负责人，当过大队长，也当过书记。他爹排行老四，读过几年私塾，全家顶数他文化高，人称葛四爷。爹卸了任，他二哥存孝接了班，到现在还是村生产大队的队长。这样的家庭，尽管脸上有几个白麻子，说个媳妇还愁吗，愁，愁不光因为那副尊容，还因为他名声也不好。小小年纪偷鸡摸狗的事儿办了不少，比他差的不要，长得丑的不要，家庭成分高门不当户不对的不要，他相中人家的，人家还相不中这个不务正业的“纨绔子弟”，还不说那脸麻子那三折腰。葛存义被在东万口开皮匠铺的三大爷接走，过继当了儿子，三大爷管得严，他受不了那种约束，就自己跑回来在村子里晃荡又总惹事，在村里混不下去了，父兄怕他惹事，瞅机会把他送到矿上当了电工，他那点文化，当电工只会拉拉线，安个灯，矿井上下的电路很复杂，不懂装懂瞎捅鼓，有一次电怕了，险些丢了小命。他吵闹着再也不当电工了。这样的主儿矿上惹不起，只好把他调到完全是地面作业的高炉上。

这是个小炼铁厂，厂就建在矿口上，地下采矿石，弄到地面上就炼铁。先是当风机工，干不了，最后当了捞渣工。捞渣可是个力气活，这小子这段时间真给他爹长了脸，出了大力，一干就是八个月，干得蛮不错，后来竟当了高炉造渣工艺的代班工长。时来运转，高炉要改型扩建，选送了一批技术骨干到一座大型钢铁企业学习，连文化课带技术操作实习学了整整一年，这葛存义珍惜机遇，学习成绩突出，学的是高炉建造与维修，回厂后，竟让他当了刚刚组建的维修段副段长。

这是他生命旅程中第一个黄金时代，就在此时，这位年轻的副段长相中了本厂化验室一位叫小蕙的姑娘。这小蕙并不怎么俊，可就是会打扮，爱穿白鞋黑袜，连包裹着长发的工作帽也像专为她设计的。加上细眉长眼，苗条的身材，显得特清秀，每天每炉铁都来取铁样，高高站在安全区向这里眺望。葛存义早些年就留意上了这只小燕子，只是觉得姑娘条件比自己强未敢轻举妄动。谁能想到，从大钢回厂当了副段长的葛存义觉得腰杆硬起来了，觉得和小蕙搞对象，是下就，是施舍，是英才配美女的时髦。于是他不光托出媒人，还大胆地追求起来。身轻如燕、轻巧如柳影般的小蕙就是死也不嫁这个“大麻子”“三道弯”。麻子紧追不舍，弄得姑娘翻脸说了几句讥讽话。这可闯下了祸，“文革”初期当了头头的葛存义挑唆出几个“红小兵”给姑娘剪了头，羞得姑娘上不了班，险些寻死上吊。对立面抓住这个事实猛轰了一通葛麻子，说他是“癞蛤蟆想吃天鹅肉”。对小蕙气头上恶语相加的仇是报了，可是在矿上厂里找对象的路也堵了。

第二次、第三次受挫是在“文革”当中。东冲西撞又南游北逛了这么多年，葛存义可是县里、地区里的风云人物，看看头衔就能描绘出这员干将东冲西杀转战南北的经历。

在县城时，他看上了一起的一位姑娘，可能是县中的学生，小鼻子小眼，圆圆的下巴，一头乌黑的头发，论年龄她得管老葛叫叔叔，可姑娘没看出他有多丑，特崇拜他的作风和才华，白天贴大字报，东冲西杀破“四旧”，晚上又常常挑灯夜战，表忠心，做贡献。时间一长，俩人都有了那么点意思，姑娘不计较长相，更不嫌他年长，爱他的根红苗正，对党的一片赤诚，正当俩人的关系要进一步发展时，姑娘的“后院”起了火，她的一家子人出来干涉，最终把姑娘圈回了家，这桩“美事”只好作罢。

第三次是他以“工人代表”的身份进驻一家上层建筑单位时发生的。严格地说那不是搞对象，不是青年男女间恋爱，照当时的说法是私通，道德败坏。因为他相中的是已婚女人，不是姑娘，并且又拖拖拉拉那么多年，直到到了沙岭子的学校还没了断。至于发展到哪一步，动没动真格的，谁能说得清楚。

他和那女人相好和政治运动有关。那时候人们爱讲个“观点”，一个单位，一个办公室，甚至到每个家庭细胞都有个“观点”，“观点”不同就可能分成派。葛存义相中的这女人的家中就有两派，她的丈夫、公婆、大伯、嫂子是一派，属多数派，她和小姑子俩人一派，是少数派。这女人叫小雯，是个性格开朗非常活跃长得很有姿色的小学音乐教师，二十五六岁的年纪，长得白白净净，眉眼匀称，高鼻梁，小酒窝儿，一头乌黑的齐耳短发，也偏爱穿一身绿色，那是时髦的“红卫兵”打扮，鲜嫩得好像连个娃儿都没生过似的。那年月有几年，动乱得好像天天有“战争”，在家中找不到共同语言，就到社会上去找，天涯何愁无芳草。在一次马路上的辩论中，俩人无意中成了一派，葛存义慷慨激昂极富感染力的言辞使他与小雯一拍即合，他们有了点儿相见恨晚的感觉，他令她折服。后来又有几次巧遇，几次辩论交往后，这女人慢慢知道，这个有点儿小麻子的壮年汉子竟然是位真正的无产阶级，是进驻上层建筑的领导者，甚至觉得在对某些理论的理解中，这汉子的精辟论述一言一行都是真理。在有色眼镜的遮挡下，看甚都是对的，都是光明的。女人眼里的这位葛师傅是位英才，也看不出长得多么丑陋，而是个有地位有权势的大能人，或许是她碰上了贵人。

对女人来讲，认识了这个人是自己的幸运，接近抓住这样的实权人物就能摆脱困境，攀上高枝儿。待到老葛调进地革委文教组后，小雯提出过到地革委或市革委找点事儿干的要求，老葛也努力了，或许是小雯喉咙好，舞蹈也好，字写得不好吧，总没弄成。老葛是真的喜欢这能歌善舞小巧玲珑的女人。小雯爱打扮，有点儿资产阶级思想，这可以改造嘛，开头俩人常凑在一块坐在马路牙子上谈心，正当的理由是产业工人代表帮助改造小资产阶级嘛。葛麻子不光是进驻上层的“代表”，还是“代表”中的负责人，这“代表”也不能光关心少数人，也不能半夜半夜地跟个小巧女人“谈思想”，慢慢有了闲话，这闲话也传到管老葛的官儿的耳朵里，也找老葛谈过话，还开过他的会。老葛不怕，肚子里没病死不了人，自感没让人抓住把柄。有些人不相信俩人能搞在一起，小媳妇咋能看上那么个大麻子、水蛇腰。说他俩有事儿的人举例说《巴黎圣母院》里那朵花朵般的女人不是和奇丑的打钟人搞在一起了嘛。后来“把柄”有了，小雯怀了孕又生了娃儿，看眉眼这娃儿像小雯的丈夫，这才排除了怀疑，这时老葛也早被调离了。

21

人莫倒霉，倒了霉的人的思想不通也得通，喝口凉水也塞牙。

最近一次挫折，也就是第四次，到了嘴边的鸭子又飞走了——又飞走的这只鸭子就是麻子老哥叫了十五年萍妹的辜小萍。没办法，不通也得通，谁让你在大堤口冲撞了龙王爷呢。

这个小萍可不小，芳龄都二十三了，还没嫁出去。分析老葛和小萍的长相，半斤八两，俩人相当匹配。这回吹灯拔蜡都怨麻子，这也难说，有多么大事儿，值得如此认真，你这小萍也太那个了，至于麻子存义嘛，那叫活该。老葛是丑了点，可有本事也算有地位，何况你小萍也不俊，俩人正式处对象一年零仨月了，换个旁人早喝了订婚酒，买了衣服，就差领证了。这次吹灯拔蜡，弄得俩人都很伤心，讨回“生活费”[①]的葛存义临出她家门恶狠狠看了一眼道：“等着吧，等着老到家里吧，缝一辈子皮子吧。”而这小萍光哭，委屈得很。她是思想斗争了多时才和麻子了断这桩婚事的。最让她伤心的是，她知道麻子在口上有了人，心早给了口上的女人，不知咋的，只是结不了婚，麻子只是名义上娶她，不会对她真好的，拿自己当垫背的吧。

小萍就是辜皮匠的独生女儿，早在认识小蕙那个中学生和小雯那几个女人之前，麻子就认识这小萍了。其实，他俩是最般配的一对，吹灯主要怨谁说不清，好事让麻子自己搅黄的。话说回来，如果他俩成了就不会发生他对金彩凤骗婚买卖婚姻的悲剧了。义哥和萍妹他俩差八岁，十六年前他们就认识了，当时一个七八岁的矮矮胖胖的小姑娘老愿意跟在一个十四五岁的大哥哥屁股后面耍，小胖姑娘爬上树摘杏吃，朝地面一看眼晕，怕得下不了树，大哥哥就满搂满抱地把她抱下树。小姑娘怕狗，怕得不敢上街，大哥哥故意捉了只驯服的野狗让小姑娘摸，三摸两摸不怕了，这就是当年的小萍和义哥。所以从小这个妹子对哥哥崇拜得不行，在小萍面前葛存义是个大英雄。

小泙住在存义老家北面叫东后口的一个大镇子上，爹是皮匠，存义的三人爷也是个皮匠，两家皮匠凑在一起开了个皮作坊。三大爷身前无儿子，把这个麻脸

①生活费：方言，即彩礼。

的侄子当成宝贝，没有子嗣的家庭站在街面上往往喘不了粗气，有了葛存义这个愣小子，小萍再也不挨欺负了。当然，那时的小萍还很小，只是愿意和这个哥哥在一起，还不懂得爱不爱的。愣小子也不懂得情情爱爱，两小无猜，见天里嘻嘻哈哈过日子，高高兴兴度生活，一晃两年过去了。存义的娘还有三大爷张罗给愣小子说媳妇，再撒大网也没网到与他差八岁的小萍身上，何况人家是个独生女，家庭条件又这么好，嫁不嫁都不好说，可不敢高攀。存义当了工人，彻底离开皮匠作坊后，小姑娘可动了真情，哭闹了十多天，小伙子长大了总得要去找口饭吃，姑娘的爹娘和小子的三大爷都没法儿，想留也留不住。存义上班后，共回过这个大村子五次，头两次不纯粹去看拿他当儿子疼的三大爷，当然也想瞧瞧情深义重的小妹妹，直到葛存义二十九了，小萍也二十出头到了待嫁的年龄，俩人在择偶寻偶问题上都受了挫折，这才想起他们之间的事，亲友也从中撮合。

这个小萍人品家庭都很好，又念过三年初中，同龄人中算得上个上乘的女孩儿，也是因为长得短粗了点儿，才迟迟未嫁出去，成了“老大难”。同样，这个哥哥何尝不是老大难呢？两个老大难的火花碰撞在一起，不就两难而化了嘛。这对兄妹明确处朋友一年零仨月，都还是高高兴兴的，不在一座城镇当然不能经常花前月下卿卿我我，但简短的书信还通了不少，俩人也努力往一起凑，光这老葛到了文教局又到了工业学校，小萍就来过五次。老葛也借故两次回那个大村子看她。那时处对象都是偷偷摸摸的，人们光知道老葛老家有个胖墩墩的妹子常来看他，毛衣就织了两件，来干甚不知道，来了后就让她住在女生宿舍里，住两三天就回。特别是近半年，名义上的兄妹俩的你来我往更勤了，往一起凑了五次，最后俩人到口上逛商场，就是给这妹子买衣服。

在老家沉池县，买衣服就是订婚的代名词。那年代都这样，俩人相跟着在僻静的道上说说话，女方到男方家看看家，买衣服，领结婚证看日子，吃炸糕骑马坐轿抬进家。这就是农村民间全部婚恋过程。再说他俩都老大不小了，又是青梅竹马，又走动了一年零仨月，本来早就应该把喜事给办了，可偏就是这么拖、拖、拖，夜长梦多，到了嘴边上的喜糕飞了，竹篮子打水一场空。

甭看这个小萍是个小胖墩，但她心灵手巧，是把过日子的好手，这一点，再加上她爹有这绝活手艺和这份家产，找个好小伙儿嫁还不发愁，倒霉就倒霉到拖上了，拖到这个非嫁不可的年岁了，爹娘看中的她相不中，她相中的不是对方热情不高就是爹娘不同意，说来道去心里老有她那个哥的影子，才对爹挑明跟那个哥处朋友。像老葛这副尊容和漂泊的处境，竟还有个姑娘想着，实在不容易。

葛存义丢了这桩美事，倒霉就倒在去口上给小萍买衣服上了。说也怪气，买什么衣服，洗洗涮涮俩铺盖卷往一起一搬，不照样能结婚吗？谁能想到，在大楼偏碰到那丧门星给搅了局。买的这衣服就是新娘穿的嫁衣，也算嫁娶中男方对女方表达“忠心”的一宗大事，谁知道竟在这表“忠心”的嫁衣上出了幺蛾子。老葛也算实心实意，下决心买上等的衣料、最贵的皮鞋、最漂亮的头巾，再配点小首饰，把这个可心的妹子包装一下，让她成为镇上最荣耀、最光彩照人的新娘子。

22

这次妹子又来了，来看义哥的。麻子咧着嘴笑，美着哩，嘴里像含了一口蜜。

这一天是个星期天，是五一前的一天，艳阳高照，晴空万里，微风习习，终年风沙漫天的沙岭子，这也算个好天气了。好天气自然引来好多人的好心情，天高气爽嘛。边沟上的青草芽子露出了地面，一群蜻蜓围着绿树盘旋起舞，熙熙攘攘身着各色服装的人群围聚在汽车站牌旁，多数是学生，嘁嘁喳喳，打趣斗嘴，都是进城赶场购物的。山城不算大，没什么大厦，三四层的楼房也少，可比起沙岭子来，比起县城来，那也算都会，可以常常把怡安街当成西单王府井。

这次小萍妹妹来多住了几天，这对真真假假的兄妹，一有空儿就聚拢在那间学生宿舍里，谈天说地，倾诉衷肠。几名懂事儿的女生也愿成人之美，常常下了课也不回寝室，把好时光都留给指导员和他的妹子。两个人该说的话都说了，该表白的心迹都表了，今天要进城买衣服，小妹妹盼望的这一天终于盼到了。她早早就起床梳洗，免不了又擦胭脂涂粉打扮一番，怕影响同屋睡觉的学生，蹑手蹑脚地走出校门，游逛在那排杨树下，从南到北，往返了好几圈，焦急心态溢于言表。

作为这个学校的一位师长，一个胡子拉碴的大龄青年，跟这样一位胖墩墩的妹子走在一起确实有点儿气馁，从俩人相跟着在镇子上走被指指点点后，葛存义跟小萍再也没有那样并排走过，这一次老葛跟上来后，仍隔着一段距离一前一后地朝站牌方向走着，去等公交车。

“葛部长好……”“指导员好……”过往的师生恭敬地跟老葛打招呼。班里的学生管他喊指导员的多，没人喊部长。喊部长的多是外班学生或校里的员工，是指着他那个后勤部长叫的。部长是虚衔，当然最近的人像小莫那样的管他喊师傅。“工人阶级领导一切”的年代，管工人代表叫师傅，称呼的人无形中成了徒弟，自显光彩，倍加亲切。

“好，好！”老葛稍微点点头，极有礼貌地搭讪着，偶尔也表示关心地回一两句：“也进城要？”“看好回程车的钟点，莫误晚饭哟！”

车来了，东区显赫营开往市区的口北公交车。

光秃秃的山梁，少有的冲天狼尾巴树，在半里外就看到车了，老葛引着妹子紧跑了几步总算赶上了这趟车。车上人多，几个学生把抢到的座位让给他俩，才勉强坐下。好在路不远，一小时车程。

老葛和小萍坐下后，再也显不出多高多矮，也显不出身板直与弯。同龄人身体高矮差距多差在腿上，坐在车上的这对情人，再也看不出有什么不般配。

这段短途是熟路，没多少景色可看，拐过梁头后，一片瓦房民居中间有个屈家庄教堂，看熟了也不想再看了。隔着两排座位的小萍斜眼又端详了下挚爱多年的未婚夫，别人看他是大麻子豆腐渣，她却看成一朵花，她一直管葛存义叫义哥，义哥老吗？不老，姑娘们都愿找个成熟的男人，成熟的男人有事业心，有责任感，更有魄力，也更有实力，靠得住，可以托付终身。义哥脾气不好，跟人好挥拳头，但向来没对自己瞪过眼，更甭说抡拳头了。义哥温存得像邻家那只大狸猫，舔崽似的多方照顾自己这小猫咪。

越想到义哥有实力，她越心虚起来。

这小萍也是有心计的姑娘，来了这么多趟住了这么多天，她可没光坐在宿舍里织毛活吹风看景儿，也对要成为自己男人的这个哥留意起来。学校里女人不多，有限的几个女教师、女职员和十几个女学生。员工中多数市里有家或租住周围村里的房子，单身女职工几乎没有。女学生都一水儿十五六岁的黄毛丫头，论年岁都可以管义哥叫叔了。老葛对这些女员工、女学生表现得也都是那么道貌岸然、一派正经，没啥不放心的。可是小萍疑惑麻子市里有相好的，他迟迟不订婚不能不让自己多心。

那一天，在校里两排房子间她听到俩走着的女人说小话，俩女人一胖一瘦，胖子是建校指挥部后勤部的，瘦子不认识。听那瘦子问：“你们部长的妹子又来了？”“嗯。”又“哪一个妹子？老家的吧？”胖子摇摇头，笑笑，佯装不知。听到此小萍心里咯噔一下，躲在一旁屏气凝神听下去。

这会儿又听到瘦子煞有介事地问：“说普通话的还是庄稼话的？”胖子答：“土话的。”瘦子又神秘地一笑，“等着看好戏吧，这麻子部长在玩悬，同时搞着俩妹子，胆子也太大了，俩妹子轮流来看他，若碰到一起咋办？不得打起来！”“……”

俩女人说着话拐弯走了，再想听详细点听不到，更不敢追上去问，只好作罢。

听了这些话，小萍对存义的信任度一落千丈，自己最担心的事儿被证实了，心里暗暗骂道：麻子怎么能办这种事！是娶一妻二妾，还是吃着碗里的占着锅里的？她怀疑起自己这样对麻子——自己实心实意地对义哥值吗？错了吧？此后小萍几次敲打盘问过葛存义，都没有听出多少破绽，既然搞了这么长时间，又到了买衣服领证的这个份上，只好走下去了——前面是火坑也得跳。想到这里，坐在隔排座位上的小萍心里七上八下，蛮不是个滋味。她老是忐忑不安地捏鼓着胯下的那个包，像要随时应付什么变故。

不是滋味的还有坐在前排的义哥。

这个冲冲杀杀多年的壮年汉子，处理起工作上的事、社会上的事翻云覆雨何等利落。可处理起这情感纠葛来倒显得无所适从，十分被动。“文革”成就了他和那位音乐教师小雯的婚外情缘，“文革”结束了，这种不对等不般配的马拉松般的感情纠葛，给这个可怜的麻脸汉子上了一道绊子。多少年来，他也行过心，让小雯跟丈夫离婚，正式要了这女人。试了多次办不到，她有儿子。他几次也想和这小媳妇彻底了断，挣脱羁绊，但举步维艰，这块烫手山芋吞不下去却又舍不得也甩不掉。和青梅竹马的小萍妹正式谈婚论嫁到现在也有一年多了，他想：小萍真好，换个别家姑娘谁会等你这么长时间。扪心自问，他还没有把真正的感情从小雯小媳妇身上转过来，若拿出真心来跟萍妹好，哪会拖拉这么长时间。他下决心娶这妹子还是近日决定的。

进市的公交车拐过一道山弯，一座宏伟的大教堂凸显在东山半坡，鹤立鸡群，格外显眼。事也凑巧，那里一条小巷里住过那个高鼻梁大眼睛的小媳妇小雯，是小雯小时候的娘家。他面对着萍妹，甭说看那小媳妇小雯，多看一眼教堂的塔楼就有负罪感。

偏巧这时汽车抛锚了，司机停下车来查看油路，不少乘客下车透透气，葛存义也随大溜下车，路过小萍座位时也叫了小萍，小萍笑了笑，靠在座椅上眯起眼没有动。对老葛来讲，这倒彼此方便，就让妹子合拢一下眼吧。

下车后，眼前还是庄稼地，是旱地，夹杂有建筑工地，也有小片菜地。老葛随手点燃了一支烟，慢悠悠地抽着，全神贯注地看着山根那片村落。

老葛的眼前，波浪起伏的地平线上，影影绰绰，腾空蹿起一条张牙舞爪的蛇，是可怕的美女蛇，霎时间冲到自己的眼前，缠绕着自己的身躯，使自己憋得喘不出气。蛇又变成女人的头脸，是小雯吗？是，发出狰狞的狂笑，一阵叫嚣响在耳边：“麻子莫跑，别不要我！”老葛像也大声回应道：“你是我的什么人，我又算你的什么人？我没娶你，你也不会嫁我，我也得要成个家，就此各奔西东吧！”小雯火了，听不清她说什么，当空乌云滚滚，电闪雷鸣，天眼看就要塌下来了。

翻转一想，小雯不会知道自己来这儿的，她怎么会知道呢？这样一想，心稳下来。不好，小雯会算卦，她会算到自己来的，麻子的心又忐忑起来。

“上车了，上车了！”司机师傅的催促声和接下来的喇叭声使葛存义脱壳的灵魂回到现实。坐回原位的这条麻脸汉子，不由得脸上升腾起一片红润，暗暗骂自己，这不神经质嘛，小雯这会儿在哪里，和这小萍买了衣服，领了证结了婚，不就算结了。她有本事把自己控制得死死的吗？没这把刷子吧？她算老几。

麻子这种多疑、油腻、暴躁、反复无常的个性和活跃的思想永远处于漂泊起伏的状态，这时对那个准备一刀两断的小雯又怜惜起来。那女人那么娇小，那么温柔，对自己那么痴情，跟自己是真心好，从没有为难自己提出要跟自己结婚什么的，就想和自己维持现状好下去。可自己将是有妻室的人，再也不能把心都给她了，想到此不由得撕心地疼，一阵惆怅。

麻子又烦了。在外闯荡了这么多年，遇事也爱琢磨个招数，他有时也迷信，也认命，命又左右不了他，翻过来倒过去犹豫不决。遇事咋会这么难？有个对象小萍在场，咋会蹦出个老相好小雯？今天哪里是给未婚妻买衣服，简直是闯关。麻子想，老实巴交的小萍倒好对付，你前面走她后面跟，咋领都行。不放心的是那顶糟糕的小媳妇小雯，像鬼一般的那块料儿爱逛商场，爱遛弯儿，平时她话语中常提起百货大楼，可能婆家就在大楼附近。在这座不太大的城市谁能知道谁在哪里冒出来，若碰在一起，麻烦了。街道纵横，繁华的闹市从桥东迈步就到了桥西，这么屁股大的地儿，像样的商场都在中心，摩肩接踵，人来车往，人也不知道怎么那么多。在荒僻清静的沙岭子待习惯了的葛存义，想起嘈杂膨胀得要爆炸的那些人流就烦，烦得很。

汽车早进入市区，行驶在市中心主干线上，一栋栋楼宇，一家家企业单位的大门、院墙、绿化带闪过车后，葛存义满脑袋都是小雯那个高鼻梁浅酒窝花衬衫的靓丽身影，遇到个骑单车的华丽的年轻女人就敲小鼓，担心这刁蛮的小女人不知从哪里突然钻出来。

汽车沿着主干道绕到南口、站前街，进入解放大道的那段繁华街区，他们应该在解放桥下的，那里隔道不远就是百货大楼。麻子在犹豫思维干扰下，汽车几乎与大楼擦肩而过越过通桥河，爬上西山坡，直坐到终点站才下车。这条汉子心想，那小女人腿再长也来不到这上堡吧。

人家姑娘多心了，这个绕这个转劲儿，口上有多么大，从南头转到北头了，让谁都得多心。

对义哥的反常举动小萍不解。她口上有个表姐，她来过她家，也住过。百货大楼也去过，连去大楼在哪上下车都清楚，更甭说回老家沉池东万口上下车的那长途汽车总站了。长途站在西沙河，站东边是玉带桥，西边穿过一道巷子就是上堡，西北就是大境门了，这些她都清楚。百货大楼门楼子身上有个雄伟壮丽的塔楼，是这座城市的标志性建筑，万家上乘百货商品的总汇。这义哥搞个甚名堂，拉自己来这长途站是甚个意思？从在学校听到那俩女人的谈话，到今天看到麻子的反常举动，她越发加重了对葛存义婚姻承诺的疑心，所以离开沙岭子前，她带上了随身物品，连上车买票的证明也带上了，姑娘只是不说，有心计着哩，静观下文。

或许这一天轮到"丧门星"值勤，事情就这么巧，几十万人口的中等城市，桥西碰不到桥东碰到。这一天，麻子领着萍妹紧躲慢躲，可不是冤家不聚首。结果还是让俩女人碰到一起了，要不常说无巧不成书嘛。或许这就叫命，宿命、宿疾、宿怨——老天安排的吧。麻子正因为该说清的说不清，倒了霉，狗咬尿泡空欢喜一场。这个小萍对这个义哥，戴着有色眼镜看的，不挑肥的专拣瘦的，还不砸锅。

长途站毗邻的上堡也确实有几家经营服装布匹的商店，兄妹俩转了一圈都没看上眼，顺着桥西的大街西沙河沟到了下堡，是走着去的武城街。又转到几家中型商场店铺，多数东西仍然不中意，原本兴致勃勃的小萍面带愠色，眼皮耷拉下来，话也少了。她想些啥，麻子心里急，不敢问。

"萍，哥让你把这里的好东西都过过眼，咱买最好的，任你选。"葛存义紧随在妹子身后没话找话搭讪着，几次重复着这句话，企图说明自己的良苦用心，结果好心被当成了驴肝肺。

多跑路，多转几家店铺，就是让妹子莫漏掉好东西，买到中意的商品。这个妹子不领情，她如何会领情呢？转过的这些店铺比县城镇上的强不了多少。她暗暗骂道：看你个麻子，你道妹子傻，认不得百货大楼，舍近求远，居心何在？转了俩仨钟头，腿都酸了，还两手空空。可小萍是个柔和文静的姑娘，仍然跟着转随着走，没说什么。又走了几家，小萍漫不经心地不想走了，想坐会儿，又找不到好坐的地儿。要是换了她爹老皮匠好了，带俩马扎去。

"萍，咱这就去大楼，前面不远，过了通桥就到了。"又住腰紧跟着的义哥这样说。他更累，心累。

小萍仍头前噔噔地走着，她暗笑这麻子哥哥还以为自己不认识这百货大楼哩，欺负老赶[①]呗！

佝偻着腰的葛存义一步一颠寸步不离地跟在萍妹的身后，急忙热心地往妹子耳朵里填好话，夸妹子和妹子老家那些好处，高唱健康美，小心翼翼地，生怕哪句话说错引起误会。其实正式提出和小萍好的一年前，麻子早就把这姑娘当成自己的人了，只是丢不掉当哥的架子，仍以兄妹相称，对姑娘还照过去萍妹、萍妹地叫着。而今天为了明确关系，又表示亲热，才在称呼中把那个妹字去掉，改叫萍了。小萍可不吃这一套，五肚十气，头也不回地朝前走着，不理睬这个跟屁虫。她要的是真心实意，不是好话搪塞。

百货大楼辉煌阔绰的门厅迎接着这对年轻人，迎接着八方宾客。塞外室外的气温低，普通商家的门厅仍多挂着厚厚的门帘，百货大楼比较现代，早换成推拉门了，临街还装有一面大玻璃，隔着玻璃就摆放着货架展示着商品，五光十色琳琅满目的各色商品夺人眼球。好阔绰耀眼又气势恢宏的商场哟，玻璃被擦得没有一点土星儿，楼内楼外一览无余。

小萍早被那众多的青呢彩缎玉石宝器吸引住了，一切烦恼统统丢在脑后，她无暇顾及身后的义哥，闪身步入售货大厅，汇入摩肩接踵的人的海洋，顺着穿梭的人流往前走着挤着。当她找到服装布料专柜时，她仔细浏览着悬挂着的服装和台面上的布料，甭提多么高兴了，摸着一块布料正想听听麻子的意见，扭头找义哥，那麻子不见了。这种场合走散，那还得了。她静下心屏住气在附近售货廊道里找着，仍没有义哥的身影。这姑娘有点儿慌，在这熙熙攘攘、人声鼎沸的环境中又无法呼叫，散了如何是好？她不由自主地原路往回走寻找着，朝着大门口找过去。

突然透过一块玻璃窗口她看到义哥了，义哥根本就没进大楼，正跟个年轻时髦的女人说话，那女人手中还领着个小孩子，背着身一只手比比画画，对义哥很凶，在争论着什么。义哥也看到小萍了，退出和时髦女人的争吵，急忙进了门厅，穿过人流来找小萍。

疑云重重的小萍也顾不上别的，不再选什么布料，迎上去抓住葛存义的衣袖问个究竟，问女人是谁，问为甚在吵。葛存义急忙把小萍拉到一边，支支吾吾一副狼狈相。一会儿说，女人是过去他支左单位的一个职工，今天偶然相遇，正好她家中闹意见了，让他去帮忙劝解，一会儿又说，女人正在给家中的病人买药，钱不够了，碰到他想借点钱。

---

①老赶：方言，指没见过世面的人。

葛存义说着把她推回到服装布料专柜，让她先挑选着，他再出去一会儿，把那女人打发走就来。说到此老葛要走，姑娘脑子一片空白，霎时间吓呆了，抓住老葛不让走。玻璃窗外的女人朝这里张望着。

大厅的一角，这一对情侣，一个要走，一个不让走，僵持在那里。顾客中有些是最爱看热闹的，这对咋了，拉拉扯扯？人群聚拢。

一个没见过世面的农村姑娘，哪经受得住这样的打击，像遭五雷轰顶般把她的一切美好的梦想都摧垮了，伴随着上当受骗的不祥感觉，眼泪夺眶而出。在小萍的脑子里这男人咋这么陌生，他再也不是自己爱着的义哥了。她立刻甩掉这个男人的手让他走，偏这男人倒不走了，呆呆地站在那里想着解围的招数。

姑娘的思想波浪起伏着，今天的事儿来得蹊跷，让人捉摸不透：原来路过百货大楼偏偏不下车；有这么好的大商场先不进，偏偏遛了那么多小店铺；原来俩人一前一后跟脚来的，可到了大商场他却躲在了后边，像在躲着什么人，又偏偏遇到了这个女人，从俩人的拉拉扯扯看像是很熟，问起因由，眼前的这个男人回答起来又吞吞吐吐。自己从七八岁就认识就信得过的这个男人，自己最亲近的义哥，这是摆的什么阵？真的设了一场骗局吗？小萍悲痛得像坠入迷雾重重的无底洞。她要大哭一场，又不知找谁去哭，难过得想撞墙了。这样的结局是必然的，物极必反嘛。这都什么年代了。麻子忘了这土里土气的小萍她家乡离口上远，而离北京近着哩。她坐姑表哥的车去北郊市场送过皮子，好像还到过王府井，还有豁口、白塔寺什么的。东万口离后城一拃地，后城的保密厂住了那么多京城的人，小萍和后城的几个好姐妹来来往往。知道这场悲剧后，姐妹们义愤填膺，都想伸张正义，都怨麻子拿着豆包不当干粮。

这时玻璃橱窗外面的人倒成了看客。冷静下来的小萍看清了那女人的脸面，小巧玲珑，年岁比自己大些，比较俊俏，穿着更时髦。看到这里，一阵妒火冲上头皮，她不敢再看了，心想不用猜，这可能正是别人讲的麻子市里的那个相好的。他要么每每像掉了魂儿似的，她是比自己俊。

玻璃窗外的女人继续朝这里张望着，似乎在等待着什么，不大会儿工夫一个小男孩跑进了商场售货大厅跑到葛存义跟前冲着老葛喊道："舅，我们要回家了，妈让你晚上去我们家一趟。"天呀！不是冤家不聚首，隔着玻璃，小萍最不应该听到的这话钻到耳朵里了。

小萍这才看清，男孩正是小女人领着的那个孩子。玻璃窗外的小女人正朝这里看，也是一脸妒火。天旋地转，两眼发黑，天呀，天要塌了，这个小萍要晕倒，你个麻子呀，骗了我这么多年，这叫办的啥事呀！

女人间嫉妒起来比炉火旺，外面的女人这一手着实将了老葛一军，是福不是祸，是祸躲不过。几个钟头前担心的局面终于发生了，他恨起自己，意识到闯了大祸，在这针尖对着麦芒的俩女人面前，想脱身比登天还难，他老葛无计可施了！怪事，紧躲慢躲，这瘟神不知从哪儿冒出来，一支粗大的蜡头坐上了。

稍微镇定后他悄悄摸出点零钱打发孩子去买糖，灰溜溜地跑回来拉起小萍的手叹惜道："回头我再解释，咱们先去买衣服吧。"

小萍这时还在偷偷抹着眼泪，又一次甩掉伸过来的手，泣不成声道："哥，我不买了，累了，我想回家。"

"回哪个家，回学校吗？"灰溜溜的葛存义试探着问。

小萍说："当然是老家东万口，这口上我一刻也不想待了。"

"那，我们的事儿……"

"回头再说吧，我的头都炸开了，不想再谈了。"

"萍，不是你想象的那样糟，什么事儿也没有，回头再给你细说。"

"不用细说了，什么也别说了，今后你走你的，我走我的吧。"

"今天回沉池，早没车了。"

"放心吧，我去表姐家住一宿……别管我，你走吧。"

今天的好事让那个该挨千刀的小雯给搅了，这个坏娘们儿呀，缺德到家了，真会搅局。忙乎了这么多天，今天又忙乎了大半天，葛存义干瞪眼，白忙活了，也算现世报吧。他知道小萍的脾气，说破嘴也劝不回来。他骂着自己混蛋，不是人，这么好的一个妹子就这样看着走了，那是眼巴巴地看着飞了，飞走了。回学校自己怎么见人，再回到老家怎么见人，怎么跟小萍的爹娘去说，又怎么跟自己的老娘去说……走出大楼的门厅，他看着小萍朝东山坡走了，那个叫小雯的女人也溜得无影无踪了。他狠狠地朝小雯那女人刚才站的地方儿唾了一口。

去市区买衣服后的半年内，葛存义厚着脸皮先后去了小萍家三趟，希望能把事情说清楚，言归于好，花轿迎亲成一家人，这怎么可能。他让姑娘伤透心了，可是老葛和小雯，到这会儿也没彻底了断，能说清楚吗？人家小萍姑娘二十三了，姑娘也好，爹娘也好，对这桩无法圆满的姻缘再也不想拖下去，再说那位自觉满腹经纶能说会道的葛部长自己毫无办法，这也活该。

老葛这次回到矿上，和专案组又一次较量结束后，借了部汽车，又买了些礼品，最后一次到小萍家碰碰运气。小萍躲出去不再见他。小萍的爹那个老皮匠也躲开没碰面，是小萍娘接待老葛的，只给了一句话："她哥你再找一个吧，你俩缘分不够，你妹子没这个福分。"同时把财礼钱全部退了，带去的礼品也没收。

小萍的娘怕伤和气，抬脚离开避到院里，连顿饭也没让让。那时老葛的三大爷还健在，老人家也沮丧地说：“坐车走吧，回吧，不要再来了，越抹越黑。”

至于后来葛存义说人家姑娘移情别恋，说人家老皮匠想找个上门的女婿传手艺接他的班，纯属子虚乌有，是对这个深爱着他的妹子的一种伤害。

世上的事就是这么无情，是非也难辨清。葛存义不值得同情，小雯搅了他的局，他把那俩酒窝的小女人恨得咬牙，可当那小女人招手示爱时，他又掉了魂儿似的凑上去。

人的偏激情绪有因果的，葛存义前前后后失败的四次恋爱，拖了一个四年又俩四年，这个倒霉的四字让他头疼，“造反”、当“官”、被调查审查、专案组拘他审查，仕途上的起伏，好像也是四次。他行四，生活中不少事常碰到四。还有坏事都坏到女人上了，使他积聚了对女人的仇恨和偏激情绪。小萍那小姑娘说甚也弄不回来了，偏巧四年后，也是这么个盛夏季节，人们都穿上单薄衣服了，老葛仍然找了一部车——是拉大杉杆的车（后来换了小车），逮着个倒霉蛋，花了一万块票子，把他的各种怨气秽气都转撒在另一个小姑娘身上。冤有头，债有主，破坏你好事的是市区的那个小雯，在南山公路建设留守处把你赶出院子的是那个黑胖子，跟人家小姑娘金彩凤没瓜葛，你老葛报仇找错了主家，不应该把账算在一个无辜的小姑娘身上。老葛这个倒霉蛋又整了彩凤这个倒霉蛋，毁了她前半生的幸福。

葛存义离开建校工地的这些天，工地照样热火朝天，建校大军昼夜鏖战，近百亩场地平整出来了，一顺三排十间大教室的基础挖好了，并且砌筑好露出了地面，也打了地梁，几乎天天有喜报，建校进度直线上升。鏖战中当然凸显了一批年轻学生的生力军风采，三连的战旗在一条山路上迎风招展，热火朝天，二连、五连、七连的战旗也在运砖战场上往来穿梭。三连的团小组打出“青年突击队”的战旗，队长铁疙瘩带领他的队员干得如火如荼。麻子似乎得到一丝安慰，这都是他带出来的兵嘛，有葛某人的一份功劳。

23

当年的大哥莫义顺可不是十几年后这个样子的。在雷文的记忆中，这个盟兄可是心胸开阔风流倜傥敢想敢干的主儿，哪有那么多婆婆妈妈，他抄给小蔚州的一首词，尽管步古韵学得不像，但肚里有点儿墨水的莫义顺，也想一吐为快一显身手嘛。年轻人的昂扬斗志、众志成城尽显其中，可见他当时的抱负，那是站在炼铁厂一座高炉前即兴而作，不由得令人肃然起敬。

南山轻烟缠不定，
云管插天，钢塔牵金井。
乖妞双目亮晶晶，
手起把落起大风。
抬手拭汗云鬓整，
凝神汞表，静心显硬工，
炉上隆网横天际，
赞靓女长者说行。

词是写给工业战线上的女友的，一吐爱慕的心情，赞扬了一线工人艰苦的光荣劳动。他女友是位风机工，叫武金凤，也是位极为敬业的火线靓女。它同时也道出了火线炉前师傅对辅助岗位工女工地位的肯定。“云管插天，钢塔牵金井”的诗句是以多么豪迈的气概描写出了工业火热战场的壮观景象。

这就是看似四平八稳、八面玲珑的莫义顺。他的那点儿政治资本，那点儿看家处世本事或许跟多年当村主任的父亲有关系。当年背起毛主席语录、诗词来抑扬顿挫，一个标点也不错，出口成章，风流倜傥的才子莫义顺在村子里、在学校里可是个人物。一看三天两头换洗的白衬衣，就知道是小莫。

这小伙儿还算幸运，十六岁那年就考入了工业学校。

那时候上学叫“推荐”——贫下中农推荐优秀人才上学深造，毕业以后为社会主义服务，为社会主义掌权。话是这么说，优秀不优秀也没把准确的尺子，不就是被人一说“说你行你就行”嘛。

政策糊里糊涂，好政策执行起来往往走了样。这小莫是幸运者，幸运的是他有位好爹，当村主任的爹，近水楼台先得月了。而比他更优秀的金雷文就没这好命了，被看成是“黑五类”。他爷爷金忠烈，活不见人，死不见尸，被怀疑是特嫌，不就是黑帮嘛。优秀不优秀全在村子里一报、公社的一封推荐信就得了，大印一盖，黄金万两。大印倒没这么多黄金——上出学来当了干部也就是那几十块钱的人民币，离万两离发财远着哩。但弄好了可以弄个农转非铁饭碗商品粮，月供口粮不足但也比庄户地里的八大两强。莫义顺当村主任的爹把他弄到“前途似锦”的学校，没有想让他出来混出个样子光宗耀祖，就是为了解决家里人口多吃不饱的问题，最主要的是混得暖衣食饱。

莫村主任人不错，是个好人。他是被抗日精英忠烈老村长带出来的干部。他清楚地证明修战备公路的忠烈没有半点私心，在老村长遭难的问题上没有踹脚，可他只是个小村主任不顶事。推荐上大学最优秀者应该是金雷文，到了真事儿上就显出公心和私心了，只给了一个指标，给了张三就亏了李四。

爱说爱笑的莫义顺高高兴兴到了学校，没几天又愁眉苦脸了。这些日子思绪经常处在激荡中，说不上是闷闷不乐，也总高兴不起来。这有多方面的原因。老家的大金家村地处深山老沟，山高皇帝远，计划生育这项国策在这里成了盲区，莫村主任夫妻照样没有节育，生了一堆。活了七个娃儿，莫义顺是男孩中的老大，上面还有俩姐姐，下面有四个弟妹。老莫村主任能养活这七个娃也富有传奇色彩，不到四十岁就一头白发，还熬得骨瘦如柴。操完了全村人的吃穿，更要操心全家嘛。尝够了多子女的苦涩，他多次讲：村里家里穷就穷在这堆孩子身上了，可该计划生育了。他是出了名的“铁算盘”，在小队、大队、公路建设指挥部管了半辈子的钱物，熬成了村主任，家里村里还得照样过穷日子。这人也清廉，公私分明，甘愿清贫一生，所以日子总是紧巴巴的。七个娃儿饮食亏欠，都常常面带饥色，身高也是这样，个头腰围腿脚没一个五大三粗的。也亏了义顺的母亲能干，也是个算盘戥子，她家下锅的米面油蔬都是经她称着下锅的，嘴里不吃，肚里挪，年年粮油透支。带着那堆娃开了小片荒，弄得丈夫莫村主任成了“走资本主义道路”的典型。工作组进村，几次挨批的都有他。义顺的母亲还一直单打独斗地开着个小卖部，被当资本主义尾巴割了几次又起死回生。当干部当出了“学问”，多年的磨炼人家老莫积累了一套应付上边、拉住中间、又拢住广大社员的法，这个村子离了他不行，所以每次“运动”来了，看起来他的问题最大，但往往得到“解放”的他是第一批。老子如此，儿子莫义顺打小也学了个“转轴脑袋瓜”。

莫义顺就是在这饥肠辘辘的环境中长大的，在家中还是占了个长子身份的光，生活不少方面尽着他——当然他这大哥也是爸妈的得力助手哩——要不然家里可没钱供他上学。长子上了学，兴许有出头露面的希望，可以帮助父母家庭，也省去家中一个人的口粮。就为这些，小莫的紧迫感责任心就更强一些，巴不得早一天学成毕业回到家乡，挑起家庭重担，可是来到学校后又觉得失望，倒常常想家，又遥无归期，见天真是数着指头过日子。

在大金家村的后生中莫义顺这嘎小子算是走过南闯过北的人了。可是眼界又很窄，亏了爹当干部，大队房子订有报纸，一度还能听上点儿广播，使得他思路开阔了一些，不安心囚在穷山沟子了，巴不得跑出去看看。机会来了，这就是进了学校。不过至于眼前应该做啥，将来咋干也是一头雾水。到了学校后好了，有老师了，以为开锁的钥匙就在眼前，可想象不到旺盛的求知欲和学校有限的资源这反差太大了。他对学校有个认识过程，刚到学校，一想到通过求学的路就能实现宏愿，再也不愁吃穿了。可是一进校门傻眼了，这就是那座工业学府吗？是的，这就是地区工业学校的新校区（据说总校在市里，校舍被别人占了），这里要边建校，边上课，边出人才。继续走“五七”道路，发扬抗大精神，因陋就简办校。

其实这里只是个建校工地，还是个死气沉沉极简陋的工地。“面包会有的，牛奶也会有的”，同学们被列宁的豪言鼓舞着，艰难地度时光，但豪言壮语当不了饭吃，学生来到学校是为学知识的，总不能光学些革命口号吧，也不是当“小工”来的，这样瞎混几年，得学成干事儿去吧，将来遇到具体问题咋办？理想中的气球破了，才来的头几天在沙坑地边沿平整场地，坐在露天上课，上课的内容也空洞乏味，蹲在伙房门前空场子上吃饭，爬上小土丘听着喇叭响，遥望着公路上的汽车、拖拉机过往，几个同学找个高耸空阔地儿号叫一通，借此排解郁闷，也想借此找到海阔天空豪迈的乐趣。

这伙儿娃们（义顺是其中的一个）越听到汽车响越向往城市，越想念家乡，想故乡童年的欢乐生活，想那些要好的小朋友。在小莫讲，故乡有多么好，山是青山，水是绿水，坡梁是充满生机的坡梁，绿油油的庄稼，黄澄澄的打谷场，漫坡的牛群驴群羊群，一抱粗的大柳树，还有鸡呀猫呀狗呀。人来人往的大队房子，人出出进进的小卖部，正建着的建好的羊圈牲口棚，沸腾的山村古道，还有爹娘，还有姐弟，还有好友文娃子。这学校——这个荒凉的工业学校有什么？单调的生活，陌生的一张张脸，沙疙瘩，铁锹，小板凳和上课时架在木桩子上风沙里的小块黑板。

在家乡粮食紧张量米下锅的是爹娘，尽量尽着给孩子。这里吃定量是纯定量，俩饼子半盒菜，吃个多半饱就光了。吃不饱发起疯来敲饭盒，过过紧张日子的人体会到：数着饭票过日子的罪，难熬。好在这小莫能说会道，在班上被安排成了生活委员，跑前跑后地占着个身子，消磨了些空虚时日。和食堂师傅混熟了难免占上点儿油水，少受点儿跌歪。

在这工业学校没有本县的老乡，知音很少，看不上电影，听不上广播，闲暇时间都用在看书上了。新开了专业课，参考书没几本，借几本也难，同学们相互传阅的几本小说流动频率太高，都给翻烂了。亏了当这个生活委员使莫义顺倒有一番情趣，跟着汽车到城镇上买菜拉粮，进市区调运设备，也给他发现了的某些乐趣，倒也换来增长才干的机会。

“呜”的一声长笛划破长空，几声柴油机车汽笛响过，把正坐在沙岗头想事儿的莫义顺拉回到现实中，一闪而过的那趟客车开往大同方向。它离这里二点五里，所以这个不停车的小站和站旁的小村就叫二里半。

有车站，上不了车等于白搭，如果能上下车多么好。火车一响黄金万两，如果有条件的话自己早去那个大站看看了。火车突然让他想起了东边的大站沉沙站，拉水泥时他去过，拉杉杆建筑木材时又去了第二次。头一次在蔚州城见到才女武金凤，记起他给她填的一首词，小武也答谢了一首顺口溜，感到那真叫笑话，那哪叫诗呢，纯粹瞎诌。论针线活计裁衣做饭那还得是女人，一讲起文采，她们就傻了。想到这儿他自嘲起自己，瞎想些啥，八字连个撇都没有，倒想起洗衣做饭来了。女人的文采不如男人也好，男人的能耐大些，文采高些，今后总要好处一些。

柴油机车的响声惊动了后勤协理莫义顺，他丢下对情侣武金凤的思念疾步走下坡头，朝学校大门口跑去。他还有接待任务，烧开两大壶水等在会议室。小莫急忙下了沙岗朝车队方向迎过去，看到建材和正经八百的建筑队师傅们到场了，他甭提多高兴了。学生们劲头立刻鼓起来，喊口号的，吹口哨的，帮助卸车码堆入库的，摩拳擦掌的，年轻人们折腾开了，像炸了窝。钢筋往那里一放，做梁做柱的架势摆开，水泥往那里一堆，还有预制楼板哩，还停在那儿一台识不得的像车又不是车的大家伙，后来得知那叫什么汽车吊，还有铲车和水罐车。又一台大设备安装到位了，那是搅拌机。他望到了一座宏伟校园耸立的曙光，看到了希望。

工地热火朝天，学校决定停课，趁严冬未到集中一段时间突击建校。这批学生和抽调来的师傅们逐步形成了建校大军，并逐渐掀起一阵阵建设热潮，昼夜奋战，切坡平沟，经过两周奋战，几百亩场地平整出来，没有推土机碾轧设备，大镐、手推车、辘轳上嘛。登时机声隆隆，夯砣翻飞，夯歌冲天，好一番热闹景象。一顺三排二十多间的大教室的基础挖好夯实，几乎天天有喜报，周周有赛事，处处是赛场。

鏖战中，凸显了这批年轻学生的生力军风姿，这哪里是学生，是不花钱招募来的小工，个个像牛犊子那般不知道天高地厚的愣头儿青，一个个生瓜蛋子。那时就讲奉献。这一天，是从附近的砖窑上往这里运砖，学生连各连队成了长途运砖的主力，那简直是当牛使呀。几十辆人力胶轮车穿行于小土路干道间，莫义顺所在的三连的战旗在一条山路上迎风招展，二连、五连、七连的战旗也在高低曲折的运砖路上穿梭。三连的团小组打出“青年突击队”的战旗，队长铁疙瘩（他是个组长）带领他的队员干得热火朝天。小莫是学校团总支部的支委，当然是主要组织者之一，拉车爬坡得处处走在前面，他还兼任着建校指挥部的联络员。七连的后生们不服气，摇旗呐喊着生出个“猛虎队”小组。

学生连里要说忙的莫过于后勤协理莫义顺了。他这个学生兼职干部比专职干部还忙，他是学生食堂的伙食委员，又是连队里的保管员，分发饭票找他，工具库的钥匙他拿着，食堂里买菜、去粮店拉面还愿拉扯着他。他能说会道，脑瓜又活泛，是管理员的好帮手。连里更离不开他这高参，连长啥事也想拽住他。他真是账多了不愁虱子多了不咬，整天里总是那么出出进进忙忙乱乱的。这一天晌午，三连俩学生到处找莫义顺，逢人打听，说拉砖的一辆车扎带了，向小莫要胶水。这工业学校周围三里五里连个小村都没有，又不靠大公路路口，从未见过修车摊。自行车、胶轮车坏了只好抬回来自己修。每个连队都配备有修车工具，三连的工具也由小莫保管。这俩人转来转去，突然听到有人应了声，外班的一个同学朝伙房房顶一指：“那不就是他。”于是“小莫，小莫”地喊起来。房顶上的莫义顺终于被喊应了。

房顶上的黑小子果然是小莫，满脸灰尘像《铡美案》中的包公，正在忙活着加固厨房烟囱。对上话后，这同学让小莫立刻下来帮他补车胎去。

小莫没有依从，说胶水和工具在他床下木匣里，并丢下钥匙，让他去取。

这同学不干，坚持让小莫立刻下来帮忙去补，还夸小莫技术好，补好用起来放心。又提到运砖的同学四个人窝工等着哩。

小莫也急了，迎着风可着嗓子喊：“你们四个人窝工等着，人家这里三十七个人没吃饭哩，孰重孰轻？”小莫说的是实情，那几个同学只好拿着钥匙走了。小莫说的没吃饭的人，是外单位来参加劳动的三十七个人，加上伙房后勤人员五六十人哩，都因为这烟囱犯风之过，正等调好了做熟这锅饭。

这三十七个人，是距此十多里路来义务劳动的地区农机校三十五名师生，外加检查工作的两名地区干部，于情于理这些人都不能慢待。莫义顺是谁，村主任的儿子嘛，他爹当村主任多年，深谙对外接待的要领，外来的和尚都不能得罪。

这就是莫义顺，他能干肯干又能组织旁人干，这就是知书达理毕业后留在地区部门工作的莫义顺。

十月的沙狮岭，寒风凛冽，树叶都落光了，大沙河，细沙沟，边沿河湾的树和草都黄了，今年的冬天来得格外早，岭前岭后稀疏的草也被羊群啃光了，寒风像匹匹野马长驱直入，呼啸奔驰，漫卷着黄沙铺天盖地袭来，压得路人稳不住腰身喘不出气。运砖路线得爬几道坡梁，跨越几条浅沟，还要借道穿行在几条公路上。拉砖的小拉车要与过往的拖拉机和其他车辆行人并驾齐驱。半坡的雾海烟云中机动车的呜呜嗒嗒哀鸣伴和着激昂的口号声，组成了一曲大协作的战歌。

工地上的运输线上的劳动者们都穿着厚厚的棉衣，男生中真有穿羊皮坎肩的，有的人还穿着暖靴、戴着风帽，包装得像个毛张飞。黄沙像无情的长鞭不停地抽打着稚嫩的面颊，有的小脸蛋被摧残得红红的，有的还生了冻疮，脚冻手裂。黄沙灌入了口鼻，戴着大口罩围上厚围巾也无济于事。怕了吗？见不到稀松软蛋，精神是灌输的，意志是磨炼出来的，语录歌——下定决心不怕牺牲排除万难去争取胜利时刻响在耳边。困难像皮球，你硬他就软嘛。

沙狮岭、大月沟、小北滩这一连串的塞北风光，着实是沙岭子地区独特壮观的风光。站到头道沙疙头朝北望去，最高处那是狮子头，风口恰在狮子耳后旁的那道沟，像从狮嘴里向外喷沙，沙借风力，风助沙威，滚滚叠叠地朝南沙沟东羊河吹去。左望沙河里掀起万顷波涛，迎面十米内看不清人，肆虐的沙暴把岭东的市区显赫营吞没了。省属的口北大钢，喷火的高炉群就在显赫营了，那里真正的步步是火线。岭后——沙狮岭的背后，叫大月沟的——引出来的大铁路和公路大干线，在影影绰绰迷迷茫茫的地平线上向远方延伸，沙流被巨头遮挡着吹断，被狂风摧残得像段蚯蚓。人们走近看到了，那是些时快时慢的动体，是小车，小车队，车上飘荡着的像是旗帜，学生连的同学们在搏风击沙，在拼搏，在动，有拉的，有拽的，有推车的，是车车青砖，在工人们干渴叫急的时刻，“我来了！我来了！”学生们用艰辛劳动满足了砌筑工地的急需。

小车队三三两两、哩哩啦啦大步流星地走，那么长的队伍，一拨儿又一拨儿，若首尾连在一起，不得一两里长。人如流，车如水，生龙活虎的年轻人，那干劲拼劲真不容易哟。昨天大礼堂砌筑工地又突破了定额放了卫星，还不是都亏了这批运砖的学生嘛。一座大礼堂得需要几万块砖，数千片瓦哟。建校指挥部给创造新纪录的瓦工队的表扬信中，也挂了学生连一笔。这是热血滚烫的诗句：“你们合作得很好，红旗迎着风沙飘舞，楼层沾着汗水升高了，大协作哟，你们冲在前面，运砖的小老虎似的几个学生连，做了强大的后勤保障部队，把你们又一次推到竞赛的高峰，指挥部看到他们了，向英武的学生连致敬！”

看得更清晰了，头前那辆车，拉马驾鞍的是三连叫“铁疙瘩”的那个队长，一听说缺了砖窝了工，后生急了，早饭前叫上几个同学翻山越岭就弄回一趟砖。

这会儿山背后又冲出一队人马，两辆车追逐着在搞五连和七连的对抗赛。砌砖工序确实因没砖停着工，巧媳妇做不出无米之炊嘛，几名技工窝在那里没咒念。什么风大坡陡路长，学生们偏不认这半瓶子醋，强行突击运砖。他们的运输洪流中也间有拖拉机，也是拉砖的，附近公社生产队来支援的。人心齐泰山移，工业学校上马上了位，喜报频传，真的成了眼珠。

车拉人背运砖的会战，是逼出来的。粉碎“四人帮”后，拨乱反正，工农业生产掀起建设热潮，各地各行业都在大干快上，铺的摊子多了，可计划赶不上变化，建筑材料的供应处于高位缺口状态，想不到以黄土为原料使用传统工艺的青砖供应也这么紧张。尽管地区看到了人才的重要性，把教育列入重要议事日程，重工业局也把工业学校的建设当成眼珠，但在建设方面一到真事上工业学校的建设就退成第二位了。工校建校的物资供应一直处于找米下锅的状态，青砖也是这样。白纸黑字和地区建材厂早订了合同，开工前二十辆汽车的车队突击拉运，可计划赶不上变化，计划被改了，战备急，农业水利更急，二十辆拉砖车减到了三辆。地区给了一个招数叫“自力更生，就地取材”。好呀，让就地取材就好，在工校建筑工地的山梁背后就有一家地方砖厂，规模还不小，但是县办的，走上门求援了，要砖可以，谈妥了，但得拿煤换，还无力量送货，只能自己组织运力拉。煤炭是计划统购物资，地区给调拨了煤，地区重工业局就管着煤矿嘛，问题总算解决了嘛。

工业学校工地青砖告急停工息料，项目行将下马的时候，“三天两头火烧眉毛”，鼻子底下突然冒出了这么个大砖厂，可是天大的好事。缺乏黄土资源的沙岗地周边有烧砖厂岂非咄咄怪事，说怪也不怪，也许是老天安排的。沙岭子的背风处是大月沟，大月沟的沟里窝着一条古河道，黄土层就出在这儿。其下就是小北滩了，偏巧在这滩地的边缘就存有一疙瘩丰富的黄土，慢慢衍生出几家砖厂，县办国有砖厂是其中的大家。

就地取材找到砖源使急于上马的工业学校上下为之一震。距离虽然不远，但似乎是老天开了个特大的玩笑。建校工地高居山梁上，砖厂就设在山坡背面的沟里——用砖的“头”在上，供砖的“脚”在下，中间隔着大屏障那就是沙狮岭。供和需，方向恰恰相反。并且在学校方向是烧砖取土形成的一面峭壁，厂子的门朝相反方向开的，近在咫尺的距离，砖就在鼻子底下却拿不到手。从对面有路的一侧出砖得绕大公路，出南口上盘山道，跨沙狮岭到建校工地，这一圈少说也得十八里。

绝不能走那十八里的冤枉路，就地取材就得立足本地，自力更生就是就地找出路。道路是人走出来的，指挥部摆开擂台组织攻关，并在三连抓了点，发动参战的全体战士想办法。

还从企业单位请来能人，有起重工、架子工、凿岩工、吊车司机等，三个臭皮匠顶一个诸葛亮，要踏出前人没走过的路。这没有路的路实在不好走，一批又一批的师傅来到，看过现场后摇摇头走了，那像刀劈的峭壁着实可畏。修盘山道运砖，这是峭壁没办法修，要修得修到猴年马月，搭架子搞垂直提升装置也没法搭。这陡壁不少抛物面是土质的，并且还是沙土，五六层楼房高且壁上挂不住重物，修建垂直提升设备的方案行不通。

一位位能人们只是摇摇头说："还是绕那十八里吧。"

形势急迫，再远的距离也得把砖运回来，也不能停工下马，指挥部开了誓师会，提出学习在淮海战役中数万农工用小推车运输军备物资支援前线的精神，组织接力赛，掀起群众运砖劳动竞赛热潮。登时学生连队的几十部小推车和小拉车，加上附近公社组织的拖拉机、牛车、驴车，同时活跃在这漫长的运砖战线上，调整劳动组合，不断创造出奇迹，砌筑的墙体在天天增高。

有一天，工地上高音喇叭里传来学生连三连的捷报，还宣布了建校指挥部的表扬信。信中赞扬了革命小将的励志图强创新精神，着力表扬了三连连长季桂林和团支委莫义顺带领全连在运砖大战中群策群力，采用先进的方法攻关，一举突破解决了牵引砖车过梁头的大问题。

登时奇迹出现了，运砖空中索道蜿蜒起伏挂在了半山——从县砖厂砖库码砖的现场坡根通向工地的坡顶梁头多了一条凹进去的斜坡道和一根长长的绳索，绳索被绷得很直，并沿坡道颤抖着，像一根银线，颤颤巍巍地把一车砖拉到坡头上去，过了一时许，又有一辆砖车像生出双翅般也爬上坡头。悬空排险的作业中，人们看到了莫义顺瘦小矫健的身影。这项合理化建议是他提出来的。有勇有谋，善于动脑子的莫义顺呀，不简单！

其实这功劳和奇迹源自义顺的好友文娃子（那时他们才十来岁，这样叫着亲切），更确切地讲这玩意儿的是文娃子师傅庚爷出的。义顺有心计，记住了这件事，照葫芦画瓢随机用上了。早在文娃子十岁时随养父去北山放羊，恰巧叫莫大小的义顺找他来玩，又恰巧养父金老三要离开羊群去取件东西，这群羊就交给儿子了，何况还有个莫大小。一场惊险的场景出现了，那是在一面峻峭的山崖头，一只母羊惊恐凄惨地哀叫着，它在找小羊羔，它往长有荆棘丛的崖头上扑，再向前扑兴许它也会掉下山崖。这时文娃子兄弟俩才发现一只羔羊掉到了半山，羔羊也在半山哀鸣，其求生的哀鸣催人泪下。兄弟俩见状大惊失色，文娃子发疯地喊师傅庚爷。庚爷是另外一群羊的老羊倌，就在附近。与此同时，文娃子不知从哪里拉出一条绳索，还找到了一把镢头，峭壁不少地儿有高低起伏的锯齿，文娃子先加固了绳索，找了一棵小树拴牢固，然后把绳子调顺，让莫大小把绳子的另一头牢固地拴在自己身上，再然后他顺着坡崖的小路抓住陡峭的山石下山去找羔羊。那峭壁有几处像剑一样直立，只见他手脚并用地下沉着。绳子是保险带，弄了半天才下了不到五米，哀号着的羊羔正挣扎在崖壁的一束荆棘丛上，随着挣扎声下沉，再挣扎漏下去必死无疑。文娃子人站在一处凸出的山石上去救羔羊，也是命悬一线、千钧一发的关键时刻，师傅庚爷到了。庚爷会武功，老当益壮，身轻如燕，他也抓住绳索，溜到文娃子近前，危急当中听不清他在说什么话。他够着羊羔了，使出蛮力把羊羔拉出，随后从腰间取出一条短绳索捆了羊羔，扬手抓住莫大小顺下来的另一条绳子接到捆羊羔的绳索上，在他的指导下把羊羔拉上去。继而师徒俩都抓住各自己的绳索，扒着山岩登上崖顶，一场惊险终于过去了。莫大小一直在崖顶上，文娃子师徒涉险救羊羔的壮举让他看了个满眼，惊恐之中他学了不少东西，似猿猴般攀爬的文娃子使他十分佩服，会武艺的老羊倌庚爷的一举一动在他心中留下了深刻的印象，那次抢险的壮举和庚爷高超的技艺他现在用上了。

莫义顺吊砖成功了，确实立了大功一件，甭看这后生长得不魁梧，脑袋也不是多么大，可就是头脑里能装事，道道多，这主意真是他想出来的。这后生爱动脑子，兴趣广泛，见到拖拉机爱问个这问个那，工地的设备他几乎留意遍了。他三天两头帮食堂买菜，采购粮油，也就经常路过外单位的施工工地、修理摊点，也就留意别家施工现场的设备运行情况。有一天，他看到几个工人往高空吊物体，动力正是像老家用的辘轳般的土绞磨。几个人一组，辘轳一拧，三喝两呼把预制大件弄上房顶，做了老办法做不到的事。他立刻联想到在运砖现场安装辘轳，想大胆试一试。遇到问题义顺爱先想到好友文娃子，文娃子脑袋活，小诸葛亮嘛。想到像煤矿那样，没有条件搞成竖井提升，可以搞斜井引车上山嘛。回到连部几个人一商量，都认为行得通，但是辘轳从哪里来，吊车的绳索从哪里去找，一头雾水。然后小莫叫上人到人家的现场转悠了几次，还画了个草图，同时向指挥部提出自己研制绞磨的建议，立足自力更生，搞不出洋的搞土的，没有经验干中学。为慎重起见，那处有绞磨单位的现场他去了三四次，感动了外单位作业现场的师傅，取得了支持。为了尝到梨子的滋味，三连去的人集体参与了那个点上的吊装作业，在吊钩和绳索运行上下了功夫。听说人家要检修那台设备，他们激动万分，起大早又去了。在人家的支持下，他和去的师傅参与了拆卸检修，并一一做了记录，留了数据。从他们的工地到检修现场往返十里地，这一来终于学会了全部技术，回到本工地他给建校指挥部写了文字报告，继续寻找材料，准备自己做。

指挥部选中三连蹲点选对了，三连连长季桂林不光生得虎背熊腰，说话像铜钟，站在那儿像株大树，一脸的横肉，敦实帅气，是个说一不二的主儿。三连战士多是来自盛产莜麦山药蛋的坝上四县，在学生连中体质最好，政治素质也高。一线青砖供应告急，指挥部号召发扬“一不怕苦二不怕死”的精神，苦干巧干突击供砖。开头肩挑人背小拉车运沿大公路供砖，一上午走一趟，顶多跑两趟，转完那十八里路也人困马乏了，三天下来，部分人顶不住了。三连战士找到了一条捷径，走大月沟，接力攀爬沙狮岭后坡那条小道，可以省一半的路程，但得爬半华里的山坡。后生们决心闯出这条路，凭借着背砖木架，把砖硬拱上山梁，铁疙瘩拼着劲儿跟别人比背砖上大坡，得一口气拱上去，半路没歇脚的地方，别人一趟背二十块他背三十块，两趟下来腿就打不了弯了，蹲在那儿起不来，第三趟也只背了二十块，踉踉跄跄上了坡头，加上这里正在梁头上风大，一脚没登稳栽倒在地，有些砖块滚落到崖下去，险些打了来人的头。亏了他本人手疾眼快，往里侧倒的，若倒向外侧，掉下崖去还不弄个粉身碎骨。这天上午整个三连背到坡头的砖码到小拉车里还不满五车，全天弄回的砖也不过十多车，登时人们的情绪像霜打了似的。

巧妇难为无米之炊，青砖告急，青砖断“炊”了，指挥部上下都在喊“砖”，窝工亏料，承建的建筑公司挺不住了，撤了人，停了工。五个砌墙瓦工组撤了仨。这青砖断“炊”的官司打到了地革委，地革委下了死命令，总算又调拨来两辆大车从市区的砖厂拉砖供砖，可缺口大，远水解不了近渴。

在这八方告急工程半死不活的关键时刻，特大新闻到了——绞磨斜拉砖车的革新项目成功了，雪中送炭啊，工地沸腾了。

建校指挥部的工作重心一直放在发动群众上，莫义顺攻关小组折腾了一个多礼拜，他们修建了配有安全装置的滑车道，土洋结合，绞磨牵引，通过滑车道直接从砖厂成品库取砖的运砖装置试车成功了，三条长龙像三条长着翅膀的金黄色的雄鹰趴伏在悬崖峭壁上，背负着蓝天，直插云天，到达梁头后，只听咣当一下，一车青砖倾倒在地面砖台上，又一车青砖吊运完成了，惹得几个推磨杠的后生绽放出无比欢快的容颜。索道运输线先是借来一台绞磨在三连安装施行，继而组织工地机修班攻关又赶制了两台，前后开通了三部土法绞磨运砖装置，这缺砖补砖的瓶颈突破了，三部装置全天可以运砖三十三车，使热火朝天的建设热潮的火焰重新烧旺。

绞磨滑车运砖索道的开通，是全工地的重大新闻，鼓乐喧天，人声鼎沸，这是建校会战以来的最大喜讯。喜讯通过电波传到了口上，传遍了全地区，使整个山城川地都沸腾了。新闻震撼了整个沙岭地区。指挥部极度重视依靠群策群力获得的这项成果，抓住这件新事大宣传特宣传，在运砖现场开办了墙报栏，指挥部还给学生连三连写了贺信，并给莫义顺、季桂林等积极分子记了功。地区报纸的农村版还派记者来拍了照片。

“伟大的战无不胜的毛泽东思想万岁！”“万岁！”“万岁！”翻滚在北风中的口号声响彻长空。

三连运砖现场正在休息时间，围拢着一群人。

“莫义顺！”

“不简单！”

“季桂林！”

“不简单！”

同学们托着背架着腿把两个人抛向半空。

这项革新是小闯将莫义顺领头搞出来的，当然小莫头功一件了。全连不光得到了政治荣誉，还得到了指挥部给增加的食堂小票的奖励，还让小莫出席了地区学习毛主席著作积极分子表扬大会。小莫还受到地革委领导的接见，照片上了光荣榜。

这个莫义顺这次革新成功获得的荣誉确实是干出来的，不是“讲用”出来的，来之不易。饮水思源，小莫想这功也应该记在金雷文头上。

砖厂的师傅也有好的反映。一位下夜看场子的工人说，他过去对学生有偏见，认为他们多是“嘴把式”，只会空谈和“造反”，干不成事，这会儿心服了，从中看到了国家的希望。他指着光荣榜说，这后生带着人天刚放亮就来了，那是在整理修补滑道，借着手电光整理的。他做起事情来入迷，一丝不苟，这梨子啥滋味非要尝一口。这是讲的莫义顺对革命、对同志的一片热心和执着精神。在场的另一位工人师傅也介绍，人家学毛著好，真和咱工农兵结合了，咱们身上有多少泥土，这些嫩面娃娃的身上也有多少泥土，和工人跌爬滚打在一起嘛。正是：

毛泽东思想真伟大，
娃儿们的举动顶呱呱，
走出深山挑大梁，

不管“困难”仨还俩，
车车青砖飞上天，
工地隆起万座山。

这批学生——十七八岁的娃娃都是沉沙的、蔚州显赫营的，要挑起钢梁的小口外汉。

24

刘兴有一段让人不敢相信的新闻，说为了要技术人员他竟破例去找了副专员郑菲交涉，郑菲是谁？脾气赖得连老书记胡开明都敢顶。为那么一个水电技术员他竟然跟郑专员撕破了脸皮，好像是真吵了，官司打到另一位管工业的刘副专员那里才算和解，刘兴胜了，他要了一位技工，姓林的学水电的工程师，沉钢三五变电站的问题解决了，多了位行家里手。刘兴这么个基层企业的副县级，怎么能进得了副专员的衙门口？这要看啥年代了，那时是“文革”后期，甭说是专员，地委书记的办公室也敢闯的。也有人说刘兴敢找郑菲另有原因，五年前口北地区赴邢台钢铁基地考察，带队的是郑菲，有一个极能干的小个子队员就是刘兴，刘兴还被留在那儿的邢台钢厂干了五年。

据说那次刘兴闯专员公署跟郑专员吵架有下面这样一段对话。

刘兴说：“郑专员，你带着人马去了邯邢基地，是你号召把邢台小高炉的经验搬回来壮大我们自己的，我们做到了，把炉子搬回来竖在了沉沙，马儿要跑吧，你让马儿跑得让它吃草。”

“让吃的，让吃的，这得分个轻重缓急。回吧，回吧，你们的困难我知道了，再商量商量。”人家专员们正急着开会，刘兴被秘书送出门外，门子当啷一下碰住了。

一个专员，连县长这一层都不好好接待，咋能接待好老百姓？

没过几天，正当刘兴愤愤不平的时候，行署打来电话，让接待接收水电工程师。刘兴真行，一根烟也没费，几句话的“消耗”把事办了，急需的专家型的人物请来了。刘兴的心飞上了天。

刘兴事后得知，那次见到郑菲专员后，重局局长秦昌又做了不少工作，愿望才得以实现。

讲到吵架，秦昌一辈子没吵过几次，这个人对上对下从来都是那么和风细雨地交往，从来都是细言慢语，没人跟他吵过架，当然上面的领导说到他那谦虚谨慎的样子，一脸的谦恭笑容，本来想训他也不训了，慢慢商量嘛，“文革”后遗留的矛盾这么多，又不能打砸抢抡拳头了，哪件事不是协商解决的。工业局，指的是地区行署的重工业局，不包括刚恢复建制的轻工局和地区建筑总公司（实质是建工局），可是个烂摊子，省管的还有几家中央直属的实权重的大型中型企业，他管不着，油水大，建制不明确，县办企业它也管不起来管不了。口北市属的大型企业人家市里自己管了。它管的都是些上下两头够不着的“三不管”的光投入不产出的僵尸型不死不活的企业，这些企业单位县里想要地区里又不放，放了又体现不了行政属下的这个主体，闹来闹去都归了地区重工业局老秦管的这一块儿了。大的项目的报批行署直接做，财政上的财委会管了，企业间业务部门间还不是天天磨磨唧唧，不就是鼓捣这堆数字报表嘛，扯皮的事，挨骂的事，都到这里了。老家是山西兴和县的秦昌局长就干的这个活儿。

这位秦局长是出了名的老蔫儿、老好人、和泥匠，他有自己的理论，如今办事这么多扣子、道道、皮条，啥事也得研究研究，研究嘛，顺其音是烟和酒，请客送礼，礼轻情意重，礼到了事儿也就成了。不和和泥办得成事儿吗？干部就是得赶上这一步，那得老赶，事情复杂，和和泥让这一步赶上了，事情办成了，单位和个人都皆大欢喜，有什么不好。地区重工业局系统近些年没有多少上访告状的，没听到过群殴流血的大事发生，可能与他这位老局长的办实事说真话不推不揽朴实的工作风气有关。能办就办，不能办的拖一拖再办嘛。近些年来这位秦昌硬是给单位职工盖了两排宿舍排子房，还建起一个烧暖气的锅炉房。有人提意见说他搞修正主义，他不管。修正了不是往好一方面修正了嘛，干部员工的思想情绪急，办事效率提高了嘛。他还在和房产科协调换房的基础上盖了两排办公用房，又添置了些桌椅板凳和必要的家什，办公室也真像个办公室了。老秦昌最大的功劳是在主管副专员刘明的支持运作协调下，筹建投产了保康、灰窝子两座煤矿后，又建起了专职培养工业干部的地区工业学校。

他还是沉沙钢铁总厂的党委书记，统揽人事大权，在刘专员的支持下，利用两年的时间他终于调整了沉钢的党委班子，把不干工作争权争位的“二权之争”问题解决了。副书记李茹峰调回他的家乡衡水，副书记李吉祥到体委当了三把手。毒瘤消除，又没有大李派和二李派了，党委班子的两股力量合在一起，行政一把手有劲多了。他从二轻局请进个段学英当了刘兴的得力助手，学英可是能人，又是工业干部出身，处处是行家里手。他当了副书记后使得全总厂政工战线面貌一新。中央党校的一位老革命他给留住了，家在三河的几位省直干部也给留住了，事实证明留得对，他有远见。地区还是县里下放给钢厂一个葛来义，可是个“老革命”了，区级高干，地委管的干部，地委不处理也不使用，放在那儿挂了七八年了，整天里牛气哄哄，免不了生事，成了累赘。老秦看到眼里几年，总没办法处置，最近建议刘兴扩建了一个土法炼焦炭车间，让葛来义管起这摊子，土法子土打土闹，整天里娘儿们群里专招了一批家属副业工在做贡献，技术性不强，据说这老葛带着人还干得蛮棒。

近些日子秦昌这老局长兼沉钢的党委书记慢条斯理不慌不忙地在忙什么？怎么老往县人事处老彭那里跑？在局里时，他让本局管的中型企业遇事找科室，不要什么事都经局长定夺，忙啥？老秦仍然把心思放在干部上，放在各企业单位的班子建设上，还有各方面各类管理人才上。他始终没离开依靠当地地方党委上，钢厂最大的后勤是什么？一个是机械设备和水电，再就是原料，这些盯好了，炉子也就顺了。这不前段时间获了先进吗？借调来的张风发工程师借调三年了，这很有风险嘛，窝了人家四五年，人家都四十了，人这一生有个黄金年龄段。借调关键在个“借”字上，是客居和客情不是你的人，人家要“走”你拦不住。张风发，北航毕业的高才生，既懂机也懂电，机电方面难得的多面手人才，这是谁说的？卫起燕，他本身就是个人才，老卫是老行署综合处下放到这里的稀缺人才，天文地理人间的七十二行，啥都知道，若不是站错了队，如果让地区市区的班子“结合”，不当个二三把手，起码也入智囊团了。在钢厂的生产科，有事求到老卫，那算问对了门子，脑壳那是活电脑，老卫不拍脑壳爱敲桌子，当当当三下，啥数目啥情况都能蹦出来。这是个人才，人才你得留住，得想留住的办法，食堂里伙食不好，允许他们光棍汉们开个“小灶”，下班后无事允许到大水库里钓钓鱼什么的，沉沙还不是城市，但沉沙政策宽松，粮食副食活泛，给人一种隐居感，人才有恋头，留下了。

秦昌这位沉钢兼职的党委书记，在厂子里待着的时间不坐在自己的办公室，就待在刘兴或者是总调度室里。他也批阅不了几份文件，多数大事情是人家刘兴管的，所以经他圈阅的不多。他爱到岗位上转，爱在生产科里坐，空闲时也爱找人杀盘棋，他下棋时老卫爱凑上前巴眼，观棋不语真君子，秦书记和老卫的关系特殊，老书记被绊住马腿时，起燕不光可以插嘴，忙乱时也可以帮忙动动棋子，下着棋还可以说别的事。卫起燕推荐张风发和张工的爱人程星的事就是聊天时说的。在局里时，秦局长找到彭处长，正经八白提出此事，还交给主管科长一份需求报告。秦昌说：“你就多操心吧，钢厂的下步棋走好走不好，全凭你彭大官人高抬贵手了。”

秦昌要求正式调张风发有多种理由，是怕口上地区把握不住早晚人要飞了，不光人家飞了，她的媳妇也调不过来。是局长留住风发的，好像说，风发的岳母在北大工作，风发的老父亲又是南开大学的教授，今后在研究工程技术问题时，京津两地著名高等院校在问题研究、资料检索方面都可以借上劲。风发的爱人程星是学电的，也是名校高才生，现在还滞留在内蒙古一个县电业局，是一种浪费，她是搞风力发电的，据说在校时曾参与过风力发电的试验，调回河北，若在坝上站住脚，必将大有可为。这样一说，秦昌正式调动风发很有前瞻性。老彭处长笑着说："听信好了，听信吧。"

第二章　浪滚潮涌

1

那天早晨，在玉马铁矿矿办小蔚州金雷文接着电话。

对方电话里传来喘粗气的干咳声，那是机电部主任赵桐的声音，这位老人哈喽气喘。

“是我——金雷文。”来这里协助工作的副段长金雷文急着来接电话，衣服都没穿整齐，也呼呼地喘着。

“听出来了，部里活儿忙，正在会战，料排料排[①]回来吧。老人家不咳了，语音又恢复到洪钟般的力量级。这位老主任对下面人讲话，你就得听着，一般不允许插话，雷文也习惯了。赵主任说下去：“我对那里矿办的人说了，让他们帮你解决返程车，矿上派专车送你怕办不到，让他们打电话联系一下附近的兄弟单位是否有车来街上，硫铁、森工、夭子头均可，务必明儿个十二点前回到厂里，下午有个三号高炉大修会战大会，你听听好……”

老主任的话就是命令，军事化嘛，军人的天职就是服从。这赵桐老主任另一个职务是沉钢民兵分部机电团团长嘛，军令如山，没有时间征求你个人的意见，你就听喝好了。

又是会战，来到沉钢本部和铁矿本部金雷文这个血气方刚的维修工人几乎年年月月参加会战，会战这个词汇听腻了。炼铁夺铁大会战、焦炉大修会战、土焦助力大会战、烧结机上马大会战……太多了，说这条汉子“身经百战”不为过，大小“战役”他参加了十几个。会战这个词汇不知何朝何代有的，原含义不知有多少变化，但总离不开战争双方主力在一定地区和时间进行决战吧，这个词汇容

①料排：方言，即料理、办理、处理。

易鼓动人心士气，便于集中财力、物力、人力运作，组织者喜欢用。但词汇用多了，听着也麻木了。

甭看老主任思想专制，遇事没个商量就自行决定，但老人家对同志体贴入微，心细得像个老奶奶。这老主任不光干了一辈子矿山，其实冶炼也是行家，不知何年何月也在口北大钢干过。所以他统率沉钢总厂维修大军，对设备人员情况了如指掌，每次全厂性的这类维修和设备安装活动都由他挂帅，五十多岁的人，干起来仍没日没夜，左冲右挡。这老汉不光是所向披靡的指挥员，还成了后勤战线的“运粮官”。一线参战人员的吃喝拉撒他都考虑得十分周到。让雷文难以忘怀的是自己上大夜班，白天睡觉，老主任竟托付生活区管理员撵走闲人，创造了一个安静的环境。

近日这老主任三番两次地关心起雷文的婚事来，他哪里了解年轻人的隐痛，又没法细说，每次都让这年轻人尴尬失态，硬性谢绝不好，不谢绝也不是，老主任的心都为你好，这样恩师慈父般的爱，更让后生从不顶嘴。

一听要他回厂，雷文是归心似箭心急如焚，但不知为啥又忧心忡忡的，想回老家看看去又不能提。近一个月来，他想家了，挺想挺想的——蔚州南山大金家村那个家，养父孤孤单单一个人过日子。当然他也想去看看西合营教了半辈子书骨瘦如柴的生父和果树场的亲哥。屈指算来，他六年没回过家了，说不清为啥没回去，婚姻问题没解决，没脸回去，熟人见了面没法说是主要原因吧。现在离养父到矿上看自己那次也有三年了。养父这一年三百六十五天，上山可能更喘了吧？还赶着那么一群羊，又有胃病。那个让人寒心又让人牵挂的养母还在外面飘荡着，都飘荡十年了，有没有再给家里来信？飘荡到几时算一站？这些都是需要后生解决的。用归心似箭这个词来形容似乎更合适，他朝思暮想最放心不下的还是那个姐，那个彩凤更让人放心不下呀。有时他真想狠狠心把她忘了，可藕断丝连，那么难，又总像块烫手的山芋，是抓在手里烫得不行但扔也仍不了，正像有的好哥们儿这样形容，那是一朵花，又是一颗扫把星[①]，可不能再碰呀！

接到老主任电话的第二天，九十点钟吧，雷文蹭了一段拖拉机下了山，在天子头村又搭脚儿南下的马车到了大山坡根的省属农药厂，这里有班车了，准备从这里搭乘长途汽车进城。他起了个早，还是来晚了，没赶上进县城的头班车，只好又坐拖拉机又坐马车来到这儿，离开矿山四十里地了，还有五十里的车程就回到沉沙总厂了。

---

①扫把星：彗星。旧时迷信的人认为出现彗星就会发生灾难，因此，怀疑灾害是由某人带来的，就骂其为扫把星。

本来矿领导要安排吉普车送他回厂的，但那要等到多会儿，雷文婉言谢绝了。玉马铁矿距总厂八十里，有两条进城的道路，走东线大公路八十里，绕到农药厂的西线九十里。为啥舍近求远？还不光是不麻烦矿上派专车送，更主要的原因是他遭劫持被打的烈士陵园后井房子就在东线的附近，他想躲开那个伤心处。

这次来矿上，遵照赵主任安排在矿上搞安全培训，雷文先后讲了四天课，临走前一天还讲了《坑下通风设备安全与维修》。下到二石门主扇[①]机旁现场演练安全操作注意事项，插空子还看望了几位老乡、老师傅，还探望了卧床养病的那位换地搬迁养鸡场的赵老汉。人的条件好了，到了婚龄未婚的后生着实成了抢手货，农村人实打实，三句话挤出干货来。赵老汉听说雷文还没成婚，竟要给他介绍对象，说他的侄女也在县城工作，带工资带粮票的，把个雷文说得变成了个大红脸。

偌大的省属农药厂占了安然山南山根一片小山坳，方圆四华里。雷文搭乘的马车只能把他送到这家大厂的北门，他要乘坐的长途汽车站在厂子的南大门，得从厂里穿行两华里。亏了雷文先前来过两次。有一次是参加全地区组织的化工安全消防演习，住了两天，熟了，才得以在厂区通过，又偏巧在一处密如蛛网的管道丛林[②]碰到了正在现场巡查的一位同行，也是一个段长。这位段长过去去钢厂求援时得到过副段长雷文的热情相助，十分珍惜这次相遇，原本想留吃住，不成，就把回报热心都表现在介绍情况上了，竟高兴地弄来一辆电瓶车，领着雷文在偌大的厂区转了一大圈，让小蔚州长了不少见识，这叫搂草打兔子——捎带的。归途中他捎脚学了不少东西，有些技术和化工知识在后来维修和排除焦化分厂的故障时用上了。正因为有这次农药厂之行和保康的煤矿开采知识，若干年后，在竞选沉沙市主管工业的副市长时为他加了分。

因农药厂的这一耽搁，金雷文下午才回到总厂。

满以为走西道可以避过伤心地以免勾连起陈病，殊不知沉沙县这个小地方沟没多么长，川也没多么宽，越接近县城东道与西道的距离越近，越不想看到那处张着血盆大嘴的井房子，越让你看到了，好像挂着奸佞的笑频频向你招手。几年前清明扫墓时过那里，是避雨，那里是地牢刑场吃人的老虎嘴。坐在回县城的汽车上的雷文越不想看大渠边的那井房子越摆脱不了视线，那恶心人的大粪坑，那群讨厌的绿豆蝇。

过铁路道口等火车时路人掩鼻笑骂，一股了骚味又涌上咽头，恨不得掩面捂

---

①主扇：也叫风房主机，或称长机，主要的通风设备，以区别于局扇。

②管道丛林：对化工企业管道运输流程的形容。

嘴。那一天躺在铁皮车上的自己和救助自己的俩徒弟的对话又响在耳边，回忆起来觉得想找个地缝钻进去。

“师傅，你这是咋了？”

“不知道，像做了一个梦……”

“被鹰啄了眼，是吧？这鹰真可恶。”

“兴许是吧。”

“师傅，那会儿你兴许喝多了睡着了，才落入那伙孙子的手的，不然你那功夫……”

“莫提那狗屁功夫了，记住，遇到事儿了，先保护自己，任何情况下自己也得能动，不能动了就一切都完了，落架的凤凰不如鸡。”

“师傅，有没有熏香迷糊药这一说？”

“有，兴许有吧，农药厂厂区道路上有股子白气就不能接近，接近了就被熏倒了。”

“啊！那太可怕了！”

“啊！师傅是被熏香迷糊药给熏过去了？”

“倒不是，是走路走了神儿，一棍子被人撂倒了……”

那时倒在铁皮车上的雷文是光着膀子的，下身也只穿了件裤头，盖了件别人的衣服，就问：“我的衣服呢？”

“丢进大粪坑了。”

“咋？”

“不知道吗？你一身屎还昏睡着。”

“我衣袋里还有钱、饭票、证件哩，也扔了？”

“莫急，没扔，都给你掏出来单放着了。”

雷文气急败坏地吼道：“我的姥姥，恶心煞人了！”

回厂——要进入沉沙县城的长途车上，副段长金雷文面红耳赤，心潮起伏，羞愧难耐，把拳头攥得咯嘣响，暗暗骂道：“麻子，孙子，太欺负人了，想玩儿吗？咱就玩儿吧！凤儿是我的这是天定的，十年前就是我的人了！”

年轻人火力旺，情绪更易受感染，一进厂子大门，金雷文就被火热的劳动场面和同志们的气度吸引住了，原本想找麻子老葛算账见了面就拼命那种高烧八丈的气焰霎时间烟消云散了。

“金雷文！金雷文！”“金雷文今儿个又上班了，兴许他的事儿没了。”“工人干活儿呗，还能惹什么事儿！”

这后生在厂门口一出现就引来不少人的注意，引起边边角角的一些人在一旁嘀咕。这被称为小蔚州的硬汉金雷文，生得更膀宽腰圆、魁梧挺拔了。金雷文今天穿了一身绿军装，军鞋，军帽，这是走前矿上几个哥们儿为排除晦气精心为他设计的，绿色的军装，还是四个兜的干部装，加上一顶崭新的绿军帽，再配上军帽下面亮亮的额头、浓眉大眼、高高的鼻梁、厚唇方口，彰显出一种睿智和儒雅。金雷文可不是等闲之辈，跌个跟头算什么，跌下去，两臂牢牢撑地一轱辘爬起来仍是条汉子。咋了？让麻子看的嘛！

“小金段长，回来喽。”

“回来喽。”

“这身穿着打扮特精神特威武，像个新郎官喽，一定有喜事吧？”

“看让您说的，咱个小工人能有啥喜事，出去几天刚回来。”

“小伙子，你这块料儿，好好！会有喜事的，等着吧，终有喜鹊登枝的那一天。”说这话的是位因尘肺调来总厂看门的老矿工，是熟人，他拍打着雷文的肩膀这样说。

在厂子的正门大门口，他像个离开娘怀又回到家门口的游子那般，处处亲切，处处新鲜，歇歇脚，逗留一会儿，仰慕欣赏一番。

小伙儿在那闪光地一站，不少熟人彼此招呼着。

今儿个天气特晴朗，驻足厂子大门的金雷文今儿个情绪反常，像刘姥姥进了大观园那般飞金走玉眼花缭乱。迎面的背影——当然在办公大楼的后面——是一片管网、一片工业林地，高大的罐体遮盖了半个天。高耸入云的高炉钢炉炉体及其附属工业设施把厂区的空间点缀得吞云吐雾、龙飞凤舞、气象万千。从楼阁通道间可以看到，有多条原料运输通道从楼后通过，或地面或斜廊或坑槽，最大的要算穿越半个厂区的那条火车专用线了，火车在“咯噔咯噔”地倒车，满车的石头似一面在舞动的山岭玉龙。三层办公楼红砖红瓦到顶，办公楼西侧有座数米高的高架子，那是棵焊接铁铸的工业橄榄树，它和更远的灯塔灯桥遥相呼应，蔚为壮观。再往远处看，工业大幕的背影后云蒸霞蔚烟飞雾罩处是焦化新厂区。近处看，上下左右，简直是琳琅满目、遍地是金的工业设施。雷文觉得也奇怪，往日出出进进这门口，为什么没看出厂子这么好这么宏大呢？为什么没有身居九霄置身云端金潭玉海的感觉呢？是这会儿高兴得吗，激动得吗？看山山美，瞅水水欢，是心胸开阔的缘故。那时民间还没有心理学这一说，或许这叫身在福中不知福，久闻不闻其臭吧。

宽阔的厂区大门可以并行三辆汽车，院子进深宽阔得像个球场，迎面一面红墙黄地的影壁，影壁上镌刻着“备战备荒为人民”七个大字，上方远在二十米处的大楼三层墙面又高悬涂写着“深挖洞，广积粮，不称霸”九个大字，这两条巨型标语口号，遥相呼应，浑厚质朴，制造了浓郁的政治气息。衣着蓝工装和褪色绿军装的钢厂职工和外来人员在影壁前匆匆走过，在大楼和平房间出出进进，给厂区营造了一种严肃、紧张、团结、活泼、欣欣向荣的气氛。

雷文没有马上往厂区深处走的另一个原因是，这会儿到了饭点，看看能不能碰上回家吃饭的主任赵桐。

事也凑巧，雷文在厂大门口碰上了出去买饭的好友黑刘，他正推着辆车子往外走，匆匆忙忙塞给他张报纸就走了，说是去对门钻机厂食堂买点吃的。黑刘刚想推车子又停住，从饭盒里捏出两块米糕塞给副段长雷文。雷文推辞着不要，黑刘说他饭带多了是要去钻机厂弄点猪蹄吃。黑刘督促雷文快去食堂喂脑袋，喂饱了脑袋再干别的，又说下午有个动员大会。雷文听罢，告别了黑刘，大口吞咽着米糕径直往大食堂走去。食堂在一行半死不活的行道树背后。

厂区处处一派高炉大修会战的气氛，也熏染了食堂，以“出大力，流大汗，只争朝夕，奋战百日，拿下大修任务”为内容的标语和战书宣传品贴上食堂大墙，贴遍了生产区、生活区的各个角落。大战的火堆闪烁着银色的火星一触即发，即将形成旺烧酣战箭头直指高空的战火。沉沙人——沉钢工人这会儿也是只苏醒后的雄狮，咆哮了，急了，要用刷新生产记录的实际行动和别的国家较力赛跑着。

这千人的大食堂可是个聚会的好地方，大餐厅上百张桌子和各桌的条板凳都被职工占了个满满当当，桌子间的空地方也都是蹲着进餐的人，千人同步都在喂脑袋，这嘴的利用率极高，又吃饭又说话，形成的那股噪声声浪“嗡嗡嗡，嗡嗡嗡”，荡漾填充着大厅的空隙，要拱破屋顶了。

在这嘈杂的地方，放眼望去都是脑袋瓜，一水儿的蓝工装白工装，就是高声呼叫，找着人喊应人也可难了。雷文买完饭，端着盒饭，转着圈，一边塞着馍一边扒拉口菜找着熟人，可怜呀，不想找的熟面孔一大堆，要找的人一个也没找到。小贾、赵主任，还有踮大爷是吃过走了还是没来食堂？踮大爷和老主任从来不会蹲着吃饭，赵主任那个头又爱戴顶灰色的纱帽，只要来食堂就不难找到。小贾是最爱梳那“风摆柳”的公鸡头，老远就能看到，谁知这家伙这会儿浪荡到哪里去了，还是吃罢饭到办公室去找吧。小蔚州找人要干什么，要问什么呢？他也不知道。他向来不冒冒失失去领导层会场，从不露那个脸。

“小金，来，来来！”正当雷文张望时，从众多脑袋瓜群里伸出一只手弹了一下他。雷文看清是被他呼作王大爷的王吉恩，是他爹振川早年的一个朋友，这里炼铁分厂的老炉长。继而他才看清这个区域一片白，白得特扎眼——白瓜皮帽，白工作服，白鞋，围成了一个白色的圆圈，蹲了一圈炼铁师傅。他都认识，赵有宝、姚祥、高登有，还有那个干巴小老汉老侯。后来，雷文才知道这个话语不多、办事慢条斯理的人，就是炼铁分厂的党总支书记，叫侯廉，是那个侯洁的哥。老侯特殊，他是干部但穿的是蓝工装。两炉铁的空隙，三号高炉大修大战开始有几天的空当，借着吃午饭的机会，炼铁分厂这一批师傅又再为上不上新技术项目争论着，好像以侯书记为一方，坚持上喷煤粉技术，以结巴大爷王吉恩为另一方，建议预留下上项目的条件，条件成熟后再上。

王吉恩抓住小蔚州金雷文了，想寻求舆论上的声援，谁知南山来的这后生办事稳重，从不轻易发表意见。在这位师傅的心目中，雷文在口北大钢实习过，又常跑图书馆和县中的实验室，见得多，爱琢磨事儿，一定有高见，于是说：“让咱们小金段长讲讲，他见识广。”金雷文哪敢“孔夫子门前卖百家姓”，在沉钢这儿都是炼铁行儿里的老胳膊旧手，不能乱发言。再说，雷文的心不在这里，至于冶铁新技术吹煤粉也好，喷油助燃也好，引不起他的兴趣。他的兴趣还是如何见到赵主任。

冶铁师傅们继续七嘴八舌地争论着，有些人的意见确实二五眼[①]，说的意见不着边际，根本是在那里蛮抬杠[②]，抬起来还各不相让。其实也无所谓，有的地方的学者把抬杠看成是一种文化，相声、小品中有些段子和语句不就是抬杠吗？也有人把它看成是一种娱乐，无所事事时，哥儿几个凑到一起侃侃大山也不失是一种乐趣，反正不恼就行，反正说大话又不上税。其实总厂只是做样子征求一下意见，那大修上水平增容积的方案早由地区重局订好了，用冶金设计院的整套图纸，根本不需要他们操心多嘴，人家总厂党委一号召，这些穿白帆布防护服的炉前工们真的认起真来，给他们一根筷子当成棒槌。有人说这叫运动群众，“运动一下，调动一些积极性不会错吧。”负责宣传的王一顺主任窃窃自喜起来。

叫小蔚州谈意见嘛，他能有什么意见可谈？他下的功夫在资料学上，在炼铁技术上，顶多他比技校生活泛一些，充其量比别人多抠巴了一些《冶金学》《煤气收集使用原理》《气缸原理》。一些薄册子、厚书本，没经过科班（指正规教育）锤炼，不都是囫囵吞枣、一知半解嘛，不过这小子也真有一套，他讲不清的

---

①二五眼：方言，比喻人能力差。

②抬杠：争辩，多指无谓没价值的拌嘴。

问题，能给你指出找谁找谁能说清，或者哪本书能给出答案。可惜工人们是讲操作的，没有书，也没有条件去研究书。这小蔚州说了半天不等于白说嘛。他的心还不在高炉上，还是集中在找老主任上。

王吉恩这个王大爷的饭盒“哗啦”响了一下，抓了把雷文的腿骨腾身立起随口道：“开口去，看看这一炉的号咋说，透气性，透气性，透气性，日日日日日它奶奶的，愁煞我老咳了。”又扭头朝雷文，“快去找你们的旋旋旋，旋风主任吧，他的日子，日子，日子也不好过，马踩着车了。”

王吉恩和侯林这两天缠在二号高炉上，这座老炉子又犯了肠梗阻，打旋难行热效应不好。三号炉停了，新投产的四号炉还没摆弄顺，全凭二号、一号两座小高炉下货了。二号炉不顺，产量上不去，铁号也不高，惹恼了总厂的小个子厂长，调度会上又拍桌子了，炼铁分厂一把手侯廉这两天没干别的，尽跟这二号炉打头碰面拔不出脚了。总厂让他组织征求三号炉大修上水平的意见，他总是敷衍了事，领导层如此，工长和炉前热风组长更吃凉不管酸了。

雷文的饭早吃完了，他把心都收回来全部用在去找老主任上。兴许是王结巴大爷看到小伙儿手上捏着些报纸的缘故，走出几步回头喊道：“小金好好看看这期小报，有咱们老樊的一篇。”雷文点头应着，刚刚走出食堂门口突然发现前面女工群里有一只花蝴蝶在跳动，跳上上坡的小道了，那是去总工办和调度室的房子的路。

“小何，何师傅——”雷文冒失地喊了一声，“花蝴蝶”回眸一笑，他看得清楚，是笑眯眯的，但很快沉下了脸，紧走几步登到坡顶进了办公室。雷文还是紧走了几步——是追，她确实有事要问小何。谁想到人家就是不搭理他。

“这是干啥？干啥？”雷文气愤地这样想。他像受到了侮辱，得到了不应有的不公平的对待。同时，更严重的是他发现小何姑娘可能是左手捂着脸（实际是在捂鼻子）走的。

“真的，我臭吗？”突然他想起了在厂门口前公路上的一幕。那一天他遭迫害坐铁皮车回厂时，俩徒弟推着车，他半遮盖着躺在车上，快到大门口时，车子停下，徒弟要给师傅遮盖一下，雷文羞愧也闭着眼睛甚也不敢看。忽然飞进耳朵里一段对话，他没回头不知道徒弟跟谁说话，后来听出来了，是跟总工办的何助理。

小女子问：“推的啥，臭烘烘的，死猪吗？”

一个徒弟说：“你这人，咋个这样说话？太损了，本来躺着个活人咋当死猪呢！”俩徒弟纷纷抗议。

“啊！是小金，金雷文呀，这是咋闹的？”听得出姑娘认出自己后大惊失色了。可又觉得这位娇小姐不光没近前查看却捂着鼻子逃离八丈远了。

跑出一段距离，姑娘停住脚又想问什么。

“快走吧，快走吧，走你的路，莫再问了。”这是另一个徒弟。

“啊，啊，啊——”听得出是小女子助理小何，干哕着跑了。

前一个徒弟说：“这样资产阶级的娇小姐，该让她们重新回到牛棚去改造，莫理他，莫理他。”

这时站在食堂门口的雷文回想起此事，也恶心起来。他想到的不光是自己近些天遭遇的那桩窝心事儿，还腻烦起这势利眼的小何狗眼看人低。他想到这小何半年前还追过自己的炽热的情景，那时，她没话找话说，没事也能找个理由凑到你身边，何等的热烈呀！这会儿……完了，世态炎凉呀！我金雷文的身上永远有屉屉吗？花蝴蝶，恶心人，甭理她。还是二姐好，那一天，他被打得趴在床上不能动，二姐彩凤探视自己的怜悯的表情又出现在他面前。

花蝴蝶是多嘴小伙子给人起的绰号，是小何姑娘常梳的一种头型，头发高高地隆起，油光锃亮，又扎了一堆彩色头绳，走起路来确实像只欢快的蝴蝶。雷文还真想向小何打听省生产委员会通知开会办培训班的细节，并打听省里要出书——出经验交流专辑的情况，他挂念自己在一次会上印发的那篇论文能否被收录。

“去她的吧，你不想理我，小金师傅还不想理你哩，就当不认识好了。”这雷文又羞又愤。

这金雷文犯起了小孩儿脾气，把饭盒装进兜子径直去自己的机电部，转过专用线道口，那里接近南梁头枣树丛了，刮着小风，摇摇晃晃的酸枣树棵子像向他招手，他突然想起去年领着俩外甥在这树丛里捉迷藏摘枣的事，想想现在不觉一阵酸楚。行走当中，两只蜻蜓转着弯子围着他转来转去，他扑打一下终没轰跑，心里骂道，莫又跟小金师傅献殷勤，本段长算认得你了。

天还早，午休的时间还没过，机电部办公室还都锁着门，要找的几个人还都没找到。雷文来到一棵树下，找来两块砖头摞起来，这才想起兜里折着的那张小报。近日本厂的小报《沉钢工人》办得很有起色，看标题就很耀人眼目：

《樊雪峰带领一号高炉职工战高温，夺高产，超七奔百创八十吨日产纪录》

《土烧结结硕果，赵有宝率新军支援烧结，突破日产二百吨大关》

《焦化分厂蒸氨蒸苯扩容试车一次成功，年创收将达五百万》

《风机房扎根日记——天津女知青陈小凤奉献青春的轨迹》

《黄羊山下钢城战鼓擂》（报告文学）

《厂党委洪智书记、刘兴厂长在大修清晨调度会上的讲话摘要》

《古窑矿冶厂创新高》

《三岔口矿产酣战阵地一瞥》

《玉马矿二石门快速进尺》

《“深挖洞”常识》（连载）

《供销处战线上的一支雄兵》

……

好家伙，不登高山望不到大河大湖，不到九天揽月，哪了解祖国气象万千的大好形势。带着墨香闯入雷文眼帘的这批新闻信息，着实让小蔚州激动不已，走了半个月，觉得自己落在队伍的后面了，还计较什么个人得失，还甩不掉老麻子、花蝴蝶强加给自己的那些耻辱，小家子气了。作为一个共青团员，岂不有愧呀！

有人为沉钢这火热的劳动竞赛赋赞歌一首：

大浪淘沙东流水，
小兵逞强站船尾。
船尾升起千重浪，
乘风破浪论英雄。
钢城十里燃大火，
班组憩战炮声隆。
力士炉前抡铁锤，
铁水钢锭筑长城。
一锤慑呆纸老虎，
两锤吓跑北极熊。
我为祖国献红心，
沉钢无处不丈夫。
咱立北疆捍战旗，
中华伟业万年红。

2

故事发生在数月后。

“金段长——小金——金雷文——金雷文——”那女人一声接一声地喊着，喊累了，往后退了几步，停住喊声。

尽管水塔下的人破着嗓子喊，但塔上毫无动静，像地面上的人冲着高空喊过往的大雁、飞机那般。

风也跟着捣乱，天公不作美，那喊话的声音被西北风裹着跑到大河大湖方向去了，留在水塔跟前的像个蚊子叫。那蚊子“飞”不到几十米高的塔顶，惹得下面的这人喊干了嗓子干着急。

“金段长——金段长——”是个帮忙喊话的小后生——塔跟前负责递东西的建筑队小工帮忙喊的。

人长得俊秀就沾光，喊话的女人长得确实漂亮，大大的眼睛，爱笑的面容。尽管递东西的这后生跟喊话的尖嗓儿的女人不认识，但美色是推动交流相聚的动力。这么俊的妞儿，咋能让她这么喊，喊哑了嗓子让人心疼，因而他不请自到本能地喊起来。那音量像大鼓，像破锣。

塔下喊话的尖嗓子是机电的财务大拿小贾贾喜凤，兴许是来得匆忙的缘故，也或许因为天气热，这个的俊俏女人今儿个只穿了件长袖的花衬衫，摇摇晃晃地像朵风吹着的花。她身旁停着辆自行车，车兜子里蓬蓬松松地掖了件蓝色工作服。她手里像捏着个纸板夹子，在扇着风，想必被那塔周大粪的臭气熏得头疼了，委实让人看了怜爱。

仰脸看，高大的水塔戳在那儿像根傻大笨粗捅破天的天柱，塔身大高个儿，塔顶还戴了顶和尚帽。塔根塔周除了灰尘瓦砾水泥板块连根小草也没有，塔跟前的小贾就像狂风吹刮来的一枝花，插在那儿可爱又可怜。钢厂这类重工业的现场男汉多女人少，是个女人就新鲜，更甭说这样花枝招展的坐办公室的女秘书了。

“叮——”裹在风沙中的一通金属声响驾着声波立刻传到塔顶，是那小后生想出的法子。这法子真灵，塔顶似乎有动静，有人从孔里探出头来张望。小后生的法子成功了，他的敲击上下扶梯传递信息的成功举动，博得了俊俏女干部那双风骚眉眼嫣然一笑。后生感到美滋滋的。

“金段长——金段长，有事儿！”这又是塔下的小贾。

“咋了？”好像是塔顶上的金段长在答话。

小贾马上抬起两只手做了个喇叭形冲上边减：“我是小贾，下来一下，葛主任叫你快回去一趟，有急事。”接下来地面那位负责递东西的小工又跟着喊了一遍，鹦鹉学舌般的，又像回音壁前的回音。小贾跟着又重复了一遍：“……葛主任让你快回去一下！”“……快回去一下——”

这个小蔚州学“坏”了——不是，是学“乖”了（“乖”和“坏”一个韵母），撑一撑累了，开点儿玩笑嘛。他心想都这个摊场了，麻子那么能，那么万事神通，对上边那么大包大揽，还会有什么事儿？能会有啥解不开的事儿找到我姓金的头上，撑一撑再说，然后把头缩回塔内，支出助手回话。那助手是俩瓦工，建工大队借来的。

“这里忙，忙得很，金段长离不开，离不开——”这人又极不耐烦地跟了句，“忙着呢，别再喊了，再喊也下不去，这里离不开。”

另一名助手探出头来，懒洋洋冲下面插话：“金段长占着手了，不能跟你说话，下班后再说吧，要不请你上来说。”

小贾反问：“让我上去？啊！嘻嘻嘻嘻，开什么国际玩笑，嘻嘻嘻嘻。”漂亮女人失态反常了，也尖刻地回了一句，“我若能上去，也成师傅了。”

“上来吧，上来吧大秘书，想你哩，这里能观观山景。”

“无限风光这里独好。”

本机电部俩后生嬉笑着和塔下的漂亮女人逗着闷子，对答着。风大风硬裹着声音在半空飘逝，可能还有更泻火更刺激的更脏的话语随风飘走了，喊一句到耳朵里成了半句，骂也好，挖苦也罢，都是熟人，谁也不去计较，哈哈一笑了事。

小青年们爱逗塔下这个漂亮妞儿，不光是因为她人漂亮又爱说爱笑，还因为她交际面较广，不知道哪会儿用着这女人。这个人跟哪个挤眼儿了，又跟哪个在背阴处说悄悄话了，绯闻一堆。就这会儿讲也洋相百怪，除了穿了那扎眼的花褂子，头上还戴了顶蓝颜色的风帽，又推了那么一辆拐驴似的破车子，活像电影《地雷战》中到中国阵地偷地雷的日本的渡边，美貌，服饰洋相，喊话，如何能不烧灼众人的眼球呢？美人呀，地雷呀。“嘣——”嬉笑一堆。

雷文一把把逗闷子斗嘴的俩后生拉进塔顶建筑物内。“干活，干活，干活，干你的活儿呗。”说着又狠狠瞪了他们一眼，立刻塔顶的现场静下来，各人又忙开了自己手中的活计。

是猫就毙鼠，有个官儿帽翅就降人，人家小金可是个段长呀，在工人的眼里当下这铆焊场七八十号人都归他管，他的话不能说是一言九鼎但也不能当耳旁风，定岗、定额、质量和某些调配都由他管着，借来的人也伤不起。何况人家这金段长“十八般武艺”样样精通，指到哪儿打到哪儿，好像还百发百中，拿得起，干得漂亮，不能不让人佩服。

这会儿瓦工凿开了第三处漏水的“伤口”部位，碰上注水龙头的管件锈蚀了，要换，那是管工的活儿，那哪儿去找管工？找来管工还不拖到猴年马月，登时他这个五级焊工成了管工，噌噌噌几钳子、几锉刀，把锈蚀的管儿拿下来，打上箍，加了层膜，换好了。瓦工们暗暗称道，要么让人家当段长，果然有两把刷子。

近几天，雷文不光讨厌见到这婆娘，并且听到“贾喜凤”这名字就腻烦，她可不是个本分女人，是个“是非篓子”“马屁精”“拱火精”。自己跟二姐遭了这么大的罪，跟胖子、麻子这么大矛盾，有些是因为坏人为整人使的绊子，有些兴许是因为误会，是传话传的，而这婆娘就爱传话。原来副主任裘嘉阁对自己也不错，他管技术培训，几次去口北大钢，还有去唐钢都是他提名让自己去的，自己的这点本事——主要的是焊、铸和炉前维修，特别是风机调试这些看家本事——不都跟这些培训有关嘛。也不知从哪会儿起，也不知咋了，或许都怨自己多嘴吧，自己对那胖子的一些看法都传到了胖子本人的耳朵，叨叨胖子也好，叨叨麻子也好，不都是跟这婆娘叨叨得多嘛，细想起来，有些话是被套出去的，才形成了这会儿跟俩官的死扣死结。自己真傻，真拿这婆娘当姐了。

自己也清楚，自己的奋斗目标是入党，自己的爷爷就是老党员嘛，不知咋的，就觉得入党光彩，发展道路广阔，倒没想到在这钢厂混成多么大的官。而这女人就不同了，也在往上爬，人家早是党员了。人家这女人是奔着机电部党总支书记那个位置去的。她要站住脚就得要听头儿的，人家是部里的团总支书记，就得常汇报，自己当了人家的“资料库”。

另一个原因是雷文还在跟副主任葛存义怄气。好像小贾从中也没起好作用，他搞不明白，像麻子这样的老党员，咋还能这么心胸狭窄不明事理，遇事这么不管不顾，这么易冲动，开玩笑，拿工作赌气。雷文是副段长，高级焊工，天车、起重多面手，应该时刻坚守在现场，在干中指挥，发现问题及时解决。这会儿这样的安排，不是开国际玩笑是什么？麻子是拿金雷文当猴耍，人家是副营长，麻子瞎插杠子，这不等于夺了副营长的杖，罢了人家的官嘛。一会儿让人家坐镇现场指挥，一会儿又抽人家上水塔或上高炉，一会儿随着喊叫又下水塔，去完成铆焊场的突击任务，水塔几十米高能随意上下吗？还让人活不活？！你麻子安的什么心？不应该动这歪脑子。想到这儿小蔚州给他撂了挑子——爱咋办就咋办吧，小爷爷不伺候了——不再给你们卖命了，还敢咋的？

“金段长——”

金雷文副段长在塔顶忙着锯管子接管子，想着心事，生着闷气，而塔下的那女人还没走，还在这样一迭声地呼唤着。

“金段长！”“金雷文……”“小金师傅，应个声，求你了……”

看她摆出的架势，塔上的人就是不想理睬，塔下的女人也下了决心，姑奶奶的唾沫星子能高飞，能升入云端，粘也得把你粘下来。“金雷文，金雷文，金段长，应个声，姐跟你说话哩……姐跟你有话说。”

从喊官衔，喊师傅，到直接亲热地叫名字，又加上姐呀妹子地喊起来，多肉麻，让那个后生也受不了了。不管咋说，那“飞机头”的白净脸儿女人终于把小蔚州喊应了。好汉难过女人关，硬汉搁不住三年缠嘛。

“嚷个球，着火了吗？”

“还不算着火吗，都快烧着猴屁股了。”

“说吧，有啥指示请讲。”

“在你大段长面前，还能谈到指示嘛。丢了芭蕉扇，牛魔王大哥急了，找来找去是你猴哥撒下的劣根，这不派姐来求你猴哥了。”

这都是说了些啥呀，又是芭蕉扇又是猴哥的，说得乱七八糟。

“有话快说，有屁快放。”

“好你个小蔚州，跟姐也摆起架子了。”

钢城的人，人人都是电影迷，都刚看过戏曲片《美猴王》，这不又拿电影中的名词说事儿了。甭看这雷文对贾喜凤这么多意见，可他还是善于与人共事儿的，尤其是跟下边人——做具体工作的人，又想到她是办事的卒子，为难一个女人那算啥本事。于是为了听清小贾说的事，他离开塔顶，顺着梯子降到下数的第三层平台上说话。

“啥事？快说吧。”

“三十二和三十三号钢板对接处的那个角出不来。”

“找基建处技术科看图纸不就得了。”

“打过电话了，管图纸的小何不在。”

“不在就撇开，先焊别的，先走四十一、四十二那个割口儿不也可以吗？”

小贾撇开这话题又介绍道：“技术科说，十天前下料时，你提议老主任拍板把图纸给改了，裘主任也这么说的。”

“那就找裘主任呀……”

“找了，他不管，说老葛负责的事儿不掺和。”

接下来，小蔚州旋即下了水塔跟漂亮女人走了。雷文这人就是随和，刚才还埋怨这“拱火精”“是非篓子”，要治治她的情绪，登时云开雾散了。

国际上都没有永远的朋友和永远的敌人嘛，何况这是口外民间呢。

一个小时后，雷文又回到水塔爬上塔顶。那位瓦工师傅和小蔚州金雷文有一段对话，是反话但有哲理性。

四级瓦工问：“解决了？”

“解决了。”

“你们部也真是的，水塔这么高，非叫你去说这么几句话，不怕摔着碰着，这当大官儿的也真够缺德的，真不拿咱工人当人看。”

谁说不是呢？雷文当时没明说，家丑不可外扬（这家指本车间机电部），他是干部让他咋说？那一肚子怨气挂在他脸上有话咽到肚儿里。

和麻子还有胖子有啥仇啥恨，他们值得如此对自己，百思不得其解。他今儿个一上午不到，这上下水塔爬了仨来回了，这是一般的高度嘛，四五十米高呀，你麻子自己咋不爬？喊下去教徒弟一次，喊下去修风机一次，这一回又一次。一脚蹬空再一撒手小命就完了，莫不是这麻子在往死里整自己？又想到那裘胖子是兼管安全的，能不懂这个？还随声附和支持麻子这样干。这是咋了？这安的什么心？怀疑之中，搞不清麻子、胖子在这问题上是穿一条裤子吗？如果穿一条裤子合伙整自己，就更糟了。

偏赶上这位四级瓦工爱打抱不平，愤愤地道：“你金段长也真够老实的，换了咱早给他撂挑子了。”又一次反问，“机电这么多官，这么多人，你不去那儿焊口真焊不到一块儿？”

雷文说：“不行哩！地球离了咱这五级工咋转哩！”这是在自嘲。这后生又不无惋惜地奚落道，“其实活儿也不复杂，动动脑子就出来了，人家是官，只长了张发号施令训人的嘴，琢磨人可以，哪有空儿在技术问题上动脑子。”

这后生是说，俩主任间，主任和技术员间，光忙着突出政治搞内耗了，不肯多拿出点儿时间在生产工艺上动动脑子。刚才碰到的焊接口上畸形结合部的问题，只要沉下心来动动脑子，俩主任和哪个组的作业组长都能解决，用不着提溜他金雷文。这能有多难，他只花了二十分钟，一算一比，一对应，出来了，再说原图上不是给了可以用模糊数学处理的“无限大”嘛，不过“模糊数学”这个词兴许麻子听都没听到过。

雷文为啥咽下这口气？为了团结嘛。赵桐去矿上之前，找过他，留下一句话：“大路朝天，让一让海阔天空，以团结为重吧。”他应着。他还不是党员，但甘愿用党章要求自己。

一波未平一波又起，临下班前，贾秘书又骑着那辆二八车子来到水塔，“呱咙咙，呱咙咙”，老远就知道她来了，她要到上刘瓦菜地驮点秋菜，公私兼顾，也下个通知。她戴上了个厚厚的大口罩，是应对那几摊屎的。当时，雷文带领这一路人马，集中到了塔下，正在收拾工具说几句话准备下班。风大了，风像是倒了方向，西北风转成了东北风，不光卷来了裹着雨腥味的蒙蒙黄沙，还裹来呛鼻子的硫黄气味，那个方向是大水库，中间就是焦化分厂，焦炉散发的工业臭气，灌满人们的鼻腔，有的人连打了几个喷嚏，忙着揉鼻子，擤鼻涕。上午通报了一个信息，近日要有雨水，那可敢情好，求之不得的，周围庄稼地里旱，晚期庄稼都在劲头上，盼雨盼了多日了。可是那雨神雷公电母急于政事，就是迟迟未到，恶风倒刮个没完没了，盼雨雨不来，等得人心焦。

人们又翻起几摊人屎，说拉屎也不看个地方。有人说路口边上为来往行人建个茅房就好了。那个说：“好是好，那钱呢？”“那会用几个钱？”正在此时高炉的王炉长过来了。王炉长就是王吉恩，也推辆破自行车，只见他急忙活眼地下了车子，把车子立在一边，提着裤子跑过来。有人喊：“风来了，风来了，王炉长，都下班了还这么急什么？！”王吉恩头也没抬提着裤子跑着说：“先放水，先放水。”这时人们知道咋回事儿了，有一位是熟人的瓦工师傅喊道：“好你个大炉长，随地大小便，不添堵吗？”王吉恩说：“憋不住了，不放了水要尿裤子了。”闲话中，王炉长也提到炉台上也没个专门的厕所，有一个公厕八丈远，逼着你随便乱尿，还说也提过多次意见，可官们儿光说没钱。王结巴还打着比方说话。有人唠闲话，谁会想到说话间贾喜凤到了，问：“刮着什么风？”“东北风。”王吉恩说，“东北上是龙庆峡，那里就是北京。咱这儿距京郊不超过50里，归了北京就有钱了。”又问咱们的炉前工挣多少，他自问自答：“平均月薪不到60元，人家首钢平均开90元，归了北京，你就连升三级了。”众人愕然。

“葛主任叫你下班后到他的办公室，有紧急任务……”贾喜凤几乎是一口气传达完毕指挥部政令的。人家这小贾可不管有没有人解手，全当没这回子事儿，该说啥照样说啥。她才不在乎，谁还不知谁长了那个玩意儿嘛。她说完就走，忙着去驮秋菜。当然王结巴的脸红红的。

雷文急着问：“又是让加班？”小贾说：“咱们的官儿还会啥？”不过小贾讲了个好消息，说：“挪号外铁腾场地的建议被采纳了，就要付诸实施了。”雷文当然高兴。对雷文来讲，合理化建议被采纳比痛痛快快打一通拳，逮四两闷倒驴[1]都痛快。如下的作业场地太狭窄了，既影响进度又不安全。小贾又嘱咐他，在麻子面前说话小心，说老葛又挨了厂长的批，正无处撒气哩。

紧急任务是指葛主任对机电部全体流动维修人员重新做出部署，所有的维修力量都要集中到铆焊场，明后两天，土洋结合，天车、拖拉机、小推车一齐上，人拉肩扛也要把那堆号外铁和黑渣移走，腾场地上大件。号外铁废料堆确实应该腾地方了，占着茅坑不拉屎嘛。这消息使小蔚州振奋，这条合理化建议正是十天前刚回到铆焊场的金雷文提出来的。

“又是开会。”雷文皱着眉头说。“不是开会，说几个官儿碰碰情况。”“不还是开会嘛。”

正是：

虎窝里养不活绵羊，
老鸦窝里孵不出凤凰。
强将手下无弱兵，
小蔚州确是一员大将，
挫折面前不弯腰，不气馁。
是金子到处发光。
生产线上当尖兵，
智慧用到刀刃上。
不与女人斗嘴，
弱者面前不逞强，
大公无私，公而忘私，
献良策，清障碍，大路朝阳。

3

找了几处，金雷文总算在炉门框的一处维修场地找到了裘副主任。这小蔚州耳朵尖，远远听到焦炉旁的大树沟方向飘来一曲战歌。战歌激昂高亢，似波涛汹涌，万马奔腾。细听是近期总厂文工团代拟的《钢铁工人战歌》，是几个歇班的青工在唱，为庆功会准备的节目。

①闷倒驴：内蒙古集宁产的一种高度白酒。

一线的建设者当老大，咱担当，
咱工人就是有力量。
力量似铁锤，力量似钢梁，在艰苦的环境锤炼，暴风雨中成长，
千难万险挑大梁。
焦花、炭块、铁锭、钢水、铸床，
齐声高唱祖国万岁，繁荣富强！
尽管不再提“以钢为纲”，
劲未减，气未泄，钢仍是铸就的脊梁，
我们的意志更坚强！
有了钢有吃穿，有住房，有安定，有国防。
战高温，夺高产，咱钢铁工人一马当先，
洒一千滴汗水表万分决心，一句话：
社会主义“干”字当先，用汗水换富强。
千滴汗水，百炼成钢，
用钢助力中国梦，
战犹酣，梦正香。

据说这首歌的歌词是沉钢总厂党委书记宏智组织编写的，成了鼓舞斗志的厂歌。领唱暂时是总厂工会宣传部部长伍国权，指挥是外聘的地区文工团的鲁延。宏书记还组成班子编写过厂史，那《沉沙钢厂艰苦奋斗建厂史料》后来成了地区工业发展史的骨架材料。

机电部副主任裘嘉阁一干人等像似从那只庞大的火驹[①]肚脐下钻出来的。这火驹又像爬行的蜈蚣那般，几十对利爪上生有几十双眼睛，还生有几十只吐着火舌的大嘴。裘胖子钻出来的大嘴处额外大也特凶，眼睛里射出锐利的凶光，“呼呼呼，嘶嘶嘶”，呼啸着的那是故障部位的焦炉炉门框，像要一口把这伙人吸回到肚里去。

再看裘嘉阁这位大主任，哪里还有半点儿大主任的架势——从头到脚都被防毒面具、墨镜、风帽、帆布工装、防火皮鞋、防火手套、鞋盖儿遮盖了，把那件大虎牙钳子“嗵”地一下扔到了地面上，他快累瘫了，颤颤抖抖地圪蹲在那里，大喘着，咳着。像什么呢？像位白盔白甲的天神，像位银装素裹的凶煞，像位斩关的大将？都不像，那平日吼三喊四的威风哪儿去了？随着四溅的火星扫地了。

①火驹、火龙驹：民间传说是一种四蹄生火、口鼻喷火、力大无穷、叱咤风云的天庭怪兽。

不容易呀，委实不容易呀！要不高考的不少考生不愿报工科，甚叫个挥汗如雨，甚叫个汗流浃背？来看看这位裘主任疲惫、颓丧、苦楚的神态吧。说起来裘副主任也算条汉子，不管想甚法儿，也不管出了些啥洋相，这炉门框不是拆下来了吗？不停风置换推焦装置的壮举在人家老裘主持带动下成功了。这只是一孔，还有待修待换的两孔。

站在镇子北面的高山上就能望得到那条铁路大动脉径直朝东南开过去，天边白茫茫的那一大片，就是京北大湖，那个边儿是大坝，那白点点是潴窝瀑。那湖面有多大，老百姓谁都说不清，据说装得下两座山、三条河流、五个大镇四十八村，大极了，把那么高大的土木狼山都挤到北山根儿了，把高耸的大寺挤占得只剩了一个塔尖。站在北山上还能看到漂浮在湖面上的两条首尾相接的火龙，那是沉钢的几组焦炉，也有人称作是钢厂原动力。正月十五要龙灯那样的龙嘛，撒着欢儿，喷着火。更精确地讲，那叫火龙驹。驹就是马，宽阔浩如烟海的两匹宝马翘首甩尾踏着惊涛骇浪在湖面上奔驰着。

尤其是夜晚站在山巅上看去，百里粼粼波涛，漂浮着长长的巨龙，巨龙身上火光闪闪，乌云白烟滚滚，庞大的体魄，活灵活现的，好像能瞬间扑到脸前，看不清是巨龙漂在水面，还是湖水围着龙旋转。好一番挥戈厮杀的景象。这就是沉沙钢厂的炼焦炉，昼夜奋战着，为多出钢铁当起合格的原料先行官。而裘嘉阁主任这一干人等就是这两条巨龙旁边的保健医生、忠实战士。备战要铁要钢，农业“过黄河淮河、跨长江”要铁要钢，“五小工业”快马加鞭要铁要钢，地区行署下达的硬性指标把厂长刘兴压急了，天天喊“挖潜”“破纪录”，嗓子喊哑了。越渴越吃盐，正在这时二号焦炉的一孔炉门框烧裂了，要求停风熄火维修。计划报到厂部，坐镇厂部调度台案的刘厂长一听更急了，马上带着有关人员到了焦炉跟前召开了现场调度会，这种会上裘嘉阁唱了挨剋被批挨挤对的主角。老裘本是总厂机电部的副主任，为了保护焦炉保证正常出焦，机电部抽出这裘副主任带人昼夜盯在焦炉上，啃这块硬骨头。

调度会在焦化分厂简易会议棚里举行，棚外“呼嗒嗒、呼嗒嗒”刮着风。

“哪儿坏了？”说这话时，叉着腰站在那儿的刘厂长的屁股始终没沾椅子边儿。

“13号炉门框烧裂了。”看老裘那熊样儿，口罩拴绳还挂在一只耳朵上，低声下气地汇报着，像个刚惹了事被打伤的孩子。

“咋不换？”说这话时刘兴两眼射出灼灼逼人的光。

“没备件。”老裘说这话时一脸无奈。

“咋了？不是局里年初就审批了采购计划吗？”刘兴又质问。

“批给蔚州铸造厂了，人家做不过来。”

“咋不去口北大钢求援？”

“去了，人家是大炉子，跟咱型号对不上。”

“快去地区告城南，太耽误事了，亏了产记在他名下，重局的板子打在他的屁股上好了。”刘兴这里说的城南，是俗称的蔚州城南铸造厂，地区铸造业的大厂，也归地区统管。

裘嘉阁和供销处长耳语：“你告人家，人家城南还告你哩。”

刘兴问：“说个甚？大声说，摆上桌面，裘嘉阁你说。”

“我在这里跟刘处长是说；你告人家城南，兴许人家还告了咱……”

“咱有个甚？说！”

“说咱的铁不合格。”

“合格不合格不是有个标准管着哩，化验单代表国家认证，关咱屁事儿？”

“说咱32号优质铁里混进了号外，人家只好有什么材料炒什么菜了。”

“谁说的？”刘厂长和供销处副处长同时问。

“回来的人这样说……”裘嘉阁接着用事实印证道，“人家城南从来不进号外铁，人家也做了二次化验，手里有凭有据。”

刘兴听到此有点坐不住了，随口溜出句“扯蛋”后吼道：“武来凤！武来凤——”

在场的总调度跟着喊：“武来凤——武来凤来没来？”喊罢他向一个下级示意，那个人马上开门走了，那是去提溜武来凤。

棚子外的风“呼嗒嗒、呼嗒嗒”地刮着，“呼啦”一声，那是狂风下哪扇带玻璃的物体掉下发出来的脆响。

为了缓和气氛，主持会议的总调故意把议题岔开，问了些其他方面的生产进度，炼铁的一号炉、土烧结灰石料场的任务这些车间任务完成得不好，引发了刘兴一肚子歪气，嘴像个小钢炮，批了这个几句又批了那个几句，直到武来凤风风火火地赶到会场，会议才又回到焦化炉门框铸件、化验室铁号化验质量把关不严的正题上。

进门的武来凤是位四十来岁的女人，也是一身工作服，一头汗水，一脸灰尘，或许是因为今天被厂长叫到会上惹了祸，像个小偷似的溜进门，朝总调摆了摆手，随地蹲坐在人群里了。刘兴发现后换了一张脸礼让道：“武来凤，前边坐，前边坐，这里有位子嘛。”

武来凤半起立似的直起腰笑着回答道：“厂长，这里很好，没想到还有我们化验室的事，接到电话，吓了一跳，马上跑过来的，半路还搭了一段拖拉机，啥事，说吧。”

刘兴说：“你先喘一喘，先喘喘气。”知情人明白，人家武来凤的丈夫是县委办公室主任，谁也敬着官家里的官太太，头头脑脑也不例外，所以换得了厂长这样的好脸子。

接下来，总调引导着把炼铁分厂和原料分厂大斜廊供受料扯皮的事暂时结起来，正当要重新把议题拉回到化验铁号时，从门子外挤进个人，一身帆布工装，还拄着个火钩子，这人悄悄蹲在焦化分厂一位领导的身边说着事。后来得知这是二号焦炉的一位工长，来听决定炉子修停信息的。这“白盔甲”的人一进会场，立刻把视线引过去，刘兴很会做人，他让总调等一等再进行下文。

会场也有不忙的人，像厂工会的一位老头儿——厂工会主席副主席这类官儿呗，原本是来焦化分会了解情况的，赶上现场调度会，找不到分厂干部也挤进来听一听。他是管职教培训的，听了半天不感兴趣，这会儿武来凤来了，提起了他的精神。进了纺织厂像进了女儿国那般，进了这钢铁企业就像进入男人国，岗位上女人很少，大凡这样“男人国”的地方，一堆汉子见到个女人出现就很新鲜，武来凤这样子的半老婆娘也不例外。厂工会的这位老兄更不例外，身边就蹲着个武来凤，于是往里挤了个位儿搭上了话。只见他绷起了脸故意拉长了语调调侃道：“武来凤迟到了，要扣你的奖金的。”武来凤吐了吐舌头，憨笑了笑，没说话，坐定后立刻回应道，“今个儿这叫啥会，把老革命您也请来了。”“不请自到，咱是凑来的，抓革命促生产，到一线办公嘛。”武来凤急忙烧了老头儿几句：“有您这命就好了，回头请老革命也调我去你们工会吧，我这老胳臂老腿整天提个取铁样儿盒子越来越跑不动了，你们厂工会不是还少个女工委员吗？”老革命挤挤眼也笑着回了句：“喝茶水看报纸轮不到你，莫尽想好事……”地方上一个大厂，地直县直还有附近的乡镇，一二把手，不管什么人都给往这儿塞，没办法！工厂也是有才有技术的人招不到，有危险脏乱差岗不好招人，三线的闲散人一大堆。不大一会儿老头又打趣道：“武来凤，武来凤，你家的凤咋这么多，黑凤、金凤、银凤的？”“老革命咋研究起这个来了？你知道俺老爹是当兵转业的，在部队时流动性大，先是在内蒙古，爹娘在乌海时生了我大姐起了个名叫乌凤，这会儿叫成黑凤了，金凤是人爷屋里的小妹，大排行排进来的另成体系，爹娘到了银川后，生了二姐就叫成银凤了，再后面俩哥不说，我是老小福建生人，叫成了来凤。”

厂工会的“老革命”寻趣地追问道：“咋个没叫成福凤，而叫成来凤了？”

身后一个熟悉的声音代武来凤回答：“我来回答这个问题，是他娘在来舟生的她才叫了个来凤，是来去的来，不是山东莱州的莱，没那个草字头，是吧？”

俩人猛然回头吓了一跳，原来是厂长刘兴，这个小个子厂长比神仙还精明，和神话故事《封神演义》中的土行孙那般又精又灵，不知从哪里钻出来的，不知他哪会儿到了跟前。事后知道他去小解正好走到这里。人家上边开会议事，自己躲在这儿聊天逗闷子，“老革命”和武来凤都觉得尴尬，来凤想直起身说话，刘兴示意让他别动，“老革命”腆着肚皮打着岔问道：“你咋知道的？”他问的是来凤这一名字的来历。刘兴未作答，神秘地一笑要走。倚老卖老的“老革命”不让。

这时裘嘉阁发现厂长有时捂捂肚子，他以为一定是厂长抱病来的，立刻心生敬畏。与会的一个小青年可不这么认为，他看到刘厂长和从电影上看到的首长讲话都是叉着腰，这样实在不美。

这边的刘兴压低声音回答“老革命”的问题：“我咋不知道，咱老刘不是还调到南边的邢钢几年嘛。组织去福建的三明钢厂参观，从那儿走过。正在那来舟火车站停的车。舟是舟船的舟，不是延庆州的州。”这位厂长不光对“老革命”在会场上开小会说闲话未加指责，还顺势摸出支春花烟递给“老革命”，为验证自己说的来舟二字的准确性，又顺势补了一句：“知道南孚电池吗？就是来舟旁边的南平产的。”说罢打了个莫再开小会的手势匆匆回到了原来的座位。

说起来刘兴这个老刘把这么大个摊子玩得溜溜转也真不容易，像“老革命”这样子的大干部只能哄，得罪不得，这些人不是拿空饷不干活儿嘛，没关系，又不是从自己腰包里出。对厂子里的上中层那么多“老爷式的”团职的连职的，什么什么“长”级别的人物，他老刘时刻不能忘记他们，是“财富”嘛，也是“地雷”“炸弹”，弄顺了摆弄好了真能帮你一把，把你捧得更高，弄不好也都是些不安定因素，在哪里捅一家伙也够你受一阵子的。所以在老刘的思想里，对这些同志，有的就是要捧，有的就是要喂、要哄，该打的要打，该压的要压，有的人你骂他一顿，抽他几鞭子，他委屈地抹着眼泪，还得在那里替你玩命干。他知道有的人觉得委屈，他会想：你委屈我老刘不委屈吗？照我的这点儿能耐老刘我还不得给弄个大县的县委书记干干也富富余余嘛，行吗？不行，万辈子也办不到！这是因为官儿多得不行，庙也多。大寺院里又没有小庙，人浮于事，会念经的受限制不让人家干，位子上的又占着茅坑不拉屎，没法闹了，“干事儿”想当官儿的人太多了，“坑儿”却又太少了，唉！让你当螺丝钉，你就当好螺丝钉好了，认命吧。不也挺好嘛，没那个帽翅也不担那份责任，舒舒服服地过日子，不也挺好嘛。

坐回座位的刘兴脸马上又严肃起来，他善于唱黑老包，偶尔也唱个三花脸，让人轻松活跃气氛，几十名上百名干部、上万名钢铁大军的领军人物，光哄、光央求祷告，工作是推不开的，板着脸的刘兴点名要训人了。

“武来凤！”

“到了，有啥任务说吧，厂长。”

“人家城南铸造厂说咱调拨去的生铁的型号质量不符是怎么回事？”

总调度给补充了一句：“35号铁中混有号外铁。”

“都按程序一步一步严格做出来的，能有错吗？”这是化验室主任武来凤。

“这要问你们自己了。”刘兴说到这儿，让机电部、供销部办事人员把铸件质量引出来的生铁质量以及涉及本厂和外单位产品化验的问题摆了摆，并做了分析。武来凤适时地也倒出了苦水，说化验需要的设备落后，试剂不全，较精细的作业材料只能到人家口北大钢去求，常常遭遇冷遇，致使工作困难重重，步履艰难。这又把化验上的问题踢给了供销处，现场掰扯吵了半天，总调度适时地把议题扭回来，请刘厂长拍板让供销处进设备，买化验必需的试剂，武装起本厂的化验室，并就加快本厂机电部的铸造工段的上马，也提出了具体要求和设想。

炼铁分厂小秘书进来对总调耳语几句，说他们分厂有个原料分析会，说请了北钢专家来，问刘厂长参加不参加，总调又和刘兴嘀咕了两句，刘兴让他们自己先开，接着还是继续讲城南厂铁号化验的事。

“找个人的原因，少拉点客观，外因只是条件，知道吗？看人家大庆人，铁人王进喜，人家的工作态度，对工作的责任心，‘三老四严’的精神，有了这种精神，战无不胜，无坚不摧呀！做老实人，办老实事儿，领导在与不在一个样，这些最核心最基础的东西做得如何，‘三老四严’一条条地对照找差距检查自己，脱胎换骨，一定干出个全新的风貌……”这是刘兴的话。

刘厂长就生铁化验标准不严的问题也务了一些实——解决了一些具体问题，又务了这么多虚。那年代当官的谁不吃政治政策饭，“老三篇”天天讲，大庆大寨天天学嘛，这样喊干了嗓子的“天天讲”，紧跟照办还跟不上形势发展哩。刘厂长讲着，叱斥着，武来凤哼着，几乎厂长讲一句，这位化验室主任哼一句，还掏出小本子认认真真地记着录。同时有关分厂处室也记着录。至于厂领导讲了这么多大道理小道理她武来凤听懂了消化了多少先不管，这样的认真态度是让人称许的。执行不执行接受不接受那是态度问题，执行了又落实了多少那是水平问题。

这位化验室的女主任，也就是个初中水平，她麾下几名高中或大专毕业的技术人员，不管内行外行是否说到点上，那些人都得听她的。她有背景又是党员，对工作也确实够卖力的，照她说这叫“赶着鸭子上架”。领导的意思是，好好干吧，不会就学，只要看你是块好铁是棵好苗子，是鸭子“打”也得把你“打”上架。

“不说了，不说了，让机电小裘、焦化老孟继续说，就说13号炉门框，说说咋办吧。”刘兴说到此，抬头跟上了一句，“这是咱厂的牛鼻子，重中之重。”他提到的老孟是焦化分厂的孟厂长。

裘嘉阁说：“咋办呢？没别的法儿，只有换，不光13孔需要换，还有这座炉子的7孔，跑风就等于跑焦（炭）跑铁嘛。一号焦炉的20孔都有裂痕，都需要换，可是备件呢？备件还在城南厂冲天炉里，还是铁水呢吧。”

孟厂长说：“咱这叫等米下锅，再巧的媳妇你能做无米之炊吗？”老孟挤出这句话后，怕碰到刘厂长那灼人的目光，说罢把头垂下去。

“莫说怪话，怪话能抵得了炉门框备件吗？抵得上‘饭’吃吗？从技术上找找自己的原因，我给你准备下二十个炉门框摆在这儿，摆在焦炉旁边，侍候着你，能保全系数地炼好焦高产吗？态度端正不了，操作上不去，给你上好的小站米、盘锦精香米，你就能做好米饭？”

这个老孟真倒霉，一句话出口就让小个子厂长给噎回去了，弄了个大窝脖，半天不敢再说话。

小个子厂长有自己的法儿，他把厂部秘书叫到跟前耳语了几句，又掏出自己的摩托车钥匙交给秘书（那时受到限制，打长途电话只能到县电信局），秘书走了几步，转身叫上供销处负责采购的一名小同志。总调明白，那是厂长派他们去打电话，弄炉门框。

称心的秘书就像现代人提兜子里的笔记本电脑，绝对地秉承主人的意愿，代替主人办好多事情，是得力的左右手。刘兴带的秘书也是猴精猴精的，他像是握在刘兴手上的一串精良的钥匙，刘兴的口眼眉神态都能随时发出信息，他“这串钥匙”就得给予有力的配合，成了接力的一棒——得力助手嘛。水平高的秘书就有这本事：看领导的一举一动就知道上司在想什么，领导的嘴眼一动，他早做好了行动准备，一点就到。刚才取得的工作成果，像是事先都设计好的。

半个来钟头过去了，门帘闪动处秘书和那位负责采购的小同志回到众人面前，他们离开的这段时间，刘兴厂长和总调度引导大家制订了减风慢风带风作业抢换炉门框的措施和成本核算。

刘兴这位地区大厂的厂长可是个外向人，高兴不高兴都挂在脸上，这会儿听了秘书的汇报后脸上扭结好半天的那个疙瘩松展开了，自己摸出两支烟先含在嘴上一支，又递给秘书一支，接着又摸出了两支，一支给了总调，一支扔给了耷拉着脑袋的分厂孟厂长。人们猜得出，小个子厂长有好消息要宣布。

总厂党委书记宏智恰恰和刘兴相反，人家是抓政治思想的，管干部的，一切都很超脱，把握得很准。他原来是搞农业的，也在卫生线混过几年，这会儿一般生产上、财务上的事不管，也不表态。刘兴是内行人，又肯干，他又是党委副书记，管起来不更得心应手嘛。自己作为一把手更要站得高，甩得开，外人一看，刘兴厂长倒成一把手了，沉沙钢铁总厂的大拿。

下面刘兴把让秘书和那名采购人员去邮电局挂加急电话的事说了一遍。

熄焦塔高强度的水瀑造成的作业声响咝咝可闻。这是棚子外的夺焦战斗景象，屋子里的人静下来听秘书学说打电话的经过。

人们似乎感觉到，棚子外面的风小了，推过焦后的炉子正在“哐当哐当”地上着料，高大的耸入云霄的上料斜廊把火车专用线上的优质煤经过当空飞舞的长龙（斜廊）倒进料仓，又通过聚宝盆的装煤机投入进焦炉。

大厂书记厂长的权威有多大，秘书的权威就有多大，大得能调动起地方事业单位的积极性。邮电局已经接到厂部的联系电话，厂秘书的摩托在邮电局的院里嘎巴一停，营业室主任满脸堆笑地迎了出来，进门后负责长途专线的小营业员把话筒迎面递到厂秘书手里了，并且告知，放心打吧，一切干扰都给清理掉了。第一个电话是供销处人员直接打给蔚州城南铸造厂库房的，先落实了一下炉门框备件的库存情况，得知库里存有两套现成的，已做了出厂质量检验，各种指标完好，并已打包好待运，只是就这么两套，不值得出一趟车送货。第二个电话是秘书让供销人员和本厂汽车队通话，落实能否马上派车——派保养完好随时可起运的车。第三个电话，秘书以受刘厂长委派的口吻打给了城南场的一二把手，说战备要铁，焦炉因缺备件要停产了，接下来连着说了一大串“求援”的话，也通报了该厂库存的情况，万分火急，请求立刻送货上门支援，又说了如有困难可以直接找蔚州县委抓战备的某某同志汇报一类话。这还了得，这哪里是“求援”，明明是以大厂的大官强势压人嘛，钢铁是“帅”，战备任务压倒一切，听口气又像捅到蔚州县委领导那里去了，哪个还敢怠慢？城南厂领导接完电话后厂子像发生了一次地震，倾全厂之力加以落实，马上召开会议以“只争朝夕”的精神完成这次所谓的“战备物资起运”任务。此后城南厂和沉钢的电话就落实起运车的问题，又反复了两次，协商结果是，城南厂派车送，立刻起运，送到二百里外县界大公路分水岭的桃花镇，沉钢连夜派车去接，在桃花镇交接，交接的时间也协商好了。第四个电话打给本县的人武部门，求人武部门协调调运沿途有关三个县公路段的行车通畅与安全保障。前后四个电话，打了二十来分钟，办了这么多这么大的事儿，这会儿在秘书的嘴里可简单了："跟城南厂通了电话，人家那儿有两套现成的炉门框备件，明天十二时前保证运到我们的焦炉跟前。人家调整了生产作业计划，即刻组织完成其他套次的高炉水套和焦炉所需备件计划。"

"真办结了？"听完这则喜讯后，孟厂长急着问。事情发展得有点太快，这老汉眼里带着狐疑色彩。这事竟闹大了，竟惊动了城南厂的领导班子和县人武部门。

秘书答："结了。放心吧，老厂长。"

"小伙子行呀！能办事儿，又这样利落！"这是老孟，眼里充满了激动和感激的光芒。

"不，不！不是我的办事能力强，是咱们刘厂长的威望所致。"秘书不单纯是谦虚，他说的确实也反映了实际，是事实。若不经号称"钢厂实权派人物"的刘兴厂长的点拨和支持，他想不起也不敢打这个电话，若不是打着刘厂长的旗号，打了也没人尿你。于是接着压低了声音介绍道："城南厂厂长不是怕咱们刘头儿，是怕他们县那位抓战备的某某部长，伺候不好，那部长若给他上纲上线递上句话，他的铺盖卷就得搬家。咱刘头儿跟那位部长铁着哩，是战友。"秘书是吹捧刘厂长嘛，难逃此嫌，但谁也不计较这一点，不过也反映了势利眼的现实。秘书的嘴往往是为上司长的，是粉饰器，是传话筒，哪个秘书不这样。其实人们看重的是实绩，人家刘头儿动了动嘴问题解决了大半，况且只用了半个来钟头的工夫。看来也真够"只争朝夕"了，看来还真有两把刷子，这是主要的方面。所以关键时刻关键地点，说刘小个子县长放个屁也是香的。这也不是说小个子县长真的爱放屁，他的故事得从他被省里抽到关南一个试点村种白薯说起，这里不再赘述。至于那位蔚州管战备的部长咋个成了刘兴的"战友"，无人知晓，谁还认真计较刘兴当没当过兵。只有厂工会管职工培训的"老革命"不这么看，以为刘兴爱闹这一套，催人家城南厂快供应炉门框铸件这么点事儿，就这么折腾，弄了个惊天动地，这不叫以大欺小、恃强凌弱是什么？协作嘛，就得讲互惠，各厂有各厂的一套计划安排，这样干弄了个满城风雨，又是动了加急专线，又高唱"战备物资"，声势浩大，洋相出尽，生怕别人不知道。"老革命"不解，这样子的干部偏吃香，这是咋啦？

确实有些坐井观天、思想保守的人一听到这件事愕然，大眼瞪着小眼，似乎在说：这是吹牛吧？城南铸造厂到这里要跨四个县区，攀十几座山岭，跨越两道大河大川，运距上千里，甭说起运这么个半间房子多高数吨重的庞然大物了，就是开着小轿车来，也够赶的。

刘兴见状，一不计较二不做解释，人群中不是有句特流行的话说“不管黑猫白猫，逮住耗子就是好猫”嘛，不服气也给逮一只看看好了。有猜疑的，他明白是什么事了，多做解释无益，心想看事实好了，扫了主管焦化的厂长、机电主任和运输装卸队的几个头头脑脑一眼，用命令的口吻对总调度说：“备件问题解决了，进行下一步吧。”总调当然也是厂长的得力助手，马上和厂内的有关部门、车间砸实了大铸件的卸车、清砂加工、吊装复位以及作业现场的协调配合问题。总调以建议的口吻提示厂长转入下一步研究能否带风卸换炉门框作业的问题。

“还用研究个甚，干呗。”刘兴这样说。

按道理一位厂长、一位大企业主帅不应该先说这样的话，不是有一线总指挥嘛。人家副厂长汝楫也在场，这是任务压急了之过。地委几千吨和数万吨的钢和铁的任务压得这小个子多时吃不香睡不着了，社会主义事业是干出来的，不是坐在屋里喝着茶水研究出来的。他极欣赏老将旋风赵桐，这会儿面对的是一个胆小鬼老孟，一个滑头鬼小裘。“赵桐！赵桐呢？”极需要那样的领兵大将，这小个子厂长想。这时才猛然记起赵桐在矿上，像唉了一声，只好矬子里面拔将军了。

刘兴厂长又开始点名布阵了，道：“过一会儿有米下锅了，老孟看还缺个甚？”

孟厂长说：“总厂领导费了这么大的劲儿把大铸件配齐了，我们感动又感谢，小件库里有，这就派人去领，我们积极配合好了，就看机电维修的师傅了。”说到这儿他看了眼裘嘉阁，又道，“咋说裘工，你是唱红的①，我老孟给你跑龙套，咋样？”他称裘工，是尊称，因为裘嘉阁是助理工程师。焦化分厂的这个老孟是出了名的老油条，在关键的问题上总愿把自己推得干干净净，还喜欢把对方捧得高高的，这样显得随和，落得轻松，可进可退。说穿了还不是为了少担点责任嘛。

裘嘉阁说：“不不不！还是以分厂为主，我们只是打磨毛刺、拧螺丝的。”

今天在焦炉现场正唱着一出西洋景②，老孟把球踢过来，老裘又一脚把球踢回去。

---

①唱红的：方言，“红”原来专指戏曲班中的“红净”，这会儿演变成泛指主演名角了。

②西洋景：一种文艺形式，一种民间文体活动，若干幅画片左右推动，周而复始，观众从透镜中看放大的画面，画片多为西洋画，所以叫西洋景，也叫西洋镜。

“得得！打住，打住！二位倒好，一个要当跑龙套的，一个要当打磨毛刺、拧螺丝的，让谁唱主角？让我厂长来当吗？！美煞你！跟在前线打仗一样，夺钢夺焦，都是打仗，打硬仗！都得分秒必争，都是表忠心做贡献的机会，是不是？哪有讲这么多客气话的时间？绝不能把时间花在说客套话上、斗嘴上，浪费了时间就是一种犯罪！所以老人家才让我们只争朝夕。这样吧，职责所在，该谁谁就发挥自己的优势，以裘嘉阁主任为主成立攻关小组，老孟你们配合，要啥你得给啥，让谁上谁就得上，一切都听裘嘉阁的。咱也来它个创造新纪录，带风带火热换炉门框，咋样？”

刘兴说到这儿，猛吸了两口烟，咳了一声继续说下去，“估摸城南来的铸件明儿个十二点到现场，你们机电俩钟头给我完成清砂，三点开始，带火拆卸安装，五点至迟六点给我把这项抢修任务都干完，好喽！明儿个五点，我率领管设备的副总工程师和总调前来验收，咋样？”刘厂长本来这是问话——征求意见的话，可是没等到别人表态回话，他接着又讲开了，为他刚才下达的战斗任务做了阐述：“所谓的‘带风带火热修’就是整座焦炉不停产，该干啥干啥，投料工投你的料，撇开这一孔，不就可以了；该推焦拦焦的就推焦拦焦，风机、供水、熄焦照程序作业，化工回收部分更不能停车，争取这个月你焦化的产量不能给我少一斤一两，创高产优质向总厂党委、地委报喜嘛！咋样？”刘厂长的战斗动员令终于讲完了，他像是作风很民主，先后问了三个“咋样”，可就是没停下来让人说话，听听意见。这就是小个子刘兴嘛，洪亮的嗓门儿带有一股子霸气，就是要搞点儿唯我独尊，谁还敢说啥。

“裘嘉阁，这个月焦化要足额保质地完成任务，功劳有你机电的一份，功劳大大的，我给你老孟一干人等请功。”这小个子厂长真能煽乎。

总调征得刘厂长同意这样宣布：“大调度会开到这儿散会了，参加抢修的人员留下，别的同志回去忙吧。”现场没人吭声，会议进行到这个份上，总调度已把无关的处室车间人员打发走了，这里的议题转到实施抢修上，当然现场剩的人还不是只有焦化和机电两大家，接下来开两家的碰头会。

总调度说：“裘主任，孟厂长，看你们两家还有啥问题。”此后总调又问了两遍。

棚子外的风声时大时小时软时硬，又到了熄焦投料的时刻，棚子里的人好像都在静静地听着外面，刘兴厂长也没再说话。这位厂领导好动好热闹，很少见他有静静坐一会儿的时候，只见他环视了一周后，仍然没有再说话。随手从随身带的提兜子里摸出作茶杯用的小玻璃瓶子，放到几案上。秘书看了厂长一眼，急忙拿过瓶子转手递给焦化厂一名办事员，办事员接了一瓶子热水递到厂长手里。这位办事员脑筋很活，又随手端一个搪瓷缸子恭恭敬敬地来到总调度跟前。总调说了个“谢”字接了，这里不是正式会议室，没准备茶具茶水，所以造成了厂长要水喝的窘境。刘兴和总调度都不在乎这些，都是在自己的一个“总厂”嘛，都是在家里说话。几位领导仍都沉浸在既兴奋又有疑虑的情绪中。

“怎么了，哑巴啦？有问题没问题了？总调度问你们三遍了，没问题散会，我们退席。”刘兴说罢直起身子，随口冲总调度道，“咱得去趟炼铁二号炉，夜间我站在北山根儿上宿舍区往这儿看，有几次空吹了，听说是二号炉的，那还了得！吹出去的都是人民的血汗呀！”

总调度说：“我也听说了，听说料卡在这炉喉里，搭了天棚，王吉恩他们酝酿着要炸瘤。”

一看厂领导要走，孟厂长终于坐不住了，急忙道：“厂长，真让我们带火抢修——换炉门？”

“咋啦？这不是定了的事儿吗？”一脸不高兴的刘兴这么反问。

“厂长，咱们……”

“咱们啥？”刘兴故意把脸转到一边这样问。知道这老孟的毛病，若再瞪他一眼这老头儿就更慌了。

“咱们可没这样干过。”老孟心事重重，压低了声音，带着哀求的口吻央告道。

刘兴说：“甚叫没这样干过？咱们这些同志大部分都是村里来的，摸锄把子的，挑担的。过去干过甚，过去会现代高炉炼铁吗？见过大焦炉吗？炼钢就甭说了。见过烧结机吗？不都没见过，不都是从农民成了产业工人嘛，干干就会了，甚也有个第一次。”小个子厂长说到这里把目标转向了裘嘉阁，“裘工程师，裘主任，咋不吭声呀？你是搞技术的，这次带风带火抢修主要看你们机电的师傅了。”刘兴在使用干部上确实有一套，老孟也是工程师，但在“工程师”前面加了“工人”两个字，何况又是个侧重于化工的，机电属于外行。并且年岁已高，处处不敢迈大步。裘工和他一样，都是技术骨干，经过“文革”的风浪冲击，都学“精”了，学滑了，俩“油条”碰在一起能不斗心眼儿吗？若是前些年，才不会这样推过来推过去的。人呀，“老三篇”倒背如流，到了真事儿上，露馅了。

裘嘉阁真的一下子让刘厂长看透了，但他滑就“滑”在应变能力上，厂长既然点了他的“将”，咋说也不能示弱，大话谁不会侃它两句，明知山有虎，偏向虎山行，但临终也不会忘了拉上老孟这垫背的。于是他一仰那张丰满白净的脸道："厂长，没问题，没问题，这是我们机电部应该做的，何况还有孟厂长做后盾呢。同舟共济是不是？不就是带火拆卸安装炉门嘛，咱是党员，又是贫下中农，又是党培养的知识分子，咱不上让谁上，不就是把头发烧焦，把眉毛燎没吗？"

刘兴这位厂长粗中有细直中又带点儿弯，注意倾听作为带火抢修炉门这场硬仗的主力裘嘉阁的表态。他轻轻地转着杯子，一字一句聆听着这位机电部主任说的话。厂长最愿意听到的，裘胖子已明确表了态，接受了任务，他这唱"红"的一说"没问题"，作为主帅的自己就放心了。至于这胖子说话中掺杂了这多余的零碎话，让人听了刺耳、厌恶。老刘想你是助工，是机电的副主任，吃了喝了，干的活就是这个，还硬扯上个贫下中农，还说"咱不上谁上"，废话一堆。或许这小裘说得无意，而这刘兴听着有心，我刘兴都听出来了，你当人家家庭出身是上中农的老孟听不出来吗？于是刘兴趁势追下去，"说说你们的具体措施。"

裘嘉阁老生常谈地说了几条，刘兴满脸不高兴地说："说你自己的，你们机电咋办，焦化的让人家老孟自己说。"

裘嘉阁又叨叨了几条，接下来孟厂长也说了几条，看来都没说到正点上。刘兴看了看表，又探身望了眼天色，只好说："这会就开到这里吧……"他又对一些事儿做了安排，焦化和机电两家都讲，要立刻召开"带火抢修"参战人员动员会，逐条逐项仔细研究一下抢修作业措施，把能办的准备办的都办在开战之前。还说回头请总厂主管副总工程师来审核把关。

正在总厂领导准备起身时，一个小后生提进来个竹皮暖壶给领导续水。刘兴先把小玻璃瓶子递给他，继而又改变了主意，打手势让他把瓶里的茶水倒掉，换成白水。小后生犹豫不解，倒掉有点儿舍不得，听说厂长喝的是高级茶，但守着这么多的人不便问，迟疑地愣在那儿等待厂长明示，而刘厂长正在说事又顾不上。突然背后有人道："给我，我来吧。"说着那人把瓶子接过去，不知从哪儿弄来另一个杯子递到厂长手里，杯子里水的是白色的，茶水玻璃瓶握在他另一只手里。小后生这才看清，把白开水杯子递给厂长的是机电部裘副主任。他这才发现厂长手里捏着一片药片，接过杯子将药投到口中喝了白开水。接下来厂长转手接住换回自己原来的茶水玻璃瓶。这一切都让总调度看了个全过程，极为佩服裘嘉阁的机灵劲儿。能干不能干，先看你长眼没长眼。

"有点儿不舒服？"老孟问，是在问刘兴。

"腹腔里有点儿痛，看不到我说话老摁着这里嘛。"刘兴这是在撇京腔，甚叫个"腹腔里"；不就是个肚子疼嘛。

“胃里的事儿，消化不好？”这老孟偏愿打破砂锅问到底。

刘兴像忘记炼铁分厂有个会在等他，一说到肚子疼那话就拐了弯：“前日个坐吉普去了趟古家窑矿冶厂，那山爬得，险些把肠子肚子都颠出来，刚坐下就收到那办公室转告家里[1]的电话，说民兵师开电话会，我这师职领导必须参加。有人会问：厂长还管民兵的事？咋敢不管。小个子刘副师长答：军分区还给咱挂了个三县混合编民兵师副师长嘛，反正多一个帽翅又不加工资，多有意思，战备压倒一切，咋敢不应。一说到战备的事儿谁敢延误，连吃饭到回到大公路上在古家窑待了不到仨钟头，又摸黑儿回来了。听汇报，下现场？听个球，都从简了。真倒霉，赶上桑河大桥维修不让走，走下道下了河滩误住了几回车，赶回家里八点了。午饭在古家窑吃的，又是窝子，说是从保康弄回的上好莜面，搓得薄如纸，管不住这个嘴，又没顾上喝水——水瓶子落在矿上的会议室了，这腹腔受不了了，疼了半夜，光放屁，又被老婆唠叨了半宿，转天八点准时赶到武装部……”

刘兴把吃正宗坝上莜面窝子的事儿说得有声有色，让人听着满嘴流油，他倒像是肚子不疼了，手不再捂着下腹，或许是吞下那颗药片儿的缘故。这通关于莜面窝子的议论，倒活跃了气氛，使裘嘉阁、老孟厂长接受热修炉门的艰巨任务带来的畏难情绪销蚀了不少。莜面是稀有食品，在这坝下是吃不上的，吃不上美味佳肴，听听也解馋吧。

“厂长，走吧，炼铁还等着哩。”总调插了个空子这样提示。

“走，走，走！”刘兴应着声慢慢直起身子一只手捂着胸口离开座位。当官的动作往往影响到整体动作，在座的十几个人也都陆续站起，是跟着走还是礼节性地送总厂领导说不清。老孟和裘嘉阁又分别把参加抢修的本单位的人摁下，告诉他们继续开会研究问题。

走出席棚子后，刘兴抽出窝在腰腹的手臂，顾不得周围有人没人，猛地下蹲了蹲，又猛地直起身子展开手臂甩了甩，伸了伸懒腰，得到了一种莫大的享受。也是四十多岁的“二老汉”级别的人物了，一连一个礼拜没睡过一个囫囵觉，谁说当官的不苦，他要来跟谁换一换。小个子厂长不由得“唉”了一声，暗忖，大指标小指标的，真是割（革）人命哟。

“嘭嘭嘭！”一阵单调枯燥的机械声灌入刘兴的耳朵，他不由得停住了脚步，本能地朝那火龙巨轮般的焦炉望去。这组五四式大焦炉已经投产三年多了，滚滚吐出炉口放着爆响像一座座低丘火山的焦块子，经过强压水浇、称量、运输，呼啦一下，呼啦又一下，告别了熄焦储场，又一斗一斗送入高高的高炉炉

---

①家里：塞外公职人员的习惯用语，这里的“家里”指厂子或单位。

喉，伴着精矿灰石炼成铁，铁又经过急驶徐停的铁罐火车转运，又灌进钢炉炼成钢。体现着祖国钢铁意志的钢被运输分发到最需要的地方去，会爆发出多么大的光和热！三年日日夜夜的燃烧冶炼，嘭嘭轰轰的大焦炉做出了多大的贡献！

眼前又一串尖利的信号闪过，又一锅香喷喷的“米饭”蒸熟了——一炉低硫高碳焦炼好了，该出锅了，又轮到推焦拦焦熄焦工们大显身手了。炉门开处，巨大的推杆推臂从对面推过来，推来一座炭火山，又一座炭火山，全副武装的拦焦工师傅——那像白盔白甲的几尊天神力士在拦焦装置上攀上跳下，行走如飞，驾驶着火龙驹般的运焦车飞来飞去，他们真的是在赴汤蹈火，把火红的焦捏合得像一团泥，玩弄在股掌之中，神气极了。

这些岗位到处是火，闪烁在烟雾中的人们烟中来，火中去。一股硫黄气味扑面打来，打得刘兴睁不开眼，喘不匀气，急忙背过脸去。他不由得暗暗骂了自己一句：“你刘兴是钢铁工人吗？坐在会议室里喝着茶水，还嫌苦，软软的皮沙发还嫌硌得慌，还有比你这更舒服的岗位吗？若真跟一线工人换，你换吗？”

“怎么？厂长触景生情了吧？”不知何时留在后面的总调度站到了身后，也这样感慨着。

“焦化工真不容易。”刘兴搭讪道，又补充说，“可能除了炉前就数这岗位热了。”

总调度说：“尤其是这拦焦工，哪一炉下来都得一身汗。”

刘兴说：“知道了吧？！为啥这次不停火停风热修的任务他们接受起来不那么痛快？”这刘厂长说的“他们”指分厂的老孟和裘嘉阁。

刘兴又道：“让他们试试吧，实践出真知嘛。这亏了是推焦的一侧。”小个子厂长没有进一步把话说明，总调也明白，像在说：“拦焦那一侧万万不能去的。”

总调度接着说：“谁不到现场转转也体会不到环境的恶劣。”说话间他瞅冷子蹲下身，系了系鞋带。

他是在思谋刘兴的话似乎是说热修也有个限度，不能超过人的承受极限。极限是多少让小个子自己解释去吧。这总调也是个随风倒的滑头鬼。

刘兴说：“我老刘体验过一次了，去年干部执行‘三同’[①]我不是第一批下到这儿当了炉顶的上煤工吗？真热呀，还呛煞了！”

总调度说：“看来裘主任没完全通……”拉开了一段距离，刘兴只听清了“没全通”仨字。

---

①三同：指企业干部和工人群众同吃、同住、同劳动。

“不通也得通，停这一次炉影响产量老鼻子了。弄不好得影响上千吨，要挖潜就得从这儿挖，要不然，让他来当这总厂厂长好了。”转身间他发现总调度又到身后了。“嘿嘿！这老兄真叫鞍前马后。”小个子这样想，他还真需要这样的高级助手配合。

“就是，就是。”总调度这样喏喏地应着声，论级别他只是比刘兴小一级，论能力可自感差远了。这位老同志甘当别人鞍前马后的助手，解释道：“我晚出来一会儿，把安全生产叨叨了几句。”他告诉了总厂长刚才自己慢走几步的原因，在总厂长跟前他始终是个大头兵。

刘兴说：“安全方面的问题估计不大，让安全科盯得死死的。他安全科不也是写了责任状嘛。分厂安委会和车间的安全分会、安全小组的工作开展得也算比较扎实，咱们准备的加厚耐火工装和鞋帽是国内同类商品中一流的，使用认真得当，就不会出事。再说带火热修在我们焦炉上没试验过，可炼铁的泥窝头儿堵眼儿不类似于热操作热修嘛。天钢的全国劳模潘长有三十多年前就热修过马丁炉了……”刘兴说到此无限感慨起来，不知是否是有意把话岔开，还是自吹自擂，接着这样介绍道，“马丁炉咱不熟，反正是炼钢的。劳模潘长有我没见过，也是个普通人，没长着三头六臂，只是一颗红心永向党嘛，咋知道的呢？他弟弟潘长安我可认识，二十世纪五十年代在天津一所业余学校同过学。”

这时的刘兴是又踏实又不太踏实。参加劳动实践时他亲自感受过温度，穿着便装和穿着帆布工装他都试过。当时焦化炉顶、推焦拦焦、熄焦各岗位上的炉温他做过记录。这个厂长有他的长处，梨子是酸的还是甜的要尝一口。手腕硬，也真下功夫，要不人们怎么服他。

“厂长，放心吧，我们几个人的思想都基本上搞通了，带火卸炉门机电冲在前，学习潘长有发扬大无畏的革命精神，请党委放心，一定保质保量地完成任务。”不知何时起机电部副主任裘嘉阁也站在小个子的身后并表起了决心。他抬眼往后一看，老孟厂长也跟出来了。

没等到小裘把话说完，刘厂长的右手就搭在了他的肩上，后来另一只手又握住了他的两只手，这是一种带有奖励性质的举动——最亲近的哥儿们才会来这一手，表示出亲昵，万分给力，让裘嘉阁感动得含着热泪。刘兴也很激动，他还能再说什么呢？养兵千日用兵一时，钢得用在刀刃上，想象不到激动之余，嘴头上立马蹦出几句大话，几句分量很重又极务实的话：“裘工程师，正是表现咱哥们儿才华的时候，好好干！抢险，挑重担，争取立功吧！我等着给你庆功！”刘厂长想了想又说：“你这位助理工程师要‘助理’俩字干什么？我想法儿把‘助理’俩字给你抠掉，咱就当个名副其实的工程师好了。”

塞外的天气阴晴无常，焦炉当空的天色任何时候都是那么昏沉沉的，可是矮胖子主任裘嘉阁的脑海里却是清凉清凉的，继而热血沸腾，像又碰到喜鹊叫了，眼前几十孔炉门空隙里冒出来的火苗儿不是烟火，是金灿灿鲜亮的花朵频频招着手，似乎在欢呼着：裘工程师！裘工程师！祝贺了，祝贺了！

政治是生命，是灵魂，在当时谁也不能不承认，光拉车不看路不行，盯着大路不给力也不行。可是拉车的人得吃饭，刘兴是位好厂长，他把作为灵魂的政治政策用活了，不光给了麾下人清澈透亮的目光、远大的志向和昂扬的斗志，还给了必要的一点物质。人得吃喝拉撒睡，离不开油盐酱醋，务务实让人才有盼头，才有奔头，才有实劲。

当官的说了十项有八项兑现就是好领导了，有五项兑现也不错嘛。事过数年，刘兴厂长许给裘嘉阁当工程师的诺言终未实现，不是这人说了不算，糊弄人不给着力办，是这位小个子厂长不清楚政策规定造成的。那年月，还没改革开放这个词，到处死沉沉、死板板，既死板又不开放，更甭想与国际接轨了。在这样的局面下，整个地区冶金战线也没有几位工程师。也不光冶金矿山，就全区各业讲，工程师这光环，寥寥无几。申报核准工程师资质得经过省科委，中间的手续相当复杂，他这位地方企业的厂长说了不算。他的习惯是，不算数应场面该说的话也得说上它几句，有时候大话可以当止疼片吃，当催产素用，灵得很，怪怪的。

金雷文是在一间焦炉前休息室里找到副主任裘嘉阁的。

你要体验赴汤蹈火的战斗生活，就请来炼焦炉前体验体验吧，这里见不到刀山，但处处是火海，火花，火一片烟一片，水汽一片，准能给你步入雷区的感觉。金雷文就是在这火烧连营般的火毯、火海前的一座避火“堡垒”——一处工人休息室里找到机电部副主任裘嘉阁的。平时讲的和工人同吃同住同劳动同攻关，人家这位裘副主任真做到了，这一会儿他带人打完第一场战役退下来正在休整，他哥们儿几个累得近乎处于休眠状态。养精蓄锐以利再战，他们是二梯队，准备上去攻关。

“裘主任，还忙着哩，还认得出我来吗？”作业现场的人装束、手持工具都变了。

“啊？！认识，认识，小金呀，来喽……”眯缝着眼的裘主任懒洋洋地这样说，爱答不理的，像是面前跑来一只小猫小狗那般。他咋不想想，金雷文是一个一米七八的汉子，是你们机电部的中层领导呀。但是人家小蔚州姿态高，不计较这些，反倒高兴地点点头，正在为平整冲天炉而不知所措时，终于找到了个官。

“来得正好，找身防火工作服换上一起干好了。”这位疲惫至极的主任，不像是对待一个工段长，倒像对待徒弟或者是自己的儿子。

“咋啦？让我也在这儿干？”惊愕不解的小蔚州这样问。

“什么‘咋啦’？正在换风，风减下来，安装新炉门框，快换衣服去吧。”裘主任和金段长十几天没碰面了，见了面一不问矿上的培训情况，二不问部里的其他工作，张口就下任务，这算怎么回事？裘嘉阁是提高了嗓门说这些话的。在他的眼里这小金不是人，更甭说是他手下的一个段长，是锈迹斑斑的从海水里捞到的漂过来的一块木板，逮着它，骑上它兴许能抵挡一通。说到这里，他抬头瞅了眼表，命令似的道：“给你十分钟的时间来这里跟着干。”

金雷文急忙解释道：“我是……我是……”这小金结巴了一下终于拿出勇气把话说明白了，“我是请教你事儿来的，那里还闹着一拨儿人——几十号人哩，葛主任给我派了活，让我管铸造场地施工。”

裘嘉阁听罢，火了，心想，岂有此理，都是机电部主任，一口一个葛主任，你拿我裘主任往哪儿摆？于是他瞪圆了眼吼道：“麻子既然给你派了活儿，咋还来烦我？也不看看我这里是啥时候——玩命的时候！”裘胖子说罢又阖上了眼睛。

“我是说……”

“别别别——”裘嘉阁摆着手极不耐烦地接着鄙夷地说，“你能说个甚？”

太专制了，换了人家官更大的刘厂长也得让人把话说完呀，是不是，甚态度？雷文这样想。若是在过去他把不准跟这胖子吵一架，可是这会儿不行，自己刚回来，官大一级压煞人，只好忍了。其实小蔚州尚不明白，不知因为哪回子事，这胖子好像从来不待见自己。

“说啥？主任们分工明确，我现在集中管焦化，麻子管炼铁、家里的事，不明白找麻子好了。”又说，“刚刚开了抢修热修焦炉调度会，刘厂长要求很严，作为攻坚战对待。”

“葛主任不在，离开厂子开会去了。”

“等等呀，等等再说，不行还开会嘛！”

金雷文既套近乎又想把事情捆绑在一起好办了事，就说：“是你们主任们分配我管那一摊儿吧？”

裘嘉阁说：“当然喽，调你回总厂参加‘会战’是我的提议。”又假装不解地问，“怎么啦？不想吗？”裘胖子在这里说谎话了，其实他是不喜欢小蔚州的，谁比他高他就不喜欢。

“干，干，愿意干！人往高处走嘛，谢谢了。”金雷文稳重得体地这样回答。

金雷文想道：“去年借调来焦化会战就听他的支派，跟他在一块喘气都不痛快，老想躲开他。”

“不参加这焦炉的抢修，走吧，这里忙着哩。”

“让我弄了一大摊子人，窝着工哩。”

“不是告诉你去找麻子老葛嘛！”

“找不到，说他去了县里。”

“就去县里找不就结了。”

“人家县里是战备保密会议。”

“晚上到他家中找。”

“大家都知道你这主任不会不知道吧？他家也保密，不是向来不让人去吗？”

“那就找总厂厂部，找总调，找机械副总……”

正是：

一山不存二虎，二虎必争，山不宁，
地头蛇跟前容不下小蔚州，
出难题，设绊索算啥能？
讲点五湖四海好吗？都是口外[①]汉，同灌西北风，
何容不下个能干的兵。
主任呀主任，
枉称小聪明。

雷文心想：主任呀主任。何必呢，何必划分得这么清楚？一个大机电部都是搞维修的嘛，分工不还得合作吗？何必呢？何必拿着工作开玩笑呢？让小后生实在不解。都是机电部副主任，天天打头碰面，谁也离不开谁，有什么？又没有啥仇，谁又没把谁的孩子扔到井里，哪会有这么大的仇，哪会坐在一起老横眉竖眼。后生觉得这里的人处事的风气不正，老葛称老裘是胖子，老裘背后指老葛是麻子，人的长相哪会没一点缺憾，有姓名有官衔嘛，这样麻子胖子地乱叫多么不

①口外：方言，此指北京南口以外。

好。雷文在过的几个单位，铸造修理厂也好，玉马铁矿也好，人与人不喊官衔就称师傅，多亲热，多融洽。

“当当当！”倒挂的钢轨被敲响了，这是炉顶平台告知上料完毕要加风或减风。近处哨子响了，这也是用暗号告知指令下一道工序开始，或许是趁低风低温安装新炉门工作开始，转身晃眼间看到裘主任带领一梯队二梯队白盔白甲的武士们消逝在烟雾中，冲入炉前火海。

雷文这后生可不是犟种，可不会一条道走到黑，这裘副主任捏弄了自己这一会儿，也有收获——那位葛主任不在，这位裘主任又拿糖[1]，咋办才好？但是裘主任也留有活话，可以去找总厂厂部和机械副总嘛。这样去找了，算指派不算越级，谁也怪罪不得。于是雷文想到了秘书贾喜凤建议去找的张副总。张副总所在的生产处就在去总厂办公楼路上的一片平房里，小蔚州去过那儿。那里处在总厂下属四个厂八大部门的中心地带，交通便利，总调度室、备品材料库大食堂都设在那片。但是一想到去那地儿就想起那花蝴蝶何助理，真恶心人。

抬头望天色，天空昏沉沉的，只能看出太阳的轮廓，这污染极重的焦炉上空好像本色就是这样子的，半年都这样。雷文疾步到值班室看了看表，十一点了，其实他也估摸出是十一点，他问过推拦焦师傅，已从第几炉焦算出钟点了。在厂区行走还得有规有矩，七拐八绕找到张副总的地儿时到了午休的时间，“咕咕咕”，肚子也饿了，想到忙得也没喝口水，该喂脑袋了。他文娃子可不是讨人嫌蹭饭吃的主，先找点东西吃好了，就找到防暑降温饮水站，找了个碗，咕噜咕噜地灌了一肚子凉白开，透凉透凉的，这才甩开膀子又朝大食堂走去。

4

那一天，金雷文又犯了夜，折腾了大半宿。

条件反射，听到隔壁一伙子青工在闹洞房，金雷文再也睡不着了，在床上辗转反侧。他想起了十五岁回家过年临走头天晚上的情景——那段美好记忆：养父陪着大娘、大姐去前村看电影了，篱笆院这个家就剩下了他和二姐彩凤，是养父故意这么安排的，让他们这一对既是同乳异亲[2]姐弟又是情人关系的年轻人单独在一起说说话，亲热亲热。村子里的人都去看电影了，前邻后舍空无一人，好一个幽会的时机。

①拿糖：方言，装样、摆架子、拿一手。

②同乳异亲：即吃一个娘的奶长大又不是同父母同族的非亲缘兄弟姐妹。

雷文回想起当时甜蜜的情景，说荒唐一点儿，像跟至亲至爱的二姐入洞房的一次预演。当时，他进到东里间，蒙了，站在面前的二姐难道真是天仙吗？比年画上的仕女还俊，而自己将要跟这仙女“拜堂”。他意识到都是看似老实巴交的养父下的套。

事情的起因雷文事后得知，这确实是一次“入洞房”的预演，而导演就是养父金老三。

这老汉老惦记着二女儿彩凤和养子雷文的婚事，因为他们年龄小不能登记拖了下来，又怕夜长梦多。他想着雷文这好后生，才做出了这样的秘[①]。怕小男小女在一起处长了出了事，啥事？不就是偷吃禁果那点事儿嘛。这里是穷山沟子，不是深宅闺阁，才有了“琉璃瓦垒墙墙不倒，半夜跳墙狗不咬，大闺女养孩娘不恼”之说。金老三的用意是让俩孩子尽早在一起滚，生米做成熟饭，也就打保票了。一个农民父亲，没有多少招数，也讲不出多少道理，倒了碾子砸了磨——实（石）打实（石）。

有一回师傅庚爷代金老三点拨雷文：娃子别那么死心眼，好不好？你大（指养父）着急抱孙子，谁谁家儿子跟你差不多年岁，也没登记，不是抱出娃娃来了。这事儿在咱乡下多着哩，够了年岁再去登记，谁追究——民不告官不究嘛。

今天看电影前他让二女儿和养子俩人在家中看家，这个秘，全凭金老三的招数，好像瞒过了妻子三奶奶。

“二女，二女！你留下看家，照顾俩山羊。”这是羊倌老爹在喊，他叫的二女就是彩凤。彩凤嗯着，应下了。

妻子三奶奶问：“你干个甚？”

老三答：“我有事——去电影场的路上顺便跟莫村主任说说北山场上的事儿。”

三奶奶说：“俩山羊打圈的季节，闹腾起来围栏撞得当当响，又要挤奶，怕二丫头一个人忙不迭。”

金老三说：“那就把小子也留下，姐弟俩一起忙活吧。”他又说，“这次文娃子回来，光过年了，他俩还没单独在一起过，好让他俩说说话。”

三奶奶说：“合适吗？都大男大女了，单独在一起不方便吧。”

金老三说：“啥不方便，弄不出事的，甚叫大男，文娃子说他大，不才十五岁嘛。”

三奶奶似乎同意让雷文留下了，隔着门子朝院中喊：“文娃子，你留下看家

①秘：方言，这里当阴谋讲，指有所隐瞒，不让人知道。

吧，跟二姐照料山羊。”

雷文答应道：“好，今晚演的《地雷战》我看过三遍了。不过谁给你扛板凳？”傻小子没多想，不知被留下的用意。

“你哥在就好了……那个没良心的东西！”三奶奶又想起了外甥兼情人的混崽，惆怅万分。

大姐傻黑凤说：“我给扛，我给扛！”

雷文说：“我先送你们一段，送到南山梁就回来。”小伙子再没说啥，扛起板凳头前走了，黑凤不干，身后追着，黄黄紧随其后。

看篱笆院这一家子，这会儿是多么和美，彩凤是个心眼子多的闺女，其实爹早点拨她了，她没吭声。

不是有句话是做梦娶媳妇光想好事嘛，这会儿躺在床上的雷文回忆，这不是做梦，他觉得确实是娶到了媳妇，花好月圆，其乐融融。傻小子想到这里像含了口蜜，想入非非，耳边像响起了笙吹鼓打的声音。

东里间早被爱整洁的姑娘布置得如同客厅了，女儿的心事当爹的心知肚明，半年前爹就有这想法了。爹当了后台，照着新房准备的，能挪的就拿来，能买的就买，要花钱爹给。有一天，爹从集上回来，揣回一对鸳鸯剪纸偷着塞给二女。高腰大泡子灯照射得整间屋子清新透亮，灯座是老的，灯泡不太亮，爹让重新买了换上。以门桌和大镜子为组合的闺房梳妆区和另一个以炕桌、床头柜、被褥组合的睡眠和学习的地方，各有特色，各有一番韵味，蕴含着主事姑娘的灵巧、细心和良苦用心。

这是什么时刻，彩凤姑娘明白爹的用意——爹半个月前就似露似藏地点拨她了，所以她想起了这桩事就脸红。

她早盼望这一天了，差就差在文娃子小的那几岁，那厮磨磨蹭蹭不快长，这下好了，她意识到这算一次入洞房预演，早晚不也有这一天嘛。她做好充分准备，一定给这个既是最疼爱最亲近的弟弟又是如意郎君的小雷文一个美好的印象。农村就是这个水平，闺房就是这个样子，她百分之百地尽心了。绝对给那傻东西来个惊喜。做啥？爹不是想早一天把饭做熟拴牢那厮的心吗？

雷文还惊奇地发现，炕桌两旁的上方垂下了两组剪纸，造型是两串灯，还有两个红纸剪出的双喜字。

进得房间如入仙境的“准郎君”金雷文，先是看呆了，不知咋回事，不知如何是好，接下来小家伙蠢蠢欲动了。怕啥？你小妮子彩凤不就是要这一套嘛，既到了仙人洞就要作为一番。但同时又疑惑这是从小自己跟俩姐同卧同耍同睡的那条大炕嘛，对着哩，怎么能不是呢？

炕仍是那条旧炕，只是年前爹求人刚给炕火道换了炕坯，爹又托四叔家的哥从南杨庄供销社捎回一张正宗的新苇席铺在上面，一下子就给大土炕提高了档次。屋子是新刷的，顶子是求人给吊的，墙壁是彩凤姑娘自个儿刷的，白得落上个蚊子也看得见。她精雕细作般地刷了三天，前后刷了两遍，是入冬后，她情愿有寒风袭扰，姑娘支起窗子高质量刷好晾好的。

彩凤在爹的支持下，下了这么大的力气如此折腾，吸引来多嘴的前院嫂的眼球，打趣道："他姑（是指着自个孩子叫的）刷了房换炕打扮洞房，把不准给俺娃儿迎进个姑父，是吗？"彩凤白了她一眼低下头答道："嫂子，都说啥哩，过大年谁不讲个洁净，干净些不才舒心。"前院嫂又悄声问："想提前过事儿[①]吗？"这包打听的前院嫂何事能逃过她的眼睛，彩凤和雷文上天定配夫妻的事她一清二楚，才这样问。

彩凤说："才不敢哩，论年岁离登记还差四年半……"说到这儿，姑娘羞得跑了。

在这古蔚州，有一种用作粉刷墙壁的白粉子资源相当丰富，当地人勤快，灶台边放了个浆水桶，吃罢饭刷完锅碗盘，随手对灶台和周围就刷它两刷子，勤快人家的灶台四壁也刷得白如客厅。雪白的墙壁，红红的双喜字剪纸，新灯，新炕席，新被褥，新人头上还遮了块红盖头，这一切像小娃子们过家家的一台戏，戏演得逼真就不是戏了，这一切都像是精心设计的，勾人魂魄的，主演是彩凤，总导演是那拿了一辈子羊鞭从未拿过笔的爹，用心良苦呀。只有傻小子雷文还蒙在鼓里。

5

在百姓生活中，家庭也是个小社会，把不准这个跟那个，那个又跟那个，也是仨心眼儿俩心眼儿的。打从小拐子木匠闯进宅门后，受邪恶势力的挤对，老实巴交的羊倌金老三这当儿也急了，光想着把握好家庭的这个统一战线。妻子和妻外甥混扯在一起的那点事儿，他忍了，谁叫自己不行了呢。自打扩房后，混崽以荣耀还乡的架势住进了篱笆院，这姨甥俩似乎疯了，竟忘乎所以，竟不避家人眼

①过事儿：方言，张家口、石家庄对办喜事的称呼，有些地方办丧事也叫"过事儿"。

目，明铺夜盖起来。最让金老三无法忍受的是狼狈为奸的这对狗男女，借自己从梯子上摔下来受伤行动不便的时候，掌握了这个家的财权物权，吆五喝六，作威作福。山南的野小子，像真成了这家的主人。老三的看法没有错，养儿子文娃子和二女儿是自己晚年的幸福保证，这个家中只有文娃子可以和这仇家抗衡，连他娘有时候也听文娃子的，这根缰绳可得攥牢，他极力赞成养子雷文和女儿彩凤联姻，又猜透了二女儿也是这门子心思，就想早一天生米做成熟饭，促成这件事才踏实，所以才有了今天的这些举动。这步棋三奶奶也早看出来了，一个家庭，两个阵营，叮叮当当，互争高低。早在过年之前，彩凤烦人家前院嫂给剪灯笼的双喜字时，三奶奶就做了干涉，不敢招惹闺女，只说丈夫："过大年，不剪福字，剪喜字做个甚？"

"管她哩，孩子们的事管不了，你就少管，福和喜不都是福嘛！"

"抠你的羊屁股去吧，你懂个甚。"三奶奶接下去把话点明白，"不管咋行呢，再不管兴许娃儿都抱出来了，那咋整？"

"有甚不好整的？没登记就一起过的户多着哩，生的娃叫咱爷爷奶奶或姥爷姥姥不都是咱老金家的娃儿嘛。"

"说得倒也实际，不过文娃子这娃儿还小，虚岁不才十六。"

"十六怎么啦？小吗？你不就是十六进了这篱笆院的门，十七岁生了黑凤吗？"

"呸呸呸！还说哩，不是你个哈喽气喘的老东西把老娘弄了来，十七岁能给你生娃儿吗？"

"那时节我老三还是条壮汉吧，还没哈喽气喘吧？咋就光说恶心人的屁话。"

三奶奶没有反驳，倒陷入深思，好像她跟羊倌金老三也过过一段好日子。嫁汉嫁汉穿衣吃饭嘛，十六岁的小丫头跟了老三不算怎么风光倒也没饿着冻着。那时节老三确实是一个壮得像条公牛的壮汉，确实没有气管炎这类高原病。又想到那时节自己还是个一米四五没长齐全的小姑娘，进了这宅院让壮似公牛的老三一折腾，每次都像要散了架那般。苦啊！那时哪懂得什么叫爱，被老三当成了一架机器，抽水机吧。不由得又咒骂起老铁匠酒鬼的继父来，那时节，自己连皮带骨头不到一百斤，让继父像猪羊那般卖了钱打酒喝了。

尽管这桩细节类的小插曲与篱笆院阵营纷争关系不大，但也显现出雷文、彩凤他们的这个娘劣迹性格形成的原因。三奶奶在养子和二女儿将结为连理配夫妻的问题上老是打着破锣，不是担心这俩同乳非血亲姐弟糊里糊涂一起过，过出了孩子没法交代，而是时时为拆开彩凤、金老三父女和养儿子文娃子的联盟设下绊子。二丫头和养儿子要结婚的话也得听从自己这个当娘的指派，否则，没门！要好都好，要倒霉都倒霉，这个家还得老娘说了算，不信咱就骑驴看唱本——走着瞧好了。说来说去还是和养父派、养母派两个阵营有关。

至于那位痴情于弟弟、追求婚姻家庭完美无瑕、以白仙姑弟子自居的美女彩凤就更无须多说了，可不吃三奶奶这一套。先前这妮儿可是个天不怕地不怕的茬口，说一不二的主儿，谁会想到后来这么窝囊，让麻子和小拐子木匠闹得走到那一步。人呀，难说呀。女大十八变，不能越变越软蛋呀！

对被看成小帅哥的弟弟金雷文来讲，今儿个单独跟二姐在一起，单独进入东里间太刺激了，像是步月宫，逛瑶池，走天涯，得到了莫大的享受。不是吗？逛山，请家堂，年夜家庭聚会，大柳树下团拜，哪有比这会儿更激动人心的。

被公众公认作美女的二姐彩凤太漂亮了，漂亮得在小伙子的眼里不再是一名村姑，而是鲜艳夺目的一枝蜡梅，又像一朵二月春兰、三月桃花、四五月牡丹那般，简直是庙堂里的一尊佛、一尊观世音，美得镏银放电闪金光，浑身上下洋溢着一股清雅秀丽的美。环境配人，这间清新火热的屋子里有两枝艳丽傲冬竞春的梅花，一枝贴在墙上，喷着芳香的蜡梅水彩画；另一枝除了二姐还有谁？听二姐说，那是从东杏河梅园艾香姐那里化缘来的写生画，好像也是定情物品。据说艾香舍不得给的，没法说清楚，鱼爱鱼，虾爱虾，那彩凤就爱梅花，爱得死乞白赖，没办法，好姐妹艾香也就给了。

这幅未经裱糊装帧的水彩梅花，是一位青年画家挥笔泼墨画在一张绵软坚韧的宣纸上的，画面的背景为漫山的大雪，这是已郁郁葱葱的梅园中的一个孤枝，其枝头锋利的花蕾如笔，孤伏在枝头，犹如严冬厉风中的神鸟在搏风斗雪，更像英武的巾帼斗士，真乃花吐杀气，香欺兰蕊。雷文明白，二姐彩凤为何特爱这幅画，画如人，这正是画主二姐彩凤的真实写照。

后生联想，这东里间另一枝艳丽竞春的梅花除了二姐还会有谁。艳若早春桃花，洁若蜡梅，这诗句不是写二姐的还能写谁。一向被看成老实巴交的雷文也不那么老实了，年轻人嘛，胸膛里总会有那么一股子燥火，要跃跃欲试，折梅采花，几乎到了抓耳挠腮的地步。不过在越雷池半步的当儿他又理智地控制了，总没有出什么事儿，才算是一个遵纪守规的汉子，一名智者，不是凡俗毛头小子。

躺在床上辗转反侧着的雷文清楚地记得十多年前正月初三那天晚上发生的事情，如在眼前，那场梦对他刺激太大了，致使时至今日还历历在目。那是最动人心弦的一幕。

叙述雷文闯“洞房”戏天仙彩凤之前，还需要交代几句：这娃子是土命，人心实，开头真的站在小羊圈盯着山羊打圈的事，姑娘暗地窃笑这傻子，哪有的事，隔窗戏耍道：“爹骗你个傻子，大雪封山，猪羊都稀膘，哪里有打圈。”这娃子猛然醒悟。

十分钟前——走进里间断壁木门之前，小伙子本能地轻轻咳嗽了一声，那声音低沉得像青蛙的低吟。

闺房也是禁区，尤其是只有少男少女姐弟俩的今晚，干这种事文娃子仍是个雏儿，像在偷人，那颗心跳个不停，致使对那位美若仙子般在脸前晃动的二姐，都没敢正眼看一眼。他在屋子外面大约站了二十分钟了，咳咳咳，先后又干咳了两次，这都是出洋相的。这是进入一个姑娘的房间、跟心爱的姑娘说话前的一种文明礼节，他可不敢像从前那样有半点儿冒失举动，否则姑娘翻了脸可吃不消。莫说这是作假闹洋相，姑娘闭住嘴，差点儿笑出声来，心想别再咳了，洋相百怪。雷文不光年纪小，也是个雏儿，还是个地道的正人君子，毕竟是中学语文教师的儿子嘛。

“二姐，你这是咋了？”小伙子词不达意地试探着问。

“这是问的啥话？我怎么？又这么‘咋了、咋了’的。”彩凤不屑地想。

半天，姑娘没有应声，屋子里显得黯然寂静，静得彼此能听到心跳声。“咚咚咚”，后生的心跳得格外厉害，屋外风呜呜地伴和着。

“二姐渴了吗？要不要给你倒点水？”后生怯生生地伫立在断墙外面，不敢轻入，更不知说啥好了。

姑娘仍没有应声，这姑娘像盘着腿儿纹丝未动地坐在新炕席新褥子上睡着了。还听得到粗粗的喘气声，像鼾声。

实在是笑话，坐着的人哪能睡着？无非是后生的错觉，除非是庙里的老僧老尼。雷文第一个反应是：二姐在跟他捉迷藏，或许又设了什么考试科目，这个姐呀——这丫头心眼子太多，道道也太多了，这又是啥意思？生活上后生多年循规蹈矩的习惯，或许和这个姐从小管束不无关系。

怨不得常被这个姐骂傻，这个雷文马虎到这当儿竟不知盘腿坐着的姑娘的脸朝南还是朝北。

小伙子也有他的法儿，不光问渴不渴，还想问饿不饿哩，这叫没话搭话，逗闷子嘛，三逗两逗过关了，这招数谁教的？都是从一般上下的后生那儿学来的。

那时节“恋爱”这个词汇尚未流行，在农村不能提半个“爱”字，一沾这个字的边，就让人撇嘴，让人脸红。当时农村说的搞对象就是恋爱，不少搞对象的情况还只是个形式而已。彩凤雷文姐弟搞上以后也常想，搞对象就得搞嘛，搞得当中出些洋相，出些麻烦，出些周折，很正常吧？时而打闹，时而嬉笑，更甚者翻脸是难免的，也是种乐趣和享受。搞对象就是“搞”嘛，就得你逗我，我逗你，把不准出个题目考验一番。对方也不在乎，考就考，怕啥，应试呗。

“姐，你困了，也太累了，你睡一会儿吧，我给你站岗放哨，赶老鼠，轰蚊子。”小伙子的嘴甜甜的；又得意扬扬地拍着马屁。他当彩凤是傻瓜，明显是忽悠嘛，“呸呸呸”，好恶心！忽悠也选不出好词汇，惹人笑掉牙，大冬天哪来的蚊子？

“坏娃子！坏煞了，嘻嘻！这天寒地冻的季节，给姐捉只蚊子看看好吗？”彩凤顺杆爬，出了这个题目。

雷文总算让金口玉言的彩凤姐说话了。他不应声，咧嘴笑了。骂也好，挖苦也罢，总归把这丫头弄得说话了。小伙子有一种成就感，暗忖道：好你个彩凤，你当是小时候，欺负我小，耍着玩，看我到时候如何收拾你。他说的到时候当然是指结婚以后，这小子真坏。

真是金口玉言，姑娘只吐了这么一句又甚也不说了。再逗弄也不说，倒让小伙子不知如何是好了。

雷文惊奇地发现，泡子灯不知何时起慢慢暗下来，思谋一定是这丫头搞的鬼，屋子里没旁人，灯台油腹刚添过油，没人动哪会暗的。

小伙子后悔屋子亮堂时没好好看看这个未来的媳妇啥模样，是如何打扮的，再想看晚了，费劲了，没招了。他也想走上前把灯捻亮，犹豫了一下没敢动，长到十六虚岁，尽管在姐的面前也是汉子了，可是在这个喊姐的人面前长大的，有甚举动，没经过这个“姐”的允许，终有点儿拘谨，不敢造次。

小伙子真傻，想好的事乱了套路，想办点儿“坏事”又缩手缩脚。送了爹娘大姐自己回到家，约莫过了半个钟头，又磨蹭了半天，兴许过了一个钟头，总共留给自己俩人说话的时间没多少了。养父体贴人给自己创造的这个条件——明天一走又是半年仨月见不上面，不得趁此坐在一起亲热亲热。时间确实金贵，这会儿估摸放开了电影，正片俩钟头，加片半小时，加上散场后回村途中所占的时间，减去这半个小时顶多还有俩多钟头幽会时间。到时候大姐黑凤要来旫当门子，养父母也跟着回来，有话再想说，或需要办什么事，晚了。为什么呢？这傻小子也说不清。

院子里少有地安静，鸡入窝，鸭入竹笼，小狗也伏在街门口休息了。又没点风，雷文没着没落，心跳得无比剧烈。

彩凤姑娘越是不说话，越是逗弄惹得这个仍喊着她姐的雷文着急上火。当姐的年纪越大越麻烦了，头两年多自由，想起啥就说啥，咋想的就咋说，动点手脚也可以，时到今日不自由了，咋这么多绊子？谈对象不谈怎么成？今儿个不谈，明儿个一大早那断颠了，再谈又得盼日出月落数星星。

人呀人，总是这样到了真事上出洋相，好奇心很重的后生越看不到那俊妞儿越想看，越得不到的东西，非要弄到手，简直死乞白赖，达到了疯狂的程度。打从一年前在白仙姑庙台“拜过天地”、喝过“交杯酒”后——尽管那是儿戏，小伙子的脑袋深层里都成真的了——身份换位，情感游离，金彩凤从前这个姐早成自己的媳妇了，只是没登记、没睡在一个盖窝里而已。那时候小，深层次的事不懂，回到家睡一条炕，仍可以在一起滚，愿咋要就咋要，不隔心。时至今日这会儿这“媳妇”拿起糖来，摸不让摸，看不让看——还捻暗了灯，作为“未婚夫”，太窝囊了。那咋行？大着胆子进屋子呗。这还了得，越不让看就越要看个仔细。文娃子暗忖：你金彩凤若不让我看，打扮这么长时间准备给谁看呢？这天午后，二姐彩凤几乎仨钟头没出那间屋子，也不让弟弟进屋，不都是在打扮一番给人一个惊喜嘛。

眼前的这二姐——这妞是盆鲜艳的花，当然是后生自己最喜爱的梅花，淡淡的又艳艳的，稀疏的绿叶扶持着洁白的花朵鲜嫩鲜嫩的，喷着香气。隆冬季节，百花凋零，唯有梅花一枝独秀，二姐在村子里仅剩下的闺女中就是如此。小伙子眼下又像置于一炉炭火的炙烤中，老虎头[①]的续火炭烧得旺旺的，炙得人暖暖的，心里痒痒的。小伙子再也不能憋屈在那儿咽口水了，他今天是来幽会的，不是来受气的，管她呢，有甚了不起的，不就是惹恼了她姑奶奶翻龇[②]嘛，顶大谁不理谁好了，绷不过半天，过不大会儿又好了。

想着，雷文悄悄进到里间，步随眼行，轻轻地又是迅雷不及掩耳地前跨一步，这一步到炕沿近前了，似到了梅林花丛，芳香扑鼻，彩凤温热喷香的身子触手可及。盘腿坐着的二姐似乎吓了一跳，朝南坐的这丫头的动作比泥鳅还快，臀部抬起屁股一挪到了大炕里头。

在小伙儿的眼里，二姐一举一动都是美的，美得像外国童话中驾云的大使。

①老虎头：产于蔚州老虎头煤矿的一种煤，也叫续火炭。

②翻龇：方言，翻脸。

这偎到炕里头的动作不像故意躲闪自己，倒像显示腰肌的美，是用敏捷到晃眼的动作显示苗条柔美的身段。她像沉浮荡漾在碧波中的一条美人鱼，忽而避闪到彼岸，忽而显现在眼前，眨眼间，又潜回碧波中。听说二姐在白仙洞尼姑婆婆那里学了什么拂尘拳脚的，早先不信，这一次总算见到了，行动之快，动作之美，令人汗颜咋舌。偎到炕里头盘腿坐着的二姐仍给人一种静谧的含情脉脉的柔美。

这时稍稍镇定下来的小伙子的那双眼睛这才看清：二姐的额头上顶了条浅绿色绣有红花的纱巾，那张秀美的粉脸和乌云般的发髻藏在纱巾下，这是咋了？难道入洞房礼仪中有挑盖头这一说吗？这是忙乱中雷文的第一个反应，这是新嫁娘的盖头——拜天地入洞房后，该看新郎官最典型的程序动作了，难道这真又是二姐摆的婚礼的预演，对自己又是一次考验？想到这里，冒冒失失的这后生扑上前就要揭，突然他的手停在了半空，继而手指像点到了二姐高领上衣处，急忙退了回来，这后生闹别人的洞房时，见识过，赶忙在二姐坐得炕面的周围寻找着，找什么？找秤杆呀。他几次凑热闹看过这场面，一块红盖头盖着新娘俊美的脸蛋儿，第一眼看新娘的脸蛋儿，第一个饱眼福的是新郎。新郎用秤杆挑盖头取称（秤）心如意之说。找了半天，这彩凤丫头的周围哪里有秤杆，连根可以取代秤杆的竹筷也有没有。兴许二姐这丫头不太懂，忽略了，他情急之下有了主意，他看到炕桌上放了把量布的竹尺，心想，就它了，就它了，毫不犹豫地抓起尺子从二姐紧身的红袄后捅了过去，又轻轻地抬起手臂，盖头被挑了起来，既熟悉又新鲜的那张一头秀发闪现在眼前，像到了自己的怀抱那般。细想起来，竹尺和秤是同样的量具，竹尺等于足尺，足尺够平，不还是有称（秤）字，也取了个吉利字。

下面发生的事，不是后生冒失地把姐揽过来，倒是这个姐就势倒在了奶弟弟的怀抱里。

后生的这次“应试”答对题了，两个温暖的身体贴在一起——像在过电，就这样悄无声息地预热了几秒钟。彩凤姑娘未曾想到这个傻乎乎的弟弟一反常态地不傻了，以他固有的热情，在两颗心激烈的跳动声中，不由分说地把她这个“姐”转了一百八十度，由这家伙的额头贴着姐的青丝变成了脸儿对着脸儿。这小家伙也太狂了，胆子也太大了，不仅把抱大养大自己的姐姐搂抱得这么紧，又得寸进尺地把他那带着茸茸胡茬儿的嘴贴到姐的樱桃小嘴上。

这个姐先是怕得要死，晕乎得似乎上了天，喃喃着，躺在弟弟宽大的怀抱里她不解地想，这叫干什么，这就叫爱吗？一年多前这个叫“弟弟”的小大人就想这么亲自己，她几次翻了脸没让他亲上，不曾想喝的洋墨水多了的这家伙学得越来越坏，今儿个让他逮着了。

“二姐你真好。”雷文搂抱着彩凤这样说。未来的妻子彩凤给了他这么激情的爱抚，这十五岁的大娃子受宠若惊，不知道用什么语言表达心情。彩凤一句不吭，任他表现好了。

这是彩凤和雷文这对情侣成年后第一次肉体接触。当然，姐弟俩折腾这么半天，无非是抱了抱，亲了一回嘴，弟弟爬到姐的身上压了压，又被姐急速地推下，姐姐躲到了炕梢，拉开了距离，小伙子只好作罢。够了，在这大南山的篱笆院，在彩凤和雷文那种思想束缚下，做到了这一步也够意思了，俩人心满意足，够味了，不能再闹下去了。

他们没想有进一步的动作吗？想，但姐也好弟弟也好谁也不敢。金老三走前安排俩儿女单独在一起说说话，说甚做甚咋想的别人不知道，这个爹——大老粗的爹再蠢也不会点给孩子上炕睡觉。女儿更是名节重要，有天上下凡织女身份的彩凤还没疯到出格的程度。

对弟弟雷文来说，孔孟之道中的一个礼字把他捆了个死紧，莫忘记，西合营他还有个教书匠礼仪传家的爹，也就够了。“不能胡来，没结婚之前她还总是自己的姐呀！”这句话时刻被这后生记着，成了枷锁，没有敢轻越雷池半步。这时姐弟都守住了底线，“入洞房”这是小孩戏，预演就是预演，不能演成真的，底线就是没登记结婚前，不尝鲜，不触电，不睡在一起。

戏耍了一通后，彩凤挣脱了奶弟弟的双臂又盘腿坐回原地儿，捂着脸吼道：“文娃子，莫闹了，够了！”“够了”是个什么“度数”，雷文也不知道。

胆子越来越大、想入非非的这厮余兴未消，小心翼翼地往姑娘一侧挪了挪身子。

“姐，你真美！”弟弟雷文又一次拍马屁。

彩凤没有应声，把脸扭向墙面，给弟弟一个后背。

“姐，小脸儿这么俊，又这么香，不是打扮出来给我这小女婿看的吗？咋不让看？”这是马屁、奉承加责备，小女婿急了。

“看吧！谁捂着你眼哩。”姐嘟囔着，但是温情脉脉。

“姐，我真看了，这样躲在墙角让人咋看？”说到这儿他探身伸出一只手到了炕桌上的泡子灯眼前道，“我捻亮灯了，让我细看一下姐就走。”小后生耍滑头也来了个鬼点子。

“捻呀，谁拦着你哩。”姐叫了板，像是满不在乎。

泡子灯真的给捻亮了，那个美若天仙扮作新娘的姐霎时间裸露在灯光之下，像一朵刚出水的秋荷呈现在面前。弟弟越想看个鲜亮透彻，姑娘偏向灯背影的地方钻，惹得弟弟假装生起气来。

雷文问："姐，是不是死心塌地想嫁给我了？"

彩凤听罢不由得一怔，没做正面回答。小女婿的问话啥意思，还问得这么直？于是姑娘接了招，瞪了一眼对方，好像又骂了一句，责备那娃子画蛇添足。这妞儿毫不正经地一下坐直了身子，反把原本静谧的墙面弄了个婀娜多姿。

情人眼里出西施，在文娃子眼里，火炕上凝神静坐的这个姐飘飘如仙。自己也步入了仙境。

弟弟转过脸把深情的目光投向所爱的人，甭说白嫩的小脸儿，那身条也是绝佳的，一米七左右的个头，配上艳丽又鲜嫩的衣裤，红的是袄，绿的是裤，在公众场合能不力压群芳吗？再配上颀长的粉颈、花彩的头饰和披肩青丝，站在哪里也得聚拢一片惊羡的目光，百花竞艳中兴许京津的时髦女人也不及她。在小知识分子雷文的眼里，彩凤这个当地人心中的一号美女，像冰雕玉琢的那般完美无瑕。

她五官都算标准，说到眉眼，像古戏文里形容的那样："大大的眼儿，弯弯的眉儿漂白的脸蛋，没丁点儿麻子。"更美的是她眉心还生有一颗小小的黑痣，恰恰是这颗痣给姑娘增色不少。她印堂较宽，显得鼻梁趴了点儿，而多了这颗痣又加上两道弯弯的细眉，眉尖正对着痣心，倒像二龙戏珠那般活跃，印堂眉心宽恰巧是心胸宽阔的标志。若干年后它是他们破镜重圆的重要标志，亏了有这颗痣，十五年后姐弟重逢时弟弟一眼就认出来了。一对明亮可亲总带着笑意的大眼睛，反映了她的善良与温厚。还有略有点儿噘的嘴巴，配上那张俊俏的脸，再加上酒窝儿和遮盖在宽阔额头上的刘海儿，把这个钟情于自己的新时代女性推上了美女、知识女性的高度。怨不得村里人、镇里人知道他姐弟这层关系的不少人常常投给他俩惊羡的目光。小伙伴们说这文娃子有俩好爹和一个最疼他的娘，还提早订下这么个俊妞儿，这叫人走时气马走膘，时气[①]好的兔子三枪打不着，在家是娇宝宝，出门绊一脚，捡了个大元宝。

这个姐在锃亮的泡子灯下，被弟弟看得羞得抬不起头，一甩披肩发又转过脸去，羞怯地责怪道："让你看，让你看，看到眼里找不着。"又道，"看到了吗？在姐的脸上找到伤疤、麻坑、雀斑了吗？"

"姐，看你说的，咋说这样的话？不这样说能让我看到小脸蛋儿吗？"

"给我打嘴，打嘴！"姐一噘嘴真的要恼吗？

"看好，文娃子我打嘴了。"雷文说着真的 给了自个儿一记耳光。

①时气：方言，一时的运气、幸运。

彩凤忙骂道：“傻子，傻煞了。”转过脸去怨道，“谁叫你小傻瓜当真打哩。”

这妞儿对小女婿一连说了几个傻字，姐是俊妞，后生真的傻吗？丫头的眼神说明那是反话。

“我不打，姐还让看吗？”

“傻煞了，啃都让你啃了，还能不让看吗？”姑娘羞答答地把脸藏到灯影背后。

雷文丢掉一切伪装，第二次扑上去，亲昵又无拘无束地抱住了彩凤。姑娘本能地转过头闭上了眼睛，又一次让弟弟把大嘴贴到自己的小嘴上。小嘴涂有红色天然材料，艳艳的。这姐弟俩又一次像过电那般酣畅地吻着，醉了，像腾着云，驾着雾。这样和一个姑娘单独在一起，并且她是自己朝思暮想的姐姐，激动万分的文娃子真的疯了，他像痛痛快快地逮住了一口蜜，松开红唇，在光亮的灯影下，用双臂把彩凤这妞托离炕面，托向半空，哄得这个姐“咯咯”直笑，又轻轻放下，让像在酣梦中的这个姐享受到一个未婚妻子所能享受到的快乐。

哄闹当中，这丫头急了，笑着制止，生怕墙外有人。同时这个姐怯怯地站在那儿想，倒可怜起雷文来，这男娃子是长大了，不然哪这么大的牛劲，该有个家了，该有个做鞋做袜通脚[①]说话的人了。

这样的甜梦对这对姐弟是有生以来的第一次。风云突变，祸从天降，三奶奶和混崽策划的这次婚姻拐卖，使他们昙花一现的幸福气球破灭了，所以说它兴许也是最后的一次。

这一通折腾，二姐彩凤总没翻脸，你亲了人家人家也亲了你嘛，并且亲得简直达到了白热化的程度。雷文相信了，二姐对自好是真的，这个俊美的妞儿是自己的了。后生的胆子大了，处处表现出异样的亲热，但这金雷文总是个有根基的后生，没敢奢求妄动。

折腾了这么两个钟头，姐弟俩演小孩戏，屋里是没什么声响，都是轻声轻脚进行的。全院儿就他俩嘛，但院子外头沟坡街巷里还是不平静的。只是俩人在屋子里太专心调情了，没顾上出去照看而已。

先是小狗黄黄伙着东邻西舍的群狗吵叫了一遍，像是后庄的几声鞭炮响引起的。本村村东头也有鞭炮声，突然响了几声，引起了狗的惊吓抗议，才狂吠了一通又一通。

可不像二姐判断的，小羊圈开头比较安静，三大一小那群山羊统统进入了睡眠状态，但被狗的吵叫惊了甜梦，“乒乒乓乓”有动静了。害怕把木栅栏顶烂，

---

①通脚：方言，寒冷地区被褥少，为了取暖充分利用被子，一个被窝里两头睡人，脚对脚。

雷文屏住气听了几次，中间还出屋近前添过一抱草。院子里还是有风的，风时大时小，终未搅了屋子里那场好戏。

入夜时分，大路上田陌间有人的响声，先头是回村雀跃着的孩子，他们的嬉笑喊话声最响，可能是邻村的电影散场了。这先引起了二丫头彩凤的警觉，接下来雷文也在听。

“二姐，你睡一会儿，我去西里间了。”

“小坏蛋儿，快走吧！”坏吗？姑娘说的又是反话。

说实在话，姑娘是真不愿意让弟弟走的，不情愿又有啥法儿，谁叫你没过门呢。

对这个二姐来讲，她满足了，目的达到了。她要嫁给弟弟是前世姻缘，上天的安排。作为女方的她自己该做的都做了，白仙洞府前“拜天地、喝交杯酒”都做了，今天“入洞房”挑盖头的戏耍也都做了，最大的收获是她让心爱的男人真正的亲了，男女亲近就这么回子事呀，她总算尝到了。这姑娘极自信，凭自己的容貌和持家才干完全配得上雷文这小丈夫。差就差到自己比人家大了五周岁，老了会怎么办，说不清。不管以后老不老，今儿个的甜蜜激情总是体验到了。

这个“弟弟”是条虎背熊腰硬邦邦的汉子，全县不好说，全乡数一数二，他真的那么痴情地爱着自己就够了，满足了。人生有什么？难得这么一搏嘛，奋斗了，成功了，太棒了，醉了。联想到东杏河磨坊的好姐妹艾香，觉得那是个“小可怜”，觉得自己是幸运的宠儿，艾香爱着那京城的小画家，小画家对她也很痴情，但有天壤之别，只能逢场作戏，说几句温情脉脉的话而已。而自己爱的人，是和自己同舟共济一起长大的弟弟，跑不了，男人应该给的，他都给自己了。谁再说读书的“小白脸”靠不住，这话不完全对，要看你丫头的眼力了。

沉沙镇坐落在京北大湖边上，大湖是由壶河、桑河、洋河、沩河汇流而成的，它的正北面——大海坨、雕鹗山背后黑白两个峡谷中冲出龙庆峡的那股剧烈的大风，很硬很硬，把南园大地上的浮沙扬起，扬到了半空，飞沙走石，月亮奶奶被挤压得不知哪里去了，钢城的灯光、火光都没了，整个宇宙裹在大幕下，“噗噗、噗噗”，三号高炉好像又在工作，“呼呼”“嘭嘭”“唰唰”混合的工业噪声夹在大面积的扬沙流中传来，搅得人们耳郭里的鼓膜膨胀难耐，把塞外新兴钢城本应静静的夜晚弄得风雷滚滚。

老实人吃亏吗？是吃亏！又说不上吃大亏，躺在床上烙着大饼的后生金雷文惆怅着。

“傻小子，若不是这么死心眼等那个姐，仨娃也抱上了。”好像是储四龙。

在钢厂生活区披着沙雾生活，顶着强噪音睡眠，这是一门硬功，正冲着风口子的十三排房子的院落同样“嘭嘭嘭、噗噗噗”，隔壁借房子结婚闹新房的那伙小青年还在继续闹。

“让他叼苹果，叼苹果……俩人一起叼！”

“不叼，就甭想睡觉！”

“嘻嘻嘻！”

条件反射，听声想人，“二姐你在哪儿？在哪儿呢？”5号房床上的雷文还在烙着大饼。

第三章　阴差阳错

1

雷文委实是个倒霉蛋，有人说他走了“背”字，的确是这样。娘走了，心爱的二姐彩凤丢了，那就找呗，几乎是惊天动地遍山遍野地去找，找了五年，又跟上了三年，行程千百里，找遍了涞源、兴和、古蔚州、王喜洞，还找了姥姥的老家涞源团堡，仍无踪影。下面的情况，更是倒霉透了，找一处无人，找一处人不在。千里迢迢找到知情人小为（即下文的魏良）的单位，可他出差了。大海捞针捞到了当事人四姨的居住地，可四姨病重去外地住院了，倒霉不倒霉？五年后，姐弟俩——两个情人同住在一座城镇，同在一个单位上班，碰面机会兴许会蛮多的，他在房顶上作业，发现地面上推车的就是要找的姐，下了房顶追上去人没影了；看电影时，听到二姐在喊话，散场后，亮了灯再找，没影儿了。

好友小为出差插空前来访友，无意中道出彩凤的下落。谁能想象到劫持强买彩凤的汉子——抢劫犯一类的人物竟是自己的顶头上司、恩人麻子师傅。这些都是撰稿人设计的巧合。一个巧合又一个巧合，雷文蒙了，悲喜交加，炸了肺，闪电似的扑在小料场。彩凤被丈夫叫走了，当夜找到她家，屋门挂了把铁锁，人又被弄走了，彩凤又被葛麻子弄回了老家大西沟什么地方，故伎重演，二次来了个金屋藏娇。

前些天在大湖岸边出现过这样的一幕，那痴呆呆的金雷文想他姐想傻了。“不想了，不想了！”他多次这样强制着自己，但一直做不到。这时他顿着足往后一仰头腾身弯腰捡起一粒卵石朝着湖面投过去，像下决心要把这一切烦恼都抛进大湖里。隆冬季节，湖面是冰面，银盆镜面般闪着光，卵石砸在冰面上蹦起又下落滑到老远，传来“丁丁”的声响。情感纠结如此胶着，千砍万剁不断，姐弟自幼二十多载的深厚情意恰似胶结火焊那般结实，想抛掉能轻易抛吗？不会就这样完了吧？丢石子的举动只能激起更多的悔恨和懊恼。冰面上白茫茫的一片，环视了一周，更惆怅了，甚也觅不到。

日月穿梭，斗转星移，一晃十来年，这十年间都是在寻找和惆怅中过来的。像在转眼间，金雷文从孩童变成了个大小伙子，成了工人阶级的一员。朝思暮想他失踪的二姐、情侣彩凤，可不是这一晃就过来的，那是度日如年呀。

“二姐你在哪儿？”说是在保定——接到娘的信后，才知道了一二。二姐是被花心贪财的亲娘铁五妞给拐骗走的。怎么可能呢？铁五妞可是亲娘。亲娘就难道不可能吗？农村的这类事还少吗？

今天不一样，雷文好像听到喜鹊叫了，叫又有啥意思？

真的被卖了吗？卖到哪儿？可能在保定，保定又在哪儿，咋卖的？谁能回答这个问题？没有人，又有人。钢厂的东边大树沟居民间的房舍上，喜鹊“喳喳”地叫着，像是要回答这个问题。

保定来人了，是要回答这个问题的。

人是坐军车来的，新型212，翠绿的车身，像一只英武的翠鸟进入钢城，穿行在钢城路网上，“嗡嗡嗡”地飞过去，飞到厂办，又朝三号高炉飞过来，惹来众多羡慕的眼球。有人惊叹不知是哪里的官儿来了。

来人是保定走马驿那家保密厂的小为，这是一个午后，在沉钢炼铁厂三号高炉的值班室，他问了几个人还没找到金雷文，恰巧这时高炉休着风，金雷文正带领几名技工在30多米高的炉顶抢修着布料装置。

“小金！”“小金！”“金段长！”“金段长！”炉子下的人连声地这样朝炉顶喊。

高炉上料系统的斜桥上、廊道间有人接力喊。“雷文！”“雷文，喊你了，喊你了！”

炉身上传来金雷文的问话：“喊我吗？做甚？”

“说下面有人找，厂外来的人。”这位师傅同时指着车说，“看到那辆绿吉普了吗？”

雷文交代了几句放下工具转身离开炉顶，顺梯子往下移动，听到上述的话不由得心里咯噔一下，今天似乎自己的眼睛在跳，难道真是二姐有消息的征兆？停住下梯子的脚步，也着急找那辆绿吉普，方向不对哪里能找到。他这才加快了下梯子的脚步，冲下炉来。

“小金，小金！有人找，有人找，外地来了人，外地来了人！”这是炉下人在喊。

“莫喊了，下去了，下去了……”这是炉顶的人在呼应。

炉顶风很大，说两句话就得给吹走一句，炉子上、炉子下继续吃力地呼应着。

人声鼎沸，吵吵嚷嚷，像出了多么大的事儿。尽管这座高炉休了风，但现场仍很杂乱。“呼呼呼，呼呼呼！”原来南面二号炉在出渣，渣口打出了一串串夹杂着金星四溅的火球，噪声震天响，搅得整个现场如临大敌，布满烟云火海。厂区汽车穿梭，火车嘶鸣，一座座巨型的机器同时交织运转，到处烟火升腾，似进入火烧连营八百里。外来人很少有机会亲历目睹这火热场面的。保定来客被惊呆了，不时停在安全地带窥视着。

厂办的人陪着客人龟缩在三十米外的值班室里，客人一只手遮住脸却贪婪地远远望着像步入雷区的现场——这位客人手持保定军分区盖有印章的“调拨介绍信”来找口北地区生产指挥部，是顺路来钢厂访友的。在“任务繁重，时间不允许多耽搁”的客人再三恳求下，沉钢厂部才派人领客人来现场找人，实在是破例了。

“谁？谁？谁找我？保定的人呢？”跳下梯桥，钻出廊道，雷文匆忙寻找着。

雷文一身油污，身穿一套呆板的蓝工装，还戴着个风帽，挂着猪嘴面具[①]，像从烟云火海中钻出来的张飞。雷文站在他面前，竟把他吓了一跳，心想，多年没见的这小老弟，竟长得比自己高出一头，这装扮像张飞，还像电影《英雄儿女》中喊着“向我开炮”拉响火药筒冲向敌阵的英雄王成。

多年没会面爱称自己小为的魏良，却是另一副模样，一身灰毕叽标准四兜制服，架一副金边眼镜，斯斯文文，温文尔雅。身后还跟着排场的助手，一副政府官员气派。

厂办的同志快行几步急忙用官场语言礼节性地做了引荐：“小金师傅，看看谁来了。保定来的兄弟地区的领导，你的老朋友来看你了，多年不见，变了不少吧。我先多嘴替你们介绍几句……”一指客人小为，“保定地区物资局的魏科长，不，是局长助理，魏良同志。”又转身面对雷文，“俺们厂机电部的小金师傅，俺们这儿的技术骨干，现在是副段长了。”

①猪嘴面具：也叫猪嘴头子，在有煤气的环境作业时用的防毒面具。

“小为！认识，认识！哥儿们，哥儿们呀！”

“是文娃子呀！是是，就是。捣蛋鬼！长高了，模样没变！”

老朋友见面又是一通拥抱拍打和寒暄，免不了说些离别后想念和挂心的话。小为或许为了勾起旧情，又提到了串联时给小老弟的那顶绿军帽。雷文也不示弱，实在地说那是打赌挣的，不是抢，讲罢又是一阵开心的大笑。地位身份不同，人家魏良是官，衣服干净，当然识趣的雷文是有所顾忌了。

两位“文革”战友手挽着手就近找了处僻静的地方说起了最关心的事，其他人见状行了方便，躲到休息室里喝茶去了。僻静处是临建的作为休息室的棚子，环境极差，雷文不好意思地一再致歉。小为低下身子进去，随口道：“没关系的，我下井劳动过，知道不知道？”小为讲的是煤矿的矿井或铁矿的石洞。

雷文把好友摁到长凳上坐好，他跑回炉台子又登了半截云梯，进一步落实了维修任务，才跑回来再会小为。

经介绍后才知道，魏良早调出走马驿的保密厂，到地区物资局当了一位副科长。别看科长前挂了个副字，可领导极信任，一些紧缺物资让他直管，也结了婚，日子过得香甜香甜的。这次受地革委领导特派，以局长助理的身份向口北地区求援煤炭水泥。他告诉雷文，只能在这里待俩钟头，看看好友就走，傍晚得赶到口北市区，好像晚上有活动。小为说着还撸起袖子看了看表。说话的棚子旁边的远处偏偏有片林子，远远能听到喜鹊叫声，为俩好友的谈话带来喜庆气氛。

雷文倒是注意到了，人家小为穿的是官服，只是激情中拥抱了一次，坐也拉开了距离。他还特意找了张纸板给客人垫在屁股底下。

雷文不习惯过多客套，也没心思说别的，很快把话题引向寻找养母和二姐的事情上。对雷文这小伙子来讲，他感到今儿个或许是关老爷显圣，盼了六年的时运终于降临了——小为是保定的，小为的到来必定带来福音。当他急切地打问看到没看到过小为的表哥胡翟后，小为回答：“看到是看到了，但那是几年前的事，当时我还在走马驿那个厂，表哥想走我的门路，弄点儿木材，他做的那种事儿我觉得恶心不想见他，躲了起来，躲了一天，结果快下班时，让他堵在办公室了。我说不认得他，说我没这样的老表[1]，赶他走，他没有走，说回不了县城了，周围又没旅店。没法，只好让他住厂里的招待所。那一夜经过深谈我才知道他姨甥间的事情，他说起因不在他，说跟这个五姨弄在一起是五姨主动，说他们之间只差六岁，说他们不是亲姨亲外甥，说他和这个姨在那个家没法过了，说他姨甥离开那个家是被逼的，说不走的话要出人命。可就是绝口不谈弄走你二姐彩

①老表：方言，即表兄弟，也是表兄弟姊妹间亲昵的爱称。

凤的事。问了几次都闭口说没见到过彩凤，更别说拐卖了。他还起誓说如果说了假话会如何如何。”

声明一下，混崽是小为姑家的表哥，跟三奶奶没有辈分可论，完全可以以局外人的口气说话。这类狗狗猫猫的事谁都看不惯，遭唾骂。人伦沦丧，讲起来碍口，说到姨甥的那点破事，小为只好提名道姓了，才有这个“五姨”如何如何，不然能怎么说？这正是小为运用语言的高明之处。不能说得太直白了，还不能含含糊糊，更不能把三奶奶和养子雷文的关系扯上半个字，就这样也让小老弟的脸红一阵又白一阵。如果说得太直白了，不等你说你那个破鞋的娘和亲外甥闹那种事儿，让小老弟还能活吗？难呀！雷文听着，觉得满腹的希望行将变成泡影，人家魏良是局外人，追问也追不到更准确的情况，只好硬着头皮听下去。

“我打心眼里不愿认胡翟这个表哥，这种禽兽不如的东西谁愿跟他交往。另外俺这个表哥，正是派性斗争中被清理的‘三种人’，我又怕为了虱子烧袄给自己惹下事，就胡乱给他弄了两方木材，第二天一早趁人们没上班的空当把他打发走了。所以你家的事，啥个关键情节，没顾上追问，问的话也问不出个一二。”

“呼呼呼——”他们谈话的左前方传来巨大的声响，雷文清楚这是一号高炉排渣后的空吹。

“哥……”雷文以这样亲密的称谓喊小为，也偶尔喊“为哥”的，时代不一样了，绝不会再像十六年前串联时那样，那会儿名字后都加同志，曾喊过小为同志和雷文同志。

接着喊“哥”的称谓后，雷文说下去，“咋不给我写封信呢？那时不是还通过电话，你不是知道我紧着寻亲吗？”

“兄弟，实在对不住，没给你写信，因为写这类信哥实在坐蜡①。写什么呢？问胡翟时什么也没问出来。他人住哪儿，你娘跟他在一起没在一起，你二姐彩凤又在哪儿，有些话碍口，甚也说不清，叫我咋个写？”

兄弟俩谈到这个份上觉得有些尴尬，问话的人觉得没法再问，讲话的人也不知讲什么好了。小为觉得跑这么远来，又把人家从炉顶上弄下来，闹得人家厂子惊天动地，这么几句话也实在不好打发，可又不知咋说。

小为又抬腕看了看表，表针指向下午四点了，这是他第三次看表了，这不光提示自己下一步的行程安排，也给了对方要辞别的信号。

喜鹊叫总会有喜讯吧，小蔚州雷文一句不吭了，一脸晦气，他不去理会（好像忘记了）魏良走与不走，着急上火的金雷文可顾不了这些，他满脑子考虑的

①坐蜡：方言，喻陷入为难境地，或言遇到难以解决的困难。

是——小为的到来像大湖上凭空漂来的一根稻草，说甚也要抓住。

其实精明强干的小老弟雷文也盯着表了，值班室和炉台子横梁上都有表，是大表，对方给你的会面时间是俩钟头，四点半人家客人必须走，人家有公务在身，不得自由，自己也不能硬性留住人家。可是一想到走失多年的二姐彩凤，他又顾不上许多了，两年盼三年，三年又盼五年，一晃又是六年了，六年的光景在这口外也是插柳变成小树，小树变成大树，彩凤若真的嫁了人的话，孩子兴许两个了，等她和自己“花好月圆”的话，黄花菜早凉了，还有这个可能吗？惨呀！只好抓住老朋友再留几分钟，再问几句，于是向前探身一寸又道：“哥，你调到保定市里，好几年的光景，难道一次没碰到过那混崽吗？”

这一问马上调动起小为驰骋着的思绪，猛然叫道：“有了，有了！碰到过，还不是一次！他也住在保定。”

而小为的注意力却在另一个天地驰骋着，少许这魏科长一拍膝盖猛然站起，叫道：这个当口炉子上好像出了什么情况，雷文屏气听着。“有了，有了！对你可能很有用，最重要的信息有两点：一，你姐可能是被混崽拐卖换了钱——那钱成了他经商的本钱。顶重要顶重要的情况是，你姐在他们跑到保定前就被卖了，卖到了当地，没出口北，好像卖了一万块，卖给了一个当官的麻子。”

一声晴天霹雳，老天爷终于睁眼了呀！小伙子要乐疯了。听了这话，雷文几乎一跳三丈，又惊又喜又沮丧，“麻子，大麻子，当官的老麻子！”他马上猜出了一二，又立刻给予否定——不相信世上竟有这等巧的事——于是，又立刻追问：“卖到哪儿了？”

“好像是个叫龙烟的地方。”

“是个铁矿？”雷文急切地追问。

“不是铁矿是农村，山沟子，说是挺偏僻的山沟子，说离公路老远……”

“不是龙烟，叫龙关吧？”雷文解释道，“龙烟是个铁矿的名字，不是个地方，没这个地名。龙关确实有这个地方，是农村，也是个镇，我去过。”

“是是，就是龙关，龙凤的龙，山海关的关，没跑，没跑，就是这个。”

霎时间，两位离别多年的好友双双被推进一个熊熊燃烧辨不出东西的火光阵，小为是用那样吃惊的目光看着小老弟，小老弟雷文似乎疯癫了，像又回到十几年前串联的混乱年代——要军帽的那会儿，狂呼滥喊着：“我的，我的，本来就是我的嘛！我的得归我！”

“那第二呢？”雷文接着追问。

魏良接着说：“第二刚才讲了——就是卖到龙关了，方才我已经讲过的。”

俩好友的谈话时间超过了俩钟头，又有反常的举动，惊扰了在值班室等待的吉普车司机。司机不知哪会儿站到了魏科长的身边，焦急地指指手表。

小为轻轻点了点司机指着表的手轻声道："莫着急，顺延半小时吧！"司机焦躁但又没办法地悻悻退下。

急不可耐的雷文为了核实一些情况的真伪竟扑上前来，眼睛直勾勾盯着好友小为道："哥，再给我把刚才介绍的主要情况复述一遍好吗？我简直不相信自己的耳朵了。"雷文像个大难中垂死的人，几乎是跪地恳求着可以起死回生的方剂。

"有什么不可相信的，再重复一下：你姐被卖了，卖了一万块钱，卖给了个当官的麻子。那麻子的家没在保定，在你们老家北边的龙关。"小为郑重其事地重复了一遍。

"卖了一万块钱。"

"卖给了一个麻子，麻子，麻子，大麻子！是个当官的。"

"家在龙关是不是？"雷文近似着了魔般地重复着这几个词汇，像与小为对话，又像是自言自语，字字千斤，掷地有声。

踏破铁鞋无觅处，找到了，终于找到了！这个乳名叫文娃子的后生果然疯了，朝着眼前的高炉、热风炉凶号道："混崽，你姥姥的！麻子你个土匪！你个狗日的，我姐让你卖了，骑着爷的脖子拉屎，我与你不共戴天！"

"咋了，咋了？我的小老弟！冷静一下，小心窗外有耳哟！"这是小为，本能地向四周扫了一眼，幸好四周没人。这里是机声隆隆的高噪声区域，粉尘唰唰飘落的高污染区域，恰在几根烟囱下面，没有人来这里。这文娃子发狂骂街的反常举动，不会被别人看见的。

人朝思暮想盼望多年的愿望有一天实现了，在精神上也可以是一种打击，甚至会造成人的癫狂。金雷文兴许正是这种情况——真的欣喜若狂了，这时候才看到他的年轻，没经过大事，实在没有精神准备，才造成了这种癫狂，这种无礼，这种放荡。这才埋伏下和葛四麻子还有那个裘胖子后文的那些恩恩怨怨。

雷文一把抓住了小为的手，继续号道："哥，你魏良可是我的福星，可是我的大恩人，恩同再造！"

小为说："兄弟，可别这么说，可别这么说！"

雷文近前伸手撩开小为的衣袖瞟了眼表央求道："哥，多留一会儿好吗？不多留你，再给我二十分钟就可以……"

"还要说啥？"

“一些事儿我想知道点细节。”

“不是我亲历的，我哪知道详情细节呢，你说说看。”小为说到这儿倒把他要把握的时间推后了一下，“再给你半个小时吧，四点四十分我们准时开动车，绝不能再拖了，你说吧。”

雷文说：“你说的混崽卖我姐的那些事儿，是他本人跟你说的还是听说的？能不能讲具体一点？几时说的？你们见过几次面儿？”

“听他本人亲口对我说的，板上钉钉。”

“他会把这样的勾当告诉你？拐卖人口，这是犯罪，犯大罪，你又是吃官面儿饭的人。”

“他哪里会说，是我用话激出来的——诈出来的。”小为说到这里，从人性弱点上点出事情的症结，“你们相处了这么多年，能不知道俺姑家的老表有个吹大牛的脾气，也是多喝了几杯的缘故。一说我吃官面儿上的饭，他看不起，说如何如何被人绑着，说要挣大钱就得想出大招儿，说一笔买卖就挣出个万元户。这是显摆，我认识到了问题的严重性，也是出于好奇心，就顺着他又戗着他说，一斤牛栏山下肚，兜弄出了他的老底儿。”小为说到这里，自己倒也显摆起来，更详尽更生动地道出了事情的经过后，扬扬自得地道，“兄弟，俺这个老表也堪称缺德透顶了，想起来就想唾他两口。可是他毕竟是我的表哥，毕竟是过去的事了，去报案检举嘛，绝不会，听听稀罕而已。你不知道吧，我是作协会员，依此弄点儿东西，不挺开胃嘛……”

事后倒没看见关于这一题材的作品问世，倒是若干年后省级一份内参上有这样的事。

雷文是攥着拳头瞪着南山听完这番话的——好友这番刻骨铭心对二姐遭遇的介绍，登时把个雷文弄成了个丈八的和尚，置身的场所已不是钢城一角的那间棚子，而是被抛进了大海，迅即又被抛上高空，最终丢落在一叶小舟的船板上，头颅和整个胸腔都被掏空了。

登时可怕的场景闪现在眼前，黑烟滚滚，狂风大作，刮了个天昏地暗。六年别离的二姐扑向自己号啕大哭着，一个凄楚瑟缩着的女子在哀号，在求救，她喊着，喊着他金雷文的名字，哀告着要他快去救她，说她就要死了。她就是自己至亲至爱的二姐呀！埋怨起他为什么这么久才找到这儿！好像说再晚来一会儿的话，她整个人都完了，再也见不到面了。夹裹着那个孱弱的身子，自己心爱的女人苟延残喘着。秋风帮她哭诉，落叶为她哀鸣，那个瑟瑟的身子缩成一团了，令人掏心挖肺。那双时而焚心疾首时而呆若木鸡的眼睛眼巴巴地望着自己。一些恶魔也闪现在眼前，混崽，那个老麻子，还有一个小个子，怎么还有养母铁五妞呢？气焰冲天，群魔乱舞着。特别是那个大麻子、老麻子，披着外套的身影大模大样地从身前闪过，扭过头又给了个奸笑。好像眼前有许多人头在动，也不知道都是些什么人。

气急败坏、心急火燎的金雷文的精神处于分裂状态。他的好朋友小为说到哪里了不知道，几时走的也不知道，走时咋告别的、嘱咐了些啥更不知道。傻了，再也不是精明强干的金雷文了，似乎这些繁杂情节全不存在了。好像小为走前还告诉了他住在保定税务角的他养母和混崽居住的地址，他像收了起来，放在哪儿了也记不起来了。

这时，沉沙钢厂的三号高炉早已检修完毕复风了，炉顶抢修作业的工友统统撤了下来，一名工友不知哪会儿到了这间棚子，“给，小金，你的！”是小金的工具兜子。这小金理都没理，坐在那儿没动。那工友怪异地问：“咋了，病了吗？”雷文的眼皮抬都没抬，只收下他作业时的工具兜子放在身边，仍然没说半句话。

这间僻静的休息棚里，随着最后一炉铁出罢，倒班的、正常班的都下班了，工友们都走了，这里万籁俱寂，静得连耗子也不敢光顾，那条长长的大板凳上呆呆地蹲着小金。蔚州大南山来的一向被视作顶天立地的汉子，一下子坍倒在条凳子上，弓着背，佝偻着身躯，两只手抱着双膝，低垂的下巴要俯贴在膝盖上了，像无家可归的讨饭花子。这后生的铝质饭盒工友们也早替他拿过来放在了条凳的一角，也嘱咐他莫忘了买饭。大食堂流动的卖饭车吹过两次哨子了，这后生的耳郭里像塞满猪毛，啥也听不到。

苦命的娃子，没了娘，没了姐，没人疼，受到跌崴①，像浑身瘫软连乞讨都懒得张口的弃儿。在这高温高噪有尘有毒重体力的钢铁企业，国家再困难，粮食定量也是有保障的，拿这批产业工人当眼睛珠子对待的。雷文这一线的维修人员，每月定量45斤，供应的一半是细粮，又不时照顾一些肉、蛋、白糖，雷文这种一人一口的光棍汉，不存在营养不良问题，说“这娃儿受到跌崴”这类话，只是形象的用语，是说这条家事纷杂类似重病缠身的汉子，一时受沉重的家庭包袱所累——还不是想他那个曾经定了亲的姐姐、那个小媳妇折磨的嘛。说他病入膏肓也好，说他病魔缠身也好，都是对他糟糕情绪的形容词汇，总之，二十三岁的大后生被这突如其来的大变故弄瘫了，难倒了。找了六年的二姐彩凤要突然出现在面前，他不知道该如何面对。叫了多年师傅原来正是仇家——有夺妻之恨的仇

①跌崴：方言，无亲人照看，面黄肌瘦、营养不良的落难者。

家，他更不知如何面对那个葛存义。是拼杀还是妥协，是拼个鱼死网破鸡飞蛋打同归于尽，还是吃个哑巴亏算了？谁能给支着儿呢？他突然想起了自己的师傅老庚爷，他还在大山的南边，还在五百里外的大金家村大槐树下。他想起了他的盟兄良师益友重量级的人物莫义顺，可惜他离得更远，远在千里外的保康煤矿。要不就去找老主任赵桐说说看，又犯了难，咋跟人家老主任张嘴？说上次请假去保定找亲人，不光是找娘还找已是未婚妻的二姐，这个姐找到了，她被人霸占了，霸占她的人正是副主任葛存义那个牲口，我要去拼命，夺回我的妻子？又让人家老主任咋说？不是让人家坐蜡嘛！

天黑了，天色彻底黑下来，复风后的三号高炉出过头一炉铁了，一号高炉、二号高炉也在出铁或排渣，这些好像对维修副段长金雷文都无关紧要，那是炼铁分厂炉长、工长、炉前工们的事儿，就是炉台子上再出了问题跟自己这个不当班的段长有啥关系？有事可以先找值班主任嘛。其实，这些根本都不重要，一个连自己肚子都不关心的人咋能让他关心本部门外的高炉是顺行还是难行呢。钢管、石棉瓦搭建的临时棚子里的光线完全暗了，蜷在长条板凳上的金雷文仍然纹丝未动，夜晚这间棚子更是个荒寂没人光顾的地方了，呆若木鸡的雷文没有想到去拉亮电灯，他的心凉凉的，心都凉得像块冰了，打开灯又有什么用呢？

其实这后生的胸膛和微合微张的眼睑处还是有一丝光芒的，他透过林立的管网炉群，像看到了那浩瀚的大湖，大湖的南边是黑白的看不到轮廓的大山，大山再往东南那片灯海是京城，再往南又是一片灯海，那兴许就是保定了。保定是啥样子的，他想象不出来，可那里有个叫税务角的地方，住着奶大他的养母铁五妞。养母的事不太重要了，她愿意跟那个不是东西的外甥过就让他们过好了。压在雷文胸口上的石头早就不是养母了，这会儿更不是养母了。眼前俩顶重要的人影在晃，她的二姐——让他牵肠挂肚、心如刀绞的那个姐。难道她真的就在身边吗？还有不知咋对付、咋称呼的那老麻子。

“咋不开灯？”随着问话，灯被拉亮了，进来的是电工小袁。他从小料场来，进了五车老虎头煤，喊他去现场安装灯，他来拿工具的。

老虎头是蔚州的，马上提起了雷文的兴致，他漫不经心地问：“小料场有俺蔚州人吗？”小袁答：“有，有，那个特俊的小媳妇就是蔚州的。”“姓个甚？”“姓冯，不，跟你同姓也姓金！”

不知是哪座高炉金花飞溅，机声隆隆，出着夜班的第一炉铁。

难道今晚正是七月七？咋能这样巧合？小媳妇，蔚州的，姓金，文娃子的心“咚咚”地要跳出来了。

金雷文的心也像奔腾的铁水那般，滚滚而下，流向铁棚下的铸床，流进铁水包，流向更远的地方。一场大战在即。

又一次门子响："小金，二号烧结机维修等待领料，葛主任没来，签发不了，你看咋说？"是钳工段的一个下料工，不知哪一会儿进来的。

雷文说："那就再等一会儿。"

下料工说："都八点四十了，找不到葛主任，要签字的，焊工、起重工一干人等五个人窝在那儿等着了。今晚得夜战了，再晚，料领不出来了。"

雷文说："去四排房子找，他不是早搬到生活区了吗？"

下料工说："找了，锁着门，邻居说锁了半天了。"

"不会直接找老主任吗？"

"也找了，老主任让你签。"

"哪会儿说的？"

"哪会儿，哪会儿……"下料工叨叨着。

"我这倒霉蛋，挣得不多，管事儿不少！"雷文带搭不理。

摔跤必须俩人，若一个人跟谁摔去？战场上的厮杀必须是敌我双方，若只剩了一方跟谁拼命去？那不等于瞎子摔打南墙咒天顿地喊叫一会儿空翻白眼儿嘛。

"咋了？跑了？这坑儿爷跑得够快呀！"雷文毫不情愿地接过领料单嘟囔，签了领料单。

小伙子这是第一次对自己的师傅用了"坑儿爷"这个词，"坑儿爷"就是麻子，还用了不尊重的"跑"字。

"咋个？跑了？"下料工惊奇地这样问。

雷文把签好的领料单摁给对方："没你们的事，快干活去吧。"

葛麻子果然跑了，雷文一连去了四排房子几次，葛家的房门都锁着。去办公室里找老葛，也见不到个人影，问也没人知道。

一连折腾了两个半夜，哪哪都想到了，想了几个"作战方案"，今儿个雷文要去拼命厮杀了，你夺了我的家，我就要断你的后，拔你家的坟头子，天王老子也不管，顶大不就是个鱼死网破嘛！可是待摩拳擦掌地冲杀到第一线时，晚了，对立面真的溜了。

可这当儿他很惨，像中了埋伏刚刚从战场上退下来的一名窝了一肚子火无处排解的败兵，又听说麻子跑了，麻子的全家像都跑了，就更窝火恶心了。"呸！"一口痰吐在麻子办公室的门子前，暗暗骂道："跑了，比兔子还快，没有用的老东西，跑了和尚跑得了庙吗？”

隔墙有耳，隔山有眼，人有人道，猫有猫道，都能够喘气生存，各有各的财路，又各有各的信息渠道。其实，小为在临建棚子里扔出的可以把天崩出个窟窿的几句话——那是多么关键的话呀，在平静的湖面上掀起了轩然大波。他说墙外有耳，也真是这样，那些刺耳的话扔出两三个钟头后，就原原本本一字不漏地灌进了麻子老葛的耳朵。金雷文怎么也不会想到这个疼他捧他宠他的师傅早在他的屁股后面安上了“眼线”。怎么能不会？当年搞派性打派仗时，葛存义拿对立面当成敌人，放“眼线”，策反收买，啥坏事儿没干过。为啥提到一年前？一年前视他为陌路人的妻子彩凤梦呓中老叫着一个名字，就是“文娃子”，偶尔也直呼“雷文”俩字。这名字让麻子丈夫产生了怀疑，那个窝心窝火就甭提了。麻子马上意识到事情的不妙，后来确认了彩凤和雷文的姐弟关系，意识到这桩骗亲买媳妇的罪恶勾当迟早会败露，才给“徒弟”上了“手段”，安上了“眼线”。

这个叫“小为”的保定来的魏良太不懂策略了，在最激动的当口甚犯禁背人的话也敢往外扔，最不该用的词汇是“麻子”两个字，大麻子老麻子当官的麻子这类刺耳的词汇连着说了三四遍，惹下了是非。还有这个愣头儿青雷文也太不冷静，听到了第一个“麻”字就应该扑上前堵上小为的嘴，他不光没堵，还指娘骂爹怒发冲冠地让好友和自己把“麻子”几个词说了那么多遍，喊了个震天响。其实，小伙子当时被突如其来的这条类似噩耗般的信息气蒙了，气炸了肺，幸亏老葛没在跟前，否则当时就可能是一场厮杀。遇到这类“夺妻之恨”的事，不光是雷文——这个蔚州大南山里的眼里揉不得半粒沙子的铁汉子，就是别的后生，“只要不是三脚踹不出个屁来”的窝囊废，都得火冒三丈去玩儿命。其实，小伙子绝不希望有这样的蹊跷残局——媳妇找到了却在师徒之间捅了个大窟窿。开头他不相信自己的耳朵，对听到的话曾三番两次地试图加以否定。可事实就是事实。雷文小小的年纪接触到的人中有四个麻子，除了师傅葛存义以外，还有铁矿附近上玉马村的一个羊倌，快八十岁了，甭看家里死了老伴，可有儿有女，绝不会买媳妇；另一个是工业局的干部，是个官但不是大官，是什么供销公司的业务股长，但人家是江南人，跟龙关不沾边，人家也早老婆孩子一大堆了；第四个是二号炉某炉前工老温的小儿子，才七八岁。这三个人都被否了，说来道去只能跟副主任葛存义挂上号，他是官，是个三十二岁才讨得老婆的老光棍，他是沉池县人，龙关就归沉池县，这会儿他本人还有老婆孩子都跑了。肚子里没病死不了人，你没做缺德事没犯法跑个甚！

其实，麻子一般不被视为病症，应属于缺陷的范畴，不算大缺陷算小缺陷，除了容貌有点儿缺憾，甚也不影响。

事物总有个果然和必然，当然兴许还会有个不然，这都是事物发展的规律。葛存义高价买媳妇又金屋藏娇早晚得败露，这是必然，瞒了一天瞒两天，瞒了七八年，沉沙地方不大，方圆只有十几里，不算沉钢职工就那么七八万人，沉钢生活区的西区就更小了，早晚不都得败露吗？这桩买卖婚姻的有关人等，铁五妞、胡翟、葛存义，外围清楚这桩事儿的还有个褚四龙、莫义平，都是壮年的汉子和婆娘，他们只要不死就要说话，就可能说漏嘴。沉沙远，也不过那几百里，难免有人员来往，魏良不来得让马六来。葛存义和金彩凤婚姻的条件不相称，年龄容貌不对等，三心二意、猜忌、保密与逃跑的斗争是必然的。如果老葛不把小媳妇弄到“只能进不能出”与世隔绝的老三线大三线，彩凤和雷文的问题可能早就解决了。不是有纸里包不住火这句话吗？又有句“不是不报，时候未到”嘛，彩凤、雷文姐弟对婚姻爱情的执着追求、矢志不渝，尽管赶上那生活颠沛倒霉的年代，好事拖了前十年又后十五年，不总归是团圆了嘛。相爱——挫折——团圆，这才是人间理想的规律，这也叫必然。

魏良早走了，小蔚州雷文疯了般地去小料场去四排房子的葛家小院找彩凤，可都慢了半步，哪都没找到。小伙子垂头丧气，沮丧到了六神无主的地步。他控诉，他哀告，老天为个甚这么和他过不去，这么不公，为个甚倒霉事儿都让自己赶上了，为个甚自己老差这半步棋呢？六神无主的面貌是暂时的，这倒霉的事儿不能让他都包下了。从大处讲，大兵压境的局面到头来不也解冻了吗？从近处讲，这天总有放晴的时候吧。

北京人好，口北人好，保定的人更好呀！保定来的乳名唤作小为的魏良随身携带了一块小小的石子，在沉沙京北大湖上使尽全身力气抛向湖心，平静的湖面再也不是原来的死寂，惊动了一片人：雷文过来了，存义也过来了。一块弹跳着的石子把沉寂多年的一起“失踪案”推上了风口浪尖。

2

那小个子庞信堪称老葛的福星，高价媳妇是他给弄来的，这一会儿葛副主任的事情败露了，他出奇地出现在这位智能略显欠缺的葛老四面前，保驾护航。事也凑巧，保定来筹煤的魏良前脚走了，这小个子后脚就到了，要不然麻子老四身上再抹油也不能带着家人溜得那么快。

魏良到来的四天后，麻子那有很多人的办公室金雷文闷着头进出两次了，其实先前他早找了四昼夜了。可守着这么多人如何张得开口，尤其是师徒对质，谈这样的事。

小为来到后的这几天，正是五六月份的季节，四山八沟都披上了绿，枣花喷着香，机电部大院大清早就听到喜鹊喳喳叫了，喜鹊登的枝子恰对着主任和书记的办公室，迎门就让葛存义碰到了，明显是来给麻子老葛贺喜的。人遇到了难题解开了扣子也是一大喜嘛。秘书小贾见了葛副主任奉承道：“主任准有您的喜事哩，看喜鹊这个叫劲。”老葛咧着嘴笑着敷衍道：“咱这基层，能有多少喜事儿哩？”小贾说：“县武装部来电话，找您干个甚？不是又给主任升官哩？”老葛说：“升个哪门子官，任命咱当师部的副参谋长，群众组织，还是个兼职哩，还不仍是个虚职，还不得替人家跑腿。”其实贾秘书逗麻子老葛玩哩，她知道副段长金雷文出出进进转了好多趟了，她听说了魏良来了后小蔚州情绪突变，怕出事，也猜到什么事儿了。这会儿，听起来这麻子有点儿窝心，看面容有点儿沾沾自喜，说话间露出了左右均等的两颗大金牙，在升腾的太阳光辉映下，闪闪发着光。原本两颗金牙的地方是虎牙，或许是有伤尊容的缘故，麻子先后三趟跑到口上拔掉了虎牙换上了金牙。说话间，书记、主任们要在小白办公室里研究事，听到呼叫，麻子走近脸盆架抽了条毛巾擦了把脸，笑呵呵地走了。什么研究点事儿，是机电部党总支核心组开的碰头会——总支委会议。

葛主任走了，走了没多大会儿，金雷文又来了——小贾给他记住了，这是第三次来，心想准有事儿，这事儿或许跟麻子主任有关。雷文借口汇报维修工程进度，出出进进不好意思，总得有点借口吧。他见麻子人不在，就一屁股坐在大长条椅子上，随后进来个雷文不认识的小个子男人，冲小贾笑笑，没说话也一屁股坐在长椅子上。

事情也有意思，他等他，他走后他回来了，他又走了，他又回来了，推着磨。不是躲谁又像躲谁，像是老天安排的。

小贾像个看客，进来的人干甚，等麻子做甚，像全明白。她还在翻腾着几张报表，一只手摁着表上那串名单和数字，一只手握支笔摘记着什么，右手旁还有一架算盘，不时拨拉两下，见进来的都是熟人，只是笑笑，丢个眼色，礼节上过去就算了。

小个子掏出一包烟，先弹出一支送到坐着的雷文面前，雷文打了个手势，是告诉对方他不会，没有接，算是回应了，仍没说话，照样坐着。

中间葛主任回来一次，谁都没理，也没坐下，抓下墙上挂的报表翻看了一下数字，挂回原地儿，就急急忙忙走了。

这小蔚州的脸色铁青，额头上的青筋绷起老高，老葛进来理也没理。他做好了翻脸的准备。甭看麻子几次出进，像没理会，只字未吭，可他知道那麻子心里放不住事，那是装的，眉宇间拧起个疙瘩。这是战前预兆，都在摩拳擦掌，激战不可避免，躲不过去的。屋子里鸦雀无声，只有小贾手下的算盘珠子乒乓脆响。

“叮叮叮！”大桌子上的电话又响了，小贾近前拿起话筒，像是找葛主任的，是县人民武装部。

小贾把话筒轻轻摆在一边出去了，不大工夫后她先回来了，继而跟进个接电话的葛主任。老葛也礼貌地同时看了眼来客小个子和副段长金雷文，像都点了点头，就急忙近前接过贾秘书递过来的话筒。

“哪位？我是钢厂机电部葛存义……是，我是老葛。我听出来了，你是李参谋。不要叫参谋长好吗？有啥事尽管吩咐……不！是指到哪儿，打到哪儿，我记下了。是，是，是，这是张部长的指令，我照办——明个儿上午落实起来有困难，不是讲条件，企业的情况跟现役不一样，也不同于农村，基干民兵都在各个班次上着班，人不好凑……是是是，招之即来，来之必胜，我记下了，不过对我来说得先去找人家刘厂长——也就是我们的刘旅长汇报，现在是副师长了。参谋长的官衔在集训时顶用，怎么？师比旅大，那可是拉话儿拉着玩哩，我这里咋说都得听厂长的。在平时还没人听我的，再说一次，这会儿在厂里我只是一个部门二把手，还得听人家厂长的。就是，就是哟，副参谋长的官没旅长大，还得听旅长、师长的……我听着了，我听着了……”

打电话的参谋像是停下了和老葛的通话，去和什么人讲话，话筒里传来“……人还一时集中不起来……需要顺延一天……”的浮音，再后来就光听到参谋对人武部长“是是是……”的声音了。

葛存义极不耐烦地等待着对方讲完话，总算又接上刚才跟自己讲话的话题了，他应和着对方的话音：“……是是，我还在听……对，对，就顺延一天，项目执行方案照原指令落实……”

听到这里，这位葛副参谋长突然提高了嗓门，似在推辞什么：“……我看不需要亲自送来，到那一天不是首长都亲临现场视察嘛，着装衣帽鞋子捎来就行了，现换也来得及，不需要这样麻烦了……怎么？这是部长的指令，已安排了车，咋了？还有刘旅长的一套，那就恭敬不如从命了，对，四十分钟后，我在总厂大楼门前迎候……”

好家伙，县人武部参谋这电话下达的指令性任务也盯得够死的，说了快半个小时。葛存义一边回应着电话，一边眼睛一直望着窗外，对过就是总支书记小白的办公室，他们研究事儿的地方就在那儿，他还不惧怕机电部一把手小白，怕的是行政一把手赵主任不高兴。他就这么屁颠屁颠地放好话筒抬脚往院子跑，走了两步停住脚，来客小个子庞信似乎会意似的跟了出去。俩人在院子里说了几句话，小个子匆匆走了。

十分钟后，葛主任急如星火地回到办公室，告诉小贾老主任叫她去，小贾急匆匆去了对过的屋子。这间办公室里只剩下葛副主任和金副段长俩人了。

这炉灶上烧热的锅终于等到了揭盖子的时候，像预热后的气团上下翻腾，气氛登时紧张起来。这位一向严肃的麻子主任开始和颜悦色地说他们之间的事儿了，时间急迫，又各把着一架算盘，都想在有限的时间内一吐为快地解决问题，噼里啪啦地掷出了以下的话。或许是心虚之故，葛存义瞅空子把门子关住，关紧。院子里的风仍旧刮着，风沙打得玻璃叮叮作响。

“来找我？”这是麻子。

“嗯。”雷文应着，眼睛看着地板，尽力按捺住愤懑的情绪，不让事态一开头就成僵局。

“有事儿？”麻子主任又端出领导的架子，为争取主动并保持高压态势，佯作无事儿地这样问。

现场短暂沉默，沉默没超过五分钟，沉默凝聚了一种力量，气氛登时紧张起来，饭熟了，锅好揭了，这饭咋盛咋端，勺子攥在手里了，盛一勺饭难呀！不单纯怕烫了手臂，锅底下还烧着火，弄不好炸了。

真是装孙子，雷文这样想得牙齿咬出声，但总顾虑到几方面的关系——特别是师徒情谊，总没有骂出声，但却猛然抬起头来，轻蔑地扫了对方一眼，这人是师傅是敬爱的领导呢，还是啥？简直是只狼，拐骗犯、强奸犯、希特勒，像似头一次见到那般咋个这样丑陋？雷文迎面以挑战的口吻反问道：“你说呢？”说着猛地仰起了头，居高临下地逼视着对方。不知咋的，师傅气馁了，他却感到自己比人家矬了半截儿。

短兵相接了，两虎相争，彼此瞪着对方。

“我怎么知道！工作上的事儿生活上的事儿都可以说……尽管说。”麻子以长者宽容的姿态说话，顺势抬眼望了眼墙上的表，表针指到了九点十分上。

他和缓地说下去：“给你二十分钟的时间，把要说的话全说完说透，九点半我必须离开这，还有事儿。九点半我拔脚就走，说不完的话，晚上八点你来这儿咱接着说。”

麻子老葛真不愧是领导几百号人马的官，说的话舒缓有度，可攻可守，真不愧是民兵师副参谋长，那气派……想到又要把部队干部军装送上门，登时又威风起来。

正在这时，外面有人推门敲玻璃，是劳保库房的女保管员老郑，见麻子主任跟小蔚州说事儿，见到葛主任那劲头，没敢打扰，敲敲玻璃走了。雷文隔窗看到田福坐着媳妇的车朝这里来了，被踮大爷拦回去了。

一听到麻子老葛只给二十分钟的时间，雷文急了，意识到这麻子要溜，人家确实有事又捉不着留不下，只好把想了几天的话捡最关键的词汇扔向对方："五六年来，你办了那么多坏事，有些事儿那叫犯罪，你咋对待吧？……"

"污蔑！造谣中伤，给我主任脸上、参谋长脸上抹灰，你要想清楚，中伤革命领导干部是要坐牢坐大牢的。"

"这帽子小了点，我不怕，我就要揭发了你的罪行！你有权吗？有手铐吗？你就逮好了，逮呀，我若眨巴一下眼是孙子。你等着法院、公安局的传票吧，你这个欺男霸女的拐骗犯!"委屈至极，怒号着的小蔚州带着哭韵说。

"欺男霸女的拐骗犯"几个字顿时让麻子的头皮绷起了老高，小蔚州一刀子捅到他的胸口上、软肋上，恼羞成怒的老小子翻了脸，也往外扔硬话堵对方，但是有意压低了声音，防止闹翻天事态扩大不好收拾。

"你金雷文说话得负责任，得有根据，你还要看你在对谁说话。这里是国营大厂的办公室，不是村夫婆娘骂街的地方，这是在说事儿，不是娃们打哈哈那类儿戏。注意影响，注意后果。"葛存义讲得似乎一本正经，但因心虚的缘故额头渗出了汗珠。

"用不着提醒我，几斤几两你自个清楚，打肿了脸充胖子你清楚自己吗？伪君子，假善人，狼！就骂你是狼了，你冤吗？你个恶狼，你是没办法藏躲了吧？干坏事要遭报应的，不是不报，就等着挨枪子儿吧。"这是雷文。他坐起来了，怒目瞪着对方。

"挨枪子儿"几个字说得脆响，麻子听到这儿应该猛醒，受到震撼。收音机他听了，朔北打拐案中有先例，事儿犯了，人贩子、包庇犯都受到了严惩，买方弄个鸡飞蛋打的，多着哩。

"咒你师傅，你个忘恩负义的东西，要不是师傅救你，你，你，你早被砸成一堆烂肉拖到岗子上喂狗了。"

"打了盆说盆，打了碗说碗，莫说从前矿上的事儿，都是下矿井安全生产上的警示举动，我还救过你哩。现在跟你讲的是你拐骗良家妇女的事，说呀……没办坏事躲什么？"又道，"不是你干的出汗干什么！"

“越说越把我说糊涂了，我拐骗谁家的良家妇女了？我往哪里藏躲了？”尽管麻子吐出的话语气也很重，但对答显得含含混混，语无伦次，紧张地一屁股坐在长凳上。

“我问你，我姐哪儿去了？你把她藏到哪儿了？”雷文腾地直起身子，怒目圆睁，厉声质问。

“你姐？我不认识你姐呀！我哪里藏过你姐！天大的冤案，把我问蒙了！”葛存义瑟瑟发抖着说。

“装孙子——”雷文前跨了一步怒吼着，“要死狗是不是？当应付孩子，小爷爷不吃你这一套！”雷文吼到这里发现自己的态度确实过了，立马回到椅子上调整了一下姿态大声质问下去，“你可以抵赖说不认识我姐，金彩凤你认识吧？就是蔚州大南山的金彩凤——”接着吼道，“被你拐骗绑架的金彩凤——”

葛存义说：“提她干甚？是我的家属——我爱人，怎么啦？”葛存义也猛地跳到屋子的中央，丁字步站着，两眼射出一道凶光。最让葛麻子难以接受的是，这个不光当徒弟还有时当儿子使唤的小后生雷文，竟翻脸不认人跳到人前直撕师傅他的脸皮。他是应该想到的，两天前他从炼铁分厂一个熟人那里听到了地震前兆的消息，金雷文打上门来是他意料中的事。

“呸——”雷文一口痰喷到地面上，大声地质问下去，“你还敢提家属，那叫娶妻吗？那叫抢劫——劫持良家妇女。被子裹头，硬性弄进拉杉杆的大卡车是不是？说！你不配提‘爱人’俩字，你爱过她吗？我那可怜的姐姐被你圈在火坑里六七年了吧？过着牛马不如的生活——我说的都是事实，可以到她上班的小料场听听女工们的反应。”

骂声中的雷文怒不可遏，再也识不得这个伪君子、这个牲口一样的人物了，恨不得一拳打在那张麻子脸上。但是他还不能那样做，他不是村野农夫，只能文斗，不能撒野施暴，按了按火气破口骂道：“土匪，南霸天，黄世仁，我怎么会有你这样的师傅？你做的这事儿和《白毛女》中的恶霸黄世仁有啥区别？没有见不得人的地方你把人藏起来干啥？放出我姐来还则罢了，不然，看谁弄过谁，光脚的不怕你穿鞋的，豁不出是孙子。”

这一连串的斥责词语，像打在麻子胸口上的一梭子子弹，把个葛存义弄了个瞠目结舌。

恰在这时墙上的挂表敲击了一下，恰是半点，原来商妥谈话截止的时间到了，这倒真的救了麻子老葛的驾，他望了一眼表又狠狠地瞪了一眼金雷文，还击道：“你疯够了吗？师傅你骂了，恩人你也骂了，骂了个狗血喷头，折寿不折寿，有种的晚上八点你来，看我咋收拾你！”

葛存义一摔打门子气冲冲地走了，这让小蔚州干瞪着眼。这个虎豹一类的恶棍，徒弟金雷文对他毫无办法。人家不光是师傅，官大，还有言在先。

没等麻子走远，有人冲着这个实权派人物后背怒吼了一声：“谁怕谁，晚上不来是孙子！有种的带上家伙去大料场。”这是小蔚州雷文。

“大料场就大料场，不来是孙子……”

“牛啥？大料场上叫你孙子尿裤子……”

在俩粗野男人的叫嚣呼喊声中，可以想象今儿个晚上大料场将有一场恶战，那将是战火熊熊、金戈铁马。

金雷文撒泼叫嚣的大料场可不是什么风起云涌有光荣传统的好地方，那里数得过来的血案有几起，是“文革”年代沉沙镇有过武斗出过人命的地方。遇到民间节日那里还是摔跤逞气的场地，类似于“三不管”的地儿。

3

机电部葛存义的办公室里葛主任和金段长的吵架刚告一段落，老葛藏没藏女人金彩凤的话题还在机电部另一间办公室继续着。

这里是党总支白书记的办公室，就在老葛办公室的对面。机电部核心领导碰头会在这儿刚开过，人们还没离去，话题一下子转到葛存义的家庭纠纷问题上。派出去了解情况的秘书小贾正在汇报。

“麻烦了，要出娄子了！”小贾忧心忡忡地闪进屋子，惊魂未定、呼呼闪闪、神神秘秘地比画着解释说，“啥娄子？”“俩人号了几句，葛主任走了，门子哐当一摔，回转头朝小金吼道：‘有种的晚上八点你来，看我咋收拾你！’屋子里的小金喊：‘……不来是孙子，有种的带上家伙去大料场……’所以我说情况不妙，大料场那是啥地方？”

白书记说：“想不到这师徒竟闹到这步田地，我是事先没注意到。”

副主任裘嘉阁说：“谁能注意到呢？老葛那人神神秘秘，把家搬到沉沙三年多了吧，有谁去过他家？小贾去过吗？”

小贾回应说：“槐树巷我去过，烧结机出了事，紧急去他家通知葛主任下现场，老葛跑出来说了句话，就把我支走了后，没让进家，只听到孩子哭闹，没见到小媳妇的面。”小贾接着道：“搬来四排房子，去过两趟，送工资送发的冻黄羊，照样没让进家。我见到他爱人是半年前在炼铁分厂的小料场，啊，我真像看到场《秋翁遇仙记》[1]，葛家的小媳妇太漂亮了，那脸蛋儿，那小嘴，谁说料场没美人，那是他没见到过她，那小媳妇简直就是一朵花，百里千里挑一，天生的大美人呀！钢厂找不出来第二个，怨不得葛主任锁在家里不让看哩。”小贾对葛麻子家小媳妇的容貌绘声绘色地学着，这彩凤呀俊得委实在这沉钢拔了尖。

小贾本人就够漂亮的，美女讲起漂亮女人来不嫉妒难能可贵吧！这确实也证明小媳妇彩凤的漂亮。惹得在场的众人十分诧异，光听说这小媳妇俊，可除了小贾和副主任小裘谁都没见过，老夫少妻、丑夫美妻的事例不少，众人不解，像老葛这种有钱有职务有地位的人，媳妇漂亮就漂亮吧，值得这样神神秘秘吗？说不清麻子主任啥心态。

赵主任说：“老葛这媳妇可能使了钱了，兴许还使了不少。”

小贾说：“一万块。”这女人说得蛮肯定，兴许是看到众人不相信的样子，马上做了补充，“是听那开车的庞师傅说的。”

“哪个开车的？”众人认起真来，有人问。

小贾说：“常来找葛主任的那个小个子。”到此小贾又补充道，“比咱们刘一把还矮半头。”

“啊！”众人愕然，麻子找庞矬子当介绍人，买高价媳妇？

小贾讲的“刘一把”实际是指总厂长刘兴。

“啊！真是高价媳妇，这么高价，好家伙！一万块呀！在我们大北川的小水峪、窑子头一带买得了仨媳妇了。”这是胖子小裘，又跟了句，“咱们这葛副主任，真趁钱呀，怕不是有个甚外快。”

小白跟上了一句：“他花高价买媳妇的事儿党委知道，让查过，老葛外快的事倒没有，他三大爷死了，赡受了一大笔遗产，这钱兴许是卖房得来的。”

“这麻子也太复杂了。”赵主任先“唉”了一声接下去说，“不过他那种情况不使点儿钱也没法闹，可以理解。他今年大概四十了，成家那一年大概三十四五吧，一个场子的干部三十四五还没讨上个老婆，真够窝心的，那种情况——就凭他那张脸，还有水蛇腰，哪能讨得上，长得不好的二婚又不要，不使点儿钱能解决吗？”

小白说：“这倒是实情，咱刘厂长也同情他，可买高价媳妇是犯法，这类犯法的事儿还少吗？查实后得抓，可都抓的话，抓得过来吗？生产任务备战任务又都这么紧，查了查人家有结婚证又没弄公家的钱就放过了。”

小裘说：“咱这位老葛甭看年岁大了，又长得那熊样，听说跟女人的那种

---

①《秋翁遇仙记》：老电影，讲一个老翁遇到一群仙女的故事。

事儿没闲着，口上那个姓文的小媳妇跟他闹得满城风雨，好像还没断，有人说老家的东万口还有个媳妇，有人敲打过他，他说是他的妹子，啥妹子姨妹表妹没弄清，是妹子是媳妇谁能证明。”

小白说：“莫再提那陈芝麻烂谷子的事了，查，谁去查？是作风上的问题还是重婚？查上一次两次能证明什么？总厂党委办就那仨半人，都去查不得累死？还是多讲点备战备荒吧。我看眼下当紧需搞清的是咱这小金是葛主任爱人的什么人，老葛小金他俩这么玩命，到底要争什么？”

小贾说：“咱们的金段长是葛主任爱人的亲弟弟，过了这段风波他当然是老葛的小舅子了。”

党总支白书记的办公室里，只那么不足六平方米的地儿，连个正式窗户也没有，原先是间小杂物，存放电工器材，也临时堆过劳保用品和氧气瓶子，小白支书人家在部队是正团职，到沉钢一年半了，正式职务是总厂党委组织部代理部长，“代理”了这么长时间，始终没上正式编，这里的机电部党总支书记也是兼职的。人家的心没放到这儿，人是好人，也极敬业，就是两头跑着干工作的缘故，魂不稳。机电部是新凑起来的单位，房子特紧，小白来了后才给党总支挤了这间办公室。说是要给翻盖大一点的办公室，没钱，凑合半年了。

党总支的办公室里，因通风不好的缘故，加上七名总支支委六个烟鬼，小屋子里烟气腾腾，迷雾重重，会刚散，白书记就急忙打开那扇门子。

党总支办公室左上方是厂区的铁路专用线，专用线边上就是大料场。整天里轰隆隆轰隆隆，办公条件艰苦到家了。

大料场上峰峦起伏，灰石、矿石、焦炭和待处理的矿粉矿渣一排排，一垛垛，迎风傲霜，张着大嘴，形成了一道沟又一道沟。这就是小白办公室的外围环境。

白书记的办公室里，人们继续研究葛存义和金雷文的民事纷争。

小白说：“这就好办了，我想先做金雷文的工作，对他讲：‘你姐已经嫁给了葛存义，人家登过记，有证，是合法的夫妻。你姐跟了这么个老麻子，确实也不称心，让谁也不痛快，这没法儿，可已成了事实，承认这个现实吧。你姐终归是要嫁人的嘛，不嫁给姓葛的也得嫁给姓李的姓张的姓王的，是吧？嫁了个老葛这么老又这么丑，不理想，不称心，这个社会在转型时期，太复杂了，认了吧。不称心就是没感情，但感情可以慢慢培养嘛。”就这样吧，这理由蛮充分，真是做思想工作的白书记。

“唉——”裘嘉阁唉过声后挖苦道，“咱这葛主任确实也没点儿自知之明，看那恶心样儿不光到处拈花惹草，找个媳妇也要别出心裁，我见过那小媳妇，俊得像个仙女，水灵得不得了。他俩咋能站在一起呢？像个丑老爹领着个小妞儿，一朵鲜花插到牛粪上。”说到这儿又想拉一票助威，转脸道，“你说呢，小贾！”

小贾捂着嘴笑了笑没吭声，她可不敢这么说人家副主任老葛，但也不敢正面反驳这个爷，一个女性办事人员得罪了谁也没好处。她这一笑各人有各人的理解，在裘胖子讲，他认为自己说对了，这么形容麻子并不过分。可女秘书却暗暗笑这背后损人的胖子，心想乌鸦落到猪身上看到别人黑看不到自己黑，不照照自己，人格太次了。

赵主任犯难地说：“县里抓备战，厂里搞钢炉维修会战，咱们还得上铸造车间，水上的事儿电上的事儿一个接一个，火烧到眉毛了。偏巧这时候俩技术骨干出了问题，那大料场嘛，真动了家伙，还不打出人命！那还了得！他俩哪个出了问题也得瘫一片。咱总支不出面不行了，我找那个雷文谈，下狠话摁住他；老葛那里咋办，白书记，那要交给你了。”

小白说：“我同意赵主任的安排，我这就找葛主任去，他现在在哪儿？好像是正召集民兵连长们开会，可能县武装部有行动吧。矛盾要消灭在萌芽时期，推不开，也拖不掉，咱积极做工作吧。我这就去总厂党办或者厂办，瞅空儿把老葛叫到一边说几句，先摁住他，最好叫他俩今儿晚上先不碰面，万万不能碰面！可是更细致的工作还得老主任你去做，有些事他更听你的。老葛有时会被抽到县人武部，但愿他没离厂，他若上了街（指去武装部），找他也就难了。这几天，我还得到县委组织部忙活几天，我也不在厂里，看咋办。”小白倒说的是实情，基层的工作天天马踩着车。

“能咋办？就这样吧，小贾你去把小金叫来，叫到我的办公室，几句话谈不拢就背上工具兜子去转炉，路上谈。前年为他娘的事他要请假去保定，没说到他这个姐，当时工作特忙，没准假，这事也就放下了。谈谈看呗，这小子也真够拧的。”赵桐这样支派着。人多事多又有人添乱之际，爱才如命的部主任赵桐实在没啥灵丹妙药，像小蔚州这类极有主见的青年人，遇到事犟得很，他又不明顶你，说一千道一万就不照你说的办。人家生活上的事，你有啥好法子？

小贾问：“这会儿就去找吗？”

赵主任说：“先等等，看看小白还有什么事儿。”

“你老主任不是他的师傅吗？”小白以问代答，说着笑笑。

“这能管得了啥？他管麻子喊师傅比喊我还亲，麻子当年还救过他的命，能顶啥事？”赵桐说到这里，毫无办法地“唉”了一声自嘲道，“你说个甚他都听，跟着走，就是不吱声，有啥法子，不能拧耳朵吧？”

有一名支委插话说：“这事儿恐怕没大家想的这么简单，听说老葛家的小媳妇蔚州老家早定了亲，好像还是娃娃亲，老葛不管死活地把人家抢了来，那一家死活不干，还等着哩。”

现场又七嘴八舌起来。

“这可不就麻烦了，人家金雷文找这事儿，等于娘家的兄弟打上门来。看架势死活得把人要回去跟那一家子完婚，确实麻烦了，老葛还跟小媳妇弄出了俩孩子，人走了，孩子怎么办？”另一名支委极其惋惜地这么说。

“孩子嘛，到时候再说吧。顾不了那么多了，要不人家那一家怎么办？老葛自作自受呗。”又道，“办的这叫啥事？起码叫违法乱纪。”

“民间的订婚——像娃娃亲这类事，观念太老了，不算数的。人家老葛这有结婚证，咋说也算合法夫妻，也怨麻子这个年岁的人办事还不靠谱，甭管你使钱没使钱，领上证后让媳妇回回门，不算万事大吉了？看办的这事留了多么大的后遗症！”

“说得轻巧，回回门，小媳妇跟你去吗？听说小媳妇寻死觅活地死过跑过多少次了，到这会儿还不认这半瓶子醋钱，早晚要飞走的。要不葛家到这会儿捂着盖着还把得这么紧？前些时的一个晚上一个保定来的人捅出了这一锅，老葛急红了眼，又锁门闭户，转过天一早把媳妇孩子带走了。有人看到了，就是那小个子开车来送走的。”

赵桐说：“那家伙不是个好东西，贼眉鼠眼的，最近几天，像经常来，来了就和咱们老葛在屋子里嘀咕，钻到车里鼓鼓捣捣，不知道都有些啥事儿。”

有人应声：“嘀咕啥，捣鬼呗。”

赵桐沉了沉接着道：“对着哩，小金说他保定有个娘——要去找娘嘛，好像还有个表哥，不是亲的。”

小裘说：“还能有啥事儿，就这些事儿呗。”

小贾说：“矬子也是蔚州人，也是南山的，古子房矿上的一个什么科长，常把着辆车，飞过来飞过去。”

小裘说：“他跟咱们小金认识吧？”

“不认识，刚才俩人都坐在那儿，没说一句话，像是谁也不认识谁似的。”小贾说罢，就急急忙忙出了屋子。

“不认识就好呀，要是认识，又知道了里面有什么猫儿腻，小金那脾气那身功夫，还不知惹出多少事儿。”赵主任忧心忡忡地这样道。

小白说：“这个人我知道点儿情况，叫庞信，古子房矿上膳食科副科长，原先当过专职司机，两年前想联系来咱总厂生活部，后来一调档没让来，口上武斗那会儿蹦跶得够厉害的，怕来了笼不住。”

秘书小贾走了一会儿又回来了，先敲了敲门子才走进来，到了主任跟前对赵桐低声说：“小金给叫来了，背着工具袋子来的，在那间屋子里等着呢。”赵桐一扬手，“咱散了吧，我得先去找小金！”

4

被挡在葛家院外的这段倒霉事，还得从雷文找张风发说起，涉及焊工黑刘、小何和贾喜凤。

部秘书小贾在葛家住所碰到的冷遇，其实小蔚州雷文早就遇到了。金屋藏娇对麻子老葛来说是家庭稳定的上策，而对金雷文讲，他和二姐的团圆日推迟半年了。雷文被愚弄了——不光小贾和小蔚州，不管谁也好，压根儿麻子是不会让外人到家去的，何况雷文的原籍也是蔚州的，何况又姓金。

那一天，雷文在大食堂吃罢饭，突然想起了一个事儿，新建锻工车间冲天炉基础方位的事儿，裘副主任不是让他找麻子主任，找不到就直接去找副总张风发嘛，这里靠着技术处，正好去找。一下台阶，他看到刘金贵正站在那儿与人白话，就让他也给注意着，黑刘那个机灵劲儿，一点就明白，他看清了，从生产处平房里下来一个人，于是，他悄悄点了下雷文的肩背说：“说曹操曹操到。”这人正是张风发——张副总。

这张风发也有知识青年上山下乡那样的经历，不过比“文革”中的知青下乡早了十年。他是天津人，天大毕业后，二十世纪六十年代初就被分到口上北面的戈壁滩了，搞了风电，所以人们拿他的名字开涮，说他的名字叫风发是为风力发电起的，就有人戏称他为风力发电，这老工程师就应着，叫就叫吧，他只哈哈一笑。他在此之前曾先到口北大钢一个炼铁厂和铸造分厂协助管过一段动力设备，还抽调到县洋河大渠干过。就因为老父多病，家人也在天津，为了照顾家调到了近处，北京、天津都进不去，只好留在毗邻北京的沉沙镇炼钢铁了。他既懂机械也懂电，成了这高原大厂神仙级的人物，说话分量很重，敢替刘厂长当家。这老总他特殊，骑的是嘟嘟叫的铁驴。他不骑“凤凰”，不骑“飞鸽”，偏爱上这铁驴了。他常自嘲地讲，这铁驴好呀，如果有事，买不上火车票，一拍它屁股，十个钟头到天津了。

“张总，张总！我是机电部的，有点印象吧？”这是雷文在喊。相距十几米远，先把张风发喊应好说话，不然它那铁驴屁股一冒烟想抓来不及了。

张总终于被喊应了。

张总这条汉子浓眉大眼，风尘仆仆，一身蓝工装，比工人的装束就多了顶锅式头盔，看不到半点知识分子的架子，一脸谦和的神态，一手老茧，到了炉台子上敢操泥杆堵粑，到了野外面对十米高的电杆子，他敢一试身手爬到杆顶，在风中抢险作业。作为一线管机电的副总，他的办公地点多数在现场，整天里骑着个摩托，飞过来飞过去，没有预约，找他就难了。他手上虽没牛屎，但手指头上腕间机油不断。张风发或许就是那带油污的知识分子了。张总记忆力很好，去年修熄焦车时跟雷文只见过两面就记住了他的名字，还记得很牢。

还戴着头盔跨坐座子上、两腿呈八字形搭在地面上的老工程师热情地回应道：“吗事儿，文娃子？”金雷文的乳名文娃子是爱称，只有家乡人才知道。张总咋也这么喊了，没人知道。跟上来听好消息的黑刘奇怪，后来知道有来找雷文的老乡这么喊过，兴许被张总听到了，觉得亲昵好玩，又极喜爱这后生，才也这么喊的。可是黑刘从来没敢这么喊过，人家是领导，开玩笑也得讲个分寸，可不敢冒昧。这黑刘见人家找熟人说话就识趣地退后走了。

“调过来喽？”张副总问。

“调过来喽，调过来半年喽，又能在您张总手下工作了，可以多学些东西了。”雷文脑子里离不开学东西，由衷地这样说。

几句寒暄过后，对话进入正题，张总急着要走，雷文也着急办完事儿回工地，双方只好长话短说了。无非是雷文先把在冲天炉切坡平场地时遇到和想到的问题讲了一遍，说几位主任都不在，裘主任让来找您张总工解决。还说自己早来了，正赶上午饭时间，等了一个时辰没敢去打扰。当然还问到了总厂厂区总体规划的事。

张总认真地听着情况，掏出小本子来记了些什么，又问了些雷文土法步量铸造工地和南干线距离的情况，还有这后生的想法，都一一记在小本子上。只重复说了几次：“你想得很好，堵住个漏洞……”还说，“让我想一想，稍等，稍等......”

张总这位血气方刚的中年人，发扬因陋就简利用地形地物的优良作风，以电摩托座子为桌，以后衣架为凳，躬身屈腿，挥动手臂，现场办起公来。只见他找出张硬纸，还有把尺子，转过身找了个避光的地方，三下五除二草草几笔画成了一张图——现场施工模型，又把方才问到的数字标了上去，四向中心线、路肩、沟宽，还有边沟最大流量、直径这些术语从他的嘴里蹦出来，时而又仰面想想，时而标上几个数字。他画上了冲天炉的基座所占面积和炉前作业面积，又撕下一张纸在抬高的膝盖上做了计算，大概只有两刻钟的工夫就完成了如此复杂的施工草图，让南山羊馆的养儿子金雷文看傻了眼。

“厉害厉害！”雷文竖起了大拇指对老工程师赞美道。

张总随声凑趣地附和道：“合唠勺！合唠勺！”

“合唠勺”是俄语中的好，极普通的口头用语，为恭维问好用。由于二十世纪五十年代苏联来我国的外援人员在苏蒙边界地段工作的关系，和我国的汉民族有一些接触，也使汉族人民学会了一些简单的俄语单词，成了这一带人民日常逗趣时的口头语。

“快，不说这个了，说咱们自己的工作……”张总抬腕看了眼手表，皱了皱眉，斩钉截铁地说道，“我再给你二十分钟的时间解决冲天炉清整场地的定位问题好吗？小轧车间的轧机出了问题，一伙儿人在那里等着我哩，只给你二十分钟，到时间我就走。”

说罢，张总把刚画好的草图递给了金雷文，雷文毕恭毕敬地接过展开细瞅着，这后生大部分是能看懂的。他不光佩服工程师娴熟高超的技术，还佩服人家雷厉风行、一丝不苟的敬业精神。这草图极实用，自己想到的问题和关键数据大部分呈现在图上了，这样照图施工就行了。于是他急急忙忙地把图纸折起道了声谢告辞，最后说了句不打搅了，就急忙要插过铁库沿小路回工地。

张总急忙拦挡道：“莫急，莫急，细心看一看，有啥不明白的，或者标的数字不清晰的。”

雷文这才觉得毛糙了，来不及说什么就展开草图想仔细看看，灿烂的阳光打在图上，他急忙调整方向，找了个不刺眼的地方看起来。这才发现图上的靠干线公路的部分多了些铅笔标记的虚线，整体看来较机电部下达的原规划靠北边山梁一侧和东面靠大路一侧多了两条沟，标明是排水沟，以备下暴雨时排泄梁头上洪水用的。

雷文蹲下认真研究起草图的细部，老工程师弯下身子望着他，偶尔加以指点。雷文又一次提到最担心处——挖掘机切坡不当毁了路兴许会留下事故隐患。张总一指草图道：“细看看就知道了，上面做了具体要求。”张总的手止指在一行小字上：“以此线为界，十五天之内勿切。”

雷文似乎仍不解。几只不识趣的苍蝇在眼前飞来飞去，张风发轰打着。

接下来，老工程师做了细心解释，他说，如此大的企业当然有总体规划图，还说回头找人拿给雷文看。他还说，骆驼峰西沟的一侧原本规划为南北大道用地的，这条路切弯取直后南北两个区缩短了一公里，不久就要开这条路。一旦此路开通，大干线改了道，老道废弃了——老道的地方腾出来可以做铸工露天用地，冲天炉切坡占地东扩就不存在侵蚀大干线的问题了。老工程师又道：“添了两条排水沟，汛期洪水威胁厂房和生活区的隐患迎刃而解了。”他还说，他准备明天就上调度会，借着厂区道路正在调整，借着基建工程公司的任务还没排满，建议打通骆驼梁的道路工程，并要提前上马，所以才提出这片土先别动——坡先别切，等骆驼梁道路打通后再动。还嘱咐北墙外靠山根东西向的泄洪渠必须石料护坡，做成固性渠底，高差角度要一丝不苟，那是保护机电部铸、车、焊、锻等五大车间的。

现代企业管理是一门科学，来不得半点儿的马虎与伪造。长期的斗争实践，使雷文深深相信这一点。十五天也是个硬性指标，雷文深知老工程师说这话的分量。十五天或许跟气象有关系，和工程量、本单位施工队伍的实力有关系，他老工程师做出如此实用的施工方案，太神了。雷文事后知道早在三年前，工程师张风发就对这里的水文和地形做过勘测。

张风发总工给的二十分钟时间到了，雷文把老工程师交给他的那些草图上下左右反面正面看了又看，把想到的问题和张总的答复想了又想，再也没啥要问的了。

“记起个事情，我再迟走五分钟……”张风发说罢，没说还要干什么，又打开了记录本，迅速在一页纸的下部写了一行字交给雷文，道，“你不是要看整体规划嘛，就去看吧，拿着这个条子到我们处里找小何——那个留披肩发的小姑娘，她就会拿给你看。厂部规定：不让抄记、抄绘和晒图[①]，不过小铸造工艺的主机平面布置可以晒一张给你。去吧，那小姑娘可能在办公室。”

“张总，我在这……”一个银铃般的清脆的声音裹在清风里飘下。

声音是从岗上传来的。雷文抬头看去，岗上有一个姑娘站在那儿，脚步动着要往下走，从大路边到生产处平房，一下一上要从一段缓坡爬上去，她还向他们招着手。原来正是前几天丢给自己“恶心”两个字的那个花蝴蝶。

张总也招手示意，让那少女等在原地儿就可以了。

“那就是小何，去吧。”张总这样说。

甭管小何对雷文印象如何，有张风发工程师的引荐，他不敢怠慢。

①晒图：行业术语，把描绘在透明或半透明纸上的图和感光纸重叠在一起，利用灯光照射复制图纸。

这回雷文可接受了刚才表现毛糙的教训，接过条子认真看了看。是自己求人嘛，对小何姑娘也是毕恭毕敬的。

条子上写着："小何，工作需要给来人看1号图的骆驼梁部分，另可晒一张小铸造工艺主机平面布置图给他。"

看罢，小伙子这才紧紧握住条子又跟上边的小何姑娘摆了摆手，就辞别张总要往上走，不想又被张风发拉住衣角嘱咐了最后一段话，张总说了三层意思。一、骆驼梁开挖修路——大干线隧道的事不要他管，让他十五天不动老道的基础就行了，有变化会派人通知他们机电部的。二、别再越级找生产处了——特别是找他张风发，近几天他更忙，找也找不到。有事找部里吧，你们主任会管的。说到这儿，张总唉了一声，当这小头头不容易，得求爷爷告奶奶。建议雷文自己搞一份施工计划流程，去找葛主任商量。他说可以去县招待所找，叫出葛主任来说几句话，没问题的。三、机电部铸造工段要占用的这片儿地的地质资料和水文资料已调走，但何工程师最清楚。沉沙钢厂建厂初期地区革委会生产指挥部求地质部三大队来给勘测，何工参加了那次勘测。张总还嘱咐要他特别重视西向进入农药厂污水沟的那道行洪道，宽窄深浅要恰到好处，莫挖得宽，迎水处要做道护坡，莫影响了下游的农田菜地。张总又说，具体的去请教何工吧。张总又说，何工所在的部门实在不方便找。说到这儿，张总吭吭再三，最终给出了个招儿——也是秘密——就找上面这小姑娘小何吧，何工是她爹。

雷文犹犹豫豫地问："这小姑娘我跟她不认识，求她父亲何工程师的事儿，她能给办吗？"张总说："这要看你在人家小姑娘面前上不上眼，还看小伙子你的小嘴甜不甜了。"

最后张总身下的摩托都起动油门了，回过头来又说了一句："得便我跟她说一句。"

摩托屁股一冒烟，张风发总工程师终于走了，泛起了一股烟云。

也真不容易，刚刚批判了这些看似喝了一肚子洋墨水臭烘烘的"老九"们，还真没白吃饭，发的工资也不多，关键问题上真发挥作用了。

一张白纸，三画两画，三下五除二，结了，解决了！

这个金雷文真是个幸运儿，半路打劫似的找到了这个张总，不到一个钟头办了这么多事儿。见到之前，文娃子像个饥肠辘辘的乞儿，这会儿成了酒足饭饱膀人腰圆的汉子了。

金雷文真的找那"花蝴蝶"何助理了。

名师的指路就像月黑天儿有人递给一盏汽油灯，那样亮堂，看路平坦多了，遇到点儿沟沟坎坎提前躲一躲，再也不会被绊倒。这叫“他山之石可以攻玉”嘛。这小金不光长得俊秀，又帅气，嘴还甜，甜得像个没盖好盖儿的蜜罐儿，墩在哪儿都受青睐。

“小何师傅，工作中碰到点儿问题，请抽空儿给你家老爷子，不，太土了，还是叫令尊大人吧，不，太文了，还是直接尊称老爷子何工，打个电话求教一下，有空儿吗？”看小蔚州说话这弯拐得太啰唆了。

“喊我个师傅，我可没认过你这帅气的徒弟，担不起，也俗气，不能改个称呼吗？”

“叫个甚？叫你个姐，我比你大，叫妹子，合适吗，要不就叫同志可以吗？还是叫师傅好了。”

“随你的便，要我给我爸打电话，我可以替你打，但你问的问题他知道不知道就不好说了。”小何姑娘应下了，但埋下了个退路。

“都是坝下①老乡，我喊过张总叔叔，为了说话方便，也喊你爸叔叔吧。”

“随你便好了。”

……

雷文终于因为说话和气甜润加上张总的引荐，在技术员小何姑娘那里办成了事，消除了冲天炉基础场地平整地质方面的安全隐患。

又做了一些现场勘察和调查研究，在部秘书贾喜凤以及现场工人师傅协助下，雷文当晚熬了半夜，写出了一份施工计划流程，是仿照工程书写的，工程预算，用工计划，工期进度，验收标准都有了，编制工程预算的实践，使雷文深感知识不足。第二天，他起了个早赶到县城人武部开会的招待所，顶着门拦住了部副主任葛存义，把它呈递给这位顶头上司。恰逢会议上安排小组讨论，老葛请了一会儿假，俩人蹲在一处花池子背后对施工计划研究了一番。

这麻子主任确实也是个细心人，责任心很强，况且他本身就是名工人工程师嘛。为了保质保量地完成冲天炉上马投产的任务，也谋划数日了，只是记在本子上没写成书面计划，而他认为张总的草图还缺乏细节，雷文的计划也需要补充，自己事先筹划计算的一些东西又在本子上，本子又放在自己家里了，于是研究了半截儿，他突然提出借雷文骑来的自行车回家去取，他说：“车子好骑吧？”

“好骑，就是除了铃铛啥都响，别的没问题。”

“车子给我，一刻钟就回来，我去取个本子，你先对刚才预见到的问题琢磨

①坝下：方言，在张家口地区对狼窝沟（又号称“天路”）以南的县而言。

着……”

“我跟你一起去不好吗？”

“不，不！路不好走，我这块头儿，驮上你还不把这病驴压散了架。”

没等再商量，老葛抓过雷文的车子就出门上了大街。老葛是领导是师傅，从师如从父，老葛对雷文从不商量而是命令。况且，当时雷文以为跟不跟师傅去家里取本子又不是原则问题，去不去无所谓。

晚了，晚了，真的晚了，那是雷文终生的一个遗憾。

这可不是无所谓，事后雷文明白了事情的原委后也晚了，追悔莫及。这起码让雷文和朝思暮想的心上人——他的姐姐金彩凤相会推迟了仨月。这还不是人为的捉弄，这是命。

这一节由找图纸引出张风发，由核实图纸引出葛存义，引发了麻子藏掖小媳妇拒绝去他家的悲剧。

这会儿，彩凤恰恰在这个家里。她和麻子丈夫搬来这个小村半年了，在槐树巷。她已经在一家粮库上着临时班，丈夫看得她也没那么紧了。她正在那里纳鞋底，大男生的鞋底，明显是给弟弟纳的，准备有出头的一天，捎回老家，捎给弟弟文娃子。她遭到这么大磨难，心里天天惦念着弟弟，弟弟现在在哪儿，干什么了也不知道，光知道自己来到了沉沙，沉沙在哪儿，离老家蔚州有多么远，也不知道。仿佛和弟弟远隔两世了。但是，她坚信，只要死不了，一定能见到弟弟的。至于见到以后，对弟弟咋说，咋交代，一头雾水。在她的脑海里，弟弟雷文还是从前那个样子——那样魁伟英武帅气，文质彬彬，还爱穿从前娘给做的那敞领衫和系带的褡裢，爱穿双绿胶鞋和家做的布鞋，爱留个小平头，不不，不，弟弟绝不会这么土的，弟弟已经二十四五岁了，弟弟早成了大学生，或者成了工人了，不是穿上工作服就是西装革履了。总之她倒对弟弟陌生起来，不敢往下想了，自己越来越配不上弟弟了。啥都想到了，就是没想到弟弟就在身边，就在沉沙，离她不到五里地。

5

金雷文和葛存义俩人吵架要决斗的事，可没有支委会上众人议论得那么严重。当天晚上雷文没去办公室找麻子老葛，他去了也找不到。白书记已经跟麻子打了招呼，先避开锋芒莫和雷文正面接触，事情总有妥善解决的办法，让他晾一晾再说。

小金嘛，老主任也跟他谈了，从机电部谈到炼钢厂，两华里半，师徒俩谈了一路。也有点借口，雷文是正培养的入党积极分子，党支部已研究过了，面临要拿到总支部大会上讨论、征求意见。赵桐是提到党性的高度来要求雷文的。雷文有点儿蒙，不明白参加组织和恋爱问题咋能扯在一起，不理解就在执行中去理解吧，总不能和麻子弄个鱼死网破，和其他领导也红脸，党也入不了吧。

从另外一点讲，他急着要见到二姐。这会儿的姐啥模样儿的也不知道，闷煞了——那个彩凤又被麻子藏起来了，人又不在沉沙，弄到哪儿了不知道，这么老顶牛，就更见不到了，火气也就下来了。变了，变了，一切都变了，姐能成啥样子的，不是姐了吗？——稍事冷静后，这弟弟雷文对彩凤的态度有所松动，考虑更多的还是小时候的那个姐。只好把情人和未婚妻的问题先放到一边了。

至于存义嘛，态度也软了。办了那么多违法乱纪的事儿，他光怕事情败露不得善终，恨不得快快结束这提心吊胆的日子。

麻子很庆幸，心里七上八下，整天担心书记主任找他是迟早的事。刘厂长没把他叫去训一通，蛮不错了。两位顶头上司又给了台阶下，又指路支着儿，心里感到热乎乎的。第三次谈是白书记、赵主任一起找麻子。他们骂了几句就支着儿，等于雪中送炭了，弄得麻子感动得差点儿五体投地。麻子动了感情，溢出了泪水，是热泪。

“放下你的臭架子，主动一些找上门去，登门和徒弟和好嘛。事情很快就会过去的，你委屈个啥？架子值几斤几两？最大的最实惠的不是媳妇到手里了嘛。”这是主任赵桐，苦口婆心。麻子还不赶快就坡下驴嘛，书记、主任咋说就咋办呗。

赵主任找他谈到晚上七点，在办公室谈的，又跟去宿舍谈，督着他快去办嘛。送走了赵主任，老葛就夹着个饭盒出了大院门子去食堂转了一圈弄了点好吃的。继而他磨磨蹭蹭三拐两拐进了13排房子小金住的那间屋子，还夹着多半瓶子二锅头，外加一包小杂碎，恰巧小金一个人在屋子里。麻子进门没说话，先打开了饭盒盖儿，两个猪蹄散发出一股子香气，这是找徒弟喝酒来了。烈性脾气的雷文火气消了一半。“趁热吃吧，喝吧，喝点身上暖和。”这是师傅麻子。

小金头没抬，眼也没睁，原地没动地仍坐在床沿上。当是让你哄孩子吗？他想，给师傅来了个窝脖儿。麻子总能找到坐的地方，坐在了对面的床铺上，看你“小东西”咋说，总不能抓住胳膊推出门吧。

麻子看准了，这雷文不是那种无情无义的人，不久以前，为了联合提出赶在汛期前挖一条排涝沟的建议，这“小东西”不是备了点儿肉把自己请了来，也这么坐在对面的床上一边喝着一边说话。

没犯“病”以前，麻子的性格像盆炭火，有时候也怪极了，说话也挺柔和，铁石渣也被他烤化了。

这俩男人间的战争对抗了不到五天，烟消云散了，问题解决了——那会儿接回了彩凤，见了面，哭了，姐弟俩哭得泣不成声，又笑了，总算是又见面了嘛。麻子对雷文“他舅、他舅”地叫着，活像一门子走动多年的亲戚。

为了推动师徒俩和好——面儿上和好也有利于机电部工友间的安定团结嘛——总支部的同志及时做了细致的工作，立竿见影见到了成效。

葛存义一反常态，把夫妻关系理顺，五天后找辆车把藏在老家沉池县的媳妇和俩儿子接过来，让全家团聚，让人家彩凤和雷文姐弟团圆。葛存义买了个高价媳妇，从蔚州大南山拐骗到几座大山背后的大西沟，怕媳妇跑了，几乎在葛家那所大院里锁了两年。迁来沉沙后，他仍然以防贼的心理对待彩凤。麻子这一来，摆脱了这些年私家过日子偷偷摸摸来又偷偷摸摸地走的黑人黑户嫌疑，转成了可以见阳光的白户。

那一天麻子偷人走私般地把妻儿送回老家，当天自己又急忙溜回厂，给家中老父亲和他当队长的二哥丢下了很大的压力，他们感到大有东窗事发吃官司坐牢的架势。

往回接妻儿的这一天可好了，加上存义红光满面地走在街上，再也不用偷偷摸摸了，那样大模大样，又荣升了民兵师副参谋长（乡亲们更不管啥样性质的官职），进村时，又弄了那么辆新式多座越野车，笔挺的军官服装，锃亮的皮鞋，着实让村里乡亲眼热一番，真像阳光接亲的队伍。车上有空位子，二嫂子黑凤凰上车跟来了，还带来了她吃得特多的愣小子铁蛋，娘儿俩说是到大城镇的工业区观景的，二嫂又说到大医院瞧瞧病。到沉沙后弄得乱哄哄的，不光这里四排房子那个狭窄的小屋小院没法住，连小房也住上人了，夜晚还挤得麻子到外面借宿，愣小子吃得又多，粮食紧啊。关键是小媳妇彩凤特腻歪这个二妯娌，她俩妯娌间确实有隔阂。麻子把二嫂弄来的真正用意昭然若揭。在当年被逼成亲时，就是这黑凤凰给她下的药。另外好像这刁婆娘走到哪儿都使坏。彩凤她摸不清丈夫的用意：是怕她和娘家人接上头了，面子上风波过去了，能不能塌下心来过日子，还挂着问号。这等于找个看家护院的。

在厂子里，麻子真把丑事办成喜事了，光托人从口上捎来散发的高级糖果就有几斤，还请机电部里的头头脑脑喝了酒。

另一方面，事态的发展让精神上极度空虚的小媳妇彩凤来了个措手不及，多年的禁锢、囚犯似的生活把她弄傻了。那一天，一听到弟弟的消息，这个牵肠挂肚的顶亲顶爱的人，盼了多年，就要来到身边了，她不相信自己的耳朵，以为丈夫又在愚弄自己，又在试探什么。直到见面后和弟弟抱头痛哭，才相信这是真的。

姐弟分别后第一次见面的地点，是葛存义弄的一辆军用中巴，在从沉池大西沟回沉沙县的大公路上，在城北的旧堡东，弟弟骑了十公里的自行车，迎着头来接她，是在一处路边、一片玉米地的坡面前。

远远地她看到他来了，还在吃力地冲刺那道坡，她看到后急忙喊停车，没等车彻底停稳，车门早被打开，她的一只脚到了地面，继而疯了似的扑向迎过来的那个朝思暮想的身躯。他们着着实实地抱在一起，那姿态像长辈抱着孩子，又像受了委屈的孩子扑到长辈的怀抱，顿时，放声啼哭起来，哭得真是如丧考妣，让人无不为之感动。

“文娃子，你还是文娃子吗？”女人悲悲切切地问。

“是。姐，我真的是文娃子，真的是，真的是呀！”这是后生。

“文娃子，姐对不起你，姐到下辈子也还不清欠你的债……八年了，姐无时无刻不想着你呀，姐盼望这一天啊！苦哇！这是命吧！”

“别说了姐，我记住了，记住了！我也是时时刻刻这样呀！我明白，我明白这是命。”

“狗屁命！只怨你遇到灾星了，遇到坏人了。”

“别说了，别说了，咱俩不又到一起了吗？日子还长着哩。”

其实她更苦，这一来，她面对着两个男人，老天爷，这得如何办呀？

他们就这样过了五分钟的电，一肚子话不知从哪里说好，也没给他们提供再多说话的时间，汽车的喇叭响过两次了。麻子怒目圆睁，面临着很多难题。彩凤的俩儿子也溜了出来，慢慢往这里靠拢，雷文明白这是彩凤和麻子的娃，一切都明白了，急忙把怀里的姐推开，咬着牙说：“姐，咱俩再也不能分开了，先坐车走吧，我心里有数。”姐也深信他的心，她还能说什么？彩凤像死了娘那般悲悲切切地回到了车上，弟弟跟着她摆着手眼巴巴地看着车无情地开跑了，是一溜烟跑的。弟弟站在自行车旁，两眼始终没离开汽车后挡风玻璃，他的眼前始终只有一个场景，那张瘦削的脸颊还淌着泪。

汽车开跑了，两颗心又硬性被撕碎了。后生眼前发黑，心里都茫茫然的，如何是好呀？

在小伙子雷文的心目中，这悲惨的见面又分别的场景迟早要出现的，这是规律——他坚信钟爱着的二姐彩凤还活在世上，坚信早晚会见上面的——没想到的是这么突然地出现在面前又这么仓促地离开。孩子的问题他也早想到了，下一步咋走还没想好，大局面前，只能承认现实，过去的就得过去了，形势要求安定团结。这么难以让人接受的现实又不能不接受。肝肠断裂，藕断丝连，又不得不狠心地甩脱以求自保。多么希望日月倒行，回转到他俩儿时的日子，那时多好，在西沟坡头篱笆院养父家的五口人中，自己的年纪最小，可论说话算数自己的权威最高，天爷爷是老大，自己是老二，要仨不能给俩，要去哪儿就得去哪儿，需要多大会儿就得多么大会儿。尤其是这个二姐处处依着自己，想要啥她就得给啥。同样是这个姐这会儿却成了席面上的宾客，陌路上的看客，没一点自由了。惨呀，实在是惨呀！今后甭说不能再说点儿情情爱爱的私密话了，就是说点儿平常话也得藏藏掖掖受限制。难道这个姐真成了人家的人了吗？老天呀，不公平呀！

葛存义高价买来金彩凤当媳妇，包括这次姐弟团圆的整个过程中，他都知道受害人金彩凤娘家有个出嫁的姐，还有个在校的弟弟，还有个什么表哥。葛存义做过分析，以后打上门来要人的汉子兴许就是这弟弟，如何得了？可是在沉沙街上除了早年的几个朋友，除了乔毛妞这些乡亲，没有了。谁都没想到雷文、彩凤还是一对初恋情人，直到几年后，这个重要的事实才彰显于世。初恋情感像坛蜜，这坛蜜若不被彻底打碎倾覆蒸发，黏结度越强烈越一发不可收。这弟弟对姐又爱得那么神魂颠倒，怎么了？目前这种仍以姐弟相称的表象是旧礼俗高压的结果，压，压，早晚有一天会倾覆爆炸的。正因为这一鲜活动荡的事实被掩盖了，暂时的和谐气氛才得以延续，复杂的事儿变得简单了。麻子和小伙子金雷文吵架的这种事情似乎缓解了，再也不是先前听到的唇枪舌剑的隆隆炮声，再也不喊去大料场了，换来了安逸和谐的气氛。矛盾处于短暂压抑状态，能平和多久，真不好说。

不是一家人难进一家门，文娃子和麻子老葛这俩男人之间是一个甚样子的矛盾？是仇家，仇恨的积累有可能发生仇杀，是夺妻之恨嘛！

何尝这个弟弟又会些拳脚，谁还敢动自己的小媳妇一个指头让他吃了不兜着走。错了，他又想错了，咋就没想到后院起火。

由你死我活的仇家变成一门子好亲戚，不容易，这得有个质的变化。把媳妇接回家又认下个小舅子的初期，麻子主动做些友善的姿态，这样子的友善做过了头，俩男人谈事，过去雷文在他面前是徒弟，这会儿是“兄弟”了，布置任务多以商量的口气，很少那么盛气凌人地发指令训人了。这麻子表演得太厉害了，也不怕别人说闲话，打那以后挂在口头上的是“我兄弟、俺家舅爷、孩子的舅”

这一类词语，并且公开表露雷文是他的左膀右臂，全然不怕别人说他培植个人势力。雷文原本就是全机电部最优秀的一员，不光主管这条线的葛副主任，连党务一把手和行政一把手都当眼珠子重视，不过麻子的亲热做过头了，某些事情上还带出些偏袒的成分。他是副主任，雷文是副段长，应该他指派的活儿，偏让找雷文决定，使得掌握随时调配技术力量大权的副段长雷文，也不好和谐地开展工作，也觉得不自在。为了表明心迹，存义借二嫂、侄子来观光的机会，照了张全家福，把这位舅爷放在了显要位置。名义上为了照顾彩凤和雷文姐弟方便见面，又可借水多给弟弟洗洗衣服，麻子老葛通过赵主任把彩凤这个临时工安排到了供水系统看泵。葛麻子居住的四排房子的东头就有一台泵，若轮到彩凤在那里看泵上班，雷文用冷水热水洗衣服都方便。从住处到泵房的岗位，只需三分钟。

世上的事复杂着哩，事情波澜起伏，热闹着哩。

这时的雷文像刚刚冲出群山跳上山头的太阳，闪光耀眼，

在大企业来讲，这样品学兼优、前途似锦的小伙儿能缺少人爱吗？不缺少，认识的人中有三四个人提到要给他张罗对象了。技术室的女助理就曾投来青睐的目光。风机房有位漂亮爱笑的天津女知青，公开地追他示爱。这些都被他用友善的策略和气的言辞谢绝了。介绍人或女方向他要理由，理由就是他不想处对象，起码不准备现在处。实在没办法推辞了，他就拿出最后的撒手锏说老家有父亲早给订下的娃娃亲，说自己上边有俩姐未嫁出去，暂时不便过事儿。这话说得多了成了传说中的事实。起过疑心的人直接去问他姐彩凤，彩凤能说个甚，只是笑着点点头，是苦笑。难道雷文对这些要和他处对象的女孩子没动过心吗？也不全是，一时泛起的涟漪只能被悉数避开。难道这后生要当和尚，就永远不娶妻生子了？没人提过这个问题。

二姐是他一生视若神灵的偶像，就像天使那般。核心的问题是有了二姐了就不能有人了——不管这个姐是媳妇也好，是姐也好——还要对象干个甚？要不要媳妇无所谓了。

二姐被拐卖失踪了六年，足足折磨了他六年，六年中千难万苦不知哪来的那么股子劲儿，说甚也要找回这个他视若神灵的女人——这个姐。这会儿终于把这个至亲至爱的姐又盼回到身边了，有人可以说说话，有事儿有个人商量，生活上有个人疼了，这就够了。尽管这种说说话、这种亲情疼爱早不像从前了，老觉得隔着一层纸，但总会获得一种安定感和愉悦感，再不是过去六年中孤魂野鬼般没人疼爱的野孩子，雷文害怕再打破这样的平静生活。

两个男人之间的女人彩凤态度似乎有点儿和缓的趋向，或许是认命了，也有

一种“双赢”的感觉——眼下有俩宝贝儿子，又来了一个心上人弟弟，她有了一种时来运转的感觉。特别是世上最亲最近的人弟弟来到了身边，这还不是老天的恩赐嘛。女人呀，尤其是她这样的小媳妇想问题简单。其实对雷文钟情的彩凤思想可没有这么稳定，这么现实。失散多年的弟弟突然出现在面前使她的情绪如风起云涌、白浪翻滚，久久得不到平静。喜事盈门激起的串串涟漪，在旁人早时过境迁地流过去了，可是她做不到，志在必得的属于她的东西，她一定要弄到手。可是偏偏又心比天高，命比纸薄，才演绎出一串串悲喜剧。

夜长了梦多，虱子多了不咬，也是活该沉钢总厂西部生活区四排房子葛家小院出事，葛家从此不安宁了。不知道是总厂党委的精心安排还是咋的，出差和县人武部的精悍基干民兵拉练计划重合了。这段时间，派麻子出了三次差，三次加在一起将近四个月。金雷文、葛存义师徒俩为争夺女人似两只决斗着的虎，引导隔离开这两只虎是多么的不容易。四个月后俩人都成了强弩之末了。拉练活动，这位葛副参谋长率领着一个团的精悍民兵走狼山，过草庙堡，飞越鸡鸣山主峰，跃上黄家冲和方家冲，最终到达大海坨燕然山主峰。名义上发现了豹子，立项为“打豹子行动”，又搞得神神秘秘的，步行长途跋涉八百公里，连个豹子的毛儿也没找到，而是让这一伙子以产业工人为主的队伍练脚力，锤炼毅力，加强培养纪律性，兴许是为了一旦战争真的打起来做预备役顶上去。在口南四县混编民兵师，钢厂民兵是第二次参加拉练了。

民兵组织的首长多是兼职，师旅长多是大厂长兼任，拉练时参加不了，师长的任务推给旅团长，推来推去老葛成了二号首长了。大皮鞋一穿，呢子军大衣走起来拉风，副参谋长行军途中爱做动员性“讲话”，讲话时又偏爱“我们部队、我们部队”地呼叫着，舞动着手臂，真真有官儿的气派，够吓人的。让他的兵老老实实走路，老老实实修工事，不让人讲话，足足过了一段官瘾，镇住了一些人，也处罚了一些人。

他没有让小蔚州去拉练，雷文就是去了也不听他那一套。小蔚州的军容军纪比他这“二号首长”上学军训还不如。在修工事抓“舌头”方面小蔚州有独到的硬功夫，麻子可治不了他。

回到厂里，麻子还当他的副主任，雷文照样当他的副段长，工作上难免有矛盾，俩人面子上和和气气，面和心不和，还得斗下去。正是：

南山红松迎风站，北河绿柳在飘舞。
借问松柳和平否，未见苍龙必伏虎。

虎豹同笼必相斗，马配双鞍祸旦夕。

今日和颜笑容恭，谁知哪天翻面皮。

6

壶河的那道川，还有桃花镇的那块地儿地面窄小人口多，田间也好，工厂作坊也罢，到处都有人活动，六月秋忙季节嘛，人们都是过客，匆匆忙忙的。

故事就发生在大货车上，这里是人烟稠密的路段，那是姐弟重逢后的一年之后。这次拉备件是按老主任赵桐设想的走过来的。就雷文讲，事儿办得特顺，看了生父也看了亲哥，在西合营下车送走了心爱的凤儿，返程的半途在约定地点又接上了凤儿。找返程车费了些劲儿，但在朱厂长和褚四龙的帮助下，准时找到车装载着那批精心检查过的毛坯件踏上了归程。

另一个情况是彩凤回到离别十来年的家，当然和还当着羊司令的爹抱头痛哭了一场，不哭有啥办法？穷人穷命只有忍着了。你是老百姓嘛，有谁一辈子没受过气？彩凤还看了院里的大娘、五婶和庚爷，也去看了大姐黑凤。大姐添了个黑丫头，十几岁了，能帮家里干活了。傻姐姐不让她走，还拉住她过家家，傻子倒挺好，甚愁也不发。彩凤被拐失散多年回老家探亲这桩事儿，是全村惊天动地的大事儿，弄得小山村乱颤，也引来了前村后店的人看稀罕。事情再大，故事再曲折总有个画句号收场的时候。金老三哭了一通又闹了一通，骂雷文不回家看他，这是没办法的办法，还不是为了躲是非吗？当然老羊倌也认了这个账，不认又顶啥用？闺女被拐出去的，拐出去又能咋着？又让那没见面的老麻子弄了张结婚证，还过出了孩子，算了吧，不算了怎么着？

失散的女儿算是有了下落，可那跟人跑了的孩子娘铁五妞还不知道在哪儿，说在保定，保定又在哪儿？这还是个谜团。

彩凤这次回村主要是来拿粮食的，爹满足了她的要求，让她大袋子小袋子地提走了、背走了。说甚也不能饿着闺女和小外甥。金老三最满意的他当宝贝疙瘩抱大的养儿子文娃子成器了，还当了管事的。他也不满意，忙有多忙，到了家门口也不来看看大，骂这厮是没良心的东西。老三骂了半天，又哭了几天。

心里怨恨文娃子最厉害的不是爹，是他的姐姐金彩凤。这个娃子傻死了，也笨煞了，难道真的对二姐变了心，这一回是多么好的圆梦机会，人家麻子扔给你个枕头不来睡，若真没变心那不是傻瓜蛋子吗？

在老家大金家村住了两天两夜的工夫，彩凤“张生戏莺莺”的美梦做了两天两夜，一直到第四天返程的那一天，也没见到郎君的影子。两天中她多次站在西崖头张望着，还往村西口大柳树下跑了八趟，兴许哪一趟能突然接住那厮呢，那个让人疼爱又招人恨的家伙兴许会突然出现在面前呢。连看着他姐弟俩长大的庚爷也看明白了这点。老庚劝道：“闺女，别等了，他有他的事在忙，他有他的难处。别等了，日子会好起来的。”事情都过去了这么多年，那个文武全才长得很帅气的文娃子又常不回来，彩凤、雷文姐弟俩并肩站在街上的可能性更不会有了。当年瞎眼婆子讲过的这对金童玉女下凡配夫妻的故事可能人们忘了。只有他们的爹——羊倌金老三没忘，他老觉得对不起雷文那娃，篱笆院欠他的，都是那下三烂老婆子作的孽。

功夫不负有心人，这个泼泼辣辣不信邪的金彩凤这趟故乡行没白来。终于让她逮着了，她想要的就是弟弟的那份爱，给也得给不给也得给，板上钉钉就是在返程的大货车上，彩凤似一团火，葛存义又像路边的枯草或霜后干巴巴的老树林子，那么脆弱，那么弱不禁风，那么一触就着。这个从小受爷爷的问题、爸爸的问题牵连得胆小如鼠的文娃子，还不生怕碰到哪堆火哪堆柴措手不及惹出是非吗？

来时，一辆大型面包车里七八个人，后来十几个人，都各坐各的，正襟危坐，沉默寡言，这个好闹事的姐姐一直是披着军绿大衣坐在那儿，该吃吃该喝喝，在西合营下了车，甚事也没发生，姐弟俩一路上也没说几句话。可这返程就不行了，雇了一辆中型卡车，只雇了一位司机，货车不好找，跑长途的司机更难雇，驾驶楼副驾驶座被一位蹭车的病老太太占了，姐弟俩只好都坐在后面的敞篷车厢里。这后车厢里除了12包笨重的铸件，还有破碎机上单独躺倒放置的大轮子，还有点儿包袱和苫布、两三袋子米和面，别的就是她姐弟俩大活人活动的空间了。铸件和大轮子排好都装在车厢后部，垫了草垫，加了绳索，牢牢固定住了，安全第一。车厢前半部一米半长两米半宽的地方就成了这对青年男女调情的空间。这孤男寡女是一起长大的姐弟，又没有血缘关系，何况早年还有很长的那么一段恋情史，狭小的空间里俩人在一起挨挨靠靠碰碰撞撞，小伙子鼻孔旁边就摆了盆香气扑鼻的花，不碰出爱情火花才怪。

大货车东去，过了吉家庄一条盘山道，在15度的坡道上匍匐爬行，车速较慢，车身时稳时晃，盘了一座山又一座山，大坡小坡间泉水淙淙，梯田叠叠，一幅备耕夏种前的繁忙景象。公路旁，山梁间，有在半坡吃草的羊群。窝在沟底悬臂下嗒嗒抽着水的扬水泵把一条条白龙玉马般的玉带悬挂在半山间。人群、羊群、驴骡马队、自行车队从大货车旁闪过。

车厢里这对孤男寡女乐不可支的心境，依山逐坡起伏着。平缓的慢坡山道上风丝如絮、天高云淡。躺卧在车厢的苫布包袱上，仰望着蓝天白云、近雾远山，俩人卿卿我我说着悄悄话，想着心事。行进着的汽车，步步后移着的山体，起伏的路面，路景和车厢，楼子里的人，一切的一切，都在动——整个是个行进着的一间屋子。这块空间叫爱巢也可以，彩凤把它当成了“打情骂俏”的舞台了，甚至当成了十年前他们的爹金老三布置的作为“洞房”的东里间。一扫这两天对她想象的“薄情郎”文娃子的冲天怨气，她又要疯了，今天就要“讨债”，是他欠她的。过去在白仙阁前拜天地时讲清的。——讨得和文娃子那斯这笔人情债，绝不会再放过这小东西了。这天早晨这个凤儿早早地爬起来就梳洗修饰她那张脸，洗了又洗，头梳了又梳，镜子照了又照，再也不像过去文娃子不在身边时的那张脸，灰头土脸哟。也不知从哪里弄来了唇膏，离村后瞅冷子点了点唇。羊倌爹本来准备拦挡多住几天的话都咽回去了，爱咋着就咋着吧，一句也没敢往外扔，知道闺女的心早飞了，再多再狠的话也留不住，这闺女的心早就飞到养儿子那里去了。这样也好，半斤八两，两厢顾着吧。

老汉是个单纯质朴的人，年轻人时髦的思想他不懂，卿卿我我的举动也不顺眼。他想的是闺女既然跟了人家姓葛的，又过出了孩子，那就啥也甭想了，好好过日子吧。另一点也有个极天真的想法——希望二闺女和养儿子那点感情也别断，不管保持甚个关系都好——能好上一辈子更好。不这样他觉得对养儿子太亏。他老汉不指望别人了，既要这养儿子也要那唯一顺心的二闺女。老汉想得太天真，让两男一女和平共处，相安无事，这怎么可能呢？好马不能备双鞍，天经地义啊！

同乘这部大货车的除了司机外还有个包着头没看到脸的病老太太，姐弟俩都防着这老太太。雷文还事先做了解释，说他俩是姐弟，垫了个底。无非是在停车的时候他拉开车门问问大娘喝不喝水，需要不需要方便，老太太好像病入膏肓，几次都没喊应。雷文还两次向司机师傅介绍彩凤说，这是我姐，我亲姐，回老家探亲的，回老家弄了点儿粮食。打了预防针，消除了误会。唉，难呀！这小蔚州走了桃花运，老嘀咕桃花衫子裹的兴许是颗炸弹。

一切都那么顺遂，在这块空间里要坐上五六个钟头，这岂不是天作之合吗？这真的要感谢麻子老爹了。从这件事起，作为丈夫的“麻子老爹”在女人心目中改变了形象，再也不是厉鬼了，成了助人为乐的神仙，温柔可爱体贴人，乖极了。所以春心荡漾疯了的彩凤婆娘放开手脚施展她的伎俩，快枪重炮地向弟弟进攻——一凭美若天仙的姿色，二凭如胶似漆的丝丝情意。长久夫妻做不成，及时行乐，做个露水夫妻风流一把不难吧？这块空间，三面有板材割制成的车帮，两边的车帮又列队并排着守护栏板，躺卧时栏板遮隐住了人的头面，铸件包裹堆成了一面墙，人在车厢里被挡了个严严密密。恰巧这辆车是大修过的“新”车，车厢车体表面和防护栏板都刚漆涂过，三面车帮统统是绿色，绿是草绿，绿中略带黄，黄中又透着一股清亮的栅栏状孔隙，很富有动感。车行进时迎面的青山绿树，白石亮水，做着背景，配上车上活动着的人，呈现出一派婀娜盎然的生机。这么一个说宽阔又显得极度狭窄的空间内，宽得像漂浮在蜿蜒广阔的大河上，窄得又总是碰人，老像过险桥，老得人拉拽着人。就在这么一个特定的环境里，嫩得像一包水春心荡漾的金彩凤，浪漫极了，把这大的动体当成了甜美一时的“爱巢”和俘获心上人的“阵地”。

姐弟俩的谈话从姐姐埋怨雷文开始，话中不时掺有骂语。不外又是“没良心”“拉得屎坐回去了”“起的誓都让狗吃了”，决心从此再也不理这没良心的小傻瓜，“谁再理谁，谁是狗”，佯装生了气，只给弟弟一个后背看。有时候真是唇枪舌剑，有时候又对傻后生一通哄。心爱的情浓意厚的姐姐翻哆[①]了，这哪得了？雷文的策略是得赶快哄。这后生有自己的法，无非是捅一下摸一下，来个鬼脸什么的，摸不了三下哄乐了。二十多年一起长大的，谁还不知道谁。雷文记住了一点，捏一下姐的腿，咯吱一下姐的胳肢窝，这是打小时常用的伎俩，他记住反正不去碰敏感部位。女人就是这样，禁不住三句甜言蜜语，你咯吱她一下舒服了，马上给你另一副模样儿看。

没过二十分钟，这对情侣的情绪慢慢缓下来，继而和好如初，一个闭起眼睛，一个轻轻地握着她的手，算真正地说起了悄悄话。

开头还不是说些家长里短，这次彩凤刚回到村里时，村里人亲热好奇得拿她当了外星人，问这问那，甭提多么关心了。院里人，姐姐妹妹嫂子大娘哪家都让她去吃饭，谁都拉住她的手哭得像个李三娘。无非讲些爹的情况、傻姐姐的情况，还有小狗黄黄的情况。这黄黄老得不成个样子了，有时在崖头一阵疯叫，像想起小主人文娃子了。听到这儿雷文也很动情。雷文五岁那年把黄黄抱回家，形影不离地在一起八年。还有队上的情况，改革后集体有多么大的变化，自家包的沟边田和草场边的田地都让给谁了，有没有点说道，自家又留了多少。当然还谈到了娘，娘共来过三封信，寄过两回钱，第二次钱是直接寄给爹的，说再过过，得回来，要叶落归根。说良种场的三间房让出了两间，爹还留了一间，看爹的意思若娘和那个坏种一起回来，篱笆院死活是不让那混崽进的，若让他进，院里人

①翻哆：方言，反目，翻脸。

也不干。住在哪儿？总不能睡在大柳树下吧，良种场留下的那间是做这个用的。

姐弟俩商量的意思是，家里的事，就让爹看着处理吧，娘也已经过了五十了，还有几年蹦跶头，由她吧。娘糊涂，命也不好，姐弟俩又心疼起了娘，尤其是文娃子特挂心那个娘。吃她的奶长大的，她带大的嘛，狗养的疼狗，猫养的疼猫嘛。雷文说了说他爹和他哥的情况，只字没提住在西合营的他那个后娘，不光是没时间打听，那是脑袋里西合营根本没那个“娘”，他一生只有一个娘，到哪会儿遇到甚情况也忘不了奶大他的那个娘——三奶奶铁五妞。

悄悄话中常常掺进一些令人烦心的小曲调。

在讲他生父的事的时候，后生似有所触动地突然问：“见到村主任大叔了吗？”

“见到了。去看咱姐前，先到他屋里坐了一会儿。”

“他没提什么吗？”

“提了，挺关心你的进步，还说……”彩凤说到这儿突然把话打住了，又低垂下头。

他疑惑，着急地要知道下文，“还说什么了？说呀！”

“问起咱俩的事，说我这个情况就这样了，说你……该给你娶房媳妇了，说他家的二小只比你大两岁，仨崽儿了。”她说的二小即莫义平，又道，“咱爹也是这么说的。”这是姐，彩凤。

“打住，打住，娶媳妇的事以后莫再提好吗？烦着哩！说我老大不小了，有啥大的？有你这个姐在身边，要不要媳妇无所谓。”这是弟弟。

山间公路路况很差，尤其是大山东面的这一带路基路面糟得很，像搓板，像马车道沟，过水路面，还有滚石拦路。汽车咯噔一下，大货车被硌得蹦起老高，着实吓了司机一跳，开到半道上趴了窝可不是玩儿的。到一处较平坦的地方车停下来，吓得疯癫的彩凤才坐了起来，雷文也跟着跳下车。查看后，确定无事，这才又启动。

坐稳后，俩人谈话又回到正题，接着疯下去。弟弟像有心事老实多了，像只麋鹿呆在那儿。这个姐可不行，她最爱听这话，但又偏说：“那可不行，这会儿你还娶不到我金彩凤，我金彩凤也不能那么缺德——老黏糊着你，让人家断子绝孙，是吧？”说到这儿她又低垂下脑袋，抹起了泪。她说的人家并不是指外人，正是心爱的雷文。

“哭哭哭，你们女人呀就爱这样……”这一回没叫姐，叫了“你们女人呀”，这称呼把关系变了，她爱听。他指的是她在哭鼻子，本能地伸过手去帮她擦去泪珠，这举动让她极为激动，她一把抓住了那只手，她是两只手满把抓的，这三只手统统被她摁在自己的胸前，又似过电那般闭上了眼睛，又淌了泪，这时兴许换成了热泪。

就这样，他把自己的手完全交给了她，任她摆布，从触感中体察到她的心在“咚咚”地跳。爱有多种表达方式，在这里摸手等同于摸心了。她是这样想的，他认同。

半天的工夫过去，他用另一只手敲了敲她的手背，深情地安慰道：“一切都会过去的，面包会有的，黄油也会有的。”他引用的是列宁的话，在哪部影片中列宁这样说过他不清楚，然后他撤出了双手。

他开始问正题了：“我是问，莫大叔有没有说到我爷爷的事？”

“没有，甚也没说，都很忙。外面坐了几个人，兴许等着商量耙地的事，忠烈爷爷的事没深淡，兴许不方便说吧。”

雷文一听凉了半截，他对其他杂七杂八的事不感兴趣。

汽车闷着头又走了一段路，车走得平稳，不紧不慢的，司机的情绪也平稳下来，再没啥变故。车厢里俩情侣低沉的情绪也在小伙子的鼓动下掀起浪花，俩人“咯咯”地扯起了家乡、沉沙街上、料场、车间里的那些逸闻趣事。如东坡头李爷爷家的母猪一窝下了五只猪崽；传说东杏河的一只大叫驴追着爬一只骡子被阉割了；原料车间某女工听到儿子被打，闯进了男浴室找打人者算账；西沟里农药厂下来的那股子暖水有污染，有说治理好了，有说污染还很大；它下游榆林屯的小学生上着课打瞌睡，社员们告到口上打起了官司。也有说好的，杂食鱼类产卵季节，顺那条排水沟面上撒仔儿，十二排房子的老王说他做了个网罩午间去扣鱼，有时候一网子扣住两条，两钟头弄回一大兜子，吃不清，送人不少。就这么着车又走了一会儿，前面就是古长城的锁阳关，那险恶的关隘虎踞龙盘坐镇在半山，从起步山脚到关口烽台，足有八丈高，把个小娘子彩凤看得目瞪口呆，姐弟紧抓车栏，再也不敢说话了。

7

车上了锁阳关，路几乎在多个山头间绕了个圈，汽车直冲到谷底。甭说瞅着司机费劲，把这不会喊冤的汽车也累个够呛。爬到两座大山间关口上，车被逼着占块地儿停下来喘喘气，车要查油路还要小修，人要抽支烟，长长喘口气。雷文急忙跳下车，又递烟又捧上火儿，又凑着说安慰话，小修时还打着下手。金雷文光听说有个山清水秀阳光闪亮的金河口，走过几次没见到过，这一回算是见到了，锁阳是背坡而言。这里是阳坡，就在顺沟而下的山脚下，背坡是那苍翠似锦缎的草木，阳坡又是一派赤红墨绿，紧紧夹持着闪光点的金河水道，郁郁葱葱，蔚然壮观。远山虎踞龙盘，近水繁花似锦，确实是一幅一流的秀丽山水画，简直是塞外的十里画廊，把个文娃子看得呆了。车身从这道古城墙下豁口穿过，墙南阳光豁亮，墙北被堵得近似傍晚，一道山系两重天地，不觉令人愕然。这道关隘是蔚州和东边县域的分水岭，擦着北坡头下山就是桃花镇，是两县二十八乡桃河水域的发源地。清泉穿镇而过，山光水涌，景色迷人，此地盛产的蜜桃脆甜得可以跟深州蜜桃媲美，蜜饯蜜枣也享誉京津，扬名塞上。据说元世祖忽必烈攻陷大都前，曾在土木北草庙子建行宫，这蜜桃蜜枣也成为去往宫廷的贡品。这里可能因有一股暖泉的缘故，穿镇而过的小水沟里遍沟升腾着热汽，桃花不光开得早，花期也长，漫山遍野一片桃红，过往的人夸这里风水好，怨不得这里街上的闺女媳妇们门口站成一排，娃儿们遍街跑呢。好！外乡的闺女爱往这里嫁。公路旁小馆小作坊林立，经济繁荣，骡马成群，人来人往，很有人气。近年不知从哪里飘来一般风，又开展旅游项目，沿路摊贩叫卖，乡间微小工业兴起。

风云突变，正当雷文欣赏金河口的美景兴高采烈时，谁曾想那个姐却呜呜地哭起来，大白天情绪反常见鬼了吗？当年劫持她的那辆车也是不停直扑上这锁阳关的，当她知道遭劫了也晚了，她要跳车以死相拼，表哥混崽和另一个男人挟持着她不让动。从此她坠入深渊，事后知道娘伙同奸夫混崽把她卖了一万元。那锁阳关口像个张嘴吃人的老虎口，狠心的娘呀，害苦亲闺女了。

司机师傅停住车稍事喘息后，又查了一遍油路和制动系统，随后加了点油，告诉雷文前面到了邻县又是一个下山的十八盘，又到了考验多的地方了，下到沟底，才算过了鬼门关。他“唉”了一声道：“咱们都多注意吧。”师傅还几次安抚那病态的老太太，帮她吃了镇静药。师傅的话里是否有话雷文揣摩不透，也想不明白，只是回到车上时，也照着嘱咐了姐一遍。雷文看到姐姐现在稍微缓和的情绪，料无大碍。

雷文随便买了一些桃干、杏仁、梨脯、干枣一类的山货，随手大都丢给了彩凤，让她捎给小外甥们，只说是舅舅买的就行了。彩凤也不客气，一一收下，窃喜。在她的眼里，压根儿就没把他当过外人，那俩崽儿是被撒错了种，本来他们就应该是文娃子的嘛。雷文选了一大包梨干捧给师傅，师傅先是不收，后来收是收了又要给钱，雷文哪里会要他的钱，师傅太辛苦了，长途跋涉把这么多铸件平安运达，帮他完成任务，表示点儿心意不应该吗？得便还得请师傅喝酒哩。送梨干，又要请喝酒，这是怕那个疯姐路上闹出啥越轨之处，求师傅守口如瓶吧。到最后剩下的那半包烟也塞给师傅。这是封师傅的嘴巴。这雷文也是多想了，其实这师傅单枪匹马地出车只身驾驶大货车过十八盘，如牤牛闯进火牛阵，惊心动魄，自顾不暇，哪里看到车厢里的人是正常唠嗑还是打情骂俏呢。

看看天色不早，大货车又上路了。走出去不远，雷文猛然记起并指给彩凤看，“看到了吗？那天轮铁架子处是咱们总厂下属的一个二级单位——涿郡古窑矿冶厂。你们小料场精选的破碎的大块矿石就是从这儿拉过去的。”

女人对高品位大矿产地的事不感兴趣，逆境中被榨汁压扁的彩凤婆娘哪里是听话的主儿。这人没心没肺，过了锁阳关情绪调整过来，她的心思都在看景上了，哪里是看景，透过景物看人嘛。蹲在那儿像盘钢磨，直起身像株梧桐，是可靠可依的大树，这棵树是自己养大的，不依靠他还能依靠何人？靠老麻子吗？丈夫老麻子烂木头一根。爱是什么？爱的力量在哪儿？在这儿吗？着实说不清哟！越说下山坡陡路滑扶好坐好千万别出事，她越不理睬这一套，她终于解放了，升腾了，在这窝丘的小天地里，不乘机捞一把潇洒一回，那才真叫傻瓜蛋子呢。麻子管不了老娘了，那死掉变成鬼的葛四爷和大队长葛存孝管不了老娘了，沉池大西沟的一个老姐姐说得好，身上的物件是自己的，“腰里装着一副牌愿意跟谁来就跟谁来”呗。这时躺卧在身旁的弟弟金雷文这小伙儿，再也不是弟弟，也不是什么常常给自己派活儿签字画考勤的工段长，而是一块鲜美可口的肉——姑娘小媳妇喜欢的肉，这肉早就应该属于自己嘛，想背着这块肉跑，跑到天边做夫妻暂时办不到，先在眼前尝尝鲜还不可以吗？

彩凤这朵嫁到城里的山里野花特惹人眼目，脱掉了棉衣棉袄，一身入时艳丽的春装，再加上那高高隆起的胸部，脸上又涂了层薄薄的粉，正像哪位诗人说的，秦岭深处的深红浅绿色的荆条，一经被专家发现，修修枝条，正正叶子，不就成了国色天香的牡丹吗？其诱人的清香堪称花中之王了。

车又一次启动后，先是顺树沟而下的慢坡，又遇有几处江南那样的小桥流水苗圃果园，还有哗哗下泻的东台白头峰顶，着实让人心旷神怡。慢坡上的牛羊，追着汽车奔跑着的娃子，更让人心情格外痛快。在这较平缓的绿树林荫道间，那个彩凤再也不老实靠坐在车板上了，军绿大衣甩在苫布上，两手抓住前车板，绿袄，紫裤，长发辫，红纱巾，站在那里——像绑扎在车上的一朵飞行着的花树，又像羞煞百花的艳丽桃花。这一点可以从路人凝聚的视线中得到证实。在厂里金雷文是兼职安全员，在极度兴奋的时刻没有忘记职责和使命，本能地拉了拉她的衣角，她是坐下来了，但没过五分钟又被坡梁上的一群羊触动了神经，像小偷似的又怯生生地站了起来，还探了探舌头后再也不理会安全员雷文这茬了，我行我素地抱着前车板，左右上下摇摆着随车飘舞。师傅像是听到了甚，敲了一下驾驶楼的“后墙”以示警告。这以后，路况恶化，车斗内的人愿咋的就咋的吧，司机的精力绑到方向盘上了。

这个彩凤真漂亮，可也太不听话了，那可是个二百五。只见这婆娘柳眉杏目，粉脸桃腮，婀娜多姿的体态，细而挺拔、摆动如柳的腰身，可不像生过娃儿的妈。可她这脾性太糟糕了，像个娃子——还是个由着性子疯闹的野娃子，这就把雷文的心提到嗓子眼儿上了，没有别的办法，只好由她站着，两只手牢牢地扶住她的腰和腿，男子汉当起了“保姆”。

这个姐也太让人操心了，这还了得，这还了得！雷文由急到生躁，生恨，生恶，不是一般的厌恶而是厌恶得不行，他对这个调皮捣蛋的情人姐又爱又恨，一点儿办法也没有，像抱着个扎手的刺猬，又像扯着一根岌岌可危随时会断线飞跑的风筝。他心想，这婆娘可不能要，哪里是柔肠百结的仙女，而是随时可能会被甩出去的手榴弹。雷文后悔跟她搭伴来出这趟差，弄得如此窝心。

温煦灿烂的春日，阳光明媚的塞外大地，飞驰奔腾着的大货车，下了桃花岭，又翻越了座座叫枣园和杏林的小村落，路面似乎宽阔了许多，沿东通京津西出晋蒙的国道，进入了大县涿郡的南岭。两壁凸显的这里是桃河一段宽阔的山谷地，千山万壑，万紫千红。河从谷底过，路绕半坡头，水光山色，古建新村，处处是景。

此处景物太美了，美得像是造物主制造出来的美不胜收的图画。人随景出，情随景入，三十刚出头的彩凤婆娘更加激昂，继续方才那样的站姿，起身扶着前车板忘乎所以地疯闹着。

没法的弟弟雷文仍牢牢扶住她的腰和腿，一上一下，一男一女粘在一起，是那么紧，又是那么一伸一展地颠簸着，动作协调。她像挺立在山岗上的一棵迎风飘舞着的花树——一棵撩拨人心弦的花树。

千钧一发之际过了卧虎岭酸枣沟和叫个怪名妆奁的小村落，大货车进入十八盘路段。锁阳关是挺拔地挂在岩壁上的西岭，这里是东坡，真是大下坡。一路上这辆中型卡车，重量装在尾部，下坡基本上是推着走的。车速更显得快了，似乎越来越快，是靠微制动滑行着。内行人感觉到不时有猛刹车的尖叫噪声。折腾了这一路，雷文身体感到乏乏的，活[①]着眼，眯瞪着。说也没用，制止又制止不了，去她的吧，谁有精神谁就折腾吧，他只扶着彩凤的一条腿，没再过多管这婆

①活：方言，眼睛半睁半闭。

娘，说多了招人烦。

又是一段大下坡，中间平添了几道沟坎，兴许农田浇地筑起的水渠所致，使车身甩蹦得厉害。车身像大河壶口浪涛那般上下颠簸着，好奇心极重的彩凤哪里会放弃这种刺激。车是撅着屁股下滑行进的，若不是铸件重压住了车底板，若不是起运前经有经验的师傅之手牢固绑扎，那可就捅娄子了。

又一段下滑的坡道，路况更糟，大货车再次颠甩起来，车上的人像跨在一匹烈性战马上，又蹦又跳，时而腾空跃起，时而又胯下藏身。其间，迎风站立疯闹着的彩凤几近撑不住了，只见她忽而站起又忽而猛地蹲坐下，保护她的雷文不是扶她而是全把搂抱住她的腿脚，又抱到她的腰部，以自个为支撑，猛地往下拉，意思是让她坐下，晚了，后生晃得也坐不稳了。货车猛地拐下第十三盘时，躲闪不及，车身往外沟一甩，把个彩凤着实地摔倒在车厢底板上。

“啊！”要出大事了，是雷文的惊呼，姐弟都吓得面如土色。亏了下面有个早支撑在那里的雷文给垫底，否则，不是甩下车去就兴许磕到铸件包上了。亏了精通功夫手疾眼快的雷文侧身一挡又回手一勾把她接住，俩人正正撞了个满怀。安全第一，救人要紧，来不及想别的，雷文像搂抱孩子那般把这个过去不敢碰的女人围腰抱揽在怀里。啊！太险了，千钧一发呀！

惊魂未定的女人吓瘫了，转瞬以迅雷不及掩耳之势把弟弟搂抱住，像经过惊涛骇浪夺命击打后捞到了根稻草那般回归了港湾，姐弟肚挨着肚，心贴着心，脸贴着脸，像连在一起了，都那么死死地抱紧搂牢生怕甩出去。

同舟共济，彰显同生共死的心态。青梅竹马的弟弟行动到位了，谁想到这个姐得寸进尺了，她抬起头闭住含着泪水的眼在用小嘴在弟弟脸上寻觅，他明白她要做什么，毫无顾忌地用大嘴迎上去，这是姐弟俩平生第二次亲吻（第一次是十年前在东里间）。这时的大货车像绊着腿又被抽打着在荒坡大漠上奔驰的野马，东仰西歪，腾上冲下般地往山下冲去。亏了这段路荒僻，车很少，才没生出事端。

姐弟俩是那么甜甜美美地吻着，车是怎样颠簸，车上的物品又是如何颤悠和“吱咯”的响动声全然不知了，进入了胶合迷蒙状态。两个贴在一起的身躯像榨油机，随着汽车的颠簸在有节奏地颤动挤压着。浓情迷志乱心，阴就是阳，阳就是阴，阴阳两性完全融合在一起了。这是等了十多年迟到了的一吻。一对情侣遭迫害分别了十年，异地重逢后，历经了苦思冥想，几经搏斗反复，终于达成一吻了，火候到了该揭锅了。弟弟开头怯生生地，心“咚咚”地跳着，送上来的樱桃小口也不敢去碰，再迷人她也是姐呀。不知咋的，这会儿忘乎所以了，火炽的热情一泻千里，贪婪而粗野的举止几乎把这个姐啃得要闭过气去。这也就是在颠簸的大卡车上，若是在大炕上或在草场草地，情急难耐的俩早脱衣服折腾上了。对雷文来讲，这“媳妇”早应该是自己的嘛。

从表面上看，这次非礼行为是那个春心荡漾的姐教唆的，甚至说是逼迫的。但也不全是实情，一个巴掌拍不响，没有大风哪下的暴雨？姐姐不顾一切地要把还当弟弟看待的帅小伙弄到手。但是这弟弟也不是不懂七情六欲，十年前在老房子的篱笆院不就几次对姐姐有这类要求嘛。这次他被这个姐引诱搂抱后，想到师傅老葛有一种负罪感，千钧一发时哪顾得这些，为了救人嘛，那一会儿他已经揽上人家的女人了，这个女人再也不是令他敬仰的规规矩矩的姐了，她用那一对半睁半闭风骚的眼看着他，充满了苛求和哀告。那一刻是惊险的，也是极美妙绝伦的，他给了她怜悯甚至叫施舍，但他自己也得到了，又一次尝试了和异性亲昵的乐趣。几年前，他找不到她时，他孤身一人坐在大湖边看山看水看水中浮游着的鱼虾，疯了似的寻觅着，不就是在找她吗？这会儿不是真的找到了吗？

大货下到最后几盘，山势仍很陡，桃河下游的几条溪流时而灌入地下时而又嵌在谷面湍急奔腾着。这里是小五台山故乡台顶雪域中的沟渠，和沉沙的大树沟可不一样，有雪峰就常有流水，有水万物都能活。强弩之末也要打几个弯低低呻吟，悲悲切切地直下到谷底的大河边。大货车像跋涉数百里的一匹老马，苟延残喘，气喘吁吁了。

只有大货车厢里的人还蛮精神，从半推半就，到主动迎合，到暴风骤雨般的厮杀搏击。后生雷文算被一起长大的姐姐征服了，俩人都在发着高烧。他像发着高烧39度的“罐中人”，她是“罐外人”，像个戏剧导演，又像名技术娴熟的驯兽师，除了上床他坚决不干，其他完全依了她。

车厢中的几个钟头，都是在朦胧失常状态中度过的，小伙子像一直处在甜梦中，感到像掉进蜜罐里了，优哉游哉，心旷神怡。抱大养大自己的这个漂亮温柔又一向威严的女人，成了哄自己开心、供自己玩乐的伙伴，那样尽情地压揉着，抚摸着，啃着，成了两颗含不化的糖豆豆，亲了一次又一次，简直是风起云涌、心花怒放，美得要死了。这个从山沟里走出来的后生，趴在姐的身上呆呆地想：姐这样疯一般地缠着自己，把自己都弄成这个样子了，幸好没办了那种事，这叫什么呢？这是爱情吗？爱情是这个样子吗？蓦然想到春草发芽期山坡上发情的羊和驴子，不就是这样“咩咩咪咪”地嚎春，二姐高兴时那么“啊啊”地喊闹着，也是这类表现吧。

小婆娘欲望膨胀得要出格了，得意忘形，说甚也要攻下这座堡垒。她可捉到了这帅哥的身子，从后脑后背到腰腿一处处地抚摸着，弄得这个弟弟像被火筒烤着，心猿意马，奇痒难耐。可怜的小婆娘饥肠辘辘般手嘴联动，小嘴加上她那灵巧的标准鼻子，拿出浑身的解数，在弟弟的脸上腮边嗅了个遍，最后又落到小伙子的双唇上。她的两个丰腴的比馒头还大的乳房紧贴着弟弟的前胸蠕动着，乳房峰巅像生出了两只小手撕扯着弟弟的心。故伎重演，这个姐姐的手竟向弟弟的裆部袭来了，后生浑身颤抖着，后缩着，捉住姐的手撕扯着。被这个姐骑在身上，这还了得，要出大事了吗？绝不能，他暗暗骂着自己，你金雷文干啥来了？是在拉运铸件，走得太远了，绝不能再踏下这只脚，前进一步兴许就是万丈深渊，生米成熟饭，自己要完了。同时感到老主任像在身边盯着哩。这类负罪感占了上风，于是狠了狠心猛然把她推开，又猛地半挺起身子，急剧地思谋着逃脱之路，晚了，能彻底逃脱吗？这里仅有一块空间，但一只手始终抓着她的手或腿，生怕再被车甩起来生出什么是非。

雷文不解，跟自己一起长大的这个姐姐，这会儿如何变成了这个样子——简直成了无所顾忌的泼辣女人。那劲儿头一上来似乎恨不得要吞掉自己似的。十年前仙女、秀女、腼腆女人的影子荡然无存了。这是从哪儿来的呢？是从老丈夫麻子老爹家，还是从小料场、水泵房的粗俗女人群里学来的？

猛地一下子把她推开，在女人来讲遭到了男人拒绝，这是天大的羞耻。姐姐像受了委屈的孩子“呜呜”地哭出声来，她是他姐，姐是慈祥的，也是威严的，必须得给这小家伙个脸子看。大事不好，这还了得，不知所措的金雷文吓慌了，他本能地扫了眼驾驶楼上的后窗玻璃，见没动静，才稍静下心来。

他在揣测，这时仍在盘山道上，接近东县的县城，车流越来越大，司机师傅的两眼死死盯着斜坡路面，感觉器官都绑在坡道上，无暇注意车厢里的事。那个吓得要死的病老太太，更不会去管别人家的事，这才放了心。“嘀嘀”，大货轻声啼叫着，盘了一盘又一盘，直冲下山去。喇叭再叫也惊不醒车厢里的人，他们自己顾不上自己。

彩凤真像怕了，甩开弟弟雷文抓她的那只手，腾出两只手抓住车帮“呜呜”地哭闹着。三十多岁的人了，竟这么不听话，使得小弟弟不光焦躁，也起了厌恶心，心想，姐咋能这样，你想要的不是一件东西，是我一个大活人，是要我跟你去睡，想得太简单了，不思谋思谋后果吗？挠头的是他对她毫无办法，还又怜悯同情，看她像个刚脱胎毛的小村姑，哭得那么伤心，那么可怜巴巴，兴许她真的生气了。眼泪是 串串滴下，脸颊哭得画了秽儿[1]，让人又气又恨又爱。这是干甚？光天化日之下，沿途那么多人，驾驶楼子里还有四只耳朵，施压吗？浑

①秽儿：方言，泪水流过后留下的痕迹。

不浑？他气得恨不得想扇她。在这当口不知如何阻止这婆娘哭泣，遇到这种主儿——这种浑人咋办？还能咋办也跟着浑好了。小伙子慌不择路，只能以“浑”治“浑”了。情急之下他猛地又把她拉到跟前搂到怀里，连着“凤儿、凤儿”地轻声叫着，拿出她爱听的爱呀想呀那些字眼，拿出百倍的热情和既亲昵又粗野的动作，甜甜美美地亲了她一通。她又像游水撑船那般极不老实起来，为了让她尝尝占有欲的甜头，把她翻到自己的身上，让这个疯婆娘折腾自己——亲自己，抚摸自己。大风骤降骤息，大雨下不多时，再激烈的搏击也有停的时候，小婆娘总算停下来了。管事，好了，过去了，过了劲儿了。只见她轻轻地溜下弟弟的身子，滑到苫布上，仰面朝天，闭起了双眼，像美餐一顿后的一只母狼，经过厮杀和吞食中的体力消耗，一点儿力气也没有了，躺下来低声地呻吟着，闭目养起了神。雷文从眉角和嘴角看得出，自己的姐姐——这个泼辣粗鲁的女人第一步要求达到了，再也没力气干别的了。刚才再闹哄，不就是亲一亲摸一摸嘛，总没有动真的。这一次又算哄过去了，下一次怎么办？他皱起眉头，但愿老主任也莫再派这活了，麻子师傅也莫再贪便宜蹭车拿粮食了。

这样折腾过后，俩人都累了，彼此手捉住手又脚钩住脚并排地平躺在一起，十几年了，还从没有跟姐并排躺在一起这么放松过。他眯起了双眼想静静地躺一会儿，想一想刚才突如其来的事情，想一想下一步该怎么办。

这个姐他一直当长辈对待的，是纯洁的、神圣的，今天这么压了人家啃了人家，也算把这女人占为己有了，得到了一种占有欲的快感，美，美得像飞上天了。彼此彼此，这个女人，她也有同感吧？冷静下来一想这样发展下去果真闯祸了，这小地方可不管你定情不定情这说道，没有登记都算犯法，如果犯了，往小处说也算个流氓罪，俩流氓乱搞，该游街示众；往大处说，这是大逆不道，镇边儿上的这样的厂子也是半农村，农村人见不惯这么下作，有人会暴跳如雷地说，道德都让大南山的人丢尽了，该抓起来到局子里蹲几年，甚至有人吼叫，道德败坏，该枪毙！这事儿若让人家的丈夫老葛知道了，还不得动刀子。活该自己倒霉，蔚州拉备件这趟差，不是美差是灾祸。自己本不想来，是一把手赵主任硬压给自己的，麻子老葛又偏偏揣进来个金彩凤，紧小心慢小心，结果还闹出这个摊场，倒霉到家了。

8

三十刚出头的婆娘彩凤，可没想这么多，这个帅小伙儿算是她十年前就占下的，大年初三的那天夜晚，经金老三引导，也算入过“洞房”了嘛。今儿个叫她逮着了，她始终沉浸在甜梦中，也是平生第一次得到心爱男人的爱。到站了，离开了桃花，过了桑河大桥，回到厂子里了。

她始终没觉得有个甚大逆不道，好像始终理直气壮，雷文压根就是自己的——自己抱大、看大的，也是上天配给自己的。在她来讲，这不是突然“事变”，是一年多来自己朝思暮想设计好应该得到的结局。当然她要的最终一步还没实现——这不算真办事儿。她极单纯，单纯到一个萝卜一个坑儿，文娃子就是上天给自己安排的男人，上天专门替她定制的，到哪会儿都是她的人。有了他——得到了他——不枉变一次人。她一生就爱文娃子一个男人，她觉得这样的男人才够味，她一生都是这样想的，可以为他去死，为他尝受人间一切痛苦。为什么单爱他一个人呢？是单爱他长得帅，对自个儿一个心眼儿吗？她说不清，觉得凡是他出现的地方黑着天儿也是明亮的，再难走的路也能过得去。一个农村的女人如此钟情于一个男人实在少见。

她极端迷信，为此受了那么多苦。生活中解不开的扣就从老天那里找原因，认为或许这就是前世注定的。遇到害她的坏人混崽、葛存义之辈，认为都是前世的仇家魔鬼变的，来寻仇的。

汽车下到十八盘的第五盘（最后五盘），路稍平缓了些，雷文猛醒到快到坡跟了，路上的人多起来，该收敛了，注意点儿好，心绪也就平静了许多。姐弟俩又有意无意地离开了一点，都仰面平躺着，强制自己静下来想问题。雷文觉得有点儿冷，把身下的绿大衣往身上裹了裹，但瞅到了大衣总觉得不是滋味，这可是人家丈夫塞给他的，怎么能在人家的大衣上亲人家的老婆呢？何况她丈夫还有恩于自己。他低头又一想，大衣的内部含有一种权势的因素，那是武装部发的，那家伙可不是好惹的，咋说今天的事情也办砸了，生产安全上有隐患，平日生活上就没隐患吗？刚才高兴痛快得飞到天上的心，“啪”的一下摔到地面上，凉了半截子。

彩凤不知又在想什么，想她留在家里的俩儿子，想大金孤单的老父亲，想害了自己的保定的那个亲娘铁五妞，说不清楚。这小婆娘仍然平躺着，没有躺在叠着的一捆子苫布上，而是半依半靠在弟弟的怀里，兴许是在企盼美好的明天哩。身子下铺垫着雷文的工作服上衣。工作服比军大衣单薄多了，但她愿意。这哪是工作服，她当成自己贴心的男人，咋躺咋暖和。刚才雷文就是躺在这上面的，啃咬戏耍当中弟弟把她弄到身上她又溜下来才换了位置的。她喜欢躺在这蓝蓝的咔叽布工作服上，不喜欢躺在棉大衣上。

她的眼始终睁着，仰望着蓝天、白云和空中“噗噗、呲呲”飞过的小鸟，透过车帮栅栏看大路旁的山梁土岗和梁背上的树林草场，过眼的景物都那么美，有个仍喊着姐的帅哥在身旁嘛，大好的河山，看不完的长空美景为啥要闭上眼睛呢？这婆娘美得又哼了两句小调，听不清唱的什么，《走西口》还是本地小曲？半天又不说话了，也不知道又在想什么，想她待过的天庭瑶池边织女的生活吗？

她冷不防却表现出十分亲昵地把后生的头扳转过来，深情地开口讲话了，像是在疑神疑鬼地征求意见：“文娃子，我们这样不好吗？”没容后生分说，伸过手去用食指戳了一下弟弟的脸蛋儿又说，“小东西，我终生——也就是一辈子只对你一个人好，先这么好着，好吗？”小伙子呆呆地看着，没有回答问话，但眼里含着热泪，从骨子里相信这个姐的话是真的，用怎样的语言表达心迹呢？他茫然，不知咋回答，只是傻笑着。平心而论，跟这么痴心的女子能够好一辈子不是天大的福分吗？

“姐丑吗？不配再跟你好了？变了？”没等答话，她神经兮兮又急匆匆单刀直入地掷出了这些话。后生傻了，仍然呆呆的。他简直是她收养的猫咪。

彩凤用两眼直勾勾地瞪着他，他仍抿着嘴笑笑，答不出什么。她的青筋绷起老高了，逼视着心肝宝贝，让他亲口回答。

雷文心里清楚，她痴心痴到了要死的程度，厉害得像只母狮，不能碰，翻了脸就不得了。

他沉默了半天，答非所问地从牙缝儿里蹦出了俩字：“我怕！”

沉默了半天才挤出了这么句话，实在理亏，他再不敢看她，脸红到耳根，练过武的人居然说出这样的话——这是一个大男人在女人面前说的话吗？

“怕什么呢？怕那个废物——老葛跟你玩命？”她横眉怒目，看着车前方吼道，“玩儿命就玩儿呗，谁怕谁？！”嗓音更高了，“不就是一条小命儿嘛，他要，我先给他好了。”雷文又慌了，耳根竖起，眼睛睁得大大的，像大祸再次临头那般不知说甚好。

彩凤又反问：“你们男人中不是有人说，为了红颜知己可以上刀山下火海吗？今个儿咋这样？当年踹混崽那坏种的劲头哪去了？是怕你亲爹还是怕俺爹——俺爹一直支持咱。怕胖子龟孙子，怕被人嚼舌根……”这女人大义凛然，像一头刚健暴躁的母狮，面对合围上来的狩猎者，舞动利爪大吼着。

这话倒让人听出点儿话音儿，事后雷文知道那胖子裘嘉阁也打过彩凤的主意，花香招蝶嘛。

“你是我姐，总归是抱大我的最亲的姐姐……”

“莫拿这个姐字当应承[1]，姐又怎么了，亲的吗？不能在一块吗？不能动真的一起睡吗？”

春风不会说话，若会说话站出来给评评理。有人要问：雷文是伪君子吗？不是!也不能完全说不是。做人嘛，太难了。不是吗？你会说“如何，如何”，事情没轮到你头上而已，敢情没到真事上。

拉铸件的大货车下了桃林，下行十八盘，又下了大寨子大坡，跨越了保岱公社、二堡桑南的那片八十里大粮川，又飞过了大桑河、鸭河两道川，在鸡鸣山南右转往东就是盛产三辣三甜的西八里村了。这一路都是开阔平坦的大道。京包线南边的横跨两河的这道大川——北到石匣隔边儿的泥河湾，南到京北大湖，方圆百里，好大的米粮川呀，亩产早跨越了“黄河”直奔“长江”了。丰年景成车皮成车皮地往关南拉粮食，运土豆，还有莜麦面，贡献可不算小。货车又走了半个多钟头，钻过酒厂的铁路地道，直奔西大门回到厂子。彩凤和那个坐在驾驶楼的病老太太先后在厂西的生活区下了车。老太太是在生活区西头下的车，她的亲人住在沉沙镇街里，小拉车等在那儿，下车后就被接走了。老葛和俩儿子早早等在另一处大路口，来接车的还有四排房邻家的孩子，车来了，娃儿们跑着嚷着追在汽车后面欢喜雀跃，欣喜若狂。车停稳后，先是雷文跳下车，接着是彩凤站起来往车下递东西，顺便把那件军棉大衣扔给丈夫老葛。雷文这个舅舅真会当，一把南山大铃枣丢给了这个又丢给那个，把俩娃和小伙伴们的嘴堵住了。

“舅舅真棒，舅舅一骗腿就到了车下，神了。”嚼着枣子的娃儿们这样“啧啧”地赞美着雷文。

这女人咧着嘴笑了。也邪门了，众人有关雷文的半句话都被她捞进了耳朵里。说过分点儿，好像他放个屁也是香的。

南厂区的路灯和灯桥灯塔把硕大的厂区装扮成多组飞舞的长龙。

大货车开进备品备件库，卸完车后，晚上八点了，阴山背黑得早，厂区、生活区一片灯火。机电部加工车间有关技术人员和设备股长早早等在库门口，这些师傅们都是有备而来的，带来了皮尺、卡尺、手锤什么的，准备连夜检查，突击加工赶制。还真甭说，这批毛坯件是雪中送炭，真成了救命稻草。近些时备件供不应求影响到一线生产挨了批，一时间像被浓雾阴影笼罩着，都闹怕了。几个急着用的毛坯件直接卸到了机床旁，得在现场验收，以便就地加工。

“好！好！好！这后生干活就是利落。”人们“啧啧”地呛呛着、称赞着拉

①应承：方言，即以此来掩饰什么事。

备件押车的雷文。这是赞美老主任的决策英明。

铸造工段的段长也来了，又是敲打又是比对图纸，请教着工程技术人员。别人说他们管好你们的冲天炉不蹲炉就行了，来掺和啥。这话外行了，备件毛坯就是得在铸床上下功夫，在炉温上下功夫，一个铸工不看你产品的毛刺，看你的水眼。所以也跟着众人二巴眼[①]偷技术，雷文也替他们难受，他们这些人干得太糟糕了，废品那么多，强度那么差，也让主任们没面子。一度麻子老葛为此抬不起头，这摊归他抓，他原来当过铸工。这铸造冲天炉投产两年了，技术上一直没过关，长年“病怏怏”地戳在那儿不下活儿。这次遭小个子厂长点名批评了，刘兴放话说：“钢厂不养废人，不养饭桶，不行就换人，再不好好学技术，完不成任务，请回家去抱孩子好了。”所以这当儿拉回的这批件跟请回来的救命神符一般，几位主任还有小白书记先后都来看过，像是在农村宰猪过大年时那般热闹。

设备股长一一检查后，轻轻对老主任点了点头，大家这才放了心。赵桐拍了拍雷文的肩膀，坐下来又问了几句，高兴地又扔给他一支烟，催他快去食堂喂脑袋。这时的雷文才算把提着的心放下，他担心的也正是这批件儿。

其实，小伙子雷文交了差早就想离开加工车间了，刚才他打发司机师傅去了厂招待所，还不知道住下没住下。没住下的话，还得陪着去县招待所住。师傅吃没吃饭就是问题，这一头子交代了，那一头子也不能耽搁，就一溜烟地跑了半里地赶到厂招待所客房，师傅还在等着他。他忙道：“实在对不住，实在对不住，让这点着急件弄得晕头转向，师傅饿坏了吧？”

“不打紧，不打紧，时间还早着哩。”司机客气着。

“他们饭厅的管理员呢？”雷文到招待所饭厅转了一圈回来这样问。

“取馍去了，说是客人少，吃饭的人少，自个没蒸，去大食堂买去了。”

“不不不！不在他这里吃了，开上车咱去街上馆子里吃。”雷文说着就拉师傅走。

司机师傅没动，推辞道：“等会儿人家就要来了，不麻烦了，我对这里的路不熟，夜晚不想动车。”又道，“咱走了也不好，人家打回来的馒头给谁吃？”那会儿的人都实在，人人为我，我为人人。

雷文也不勉强就依了师傅。等了一会儿，他悄声出去了一会儿，转眼的工夫，提回一瓶子白酒，又用麻叶包回一包子酒菜，手里还提着个油纸包，说是从磷肥厂食堂里弄回的驴肉，衣袋里还装有鸭蛋。好利落的小伙儿，一阵风似的办回来了。

---

①二巴眼：方言，看、偷看。

这天晚上雷文和司机师傅吃喝了俩钟头，喝到很晚，师傅姓辜，南杨庄人，离大金家村只有40来里，他们聊得很投机，只字没提白天汽车上的事。雷文很晚了才晃晃悠悠摸回宿舍。这小子就是有根底，没扯到车厢的事儿，可能真没留下什么破绽。为啥这么热情地招待师傅？不光因为这后生厚道实在，都是蔚州老乡，还因为想让人家多说好话，少说闲话。

老葛早就等在现场了，远远招着手，咧着嘴，尾随着车走了大半截子路。不光媳妇回来了，生产上急需的铸件也拉回来了，还弄回来了大嘟噜小嘟噜的米面杂粮，尽是些喂脑袋的好东西，仨月下锅不发愁了。

娃儿们也远远跑来接，“娘”呀“娘”地呼喊着，眼角上挂着泪水。俩儿子和彩凤这个娘从来没离开过，四天三宿如同三年呀，想娘，想得厉害呀。这个凤儿见了儿子那个亲劲儿就差解开怀喂奶了。俩儿子问姥爷长姥爷短，姥爷家的村高不高，有牛吗，有鸡吗，有狐狸和狼吗？舅舅养的黄狗怎儿样了？问了个没完没了。彩凤不耐烦地一一做了回答。这婆娘眼里也含着泪花，把俩儿子搂在怀里，忘记取东西了。

跑来迎接的还有邻居张家、李家、陈家的孩子们，凑热闹看稀罕跑着闹着，“姨、姨”地叫着。一时间，金彩凤成了这片房子的明星级人物，像刚从外星来到地球那般。当然娃儿们迎接的还有雷文这位舅舅，姐弟俩忙将带回的枣子核桃等山货散发给娃儿们，“谢谢金姨！”“谢谢舅舅！”一片感谢声。雷文看了这情景能是什么滋味？苦辣酸甜，还有一股子涩味。猛然想到有一回彩凤要他带着她私奔，到这会儿才知道十指连心，这劲儿头，到了时候娘哭娃叫能走得了吗？想到此小伙子有一种失落感，暗暗地骂了句人贩子庞信。晚了，一切都过去了，她的俩儿子就是两根绑她的绳子，紧紧地把她和老麻子绑在一起了。蓦然觉得路上大货车上的空间和这生活区是两重天地，路上天高云淡海阔天空，这会儿想从生活区跳出去寸步难行。

风好像随着人意在刮，像儿把挠痒痒的小手，前半晌“呼嗒嗒、呼嗒嗒”地刮得刺人肌肤迷人眼目，这会儿大风藏躲起来了，小风接了班，给人送来暖意，为远道归来的人们接风洗尘。风是无情的，人是有情的，情又在哪儿，很难说清楚。

葛家小院——四排房子巷口，微风习习，乍暖还寒，娃儿们耍，大人们轻松自在地聊着大天。这风真是凑热闹，像娃儿们摸着爹的脸有点儿痒又不太痒，给人一种舒服的感觉。今儿个麻子老葛特高兴，这风不是来捣乱的，倒像是来贺喜的。作为一个汉子，在家里能挺直了腰，关键的关键得想办法让老婆孩子吃饱，民以食为天嘛。孩子们的户口随着娘走，彩凤没有城镇户口，孩子们跟着吃白食。半大小子吃死老子，那个二小葛知恩的小嘴像向来没填饱过，食量比娘还大。存义下班后的那点儿闲空，大部分用在顾这几张嘴上了。在玉马矿时就开过小片荒，把彩凤接来沉沙镇后，托关系找门子让彩凤到粮食系统打了零工，到饭店洗盘子刷碗，都为找点吃食，那么多年也亏了麻子老家的几个哥嫂，没少接济。麻子定量四十多斤，够高的了，可是几乎月月闹粮荒，他削尖脑袋去弄吃的跑粮食，这一回又好了，小媳妇不光长得俊，心眼儿也灵透，这一趟弄回来这么多东西，一口袋半小米和两小袋面，还有一桶菜籽油，还有一小袋核桃、一小袋红枣等山货，够全家仨月消费了，咋能不喜欢。到了秋上，地里拾点，小集儿上买点，下来新粮食兴许就好办了。俗话说：娶个媳妇是美事儿，养个娃儿是玩意儿，要吃要喝是难事儿嘛。

围着汽车和粮食袋子，彩凤看到的还有后排的任家老太，排子房西头的吕家小婆姨，三号房的张三一家子，还有一些叫不上名姓的邻里，还有赶过来的毛妞大姐。这伙婆娘们七嘴八舌地问这问那，无非是蔚州那里有没有小集儿；粮食还有麻油除了集市上还有哪里能闹到，多少钱一斤；边沿上保定那一片有没有贩卖粮食的门子等等。彩凤尽其所知，一一做了介绍。这彩凤儿抽空将一小袋山货塞给毛妞大姐，毛妞客气了一顿终于收下了。咋能不给又咋能不收呢？两家子不光是乡亲，也是多年的好姐妹，搬来成街坊后，互通有无，常来常往，彩凤的俩儿子没少吃人家乔姨家的东西。当时沉沙、蔚州、涿郡还有桑阴这一带处于刚开放的地带，统购统销的粮油供应公家又管又不再那么严管。用老百姓的话说，那叫解冻了。各地更好更活泛，保定出了白沟、辛兴、北宗一批先进典型，推广着蠡县“年人均增百元”的经济发展活动。与蔚州毗邻的涞源也比这里活泛多了。甭看嘴上不说，议论起涞源，彩凤本能地想起亲娘铁五妞。母子连心！母女更连着心哩！娘若不这么花心，不那么爱听坏人的调唆——没有走这一步，那该有多么好，这不叫妻离子散嘛。又想到姥姥家在涞源屯堡，今后要走动走动，多一门亲戚就多条活路。

那会儿雷文见到师傅又是顶头上司的葛存义心里委实不是滋味儿，倒可怜起这麻子来，可怜可悲呀，糊涂山药呀，谁叫他自不量力地娶小他这么多岁的小媳妇呢。雷文在车上递着东西，老葛在车下接（接粮食和铸件，两次）。俩大男人不阴不阳闷头儿干，显得十分疲惫，都没有多少话可说。在老葛讲，粮食和主管的备件毛坯都闹回来了，人都安安全全地回到了身边，万事大吉了——他指的人当然是妻子彩凤，没有多少好问的。至于雷文更不会多说话的，不知道哪句话说错了，毕竟不止一次地亲过人家的老婆，亏心呀！后生几次窥着师傅的脸色，生怕出什么差池。

彩凤在这方面委实老练，对丈夫应该亲昵的地方亲昵，该给脸子看的地方给脸子，一切照旧，和弟弟的那一腿，像没留下半点破绽。这时她自己的扮相比在车上调情疯闹那会儿土多了，像是老了二十岁。在车上他是朵艳丽的桃花，这会儿成了个裹着个军绿大衣一脸土气的山村婆娘，其实她的心全部到了俩儿子身上。老葛急忙找来扫帚给她扫土，帮她脱去军绿大衣，又递过一条湿热毛巾让她擦擦脸，彩凤一切自然地承受着。

这次不知道怎么了，看到人家夫妻在一起的情景，雷文登时心里凉了半截儿，彩凤离得开这个家吗？走得了吗？晚了，天公不作美，晚了十年八年。看到人家那样，雷文脸上总觉得热乎乎，嘴里酸溜溜的。他也在问自己，彩凤是你什么人？吃得哪门子醋？老葛跟凤儿十年夫妻了，不很正常嘛。

那么几袋子粮油噌噌卸完了，还得藏着盖着，雷文急忙扭转头，办完了一些零星事儿，尽快脱身去卸毛坯铸件，不是还得安排人家师傅吃饭嘛。

可这会儿越不想看到这些腻烦事儿却偏偏看到了：彩凤把儿子打发到一边，急忙用热毛巾擦脸，还擦了擦唇。雷文看着可笑，还擦个甚，她嘴唇上那点儿山花配制的口红，不是早到了自己的嘴上了。回到沉沙前，彩凤用漂白般的手帕像雕刻师似的摁着自己的头脸擦了又擦，生怕哪点露了馅。这会儿这对特殊身份的姐弟本能地对视了一眼，谁也没说话，心里都明白下一步该怎么走。

这个彩凤想好了分几步走的策略，也明白让俩小兔羔子①拽得跟心上人走可不这么简单了。

弟弟雷文又是另一番打算，他时时处在一种两难的地步，这个姐确实是一朵千里难寻的花，何况又寻找了这么多年，要彻底放弃做不到，走也不好脱身。带她走嘛，难了，等于拆散了另一家子，还有她俩坠脚的儿子，撕心裂肺。离，难哟！自己想远走高飞，飞也飞不走，如何是好？悬崖勒马吗？离又离不开，结又结不了，在这种尴尬情况下，雷文抱定了三个字，一是躲，二是避，三是飞（调走）。实在躲避不开了也不能翻脸闹成仇家，该折腾一回就动一回真的。

不知从哪会儿开始，风向改了，风力加大了，像夹杂着一阵小旋风擦边儿刮过来。刮得屋顶路边物件“叮叮”作响，刮得刚刚吐出嫩芽的小叶杨随风欢快地起舞着。生产区呛鼻子的那股子烟气夹杂在风沙的空隙中，扑过来钻进鼻孔。

①小兔羔子：方言。北方人至亲长辈对心爱的儿子、孙子比喻性的爱称。

“小金，你们回来了，都拉回来啦？”近在咫尺的背后传来一个人的问话。是副主任裘嘉阁，像个幽灵般，不知哪会儿到了车上。

司机师傅抽着烟，围着车转转，像妈妈抚摸着娃那般，摁摁车带，看着油路。

“拉回来了，都全了，不缺件，裘主任。”雷文冲来人笑着这样答话。

“彩凤，不！金师傅也回来了，家里人都好吧？”小裘也和车下的彩凤打招呼示好。

裘胖子又遭遇个窝脖，人家眼皮子抬都没抬。

这个小裘，是人们形容的那种人头太次的人，哪有那样看人的，尤其是看女人，他是先看脸蛋儿——看五官，看发髻，看腰身，看大衣领子间的内衣，把人从头看到脚看三个来回，没事儿也看出事儿了，把人盯得觉着瘆得慌，哪能不招人白眼呢!

莫怪小裘这么看漂亮的小媳妇，小地方人眼皮子窄，看到点稀罕大惊小怪。在丈夫葛存义的眼里妻子是奇货可居的珍珠，自己独有，是任何人不能沾手不能碰的宝物。

而在这胖子裘嘉阁的眼里小媳妇漂亮得实在找不到能够形容的词汇了。说直白一点儿可以用“俊、酸、浪”三个字来形容彩凤的美。

听说这小裘是刘厂长的表弟，怨不得小个子厂长骂他成事不足败事有余，你是工程师助理不在工程上下功夫，偏爱研究女人，不光编什么故事，还编出“三字经”，真给工程技术人员丢人。在这方面女人有多少事可研究，女人是这么好研究得吗？好惹吗？为此招人家骂过，可他不改，偏愿钻女人群，闻这臊味。

“你裘胖子是哪号人，老娘还不知道，撅什么尾巴屙什么粪，老黑狼摇蒲扇假充善人哟。”这是小娘子心里骂的话，女人把头一扭，又一次没理睬这小裘。

这次裘副主任来到车上忙活确实有公务，前些时候部里让他兼管起备品备件，因为私事他把库房的事搁在一边，乱了，误事了，挨了批，这次真上心了。

“小金，小金，金师傅——”有人在喊金雷文，是快嘴刘。这条精明强干的中年汉子骑辆破车子驮对大铁桶，画着圈冲过来扯着嗓子喊。

“刘师傅，有事儿？”提了两袋子东西的雷文驻足答应着。

“大事儿，大事儿，天大的事儿！”呼哧呼哧的快嘴刘，一惊一乍地喊着。突然看到了老葛和小裘，不好意思地笑笑先打个招呼，“二位主任也在，赵主任指示，找电工袁师傅快去开门，有人要借探照灯……”大家一怔，觉得蹊跷，几乎同声应着，“小袁不是下班了？这会儿早回家了吧？”

“没见，没见。”众人中有人这样应着。

葛存义让大家静下来问道：“咋回子事？怎么赵主任的指示是借探照灯吗？做啥？”

焊工刘这才静下心来粗略把因由讲了一遍，说是城东出了大事儿，着急借探照灯。县革委派人来了，开了辆吉普来的，人在机电部门口等着，老主任派他来找的。说是东八里村一家猪圈旁突然塌下去一个大洞，老深老深的，俩孩子掉下去了，下去了俩大人也都不见踪影了，传说是闹鬼，下去的人都被鬼吃了。这事儿先报到公社，公社又报到县里，县里正组织全力救援，集中我们的照明器材前去参战。

9

蔚州的城南边也有个大铸造厂，大厂也不大，就那么百十号人，跟沉钢比差远了。

说起来，金雷文还真跟这城南铸造厂有缘，也算他刚步入社会时一个培训地、一处学校。十岁那年他就跟他爹振川到城南厂耍过，竟爬上人家三十多米高的冲天炉，在炉台子前转了个遍，从那时起就埋下了想当工人的根。那年他跟爹到龙泉寺找爷爷回来到了那儿，真巧，在那儿遇到了沉钢高炉炉长王吉恩和大美女武金凤。

壶河畔，城南厂一派火热，可不是从前单一倒犁头铸铁锅土打土闹了，也都是些洋设备作业。

“轰轰轰”“咚咚咚”“嗵嗵嗵嗵”，坐落在南山大道上的地区铸造厂的厂房里这几年又兴旺起来。铸造厂别看规模不大，是由几个作坊拼凑发展起来的，生产工艺也较单一，可是个挣钱的行业，是地区重工业局的眼珠儿。这就是说的那家大铸造厂，一个节拍一个节拍的机械声响协奏曲在这里响着，白天整天响，特别是这会儿上了军工产品，有时夜间也猛然响起，把周围村子的人们耳朵都快吵聋了。那个年代老百姓还不懂得“噪声”“噪声污染”“防噪降噪”这些名词，更不懂冲天炉里排出的烟尘伤害了多少乡民，排出的污水损害了多少庄稼，还不懂得法律上有赔偿这一说。要知道，村里的头儿早就鼓捣一伙人给堆土堵门了。那会儿战备物资压倒一切，你敢挡战备，这还了得。一切为了农业大上，亩产过黄河跨淮河嘛。那会儿的老百姓就是老实，上面咋说就咋办。

振川带着俩儿子在果树场住了两天两夜，一大早就坐城里的拖拉机溜坡下到这铸造厂。果树场就是原来的“五七干校”，振川倒霉时在这里劳动了八个月，有苦有成果也有留恋。振川回到这儿——现在不是“牛棚”了，是遍山遍坡的花果绿树，振川住这“牛棚”也住出了感情，这次回场看看等于回娘家。照他自己的话说，无非是故地重游，盘桓数日，逍遥几天，找几个故友海阔天空侃上一通，骂上几句，谈古论今，抚今追昔罢了。从前“五七干校”的生活是苦熬过来的，仨月本县外地的“牛棚”和八个月的干校生活使这个中年教师晒黑了皮肤，熬出了白头发，一年多总算熬过去了。有段时间连说梦话都在说“写检查”，站不完的队流不完的泪，一个白面书生哪能唱好红脸呢？但是瘦了是瘦了，肉倒瓷实了，骨头倒硬朗了。坐着果树场的大拖车下山时，振川扶着前车板迎风站着，还豪迈地哼起了老歌，恢复了那年月的风貌。

在铸造厂，振川要找的是这个厂管生产的副厂长，西合营中学的一个学生家长。一天这名学生病倒在课堂上，振川老师全力施救，救回了他一条命。副厂长千恩万谢，老想把振川请过来表示一下，今天振川老师来了，还带了俩儿子，这副厂长立刻派人打来最好的酒，割来鲜牛肉，还从水库现弄来几条大鲤鱼，在他的办公室里就要畅饮。可这一会儿文娃子找不到了，连他哥雷军也不清楚他去了哪儿，急得这对好友团团转。振川故作镇静地说：“不妨事，估计这娃儿不会跑到厂外，他还没这个胆量。”这副厂长找了个理由，那锅煮熟的牛肉可得等一会儿，不妨事的，不妨事的。旁边路过的一名工人帮话说：“会不会在冲天炉那儿？”又说刚才听到有人喊：“危险，危险！别上炉顶哩！”于是众人急忙拥到冲天炉前。那里有一座高大的冲天炉，炉子正在休风，因为刚出完一炉铁水——浇铸完一批铸件，工人们正在整理着现场。这才看清楚蹲在炉台子旁边安全地带有两个人在说话，是一老一小，老的在地面上画着什么，看不清脸，小的正是自己的小儿子。他们的身后还站着个梳着小辫未穿工作服的姑娘。

“文娃子，快回来，吃饭了。”振川双手做喇叭状，轻声呼喊着。说来可笑，因职业习惯白面书生喊话也这样文绉绉的。在这高倍杂音噪声的环境，这样喊人哪里喊得应。

现场没有人应声，在这环境里呼喊找人似对着瓮口喊话，只见张嘴没有回声的。这座冲天炉休风了，基地冲天炉还在运行当中，震天动地的风机嘶鸣、砂轮机的吵闹盖过这里的一切，人们交流信息只能用手比画或近前耳语。

文娃子真的没听到喊话，继续听着那位师傅讲解什么。喊话倒把那姑娘喊应了。她回头看看喊人的金振川，指了指文娃子的背和金振川打了下手势，对上号后，姑娘弓腰拉了拉老师傅的衣袖，老师傅斜眼望了望这才辨清咋回事，这才提醒文娃子，告诉他有人喊他。

文娃子终于被喊应了，答应着，看了眼讲话的师傅后，朝着爹的方向跑过去。

鼓风机又嘶哑地叫起来，工人们吊起料钟顶盖配装完铁块和熔剂，炉口燃烧吐出的火舌，像盘坐着的一条火龙。炉内炉外不时传来乒乓的炸裂声。跑过去的文娃子边跑边留恋地望着炉火，学着工人师傅的样子，用衣袖遮着火光。站在文娃子身边的姑娘也躲到远一点的地方。

火越烧越旺，嘶哑的风机声统制了一切空域，人们用亲切的眼光遥望新一炉铁水的诞生。

站在两个点上的俩大人这时都在忙着——一个是这里的振川，一个是猛然站起来的那位刚才跟文娃子说话的师傅——“怎么这人这么面熟，在哪里见过？”振川脑袋里急剧搜索着，“啊，是他，口上的老王，王师傅，几次帮过自己忙的王师傅。”

振川记起来了，喜出望外，顾不上被请吃饭的事情，也顾不上小儿子来这里耍甚了，快步扑上前去，边走边喊着：“王师傅，是林场驻口办事处的王师傅吧？”

“你是？”那位师傅有点儿蒙，一时认不出来，以问代答。

振川急忙道：“金振川，西合营中学的金振川。”

“对了，对了，金老师，金老师。”那人也认出他了，同样疾速地扑过来握住了振川的手，两个大男人的四只手紧紧握在一起。那人不好意思地又道：“都七八年没见了，七八年了，要不是你喊，我真认不出来哩，猪脑子，猪脑子。”

振川跟着也说了些客套话，俩人又互相摇晃着捶打着，亲热无比。

异地相逢，几年不见，的确是好朋友。

俩人可算是难兄难弟，这就是五年前在口上替小姐弟找床位、找车，帮助过金彩凤姐弟俩的那个王吉恩，“恩人哟恩人哟！”多年没见面的老朋友！金老师眼里泛起泪花。

俩人一时认不出来，是因为“文革”这场灾难把人折腾得都变样了，王吉恩老了，比前些年老多了更瘦了，腰瘦成轮廓突显的三道弯，站起来时卡住腰说话，着了急还那么结巴。照王吉恩看，这白面书生金振川变化更大，也瘦成了一把骨头，四十来岁的人有了抬头纹，添了那么多白发，模样也大变了，鼻梁上还架了副眼镜。灾难折磨人，岁月也不饶人呀，俩大人左右又瞅了眼身旁的第二代，不由得使人摇头冷笑。或许都想通了，能不老吗？文娃子都这么大了。

说起金振川和王吉恩来，当年也算奇缘。背着木工工具箱要去坝上打零工的王吉恩饿倒在柴沟堡师范学校的校门旁，正在那里读书的金振川接济了他。后来几年，王吉恩谋到了新工作——在口上的林场办事处做饭，给振川写过信让他有办的事就说话。他们林场的大货车、小轿车为公务经常往返于蔚州口上两地间，车辆行走的路线恰巧经过振川工作的西合营和老家大金家村，时逢乱世得续友情，有事，振川在中学打个电话就办了，振川给金老三捎来东西，或振川家来往的人蹭了不少次车，每每极为感谢这王结巴的。

“你老兄这是也在这儿上班？”金振川问。

王吉恩结巴起来：“不不不，我在沉沙镇来来来拉热风阀铸件的。我回回回老家沉沙了，那里新建了个大大大大钢，回去摆弄摆弄炉子了……”王吉恩还说，他们沉钢派了辆大货车，拉一批铸件回去，这会儿他当了炉长，作为“技术指导”来验收的。

振川知道这结巴的一点底细，原先在口北大钢上过班，好像还是技术高手，家里人口多，开小片荒倒粮食犯了错误给开回老家。这人很巧，做饭、练土焦、木匠活等都行。

“要这么多娃娃干个甚，都为顾这张嘴哟。”振川叹了口气，叨叨着，心里这样想着。

这会儿当振川腾出嘴来训斥了几句文娃子为啥乱跑时，王吉恩这才醒悟到向自己讨教半天的小后生原来是振川的儿子，他又猛然记起了这小家伙就是当年跟他姐住客店搭车的那个主儿，于是试着问：“这小伙子是你的孩子？”

振川指着文娃子介绍：“快叫王大爷，就是当年你在口上帮咱找到车回家的王大爷。”说这到这里又对王吉恩说，“这是俺家的二小，调皮鬼。”王吉恩惊叹：“啊，都这么大了！要不咱们这一代都长了白头发，弓了腰呢！”

“让他们给熬的哟。”说着振川看了一眼王结巴身旁的姑娘，也自我叹息道，“慢慢就被他们熬死了。”

“叫个甚？甚娃子？”王吉恩贸然问。

“文娃子。”振川这样答着，看着个头儿快打到自己肩膀的小儿子也美美的，并进一步做些介绍，“大号叫金雷文，文化的文，才叫成这个文娃子的。”

王吉恩记起来了，“文娃子，当年在口上找他姐时这么叫过，文娃子！”

“好小伙儿，好后生，将来是咱工业战线上的一棵好苗子，有脑瓜，听说还会点儿功夫，不简单的。”嘴里像开了锅似的，王吉恩磕磕巴巴一连夸了文娃子这么多“好”。这一下把振川弄蒙了，心想：文娃子这淘气鬼又出甚洋相了，让结巴大爷这么夸奖，于是自谦道："他有甚不简单的，不还是个尿床的娃儿嘛。"振川也问道："啥功夫？那是鞭艺儿，跟他羊倌养父学的。"王吉恩说："那好，那好，可以防身。"振川怕此话表明不了自己的谦恭，又试探性地追问了一句："这小家伙是不是又闯祸了？"

"没有，没有，好着哩，好着哩。"结巴大爷吃力地反复重复这句话。

"莫夸莫夸，我的崽儿我清楚，淘气极了，经常闯祸惹事，不惹事好像就不是他了。我爷儿仨从果树场刚下来，不怕你笑话，半路看个朋友，在那儿住了两天两夜跟那里的娃儿打了两架，哼……"

"为……个甚？"王吉恩不解。

振川苦笑着摇着头说："为个甚？为狗，朋友家的小狗被别人家的大狗给咬了，这家的孩子叫上文娃子抱着被咬的小狗去寻仇算账打起来了，打得一塌糊涂。狗咬耗子多管闲事，人家那里狗咬狗，有你文娃子甚事？"顿了顿又自嘲道："手伸得太长了，这样下去咋得了！难道联合国的事你也要管？"

"爹——"这是垂着头的文娃子拉着振川的衣角悄声制止，见爹并没理睬，就嘟囔着辩解："东院的大狗是，是侵略者，他跑来那家院子里挑衅的。"这娃子撇着时髦语汇上纲上线。

这句话把在场的大人都逗乐了。那年代帽子工厂到处都有分店，连孩子们抓架吵起来也爱上纲上线，扣帽子在嘴边，什么"四人帮"呀，周扒皮呀，大"右派"呀，弄得人哭笑不得。大金家村打出来的文娃子，当然也惯用这一套，给东院的大狗扣上了帽子。

"嘻嘻。"身旁站着的姑娘给逗笑了，还笑出了声。她不是一次笑了，刚才振川提"尿床的娃儿"那句话时她就被逗笑过，惹得文娃子瞪了她几眼。

这姑娘也不服气，回敬了眼奚落道："还要去联合国。"

"多嘴驴。"文娃子低着头骂了一声。

"那另一架为了啥？"在场的人感兴趣了，不由得问一句。

振川说下去："爬人家试验田良种树摘果子，差一点儿抓了个现行，惹得队长来告状。"接下来振川又把他这俩儿子如何闯人家的试验田摘果子糟蹋东西，双方又怎么骂起来，被人家逮着送了保卫科，人家的队长怎么来告状的介绍了一番。他这个爹说得像讲笑话那般，大家又是笑一阵评论一番。有人拿话给遮羞说："在果区只要不糟蹋，摘个果子吃，不算啥。"

"对了，这娃儿是得管管了，不然大了真会吃大亏。"王吉恩说到这儿转身冲着文娃子一转话锋道，"小伙子，大爷也得说你两句，供你参……考……"王吉恩接着说下去，“刚才爬炉顶就怨你了，不怪大爷叫你吧？到了我们这冶炼行业，到处是陷阱，到处是陷马坑，到处是地雷阵……”

“王师傅，刚才是你喊他？”振川急忙问，他指的这个他是小儿子文娃子。

“是我喊他，是正在休风，现场没人，他爬上炉顶，随时都可能爆炸，多危险！”王吉恩心有余悸地说着。

振川听到此，冲着文娃子看着冲天炉骂道：“鬼崽子冤家，要找死呀！”扭头又冲着王吉恩说，“多亏你王大爷在现场，不然后果不堪设想。”

众人也跟着“嘘”了一声。

王吉恩没顾上听金振川再说什么，继续说下去：“娃儿可了不得哟，前些日子我们厂的13立方米小高炉爆炸，一个炉前工出了事，骂自己，也抽打过自己，骂自己——不遵守操作规，晚了，一头撞死也晚了……”

这结巴大爷说得结结巴巴但绘声绘色，像在人们的脸前坐着一个顿足捶胸暴跳如雷满脸伤残的汉子，令人目不忍睹，又引来了一通叹息。雷军不知何时也凑上来了，摆好美酒佳肴等客人入座的生产副厂长也来了，王吉恩身旁的那姑娘、雷军、文娃子听罢都吓得面如土色。

王吉恩接着说下去，但他的话题倒转到表扬文娃子能干上了：“甭太担心，你这个小小子可机灵了，抵得过孙猴子。”这是朝金振川说的，又冲着文娃子，“我说小伙子，大爷批评了你，为了你好，揭了你的短，我们这老头子们就怕出事嘛，但大爷还要夸你几句，爱动脑子这是好事，爱劳动对工业生产感兴趣，将来进工厂，当工人，当工程师，学技术搞发明创造，提合理化建议，可以当厂长嘛，这都好。你这球大的娃儿只要有这个钻劲，将来比我们这一代都强。正在扩建的沉沙钢厂大着哩，几年以后要上到几千人上万人搞成个大的钢铁基地，需要的人多着哩，若进了我们厂，那那那……那前前前途嘛，不不不——不可限限限量。”

接下去王吉恩把如何从炉顶上喊下文娃子的，如何骂了一些“不要命”，“哪家子的这捣乱货光下不管”等不文明的训人话也抖搂了一遍，当场向人家的家长表达了歉意。还说这娃子挨了骂也不恼更不犟嘴，还坐你跟前提了不少问题请教你。这结巴夸文娃子真动脑子了，提得还很具体。最后王吉恩举例说：“俺们那里找的工人都懒得想这些事，还不如这娃儿，这么个球大的孩子提出来了，像甚叫个钢，都拿甚炼出来的，还问铁从刘邦那时的汉朝就有对不对，问打铁的打出铁器为甚要蘸水，镆铘宝剑是铁的还是钢的，能削铁如泥吗？”又赞叹道，“球大的娃儿，小小的脑袋能想出这么多问题……不简单，不简单！”王结巴在絮叨文娃子的好表现时“不简单”三个字说了好多次，还夸振川不知咋教育出来的这“小才子”，并道：“还是你们书香门第好，老才子能培养出小才子。”

振川不好意思连连插话打着岔：“可别这么说他呀！嘿嘿，若真那样，太阳从西边出来了。他是在羊棚里长大的，哪有那么大的出息！这些年我自顾不暇，也没怎么管他。可别提这书香门第了，臭老九，臭老九，越这么说，越让老弟无地自容了。”

这时的文娃子也沾沾自喜起来，偷着看了一眼王大爷身旁的那姑娘，心里像在说：“叫你傻丫头再笑我尿床，再笑我跟狗抓架，叫你再叫我冒失鬼，看到了吗？大男人比你小妮子强吧。听好喽，这可是你家大人夸的我。”

为了摆脱窘境，不好意思让王吉恩再夸下去的振川把话题转到那姑娘身上，“不都一样嘛，你老兄也培养得不错，这是……”

“外甥女，外甥女！”王吉恩说。

王吉恩身后的这小女子确实也是个不好惹的茬儿，从她一眼又一眼瞪文娃子可以看出，确实是个面容清秀但又有一张刀子嘴的姑娘。一位颇有文学修养的工作人员这样介绍那姑娘。因为想蹭车的缘故，这姑娘来找她姨父两次了。又因为这妮儿清秀伶俐，惹得人多看了几眼，也恨不得留下这姑娘嫁在蔚州。或许是胆子小，这妮儿一直跟在姨父的身后，很少吭声，穿一身青，除了那顶时髦的草绿色军帽，从头到脚、从发辫到鞋子一律都是青色的。两道柳眉，一双细长的眼睛，加上个头又矮小了些，愈发显得细小而文静，一举一动都显得那么清凉鲜亮。结巴姨父也夸她：“俺这妮儿向来不显山露水，不惹事儿。”

可是那个文娃子跟人家姑娘对着干哩，说人家模样不如二姐彩凤，上不了天入不了地，两手没有缚鸡之力，废物一个。谁曾想这姑娘后来成了盟嫂，再后来也成了他的得力下级。

“外甥女，沉沙街上挑担家的孩子。”喘了一大口气，王吉恩又补充了几句，“她小姨在这农业局上班，来看她小姨了，要蹭车回沉沙。”说罢看了一眼那姑娘努了努嘴向她示意冲着振川道，“快叫叔叔。”

“叔叔。”姑娘礼貌地称呼着，叫罢垂下了头，摆弄起自己的大辫子。

“也可以叫金老师，他是中学教师嘛，你不是找学上吗？他可还是那那那西合营中中中中学的头儿。”王吉恩老师傅急忙打圆场。

结巴王吉恩说到此介绍了 下这姑娘：“她叫武武武武金凤，文文文文武的武，没考上我们那里的沉沙中学，想跟着她小姨在这里找学校念。”

“没考上”三个字让姑娘武金凤实在有些难为情，脸腾地红起来，“姨父。”她不自然地向王吉恩喊了一句，提醒姨父别再说下去。

欢迎欢迎，我们西合营中学欢迎你武金凤同学，金振川郑重其事地应着。正是：

今日悟空骂铁扇，
明朝铁扇助悟空。
铁扇手起魔火灭，
西天取经大路通。
孰道此猴本事小？
云头一跃八千里。

10

忙秋八月，那是在雷文雇大货车从蔚州拉运铸件数月后。

大河南，塞上神秘的地方，三河汇流，银湖波光粼粼，一派繁荣景象。一提下大河南，葛家小院的人谁都想去哟，去要的提议多时了。

说起沉沙的大河南来，那可好得如何得了，俗称“塞外的江南”嘛。土地肥沃、物产丰富几乎都占了，整个田亩出产，不光早早跨越了“黄河”的纲要，这会儿还紧步“长江”，好得可以用个“甜”字来概括：水是甜的，土脉的碱性不大，暖泉屯和后灰窑那块地儿还真有一股子甜泉水“咕咕”流出，四山八峰十六烽火台，绵延数百里。据说在那沿湖田地里，有人试种稻子成功了（也有说是稻和谷双作的），稻米香甜香甜的，米的质量不次于东北盘锦稻谷，土脉的原因吧，可惜田亩地块太少了。所产的苹果糖分大，甜甜的。梨更甜。上边的葡萄园甜得让人称作“一口蜜”，还有蜜桃呀、西瓜呀、红枣呀，都是上好的甜果。说起那大河钓鱼哟，麻子葛老四几次结伙到那里扎网拦鱼，网网都不空，肥肥的香香的。彩凤上班的四号泵房就坐落在大河北沿的滩地上，河南进县城的人走捷径路过水泵房要些水喝，常说到这大河南如何好如何好。从河南涉水过来的商贩，多次宣传河南物产如何如何富庶，彩凤也多次买到些便宜的土特产品。其实到河南看看的提议就是彩凤提出的，只是往日丈夫没理睬这个茬口。

四排房子5号小宅院老夫少妻有这样一番对话。

“老婆子……”半天没人应声。男人又道：“聋了吗？叫你呢。”这麻子也不长个记性，就这么个说话法，天天这么对答，战火不熄，战事不断。

“老婆子……”男人这是叫第二声，女人仍给了个后背，半天仍没吭声。其实家中就只有俩人，没吭声即没理睬。

“孩子他娘，跟你商量个事，中不中？”麻子丈夫的声音今天似乎变了韵儿。

似乎听到“哼”了一声，女人彩凤把背转过来，家庭生活又恢复到正常的比值和轨道。

“抽空带上孩子全家去趟河南好吗？”

“哪个河南？”

“当然是大桑河南了。”

一听男人这话，女人立刻来了精神，眼珠子似乎转了两圈，心里画了个问号，麻子今个是咋了？

“咱带上孩子出去转转宽宽心。”这是葛存义，“光待在一个地儿也太憋得慌了，你彩凤不是几次提出要去大河南嘛。”

又是叫彩凤的名字，又是搬出老账——意思是这是响应妻子过去的提议。这是麻子男人学精了，也懂得讨好妻子了。

“去吧，顺便找地方买点土特产品、小杂粮什么的，也好配着吃点。”女人允许了，又提出建议。那一会儿平常日子紧巴的家庭，紧都紧在糊口上，今儿个也照样。

“都依你好了。”麻子丈夫发扬起民主来，见妻子给了个好模样，心里甜美，于是又道，“也叫上他舅雷文好吗？”

“敢情好，就怕人家没时间吧。”女人和颜悦色了。

“等我安排吧。”麻子说这话有底气，他是机电部的副主任，有这个权力。

麻子老葛让内弟伴他出行，有他的考虑，也不全有什么别的意思，无非是联络点儿感情嘛。姐姐说弟弟忙，也是实情，但麻子他有办法安排，县官不如现管。

此前麻子老葛提出下大桑河捕鱼的建议，全家响应，尽忠还邀了西邻的小朋友参加。西邻的张大小扭头跑掉，做他爸妈的工作去了，还说他家有什么什么扎网、鱼兜什么的。葛存义光说去抓鱼，没提去大河南拾秋，因为那年代人们喜欢把有些事和政治挂钩，“拾秋”“拾荒”就兴许跟“三自一包”的小片荒、自留地挂着钩，而抓鱼只是带着孩子去耍，耍水嘛，这样把事情淡化了。这也难说，钓鱼、养花、抓鸟，资产阶级的一套嘛，就是扣上了帽子也不大。

张大小去不成大河南，再哭闹折腾也去不了，他爸妈没时间嘛。可是葛家捞鱼用的扎网借到了，存义又给做了网兜和鱼篓。

头天用了半天时间一切准备停当，特别是检修骑的那头驴——驮人的自行车，它停在那儿像辆武装一新锃光瓦亮的军用卡车。远征得靠它了。

提到耍，孩子比大人积极，这两天，尽忠、知恩小哥儿俩的心早飞出了四排房子到了大河南。平日站在高岗上看河南雾蒙蒙的一片啊！那粮谷不得堆成山嘛，活蹦乱跳的鱼儿飞上天了。

娃子们的嘴里的渲染夸张其实都是想象的，他们不知道好有多好、坏有多坏。

沉钢西区的四排房子旁的南北第四中轴线上车轮滚滚，人声鼎沸，嬉笑、哄闹、呼叫声不断。“哗隆隆，哗隆隆！”一个熊孩子飞快地骑辆单车在生活区的中轴线上猛跑，一个熊孩子跑着在后面猛追，嘴里叫骂着“坏知恩，坏知恩”，是小哥哥尽忠。这是一辆换骑的车子——唐山产的飞鸽，样子傻笨，但焊接、电镀、烤漆样样上乘，结实着哩，是家在农村的工友上班、种庄稼城乡两用车。麻子跟人家换着骑，就为骑着它下河南一辆车驮着一家老小四口没问题。车带纯天津大厂货，气打得嘣嘣的，驮它个二三百斤没问题。俩儿子高矮胖瘦不一，营养不良的大小子尽忠像个虾米，二小子知恩个大，又胖重得像头猪。他这当爹的得偏护些大的。

这已经被事实验证了，把车子交到儿子的脸前后，手疾眼快的知恩先抢过去又飞身套腿上车跑了，害得哥哥追在后面“嗷嗷”叫。“慢点儿，慢点儿！弄坏了大桑河谁也去不了了。”存义望着俩儿子咧着嘴笑。

到大河南去耍，同样这是小蔚州雷文梦寐以求的。山窝子长大的，想那山恋那山嘛。远望着高高的黄羊山，水汽蒸腾的桑河滩，神仙居住的三圣堂、玉子殿，真真令人梦萦魂牵。那个虚幻十足的神仙世界，让文娃子想了没有八年也有五载了。过去去不了，不光没这机会，也因为多数处于迷茫世界，多数在寻觅着二姐，想起来恨不得飘上天宫，扭头过眼云烟而已。

今天的情况完全变了，苦海变乐园，严冬变春天，姐夫来了精神，邀自己一块耍，太美了。二姐就在身边，不光团圆了，姐弟还可以经常见面互诉衷肠，还可以重温旧情，共修前好。但是这又是一个轮回的迷茫时期，在一边是旧情依依，恨不得一天成就好事，一边又是伦理道德挤压，在思虑顾忌折磨下，正不知所措时，姐夫好像嗅到了什么，伸出了援手，约自己和他全家下河南，还是去一整天这么长的时间。这个全家当然包括自己的姐了。这不等于自己困乏时，麻子姐夫递来一个枕头嘛。幸福来临，太妙了！但又回想到麻子这人生性多疑，难道俩人回老家时在大货车上的事儿露了马脚吗？小蔚州转念一想，在车上也没办太出格的事，况且回厂后一直躲着姐，太小心了更不好，只好答应着随机应变了。

下大河南有两条路，一条是借助8号铁路桥过河的旱路，一条是穿猪场下河滩蹚河的水路，都在扬水站会合。五口人，咋说也得分两队。

这一天早晨，艳阳高照，万道霞光，南园大地一派生机盎然。沉钢厂区的南边东南一隅的大树沟是今日出行的主要平台。顺着沟有一条蜿蜒直下大河南的路，这就是直扑猪场下河滩水路去的，是条乡间牛车马车走的大车道。这条道的尽头下了河滩，中间穿越一条大公路，公路东延直冲8号铁路桥，过了桥就到了大河南，这是第一条道。

大树沟里，与大车道平行时分时合的还有一条更小的便道，是人们抄近路进城踩出来的更近的路——葛家今天出行的两辆车子走的就是这条路。这是先走的那一段。

蜿蜒小路中间小岗上有个县办猪场，猪场占地不小，整个岗子都让它占了，“吱吱嗷嗷”，五十步外迎风就听到了猪叫声。可以擦着猪场的东墙下到河滩，见到的河沟就是孩子们渴望的打鱼的地方。又得过有宽有窄的沙滩河沟，碰到好大一片丘陵沙山沙岭，蹚浅水过去就到达目的地了。

这里是两条路会合的地点，明显的标志是那间小砖房。连接砖房的是通向暖泉屯长龙般的大堤，大堤背后就是南河大渠，堤堰渠堰渠头长满了树，多是歪脖子树，状似龙爪龙须龙尾。这里就是扬水站，通常来河南耍的人都在此集合会面。

大树沟郁郁葱葱，万木丛生，美景都藏在沟里，这是一条长满药材枸杞、杨和柳、枣和杜杂树丛生的树沟，美极了。风沙塞外，茫茫千里沙原，一派枯黄，好像唯独这条树沟生机盎然，独显风采。俯瞰是条长龙直下倒吸水的河滩。这里原先是一条小沙河，是大公社大兵团作战留下的产物，加上沿沟村庄农户小片荒开发得猖獗，再加上沟中间有那么一股时断时续的淙淙清泉，泉的流水线又不稳定，于是先下手为强，沿沟村户疯狂争抢，这路也就莫名其妙地跟随着弯弯曲曲的这条水线时伏时显。下到这条沟里，树高树低，草沟乱渠，就像进了迷魂阵、陷入八卦阵，一旦沉到沟底，莫说零星的散客行人了，行军的大部队也是只见龙头不见尾。葛存义一家五口就是在这样的环境中骑车前进的，两辆车子时分时合，一前一后，你追我赶，赶着赶着成了两股道上跑的车，于是，葛存义临时提议全家整天都去大河南采野果拾秋，不再下河抓鱼。俩儿子再折腾也没用。

晚秋季节天高气爽，正是短线游的最佳时期，不过那时人们还忌讳这个游字，那是资产阶级的东西。也算是彩凤、雷文这对情侣时来运转，老天睁了眼给他们的幽会提供了一次机遇。照麻子头一天的话说：他恋他北山大西沟和东万口的那片小宅院，彩凤你姐弟想念南山的大金家村，暂时谁也回不了家，就去那黄羊山下的绿坡果林消一消思乡之苦吧。明晨早起，玩它一整天，所以早早就来到路上。

葛存义跟人家换了辆车子，金雷文也借了一辆车子，两辆车子大小五口人，猪场以北都要骑车子，谁骑驮谁得好好摆布定好了。老葛的那辆车子上原本叫小小子坐在大梁上，妻子坐在后面。小知恩不干，盯上了那辆唐山大飞鸽，早早就蹦上爹车子的后衣架，算被他占下了。大小子尽忠也不坐大梁，都争那个后衣架。老葛没办法，只好在后衣架上加了一块木板，绑扎结实，小哥俩搂抱着挤在上面像洋相百出的一对小猴子。这样一来，雷文的车子只好单驮二姐彩凤了，姐夫也没多想。这正中姐弟下怀，也好路上说说话。大儿子闹着头前要去猪场看猪崽，二儿子闹着半路采野果，都等不及催着爹快走，麻子老爹拗不过，只好让儿子们坐好，对后面的姐弟俩扬了扬手，头前走了。

弟弟驮着姐的这辆自行车，说个时髦的话，不叫车，车子本身空间很小，也像小哥俩背猴子那般，一个大男人的背后驮名花娘子，那叫“爱巢”——真正天定的谈情说爱的处所。这是辆真正的天津产飞鸽，车子随人，车子的主人也是个年轻漂亮的女人，车子原本保养得就好，一听有人借，还是位工段长，这样打扮得更时髦更漂亮了。副段长雷文也算官，车子的主人那个擦呀，把个车子擦得油光锃亮，又给车子换了新座套，还织了副把套也装上，被打扮成一只展翅要飞的凤凰，那双彩编把套就成了一对凤爪。后来得知可能坐花娘子，女人的家人巴结官儿还给上了结实的后衣架，垫了个羊绒坐垫儿。

这塞外山乡的秋日还有春风春光的影子，谁说没有？丝丝垂柳，绿绿的青草，低低的虫鸣，不都像春日吗？温暖的温泉屯，晨曦中的桑园镇不就遍洒着春光吗？

风和日暖，东山那雄阔浑厚的山影雄健而威武，迎阳面早已是霞光万道了，光照下的大湖水面亮点闪闪，波光粼粼，金光万道，大树沟边第二辆车子上的这俩人也是首先尝到了灿烂阳光的沐浴，品尝着男欢女爱的甜美滋味，那真是一脸豪气，满目春光。尤其是还保有青春年华的文娃子，打从二姐“失踪”的噩耗传到耳边到现在八年七个月了，整日忧心忡忡，望年盼月，这还是第一次这样痛快过。好歹人在身旁，亲人在身旁嘛。

帅哥靓妞配好车，成双成对，彩凤雷文姐弟俩，今儿个打扮得出奇地协调一致，车，骑车人，后衣架上坐车的人，靛蓝、雪白、桃红、翠绿，像一组凝为一体的雕塑，又像一只翱翔长空的银鹰，顺大树沟驰骋而下，轻轻，点点，奔驰在大树丛中。“大树沟呀，太美了！”驾车翱翔的豪放的后生，不间断地发出这样的心音。

朝阳擦过群山洒给绿丛万点银光，耀眼无比，伴随着西北来的飒飒秋风，像茁壮成长的谷浪，像浩瀚的万顷碧波推动着那辆单车前进。前后两辆单车又好像两股急湍的洪流，乘风破浪，顺势朝着大河南泻下。

头前的那辆车像识途健壮的老马带着俩蹦蹦跳跳的驹子，连跑带跳，又嚷又号又喊，好不热闹。“舅舅追上来了！”“看到妈妈了！”后面这辆崭新的油光锃亮的车上一对年轻人时而追逐着前面的唐山飞鸽，时而又擦着飞鸽的翅膀而过或尾随其后捉着迷藏。

时光像有反差，对现实像开着玩笑，有些情况，有些老态，显现着不公平。尽管麻子老爹葛存义今儿个也换了一身崭新的蓝工装，又把那双真皮大军靴套在脚上，并且也把两腮边的胡须刮得净光，可那个身条，那个脸面，仍然给人一种难以消除的缺憾感。老了嘛，老了就是老了，不承认不行。麻子老爹的扮相只能做那对小情人的比衬。这队人马倒不像是风华正茂的葛大副主任带着妻儿亲戚过河游春，倒像葛氏“老爹”携男牵孙，颤颤巍巍，被一家老小簇拥着游山逛景。日子过好了，城乡接合部常有三代同堂的景象闪现。

从穿着打扮气质谈吐看，后边这辆车上的姐弟确实是对般配绝伦的“金童玉女”。绝好季节中的风和日丽配美景，人间的“金童”配“玉女”，玉兔配麒麟，天随人意，天作之合。

雷文说是一身新，倒不如说是一身“酷”，毕竟是年轻人，新做的蓝色筒裤，本来人就高，加上笔挺的裤筒，显得更高更帅气了，哪里还像工人，整个一个大帅哥。上身穿半袖敞领仿空军服的五扣衬衫，富有朝气。脚蹬雪白高腰力士鞋。一条白色的软皮腰带紧束着细中透着力量与韧劲的腰板儿。他心上的姐酷爱白色，这白腰带是托人从城市的大商场购买的。他爱这个姐，这个姐喜欢白，傻子才不重视这一点哩。一顶白色鸭舌帽扣在顶上，像长长的仙鹤嘴把帅气又富有朝气的五官遮了个羞羞答答。不知咋的，最近这后生和他这个姐说话常常红脸，帽子一遮，红脸粉脸黑脸谁也看不到了。若让知底的乔毛妞一看，心里肯定嘀咕，多帅气的小伙，妹子的眼力真不错，可惜，惨呀，让那位一脸坑儿的老爹都给搅和黄了。这个妹子彩凤当然有眼力，自身条件也算得上乘，可称得上这全县全大厂的美人儿，要不人们戏称麻子老爹是“金屋藏娇”呢，可惜命不济——是常说的那种“小姐身子丫鬟命”了。

金童配玉女，董永配七仙，今儿个彩凤婆娘一改常俗，全盘脱掉了土眉土眼和工人大嫂的那身行头，起了个大早，翻箱倒柜，梳洗打扮了个把钟头，精擦细抹活脱脱换了个人，眨眼的工夫成了个大城镇轻盈俏丽的花婆娘。这会儿她斜身坐在后衣架上，裹了一条印花丝织头巾，放眼望去，前仰后合秀丽的身段，真的活脱脱像缠绕在小男人身上的一束花。特别是穿得上艳下绿的时装，似芙蓉出水，格外鲜嫩。远远看去，又像盛开着的野百合，妖娆艳丽无比。看那裤子，也是时髦的筒裤，那绿，实为青翠，翠绿中又透了些鱼肚白雾色，两条被裹着的细腿活脱脱像两根鲜艳待收割的玉笋，只是因自幼劳动发育的结果，“玉笋”显得大了些。上衣两件叠加，内着藕荷色绣花衬衫，外面披了件淡蓝月白布褂，隔着纱质的褂子，那对馒头似的乳房盈盈地拨人心弦。纱巾的下面佩有一枚闪光的领花，这玩意儿在这小地方还没兴开，不知从哪里借来的，临时派了个用场。绿裤、紫袄、淡蓝外套，配上粉颈、嫩肤、红唇，在这塞外半乡半城市的偏僻城镇算得上最美了。坐在单车上，搂住那高挑儿又魁梧的大帅哥，咋能不像一朵盛开的牡丹花野百合呢？可以说她今天像村姑又像富家婆姨的装束，倾注了彩凤被拐逼嫁后十多年的心血。

妖娆秀丽富有神秘色彩的大树沟，花呀，草呀，虫呀，鸟呀，溪水呀，处处挑逗着情侣说话，甜美的姐弟找话说了。

“姐……”

“啥？”

“没事。”

“没事，光叫姐干甚？把不准发神经吧？”女人这样说，抿着嘴笑。

“姐，姐——”后生又叫了，藏头露脑叫的，一脸笑意。

这位彩凤姐倒替弟弟担心起来，没啥事老喊“姐”做个甚？莫不是脑子出了问题？“又不说明为个甚，捣蛋鬼，是不是？”她这样想。其实已为他人妇的这个姐，娃儿都俩了，尤其是他们间有那层关系，早就明白他要说甚话了，只是原来挺熟悉的人显得陌生了，先鼓着气好了，男的女的都这么先鼓着气。今儿个雷文这是第三次呼叫了，又都以“没事”俩字截住，多别扭。

“姐……”雷文这样甜甜地叫着，神魂颠倒地转脸斜眼瞅了眼眼前晃着的姐鼓鼓的惹人垂涎的乳房。

“咋了？”

“没事。”

“没事儿，光这么叫，烦人不烦人，叫魂儿啊！”

“我想跟姐姐说说话。”

“说呗，让咱俩骑一辆车，在这荒郊野外的，就咱俩，不就是让咱说说话嘛。”

女人这么一解说，后生反倒不说话了。男人是要探听虚实的，男的女的这么说话，不等于没说嘛。

“说呀，说呀，咋不吭声了？”女人接下来又重复了一句：“让咱俩骑一辆车，在这荒郊外，就咱俩，不就是让咱说说话嘛。”

“下坡了，下坡了！下大坡了，姐要扶好喽！”确实又遇到了一处下坡，后生控制住车速并提醒。

每次下这类坡，女人总是靠得男人更紧些，甚至搂住他的腰肢，对这个姐来说过一次关，倒像一次享受。

“扶好喽，姐这样还不行吗？”女人就势把后生搂紧。

“行，行，莫搂得太紧，太紧就不好扶把了。”

“这样咋说？揽住你娃子的腰，牵住你娃子的带子，能伸能张，行了吧？”

“中，中，中了——嘻嘻，莫再摸了，痒煞了，你个凤儿。”

女人真坏，话递不上手上见，小伙子哪受得了？人家是生过俩娃儿的婆娘嘛，你算老几？

这会儿到了平坦路段，这个女人的手真的不老实起来……

11

雷文惆怅恍惚如在梦中，不知咋办是好，这还了得吗？师傅加顶头上司加恩人的葛存义还在前面，前面车子上还有俩孩子，又多了四只眼，这树沟里不知道哪一片林丛草窝儿有人，哪棵树背后有眼，一旦露出破绽，那还了得？

“姐，对不起，我做过了。”雷文忍住内心的冲动以攻为守，以自责的口吻对话。

“呜呜呜呜！”小女人哭了，哭得很伤心，泪如泉涌地叨叨着，“不怨你，不怨你！”

“姐，我知道你苦，苦苦苦——都苦呀！”他是强忍着泪说这些话的。

“傻弟弟，你没有甚对得起对不起姐的。姐傻，姐把事儿想得太简单了，唉！太天真了，又碰上你这个胆小鬼！”

明知道是哄骗自己空喜欢的甜言蜜语，她也不那么认真，她爱他嘛，苦药也是蜜，谁叫自己从小跟这厮有缘分呢？谁叫自己瞎了眼就看上这厮了呢？有个甚法子呢？就是扔给自己一锨大粪也得捏住鼻子吞下去。可怜巴巴的这个姐竟像个等待施舍的乞儿。“姐有啥错，姐就是喜欢你嘛……”她自言自语地说起傻话，她近乎歇斯底里了，嗓门越来越高吼下去，“我讨债了，你是姐的，丢了这么多年，姐要抓到手，讨债嘛！讨债嘛！”她把“讨债嘛”三个字说得那么理直气壮。

“姐，都是我不好，害得你……”

“没你的事，你没不好，都怨我要‘讨债’，向娘向麻子讨债……”

事有因果轮回，也有个奇巧[1]，更有运气之说，彩凤雷文在情感纠结中能闯过这一关，没闹出事，也是亏了巧遇了一伙女社员。收秋的女社员在岗子上边，他俩刚好走在岗子背，隔着三五十米。亏了随风飘来女社员们咯咯的笑声，才使一件“特大新闻”没发生，才使在姐姐情感重围中的金雷文突了围。

万幸啊，万幸，若不差这三五十米的树丛子，着彩凤那一闹哄，真的野合露了馅，那可带来了天大的新闻。人的名声，树的影，山里虎豹不是狗，激情上来全不顾，痛快一时后悔一生啊。

大树沟的一处幽径，一处岗子下面的坡面上有小树丛，有泉眼，有背阴处，收着秋的一伙女社员在七言八语。

说话间，这对青年男女骑车过来了。

“看人家这个小袄儿，小裤儿，小青鞋，那大眼睛，小酒窝儿，仙女下凡哟……”

“人家俊，小伙也不差，赶上电影里的王心刚了。”

“对着哩，对着哩，演侦察兵的排长，若让这后生来演，不用化妆。”

“看人家都这么细皮嫩肉，是咋个对上象的？送子奶奶捏出的一对哟。”

有个妇女帮腔，“王心刚怎么啦？都傻忘了吗？《永不消逝的电波》中不也是演了个丑八怪。”

这伙女社员们的歇凉处恰巧堵住道路，这里又正是一个崖头，骑车通过必须下车推着走，雷文彩凤手拉着手推车登上崖头，刚才婆娘们远远看到的是这“天生的一对”帅男靓女，爬上崖来站在脸前了，看个够呗。好事又无聊的女社员们当然一饱眼福了——近距离细细观察一番，嚼一通舌头。

雷文礼节性地和女社员们打着招呼：

“这是收秋？割谷子？是张杂3号还是张杂5号？”雷文拾起一个谷穗，漫不

①奇巧：也有叫做乞巧的，指巧遇、巧合。

经心地问。

“是张杂3号，5号光听说过没见过。”一个岁数较大的妇女认真地回答着，又突然惊呼，“啊！没想到小兄弟还懂这些。”

雷文随口打趣道：“也是从收音机里听说的，地区农科所培育的‘张杂子种’最适合咱这里。”雷文也是没话找话地瞎掰，其实这妇女答得也不一定对。

女人们见了个漂亮后生就像一群小伙儿见了俊妞那般总想上前搭讪几句，几个稍大又泼辣的女人一通炮轰：“大热的天歇会儿再走呗！”雷文站直了身子，抹了一把汗应声道：“歇一会儿就歇一会儿。”他看了一眼姐，彩凤笑笑，轻轻点了一下头，碰巧有几个捆扎好待运的谷个子，就势坐在上面稍事休息。雷文就势查看起车子，抬起圈看着。一个女人又打问：“是下河南？”雷文说：“赶集去。”他故意这样说的。那女人道：“对着哩，今儿个是桑园集。”另一名女人插嘴：“你俩穿戴这么花哨还以为新婚回门哩。”雷文说：“看你说的，哪有那回事。”另一个女人挤挤眼，“还不好意思说哩，脸红什么？”

听罢这话雷文确实憋了个大红脸，按他的情况——若从前顺利的话，到年岁娶回了二姐彩凤就应该“回门”嘛，谁曾想闹成了这个局面，像做错了事无处诉苦又无地自容似的。为了摆脱窘境，雷文躲开婆娘们专心致志地整车子去了，再没说话。那自行车前轱辘真有点儿晃，车把也活了，他从座子下找出工具，推到一处平坦地带整起来。

出行路上的这点小插曲把后生问了个大红脸，倒让陪他出行的姐——小媳妇彩凤得到了一剂兴奋剂，壮了脸没壮头，像刚饮了几口好酒心底荡漾，波浪起伏。继而她又想：“为什么要红脸呢？要不是那个麻子老爹插杠子，自己和弟弟雷文不正是这么回事儿吗？”再说她这个打扮得花枝招展的女人已经不是小媳妇了，被拐骗被霸占违心违愿地过了六七年的婚姻生活，她已不是那种羞羞答答任人宰割的小农家女子了，理直气壮地要为自己抗争嘛。

直起身子的小媳妇像棵刚得到场秋雨长势旺盛的大白菜，眼瞅着往上拔节，好像还有人给系了个红彩带，那俊模样，那身条，那身行头，特别是那件绣有盛开着莲花的衬衫，还有识不得是啥物件的领花，让这伙儿农村婆娘真真开了眼界。

女人们有的想看人家这线条身段，总是起哄挑弄着想让这俊妞儿动起来。看人家这眉眼儿，看人家这身鲜嫩得体的装束不像个仙女才怪。有人甚至想，同样一个人——一个年轻女人，不公平呀，叫“美”的构件都“装”在人家这俊媳妇身上了。于是七嘴八舌地围攻起彩凤。“大妹子，这小袄儿小裤儿哪做的？是不是跑了趟口上还是北京？”“大妹子，这小模样吃啥滋养出来的？有个啥仙丹偏方悄悄告诉姐好吗？”没说几句话像熟了，姐呀妹呀说得人麻酥酥的。

有俩说悄悄话的说得更玄乎：“人家城里人能比吗？大门不出二门不迈，怕不是哪个官儿的闺女媳妇吧。”

而彩凤呢，叽叽喳喳地说她的小话她听了不光不恼，反觉得挺好玩儿的，甚至觉得很自豪。咋了？她从话中吸收了积极成分，故意直起了身子走了两步让她们看看。

女社员中有人唆使出他们中的一个傻子婆娘，走上前来跟彩凤比个头，比身段，这傻女人还摸比了下俩人的屁股，还说彩凤这大屁股可以生胖小子一类的话。

“这是干甚了，拿人涮着玩儿吗？哼！”有点儿气愤的彩凤受不住了，要恼，憋青了脸，但转念一想不恼了，这个傻子把自己当成家人了，一个人跟一个脑子有病的人有啥置气的。又不是真的，暗暗骂道：“村里的这伙儿婆娘把老娘真当成黄花闺女了吗？还比量个甚，胖小子老娘给麻子一窝下出了俩，真不是跟你们吹。”

彩凤抬眼看到雷文又惆怅起来，可惜老葛生的这俩儿子种儿错了，不由得一阵心酸。她扫了一下这伙农民社员高高兴兴的样子，比量起自个尴尬的情景，心烦起来，眼前的大山大湖立刻黑了，远远眺望了一下脚下的茫茫大河滩，黑一道白一道的，那是沙砾堆坝，那是干河床，看不到多少生气。她和弟弟文娃子的艰难处境不正是这个摊场吗？人生呀，难呀！大河南还去不去，她犹豫了。

这批女社员也太烦了，竟让姐弟俩耽误了半个小时，差点使麻子产生误会。也算巧合，真的有这半小时的对话，又跟麻子丈夫的责问对上了号，才避免了一场误会。打这以后，这对情侣中的男人也好女人也罢切实接受了教训，尤其是彩凤彻底打消了在大树沟草窝里野合的念头。人总归是人，可不是狗，总知道廉耻，总有责任心。

在小蔚州金雷文的眼里这地儿可不是一片灰色。这里地势高，放眼南望是一眼望不到边的大河滩，猪场、场水站和铁路桥尽在鼻子底下。自己脚下也是一块高标准梯田，上首有个渠口，纳入河网渠系，天旱了可浇地。这片地儿，统统种了谷子，谷物最喜日照，这时正值艳阳高照时刻，社员手里黄澄澄的谷穗和急待收割的黄灿灿的油菜花遥相呼应，一派丰收景象。这坡梁的高地，最得阳光的恩泽，地势高毫无遮拦，地是那样的绿，天是那样的蓝，秋天，东风浩荡的大湖上万里无云，山上的秋叶似火，自己尽情沐浴着一股脑喷薄而出的暖暖的阳光。看到这些，一切烦恼一扫而光。

“姐，咱们快走吧，甭让爷儿仨等急了。”雷文已经把车子整修好，下了崖头，把车子停在路上等候着，同时跟崖头上的女社员们挥手告别。

崖头上的社员们又嘀咕：“还叫姐哩，这后生女婿反比妞儿小吗？”“小丈夫！小丈夫，这个哥儿嫩面着哩！”“小女婿，小女婿！这妞儿俊过杨香草[1]哩！”

下了崖头，这对丽人三郎[2]式的俊男靓女、别人眼里的“小两口”风驰电掣般地消逝在绿荫尽头，给割谷子的女人们留下一片敬羡的赞叹声。

这里是沿树沟的边沿往河的深处走的，正对着大湖北口龙庆峡那道大口子，风大且尖利。穿行在树行子里，小道更加崎岖。人的情绪往往随风就势发展波动，本来不太平静的思绪，被树沟里坎坷的环境一纠结，姐弟俩的情绪更加激荡和忐忑，彩凤不能全部坐车子了，随着地势变化，坐一段车，还得跳下帮忙推一段车。好容易又到了一段平坦的路段，姐姐纵身跳上车，满把死靠地搂住了弟弟的腰。望了望天色，计算了下行程，弟弟有点着急赶路。虽然被姐搂得很紧，腰里像缠上了一捆绳子——不！是喇叭花蔓子，这蔓子又越来越紧，但不光不觉得烦人，还蛮舒服。

12

望到临河高处那片房子了，那里就是县猪场。和姐夫老葛商定，集合后兵分两路过河到场水站再会合。过去为几座泵房查水线时，雷文走过这里，彩凤也听到过此路段的情况，姐弟俩都明白，再走——再往前走进入麻子老爹的视线将是另一种情况，俩人再想说话幽会就难了。有话快说吧，再不说，过了这个村没这个店了。

方才酷爱着帅哥的小女人把话说得明明白白，她撺弄弟弟带她走，走出去自由谋生。——离开牢笼，蝶凤双飞，连出走的路线、要去的地方和所需的盘缠都说清了。在这个话题中，她策划了两条路，要么去保康或大同挖煤，要么去察北牧场放羊。两套方案弟弟似乎都应下了，但又都没砸实。三十来岁再也耐不得饥渴的小娘子又一次打起精神进攻了。

又穿行在一处密林幽径，俩人又一次打开了话匣子，他俩这哪是说话，是逗

①杨香草：戏剧人物，评剧《小女婿》中的主人公。

②三郎：古典戏曲中对美貌男子的昵称。

着心眼变起了戏法。

“小傻瓜，对咱俩的前景咋个想的？”这是彩凤的问话，其实这话不知重复几次了。“小傻瓜”三个字几乎成了这个春心荡漾着的姐逗弄弟弟的一种爱称，或亲昵的暗语，有时让小伙子听了麻酥酥的。

“还能咋个想？凑合着过一天算一天呗。”

彩凤猛然意识到不好，刚才策划的那一套又让那厮变了卦，攀过山梁都泡汤了。

“就不想娶媳妇了？”姐姐单刀直入，其实这话是不应该问的。

小伙子道：“不想了。”紧跟着补了一句：“没媳妇可娶了。”这又开始绕起了圈子。

车子在树丛草堆上“沙沙”地走着，俩年轻人那头颅和思绪统统“埋”进了小径上，像一对受气吧啦的娃子。

“不想了——”他是看着地面说这句谎话的，悲观到了极点，全然把刚才的诺言撇过了，亏心哇，真苦哇！

后生是带着颤音挤出这句话的，此话说了三段才说完整，不光是吞吞吐吐，还有个情感因素在内，包含着多大委屈。你彩凤想得简单：不是吗？娶媳妇是好事，养个娃是好事，但要吃要喝是难事哟。他像是在说：我娶什么媳妇，是被人牵了驴还拔了橛儿了，我到哪里去娶媳妇？似在埋怨，还有控诉的成分，似在问：我需要拜堂成亲的当儿，你金彩凤跑哪儿去了？你在白仙驾前的“非你不嫁”的承诺哪去了？

“可别这么悲观秽气，车到山前必有路嘛。”彩凤说到这里睃了雷文一眼，意思是刚才不是指给你两条路了吗？斜着身往后扫一眼的雷文像看到了感觉到了也听明白了。这彩凤不单独是动嘴的，像似弹钢琴手脚一起动那般，手的动作也在“说话”，那一套又来了。

“姐帮你寻一个好不好？年轻的，水灵的，漂亮的，一捏一包水儿的。”女人这是差劲，逗人玩，说便宜话。

便宜话能算话吗？怎么不能，那是拐着弯地往外套话，主要是小媳妇试探情郎有没有变心。

情郎对这个确实不满意，心想俩人走到这一步，负心的是你彩凤不是金雷文，“非你不嫁”的诺言让狗吃了。

“莫逗了，草沟堡的十里八乡，沉沙镇方圆二十里，除了凤儿你，还能找出第二个美人吗？”雷文确实也说的是实在话，不过有点儿绝对，谁叫他们王八看绿豆对眼了呢。其实，雷文这里也是勉为其难的，有时候抱着媳妇往仇人的怀里送，还得赔上笑脸，苦啊！

这里小伙子雷文开始使用了一个新名词——凤儿，是爱称。凤儿，从心爱的小伙子嘴里吐出这个词，这小女人听得痒痒的。这个词浑身都透着爱意，在她讲，今天是第二次听到了，刚才说过一次——“莫再摸了，痒煞了，你个凤儿。”摸到这里，她也出汗了，手本能地不敢动了，登时涌动着莫名其妙的负罪感。

她突然问道：“为了我，他要杀你，怕不怕？”

“不会的，他没这个胆，我不怕！”

“这样耗着耗到何年何月算一站哟！”

“总会有办法的。”

“真的打起来，着了急你会杀那老东西吗？”

“不会的，绝对不会。”

“咋见的？”

“他是我师傅，也不值得，总不能因为虱子烧袄吧？”

“你们男人呀，哼，总爱这样。”女人早抽出了手，她掐了下后生的背，无可奈何。

她狠着心想，就让你麻子戴绿帽子，还得让你弄个人财两空鸡飞蛋打，至于俩儿子怎么办，她考虑了，但顾不上这么多，他麻子不是有钱嘛，再花钱“买”个后娘不就得了。她一直觉得自己根本没结婚，麻子在抢她仨月后弄到的那张结婚证是假的，麻子该坐牢。

小媳妇下了决心和奶弟弟说个明白。爱呗——男女的那桩事，今天不说更待何时？爱就是爱，动真格来实的，明明白白爱下去，不能再这样贼一样过日子了。不爱了就是不爱了，也要有个了断。而偏偏这个琢磨不透的弟弟就老跟你藏迷糊[①]，扭扭捏捏躲躲闪闪。

坐在后衣架上揽着一生最爱的小女婿的金彩凤，颠颠抖抖、磨磨蹭蹭和宝贝弟弟同步颠簸着，心驰神往，直至神魂颠倒地琢磨着好事儿。天上就要掉馅饼了，她决心拉下脸皮跟弟弟摊牌——说明白，豁不出孩子哪能逮住狼呢！

“文娃子……”她又这样用六七年前的昵称，这个最亲切、最原始又最质朴的小时候的名字，把弟弟也叫蒙了，竟没有立刻回过神来，傻乎乎地愣在那山坳树丛小路上，似乎走着动着的车轮和路面都凝滞了。

①藏迷糊：方言，即捉迷藏。

“文娃子，我叫你了，耳朵里塞了猪毛咋的？还是个当官儿的不理人？”紧接着追问，“非让喊你金段长，咋的？”

“哪？哪？……姐呀，姐，别逗了，工作中别人都喊我小金或小金师傅，哪能让亲姐喊我段长呢，臊煞哩，臊煞哩。”

“你个小傻瓜莫紧张，姐逗你玩儿哩。”又道，“到哪会儿姐也不会跟你恼的，就好好把心放到肚儿里吧，小傻瓜文娃子哟。”说着这话的小媳妇心里美美的，撒着欢儿，随着车座后衣架的颠簸语调带着颤音。

女人上来先给她的宝贝吃了个定心丸，女人嘛，总是先占糊[①]下再说。这像农村的小男孩争厕所似的，不管有没有屎，先占住茅坑再说。在农家女说这叫旱涝保收。这个“凤儿”真够呛，占糊人家小伙子十五年了，还要占糊下去。

女人喋喋不休地说下去，还一句一个文娃子地叫着，还讲起了故事。她说：“这样叫着顺口——我叫了十几年嘛，从记事起就这么叫，这样叫着热乎，像又回到咱们小的时候。那时喊你回来吃饭，不总是站在西崖头可着嗓子喊：文娃子，文娃子，文娃子——吃饭了，吃饭了。喊不应，接着骂道：耳朵里塞了猪毛咋的，咋不应声？我一骂，果然应声了，你会不知窝在哪个草窟窿里一探脑袋又缩回去，藏着姐，捣蛋到家了。我捡起一块石子儿投过去，你就马上探出头来，不敢再哄姐了，多好玩儿。”彩凤说到这里手捏了一下文娃子的腰身又深情地瞟了文娃子一眼，学得绘声绘色，好像又回到早年大金的那个西崖头篱笆院。

雷文道：“敢不应声吗？不吱声，追上不又是扭耳朵。”

接下来，彩凤带着征求意见的口吻提议道：“姐就愿意听你喊我个凤儿，今后不当着人时你就喊凤儿好了，人前再喊姐。私下喊凤儿我听着舒服，听着美，听着甜，听着那个……”

说到此，她的脸突然红了，一直红到耳根，呈现出绝妙的鲜嫩淑女气质。

“那个”俩字是什么意思，说不清也猜不出来，问也问不出来。直到十五年后他俩正式结了婚再问，仍给不出准确的解释。女人呀，尤其是小女人总这么神秘，这么鬼头鬼脑。

“听你的。”是那个还被昵称为娃子的雷文美滋滋地这样答着。

“真的全部听我的？”她直直地盯着他的眼。这样动作的几次是车子被捏住闸说的，身子和车子斜成“八”字了。

“这要看甚事儿了。”说这话时，小伙子的双眉一挑，脸上流露出一种惊疑、坚毅和自信。他似乎猜出这个步步紧逼还叫着姐的女人想做甚了。

①占糊：方言，占有或占用。

“刚才不是对你讲过，带着我跑吧，跑得远远的，离开那个魔窟，远远的，过咱俩自己的日子。”咱俩，女人一语挑明了。这挑明不带那俩孩子。

又是这话，这是第二次听到，后生早有心理准备。

“那可不行，不行！跑到哪儿？吃什么？孩子咋办？”雷文把刚才说过的话又重复了一遍。

“去草地（这里指坝上或内蒙古——刚才彩凤提过去大同或保康的煤矿、矾土矿），听说有个察北牧场正招人，不要户口，更欢迎技术人员。”彩凤赌气地说：“你不是跟义顺去过保康吗？”

“容我想想，想想！”雷文叨叨着。这或许是缓兵之计，应付女人才这样说的。

“还想什么？麻子最近把得我松，好跑！包袱我都准备好了，手里还攒着四十八块钱。”谁说女人没心眼，出走不光想出了路数，那法儿还很具体。女人又一次把出走的计划和盘倒出。

“这才够吃几天的？连到达草地的车钱都不够。”这一点后生一清二楚。

“往回家的路上跑，实在不行，你往深山里找你爷爷，当和尚，我随在你后边，找座庵，当尼姑，消停后再往一起凑。”她又坚定地说道，“村里人同情咱，爹能容咱，没人笑话。”

机电部副段长金雷文目前陷进了情感危机，觉得前有阻劫（指的是麻子存义父子三人），后有追兵——指的是姐姐彩凤这个追命鬼，逼着他带她走。是要情欲，还是要出路？

车子仍在羊肠小道上“沙沙”地往前快驶着，雷文没再答话，陷入沉思。彩凤是第二次提这馊主意了，刚到树沟时不就提出过，还说出逃的路费都有了。女人的这些路数他也想过，但一一都否了，确实有好多事情还不能都听她的，不能一蒙就干，像只无头的苍蝇乱扑腾一通到头来咋办？得负起责任，还得有个退路，尤其是带着个女人出走（也叫私奔），更得想好了棋路。

彩凤绘声绘色地说到高兴的地方在车子上腾身而起，险些把车子栽进树行里，亏了雷文有精神准备，才挺起车把又拨回到正道，又回手摁着这疯了的姐坐好。

吓出一身冷汗的彩凤，又紧紧地圈住弟弟的腰部，静下来。

“姐……”

“又叫姐！不长记性，不能叫得亲热一点儿吗？还是我金彩凤不配？！”小媳妇继续扯着。

“好喽，好喽，叫凤儿还不行吗……”为了表示有悔过之意，缓和紧张气氛，说着软和话的后生给老情人姐做了个鬼脸儿。

“咋会不行呢？就这么叫好了，我听了心里美。”下面的话她把声音压低，“过几天麻子又要出门，跟姐瞅冷子热乎热乎好吗？就一次也可以。平时老家伙晚上常出去喝酒，姐给你留门，算姐求你也可以。”

雷文平生还是头一次听见女人说这样的话，太突然，太具体，又太肉麻了。

车子继续沙沙地走着，他被这个原本清秀腼腆极熟悉的姐的一番话打蒙了，打了个晕头转向，不知以何言答对。这都是说了些啥呀？这个姐真变了，那个清秀文静少言寡语的姐哪儿去了？由一朵野百合变成了辣椒型的泼妇，既可爱又扎手。

静观动向的彩凤以为后生变了心还是有什么心结顾虑，就用下面这些话挑逗着弟弟：“姐老了吗？”

“听清了吗？傻子，姐问你话呢。”她娇滴滴地这样问。

“啊！”他像头公牛犊，只是傻笑着，憋得那个大红脸呀，红到耳根了。

“啊什么？又装愣，小坏蛋，躲着姐是吧？！”她像鼓①了，先是晃起弟弟的双肩，后来竟不管不顾趴在弟弟的背上假装抽抽搭搭地哭了，惹得他慌起来。

她立刻又来了硬的，吼道：“信吗？不听话，姐死给你看！”

雷文慌了神，但又一阵恶心，心想：这叫啥？这不是官逼民反，逼人为娼为盗嘛。那个温柔质朴文静的姐哪去了？都让老麻子逼的吧？逼得这样疯疯癫癫，像什么话？他后悔起来，后悔今儿个下什么大河南，蹚这一坑浑水，他害怕了。

“中中中！我去不就行了？”他似乎软了，缴械投降了，这般麻酥酥地应着，声音是那么娓娓多情，同时回手也掐了她一把，碰了下她的腿，没敢碰敏感处。

她真的高兴地飞上天了，乘着云驾着雾，赶赴蟠桃会。她登时觉着坐在后衣架上的自己拦腰紧紧抱着的他——这样的抱法可跟七八岁时母亲抱娃娃不一样了——转过身来搂住了自己。她在深情地贪婪地吮吸着一坛蜜。真神了，车子就是没倒。

突然间小媳妇情绪升腾，心花怒放，再没有袅袅黑影了，天是如此娇艳，瓦蓝瓦蓝的，万里无云。

天呀，快到猪场了，儿子，那老麻子，彩凤猛然醒悟急忙给弟弟拍了下土，自己也整了整裤褂。

---

①鼓：方言，生气，翻脸。

13

彩凤、雷文姐弟俩又骑行了十来分钟到了县猪场，这段时间消停，谁也没出什么洋相。俩孩子早在二十多米外翘首张望着，等在那里的一处猪舍旁。见到妈妈还有舅舅，娃儿们甭提多么高兴了，叽叽喳喳地扑到身前。麻子老葛怪俩人为甚到得这么迟，雷文硬邦邦地回答："车子坏了嘛，修车子，路上又有几段推着车步行的，当然慢了。"老葛果然把精力集中到那辆小飞鸽上，拉过来又捏轱辘，又试闸，这才放了心。因为前面还有五里路嘛，这才知道老葛也碰到割谷子的农村婆娘们了，都对上了茬儿，疑心释去，麻子没再多问。说来这麻子也是够马虎的，到这会儿还不知道姐弟不是亲生的，而且还有一段情人关系。

和姐夫这几句交流，让小舅子捏了把汗，亏了没动别的，否则不知要出多么大事儿，闹不好还能闹出人命。也是因为这疯婆娘彩凤的不检点，都接近会合地点了，还和娃儿们的舅动手动脚，引起了性格多疑的大儿子尽忠的反感。

下面，俩娃子脱掉外衣，武装了一番，举着脸盆、扛着渔具又嚷又跳地冲下河滩。雷文也慌慌张张地提着扎网[①]追下去。小飞鸽车扔给了彩凤，其余多余的物件都摽在麻子的大车子上，嘱咐大的，喊叫小的，乱哄一通后，这对老夫少妻上车骑向8号桥。

8号桥呀，幸福之桥，大河南啊，北国江南，给了年轻姐弟鹊桥相会的机缘，金童会玉女了。

8号桥，丰沙铁路线上的一座老铁桥，以此为界，小媳妇彩凤判若两人，在桥北，他是个活人——粉头嫩脸的婆娘；在桥南她像半死不活的病妞，是绑老麻子车子后衣架上的木头，低眉土脸的。

麻子老葛是兴高采烈的，他携全家这次大河南拾秋、耍水、旅游，去了整整一天，亮灯时才回到家。他这个四十三岁的二老汉[②]带着媳妇，带着俩双棒儿儿子邀上内弟一家五口，玩了个痛快，特痛快，大大的痛快！这老葛藏藏掖掖地带着它的宝贝猎枪，带着长长的扎网，带着一天五口人的干粮，还带上了俩行军壶、一个暖水瓶和他的二弦琴，当然要带酒了，还有猪蹄和咸鸡蛋。存义讲，8号桥的人行道至宽能过个自行车，不然早借辆人力三轮车了。他还说明年再来

①扎网：也叫黏网，一种迎水布在小河沟上捉鱼的渔具。

②二老汉：塞外对体弱多病的中年男子的别称。

时，想必你舅舅给你娶了舅妈，再添上个娃儿就是七口之家了，到时候他想办法找辆能涉水的汽车或拖拉机，还准备从部队借个行军帐篷，野营得真像个野营的。

老葛呀，海阔天空，美美地想着，和娃儿们“咯咯”地笑着。孰能想到此一时，彼一时，一年后的全家出游再也不会有了，泡汤了。半年后他们家风云突变，也是在这大河附近的大树沟近前，葛金两家——存义雷文师徒俩，发生了那么多事儿，弄了个鸡飞蛋打，各奔西东。那婆娘更惨了，俩汉子争，“偏套”也解决不了问题。

这样一说，金雷文不是第三者插足吗？不是，绝对不是。金彩凤这俊婆娘本来就是人家小蔚州的。说公道话，只能说是葛麻子瞅空子插杠子，破坏了人家的美满姻缘，又制造了一起冤案。

蔚州的剪纸闻名世界，渴望和平鸽的美好剪纸贴到千家万户的窗棂上，谁也别起歹心，都老老实实过生活不挺好吗？那可不行，也不公，那样的话，一部分汉子来世上不算白活一遭了。

那一天，因腰腿有伤不敢蹚河水，姐夫和姐夫妻俩骑车绕8号桥，雷文带着尽忠和知恩蹚水过河。来时，河水深的地方是舅舅一个孩子一个孩子背过来的，回时也一样，光这个河就过了一个多钟头，还有插曲，还得耍水抓鱼嘛。河面宽又遇到来了水，前后三处下网，鱼都没抓到多少。本来鱼不多嘛，但哄孩子是主要的，把俩小家伙哄得甭提多高兴了。孩子虽姓葛，那是麻子的种儿，掺和进和彩凤的这层关系，雷文把彩凤生的俩崽儿看成亲儿子了，若不发生大金家村西口骗亲那一幕，兴许俩娃也姓了金，这俩儿子本来就应该是自己和二姐的。

这当儿，雷文的思想极度复杂，既欢快又惆怅，五味杂陈，不知啥滋味。

在大河南耍水拾秋当中，这一家五口人在草坡上、果林间、坡头坡腰、林地渠边跑跑跳跳是多和美呀。有个同情葛存义的粗人说了句惋惜的粗话：“好好的一门子亲戚一锹头子捅乱了。”彩凤和俩崽捉着人家羊群中的羔羊又抱又亲，海阔天空，爱得不行，娃儿们竟要腻歪着爸妈买回家自己养。若买了，草在哪儿？圈在哪儿？费了好多口舌，麻子总算过了儿子这一关。彩凤、雷文姐弟草场做舞台，一句熟一句生地唱起了二人台，麻子老爹心血来潮可着嗓子吼了几句听不清啥意思的“大海坨信天游”，弹起了二弦琴。俩娃儿也伴着琴声唱起“语录歌”，好不热闹。

尽忠、知恩俩娃儿快乐得像俩小马驹，先是围着牛群马群转，后来又吵闹着拽着舅舅打提溜，还要上树摘野果。雷文征得村里人同意，又像当年的爬树比赛那般展示了技艺，满足了孩子们的需要。众人愕然，这不叫飞檐走壁嘛！麻子老爹看罢嘀咕着，小媳妇看了个张口结舌。

葛存义性格多疑，谁比他强了，交往时都要掂量掂量，看到内弟有这样的好身手，又联想到雷文过目不忘的记忆力，想把这后生拉在身边的姐夫犹豫了，产生了一种不可名状的恐惧感，“蔚州人不好斗”的影子始终在他心里抹不掉。

雷文始终是坦坦荡荡的，野炊时，姐夫扔来一瓶啤酒，山海关名牌，还有一包子柴沟堡烧肉，他一一接了，打开就喝。实在饿了，像吃养父爱给他吃的烤羊腿，没加多想，一一撕碎吞下。

一家子这一趟拾秋出行收获很大，回程时，存义、彩凤夫妇俩两辆自行车上挂满了现场采购和自己摘的干鲜果品，拾到的一些谷穗、早熟玉米棒什么的，还有几条半死不活的杂鱼，多数是鲫爪子[①]，还挂有一只刚捕杀的野兔子。彩凤的后衣架上装着一堆草，草下边坠着两嘟噜穗穗棒棒，这必须瞒过当地干部，如果查出来就是偷的。偷东西要处理的，起码得罚些钱，重者兴许扣下人劳动改造。草是草药，有蒿草，蒿草可以熏蚊子，还有一种水草，是知恩当宝贝带着回去喂鱼的。

回程时，父母仍转8号桥，舅舅带着两外甥仍蹚水过河。过河当中又扎了一通网，因为急急忙忙的缘故，瞎子点灯白费蜡，收获无几，那网子还差点儿被冲走。俩孩子还捡回一堆奇奇怪怪的石头，那几块花壳说是海贝，说老师还说这里哪里是海，可能会发现油田的。一家五口嘴上都挂着笑，人人都满载而归。别人哪会知道，其实收获最大的要算那婆娘——心中“捡”回个“小女婿”。

小媳妇彩凤的心情好转了些，这一会儿能看到小情人弟弟了。看天，天是蔚蓝的，看湖水河水，不是浅绿就是碧绿的。看坡，看树，看沙河床，还有铁路大桥，远望小村子的草棚瓦寨农舍，近看大渠里的滚滚流水，都是那么欢快，那么幽静，那么甜美。牛儿羊儿叫，马儿驴儿跑，都像为她做表演，特意为她金彩凤叫着、舞着。

天上的几丝浮云从大湖那边飘来，像舞神挥舞着的一丝丝彩绸，飞过大湖，飞过绿坡翠岭，朝南山峰巅的尽头飘过去了。山后头那边就是北京了。在这儿看人都是这么欢快的、美好的。不光文娃子咋看咋顺眼，连夹着长枪猫着身子在土岗之间潜来遁云姿态怪异的那个存义，也那么英武、干练。

过铁桥时，她似乎望到了后灰窑温塘的那股子白龙似的热水，是条白龙，麻子答应抽空带她去开眼的。

①鲫爪子：鲫鱼。

过了河以后俩孩子一直缠着舅舅，作为一个小组滚到东滚到西活动着，而他们这老夫少妻又是人随影走的另一组干着自己的。整个一天，五口人都忙得很，除了在绿草间、沙石上，或躺卧或席地而坐共进午餐，都是各忙各的。撇开在眼前晃来晃去的老男人不屑一顾，彩凤一眼盯着仨娃娃，除了自个下的俩宝贝，还有个抱大的宝贝弟弟处处让她牵肠挂肚。返程时彩凤婆娘又尾随在丈夫的后边过8号桥了，她是极不情愿的，那又有啥法？对葛存义来说，媳妇随在身后做这做那是一种荣耀、一种威严和地位的象征。

他不怕别人戏谑自己娶了个如花似玉的小媳妇，也不怕领出小媳妇显露给歹人抢了去，更不怕听到说他和媳妇怎么怎么的不般配一类嚼舌根的话。啥个“般配”不般配嘛，郎的才女的貌嘛，好歹觉得自己是个中层领导嘛，也还是个挂名的民兵师副参谋长嘛，一旦战事起来，军地建制一转不就成真的了，还不护兵军车跟着。今儿个这小他十二岁的媳妇彩凤也特听话，未经调教老老实实跟着走，几乎成了自己腰带上的零件。媳妇的打扮不是花枝招展也算穿红挂绿了，这不都是往自己脸上擦粉贴金嘛。

在彩凤讲，最大的收获不是拾了这么多喂脑袋的粮食果品，而是和自己心肝宝贝般的养弟弟接上“关系”了，幸福来敲门了，前程锦绣，看啥啥好。

麻子老爹组织的这次出游活动，他觉得自己胜利了，弄着小舅爷出来玩这一趟，拉近了姐夫和内弟的关系，也哄乐了媳妇和娃儿们，又多少解决了点儿定量不足的问题，一箭双雕、三雕，一举多得。而小媳妇也真的感谢他麻子，正找不到和老情人痛痛快快调情的机会，麻子带她来了这一趟大河南拾了秋，特别是提供了一个风花雪月的大树沟，倒觉得这个麻子丈夫助人为乐的心地还算蛮好的，像自己困了，他扔给自己一个枕头。

人家麻子夫妇头前走了，俩累赘甩给了舅爷——雷文带着俩外甥，一边走一边要，不光扎了鱼，还逗了猪捉了虫，要到俩娃累得走路都打瞌睡，雷文背了尽忠半路，弄得二小知恩拉着舅爷的腿走了半路。晚饭后九点多才回到家。正因为他们来时彩凤在路上那一番折腾耽误时间太多了——直线十二华里骑车走了俩钟头，受到了麻子姐夫和爷儿仨的埋怨，也给舅爷敲了警钟。

小伙子怕了，涮了涮踩进泥坑的那双脚，谨小慎微起来，此后的近俩来月，鼠胆儿的雷文力图躲开四排房子那个点火就着的是非之地——那个院。在地位、权势和伦理面前，他真的退缩了，做了“缩头乌龟”，借口忙，躲起姐来。老百姓嘛，当乌龟就乌龟呗。炉子上的事忙，备战战事任务促成麻子前后出过两次差，紧急任务来时，也整夜加过班，这不都是幽会的机会嘛，可是彩凤一连叫过雷文多次，留门留窗户也不顶事。再温柔甜丝丝的话也没攻破雷文这道防线。小伙子还听说过，涉军事人员的便宜切莫占，犯了事兴许拉出去给毙了，他常常摸摸自己的脑袋还在吗。正是：

阳光五月风光好，
大河南岸任逍遥，
泛绿树沟淌情波，
阿姐携弟上九霄。

偏偏碰个胆小鬼，
麻子察觉定不饶，
空游树沟十二里，
痴心婆娘一水漂，
水到渠成等机会，
何劳老麻瞎操劳。

未到揭锅的时候，巫山云雨终未到来，小情人真的退缩了。这个姐姐王八吃秤砣一铁了心，能放过弟弟吗？难说！

14

隔行如隔山，很难想象到业务人员这么难。外联人员，过去叫“外跑”，都是企业派出的精兵强将，热情灵活，能说会道，办事精干，多是跑断腿、磨破嘴以厂为家的主力，可不是公子哥的打扮，夹着个包跑出跑进游山玩水的主儿。你道只有火线战场才是战斗吗？高炉台子出铁时才是战斗吗？其实企业业务科室的外跑们也是为建设战斗。

这不是糊弄小孩儿吗？咋说不是。那年代，有的人爱这样耍，可有的人（不是傻瓜）还吃这一套。这不是物质刺激吗？不是又是啥？物质刺激和精神鼓励俩词的字数相等，都是一回子事。

那个小个子厂长刘兴真会忽悠，两句话下来把麻子老葛哄得美滋滋的。麻子主任这次出差调剂物资真卖了力气，或许原动力就在这儿。麻子在武汉，刘兴在本厂里，他俩刚刚通过电话。

在物资紧缺苦寒的农村就是这样，一个农家婆娘去称盐或割肉，你给她的秤高高的，或称罢再给他添上块肉丁肉角什么的，她会眉开眼笑地对你好感有加；农村娃子挨了审问或受到委屈抹起了泪，哭出了声，你摸摸他的头最好能丢给他一块糖果，兴许马上阴天变成晴天了；有些汉子兴许也会这样，一般说都愿听好话不愿挨骂。小个子厂长在电话中跟麻子说了句干好了要给他换大房子的话——只是一句话，一句空话，本是思想工作中的一笔空头支票嘛，可哄得葛老四这个实心子[①]眉飞色舞了。平心而论，分房这可是大事，那年代的民主可是绝对的、极端的。钢厂的分房列入总厂年度工作计划的议事日程，成立有各方代表人物参加的分房委员会，分房对象名单自下而上讨论申报三榜定案，有些大事还得经地区重工业局审定立案。刘兴只是一个单位的负责人，职工福利性分房，厂长也没权力给谁就给谁。其实麻子也不太在乎住处，不就是睡觉的地方嘛，现下他住的四排5号房——间进深较宽大的房子，加自力更生垒成的小院儿，蛮不错嘛！要更大的房子有甚用？空间大了，打扫起卫生来不也麻烦。可喜形于色的麻子这会儿渴望的大房子不是为住，是为炫耀自己，那将是一套单元房，厨房厕所齐备，并有储藏室、多功能用房。他是想让裘嘉阁看一看："胖子哟，看我老葛咋样。"

对麻子这个年近四十的山汉[②]来讲，这次到江南出差也是厂长的青睐和抬举。本来这是总厂机械副总的活儿嘛，可这美差让他占了。他说活了大半辈子第一次看到长江，活了几十年基本上憋屈在山沟子里，只到过北京和大同，连天津卫也没去过，连黄河也是头一次见。

那天下车的时候是清晨，火车过长江时白茫茫的一片，大呀，太大了，火车浮在江面上跑了二三十分钟，那是在桥上呀。接近江岸时又黑乎乎的一片，都说江南好，有个啥好头，像站在云雾山巅往四周看，甚也没看到。待了几天后，麻子感到，有人管口外人叫"山药蛋"，是说山药蛋没见过世面，土哩，听着憋气，这一回真的承认是自己山药蛋了，是小巫见大巫，少见多怪了。其实，江南人不也一样，到了西包头，见了骆驼当长颈鹿，弄不好近前逗急了被"喷"一家伙。那可不是江南不美，也不是江面总有那么水雾浑浊一片之故，是好地方都在市中心，在山川湖泊，眼睛够不到哟。咱上堡的大境门不也一样吗？是自己站的位置不对或车窗太小，只能用眼扫了一下——那双眼也因过度疲劳的缘故眼屎一堆，上眼皮叩打着下眼皮——那些只是用眼扫，没有用心看。

---

①实心子：方言，指人心地诚实，也叫实心眼儿。

②山汉：方言，即山里人，此称带有歧视色彩。

心呢？早跑到设备调剂会上。任务紧急：家中几座高炉炉温上不去，造成热效应不佳、结瘤休风和劣质低产的压力，风机、风量、风压、风温、热风、热风炉、上升管、烟雾的灰分，国产的风机、自造的风机、德产的高压罗茨风机、焦比、利用系数、首钢的先进指标等设备问题，涨得脑袋大了，这些他把这个机电部维修段总头领的脑海占满了。再加上一路上排队、跑票又晚点的焦躁心情——这一竿子愁事把他的脑海占了个严严实实，哪还有欣赏美景的精气神儿？坐在接站的汽车里，车过伯牙听琴的汉阳桥、高耸入云的黄鹤楼、繁华火热得像开了锅的汉正街、这个纪念碑那个纪念标志，还有沿途飘来的江城的花香和酒香，都没顾上看，也甭说闻了。美景佳肴都随着汽车的尾气一一掠过了，他恨不得一步扑到会上。

到了会上还是晚了，就都误了——该捞到的设备统统被捷足先登者捞走了，有价值的信息也没收集到多少，晚了，晚了！一切都误了，回到厂里如何交代？再捶打自己的脑壳也没用。

这时间——六神无主的时间，麻子突然想起一个人，眼前一亮。

肖爱民，对！就是所长肖爱民，那可是个大好人——兴许碰到大救星了！这个时间麻子老葛想不起站在哪儿——白茫茫的江面轮渡上，还是风驰电掣的哪一趟火车车厢里，要不就在电车上，想了大半天，终于被他想起来了，肖爱民——大救星！冶金部武汉研究所的所长，兴许有救了，不会无功而返的。

这会儿好了，像在无边的大海中航行，在湖面上泛舟，漂浮在岌岌可危的船板上，寻觅着寻觅着，是那样急迫地寻觅着，终于被他寻到个绿色的海岛，或一条可以攀登的山路，任何路都不在口外人的话下。终于寻到了一处安全地带，或是抓到一个散落在湖面上的救生圈。即使是一块木板也好嘛，这样漂浮起来撑起身子就踏实多了。麻子这次来江南跑设备正是这样，颓丧惝恍之际，突然想起了这个热心的肖爱民。老肖可跟沉钢有缘，他原来是武钢的，工作单位就在武汉。他挂电话沟通后，乐了，又和刘兴、张风发有了同感共识，这不也是一块护航的木板嘛。山重水复疑无路，柳暗花明又一村呀！

心情好下来的葛存义默默地走到一处大窗子前，这才猛然记起，自己置身的位置，就在江面上，不是坐船到了江面上，而是仍然置身于一个招待所里，在一面窗子前。

他探身看去，这座楼的下方就是长江，再看那长江，水天一色，苍苍茫茫，一江东流水浩浩荡荡。近怕鬼远怕水嘛，山沟子里长大的这麻子从未见过如此多的水，不由得后退了一步，兴奋之余有点怕了，生怕一步踩不牢，掉到水里。点缀在江岸上高高低低的建筑物似镶嵌在这江水玉带上的点点宝石，探着头，闪着光亮，依江水漂游浮荡，使得长江像一条金鳞巨蟒，翻滚着，呼啸着，奔腾东下。啊！那景色，那浩荡的气势，太美了，祖国太伟大了！跳出口外的一亩三分地，来到这浩瀚的大江大湖，敞亮极了，麻子的心要飞了。

江面上不时传来汽笛声响，那不是汽车喇叭，是江面上过往船只的汽笛嘶鸣。身旁的会务人员指点说："那是江汉关大楼，有快一百多年的历史了，是武汉三镇沧桑巨变的见证。看到了吗？黄鹤楼——绿树林子托出的那个尖儿，是黄鹤楼顶尖的高层，高入云端，力锁龟蛇，虎视三镇，号称天下第一楼哟！"经当地人这一介绍，麻子的心似乎飞向这座名楼了。尽管这位没读过几本书，原本把人家说的"黄鹤"当成"黄河"的口外汉，真是个山药蛋，可山药蛋怎么了，不是也明白了吗？听不懂这类江南名胜玄尔又玄的介绍，但早已受到感染，心驰神往，恨不得身生双翅，飞出招待所，逛逛这百里江城，大饱眼福。

"这位同志，人家江南就是比咱塞外好吧！"正当麻子老葛陶醉在窗外的美景中时，不承想身后传来一个熟悉的声音。说话听话音，他这才辨清是位老乡，也是个山药蛋。麻子这才看清方才跟这位同志打过招呼，只是当时都忙着，没坐下说几句话，觉得实在不好意思，急忙拉起对方的手以示歉意。又埋怨起自己，刚才答应通罢电话跟人家认识认识的，咋把这茬口忘了？于是接话茬儿致歉道："就是比咱那儿好，光顾看景了，忘记你老弟了。"

"没关系，没关系，我也一样，快坐下聊几句。"那人扶住老葛，老葛又急忙逮住对方的另一只手握着，一起坐在两把竹椅上。俩人不约而同地急忙掏烟，人家年轻手快不光掏出了烟递过来，还擦着了火柴捧到面前。麻子来不及再客套了，只好顺势接过火点燃了烟，递回对方，猛吸了一口，香甜可口，赞美道："你老弟行呀，能抽上这么好的烟。"又猛吸了一口，咂咂嘴，美滋滋的，心想幸亏刚才没露出烟，不然多寒碜——人家抽的是精装的大前门，自己带的还是白盒大境门。别看都是"门"，成色可不一样，价钱也差远了。前门烟一支的钱可以买一盒大境门，况且眼下买不到。

这老乡连忙解释道："不，不，咱个小连职干部哪里抽得起这高档烟，况且弄不到，是一个熟人——这里部队的老首长给的，人家特供也有限制，说平时抽黄山。"异地碰到老乡可是莫大幸事，俩人都是中年人，口音习俗又都带出浓厚的山药蛋味，一听说话才分外亲热，刚见面就热乎到一起，老乡见老乡两眼泪汪汪。

"老乡，你，沉沙的？"老葛问。

“不，不，老家沉池古子房，单位涿郡地区矿山机械厂。”

“好哇好哇，这就更是老乡了，我是大西沟的，东万口还有个家，在古子房矿上干过，现在工作单位是沉沙钢厂。”

“你也在古子房矿上干过？我家就在古子房后街，一个本家弟弟在矿上，我常去玩，所以矿上也熟，咋没见过？”

“我在古子房矿那是二十年以前的事了，出来工作后很少去，你如何认的。”

“噢！是后来我参军的缘故，当了十三年兵，平日回去，探家也待不了几天，兴许你早走了。”说到这儿那人似猛然记起，随口又道，“你是沉钢的，我哥就在你那里，炼铁的。”

“叫个甚？”

“侯廉。”那人补充道，“你们炼铁分厂的书记。”

“亲哥？”

“当然是亲的了——一母同胞。我叫侯洁，那是我大哥，比我大八岁，二哥在家里种地，三哥另出去在后城给人家倒插门。”他说道这儿反问道，“不像吗？”

“像，像，像。我说怎么一见面这么面熟呢，真像侯廉，你哥好人，可是个厚道老爹①，熟透了，见天和我一起滚。”说到这里葛存义才做了自我介绍，不光介绍了籍贯出身，还说到如何过继给三大爷，在东万口也安了一个家，还有当年在古子房矿冶厂都干过甚工作。他不光说了现在的行政职务，还讲到因为自己是工人工程师又是民兵师的副参谋长，才被派来江南抓设备的。

麻子对自个的介绍足足有二十分钟，唯独没有介绍两点：一是他在矿上如何造反，造到县里后来又造到了口上的地直机关，阴差阳错，才被留到地区的；二是来这里跑甚设备他没讲，留了个心眼儿，生怕说漏了嘴，又被别人抢了先。

他不知道正是有了这番自我介绍，有人给引荐，才有了后文葛存义先被调到涿郡地区矿机厂当副厂长，不长时间又糊里糊涂地到了小三线，再后来到了大三线，去了一个什么攀西大峡谷，带着妻儿老小，转了半辈子，转了半个中国。

麻子哪里知道眼前转业到地方上的这侯洁，在当时讲也属于那种像隔着层纱幕的神秘人物，好像上面通天，军地都熟，在这武汉地面上也熟，人看起来很直爽，仍保有口外人的那种豪气，但说到有些事情上又躲躲闪闪，说到半截儿又噎回去。毕竟人家是部队下来的嘛，有纪律和职业习惯嘛，麻子也不便多问。

①厚道老爹：方言，赞誉诚实厚道的中老年男子。

汽笛又响了，连响数声，越来越近，震耳欲聋，好像什么巨大怕人的怪兽到了窗下，撕心裂肺，惹得俩人疾步走到窗前看，原来是一条巨型货轮从窗子下水面上通过，货轮大得好像栋大楼缓缓地移动，又像几座小山在动，体积比篮球场还大，船上装载的物资码放得整整齐齐，垒起来像很多座山，群山，用苫布遮盖着。麻子老哥被这壮观的场景惊呆了，侯洁悄声告知，上游正建葛洲坝，这可能就是水电站建设物资，大型水轮机什么的，有的是国外进口的。

“葛同志，我去趟卫生间，顺便找张地图，去去就来。”侯洁点了点老葛的后背这样说，葛存义转过身子点点头，又轻轻抓了下对方的胳膊以示应允。

其实这麻子很着急，他着急问清去肖爱民单位的行车路线，原本打算和侯洁说几句话就走快去办正事儿，不承想一认老乡几乎把正事儿耽搁了，嘿嘿，真是老乡见老乡两眼泪汪汪，聊起来没完没了。不过也好，不是提到找地图嘛，看看地图就好办了。

甚个叫卫生间他老葛听不懂，也琢磨不出啥意思，再加上末尾说的“去去就来”，觉得这话熟着哩，猛然想起“去去”这个叠词是安置在厂里的天津知青常撇儿的腔调，从此也觉得在外边混了多年的侯洁也侉[①]了，也弄出个不伦不类的洋腔洋调。后来才知道卫生间指厕所，是从洋人那里引进的，觉得自己确实老土了。唉！甚个“卫生间”害得自己要当成厨房、澡堂子，说个茅房、厕所多好。他在这里等老侯，如果等的时间太长就不等了。不过刚才侯洁提到的地图俩字倒让他极感兴趣，难道在这武汉江城能弄到当地地图吗？太好了。

这侯洁神通广大，十分钟后回来了，不光弄回张地图，手里还捉着两张戏票，见面后兴致勃勃地喊道：“葛同志，你真有眼福，我弄了两张戏票，就在旁边的大剧院，今晚的戏有名角，陈伯华，湖北第一青衣哟。”

麻子也跟着激动起来，二十年没看戏了，这次来江南真有眼福。他记得起来的看过的最后一场戏是口上地区京剧团的《八一风暴》，记得起戏里的主人公叫方代来，随口又追问道：“谁主演？戏叫啥名字？”

“是汉剧，陈伯华的《汉明妃》！”接着侯洁说这陈伯华在汉剧中就是京剧中的梅兰芳，汉剧的金牌演员，“文革”前给中央首长演过，这部戏还拍成过戏剧片，讲爱国的。说这陈伯华被打倒十年了，这是“文革”平反后的首场演出。

对于京剧、汉剧、陈伯华，还有《汉明妃》这一类词儿，葛存义一律不感兴趣，也一概不懂，头脑里最高档的戏是晋剧，其次就是当地“一腔山药蛋味”的二人台了。他认为《汉明妃》这类玩意儿哪有好东西，不都是封资修嘛。不过既

①侉：方言，河北一带形容人说话变味儿。

然老乡侯洁这么热情，总不能一见面就泼人家冷水吧。麻子也会做人——作秀，伸手摸出二十元人民币（那时的二十元抵常人半个月的工资）硬往老乡的衣袋里塞着道：“老乡给买着票就蛮够意思了，哪好意思再让老乡破费呢！”侯洁急忙把钱塞回老葛的手里，也直爽地说出根底：原来他当兵时在这武汉军区待了多年，“文革”后期参加军宣队到这片的文教系统支左，这宾馆和大剧院是一家，他在这里住过无数次了，跟剧院的票务，还有这宾馆的前台后厅头头脑脑们熟得不行，这票是送的，分文未花。他还有事急着去做，说话间，他把自己住的房号、楼层电话，还有家里（即涿郡矿机厂）电话都写给了葛存义，还展开弄到的地图指给麻子去找肖爱民的乘车路线，并把图扔给麻子，就急急忙忙办别的事情去了。麻子也只好作罢。

江面上的雾气散了，整个江面的雄姿秀景尽收眼底，这时才看清，江汉关顶楼有一座四面钟，钟盘上的表针指到下午五点了，看了看天色，想到机关通常的办公时间，意识到刚才的时间都耽搁到打电话和认识老乡上了，误了，误了，误正事了。人家肖所长到了要下班的时间，况且钢铁研究所在东郊的青山区，坐公交车还不得个把钟头，赶了去也误了，又只好作罢。

闲下来的葛存义倒觉得两手空空无所事事离吃饭的时间又远，地面不熟不敢走远，两只手无着无落了，闲下来想起家中一朵花似的爱妻和娇儿。这娘儿们回蔚州时说是在盘山道上闪了腰，骑不了车子，去四号泵房上班还得接送，自己不在这就难了。又有半个月没好好在家了，唉！官身不自由呀，一个公家的人没日没夜地干，不说卖给钢厂了也差不多少。不知彩凤腰好些了没，自己不在家时又上班又带孩子苦了她，嘿嘿！反转一想，自己在家那些活儿不也是人家一个人干的嘛。好在人家有个弟弟在身边，打里照外帮了不少忙，还算让人放心些。最想的还是俩宝贝儿子，俩家伙一个比一个捣蛋，爬树，走墙头，下沟里抓鱼，也着实让人放心不下，妻子彩凤能管得住管不住呢？虽然俩家伙没在身边，但像一直陪伴着自己似的，左边一个坠着，右边一个让背着，闹煞了，烦煞了，又吵煞了。彩凤脾气倔，但毕竟是个心善手软的婆娘嘛。这会儿静下心来，反倒觉得不自在，让人牵肠挂肚。江南水乡土脉好，美女如云，婀娜多姿，闲暇起来的葛存义又联想起和几个女人的风流韵事。

平时看起来事理人情不通，不知咋的这麻子老葛也婆婆妈妈起来，还想起干爹家的妹子小萍，还有她的俩儿子“舅舅、舅舅”地叫着，小嘴可甜了。小萍死了丈夫守了寡，这会儿又死了老爹，命太苦了，这么大的家产当然舍不得再嫁了。最累赘的还是那俩崽，出一家进一家不容易，守着吧，守着俩孩子过吧，儿子们大了就好了。当然他又想到和小萍妹临别前那个夜晚在为干爹守丧期间不应该干的那种事，恶心人，但人又要走了，还不知又要分开多少日子，没有机会在一起了，一时没控制不住自己。

当然也又想到了口上那个浪荡小雯。家花不如野花香嘛，想到这儿，心里不是滋味。他可不敢再去招惹她，彩凤可不同于萍妹，能体谅自己，干起那种事半路上掉了链子可不是玩的。想来想去还是老老实实守着自己的媳妇彩凤过好。这麻子地道不地道很难评说，甚也要计较得失。仨女人间，媳妇彩凤花了一万块，还疙疙瘩瘩一辈子纠结；小雯那里也使了钱，买衣服买首饰不也是钱嘛；只有妹子小萍那里白给，白拾白捡的，那才叫心肝宝贝儿，愿打愿挨。麻子这人，不咋的，咋会这么想。

晚饭仍在宾馆餐厅吃的，两碟江南拌凉菜、八两米线，还没吃饱，心里原本想要个武昌鱼陪侯洁喝点酒的，等来等去也没等上侯洁，不要也罢，省几个是几个的，只好一个人先吃了。他是吃炸糕的主儿，米线这稻米做的玩意儿又难吃又不禁吃，放在嘴里没等嚼就化了，甭说八两，一斤也吃不饱。好的地方是在这儿不收粮票。

葛存义在剧场找到侯洁，这老侯连连致歉说下午自己蹭了一段部队的汽车去了南郊的紫坊，看了一下他当兵的侄子，侄子是谁？就是炼铁的老侯廉的儿子嘛——就是前文提到的跟秦昌、刘兴一起到武钢参观没一起回沉沙的那个老蔫儿。他儿子也当了十年兵，这会儿已经是副连长了。听了这话，麻子又是一番惆怅，他比老侯廉只小五岁，人家的儿子都当副连长了，而自己俩崽才八九岁，都是这脸麻子作的孽。

葛存义和侯洁俩老乡看戏时又说了不少话，原来这侯洁是全国全军知名的军械专家吴运铎部下的一个兵，试制新武器时因为点事儿算泄密受到了处分，才被开回地方回乡的。又说了这么些话，起码让麻子得到三方面的信息，心里实在开阔了许多：一，涿郡矿机也招管理人才，像葛存义这样的到那里必委以重任，带家口还给安排房子，给各种优惠待遇。二，武汉还不算开放前沿，未曾想到人家这里比自己待的地方先进了这么多，这地儿多好多富。这里紧靠粮食富足的江西省，不少吃食和紧缺物资不要票证了。估计到那个地方会更好，若能调到那个地方工作，老婆孩子的吃饭问题就不难解决了。在这里他还几次听到“大三线”“小三线”建设这类名词，好像到了大西南的“三线”建设基地实行军事化编制，粮食供应和其他生活用品又恢复了供给制，职工本人和家人的生活问题国家都包了，那就更不发愁了。三，听到了这里的很多名人，当年自己带领造反队伍吵闹着非要打倒的陈再道就在这里，据说他在当地的口碑还不错。歌剧《洪湖赤卫队》中的王玉珍、电影《钗头凤》中的女主演王馥荔都是这武汉的。来到这江南看看真开阔了眼界，收益多多，若光窝在沉沙、沉池那一疙瘩，知道的事儿太少了，也太土了。笑话，不知道卫生间就是厕所，只见过大雁、燕子和麻雀，不光没听过鹤这类飞禽，更把黄鹤楼当成黄河边上的大楼了。

这天夜里，听着江边的涛声和江轮上的阵阵笛鸣，麻子老葛失眠了，想了好多。

不知得罪了哪路神仙，麻子这次出来扫帚顶门子尽杈。实在不顺，起了个大早，倒了两次车，还步行了三里地，错了，错了，一绕又加八里地，第二天折腾了近仨钟头（差一点儿人家就午休了）才赶到武汉东郊那栋十三层大楼的冶金研究所。他傻了眼，门碰住了，一问，那位肖大所长去北京冶金部了。问几时回，说在部里研究项目，起码也得一个礼拜。接待他的是所长助理，这人还真不错，一听到老葛这样辛苦，中间还有刘兴、张风发这亲密的关系，又是跨越数千里前来求援的，马上挂了长途，从北京的会上找到肖爱民，又让老葛和肖所长直接说话。老葛是带着哭韵告艰难的，肖所长也热情，问明情况后让老葛先把电话放下，他在北京给打打电话试试，老葛就在原地等他打回电话。

人家这位肖所长重情义，也真是位热心人，在北京立马给各方打了三个电话，一个电话打给在武钢搞设备工作的儿子，让儿子帮忙想想办法，说来道去儿子那里没招；第二个电话联系了沈阳一个设备厂，也回绝了；第三个电话打给河南的舞阳——那里也有钢厂，说可以商量，说最好让沉钢的人亲自去一趟，去了再说，还说得用钢材换。四十分钟后，肖爱民果然打回了电话说明情况。麻子老葛一听，六神无主了，想去舞阳钢厂看看，又不敢擅作主张，就借着这点儿关系在冶金所给刘厂长挂了个电话。刘兴指示说，舞阳可以去——去看看情况，看看是真是假，拉回来能不能用——但是这会儿不要去，这条线儿莫断，别辞人家，留个后路。先去唐钢——唐钢不是有一笔生铁换设备的生意嘛。原先这是本厂设备处办的，现在让他接办了。让他赶快去，立马去，莫把唐钢的事也误了。

事情登时有了转机，刘兴的指头一弹，这球活了，凭空埋了一个“炮”，让人眉开眼笑。

麻子得到了“圣旨”般的指示，身体轻松了许多但又挑了重担，并且心急如火，马上通电话找到侯洁求他帮忙抓张返程（去唐山）的火车票，不到半个小时神通广大的侯洁果然给抓到票了，离上车的时间还有仨钟头，说好在进站口见面，是快车，是站票，站票就站票，这可碰到了神仙，这可帮了大忙，这样就让麻子感激得涕泪涌动要磕头了。

辞别冶金所时，那位副所长礼让道：来不及看看武钢号称技术顶端的“一米七轧机”了，还有点时间，找车送你一下看看黄鹤楼吧，尽尽地主之谊，顺便出去吃点饭。麻子再三恭维推辞，人家又说不麻烦是顺道。麻子思忖了一下应道，站到楼的附近望一眼即可，不去登楼了，他还得早点到车站取票。副所长道了句可以，就去找车。急事急办，一两个钟头把事儿都办了，果然老葛半路急急忙忙下了送站的轿车在蛇山下的黄兴路一侧极目眺望了一眼黄鹤楼胜景，到武昌起义纪念馆草草转了俩展厅，在小馆子里吃了点便饭，上了轿车急急忙忙往火车站赶，这才千恩万谢地把送站的师傅打发回去。这时离开车时间只有三十五分钟了。找到侯洁拿到票后简单说了几句话，又急急忙忙进站上车了。

长笛一响，动了感情的葛存义隔窗和站台上的侯洁招手。俩老乡——两条异地相逢的中年汉子眼睛都湿润了。直到列车开动，麻子的耳边还似响起自称古子房老乡侯洁的嘱托：“到涿郡矿机厂来吧，涿郡人好，总比光围着高炉转好，安全又气顺。”

火车一响，黄金万两，火车拉了长笛又一声长笛，长笛一开一合的工夫，仨钟头过了，郑州到了。

这一天夜里零点以后，老葛早下了北去的火车赶到郑州车站候车大厅里准备倒车。

这里，又憋闷，又燥热，蚊虫又多，他在这儿萎鼓[①]个把钟头吧。人要闲下来就爱想事儿，他把两天遇到的是是非非过了一遍电影，这电影又是在迷迷糊糊中过的。北方人质朴，节俭，不像南方人那样，麻子更节俭，一般人等车前是舍不得住小店的。不光回单位不好报销，也没这个习惯。火车是兰州开往沈阳的，凌晨五点二十分才到，这段时间——这四五个钟头的空当，紧吧日子过惯了的人（这里说的是一批人）当然要在大厅里苦熬了。饿了咬几口凉馍，下午急着赶车，那大碗米线也不耐饥。

与天斗其乐无穷，与地斗其乐无穷，熬能把人熬死吗？天已经到后半夜了，前半夜燥热得很，这会儿倒有点儿凉了，就是睡也无法睡个囫囵觉。他把铺着的棉大衣裹回到身上，无所事事地坐了一会儿，又漫无目的地直起身子披着大衣在椅子间的空当踱了两圈，这会儿他倒想到大厅外望望星空了。

①萎鼓：方言，多指小睡。没有被褥，蜷缩着睡觉。

他刚走了两步想起了行李，想到了占有的座位，马上从提包里摸出了一条像绳子一类的东西，是拴在一起的俩线绳网兜，网兜铺平拴在一起伸展开足有三尺长，铺在大椅子上这座位几乎被占满了，又在网兜的一头摆上一顶军帽，这就算把座位占下了。让那顶军帽给自己值勤放哨吧，那时节这法很灵，凡是沾“军”字的东西人们不敢动。他提着提包，这包贵重着哩，可不能离身。

大厅外是个空旷的大广场，夜阑人静，地暗星稀，显得无比的空旷。一队人马大包袱小包袱地在那儿排着长队，走近才看清，这队人马多数是中青年女劳力，说是几个县联合搞的劳务输出，是去新疆摘棉花的，集体等待坐火车西去。人咋惯咋长，躺在床上难入睡，躺在大椅子上睡不着，看这伙子女劳力，坐在包袱上打瞌睡，因为困极了，也是谋生嘛，可怜。

通向站外马路的道路和路灯也昏暗得看不清晰，稀稀拉拉的，网格状的几串小泡子照明灯，延伸到远方。广场上倒是刮着一阵阵乍暖还寒的小风，仰头看天，仍然是满天星斗，银河两岸最亮的是牛郎织女二星，正北方是北斗七星，农村长大又一直在城乡边缘生活的葛存义认识这些星斗。霎时间，他又把天际银河间的星斗看成人间的厂区了，自己仍置身于厂区中，北面薄云飘逸的地方像熔炼高炉和钢炉顶上的烟气；东南靠近银河的那疙瘩时隐时现的星河不正是焦炉嘛。听老人讲，人间有多少人，天上就有多少星的。又说人一生下，老天就在天上给你布上一颗星，细细观察总能对得上号的。哪里是大儿子和小小子两颗星，哪里是彩凤那颗星？会是这样吗？麻子怅惘着。

无所事事的麻子仰望着天空傻想起来，对于星河、宇宙也是，又信又不信，说不信有些现象解释不了，说信，也信得不那么硬气，有时候听听说说觉得好玩儿而已。现实社会都是这样，公说公有理，婆说婆有理。

车真的来了，是小汽车，不是要坐的大火车。伴随着“沙沙”的擦地摩擦声和“嘀嘀”的喇叭声响，一辆草绿色的军车幽灵般地停在葛存义身后，着实让麻子吓了一跳。他回转身来瞅过去，从车上跳下俩人，一高一矮，风风火火地朝进站口扑过去。麻子的眼尖——那是小时候蹲坑逮狐狸的眼——觉得头前走的高个子有点儿眼熟，下意识地嘀咕，难道是他——他前天刚认识的一个人，急忙尾随跟了过去。眼看就要到进站口了，这里的灯光出奇的亮堂，葛存义从后身看那个人也像是一位退役的部队干部，打扮精干朴素，步履轻盈，突然停下来和同来的小个子司机握手告别。

“同志——”疾步赶过来的老葛冒失地喊了一声，这一声呼喊把这位同志和检票员吓了一跳，这是半夜三更冷清寂静的时刻嘛，看让这麻子一惊一乍地闹的，凭空险些生出变故。谁能想象到那人真的被喊应，猛地住脚转过身来寻觅，倒把麻子吓了一跳。

“对不起，对不起！我认错人了！”麻子老葛本能地后退几步，这样说着摆着手示意那人赶快进站。那人也没多做计较扬手示意疾步上了站台。“呜”的一声，一列客车进站了，稳稳地停在麻子的视线所到之处，他多么羡慕那人，人家是踩着点儿来的，没有睡大长椅子，没有被蚊蝇叮咬，更没有急得如热锅上的蚂蚁那般，火车又呜地“飞”走了。

麻子和险些错认的那个人打了个照面，看清真的是认错人了。自己潜意识里的那个人是个官，是个老头子，是个一脸皱纹的人。人家这人虽也像个先生，可是个小伙，起码也是个中年人，只是走路步态过于老成了。那年代也不能光怨麻子老葛没眼力，不论年岁、性别、职业，人们不都是那样绿工装、绿工帽、绿水壶，一个模儿样吗？

葛存义潜意识里要找的那个人是肖爱民的一个亲戚，听话头好像肖所长得管他叫叔，俩人可能是本家。他是位老人，老军人，像位老军事干部。人是老人，但豪迈潇洒、风度翩翩，给人一种神秘感，举止似位神仙，性格豪爽，作风雷厉风行，谈锋犀利得像一门小钢炮，特别是谈的那条信息，给麻子留下了极为深刻的印象。谁能想象，认识了那位老同志，可称是位伯乐吧，竟改变了麻子的后半生。那是在昨天——准确一点儿讲是在今儿个的白天，他认识的那位老肖同志好像在身旁走过来走过去，在他周围转。

那怎么可能呢？那是武汉，这里是郑州。

两位并不相识的陌生人的相遇，得从头一天在肖所长办公室里等电话说起，那是肖所长办公室旁的另一间办公室——副所长办公室。

15

啊！江南！就是景色如画的江南哟！葛存义被这间清丽典雅的办公室惊呆了。他是跑了很远的路倒了几次车来找肖爱民的。

这风景如画的江南，实在美极了，工农业发展并驾齐驱，咋这么讲究，如此雅致。天上飞的，地下跑的，水中游的，田野上生长的，好像处处地地一派生机盎然。裘胖子跟刘厂长从武汉回来，张口闭口“二十里钢城”，这一会儿“二十里钢城”终于见到了，大呀，大极了，无边无沿儿。江边的这座“二十里钢城”，那可真称得上一座巨大的钢城，叫钢都也不为过，钢水似瀑布喷泻，烟气似云朵浮游，奔驰的钢水串车在脚下呼啸闪过。江南水多水绿，绿如画，风柔，柔似绸缎，柔风吹过，一片锦绣。钢城的办公区域也是这样美，一个单位就是一座繁花似锦的庭院，部属冶金科研所就坐落在这万花丛中。

冶研所副所长办公室是花丛中的一个节点，窗明几净，窗外的花影映入，也显出盎然生机。整间屋子摆设的家具以乌木为主，古朴而典雅。西墙上挂有一块电子表，这玩意儿格外新奇夺目，新奇的是不光能打点，还能唱歌报时，实在美妙。表的外表是一只怪禽，像是只窝着眼的猫头鹰。鹰体取斜俯姿态，背景是一株粗大的树干，还有细枝嫩叶。表壳下缘垂着两撮红穗儿，远远望去恰是牢牢抓住树干的两只鹰爪，鹰体茁壮而肥大，占去了表的大部分，看上去有点喧宾夺主了。细看家什，竹木为主，质地细密，非常考究，像到了茶社。他联想到北方企业一线的办公处所寒碜透了，自己的办公室简直像个猪窝。

表的整体外壳都由鹰的羽翼覆盖，嫩绿的树木，银灰色的雄鹰，打点时细润悠扬的乐曲，给这处办公场所增添了不少融融的气氛。

其实这不是高档的会客室，也是两间较宽阔的普通办公室，兼做接待室用的。屋子里除了摆放着两张对在一起的办公桌和两张竹质小靠背椅，还多了一套接待客人的茶几和两条长凳，还有一个衣架，一套钢精盆架和洗脸用具，一架竹编藤椅。再就是显眼的那盆高架盆组花草了，一盆下垂着的常春藤，一盆挺拔的剑兰，一盆桂花，一盆茉莉。甭看就这么几盆花，给以图和书籍为主角的研究领地增添了活力。藤椅背后东面墙上是一张全国地图，下角贴的是湖北省地图和武汉市市区图。西面是面较宽的墙，墙上临时挂有几张工程图纸，一张图板斜椅在墙上，桌子上堆着书籍和图纸之类的东西。

长年和图纸、工具打交道的葛存义就是坐在窗前这张小靠背藤倚上等电话的。主人不在，恰巧这时他一个人守在屋里，放眼一周，看得出这间屋子的主人是位工程技术人员，是个热爱生活、雅性十足的人。估计只有正所长才能打长途电话，副所长和所长助理是打开隔壁的所长办公室的门给肖爱民往北京打电话的。和老肖通话后约有十分钟了，葛存义正在焦躁地等回电话，摆弄着面前摊着的一张《楚天都市报》。墙上的电子表打点报时了，一组乐曲过后，麻子瞟了一眼，表针正指在九点三十上。刚才进来闲聊时，他问过这里的同志，这表是出国考察时从德国捎回来的。找所长肖爱民的人还真不少，见没人应声，多数人敲敲门子走了。

“咚咚咚！”“咚咚咚！”隔壁传来轻轻的敲门声，这次敲得很响。

又一阵轻轻的敲门声，那又是敲肖所长的门的——刚才他葛存义也这样敲过。别的屋子的人没有人理会。只争朝夕、与时俱进的年代都在忙嘛。

老葛走出屋子，探身道："莫敲了，肖所长不在，他这里的人一会儿就来，不着急的话进屋里坐会儿吧。"葛存义知道出门办事求人之苦，搭讪着。

那人跟了进来，看来人家对这里很熟，举止行动很随便。来人也是条粗声大嗓的汉子，五十开外，浓眉大眼，一身褪了色的军装，帽子抓在手里扇着风，想必也是急急忙忙赶来的。他进得屋来，环视了一周，十分焦躁，横了眼那架电子表。

"问一下，你们的肖爱民几时回来？"那人气呼呼地问，像跟人吵架，说话时夹带着唾沫星子。

"说不清，说出差了，我也是在等他。"

"这位同志你不是冶研所的？"听了这话那人的语气缓和下来，又这样问。

"不是，北方过来的。"麻子低声拘谨地答。

"北方哪儿？"

"口外的。"麻子又答。

"好地方。"

"咋说好地方？"麻子反问，心想再好也好不过你们江南吧。

"遍地牛羊，山药莜面大皮袄。"老同志又补了一句，"人也实在。"

"老同志到过北方？听口音好像是……"

"好像什么，就是嘛，河北老区平山的。咱算地道的北方人吧，我是爱民本家的叔，南下留下来的干部，论起来兴许还算老乡吧！"

"算得上，算得上。我是口外沉池的，知道坝上有个平定堡吗？平定堡南边就是我们县，算坝下，穷山沟！这会儿沉池、平山都算河北一个省了，道地的河北老乡。"麻子说到这里有点儿激动，急忙直起身子扑到老同志跟前握着手，又狠劲儿地握了握，并迅速地掏出烟来递上一支。

老同志也不客气，接住了，表现得极激动也极随便。这次是他主动掏出火柴凑近老葛点燃烟，也给自己点上，随即又撇了几句家乡土话，以示亲热，并让对方辨别真伪，接着相当自豪地说下去："口外咱老肖不陌生，那是我的第二故乡、成长战斗过的地方……"

听到老同志这样介绍，葛存义不由得一怔，难道他是要找的肖爱民的什么人吗？要么这么熟？原来人家老同志跟肖所长是一家子。肖爱民讲普通话，而这位老同志撇的南腔北调，乍一听说不清是哪的人了。

这老爷子是位直爽健谈的人，语速又很快，旁人插不上嘴，只好听下去。

“我先是抬担架支前的民兵，然后正式参加八路军，一直跟着部对转，属于总后部队，转战晋北察南，先和小日本打，后跟蒋介石在坝上坝下周旋。张家口战略大转移，解放浑源、兴和、宣化、张北的转移战都参加了，说起来咱，咱，不含糊。打得最激烈的是新保安歼灭战，打李大麻子……”老同志说到这里觉得走了嘴，怪不好意思地看了眼脸前也有麻子的葛存义，顿一顿猛吸了一口烟，才又说下去，“解放京津没咱的事，却参加了关住门子打狗解放太原，又打下了临汾、潼关、汉中，然后又跟着部队挺进大西南了，这会儿嘛……不说它了，不是还在革命嘛。”

“老同志，你可是国家的功臣。”葛存义毕恭毕敬地这样讲。

“不敢，不敢，可不敢认这‘功臣’俩字，比咱功大的人多得是，就算跟着革命走过来的吧。这都是一条汉子、一个中国人、一名共产党员应该做的，大家不都一样吗？”老同志客套了一通反客为主地问道，“也是办公[①]的吧？当过兵？”

“不，不是办公的，是做工的，没正式参过军，是预备役民兵军事干部。”葛存义不懂办公两个字的含义这样答着。甭看麻子文化不高，但阅历相当丰富，刚刚接触交谈了几句就看出这老汉不简单，可以肯定三点，一，这是个老革命，在晋北察南转战多年的老干部，不光会打仗，还懂军事器械；二，这老汉这会儿可能搞保密工作；三，这老汉在当地也比较熟，所以说话还真得注意。

“那，那，咱们是同行哩。”这是那位老汉。

“不，不，你是老革命，咱是老百姓。”

“甚个老百姓不老百姓，咱伟大领袖毛主席老人家建立了人民共和国，其中人民的含义不都是老百姓嘛。”

这位老同志极敏锐，一听葛存义是个民兵军事干部，带领民兵拉练时去过坝上和半坝的不少地方，又说到自己打游击抗击过日寇时也到过张北、宝昌、平定堡、万全狼窝沟一些地方，说到共同熟悉的地方，他们的感情更近了，并对前线的形势关心起来。

接下来，麻子不厌其烦地讲了他是民兵师的副参谋长，曾率军拉练直到河北与内蒙古交界处的平定堡，返程时经过张北二台左家营，从狼窝沟下坝，又沿着宣平堡、孔家庄、江家屯、侯家庙、上花园的大洋河一线回沉沙。麻子真忘记军事秘密这一说了，讲到最得意处唾沫四溅，像是刚经历了一场保卫战，自己成了带兵的大将。

---

①办公：京津冀一带对机关干部的称呼。

听了麻子老葛的革命行动描述，江南的这老同志甚受鼓舞，心情更加激荡，像回到了战火纷飞的岁月，像跟麻子老葛的队伍坝上坝下几次跨越长城参加了一次演练，也不时用激昂的语句讲起自己的经历来。

谁都没有想到一个弦外音改变了屋子里的气氛，一首清脆悦耳的音乐响过，像“喳喳、喳喳”的鸟叫声在耳边响起，鸟儿共啼叫了十声，是西墙上怪鸟外形的电子表报时了，表针恰恰指到十点上，接下来是一股香气从表盘下的一串弧形小孔里喷出，香气沁人心脾。

葛存义被这样的舶来品惊呆了，少见多怪的老葛不知道这洋玩意儿是如何造出来的，不光能让人听到鸟叫，还能嗅到花香，洋人真有闲情逸致，竟能造出这样好的日用品，自己的国家要不打仗多好，不打仗省下钱来不也能造出这样安适的生活物品吗？麻子说着转怒为喜，侃侃而谈，慷慨激昂。

“啊，是狼窝沟，狼窝沟!”麻子老葛发觉老同志用那样的目光瞪着他，马上意识到自己走了神儿了，连忙用下面的话补救，“狼窝沟边部队的工程老鼻子了，可能到处是暗堡，那才真叫铜墙铁壁。”

老同志没有再说什么，他也走神了，横了一眼又鸣叫又喷香的表，又把目光移到那儿盆花卉上，朝地面喷了一口烟，扭过头去对着窗户望着远方。不识趣味的老葛反倒打趣道：“这洋玩意儿真有意思，报时就差飞出来在这间屋子里翩翩起舞了。”

老同志说：“哼！有啥用？能当枪炮吗？”

“不探讨这么多问题了，老弟咱说点儿正事好吗？”

“不不不！可不敢跟你老爷子称兄道弟，论年岁我得叫您……您老高寿？”

“甚个高寿啊，五十有三了。”

“我老葛四十有三哩，比您老正好小十岁，甭看咱长得像老汉，又摊上咱这脸面，还没刮胡子，再加上四季离不了的棉大衣，让您见笑了。还是管您叫叔——我们口外叫伯伯吧。”葛存义绘声绘色一板一眼地说着，说得倒很恳切，也很动情。

“四海之内皆兄弟，还是称同志吧，喊叔我可受不了。”

“咋个就受不了？咱们还是老乡嘛，您老又在俺们那片儿战斗过，就喊肖叔吧。”

“我姓肖，肖爱民是我本家的一个侄子，所以来这里多一些。”

“是是，对着哩，我跟肖所长应该称兄弟。”

“您老是平山人，肖所长好像是鄂州人吧，咋二位成了叔侄呢？”麻子认起真来，刨起根儿。

“我们原籍都是平山，平山不是有个西柏坡吗？它和井冈山、延安一样，也是上圣地。我们村叫小焦，离西柏坡不远。爱民他爹——俺那个院里的哥出去得早，一直在鄂州钢厂工作，现下还当着副厂长。爱民跟着爹在鄂州长大，这小子倒把鄂州当成老家了。”这位平山小焦的老爷子一板一眼地讲着。

这时葛存义老盯着那个电子表，其实他不是盯表，是急着等肖所长回电话，心根本没在肖叔这老爷子说的话上。

“还没问同志你贵姓大名呢。”

“免贵姓葛，葛存义。”

“葛存义，这名字咋这么熟？噢！电影演员有个叫葛存壮的，把不准是你哥们儿？”

葛存义觉得老肖提出的问题很滑稽，又不便驳斥，心想哪儿跟哪儿。其实他麻子一时也想不起葛存壮演过啥，略作思考后猛然想起原来是《红旗谱》中的那个拄棍的老地主，真恶心人，于是打岔道：“老人家这是哪儿对哪儿，人家葛存壮是北京人，是地主老财，咱是沉池穷山沟子的山汉，看年岁，差着辈分哩。”

“开玩笑开玩笑！开些玩笑放松点儿嘛，莫怪。”老人家急忙打圆场。

葛存义又瞅了眼表，表针又向前跳了十八分钟，直接催促道：“刚才老人家不是想跟我说点正事吗？说吧。”

“说什么好呢？我看上你葛同志了。”肖老前辈说到这儿亮出了底牌，“我是来招兵买马的，西山里——我说的西山是大西南的大山区——正干着一项大工程，那工程的规模和投资不小于葛洲坝和三峡电站，那是钢铁，属于大三线大国防了。我见你葛副参谋长是这方面的行家里手，有没有考虑过进山到更需要你的地方奉献一生？”

肖老前辈这突如其来的一问，倒把麻子问怔了，像不相信自己的耳朵这屋子里又没有别的声音干扰，自己的听力又好，老汉的确是这样说的，于是本能地跟问了一句：“西山在哪儿？”

“大后防，云贵川，大峡谷里，你还没有确定去不去，你是副参谋长，懂得这个，还暂时不方便告诉你。”老汉严肃地说。

“让带家属吗？”

“要去，就都带上，那里山清水秀，啥都有——如学校、医院等，吃粮不限粮票，啥也能解决，仗打不到那儿，好地方。就是进去一般人得一扎几年，不能动窝……”

没等老汉把话说完，也没见老葛表态，门外闯进个人，是个年轻后生，肖所长的助理，一进门便招呼道："葛主任，葛主任！电话，你的电话——肖所长来的。"

没再理会肖老爷子说的那件事，葛存义心急火燎地走出屋子。

一刻钟后，葛存义回到这间屋子时，屋子里已空无一人。须臾，所长助理回到屋子，递给老葛一张字条，说老同志有事走了。老葛展开一看，很简单，没超过四十个字："我叫肖贵，大钢筹干部，刚才所言之事望慎思，有事可寄信西冶3号信箱。"

老葛犯了嘀咕，西冶在哪儿？大钢又在哪儿？

"开往沈阳的列车就要进站了，请站务员做好接车准备……"这声音不由得让沉思中的麻脸抖动了一下，他急忙朝候车室走过去，找他的网兜子。

他走着又向四周看了一眼，空寂的广场上人更少了，那一伙子去摘棉花的婆娘大军不见了，稀稀拉拉的小泡子照明灯照样在那儿眨眼睛，半里外大马路上的行人、车辆无几。东南风仍轻轻地刮着，天上仍是满天星斗，按照地面的建筑物目测只是右旋了几米，最亮的当然还是东北方向的北斗七星了，北斗七星下面兴许就是唐山——葛存义要去的地方。

"136次客车就要进站了，请旅客们赶快进站上车！"这是车站的站务第二次广播，葛存义再也不敢怅惘耽误，大步回到大厅里刚才的睡椅旁，抓起自己占座位的网兜和军帽疾步跑向进站口。

十分钟后，葛存义坐在车厢中空荡荡的位子上，他裹紧大衣想怎样也得睡一会儿，但阖住眼就是睡不着，怅惘之际，又想起老肖给自己的那张字条，那不是留言，像是那位老乡倔老汉站在前面训话：

"……所言之事慎思，有事可……"

"那里山清水秀，啥都有……好地方……得一扎几年，不能动窝……"特别是"吃粮不限粮票"这几个字特灼人眼目。

心驰神往，麻子的心神没去要去的唐山，早飞到那块陌生的深山大峡谷了，龙庆峡不就是大峡谷吗？仙境啊！蓦然，他觉得今天真碰到仙人了。难道菩萨显灵吗？他没去过别的山清水秀的峡谷，只去过离老家后城不远的龙庆峡。难道真的那么神奇吗？真那样儿的话可是仙境呀。

慢慢说吧，该挪窝儿的时候就挪挪，"树挪死，人挪活"嘛。麻子坐在那儿这样瞎想着，挪个新地方，彩凤和俩娃儿的口粮兴许解决了。可是，又突然想道："萍妹咋办？那妹妹能不要吗？人家这么大的家底儿肯定不跟自己去南面野人待的大山区，再说能以甚名义呢？带着媳妇没得说，若再带上个妹子——寡妇，在一口锅里抡马勺，这咋说？领导让吗？"

麻子老葛站在江畔看风景的时候，徘徊在郑州站等车的时候，沉沙南园玉米地后院起火了。玉米地埂上生有一株杏树，那杏子红了，果实累累，杏果大如鸡蛋，要出墙了。南园大地南端一角——沉钢傍河的水源地，四号水泵房，水泵工彩凤独自一个人在看泵。泵房前不着村后不着店，像漂浮在海面上的一叶孤舟。这女人听着机器声响，纳着鞋底儿，想着心事。这当儿是热六月，大湖旁宽阔的谷地到处滚火龙，尽管轰轰隆隆刚刚甩了阵大雨点子，转瞬间没了，那叫雷阵雨吗？仍然闷得很。那是老天在糊弄傻瓜蛋子，老天又要起脾气，捉弄着求雨的人玩。一片匆匆路过又匆匆离去的乌云过后，大雨点子真的到了，瓢泼大雨呀，可下了不到一刻钟，就离开这里冲进南山聚在人家那里下起来。南山嘛，远着哩，这一块儿只弄了个地皮湿，啥事也不顶。正是：

红杏出墙古时有，
胡编故事乱穿衣。
扯这一通为了啥，
彩凤"蒸发"打伏笔。

16

再说金雷文十五岁那年经历的一桩事，那时他还是个高中生。

喜鹊叫，好事到，应验了，是在金雷文身上应验的。他去口上坝上随好友去耍时，被天上掉下来的馅饼砸了头，不光在口上找到了吃住的地方，而且让莫义顺把他"改装"了一番，一时间也成了个随从级的"小秘书"，到矿上下井下现场了解情况，找到了一个"合法身份"。同时这是初涉世事的最初十天，是最初的行军演练，顶顶重要的是开了眼。

脱落得像只秃尾巴鸡，又像把倒置的干扫帚苗的大柳树，这会儿仍然支撑着一把大伞，稀稀拉拉的难看的大伞。雪还压着枝条，枝条上挂的雪花经日光照射变成串串闪光的银链、绒球。西沟口子是朝西南开着的，这会儿的日头恰巧从西南方向射过来，凑巧大柳树这树影被背面坡面上的大片松林盖住了，粗看就像深色的平绒台布上摆放着一颗明珠。眯眼细瞅，火树银花，光亮闪闪，却像银河里的一片靓丽的风景线，成了诱人的亮点。这是啥景色？不有点儿惨淡吗？不！中学生金雷文满眼闪着光。这是头一天的事。头一天，雪球还大。这大柳树嘛，只是做心情陪衬的。

这喜讯莫义顺头一天就告诉他了。“文娃子，快来！”好友莫义顺朝这里喊。“快来”俩字没喊全，他扭头追孩子去了，是个两三岁的男孩。雷文随声答应着心想，这莫大小搂草打兔子一捎带的，叫自己来商量事，还捎上个孩子看着。这只是个小插曲。

大年初四这一天的八点多，天色还灰蒙蒙的。村里不少人家的人还睡着觉哩，牛还眯在圈里，鸡窝子还没放，都在过年嘛，过年熬夜熬得闹腾得都累，半个村子还睡着，休兵歇马，万籁俱寂。金老三篱笆院一家五口（加上小狗黄黄六口）都踏着厚厚的积雪，爬上西南半坡的大公路。

大公路上雪统治了一切，除了雪看不到别的物件，半天没过一个人、一辆车。

这条国防战备公路，时断时续蜿蜿蜒蜒地从麻田岭飘下来，在这儿冲着村子的道口来了个急转弯，向西南朝着东杏河方向折过去。名义上公路通百业兴，可这条南山沟通四个集镇、七个公社的大动脉，这会儿哪有人哟。照养父讲，他们走得太早了，初四这个日子不好，初五不走动不串门子，若初六走就好了，那会儿车一多，路也露出道眼儿了。这老羊倌最终也不明白，这次主要是送养儿子金雷文，还有就是送雷文的好友莫义顺的。最终他也不知道为了个甚。莫村主任家的这大小子吃官面饭的，公家的饭吃起来不容易，哪能想干甚就干甚，当官的让你八点到，六点你就得从家里动身，这就叫组织纪律性。至于养儿子跟着掺和为啥，不清楚。

金雷文这次离家返校，仍然是兴高采烈蹦蹦跳跳离开篱笆院的，这次回来过年，满打满算只住了四天半加五夜，来也匆匆去也匆匆，不遗憾吗，不留恋吗？这有个甚留恋的，又不是赴汤蹈火，又不是走了不回来，像吃家常饭，有个甚遗憾的？

人们不是常讲站在家门口眼望天安门嘛，平时长辈、平辈还有家里人不是讲的是念出书来做大事挑重担报效祖国吗？啥叫大事？啥叫报效祖国？雾里看花，水中望月，看得见摸不着嘛。如今就能“摸”着大门了。这次去口上是义顺哥带自己去的，是为筹备地区级会议去准备会议材料的。国家的事是大事，给地区重工业局做的事也是大事吧。施展才华的机会到了，用武之地有了，所以这后生才高兴得如此手舞足蹈，甚至到了癫狂的地步，像大清早抓住小狗黄黄俩前爪舞蹈，逗得大姐咯咯笑。

踏雪来大公路上送雷文的人，除了养父金老三和小狗黄黄没抹泪，其他人都哭了。这次哭得最厉害的再不是情人兼保姆（文娃子是彩凤带大的）的二姐，而是养母三奶奶。养儿子在外地上了三年学，一个多月才回家一次，走时这养母三奶奶几乎每次都哭，都得“儿呀、宝儿呀、心肝儿”呀地擦眼抹泪哭起来，鼻涕一把泪一把地叙叨一番，折腾一两天，让人闹心。有外甥混崽从中作梗后的一年多好了些，但仍免不了对这个出外上学离家的儿子牵肠挂肚、百般思念。世上只有妈妈好的话让人说着了，娘疼娃兴许是一种天性。今儿个清晨，她又一次擦着泪跟儿子说道：“文娃子，二十五天寒假，这次你在家只住了五晚上，白天还不满五天，这叫娘咋受得了。你去做大事娘不拦，这关系到你的前程，可你应该早回来呀，五晚上太少了，你想想是吧？”

“娘，我知道了，这次放了假，去了我哥那里，为了挣几个花的，下次放假、公休直接回家好了，我保证。”雷文这样敷衍着养母，娘再不好也是娘，后生从小注意顺着娘说。他生父振川常教导他说：“孝顺孝顺，首先得顺着老人，不戗着老人，才能达到孝。”其实自己的娘——雷文不记事时生母就死了，从小把三奶奶当成亲娘并且从未变过——从未嫌自己在家中住得多过，这次放了二十五天假，只在家待了五天，娘不干，多少算多呢？若二十五天都在家里住，走时不也照样叙叙叨叨哭哭啼啼吗？再说……雷文暗暗埋怨起娘：“这次放了假没马上回来，怨谁？我走时你那个样子，怕一回来不把我吃了？”

三奶奶更加动情了，她抓住养儿子的肩停住步说：“宝儿（她心里这样想的，嘴上也自然这样说），你记牢，娘眼不好，莫再让娘想儿哭瞎眼好吗？”说着眼泪又止不住往下淌。

“娘，放心！儿记住了，记住了！”雷文也动了情，哽哽咽咽地这样说，说着抓了娘的背一下，娘儿俩又近乎拥抱了。他不自然地瞄了眼身旁也在流泪的二姐，还有大姐，想，真烦人，你们这是干个甚？我去办大事，又不是去死。他胸口像塞了一团乱麻，鼻腔里堵塞得喘不出气，急忙扭过头去，强忍着把眼眶子中的泪珠儿憋回去。

雷文这次走，三奶奶哭得像个李三娘[①]，又像唱河北梆子《三上轿》中的名角韩俊卿，三奶奶铁五妞为啥这次这么撕肝裂肺动了情？她好像有一种不祥的预感：像再也见不到儿子了。她想起了混崽走前说的一些话，不由得心里打战，心虚起来。这个生死离别的情景，让路人看起来为之担心，本来是一个好好的家

①李三娘：戏剧人物，整出戏中女主角一直在哭泣。

庭，好像就要四分五裂了。

九点半左右，一辆摇摇摆摆的大货车从南山滑下来，重局那位科长给找的又是林场的车。人家老莫家送义顺的只有弟弟二小，来去匆匆，平平常常，没有谁擦泪。临开车前，莫家二小义平递给哥一个篮子，是他们的娘做了一堆黄米糕让带给科长家尝鲜的。

老天好像与人故意作对，不光刮着尖利的风，还有零星的雪花飘落，天气预报不及时也不准，谁会想到路上的天儿如何，道儿上又如何，三奶奶又一次给文娃子掖了掖衣襟，替他立起了大衣领子，还摸了摸儿子的额头，紧紧拉住儿子的手，等汽车停稳后，才放他上车。金老三急忙走上去，塞给师傅一瓶本地产的老烧酒作为酬劳，师傅说了半个“谢”字，抬手接了过去，见上车送站的一家人黏黏糊糊擦眼抹泪的样子，师傅有点儿不耐烦，鸣了两声喇叭又喊了句“坐好”就起步了。大货车像一头挣扎在雪海中的老牛，“嘀嘀、嘟嘟”地朝前面一道雪沟驶过去，那低矮悲凉像哽咽的笛声，像负重踩在泥沼地里的老牛发出的委屈的嘶鸣。这样的天气，吃公家饭的司机何尝不是这样的心理呢？师傅起步前，横了一眼送行的这两家子，兴许心里骂道：说是为公提前上班要的车，鬼才知道，高个子像个学生，上哪门子班？

雪域山区道路上行驶着的大货车，从起始的林场到口上市区长途跋涉六百公里，尽管装上了防滑链，但仍困难重重，步步如踩雷区，攀过一道雪山又面对一座雪岭，还得再过无数道雪沟，终于在当天夜里的一点钟到达了目的地——地区重工业局招待所。路上这大车司机犯嘀咕，两年没跑这条路了，幸亏林场领导想得周到，如果派的是小车那就更麻烦了，当天能到不能到还说不定。莫义顺所在科的老科长想得极周到，不光给订好了房间，烧好了炕，还留了温在炉灶上的热菜、热馍和热粥。风尘仆仆的小职员莫义顺、中学生金雷文和驾驶大货车的两位师傅，成了胜利归来的战士，又是即将投入战斗的生力军，荣幸极了。七年前，这文娃子为了寻找被揪斗的父亲造了反第一次到口上，睡的是第一中学的大礼堂台面子上的谷草，睡在二姐的怀里。而这次不同了，他以会议筹备组成员的身份睡在有被褥有暖炕的小单间，让做着仕途梦初涉官界的小后生感到了无比荣幸。

文娃子一个绿书包，一个行军壶，像一名轻装驰援的解放军战士，急行军到达了口上。爹娘让带的行李，他懒得带，半路让货车拐进了西合营镇子，拐到了东街大队，把行李寄存到了老牛家。

这一路上历险颇多，值得记录下来的搏雪斗风排险赶路的镜头不少，最险恶的是在泥河湾附近大货车陷入边沟的画面。

汽车沿着小北川壶河过了北水泉，直线往北，这里地势平坦又是下坡，又有道眼儿指引，司机一踩油门儿顺着雪辙半个钟头走了二十公里，一片开阔地带出现在眼前，那是大桑河。再往前走，过了桑河大桥就是化稍营，行程过半了。雷文拉过义顺哥的手腕子看了看，后晌三点了，攀过三道岭、两条大川花费了四个小时，八百里的路程确实过半了，这后生窃窃自喜。

精神抖擞撒起欢儿来的大货车痛快过后，突然像钻进了死胡同，一段陡坡迎面扑来，陡坡当中像还有一处急转弯，师傅急忙停下车来查了下制动和防滑链，这才看清了前面那块路标，也留神了转弯的标识，铆足了劲儿冲了上去，谁能想到那么平坦的地方，这大货车头竟像撞在一面石壁上，前轮空转车尾撅上了天，“啊！”这事大了，车的外侧是白晃晃的火沟谷。慌了手脚的司机急忙往里打，不承想找不到路肩了，整辆车一齐下沉，手疾眼快的师傅发现车旁边有一丛树，树的枝杈把车挂住了，还挺牢，急忙往外打，让车尾坐坐实实地坐在那丛树上，确认车被挂稳后师傅急忙喊下人，又指挥卸下重物，这才长长喘出一口气。

“完了，完了，娄子大了！”师傅横了小莫一眼又一眼，骂着。

车上的莫义顺、金雷文和副驾驶也吓出了一身冷汗，惊魂稍定的人们爬上路肩往旁边一看吓得面如土色。

有人惊呼道：“天呀，我的奶奶！”好险呀好险！这陡峭的深沟起码也有三四十米，亏了大树救了命，若没这丛树，若没有师傅这高超身手，车若是滑下去滚翻摔下山去还不得车毁人亡。惊恐万分的莫义顺埋怨起自己，也埋怨起自己的老科长，一猛子就干，盲目决策，弄不好这条命报销了，临死还要拉上好兄弟文娃子垫背。

初遇险情的雷文同样吓了个够呛，半天说不出话，终究是个胆子小好奇心又重的孩子，当他第二次又站在边沿上看时，吓得不由得喊出了声：“我的娘呀，二姐呀！”这后生的惊呼引起了师傅的反感，一眼又一眼地瞪着他。莫义顺急忙靠近老兄弟，一只手抓住他的肩头悻悻道：“莫怕！莫怕！”又悄声道，“师傅在看你了。”这才慢慢让雷文静下心来。

镇定下来后，师傅整理了一下随车携带的绳索，带领着大家寻找路肩上坚固的树木拴好绳子，然后再将另一头拴住车，又寻了几块大树疙瘩，垫在车轮下，让其固定好，防止继续下沉。再后来就只有看着车呆呆出神，等待过路车救援了。

莫义顺凑上前一起商量脱险的办法，副司机和金雷文也凑过来听对策。众人也有埋怨情绪，似乎有人瞪着师傅想，看把这车开得，朝里打两米不就没事了。

垂头丧气的师傅道："冲撞了白虎星[①]就等着倒霉吧，眼前白茫茫一片，谁有法，准备吃食在这儿过夜好喽。"说到此又分辩道，"不是推卸责任，雪把道眼儿盖住了，谁会想到平平的路下面埋了这么条沟。"

一听这话，众人大眼瞪着小眼，都感到了问题的严重，呆呆地说不出话。雷文呆呆地看看天，雪没下起来，天倒是晴了，云层还露出阳光，但尖利的风仍刺脸扫面地刮着，又呆呆地看看地，地处荒郊野外，到处都是雪，一片白色的雪海，白得眼晕，白得瘆人，有的山头被日光一照，像眨着凶凶的鬼眼。

一辆吉普车在嘶啦啦声中开过去了，那是军车，这里的人没敢拦。

师傅一脸苦楚愤愤埋怨道："不知道二位多么大的机关，也不知道是多么重要的公干，非在破五以前完成不可，唉！一个电话打到咱林场，场长一句话，任务就压到咱头上！开车的嘛，唉！下刀子也得出车。这会儿车不敢动，只有等待过往的大车救援了。大货车没个影儿，过了五点这路上更没车了，就在这儿吹着西北风过夜好了，命呀！"师傅挠着头，横眉竖眼，一百个窝火。

师傅埋怨和分析事因的话，小职员莫义顺都没入心，更没有反驳，他在看着路旁架设的电话线出神。他一只手摁着上衣袋，上衣袋里兴许装有宝贝，生怕飞走似的。接着，他在雷文耳边说了句话，就迈过边沟踩着厚厚的积雪登上一处高地观看着远方有无车辆活动，寻找出路。

这小莫毕业后有三年的从政历史，经常坐车出差，经过一些事儿。他先望大路两头，白雪皑皑，望不到有人和车活动，接着两眼顺着高压线、电话线找下去，有一条线离开公路直接插到二里外的一处居民点。有了，有了，他思谋所有电话线都是公用的，二里外的居民点一定有公家的办公场所。

回到现场，莫义顺轻轻坐回司机师傅身旁，雷文也悄悄凑了过来，司机佯装没有看到，理都不理坐在那儿盯着车，大口大口地抽着自卷烟。义顺没敢说话，也随着师傅往事故车处看，一切照旧，车还照样撞在那里，风似乎更大了，卡住车的树丛摇摇晃晃。副司机从沟谷下爬上来，手里抱着捆子干柴棒放好后，也坐回师傅身旁，也没敢说话。

师傅突然向副司机发问："看到甚了？"

"没有。"副司机摇摇头答。

师傅指着卡住车的那堆树疙瘩问："这些家伙能顶住劲吗？"

"没事儿，下面还有树，好像到了树巷子，一堆树，沉不下去，放心好

①白虎星：民间传说中给人降灾难的凶神。

了。”副司机眉飞色舞，蛮有把握地说着。

“关键得想法子把它拽上来！”说到这儿师傅叹了口气有气无力地说下去，“没想到会遇到这种情况，带咱的绞磨来就好了。”

俩司机的对话小莫一直恭恭敬敬地听着，仍然没有插话。他知道这次向林场要车是自己惹下的事。他听到“绞磨”俩字，马上联想到几年前沙岭子建校时搞的绞磨拽车的事，但仍没敢说没敢问。

在这关键时刻，你是外行，你是飘零在外的孤儿，就得听人家师傅的，没有把握的建议不能提。否则，人家师傅一撒手，坏了。他伸手又摸了一下上衣袋里叠着的那封信，仍没敢露。小莫心想，这种情况下，我小莫得听他的，韩专员在场的话也得听他的。这样的师傅脾气大着哩。

说话间，一辆小拖拉机自北而南摇摇晃晃开过来又开过去，拦了，没拦住。拖拉机紧躲慢躲闯过去，远远向师傅甩下一句话：“我这小牛犊儿不能拉大车，找吊车吧，国防施工处有吊车。”

问话不敢，递烟总可以吧。小莫这样想着，掏出来出门前向爹要的那盒保定玉兰，先轻轻递到司机脸前，师傅接了，又抽出一支送给副司机，这小伙子摇摇手。义顺记起这人是不抽烟的，然后自己也叼起了一支。

“莫同志，你刚才上山看到什么了吗？”师傅的脸色有些和缓了，这样问莫义顺。

莫义顺答非所问道：“我这里带了一封介绍信，是求援信，看看能否用得上。”

义顺说着，左手抬起解开衣袋纽扣掏出一个信封，随即将信纸打开伸展开，双手送到师傅面前。

师傅急忙将烟掐灭，双手拍动着像掸净手上的灰尘，这才接住信。

师傅看着信，脸上立刻放出奇异的光彩。信是一封盖有红印章的公函，县人民武装部开具的。信上的字很工整，工笔小楷这样写着：

> ……地区重工业局科员莫义顺奉调速回市区筹备重要会议。该同志原系本县民兵三旅八连副连长，奉命归途，恰逢雪日，路途多险，如遇危险情况，请所到之地（机关单位、军队）给予解困支援。
>
> 此致革命敬礼！

看完信，师傅又看了一遍，看罢一拍膝盖腾地抓住小莫的手站起，大声道：

“小伙子，有你的，想得周到……”说到这儿他抖动着信函高兴地对大家说，“咱们有救了，有办法了，这公函对下属部队就是命令，对友军单位就是求援信，顶用的，极顶用的。”说到此这位师傅高兴地打了身旁的小职员莫义顺一拳道：“小伙子，你咋不早拿出来？早拿出来，这公函一抖，哪辆车咱也敢拦。你们当知识分子的，坐机关喝的墨水太多了，办事就爱这么前怕狼后怕虎磨磨唧唧。”这师傅咋了，说不清是赞扬还是贬低。

莫义顺听了，承认自己的毛病让工人师傅一语言中，只好笑笑。机关干部确实养成了一种不必要的过于瞻前顾后的毛病，往往会延误战机，致使黄花菜都凉了。

“拦车，还是去附近找单位救援，想好了吗？”大货车司机师傅单刀直入地这样说。

莫义顺听罢一挑双眉道：“咱两条腿走路，我去附近的居民点找援兵，你们在这里拦车等救兵，好吗？”

“可惜咱只有一份公函，这咋办？”想到这一点，雷文做了难。

司机师傅说：“去居民点搬兵，那最近的居民点在哪儿？能在短时间内找到吗？”

“我拿着去转转。”

“能找到？”

“顺着电线杆找呗。会找到的，会找到的。”接下来这小莫把刚才爬坡登上制高点看到的情况介绍了一番。他的想法是顺着后坡的电线杆走，兴许能找到一个部队营房、一个村子或一个什么工矿企业，甚至一个大牧场、一个猪场，都能搭上救援关系。

无巧不成书，说曹操曹操到，他们着急搬兵的时刻，忽然听到中学生雷文喊：“听！有车来了，救兵要到了……”谁能想到这半大娃子展露出才华，他正伏在没有雪的路面上听声音，听得那么自信，又喊道，“是有车到了，南边来的车，还不是一辆。”文娃子的这硬功，是去西合营念了三年书，路上拦坐蹭车练就的。

司机师傅照法子也伏下身子听，高兴地附和道：“听到了，听到了，南边来车了。”既而夸奖道，“这后生的耳朵灵极了，来车兴许不远，或许就在山背面。来了来了，没错的。”

接下来，义顺、那位副驾驶小伙子也伏在路面上听，四十多岁的、二三十岁的、十几岁的趴了一片，像一群在耍的娃娃，实在滑稽。

几分钟后车果然到了，让雷文一言说中，还真不是一辆，前后两辆吉普车摇摇晃晃地冲下山来。冲到跟前，是两辆军车，其中一辆走走停停，像在检查通信线路。这里的司机师傅和莫义顺等人一字排开拦着去路，副司机还脱下红色秋衣举在空中晃动着。

“老乡，这样拦车可不好！有事儿吗？”两辆军车只好一先一后停下，一个当兵的跳下车，像个班排级干部。

这里的人才散开站在一旁，并列队整装给解放军同志们来了一个致敬礼，还喊着“欢迎亲人解放军、向解放军同志学习”一类的口号。这都是莫义顺提前设计并演练好的。

弄得两辆军车的官兵全部下了车，包括首长，都列队在那里给地方上的同志还礼。

莫义顺再一次整顿了一下，正了正帽子，学着军人的姿态迈着方步走上前去，把公函呈递到部队首长的手里，并简要地说明了求助的意思。四十来岁的那位首长听明白后，叫上那位班排级干部近前站到崖头查看了一下现场情况，又派人下坡转到车体后看了看，几个军人又商量了几句，首长指派一位中级军官处理这件事，处理完毕后随即向小莫等人招了下手回到吉普车内。

首长坐进车后，中级军官跨前一步向走上前来的司机师傅和小莫说：“老乡，首长吩咐救援大货车的事由我处理，我们有两辆车，首长有任务就先放首长坐第一辆车走好吗？我和第二辆车留下，想办法把你们的车拉上来，军民一家，救助大货车是首长交办的，完不成任务我不会离开。请问，让首长的车先走成不成？”众人点头应允后，坐在车里的首长打开车窗招了招手，第一辆车开走了。

义顺发现，中级军官使用步话机进行军事联络，信号不好，有杂音干扰，听不清。这位军官说，必须坐车往回返，在距离营区近一点的地方再通话联系调动救助器材，又说车上还能坐一个人，问谁跟去。义顺和司机交换了下意见，让师傅跟着去，吉普调头开走了。

吉普约开了十几分钟，信号好了，车停下，军官立即找了处空旷地打电话，只听这人对对方喊道：“我是军团三号，这里有一辆地方的大货车陷在路边的沟边，事故地点嘛，大概在桑河南宣凉线稍西18公里处。受地方武装部门委托立刻救援，转达旅二号指示，马上派一辆10吨吊车过来，再配备五名战士，战士中起码有两个人会汽车修理，再带上一台绞磨。首长还指示，如果本旅设备不凑手，马上联系地方人武部门找一台东方红大拖拉机支援。和地方的同志说，不光要把车拉上来，还得把他们护送过了桑河大桥才算完成任务。我们车在23公里处，落实后回话，报告完毕。”

莫义顺那封公函是昨天他去县人武部找那位大爷拜年时额外的收获。他爹让他替表弟要参军入伍指标，没说出个一二三，倒办成了自己的事儿，向那位人武装部政委大爷磨来了一封公函。就是怕回口上时雪大路滑遇到麻烦，他才提前做了准备。那年月还处在“文革”后期，处处有军管，人武部在县里、镇里很吃香，说话挺顶用的。有一处写得不实，入学前，莫义顺是村里的民兵排长，信上写成副连长了。

招之即来，来之能战，战则必胜，解放军办事效率确实不简单，没有半个钟头，驰援的大吊车、技术兵和绞磨支架等都到位了。附近村子的东方红大拖拉机十分钟后也到达了现场，救援立刻开始，没用二十分钟就把陷入坡下的大货车吊装上来，并进行小检修试发动复位。军方也好，民方也好，在场的人均享受着胜利的喜悦，事故排除后，现场顿时欢声雀跃，“向解放军学习致敬”的口号声响彻云霄。副司机用捡来的柴烧开了水，莫义顺摆好那一篮子炸糕酬谢解放军。

心急火燎的大货车终于又起步北上赶路了，兵贵神速呀！众人赞叹不已。有人算了一下，从拦车求救到重新启动前后花了不到一个半钟头。完成任务后军人撤了，那台东方红拖拉机真的奉命跟了过来，直送过桑河大桥，前面就到达了原阳县东部重镇化销营了。事有凑巧，这位拖拉机手和大货车司机过去有过接触，也算有一面之交，熟人重逢，分外亲热，一路上介绍了些情况。拖拉机手说，前面正修战备公路，下大雪前路面挖开了，到处一堆雪一堆土的，走下道的地方很多，都设了临时路标，让开大货车的师傅多留神。提到临时路标，大车司机师傅来了气，又骂起来，说看似那么平坦的路面下竟是一条沟，连个标志也没有。

拖拉机手说：“有标志，是长方形牌子，兴许是让大雪堆压住了。”拖拉机手最后一次说道，“你们陷住车的地点就是和泥湾。”又说是下道。

“这条路线走了几次了，咋也看不出哪里有个和泥湾岔口？”

“刚修的，这里离和泥湾工地最近，整天车水马龙，人家保密，这半年让重车给硬轧出来的这下道。”

“你说叫个甚？叫和泥湾？”

“怎么了？”

“我知道原阳县有个年代久远的泥河湾，咋不知道有这么一个和泥湾呢？”

“你说对了，原本叫泥河湾的，县政府抓的一号工程，这工程干了多年，理不出个头绪来，有好多地方扰民，老百姓就改叫它和泥湾了。”

“真有你的，这工程也真够和泥的。”

“一抓战备，一抓大上快上，这一号工程太多了，国家有一号工程，省里、地区里都有一号工程，现在这工程也成了一号工程，保密得很，当地百姓也不让接近。光喊一号多么多么重要，就是投入不多，都干了多少年了，没见个眉目，成了胡子工程。”

“听说这工程可牛了，要上的石匣水库也得给他让位。”

“据说是管文教的副县长抓的，成了一号嘛！”

这俩人也真闲操心，你是百姓，开车的，开好车就行了，管它一号、二号呢。

17

跟随好友义顺哥到了口上的这几天，雷文工作生活环境很舒适，心情也特好。地区行署就在口上，城市不算大，在中学生雷文的脑袋里这里可大得不得了，大得无边无沿，马路咋会那么长那么宽，有的楼房咋会那么高，高得接上天了，特别是展览馆，刚修的，太雄伟了。那宽宽的清水河里那么多河套和坝口。解放桥一边是座影院，对过空场是个偌大的足球场。房子也多，从河边爬到半山腰，白天半坡楼宇半坡树，夜晚一片灯海。还有铁联大楼、太平桥、报社大厦、红星院，大极了，阔极了。三层的百货大楼显得特高特高。

这塞外山城比蔚州城得大十多倍，比西合营大得太多了！一个塞外的山城都这么大，那北京、天津、上海会有多么大呢？太大了！这娃子心想，还是城市好，城市先进，要大展身手就得奔城市呀！回想到自己长大的穷山沟子，还不是天天生活在夹皮沟里、大胡同里，顺沟远望五里之内都是山，是低丘浅山，沟子巷，上下坡；五里之外还是山，一层又一层，就像一层层墙挡住了外面的世界。看地，身在沟里一道沟又一道沟，土儿沟、杨家沟，窄得很憋闷得喘不过气。再看看天空的上方，一线天，宽的地方也只是一小片天。上堡、中堡和堡子里都连在一起了。都说站得高看得远，在这里选不出个制高点看不远。在大金家村极目远望又能看多么远？大丈夫志在四方，还是出来看看好哇！广阔的天地在外面。

重工业局招待所坐落在山城堡子里的一条小街上，倒显得有点窝心。雷文嫌这里憋闷，吃完了晚饭就要转过几条小街小巷去清水河边广场上看星空，听水声，逛街景，偶尔也逛逛成衣店、商店。这里像一片广阔的海洋，海洋里都是宝物，时间太少了，能捞到的宝物也太少了。

他转过天就上岗了，住在招待所。雷文的任务就是誊清会议报告稿，就是人为地拿他当打印机、复印机使用。他一连誊写了三天，弓腰驼背地干着同一个姿势的活儿，手指酸疼酸疼的。

这叫见习秘书，也叫抄写员，抄的内容都是别人写的，字要写准，不能有错别字，又要工整，还要隽秀通畅，像印刷的那般。碰到最多的是草书自由体，草稿的纸面上还画着点点道道，乱七八糟。抄写的内容涉及面极广，士农工商，天文地理，车钳铆焊，钢、铁和其他生产资料都有。行内人抄起来省力，因为他懂，字写草了可以猜，丢了字可以给补上。但像金雷文这样的外行生手就惨了，因为他确实是个涉世不久的生瓜蛋子，还是个从农村出来的学生，往往抱着一个字或一行字看半天也不敢下笔，像面对着一部天书，因为他不懂，猜也猜不出。

没有别的办法，只有多问，资料组其他人不在时，他就硬着头皮去问人家老局长，次数一多，甚至把起草者本人局长也问烦了，似乎想要说义顺是从哪儿弄了个这样白吃饭的生瓜蛋子，连个字也不认识。

急得这中学生一头汗水，想打退堂鼓，但坚持就是胜利，他终于咬牙坚持下来了。磨刀不误砍柴工，再难的活儿不出三天也“磨”出个“快刀”，外行变行家。这雷文从时间上下功夫了，老局长爱早起，人家是去大河套遛弯。这雷文也天天早起，就是抄稿子练字，没出两天变成了内行——找出了看草字的规律，并产生了浓厚兴趣。也多亏了有义顺这个哥指点，入了门，适应了。后来文娃子能平步青云，从一个小维修工奋斗七年就当了领导，后来官越做越大，可不是直升上去的，跟多年刻苦练功夫、学本事分不开。怪不得人称“一专多能百事通”哩。

这个蹭饭吃蹭觉睡的临时工，只在地区工业局干了七天，连后来去保康煤矿也不过十天。工业局就是一个大工厂的调度室，对他金雷文讲，简直像上过一次经济干部学院，学到的东西太多了，几乎工业上的名词术语都能听懂一二了。小青年很激动，真感觉像在工业大海里遨游过一番，拼搏过一番了。

另一个更大的收获是在工业局遇到了位福星，这福星成了他发迹的根。这福星就是时任工业局长的秦昌。秦昌惜才如命，极讲义气，和雷文的爷爷金忠烈老人曾趴过一条战壕，共同抗击过日寇。照老人们之间的关系论辈分，雷文该管秦昌喊爷爷，后来几次见面他都是这样喊的。秦昌、雷文这一老一少后来竟成了朋友，还富有一点儿戏剧性。

在一个西北风习习、皓月当空的晚上，大概是雷文来到口上的第三天晚上九十点钟，大河套展览馆改建的大商场和南邻的土产经销部营业前厅黑蒙蒙的一片，广场施放烟火的人群刚刚散去，几个孩子追逐在高如山头的雪堆上滑滑梯，河西大街上刚添置维修后的路灯眨着眼睛，车辆行人极少，马入厩，车入库，万籁俱寂。只有大河滩边供市民观赏的几只骆驼有的卧着，有的立着，不时打着响鼻儿。通桥旁的那片枯草地上无人打扫，地面上的雪层很薄很薄了，清水河河床上满河滩都是冰，冰面被月光反射得发出茸毛似的纤纤光亮，岸边洁白的雪地经月光和灯光照射也反射出微弱的光。冰河的光，雪地的光，交相辉映，宛若星际天河落入人间，为山城又添一处胜景。

月光美景，满天星斗，幽静的气氛中，从小巷子里走出位身穿军大衣的长者，慢慢悠悠，走走停停，是在享受美景，这就是秦昌局长。他就住在附近，劳累了一天，家里人多住得挤，在家不得歇，出来听听新闻联播散散步。通桥就在面前，他每晚都会来通桥两岸散步，习惯成自然，风雨无阻。

幽静的夜晚，冰封大地的河滩更显得幽静，静得那般空旷，突然传来阵阵喧闹叫好声，原来临时凑成个习武场。“哈哈哈！”“好！”“好！”秦局长听到这一阵喝彩声，不经意间往喧哗处凑去。

“嗯，是几个练功的。”这里正冲着火车站候车楼高大的灯塔，灯光照射过来，只见长拳飞舞，龙腾虎跃，一个柔似猿猴的身影腾空跳跃，入地隐身，那拳脚打得密不透风，才引来过路人的阵阵赞叹声。

局长也看花眼了。待打拳者一套拳打完，秦局长才看清打拳者是个后生，是生产科小莫借来的抄材料的那小后生，叫个甚，哪里人氏，他还没顾上问。人不可貌相，海水不可斗量，看拳脚竟看不出还是个娃儿，但那张稚嫩的脸羞怯得像个小村姑。后生又练了一套拳，练罢，他把后生叫出来，这场武术表演也算散场了。

练武者正是莫义顺的盟弟金雷文，昨晚他就来过这里。今天晚饭后义顺有事不能陪他，他只好一个人又到了大河边，先是闲逛，看见这桥旁有片草场雪地，刚来时见有人习武弄棒，没敢冒失地下场子，看了一会儿受感染手痒痒，也就试着打了套拳脚，赢得了一片赞叹声。末尾演练这套最拿手的拳路时，想不到这般凑巧，站在一旁的观看者中竟有自己帮忙单位的秦局长。经过几次接触，他感到这秦局长平易近人，架子不大，所以看见局长招手，才敢过来说话。

广场塔楼上大表的时针指向十点整了，都该回去了，雷文回住所，老局长回他家，顺路一起走，正好说话。这一老一少的对话从雷文的籍贯说起。

“蔚州人？”老局长问。

雷文答：“嗯！蔚州南山人金家村的。”

老局长说：“大金家村，我去过。村里有一条河沟子，是股甜水，甜极了，算个富村吧，富就富到这金河水上了，南边是草沟堡，北边是东杏河，都不如你大金，是吧？”

“这话当真，可就是没发展起来，离公路远的缘故，人家草沟堡、东杏河大公路都是穿村而过的。”说到这里，雷文反问了一句，“局长也是咱们蔚州人了？”

“不是，不是，我老家是，沧州吴桥，在内蒙古兴和工作过，从年轻时就在这片儿混，在蔚州北山将军坡、庄窠和蔚东的大湾一带打过游击，跨线作战去过你们那里。”

“这一说，局长可是老革命了。”

“老革命还不敢说，比我们老的还多得多嘛。老又咋了？不就是吃的盐、过的桥多一些吗？”秦局长说到这里突然把话锋一转，问道，“你是蔚州大金的，跟你打听个人。”

“谁？”

“金忠烈，也有叫他南山拳王的。”

“啊？！算你打听着了，他是我爷爷！”

“亲的？”

“当然是亲的了。”

“那金振川？”

“是我爹，在西合营教书。”

听到这儿，老局长极为激动，扭头停住脚拉住金雷文的手热情地握着，摇了又摇，半天才说出一句话：“太巧了，太巧了！我见到老战友的孙子了！”

雷文含着满眶泪水说：“可是我爷爷……”

“我知道了，甭说了，甭说了，说起来伤心。你爹振川为你爷爷的事也找过我。我是搞经济的，给打过证明材料，可咱说了算不了数，唉！”

俩人说到伤心处，只好就此打住不欢而散，后面的事就以后再说了。就这样中学生金雷文认识了秦昌局长，认识与不认识可不一样。

遭遇陷车之灾，让中学生惊心丧胆，见天当秘书抄抄写写，井中蛤蟆看到了天，通桥畔遇福星栽培，年华方富又有扶梯登山。五天过后，正月初九的这一天，矿上下来车接莫义顺回矿，金雷文跟着盟兄沾光受宠，蹭车北上大开了眼界，心飞上了天，奔驰在浩瀚的数百里大草场上。在口上的几天，血气方刚的莫义顺可没把心都放在筹备会议上。煤矿安全连着他的职责，在口上几天，他多方联系，几处磕头求援，全凭他那条三寸不烂之舌，终于求到了十几吨高标号水泥，以备排险堵漏的。今天他像抱了一个大金娃娃凯旋的大将，率领着三辆卡车的车队浩浩荡荡上坝来。

这次金雷文能跟着车上坝又下井，多亏了老局长的青睐提携，又有好友义顺的合理调度。这文娃子甭看个子高，总才是个刚满十五岁未出过家门孤陋寡闻的在校学生，胎毛还没脱哩，从一道山又一道山拘围着的小山村突然到了楼阁林立、热闹无比的城市，还不看花了眼儿吗？这里夜晚有繁华的闹市，店铺金碧辉煌，真是万家灯火一泻千里。他真是大大地开阔了视野，上了九重天了。其实这只是后生一时的错觉，到了坝上广阔的原野一看，那口上的市区只能算七重天，这里才达到浩瀚无际的九层天。

在往返跋涉数百里去保康县的行车途中，文娃子饱览了大自然美好的风光。尽管是在风沙中搏击，但他一点也没有荒凉贫瘠不毛之地的感觉，一路上光看风景了：烈士塔、雪山、林河、小树丛、大漠、狼窝沟、羊囫仓、牛坑、马圈，偌大的王家营子林场一望无际、直达天边，偌大的黄盖焯是一块方圆数里的大冰场，几里外就能看到它的壮观景象，千里高原没有下雪，白一片又白一片的不是雪，是盐碱地，是矸石山，是羊群，红的是红叶林带，绿的黑的是松柏，在强烈的日光照射下，五光十色，十分好看。站在这水泥大货车上眺望，雄伟壮阔的元代古都遗址，高耸的风车架子，奔腾着像一片扫地风暴的马群，真是处处有景，地地稀罕，桩桩拨人心弦。

这娃子玩性大发，要起来他最要好的哥莫义顺也管不了他，在土城子三义堂打尖[①]时竟骑了人家老乡的骆驼。

①打尖：指旅途中休息，吃点东西。

第四章　祸起水泵房

1

风云多变，好日子没过多久，也是活该出事儿，怎么都赶得这么巧，正赶上她看泵，恰好他去巡检，恰巧碰上那场几年不遇的大暴雨，这时她丈夫又出差不在厂里，部里的老主任、小白书记也不在。老虎不在家，猴子称大王。

彩凤放下手中的活计，近前摸了下机泵的温度，瞅了眼泵表，聚精会神地听了听机泵的声音，那是正常响声，并做了记录。一个看泵的水泵工，工作就这么简单，就这些活计。好了，一切正常。敞开泵房门子走到门外，站在浩瀚的玉米青纱帐海洋里，这小媳妇又在看天了。一个孤身女子距厂区这么远，在玉米地里看护深井泵，不看天看地做私活，干甚去？还好，天上的乌云仍然翻滚着，西北上第二批云彩过来了，上下翻滚，云隙间夹有闪光，云层密布成一个大黑网子，从鸡鸣山直达大黑峰，乌蒙蒙的一片，天际和山影一色，看不清哪是云际哪是山体了。凭她的直觉，喜雨就要登门了，大片庄稼地和村里的社员是多盼望有场透雨啊！看那云层的厚度、天色，可能是场大雨，估计过不了俩仨钟头，大雨点儿就要砸到头上。她首先想到的是弟弟雷文，他是外出作业还是在车间？带没带雨具？前几天听说他雨衣的帽子挂坏了，找到胶粘过了吗？她猛然记起小时候文娃子在草场边被大雨淋着的凶险的一幕，他小脸儿都冻得青紫了，依偎在自己的怀里抽搐着，特别吓人，还落下了遇冷水就抽筋的病根。接着又想到了俩儿子和远在老家的父亲，父亲腰腿疼的老病犯没犯？那里倒不一定赶上雨，父亲的面容是模糊的，记挂老人哭过多次，但又放心地想，那老人家是钢筋铁骨，并且在夏日上山多披着那件扯不断的蓑衣，再说家乡常年干旱。儿子的面容是清晰的，俩人上学时带了一块麻布片子，二小个子高，听话，会让着哥哥的。农村人啥事都喜欢个双，养儿子更是这样——一对双棒儿，哥儿俩有个照顾。二小懂事，便成了哥哥。自己被拐出来这么多年，命比纸还薄，比黄连还苦，麻子丈夫不应心，但儿子是自己身上掉下来的肉，且又极听话，总是个精神补偿。这就是在家走出来的上班妇女，一年四季刮风下雨雪心里老装着弟弟、爹和双棒儿子四个亲人，念念不忘。但她也想和弟弟出走的事，往哪走，模糊了。还有个生养自己的老娘，她不想吗？想——偶然想，那是恨，老娘糊涂呀，恨死了。

大雨点子眼看砸到头上了，令人不寒而栗，小媳妇本能地把视线转移到泵房前后玻璃门子上。这门子里外两重，外面是铁门——后加的，里面还有一扇木玻璃门，四块玻璃坏了三块，后墙小方窗也缺一块玻璃。铁门子变了形，只有上轴，没下轴，像撕裂的娃儿的裤裆挂在那，早就报修了，可段里活忙，总排不上任务单。

彩凤最头痛，换块玻璃这点儿事也归贾秘书管，玻璃的尺寸报到那儿一周了，就是不派人给安。“这个娘儿们不知几时得罪她了。”彩凤恨得牙根疼，才这样骂的。本来嘛，要玻璃玻璃不给，要点儿木板临时钉一下也不给，要点擦手擦机具的抹布更不给。这彩凤以为得罪贾秘书了，或许也怨自己，转而她想到，有些事儿办得有点儿冒失，看不惯的事慢慢看看就惯了，不应该跟人家小贾还有背后的裘主任硬碰硬顶，闹得都不好。前些天闹得不愉快的那一幕闪现在眼前，好像跟小贾有了隔阂。

那是一个晌午，三号泵的武金凤还在班上，四号泵的金彩凤准备去上班，武金凤找到彩凤道：“快去要布子要玻璃去，小贾在，裘主任也在那儿，她要领导批，当场让小裘签个字不就行了。”彩凤反埋怨起对方：“你咋不随手领来？”金凤说：“我不是在班上嘛。”彩凤不假思索，风风火火地找到小贾办公的地方，冒冒失失欲推门子，好像还喊了半句，后半句硬噎回去了，忽然听到室内传来男女嬉笑的声音，尽是些打情骂俏的话，听声音仿佛是小裘和小贾。这彩凤明白没什么正经事儿，接受了教训，不想捅这马蜂窝，就悄悄离开上班去了。其实这彩凤也没过多想啥，只是觉得碰上这类事晦气。一个在家看摊主持工作的领导和女秘书工作时间鬼混这类事让彩凤碰到了，别的到办公室办事儿的人们难说碰不到，纸里包不住火，难免在机电部大院有些风言风语。这事儿本来和彩凤没多大关系，她也没对外人讲什么，倒霉就倒在她喊了那半句话上——“喜凤大姐在……”这半句话偏偏又落进了小贾的耳朵里。当事人裘嘉阁和贾喜凤俩人就以为这事儿露馅儿了，是金彩凤传出去的，说了他们的坏话，从此记了仇。

小媳妇想到了这些，又望望破烂的挡风门子，倒吸了口冷气。其实也没啥，不就是漏雨嘛，又不是在露天地。往事如烟云，自家的事还撕扯不清呢，别人谁跟谁搞，她管不着，只要不牵扯到自己就行了，便回到房子里拾起了针线。

思绪最终又回到弟弟雷文身上，这冤家近些时到底忙什么呢？不知咋的，那厮老像在躲自己这个姐，找也找不到。自打丈夫去武汉更找不到他了。躲着吧？！或许是真忙的缘故，让他从街上称回盐，他顾不上送，是托邻居带回来的。或许也怕人多嘴杂吧，老葛不在家，这冤家像故意躲事儿……我看你躲得过初一还能躲得过十五……这么多日子不见了，他真的不想吗？难说……把不准会抽空儿来这里看看她吧。半年多来的一些似苦药似蜜水似桃汁的影像飘浮在眼前。

一声炸雷像在泵房附近炸开，“呼隆隆呼隆隆”从西响到东，又从东回到西，穿行绕到泵房子南面又一声炸响，打得人不辨西东了。

彩凤一个箭步蹿到门口眺望，翻滚着的云峰云河滚到眼前了，霎时间，天黑得像黑锅底，四周大片大片的玉米地好像不见了，庄稼只见秆子不见叶柄穗苞了，吓得她闪身又钻进泵房。

大雨真的到了，泵房像被包围在厚厚的篱笆中，雨幕、闪电、暴风、雷鸣，人像被吞进了巨兽的大嘴里。只身在这野外看泵还是头一次碰到这样的鬼天气——这样狂暴的大黑雨，她害怕了，大难临头之际最渴望见到家人，恨不得扎进亲人的怀抱，见到个什么人影儿也好嘛。

“文娃子，你在哪儿？文娃子，没良心的，你在哪儿……不管姐了——不要姐了——”她的哭声混合在雨幕中，凄凄惨惨，战战兢兢，似漂泊在大湖大海上的一叶小舟，似无助的困兽在悲号。

又一通雷电划破长空，狂风大雨都到了，雨点像炒蹦豆那般砸在水泥台阶上，砸在铁门子上，砸在仅剩下的一块玻璃上。雨由砸击变成瓢泼了，打在这个飘摇欲沉的小房子上。水源地四号泵房距厂区八里，距最近的生活区也有五里，距更近的南园农村也得一里，在这荒无人烟常有田鼠野鸡蛇蝎光顾的偏僻房舍，在这大雨如注的时刻，一个孤身小女人咋不渴望得到亲人和同志们的呵护呢。“文娃子——你在哪儿？你在哪儿呀——”小媳妇心里的浮音慢慢变成惊愕的呐喊。

如注的大雨唰唰砸向这间六平方米的泵房，砸到心焦似火的人的心上。前些天裘嘉阁不是放出话儿说，金彩凤想老头子想疯了，疯了又怎么啦？不应该想吗？可惜他想的不是丈夫那个麻脸，是她当命根子对待的弟弟。一根筋的女人呀，风雨同舟，至死也要把自己拴在弟弟的腰带上。

大雨哗哗地下着，泵房小屋的周围成了汪洋一片了，雨幕中钻出一个人，是他，他果然来了……雨幕中闪现出那矫健的身影。

他人是来了，但是人没进泵房子，还在雨幕中搏击，像是在堵潲雨的窗户——后墙的小方窗。因为雨幕的缘故，泵房里的人没有发觉。

大雨继续下着，铺天盖地的大雨点子织成雨幕把小小的泵房，把数里见方海洋般的玉米地，把几十里、上百里的大河河谷吞没了。只见眼前乌蒙蒙一片，似千丝万线裹合在一起，没了天没了地，没边没沿。地球上好像一切活动都停止了，只有大雨点子砸在地面上，砸出了串串水泡，乌嘟嘟一片。只有“轰”“嗡”“唰唰”一套乐谱，沉闷地笼罩着大地。都是水，分不清哪是天哪是地了。

天呀，这是咋了？小媳在挣扎，在哭号，她想，别的水源地泵房和露天作业场所还有田间劳作的人们，不知道有多少同命人苦苦挣扎搏击着。这间孤寂憋闷得让人心寒的像在黑洞中的整间屋子，像憋闷在一口枯井中，求生欲极强的小媳妇很希望见到一个活物，就算扑来只乌鸦，钻进来只田鼠也好嘛。她长到这个年纪，在这干旱少雨如在炒锅里度日的荒山地带，头一次遇上这么大的雨，也是第一次尝到这样孤独害怕的滋味。

泵房子里积水半尺了，那是潲进来的，门窗不顶用嘛。大雨点子快砸到头上了，再关门子也晚了，雨借风势，风助雨威，外开的门子像牢牢地贴在外墙上，一个单薄的妇女，甭说关门，拉都拉不过来，只能眼巴巴地看着肆虐的大雨乘虚而入。“文娃子！你在哪儿？段长踮大爷你们应该来哟，帮帮我吧——帮帮我吧——”雨声、哀号求助声混在一起了。

门前的积水越来越深，眼看玉米丛、屋前台阶下的水齐了门槛，漾到台阶上了，眼看要漾进泵房，若积水再涨高，眼看就要淹到机器基础台座了，那还得了？这整个泵房都要泡了，十万火急，师傅们在哪儿？干部们在哪儿？天哟！小媳妇慌作一团。

这扬程泵似乎还在转着，在给大高炉、熄焦塔和转炉正常供水。再这样下去的话漾进来的水增高有淹泵的危险。想到厉害，彩凤吓得面如土色，不知道这泵停不停，眼前还没有应手工具，情急之下抓起了饭盒往外淘水，又抓起喝水杯子一阵猛淘，两只手左右开弓地往外泼，七倒八斜，可惜气力太小，泵座基础有一米来高，终没见到太大的效果，但凑合着终于没让积水淹没了基础台座。

雨幕中似有个闪动的物体，似乎有人，有人来了吗？

“文娃子，你到哪里去了？快来帮帮吧，姐要急死累死了！”站在水里，弄成水鸡子似的水泵工金彩凤疯了似的继续呼号着。

2

雨幕中那个活动物体从泵房后面冲到房子前面。这会儿她看到了，救兵到了，天神菩萨下界，是雷文到了泵房。

“姐，我来了——”声到人到，穿戴着雨衣雨帽的一个水人从玉米丛里钻出来。

来了？是他？就是他！她有点儿蒙，真的盼来了！热泪盈眶的小媳妇不知说什么好，先淘水吧。

“好大的雨呀，你先歇一会儿，喘喘，我来！”随着话音一个高大的身影虎气腾腾挺在小媳妇身旁，她身旁像多了一座山。来人抹了把脸上的雨水，一把夺过淘水器具上下翻飞淘起来。

果然是他，在她最需要他的时候到了身旁，他成了精神支柱，他成了一个救生圈，成了靠山，成了脱险依靠的一切。

“文娃子，你真是菩萨，可来了，急死姐我了！”这时小媳妇把器物甩给弟弟，直起身子自己捶着背，带着哭音儿说下去，“晚来一步就出大事儿了。”

雷文不多理会彩凤在说啥，淘了一阵水后，沮丧地停止淘水，在屋子里找什么，反转身大声问道：“草袋子，草袋子呢？”见不到回应冲着女人吼道：“我问你备用的草袋子呢？草袋子！草袋子！草袋子跑到哪儿去了？”

彩凤才算听明白，答应着，往屋子的后身跑，嘴里唠叨着：“有，有，有草袋子，在这里。”然后她抱着一个草袋子过来了。草袋子属防护用品，是外面进的，软草编制，因为竖着存放的缘故，湿了半截儿，湿漉漉地滴着水。

雷文一把夺过草袋子，嘟噜着个脸在屋子里转着找着甚。

找甚呢？女人愣在那儿傻了。女人愁苦地在那儿听喝，成了木头等着挨训——扮演受气包的角色，不是姐，更不是情人，而是一个普通岗位工在听长官（副段长）支使，看着人家的脸色行事，想哭又不敢哭。

“哭，哭，就会哭！”雷文这样吼斥着。

在他的脑袋里第一位的是先制住这水，他又在屋子里环视了一圈，寻找着什么。彩凤猜准了意思，忙找来一把铁锨递给他。他这才略好了点儿，旋而忙乱地在她脸蛋儿上刮了下，使她转怒为喜。雷文夹起草袋子，抗起锨迈过门槛要冲入雨幕。急欲献殷勤的她抓来条毛巾，给小情人抹了把脸。

雨幕中传来雷文的呼叫：“淘水，快淘水！”这当口淘水是压倒一切的要务。

有人夸赞雷文神武，这话有点儿过，倒不如说他是一头未经阉割的犍子牛，总是为国家为集体那么吭哧吭哧地干，一个心眼儿。在这家伙面前总没听过“困难”这一说，他总有股子韧劲，不信邪的韧劲，总有一股使不完的劲儿，要么当机动维修段副段长嘛。他任务完成得总那么神速，那么干脆麻利，常常是一个人顶俩顶仨。

雨似乎小了点，这里积了这么多的水，这是小蔚州首先要解决的问题。他清楚往南走有泄洪道。田地里一汪水，水中密密麻麻站满一地的玉米秆子，天上地下浑然一体了。

茫然间，小蔚州找到了积水的原因：是四周这块地造成的，农业社挖沟垫地修梯田修的，排水系统乱了。沉沙县是大寨县，南园大队也是先进典型，农业上全仰仗这一大片玉米丰产田了。

奶弟弟的到来给正在惊恐中的彩凤注射了一支强心剂，得到了巨大的精神动力，小女人抖擞了精神，使出疯劲往外淘水，要保住机泵。

不大会儿的工夫，伴随着蹚水声，大力士雷文提着两个土袋子回来了，一一摔在铁门下的台阶上。女人又一次被这图景惊呆了——啊！这小子好大的力气！一个装满泥土的湿水草袋足有四五十斤。旋而他又拉过来两个袋子，又第三次、第四次提过来或抗过来，足有八袋子了。可畏的后生，好大的气力，大力神呀！不出半个小时，泥袋子垛在那儿垒成一道坝，堆成了一座小山。雷文又调整了一下土袋子，踩踹了一通，围在泵房门前成了一道土坝，再大的水也过不来了。

彩凤像迎接天神般地跨过草袋子坝把弟弟拉进泵房里，赶快给他脱雨衣换衣服。这个泥猴似的文娃子，又让人心疼又埋汰得没法看了，泥和水糊住他的全身，头脸也都是泥巴，好像他被这个姐扒了个精光，姐替他就水坑涮去了泥，又把衣服披在他身上，雨衣晾在铁丝上。

刚才的情景在水泵工金彩凤眼前升腾了，升腾的云烟雨幕化为一幅别致的英雄救世的图像。工人这个英雄群体是大公无私的，天天创造着财富，处处闪烁着团结向上的进步光芒。乌云翻滚，从大河岸边卷起狂暴的洪流，冲破了堤坝，冲上农田地坎，肆虐着咆哮着，一股脑袭向水泵房。一叶小舟似的泵房摇摇欲坠了，小舟上的 个孤身弱者连声呼救：“来人哟，来人哟！”一个巨大的声响在耳边炸响：“我来了！”继而是尊天神降落人世——一个大个子巨人当空一站，两手推开袭来的洪峰，把两座土山似的土袋子堆到岌岌可危的泵房前。

闪念间，小媳妇的思绪回到现实，宁神静心去找，哪里有什么大佛上仙，明明只有自己和弟弟俩人，难道是在做梦走神了？从人间走到天堂，走进虚幻境地，自己太崇拜这人了，把人间的力士当成了虚幻中的神仙。在彩凤小媳妇的眼里，这样的巨人型美男子，一个县也找不到几个吧。姐弟俩可算地道的知根知底、情投意合，机会莫再错过了，该出手时快出手吧。她中了邪，竟用那样的眼光看着弟弟，看得人发毛。

雨势似乎小了，加上门口垒起的土坝，屋子里又一通淘水，屋里屋外的灾害形势扭转了，转危为安。

不是有句俗话：饱暖思淫欲，饥饿得安然嘛！屋子里的水消停了，确实也引起了女人的邪念。

3

彩凤再也不注意淘水了，她吃惊今天奶弟弟这一身疙瘩肉。今天一上班她就在等什么，可没有想到这场雨，她不就是等文娃子这厮嘛。大货车上错打了算盘，下大河南路上调情又被他骗了，胆小鬼，他不敢嘛！

“今儿个，今儿个……”她横了横心，心在“咚咚”地跳着。

被看得浑身发毛的弟弟突然颜面变色以攻为守了，“姐，还不快淘水，愣啥神儿？”

“看你这泥猴儿相，让姐快认不出了。”

也不怨女人这么形容，刚才突击整了这几趟装泥土袋子，雷文裤子上、雨衣上、脸上、头发上、脖子里都是泥巴了，脸上像个唱三花脸的小丑，雨衣上还有一块泥窝在领子间，浑身上下湿漉漉的，只有工作帽是干的，可惜这帽子早扣到他姐的头上了，后生仍继续淘着水。

“瞎说！你不是说剥了皮也认识我的骨头嘛。”后生打着岔说。

“那可不一定。”彩凤错开话题，“人在变——心在变，骨头不会变吗？”

“别人我不管，我是我，海枯石烂心不变。”为了表白，雷文坚定地这样说。

“不变？咋老躲着？”

“这是啥话？谁躲着呢？”

“谁躲谁知道。”他俩的这种情况，其实女人也知道后生躲啥，姐夫不在家嘛，心虚怕落闲话。

“姐，真不是躲，忙着哩，钢厂要吃活人肉哩，任务常常加码，加得没了规章，鞭打快牛，忙得不可开交。”

彩凤厉声责问：“你上街时，我顺路托你给称盐，称回盐来，拐个小弯就到姐家门口了，进来一会儿会吃了你？还转托别人捎来，咋像要不登姐的门槛儿了。”

“不不！那天确实没时间，半路碰到烧结车间的一个作业班长说炉箅子烧裂停了风，硬给拉走了。”

“你文娃子脾气真好，在你的面前，好像高炉机器设备没正常的时候，炉长拉你，破碎机、烧结机的组长拉你，随叫随到，只有姐拉不过你来，是吧？”

雷文木然，无言答对，没招数了，因为对这个凤儿确实亏心。为了摆脱窘境，他随手捅了下姐的胳肢窝，总算把女人逗笑了。但是她心里有准主意，排除了困难三十六计走为上。

雨势似乎停了，蛙声吵起来，泵房东边远处是道沟，汪洋般的积水朝大河流去，青蛙可多了。雷文这才对姐描述了刚才的情景——不知道生产队的哪位大爷把排水口给堵了，才造成咱泵房周围汪洋一片。幸亏他小蔚州懂这个，三铁锹下去给捅开了。这沟里有半沟水，自己一脚踩空险些给卷到大湖里去。

听到这里小媳妇挂起心来，哪里还计较近些时他不看自己的事，又回想到刚才帮弟弟脱衣服时看到他右裤管有半裤管水，不由得后怕起来。

彩凤怕了，真的怕起来，打着战。

雷文还说泵房里积了这么多水，不光是潲的，潲能潲多少，是后山墙几个老鼠洞闹的，积水顺着洞灌进来了。那一会儿，他也顺便一块处理了。

天公不会说话，雨婆婆也不走出来管闲事，这场搏风击雨保护设备的斗争，应该给彩凤、雷文俩工人记功，记大功。单说雷文，与暴雨搏击了一个多钟头，清除了生产队排水障碍坝垒一处，堵漏水的鼠洞三个，装运七八袋土在门前垒成一座挡水坝。

经过姐弟这一通猛淘，泵房子里的水被“请”走了，还剩了几片小水洼，泵房地板大部分露出来了。这时才顾及自己的衣服，雷文的上身原来穿着一件雨衣、一件卡其布工作服、一件跨栏背心，现在只剩下背心了。在小媳妇眼里弟弟成了大力神，他胸前那两块胸肌更显示出他的强壮。

“姐，你去房外凉快一会儿好吗？求你了。”小伙子硬把姐推出房子，他要拧裤子了。

金雷文三下五除二脱下裤子拧干，又以迅雷不及掩耳之势穿上，看见彩凤上身也只穿了件跨栏背心，觉得不妥，急忙把自己半湿不干的上衣扔给她，让她快穿好。彩凤的工作服湿得不能穿了，横挂在铁丝上晾着。

故纸堆里泡大的雷文，胆子比老鼠都小，要耍贫嘴可以，出格的事可不敢干的。雷文催促着二姐赶快清理场地，他要查看水泵。

上机电部流动段副段长金雷文心里装了团火，暴雨不光浇了水泵房，还浇了露天电焊场、土焦场，急忙转入正题。雷文心急火燎地干着，说查了这台泵还要去巡检三号泵、五号泵。

小媳妇总那么漫不经心地磨蹭着，说话前言不搭后语。弟弟在这里，她把这维护机泵的责任都交给名义上是弟弟的副段长了，自己的思绪拐到感情上。在家乡大金，在钢厂全厂甚至在沉沙全县，金彩凤算地道的美人了。美人考虑问题有她自己的标准。

她今天来上班没有想到下雨，更没想到会和情人相遇，未做任何修饰打扮，下身的工作服卡其裤子俩裤管都湿了，好在卡其裤子内套着一条纯棉秋裤，她想过脱下卡其布裤子也拧拧水，但因为害怕弟弟瞪眼没敢脱。

彩凤又想，咋个整天里打镰取火，就碰不出火花？难道是这从小看大的娃子变心了吗？不会吧，她左思右想，觉得不可能。

对小媳妇彩凤讲，今儿个这个下雨天儿可是天赐良机，在这碧玉海洋般的玉米地围绕的小房子里，就他俩人，完成多年的夙愿不好吗？想到这儿女人急不可耐了，就悻悻地绕过弟弟挪到屋子外面，蹑手蹑脚地把铁门子拉上，冷不防伏在弟弟的后背上，两条手臂圈住了弟弟的脖子，用一种异样的腔调悄声道："文娃子，姐冷，抱抱姐吧！"

"躲开，躲开，快松手！这是啥地方？这是岗位，怎么得了！"后生急了叱斥道，"你是我姐，这是上班时间，再闹怕要出事儿了！"

"我就不，我就不嘛！胆小鬼！伪君子！你们男人都这样吧……"倔强的小婆娘，可怜巴巴，又透着蛮不讲理的孩子气。

雷文说理性的谴责声铿锵坚定，但也柔似流水，怕弄出事那可不得了，又怕伤了对方的心。

这个姐呀，他唉了一声，和自己一样，熬煎了十几年了。

雷文意识到了事情的严重性，第一位想到的是必须想办法脱身，这是上策。但是，有个责任心在那里，他还没检查机器运转情况，又想到还不能简单拒绝太伤了她的心，女人心眼儿小，万一想不开……他于心不忍。这个犟姐犟起来哭哭啼啼也不好，想到这里他像小时候那样一只手抓过姐的小手来，揉了揉又攥了攥，算是给了点儿温情，这才轻轻地把她的小手移开，转过头来只笑了笑，无奈又郑重其事地道："姐，这是啥地方？说来人就会来人的，让人碰到不好！这不是咱们大金的篱笆院，是吧？"

"我不管！"女人真的撒起娇来，破着嗓子喊起来。

"你不管我得管。不管不行，咱们都是大人了，人多嘴杂，不是玩儿的，得从长计议……"

"骗人，又跟姐耍花腔，你让姐等了仨月，还从长计议，计议到哪个猴年马月。"

唉！世事多变，都说女人怕缠，男人更怕缠。如果你被她们缠上了，保准脱不得身。何况今儿个雷文遇到的不是留一双辫子的一般剩女，是自幼抱大自己情意深厚的姐。就像进入乱草丛，缠住你脚的不是紫藤、牵牛类的缠绕茎，而是玫瑰，是牡丹上品，你还会踢开吗？

小伙子只得反转两条手臂缠住了姐的脖子，向她飞了个眼儿。这就算回应了。俩人双双松开手都站回原位，谁也没再理会刚才问了些什么，说了些什么。

"姐，咱们快整理整理吧，刚开过会了，我就是来检查的，让别的来检查的人碰到更不好。"

"中！"彩凤毫不情愿地应着，摘下头上的帽子，反扣在弟弟的头上。她自己的工作帽不能戴了，散碎的头发垂在脸前面颊上，大部分披在肩上，经风一吹，翩翩跳起舞来。这是从俊处说的，但又像个丑陋的女鬼。

"姐，头发！"雷文忙提醒。

"头发又怎么啦，不好看吗？"女人嘴里这么说着，但停下别的活计快速地掏出小木梳，又快速地把头发梳理在一起，拿下发卡辫绳胡乱把头发拢在一起绑上，又绕了个髻儿。

"这样好看呗？"女人问。

雷文笑笑点了点头。

接下来，屋子的闹剧总算告一段落，总算平静下来。雷文恢复了原貌，把改锥的一头触到泵壳外，锥把儿贴着耳朵，听着，似内科医生查血压那般。

雷文向姐姐示意把缺失玻璃的窗洞找东西堵好，彩凤手忙脚乱地在屋子里转着圈圈。倒也放心，门前草袋子垛成了一道坝，后墙的洞也处理了，再大的积水也涌不进来了，只有木门于是个隐患。霎时间进入南山的雨神真的又回来了，天借着地气，地借着天威又闹雾了，回槽的马驴更热闹，外面又一通叮叮当当，雨幕又一次封了天。

这木门让人伤透了脑筋，铁丝线绳、木杠都用上了，总没有贴上南墙封堵好挡住雨水，弄得人团团转。

也算天意吧，因为共同推拉木门的缘故，又一次让俩人近距离接触了，不是背靠背，也不是肩并肩，而是脚挨脚了。

老天爷呀，让这一刻过去吧，咋就把他和这个姐安排在一起？咋自己偏偏看上了她？咋她又偏偏被抢了去嫁了个麻子老爹？咋这麻子偏偏又救过自己的命？这命运太捉弄人了！侧身半搂着彩凤的雷文在暗暗给自己敲警钟，雨小了，干完活赶快脱身。

而这个姐又一次沉浸在幸福的蜜罐里，她拉着铁丝的另外一只手慢慢拐了弯，摸索着后生的背，她的那标准鼻子下的小嘴巴又不老实起来，仰起头慢慢寻觅着，小伙子慌了……

4

风雨袭来，不单纯是自然界的暴风骤雨。

“咚！咚！咚！”门子的敲击声把姐弟俩从雨声雾幕中惊醒，有人急促地敲打着被推拉着的木门。他们从缝隙中瞅到被淋得像水鸡子似的人影晃动，是小贾，还有本班另一名维修工。大事不好，真的来人了。

雷文急忙把拥着自己的姐往旁边一推，松开铁丝把门子打开，瀑布似的大雨点子一股脑儿打在众人的身上。今天这是咋了，天灾人祸都到了。

屋子里的人被打得更惨，彩凤急忙退到后墙处，打得雷文刚晾得半干的上衣又湿透了。

老天这是咋了？十几年不遇，让咱赶上了。

大雨再次破门而入，雨打风拍，原本较整洁干净的屋子内又被弄得一塌糊涂。

“快进来，快进来，赶上这天儿，屋子也太小了。”这是雷文，带着歉意。

“快把门子关住，关住，关门！关门！鬼天气。”一个熟悉的声音响在耳边，一时辨不清是谁。

镇定片刻才看清，冲进来三个人，小贾、那名维修工，还有个包裹很严的矬胖子。怎么裘主任也来了？十几米外沟沿边上停了辆摩托。大雨天道路泥泞骑摩托干甚，不怕摔跤？明显是突击查岗的。干甚，来找碴的呗，够人呛。

雷文不由得心里一动，万幸，亏了没干别的。这才踏实。

还戴着雨帽的裘嘉阁半天没说话，眼眯成一条缝，像审视着屋子里的每一个角落、每一块砖瓦。无事也看出事来了，看得让人发毛。人的脾性树的影，俩副主任中为啥人们喜欢麻子老葛，那老葛有啥都挂在脸上，你有不对的，他口袋倒西瓜噼里啪啦都给摆出来了，听不听由你。这小裘就不一样了，攥着拳头让你猜，看得人发瘆。

小贾看到这尴尬局面不对劲儿，急忙打圆场说："这是刘厂长关心岗位一线同志们的工作环境，看遇到了什么大困难，让主任带人下来转转。"

其实这裘主任最应该看的是那道新垒筑的草袋子土坝能不能挡住玉米地漾过来的水。这道土坝多么大的工作量，又取土又搬运，要折腾多么长时间才完成，又垒得那么高。他裘主任硬没看到，明显在装孙子。现场的气氛很不协调，本来应该庆功祝贺的模范举动反倒被埋没，鸡蛋里挑出骨头，先进分子成了被查的对象，岂不让人寒心？

裘主任嫌小贾多嘴，不自然地扫了她一眼，弄得这爱说爱笑的女秘书哑巴了，半天缄口无语。贾秘书好像指了指那道土坝，见小裘不睬，也未敢挑明。

淋得最惨的是另外那名维修工，他穿的是半大雨衣，况且是顶着雨蹚水过来的，满身泥巴，冻得打战。那摩托是公家特为紧急抢修配备的，管技术的主任来解决问题，女秘书来干个甚？好像裘主任和贾秘书合骑那辆摩托来的。还是当官的好，大官小官都一样，雨衣、雨靴、风帽、风镜齐全，只被打湿了一部分。

雨仍哗哗地下着，又一声炸雷在头上响起，屋子小人挤，贾秘书都快被挤到屋外了。双方似乎都在找茬口说话，可总没合适的话说，像剑拔弩张，气氛异常紧张。

门前挡水的土坝唱起了主角，内行人除了瞎眼人都承认这一点，没了这个主角进了水的泵房和水泵就可能被淹，作业就要停止。有了它的护挡，设备就安然无恙，外人一看就明白的事为甚小裘不睬不理？是不该这么做，还是小蔚州多此一举，还是什么？旁观者，只有小贾看出了个一二，人家小裘是戴着有色眼镜来的，小裘是来找碴的，不是来评功摆好的。

裘主任半天不语，他的眼眸洞察一切，看得瘆人。

"快看你的泵！"这个官儿终于说话了，话中字字带着刺，气氛愈发紧张。

这句喊话把人们的注意力一下子转到了现实——机泵上。

登时屋子里的气氛上升到了爆炸点，着火即爆。

方才雷文、彩凤和下来检查的众人的精力都集中到门子上了，缺玻璃的木门，缺失一个门轴斜挂着的大铁门，铺天盖地的暴雨，溜进来——简直像泼进来砸在头脸上的大雨点子把人们都砸蒙了。耳朵聋了，眼睛像蒙上了纱罩那般，抹掉脸上的水，灌进耳朵的水都来不及甩，哪有精力留意水泵的运转呢。

后生雷文为人谦虚谨慎，从不是摆功显能的主儿，原本他认为分内的事不值得炫耀，当官儿的长着眼不会看吗？他原本打算说几句垒坝堵水的情况并提出建议，见领导爱答不理的态度什么也不说了。他老是想，不是长着眼了吗？可以看嘛！

“啊！停了！”雷文的思绪登时猛转过来，定睛一看，吓了一跳。怪异，刚才听检时水泵走得好好的，如何停了呢？！他近前细看，是短了路，急忙动手处理，三分钟后机泵又动起来了，众人这才算松了一口气。

其实，这是常事，这里单设了个岗位，就是干这个活的，停泵后重新启动，连水泵工也会处理。泵出了故障启动不起来，就启动备用泵。一般这活儿应该是水泵工金彩凤做，围的人再多也得在一旁看着。今儿反常，彩凤把这活儿交给副段长了，自己倒成了旁观者。或许她跟这裘副主任有过节儿，碰到一起故意避开，这会儿她到一边淘水去了。

泵的叫声被“哗哗”的大雨声盖过，垂着头继续听机声的雷文倒有些自责起来。这还了得——雨中停了泵，水压一旦上不去，高炉钢炉要受影响的，惹事儿了。他又自责又埋怨起姐，这疯婆娘光闹了！自己也没把握好，又丢东落西，大雨水进来打昏了头，光顾堵门子了。

是不是出了大事情，那要看备用水塔的功力。备用水塔站在那儿也是顶这岗的，关键时刻得顶上去。

老天爷全然不理会人间事，仍“哗哗”地下个不停。

这小裘副主任也太不给面子了，全然把这副段长晾在一边，权当眼前没这位主管抢险救急的副段长，对身旁那位维修工一努嘴：“查一查。”

那维修工也像雷文方才那样提起改锥，摆好架势，屏气听了一气泵的声响，吐出了两个字：“还成。”意思是运转正常。

对此检查结果裘嘉阁充耳不闻，不屑一顾，推了下维修工。

他仍在找什么，看得出他的脸色跟下雨的天色一样铁青。

“你俩刚才干什么了？”这个裘嘉阁死盯着雷文，又横了一眼彩凤，厉声问。

“摆弄门子，弄草袋子，淘水……还能干什么？这么大的雨水……”

“草袋子？”小裘故意反问，“什么草袋子？”

“在那儿！”雷文一努嘴，把头扭向门外，又一撇嘴，意思是：刚才你咋不来？瞎吗？这么高的草袋子坝竟看不到。

门前多了道草袋子垒成的土坝，这是事实摆在那里了，裘副主任真没注意还是假装视而不见，不得而知。

近几个月，好多事儿说明，小裘这裘胖子有点儿跟机动工段副段长雷文过不去。本属于雷文段里安排的活儿胖子偏插了手，指东招西，像要架空抠掉小蔚州这个副段长。真歹毒！把你支开了，出了事儿又把责任扣到你头上。尤其是近日赵主任、葛副主任外出，他胖子独揽大权后，这做法愈演愈烈。雷文感觉到了，感觉到他这是在找碴儿，不光冲自己，还是冲麻子老葛来的，自己是麻子的小舅子嘛！今天小裘是戴着有色眼镜来的，来的目的就是找碴——整这个金雷文。如果出于公心，一位部门领导人也应懂点领导艺术，甭说俩工人没事，如果真有事的话，人家俩人垒了这么高这么坚固的土坝，功劳是大大的，也可以功过相抵，将功补过嘛。有事的话，批评两句不就过去了，何必这么兴师动众。

裘嘉阁这时才发现自己脚下——刚才险些把自己绊倒的铁门下——是堆成一排的弧形土袋子，形成了一道土坝，挡住了泵房周围的积水。他心下却不为然，似乎说这能说明什么，本来就是你们岗位上和维修段里的事儿嘛，早给泵房配备了草袋子，就为了这。这么说他是懂这个的。

跟来的那一名维修工不声不响细致地检查了一下机泵和线路，直起身子指了指泵座说："这里的泵座设计原先就不合理，基础太低了。"他指的即泵座，顺便看了眼门子外草袋子筑成的坝，冲雷文竖了下大拇指，这是赞成副段长。

雷文这副段长不是谁给硬安的，是自己闯出来的，干字当先出来的，工人师傅们普遍是这反映。

对此裘嘉阁仍不屑一顾，叫着一起来的维修师傅原本打算给自己帮腔说话的，未曾想反倒替小蔚州说了话，真晦气。他随口说了句："回头找总工办吧。"把问题勾回到刚才的话题上。

"我问你俩，金雷文、金彩凤，刚才你们干什么了？"他又厉声问。

"没干什么呀，顶着门子避雨！往外淘水。"金彩凤答。接下来雷文补充说："这泵座基础是低了，整个泵房都低。这也不怪谁，原来估计不到会下这么大的雨……"他的话被打断了，还没表明的意思是：破门子也不顶用，就怕涌雨；人家公社生产队的玉米地边堰高，这是后加高的人家光考虑保水保肥了，没考虑积水时会淹咱的泵房；光门口垒坝还不行，最好在泵房周围挖道排水沟。其实人家金雷文这个副段长管的只是维修设备，至于建固定的堤坝和挖排水沟那是厂里整体安排的事。小伙子出于公心和责任感而想到的，今天又顺便提了一下。

打断雷文的话，裘嘉阁继续吼道：“我问的不是避雨不避雨，俩大活人看一台泵，竟让泵憋停了不知道，坐在椅子上做啥？”他说得眉飞色舞。

这话反把雷文问糊涂了，问得人很不自在，啥个叫“坐在椅子上”？就那么一把木椅能坐俩人吗？外面下着那样大的雨，甭说没椅子，就算有两把椅子能坐得住吗？突然间雷文明白这小裘来干什么了，来“捉奸”吧？亏了把握得好没干什么，否则，糟透了，出大事了。

“这句话问的是什么意思？”像被黄蜂叮了下的彩凤脑袋里也划了会儿[①]，瞪着小裘问，也扫了小贾一眼。

“没，没，没啥意思，是随便问问……”

“没啥意思这叫啥话？能随便这样问吗？”雷文厉声问道。

裘嘉阁似乎倒退了一步，咄咄逼人的气势减弱了，但答非所问，答话中带着刺儿，前言不搭后语，语速也加快了。

大雨天来查岗，不查淹没淹泵房，倒先查纪律，若真淹了泵房，机泵和水泵工都被冲走了，还有什么纪律可言？像话吗？雷文这样想。

没意思，没意思。这话里本身就有意思，那语调不一，任何人都能听得明白。阵势摆开了，金雷文、裘嘉阁两只奓翅欲斗的鸡，摆在那里了。为了缓和气氛，多一点儿回旋余地，裘嘉阁这样说道：“我们下来就是检查的，重点是查纪律，问问还不行吗？”

“这话儿得看你怎么个问法儿，问什么。有你这么问话的吗？我若去你办公室，碰到你也是仨人俩人在一起干着什么，能这样问你吗？”雷文可不吃这一套，红了眼，继续厉声反问。

一听对方提到“去你办公室”和“在一起干着什么”，小裘心里发毛，小贾也毛骨悚然，俩人都心虚嘛。

这婆娘妒忌那个似朵花的小媳妇，但同样对小蔚州那帅哥也恨得咬牙切齿。再说裘嘉阁，对雷文也不是全部排斥，还不是因为这小蔚州技术过得硬太拿活了，称得上是手下的强将，在工人中说话又顶事儿，推动工作还离不开人家，所以才又打又拉的。这一点实在不行了，特别知道小蔚州和彩凤不是亲姐弟兴许有奸情后，醋性大发，才决心和这高中生誓不两立，直到让他滚出沉钢。到此他决定以势压人，管他怕不怕，先来它三斧头。

“哼！哪有你这样跟领导说话的。”

---

①会儿：方言，道道儿。

“上梁不正下梁歪。”

“说说咋歪，咋了？还领导不了你这高中生了？”小裘这样说。小裘怕逼急了对方真的抖搂出点儿事来那，可就捅娄子了。“咋了”两个字过渡一下拐了弯。现场最不明白的是跟来的那位维修工，站在一旁看看这个又看看那个。一个是主任，一个是段长，不清楚要出啥事。

“你这是在当领导吗？！”小蔚州火了继续质问；“是领导说的话吗？”

“我是主任！”裘嘉阁想用官儿大一级压死人。

“我还是段长哩！”雷文毫不退让。

“谁领导谁？”裘嘉阁声色俱厉。

“根本不存在谁领导谁的问题，是谁了解情况，谁说得对。”雷文说到这儿，居功自傲地瞟了眼筑起的土坝。

“啊！”裘嘉阁语塞得张口结舌了，两只格斗着的雄鸡，胜负立见分晓。

雨仍哗哗地下着，打得铁皮门子乒乓作响，一梭子闪电过后，又一声炸雷炸响。小裘不由得皱了下眉头，今儿个出师不利，碰到俩刺头，早知如此，不该听了点儿风言风语 就追了来，来了就坏了，只能硬撑着。

“我咋不了解情况了？纠正歪风，抓的就是你们。”

“我们咋了？劳你大主任兴师动众……”

“咋了？你们自己知道。”裘嘉阁揭伤疤，要抛重型炮弹了，未等对方反应紧逼道，“我问你，下着这么大的雨，你来这里干个甚？”

“你们不也来这里了吗？来干啥？”雷文把甩过来的手榴弹捡到手反手打回去。

裘嘉阁说：“检查！根据总厂的部署做的，检查安全生产，加强劳动纪律的执行情况，不行吗？你呢？不在维修工段，趁雨天来这荒郊野外……”

雷文没等他下面的话说完又返回了一串炮弹，“干啥？干革命呗，雨天垒坝挡水防洪，为革命修好设备多出铁出好铁，备战备荒为人民呗，还能干个啥？”

“谁支派你来这儿的？”

“你，你——根据部里的安排来的。”

“我？”裘胖子故作不解。

下面是两强对垒一通炮战：“我来这里巡检了，就是根据你的工票来的，水源地五座泵房，每三天检查一遍，你签发的工票。”“五座泵房为甚偏偏来这座四号泵房？”“我刚从二号泵房过来，是顶着暴雨来的。亏着来了，来迟了的话，水越积越多，怕把这四号泵漂走了。”“啥叫漂走了？危言耸听。”“说漂走不是夸张，那会儿这里一片汪洋，我若不在沟沿扒开那道口子，泵房就淹了，随即又弄了草袋子垒了土坝。这样的安全作业条件，你让一个孤身妇女守在这儿如何应付得了？”

同来的那位维修工插话道：“我见到金段长挖开的那个排水口了，他差点在那摔了一跤，跌下水去兴许就没命了。”

本来嘛，他裘嘉阁和贾喜凤也长着眼，也看到那新挖开的排水口了，也明白这是有人顶着大雨取土垒的挡水坝，又挖了排水口，也知道兴许是责任心极强的小蔚州刚才做的，这得折腾多长时间，设身处地想一下，那种情况下哪还有精力干别的，说人家姐弟乱搞那不是瞎说吗？应该就此罢休，说两句不疼不痒的话过去得了。但是那可不行，不是冤家不聚首，如果那样做了，不就没有后面的故事了？明知亏心可偏不，趁着麻子主任不在厂里和沉沙总厂抓纪律整顿，抓反面典型之机，不整整这小蔚州和那个娘儿们那还了得。

人若戴着有色眼镜来找碴儿，看到处都是灰沉沉的，找毛病的话还找不到吗？又一通舌战开始了，这次口角的主角是裘嘉阁和金彩凤，从工作时间干私活儿辩起。

“工作时间纳鞋底儿，干私活儿是吧？”小裘扫一眼墙上挂着的鞋底儿，申斥着。

“纳鞋底儿怎么啦？你们家婆娘不给娃儿做鞋纳鞋底儿，有钱呗，可以买鞋穿，咱老百姓咋办？”

“甭扯得这么远，我说的这是工作时间！”

“工作时间又怎么啦？上八个钟头，干坐八个钟头，光听‘嗡嗡’响，烦不烦？不找点活儿干提提神儿行吗？”

“烦可以不干嘛，又没有谁去请你，就甭来拿人家一天一块钱了。”

“又不是给你家干，请不请不是由你说了算。”

“你是水泵工，俩眼和俩耳朵是看泵的，泵停了都不知道，这不算失职吗？难道还有理吗？强词夺理，好好写检查！”

彩凤没再说话，人家指在点子上，没的说，自己也确实在自责——其实自己也觉得理亏。工作时间，干私活，确实也不合适。

正在彩凤低下头去想事儿的当儿，两只眼睛在屋子里搜索的裘嘉阁突然看到了什么，伴随着屋子外的响雷声，他怒吼道：“我再问你，你们到底在屋子里干什么了？”裘嘉阁像天界的二郎神下界平叛，了不得了，咄咄逼人，“说，干什么了？”那架势恨不得一口吞掉对方。

彩凤说：“刚才不是说清了吗？淘水，拿草袋子弄土垒坝，推拉门子挡雨！”

“避雨关门子，你们脱衣服干什么？”

“谁脱衣服了？”一句话出来，金彩凤炸了，气得一跳三蹦。

“那不是！”这小裘转过脸去扫了一眼墙角，那里拴了根铁丝，铁丝上还晾着彩凤的衣服。

这时的雷文也猛然醒悟，坏事了，让人家抓住辫子了——这个姐姐彩凤二百五得很，脱的上衣只剩那件跨栏背心了，裤管还卷得高高的，实在扎眼。背心又较短，颜色是鲜艳的粉红色，露着肚脐，贴身穿着，跟肉一个颜色了，不能不让人家怀疑。再者，自己的上衣披在姐的身上了，也只穿了件背心，下身的裤子都打湿了，只是还没有卷起裤腿儿。

彩凤反讥道：“你们当官的，发雨衣穿，湿不了。我们老百姓就不一样了，下雨挨浇呗，衣服湿了还不让晾吗？”

“莫扯远，说吧，坦白从宽，刚才你俩到底干什么了？”裘嘉阁紧追不舍。

女人对这类话反应极灵敏，小贾又被瓢泼的大雨推了回来，拉着门子静听追问结果。小媳妇被挤对得急红了眼，反客为主呎斥着，吵着，那架势要抓架。

趾高气扬的裘嘉阁侃侃而谈，说下去：“这里是工厂，不是农业社，不是靠打钟放羊式的出工过日子。工厂，大钢厂，大工业生产，紧密结合协调作战，是用纪律来统一生产步调，保证实现统一意志，实现国家计划的。不能谁想干啥就干啥，不能老子天下第一，想咋折腾就咋折腾。今儿个总厂管不着你的柴米油盐，更不管你晾不晾衣服，家里的事你回到家里再办。要不你就别来岗位上上岗，上了岗有工作服就得穿得整整齐齐，就得戴帽子，不能披头散发，这是从安全上考虑的。工作服穿戴不齐全不允许。借雨天僻静来这里偷鸡摸狗更不允许了，别以为男人不在家想咋干就咋干……”偷鸡摸狗下面的话没说全，是合理省略，自己琢磨吧。

“姓裘的你把话说明白，拿出事实根据，都是谁偷鸡摸狗啦？谁，谁谁？证据！你是领导，我还是喊你裘主任好，作为一位领导得知法，懂法，守法，说话得负责任。污辱人也是犯法，诽谤就是犯罪！”小蔚州翻脸了，说得字正腔圆、铿锵有力。

“说说是谁偷鸡摸狗来着，老娘还真不怕这个！肚子里没病死不了人！拿证据，胡扯八咧满嘴喷粪，会遭撕嘴的。”彩凤更火了，委屈得哭哭啼啼撒着泼。

“这么大个人了，还用给你点明吗？谁做了谁明白。”

“狗才做那缺德的事儿，当你们那些事儿老娘不知道，你是官儿，给你留着脸了。”

贼喊捉贼也好，先发制人也罢，这当口的胜负要看谁手口麻利了，反正撕破了面皮都红了脸，水要进屋，火要上房。

“不跟他瞎搅，叫他拿事实！攻击人犯法，不能随便给人扣屎盆子，姓裘的说不清楚，今天甭想出这个门！”

“咋了？还想动拳头是吗？这是沉沙镇，不是你西合营。”

“西合营怎么着你了？西合营的人最讲理，不会动拳头的，讲的是有理走遍天下！”

裘胖子气急败坏声嘶力竭地跟着吼道：“你这叫目无领导，无组织，无纪律！”

“有你这样当领导的吗？是领导说的话吗？是人话儿吗？”

“都好好说，消消气再说，这样传出去说钢厂的人怎么怎么了，多不好。”小贾在一旁和起稀泥。那位修理工也被吵傻了，看看这个，看看那个，骑着墙口，要溜。

“你也别充好人，你的心思老娘不知道？你跟他——裘胖子，难道就那么清楚，就没穿过一条裤子？还有脸说人！”撕破脸皮的金彩凤要破罐子破摔了。

“走，走，闹吧，管不了了，有管了他们的人，他们这属于道德败坏，社会治安问题，让保卫科来管好了。”裘嘉阁像只被人揪着尾巴的狼，拔腿就溜，生怕再说下去露出什么馅儿，悄悄点了下小贾的肩膀这样说着。

现实挺难说清楚，生活平静如镜、渴求过安稳日子的小蔚州没招了，你不惹人人惹你，太欺负人了，安稳不下去了。

大雨哗哗地继续下着，雷声倒是没了，雨声唰唰的，玉米地周围下得混沌了，北川呀，南河呀，黑乎乎一片，天接地，地接天，分不清哪是哪了。亏了雷文挖的那排水口，洪水得以泄向大湖，泵房周围田地里的水倒是没积攒多少，泵房的险境过去了，这不应该平静了吗？环境倒是很静，可是四米半见方的泵房子里却吵成一锅粥。三男二女中，金雷文和金彩凤为一方，裘嘉阁和他的小秘贾喜凤为另一方，那位维修工是中立派，打了个平局。公平的天公能把自然界摆平吗？天不早了，灌了浆，喝足水，玉米丰收定局了，人间是非曲直咋这么难？如何就摆不平？

巡检的任务完成后，跟来的那位维修工看看这个看看那个，都是官又都有势，让他们自己吵吧，跟咱工人没关系，拔腿吧，悄悄躲到门外，继而鞋上抹油溜之大吉。

口上十年九旱，从金雷文记事以来碰到最大的雨要数这场雨了，劈头盖脸打得睁不开眼，双脚泡在积水中，他和彩凤被封在那间似瓜棚漏房般的泵房里，那房子像飘摇在黑压压的一大片玉米地上，房要倒，泵要淹，危急万分，亟待援手。

盼来了，盼来了，盼来的不是救兵，是来找碴的、扣屎盆子的某某人，又吵又闹，闹苦了那俩工人，添了那么大的窝心，狗急了是要咬人的，他险些打了裘胖子。你想着进步嘛，难！恰似给想在平凡岗位上建功立业的小蔚州头上浇了一大盆冷水。

钢厂玉米地泵房的风流故事还在继续着，他俩遇到的不是些常人，彩凤、雷文俩倒霉蛋踩进了泥坑，此后，深深陷进去十五年，真是命苦呀。

小道消息满天飞，谣言四起，沸沸扬扬。文静俊秀、洁身自好、玉笋般透明、有一张娇美面容的金彩凤成了“大破鞋”。英俊干练、思想好技术过硬的标兵型人物金雷文成了“小流氓”。从宝塔顶跌到破鼓万人捶的无底深洞。洞总有露天儿的地方，天总有放晴的时候，好人总有好报吧。

有人用数来宝评说了这起“冤案”：

数来宝，诉冤情，宝不大，冤不小，为个甚？——罪过搞破鞋，笑料，笑料，开除了公职又游街，狗咬尿泡一团糟。

冤吗？真冤！成了全县的“花案”奇冤。

咒什么，不曾想，黑白颠倒，唾星倒把事实淹。

谁之过，问老天，大雨要把泵房淹，功臣说，泵无恙，人机安。

风雨飘摇，七尺泵房成了“花案”现场。

一时间，洁身玉女成了破鞋烂袜子，

白变黑，红变紫，功臣成了被诅咒的流氓。

这场大雨可是导火索，牵出了几十万字的破烂故事，

烧焦了信念壮志理想，浇透了善良人的心房，透凉，透凉！

如果没这场大雨，

金雷文不会遭到私设公堂，木板，棍棒；

金彩凤不会被批斗游街，晕倒在车上；

老葛也不会隐忍半生进深山里把身藏。

俩情侣更惨，八千里路十五年呀，想想想，
难难难，何年花好月圆？
这对情侣的悲欢思念找谁去讲？
还是诅咒那场雨吧，那间四尺半见方的泵房。

5

偌大一个沉钢，从组合扩建到这会儿十几年了，一套的政工治安人员，搞了那么多运动和批判，没抓出一个“反革命”和贪污犯、盗窃团伙，却抓了这了这么一个震惊全厂甚至半个县的“花案”。主办人员当然是机电部副主任裘嘉阁了，山中无老虎，猴子称大王。罪犯是曾经一度生产上的尖子、屡创生产奇迹的金雷文和他的姐姐金彩凤。还是有一部分人说小蔚州好话的：“这怎么可能呢？那后生稳着哩，可不是下三烂！”这是一种说法。另外一些人说：“怎么不可能呢！人心隔肚皮，做事人不知。据说女人的丈夫那葛主任没在家，‘奸’是别人抓的，这对‘狗男女’堪称一对死硬派，死活不承认。”主事者在一些领导的支持下，秉承大官意志，想趁热打铁攻下这座堡垒，纪律上定个典型，他喊冤让他喊去，不管冤不冤，先打他三板子再说。

批斗，办学习班，游街，停职辞退，调离岗位，劳动改造，都办了，仍没有定案。山中无老虎，猴子称大王，“老虎”都哪里去了？小白书记去了地委党校，赵桐主任回矿上去了，行政二把手老葛到武汉调设备去了，再轮就是行政三把手机电部副主任裘嘉阁，这会儿他就是大王，大权独揽。抓纪律成了中心的中心，想整谁就整谁，整起你来没商量。

机电部这段时间乌云密布，浓烟滚滚，沉没几年的群众性的旧花活儿死灰复燃，又到处摆开了“大批判”的战场，那不叫“大批判”，叫“学习班”，热闹着哩。

那一天大雨泵房查岗出事后的第三天，好像那天彩凤是被停了工，大棚里开着会，彩凤坐在小木凳上，又在纳鞋底，突然看到压在针线笸箩底层的一副绝缘手套，思物伤情，似被毒蜂蜇了一下，浑身发抖。霎时间，事发第二天那个令人伤心恐怖的场景出现在眼前。终归是有云，但没有下雨，乌云压顶压得人喘不出气，百度白炽灯的强光刺得人睁不开眼，像站在高炉炉台子上，渣口里喷着大火，震耳欲聋，大有塌天的架势，自己蜷缩在一个角落，像只被缚待宰的山鸡。

“说！说！坦白从宽，交代你的问题！”是个小个子工人，背后坐着裘嘉阁。

彩凤冷笑了一声，反驳道：“咱是个小工人，还是临时工，又不是走资派，咱有啥？”

“破破破破坏抓革命促生产，上着班乱搞，乱乱乱乱搞男女关系！”碰巧发言的这位是个结巴，一句话说半天才说清楚。为啥叫他说？他是组长嘛。

“莫满嘴喷粪好吗？老娘跟谁乱搞了？拿出点儿真凭实据！”这风是朝彩凤吹去的，她不怕。

……

彩凤回过神来，打量起这间不大的会议室，这是临时建的，千疮百孔的席棚子。正是傍晚五六点钟，有刚下了白班的人，也有大夜班的人，若不是那盏白炽灯，棚子就是个堆杂物的仓库。

彩凤又想起了来时的情景。来时心里还抱有些希望，让当官的说两句，被主事的老踮大爷骂两句，兴许就复工了。这个会名义上是办毛主席著作学习班，学习使人进步，学点儿著作，听点儿国家形势，不也挺好嘛。她是带着针线活来的，会前会后搞点“小副业”，免得等得难受。谁想到晚了，会场坐满人了，她在屋外听到嘁嘁喳喳像是提到自己名字的话语，进了屋子觉得气氛不对，好像跟自己有关系，一脚门里一脚门外犹豫间想退出去也来不及了。她的出现使嘈杂的现场立刻静了下来，这是咋了？怕啥？她磨磨蹭蹭地进了屋子，豁出去吧！

彩凤抬眼扫了下，一屋子人，只见人头晃动，后面座位挤得严严实实，只有前几排还有空位。每次开会她习惯扎在后面婆娘堆儿里，那里背着人眼，趁空可做点针线。今儿个不同以往了，往日不少姐妹给她占座或让座，她也是主任家“太太”，谁不高看一眼。今儿个不同了，好像众多熟悉的不熟悉的面孔都陌生了，甚至带着敌意，用异样的目光看自己。好像自己身上有什么感染菌种，惹人嫌。连让人最看不上眼负责机床间搬运的疙瘩婆也高挺起鼻尖神气十足，这是咋了？我金彩凤得罪谁了？

“彩凤，这里来，这里来！这里有座儿。”这是小贾，她站在台子前面，笑眯眯的。

识得好歹的彩凤没去理睬她。飞机头的那婆娘一笑准没好事儿，她可不去那儿，那是官儿坐的地方。前些天下大雨那天，四号泵房里找碴的人中不也有她？她得躲着这摊狗屎远远的。

正寻找合适座位时，人缝中伸出一只手，她一看，是好姐妹武金凤，也就就势挤了过去，也是个背影的地方。开头俩凤没说话，都在稳定情绪。稍歇后，金凤把彩凤的身子压低后悄声问谁通知她来的，彩凤说是小贾派了个人捎话通知的。金凤思谋，这就糟了，上当了——彩凤掉进坑里了，到这步上没有啥好办法，悄声让彩凤沉住气，尽量莫吭声儿。

名义上的这次学习班，就是整“违纪分子”金彩凤的。支部副书记裘嘉阁为了办好这次班，从总厂党委组织部、厂妇联里都请了人，还开了预备会。预备会前分别对“一个观点”的骨干分子做了动员。小裘讲，严是爱，宽是害嘛，铁面无私，严格要求，惩前毖后，治病救人，当前组织纪律松弛，确实应该整整了，不然，这样下去还了得。他还说这是阶级斗争的新动向。

这是裘主任定的调子，调子定得高高的，火药味要浓浓的，一些人见风使舵，裘主任发号令，有的人就跟着举拳头。这也怨老葛，近几个月捧小舅子金雷文捧过了头，使本来威望很高的金雷文也有的人对他有了看法。风水轮流转，这会儿临到“蔚州猴”挨整了，等着看红火吧。

其实小裘线上的有些贴心的积极分子也各有各的小九九，人家葛主任不在，偏巧老主任和白书记都不在，这么整人家的老婆和小舅子，臭人家的名声，人家干吗？这风一会儿硬一会儿软，人家咋对待还不好说。

裘嘉阁开办的“学习班”简直是下大雨那天玉米地泵房审问的继续。

“那天雨天你俩在水泵房干什么了？”这是主审官裘嘉阁。

“除了看泵还能干个甚？”彩凤爱答不理，抽冷子反唇相讥。

“看泵？为甚水泵不运转了还不知道？”

“你不是见到了吗？那种天气，那么大的雨，那么响的雷，泵声能听得见？”

“金彩凤不老实，老实交代问题！”“不老实过不了关……”“金彩凤不老实行不行？”“不行！”……几个愣头愣脑的后生和丫头蓦地喊开了口号，登时烧旺了这场战火。

今儿个咋了，是学习班还是批斗会？今儿个是专门批斗自己吗？彩凤明白这是踏进屎盆子里了。

这哪里是学习班呢？明显是批斗会嘛。把在场的一些老工人惊了个目瞪口呆，把金彩凤打了个措手不及，傻了，大祸临头了。“文革”她经历了，那会儿还小，她怎么也没想到挨批斗的罪罚竟会降临到自己头上，委屈煞了。前些天在水泵房子对质的那会儿是对裘胖子一个人，况且身旁还有同时被审的硬汉子弟弟文娃子，这会儿面对的是黑压压一片人头，自己这是咋了？自己算啥？算坏人？天呀！这今后如何见人！

好姐妹武金凤头脑比较冷静，又拉了她一把让她坐下低下头听着，就当斗的不是自己，不作声算了。

人在矮檐下不得不低头，彩凤也只好作罢。哪有那么多理好讲，“文革”时这种情况多的是，管你张三李四对与错，拉出来一斗，黑白一时能分得清楚吗？这一斗就臭了。

众人七嘴八舌地质问了一通后，裘嘉阁又清了清嗓子说话了，他是会议主持又是主审官，威风凛凛，道貌岸然。“甭跟大家拉这么多客观，我们是治病救人，是在挽救你，把态度放老实一点，说你个人的问题。”胖子说到这儿，声色俱厉，步步紧逼。

彩凤大声道：“我肚子里没病死不了人，不需要挽救，还是挽救挽救你自己吧……”

裘嘉阁怕扯出别的问题，火烧到自己，急忙把话往回收，一个帮腔献殷勤的货蓦地掷出了一句：“让她站起来回答问题，一五一十地说清楚。”

“站起来，站起来，让她站着说！”一个人附和，又一个人附和，“不老实说就让她坐‘喷气式’！”

这叫嚣让彩凤的头都炸了，她平时不说不道没跟谁争吵过，破鼓万人捶，得罪下谁了，这样作践她？

有说让站的，也有说不让站的，有人批评起这套提议，说不应该搞那一套了，现场七嘴八舌一阵混乱。

彩凤气急败坏，想直起身子冲上台子跟这些人辩个青红皂白。武金凤紧紧抱住了她。

裘嘉阁听着这些批判心里美美的，彩凤这婆娘不臭才怪，但又老觉得批得不过瘾，上不到纲和线上，他要搞倒搞臭的不光是彩凤，是她的后台葛麻子和她弟弟小蔚州。在会前他给这些骨干武装了一番，也学了些文件，可件件都和彩凤的言行挂不上号。欲加之罪何患无辞，动脑筋嘛，总能找到些对上号的东西。

机动段段长老踮见状急忙和起稀泥：“都坐下，都坐下，谁也不许动手脚，坐着说，好好说，让彩凤师傅自己说好了。”小裘听了这话感觉别扭，一个被批判的农工有多少技术怎么称起她师傅来了？不对味。可人家老踮是老革命了，也是总支委，小辈的裘胖子张了张嘴把话噎回去了。

吵吵嚷嚷当中，彩凤委屈地哭了，先是小哭，后是人哭得像死了亲人那般，继而抽抽噎噎抹着鼻子申诉道：“你裘主任这哪里是办学习班，是在搞‘审案儿’！我是革命群众，响当当的贫下中农，俺爷爷当过长工，俺爹一辈子没离开过羊鞭子，不是专政对象……”

一个人强词夺理，以势压人，想制止她的申诉，怒吼道：“你是啥革命群众，你是群众中的败类，是臭流氓！”

彩凤继续哭诉下去：“先莫扣帽子，大帽子能咋说？压煞人吗？爱咋骂咋骂吧，肚子没病死不了人！”这婆娘继续讲她的道理，“向来咱凭劳动吃饭，打从上了桑河边上这四号泵，往返八里地，没缺过一天班，半年多都这么上下来的，没一回事故停泵吧？上一天班，挣那一块钱，是靠个人劳动所得，没依靠哪棵大树。”

说些实在话，金彩凤确实干得不错，在小料场时来机泵组后还评上过两次先进，今天沦落到落架的凤凰不如鸡了。她义正词严地声明：“我不是专政对象，我没犯案，生活上的事拒绝回答！”

会议一度哑场，气氛翻了个个儿，彩凤慷慨激昂地责问着审判者。小裘问也问不到当处，答又不知所云，显得张口结舌了。审判方核心组几个人也像坐在烫屁股的板凳上，你看看我，我看看你。半天哑场，气氛倒显得异常紧张，组织会的另一位骨干有气无力地继续诱导着：“大家畅所欲言，想起啥就说啥，大胆地提问。”“说哟。”“说哟！”这是批斗会的第一轮交锋，主审官裘嘉阁觉得丧气，出师不利，灰溜溜的。但事已至此得顶下去。老踮和麻子老葛关系不错，他心里有底，为葛存义掌着舵。老踮坐在一边看着哩，看他胖子如何审下去。最丧气的是两名老起重工、架子工，紧挨着坐着，睡着了，继而儿打起酣。胖子的人捅他们，捅了几次也提不起精神。

裘嘉阁直起身子环视了一周又一周，目光从每一个与会者脸上掠过，他的两只小眼睛像有两条鞭子在抽打着怠会者、逃会者。啊！他是在找人，那个人蹲坐在一个墙角处的人群里，他也发现官儿在看他了，他是巡检维修工王师傅——大雨天同裘主任一起查岗的那位。

王师傅已经被人叫到台子前面去了，像正式过堂审案时传唤证人出庭那般。

王师傅被喊到台前当了对质对象，会场登时一阵躁动。

这时的金彩凤不哭了，反倒提起了精神，向大家倾诉那天下雨遭遇的水害，在最困难的当口金段长来了，冒雨捅开了生产队设在沟渠上障碍排水的土垒，用草袋子堆土在泵房门前垒起道土坝以防淹了泵房。她又讲了她和雷文俩人是如何淘水的，以及俩人的衣服如何被雨水浸湿的，又是如何拧衣服晾衣服的。

“不听你说这些，说你和金雷文俩人的问题，不是叫你来评功摆好的，你说得够多的了，真是老太婆的裹脚布又臭又长！不要转移目标！”这是会议主持人裘嘉阁，方才在彩凤倾诉遭遇时几次阻拦没阻拦住。

金彩凤说：“是你让说的嘛，我说的都是实话，没有半句谎话！”

“金彩凤这是巧辩，不老实，问她东她答西，想滑过去，行不行？”另一个骨干慌忙站起来救场。

会场上稀稀拉拉地应着：“不行！”“放老实点儿！”接下来有人呼起口号。

老跡完全站在受害者彩凤一方说话了，立刻站起来怒斥道：“谁喊的口号？不要再喊了，谁要再喊拉出来斗他。叫他再喊，这叫啥事……听起来没事，没大事儿，大暴雨天儿保护泵房保护设备应该肯定的嘛。再说，有事的话也是人民内部矛盾，也得坐下来摆事实讲道理，这样乱哄哄，成何体统！现下不兴那一套了，以理服人，不能搞批斗。”

一听这话，老跡这不是跟总支部唱反调吗？小裘气得险些要翻脸训这老东西了，掂量了一下，未敢造次。

接下来，转到双方第二轮较量上，金彩凤和几个批判人唇枪舌剑起来。

“你和金雷文一男一女光着身子做啥？”一个骨干质问。

“放屁！这叫污蔑，无中生有！谁说都光着身子？弄草袋子运土了，衣服淋湿了，成了泥猴……”彩凤气愤至极地回答。

彩凤气愤地说：“你，还有跟去的王师傅都长着眼吧？凭良心说，你们看到我和雷文光着身子了吗？先请王师傅说。”

裘嘉阁问：“我们都看到了，你的袄在哪儿？”

“我，我，我……”王师傅结巴了，这也是个老蔫儿，可心里有杆秤。这几天他思量再三，想躲这件事，可躲着躲着今天又碰上了，一方是有权有势的裘嘉阁和贾喜凤，一方是这快哭死的小婆娘，小婆娘身后还有个没在场的麻子主任和小金副段长，还有在场瞪着大眼的老跡段长，都是管着自己的官呀。裘胖子的那对小眼睛在他的脸上拧了三圈，跡大爷的眼像两把钢刀，都是厉害茬儿。这位老实巴交的维修工慌不择言地只好实话实说了。老王说：“那天尽忙活那场雨了，没有留神更多，我看到彩凤师傅的上衣脱掉晾在铁丝上，还穿了个背心。金段长啥也没脱，两个裤管全湿了，贴在腿上滴着水，可能光淘水了，顾不上脱。”这老师傅只好如实地说了这些话，最后又补充了一句：“可我觉得抠这事儿没多大意思。”说到这儿，他朝裘胖子斜了一眼。老王说罢，未等官儿们说话，转身坐回自己的座位。

裘胖子的后背冒汗了，小贾这叫办的啥事？说好事先选好发言人嘛，说啥不说啥事先得培训一下嘛，弄了个这摊场。

批斗会开成了一场闹剧，在口号声中以哄笑和吵闹收场。是总支委踮大爷宣布结束的，再开下去这大席棚的会议室就要着火了，就要出人命了。

方才的局面乱哄哄的，有人喊要把金彩凤揪上台子交代问题，喊口号的几个小子让踮大爷骂着压下去了。彩凤不知哪来的那股子气力，喊着“奶奶不干了”，中途要退场回家给孩子做饭去。这哪里行，小裘事先安排好的俩婆娘——好像也是招来的临时工人——一左一右把彩凤摁回座位动弹不得。意想不到的事情发生了，一阵嘈杂吵闹声中，被揪的对象金彩凤腾地一下挣脱左右控制，吼了一句什么，随身拉下墙上临时装配的灯用火线，冒着烟气。“要绑架吗？奶奶是革命群众，死给你看！”彩凤哭喊着。亏了墙是土墙，亏了电线是新换过的，亏了电闸就在门后及时处理了，这个二百五的彩凤呀，真的不要命了！你死了孩子咋办？看到了吧，兔子急了也咬人哟！有人吵吵着。拉了电闸，高倍泡子灯灭了，屋里黑洞洞的，与会者都挤成了团，都在往外挤。

“机电部这是干的啥事？差一点儿把会议室点着，差一点出人命。”

惊恐逃离现场的人们走了老远还议论着骂着，几年没见这批斗会了！“胡闹！胡闹！”让不少人看了新鲜。

小裘组织的这活动蹲了底，弄了个一哄而散，有说好的也有说坏的，有人说人家裘主任敢抓敢管，有魄力，也有人说都啥年月了他还搞这一套，这本身就是破坏抓革命促生产。

甭管咋说，小裘要的轰动效应达到了。这一闹几百号人马的大机电部谁不知道这里出了“花案”。

一时间，偌大的机电部，还有机电部周围的生活区，流言蜚语炸了，金彩凤臭了，那个大麻子和精灵般的小蔚州也臭了，弄得乱哄哄的！

一不做二不休，趁主任书记们不在家，小裘他就想搞臭搞烂婆娘彩凤，想借此把老葛挤走。他骂小蔚州雷文：“跟我动心眼儿，还嫩了点儿！”

在批斗会上，裘嘉阁嫌秘书小贾没组织培训好会上揭批发言的人，那个实话实说的王师傅给了他难堪。小裘说：“老王，你等着吧，有你的好果子吃！”气得他说小贾是个废物，是蠢货。下面领彩凤到南园村游街示众那件事情，小贾倒立了功——是她把彩凤动员出来的，实际是骗出来的。彩凤呀，不想想后果，傻蛋哟！

这几天背了包袱失魂的女秘书贾喜凤，在为着拉彩凤过南园村游街伤着脑筋。不知咋的，老段长踮大爷有两天不露面了，有的说是彩凤出事的那一天急病了，血压高起来了，头晕得站不住，也有的说又崴了脚。后来才知道，他被裘主任支走了，在二里外的焦化分厂。人没来，话是留下了，说部里的事情这么多，主任书记们多数不在家，彩凤、雷文的事儿先挂一挂再说，等几个头儿齐了再决定下一步吧。老段长资格老，当得了部里工作上的半个家。可她当秘书的难了，带点纱帽翅的人的话就得听，主持工作主事儿的裘主任的话更不能不听。可那小裘不知哪这么多路数，又有新的打算，要摆一出新龙门阵。安静了三天，这三天小裘一天一个主意、一套办法，她这秘书就得屁股后面跟着转，得紧跟照办嘛。

这一天裘主任发话说：明天有去南渣场处理大块铁的大拖车，路过咱四号泵，安排几个起重工跟车去清理挡路的废洋灰件，通知金彩凤跟车去，腾出她的更衣箱，做好停工交接。

小贾说："我能支动她？雨天去查岗，出了那么大的事儿，不恨煞我了。"

"动动脑子，没个支动支不动的。"裘嘉阁说到这儿挤了一下眼，"叫她跟大拖车去，就让她再逛逛南园村嘛。"小贾懂了。没机耕道大拖拉机就得走村里嘛，这两天"大破鞋"彩凤闹的这点绯闻在四号泵房旁边的南园村几乎妇孺皆知了，大拖拉机若拉着被看成"破鞋"的彩凤从村里一过，那不当猴耍了？何况彩凤俩儿子就在村小学上学呢。

贾喜凤心里骂裘胖子这一手真够损够绝的，全没留个后路。可骂归骂，她还得跟着他走，他俩穿一条裤子嘛。

也是活该彩凤倒霉，谁叫她太爱说了，嘴上没个把门的，竟把自己的定情物品的秘密告诉了她这贾姐呢。这定情物品她害怕麻子丈夫知道，藏到岗位更衣箱里了，要去老岗位上清理橱柜骑单车去不好吗？偏偏鬼迷心窍愿意贪这个便宜蹭公家的拖拉机。

听，这会儿生活区南大门口像开了锅。

6

南园村短河滩不远处风尖利得很，"嗷嗷"的声响似牛嘶马叫。

那风势像疯牛、野马，瞪着醉醺醺的眼睛要闯向民宅小院，风锋像利刃要攻击人杀人哟，弄得鸡飞狗跳大有塌天之势。冷风掠打着万物，碰到铁皮房顶更打得叮当作响，在高压线上、在棚户区裸露的小物件上吹着哨。"呜呜""呼呼""叮叮""当当"，烦煞人了。

这是咋了？人们像有预感，这不是个好兆头。钢厂里开出了大拖车，车上一车人，还有个烂婆娘彩凤也在车上，像是又闹“文革”了。看哟，看哟，新鲜哟，有游街的了，好看着哩。孩子们跑跳着，鸡飞狗跳。

还没到放学的钟点，孩子们咋跑出来了？人们熙熙攘攘往钢厂生活区凑，下地劳作的社员们夹杂在其中，像是去赶庙会。

高原上生活的人们都习惯了，天天刮风，天天沙尘打脸，该干啥照样干啥，可是少见多怪的高原人就爱凑热闹、看稀罕。

高原人爱看戏更爱演戏，蔚州道情、赤城小调回荡在山乡戈壁滩，二人台《走西口》不少人都能哼几口。又演戏了，热闹着哩，咋？没见到吗？机电部主持工作的裘嘉阁在导演着一幕大戏。这会儿见几个人围在大拖车旁捉着工具观望着，小裘急了，命令道：“先上车，开走，后来的人撵上去！再有车，后面跟上。”

“快，快！别夜长梦多了！”他斜眼望了一下，这场戏的主角金彩凤也在车上，才放了心，咬了一下牙骂道，“与资产阶级斗就要稳准狠！”

大拖车是从厂区开过来的，挂着个斗子，拖斗上一车人，这是钢厂特备的专运大件的机车。大拖车今天打扮得格外显眼，像头舞狮，拖斗子上的人们更滑稽得像是去迎亲，拖斗子摇摇摆摆，像是在扭秧歌，欢实，热闹，好看。

后面撵过来的人流中有一位中年女性是总厂妇联的裴部长，推着个自行车从生活区赶过来，找到小裘说：“你们自己开吧，刚接到通知，我得去县妇联汇报。”走了几步又回头嘱咐道，“掌握政策，点到为止，以理服人，莫把事情闹大……”

裘嘉阁应着，待人走了后转脸朝地面唾了一口，“老滑头，到了正经事上溜了。”

这里是厂区和生活区最南面的一个大门，门前一条大土路，去东二里外是上刘瓦，去西的机耕道通向南园村。这里还是几个生活区连通厂区的咽喉，上下班人流必经之路，紧挨着门口有个不小的小卖部，不远处是职工浴池、生活维修部，还有修鞋摊、修车摊、卖豆腐的挑子、卖羊奶的车子，人来人往，熙熙攘攘。

大型东方红拖拉机晃晃荡荡开过来了，在这里又挤上了几个人，车上人多得不行，晃晃悠悠开出了大门口。这些人干啥去？谁也不知道。

车上中间站的正是金彩凤，这婆娘不知如何鬼使神差地也上了车。兴许批斗会把她折腾傻了，完全被蒙在鼓里，她不像是去四号泵房交接，也像是去赶庙会看热闹。她聚精会神地想着一件事，随手紧摁着腰带上挂的那一嘟噜钥匙，想的是快到泵房打开属于自己秘密世界的那一格子更衣箱，取回自己的体己[①]，藏好了和弟弟交往的那点秘密。她连取回家放在家里的哪儿都想好了，全然没想到又要遇到一场新的灾难。

这时人群里一个女工发现这事不对头，自己要上班去，不能亲自保护彩凤，匆匆写了个条子捎给砖肥厂职工家属乔毛妞。她是谁？武金凤。

热闹哟，热闹，好戏要开锣了。

风沙把人们甜美的心情给搅了，北京的新闻，口上市区的新闻，沉沙街上的新闻，统统都不算什么新闻了，这里现下发生的新闻压倒了一切，不过被犀利的风魔炭妖给搅了，搅得人们灰头土脸、呆头傻脑。不知谁喊了句："要猴的来了，看那大破鞋游街示众了！""人家这是去泵房交接的，能算得甚个游街？""都看她了，看那个小模样，就是俊……不是游街是做甚？""啊！游街了，游街了，这么俊的妞，让人游了街，咋让人家活呀？！"嘁嘁喳喳，乱成一团。

这里是半厂矿半农村的城乡接合部，那会儿还没兴开电视，收音机也少，多时看不上一场电影，更看不上戏了，"文革"过后多年没看到过这样热闹的游街了，今天的场面确实也够稀罕的，太刺激了，咋能不烧灼人们的眼球，不让人驻足瞧热闹呢？大拖车从接近南大门到出了大门右转往西开上通南园村的大公路，自然形成了半街筒子人，被人围堵得乱得走了半个钟头还没走了三十米。

车是祸根，车停人围，越聚越多，简直人山人海。

钢厂的人跟来了，有些婆娘们牵儿背女来了，她们多数也是家属，看孩子做饭，有不少时间凑在街头巷尾嚼舌根的。她们骂彩凤，有的出于妒忌，说："怎么好模样都长在这小媳妇的脸上了，不迷男人才怪。"下班的职工跟来了，跟了一程又一程，老想看出个究竟。东边沟东的人追了上来，南边南小庄的人跑着过来了，追上来最多的是南园村的，本来这大拖车要走他们村进他们村的，偏偏等不到去村里，要先睹为快。

现场混乱得像炸了锅，一剂兴奋剂把人们的神经提高到极致，哭的笑的骂的臊的似鬼哭狼嚎，吹口哨的，敲饭盒的，喊口号的，号啕怒骂声一片，"破鞋烂袜子""骚货""狗呀""驴呀""牲口，牲口，这哪里算人""白披了张人皮哟"。这一切都是冲大拖拉机机斗头一排那个穿红袄的婆娘来的。穿个红袄也成了罪过，她这狐狸精穿这红袄专门给男人看的，再硬的野汉子在红袄面前不得酥

①体己：方言，指家庭成员中个人积蓄的财物，也就是私房钱。

了！到这时彩凤才明白过来上当了，这哪里是去泵房交接，是前天批斗会的继续哟，上大当了。这红袄是那个她叫贾姐的飞机头女人鼓捣自己穿的，在贾姐的鼓捣设计下，红袄的脖领子里又配了条白纱巾。这么思谋起来，“坐坐大拖车过把瘾”，开箱子拿回属于自己的信物，也是这娘儿们的主意。打开头就是阴谋，自己傻呀！晚了，欲哭无泪，让人家当猴耍了。

贾喜凤只是帮凶，主谋还是这小贾——彩凤是雷文的姐，姐弟俩的事又扯在一起，害了彩凤不就是害了雷文嘛——她尤其不想害雷文，在钢厂像雷文这样文武全才、年轻有为的美男子还不多。说彩凤和雷文搞在一起了，这小贾连他自己也不全信。小蔚州雷文这后生的迷人之处不光是帅气，还在于他的气质和为人正派。避在南大门门房里屋的那个矮胖子小裘却是另一种心态，只要把金彩凤弄上大拖车那就算胜利了。葛麻子趁早滚蛋吧，滚得越远越好！那个碍手碍脚的金雷文也得让他滚，远远地滚。这人是真坏，原打算给彩凤的脖子上拴只破鞋，出于各方压力没敢挂。

七八月份是农村田间最忙的季节，七八点钟也是农村人下地、赶场的时刻，大拖拉机选的这条行车路线，好像路两边都有人，这就对了——裘胖子选这个时间让彩凤出丑——就是让人看的嘛，让两百户人家的南园村的大人孩子都知道嘛。南园是个大村子——号称三里地的大庄子，南园也是工农村，这个村在沉沙街工厂机关部门里上班的人很多，不说外村的，仅南园这挂鞭点响了，就得惊动几千号人，这几千号人都有张嘴嘛。

这台能耕善载的大拖车车头高四米，加上行驶起来旋起的滚滚烟尘，车高快七八米十来米了，像片霎时积聚的云雾，足足占据了偌大空间，其威风气势似半列小火车，又像一溜舞龙舞狮队。

这小婆娘像着了魔，极听话地在拖车上让裘胖子摆弄着。开头站在拖车上的她也像看红火热闹，竟不知路人骂的唾的就是自己，也跟着笑。这婆娘几天没出门子了，在四排房子那间屁股大的小院里像是烤着捂着盖着的山药，今天头一天见天日，走出巷子走到南大门上了拖车，新鲜得像到了另一个世界。今天她的打扮自己也不清楚这是干啥去，不可思议，没穿日常穿着的工作服却穿了件红褂子，脖子里围了条洁白如雪的纱巾，配着青丝、粉脸、秀目，更显得与众不同了，让路人们一眼就认出是她，“大美人，沉沙街上第一美人儿哟。”这不正是胖子裘嘉阁要的效果嘛。

或许前堵后拥的缘故，要么就是导演者小裘和拖车手的阴谋，大拖车慌不择路地进了村子没有顺机耕道走下去，反倒夺路钻进了个小街道焊在那儿了。

路人的吆喝声、责骂声四起，现场又一次像炸了窝，晚了。不知从何时起小婆娘左右换了人，一边两个壮年婆娘，八条胳膊拉扯住得她动弹不得。哪里还有起重工师傅熟悉的面容，这些憨壮的大屁股婆娘把她挟持了。抓住就抓住，还揪住头发逼迫她仰面对着人群看，彩凤心想这真的是被绑架了，一个失去自由的人有什么办法对这伙人辩理？也不知道哪个缺德鬼在她的头上盖了一片宽大的大麻叶，愈加洋相百怪。

“看哟！破鞋，破鞋，偷汉子的破鞋烂袜子！”

“看哟！钢厂泵房破鞋被接来了！”

“被揪住的穿红袄的那个，还笑哩……没脸没皮的西瓜皮！”

也有人不以为然地讲：“兴许被旁人琢磨了，不一定是真的吧？哪会这样不是东西……”

哭鼻子抹泪的有，那是同情者，骂街咒娘的有，可多数人当成趣事眼巴巴地望着看戏，觉得挺好玩儿的。也有评论钢厂领导这样做不对的，不符合眼前的形势，做过了，要捅娄子的。七嘴八舌，欣喜若狂的，兔死狐悲的，哭鼻子的，骂“破鞋”的和骂钢厂的头头脑脑组织者的，均有之。

男人中也有下流货抛流氓话的：“人在花下死，做鬼也风流，搂上这么个漂亮娘儿们死也不冤了，嘿嘿嘿嘿。”

跟下来是旁边人对他的骂声：“这是说的人话吗？狗嘴里吐不出象牙！”

真的来了南山人，蓬头垢面，虎实腾腾，走着骂着，逆着大拖车行进的方向从大门东边大树沟里闯上来一个人，一个中年妇女。这可是侠胆义肝的人物，蔚州人，大南山来的，王喜洞林场操锯手家长大的。她个子不高，长得匀称，壮实又显灵巧清秀，一口伶牙俐齿，人前一脸豪气，甭看不是钢厂职工，却和钢厂有紧密联系，家中的弟妹和亲友还有一个侄子都在钢厂上班，所以才有不少心思花在钢厂上。她叫乔毛妞，三十七八岁的年纪，男人是钢厂隔壁地区矽肥厂的副厂长。她脾气好，爱管闲事，钢厂在南园村游斗金彩凤时，她推着单车跟在人群后，一心保护彩凤。

接过武金凤的那张条子，乔毛妞不由得一怔，金凤只说彩凤上了去南园的大拖车，她摸不清原委，但觉得要出什么事。这毛妞不敢冒失，只能抓了辆车子跟了出来。

晚了，出了大门，彩凤已经被劫了，她立刻明白了一二。

“这还了得，太欺负蔚州人了！”她骂着，但确实也晚了，根本近不到车前。

想到姐妹的遭遇，眼巴巴地看着想救也插不上手，她急哭了，哭又有甚用？搬救兵去！

她调转车头往回走，找到的第一个人是丈夫牛厂长。老牛是个仗义的人，也是蔚州老乡，但他不是钢厂的，管起来棘手，不想管。在妻子的哭诉下，他给出了主意，让毛妞快去找谁找谁，人多力量大嘛，把蔚州老乡凑一凑，兴许有救了。

老牛正准备去县里开会，他说想办法把这摊场透给县里或沉沙镇里，能找到钢厂的一把手洪智书记出面制止就更好了。

大拖车还焊在南园村的一条小街上，前进不了，也退不回来，照百姓的话说，彻底“趴窝”了。开头像是等人，等谁说不清，二十分钟后要启动，又说发动不着了，明眼人一眼就看清了等人是假，在这村里多停留一会儿是真，是让小媳妇多臭一会儿、多出出洋相而已。

这一天恰恰是周日，又赶上沉沙街上的集日，来往的人多。胖子排除了障碍，怕那位爱放炮的踮大爷从中阻挠生出什么枝节制止这场闹剧，头一天就把老踮打发到三里远的焦炉抢修装煤机的现场领工去了。

大拖车趴窝的地方偏巧旁边是大队房子，又是全公社联网的大队广播喇叭处，扩音器正对着这热闹非凡的声浪漩涡，霎时间钢厂游斗“破鞋”金彩凤的特号新闻周围三里五村都知道了。

“莫再斗了，看那小媳妇病了。”“要出事儿，出了人命可不得了！”人群中有人喊了几嗓子使事态逆转，继而又像炸了窝，人群的注意力从批斗唾骂流氓行径转到女流氓被斗病了的话题上。

农村咋了？农村也有识文解字懂政策的人，南园大队的副支书姓牟的后生就很明白，立刻组织人开出条路要把大拖车轰走，晚了，轰不走了，轰不走就把人弄下来降温。大拖车还在原地腻腻歪歪打不着火儿。他先让人关掉了喇叭，先给批斗现场降温。

办了坏事的裘嘉阁一看不妙，躲了，丢下秘书贾喜凤支撑局面。

公社知道了，先是打来电话，后来派人骑摩托来干预这事儿了。很快这事情到了县委一二把手那里，惹得书记也骂街了，“笑话，天大的笑话！”他们要抓幕后指使者。

大拖车上被揪斗着的彩凤处在迷蒙中，去四号泵房行程八里路，她被批斗了仨钟头了，走了还不到一半的车程，在吵吵嚷嚷一片骂声中的仨钟头惊心动魄，无比煎熬。她所待的地方没有树木遮阴，被蒸腾的地面像架大蒸笼，人声的吵嚷，机车的噪响，一个调门的咒骂奚落，再加上晃动的车厢里人群的推搡拥挤，昏昏沉沉，度日如年。她一直处在惊厥的噩梦中，像被恶狼包围缠身。装在罐子里的头要裂开了，紧箍越戴越紧，耐度达到了极限，恨不得一头撞死离开这苦海。“到头了，快到头了，该到头了！”她这样默默祷告着，左右的人听不清，以为她在骂人，在抗拒，就猛劲儿地按她的头，像“文革”时那样让她坐“喷气式飞机”了，腰直不起，趴也趴不下，活动也难，残酷的折磨，换来她的一通歇斯底里。

她的腿脚软得很，似站在白茫茫的薄冰上，不知道哪一脚踏下去，就坠入万丈深渊。

那会死吗？她不怕死，也想死，五六尺高的拖车斗子挣扎开跳下去兴许就死了，死了倒也好，兴许解脱了，也结了和弟弟文娃子那一锅。后来麻木了，想死死不了了，破罐子破摔好了，弥留之际，她仍和那伙人反驳着，骂自己是资产阶级，骂吧，自个有啥？是流氓？这是万万不能认账的，自己跟文娃子就是一对，好梦都让老麻子给搅了，何况还没形成事实。如果死了，她放心不下老家的羊倌老爹，还有那个傻姐姐黑凤，还有俩亲生儿子，最挂心的还是深爱着的弟弟金雷文。恍惚间彩凤全身瘫软坐了下去，什么也记不起来了。

“啊！她昏死过去了，站不住了。”挟持彩凤的粗莽的婆娘吓得不知所措，“贾秘书！贾秘书呢？”裘嘉阁躲避后不久，贾喜凤好像也溜号了。现场一片混乱。除了雇来的那几个女人，其他人等都急速地下了车，成了看客。

拖车斗子的地方闪出来，陪伴者立刻就势把彩凤放倒，掐人中捶后背灌水抢救。这些扮演“解差”的女人六神无主，四个人跑了俩。车下有人张罗找赤脚医生。这里不是城市，哪里这么好找到，平躺在车上的彩凤被灌了水，又有位好心人给弄来粒防暑药灌下去才算好些了。

忙乱之际，整体的气氛都像六神无主，拖车司机想把车开走，但要把吓瘫的“病号”留下。村里的人不让留，说病情恶化出了人命咋办？找主事人，找钢厂机电部的人，钢厂跟来的也是下班后看热闹的，找谁谁往后闪退。找有没有这金彩凤的亲人，哪里找得到，有俩孩子，可只是小学生，只知道哭，也彻底吓傻了。

公社的干部赶到了，可来了个一般干部，但是猫就能避鼠，他呼叫了几个村干部疏散起路人。烂婆娘有啥好看的？不也是一个鼻子两个眼嘛！人慢慢散去了。那年月是凭工分吃饭的，再不散的队上扣工分。

这里的闹剧算演到了尾声，行将消停之际，大拖车行驶背面的方向土路上卷起一串烟尘，像是救兵来了，头前的是几辆自行车，随后卷起“突突”烟雾的是小拖拉机——装煤的车队，喊声四起，伴有脆响的车铃声。这些人像是有组织而来的，老远就听到了“把人留下”的喊杀声，近前人们才看清都是钢厂的工人，像是焦化分厂的，后跟上来的还有炼铁厂的、砼肥厂的、水泥厂的，个个都是彪形汉子。好家伙，一排五辆斗子车，十多辆自行车，手里还都拿着铁锹、铁钩、木棒，看架势是来拼命的，听口音都是南山蔚州的。乱乱哄哄，喊声一片：“你当蔚州的人好惹的吗，好欺负的吗，龟孙子！”

“贾喜凤，你们机电部做得太过了，欺负我们山里人是不是？谁的头？裘胖子吗？挖出你的后台老板！”这是个知道底细的人在喊，拦住了去路。

本来已消停下去的纷乱火焰又一次点燃，本来散去看热闹的人们又拥回来，重新把大拖车围上。现场又一次陷入混乱状态。

“散了吧，散了吧，公社来人了，会妥善处理这件事的。”有一个负责人这样站出来喊话了，认不出这是哪个村的。

“各摊上的负责人都把自己的人带回去，猪场的人，东村西村看热闹的人，有个甚热闹可看？也都各自回去！这里没事了，没事了。”这是公社下来的人在发号施令。南园村的喇叭又响开了，这样动员着。

公社下来的干部把钢厂机电的、焦化的、砼肥的各方代表临时聚拢凑在一块说着事儿。他是个普通干部，就这件事的是非问题不好下结论，只是指出聚众闹事是错误的，还扬言要抓头头——组织者。

“先抢救人要紧。”不知哪位这样喊话。公社定了，先拉彩凤到钢厂医院看病，别的事以后处理。

这当口，找不到机电部的负责人小贾了，看病是要花钱的，彩凤住了院，彩凤家的孩子都需要人照料，都需要小贾安排。

又一阵忙乱当中，一个蓬头垢面的女人从人群中冲过来，嚷着骂着，劈开人群挤到拖车后车板处瞅了个冷不防把机电部秘书贾喜凤拉出来。

蓬头垢面的女人好厉害的茬儿，把小贾拉下车来“乒乓”俩下，这还了得？飞机头的女人哪里吃过这样的亏，正要发作，定睛看去，不由得吓了一跳，骂道：“倒霉，咋就碰上这茬口了！”

“打得好，砸扁了这个小丑！”有人气愤地这样喊着，舆论转向弱者一方。

“叫你不理！叫你不理！老娘打你了，打出你来讲理，看你能咋了！”女人打骂着往前扑抓住小贾的脖领，做好了抓架的准备。

是谁？这一片出了名的“夜叉母老虎”——砼肥厂的家属乔毛妞，背后还站着俩大汉。

7

泵房“风流案”发生后，“同案犯”金雷文早被发配到了供销大库备品备件库。这个库在一个角落，在一坑儿里，紧挨冲天炉，信息相当闭塞，恰巧老姐姐乔毛妞的缝纫作坊就距此不远，墙外的小马路是毛妞往返于住家和作坊间的必经之路。

“游街”的转天下午，西山沟子里打过来的阳光把东墙照得光灿灿的，几只小麻雀在地面上跳来跳去。西山有座观音庙，听说菩萨普度众生，会给广大信众赐福的。可在雷文心里哪有半点福，都是灾祸嘛，无中生有被泼一身脏水，满脸晦气。他正蹲坐在一堆铸件前清理着毛刺，库里空无别人，静得瘆人。

“小金！小金！”墙外传来女人的呼叫。“啊！”是乔毛妞，在这一快儿最亲的乡亲。

隔着栅栏门，没有说到正事，老大姐先把副段长雷文训了一通。

训个甚？无非是男人们遇到事成了缩头乌龟，躲在这里歇凉了。俩人的事让一个女人在那儿扛着，游街示众，奇耻大辱，都快让人游斗死了，快出了人命。到这会儿他还做缩头乌龟，还不理——和雷文既是一块土地上的乡亲，又有过多次交往的乔毛妞了解彩凤雷文姐弟的隐情，考虑问题完全站在彩凤、雷文一方，极为同情他俩的遭遇。她认为钢厂不分青红皂白这样处理太不公平了，是冤案，所以才路见不平拔刀相助。刚才她是从一对恋人的角度说这件事的，所以才有了这么些埋怨。

这一会儿乔大姐把昨天彩凤遭游斗和前天的批斗会的情况说了一遍，特别是讲到彩凤游街时，天晒地烤连续被斗了仨钟头，被折腾得晕厥在大拖车上，太吓人了，气得跺脚骂娘，又擦起了眼泪，又骂起了裘胖子：“冲着女人下这黑手，缺德不缺德？！”

“这是打砸抢！土匪行径！”

没等到乔姐姐说完过程，满眼喷着火星的金雷文像一只雄狮长吼了一声，一拳打到了几案上，几案上的水杯当啷一下弹到地面上。“土匪！”他大骂着。彩凤进学习班遭批斗他有所耳闻，以为这事就算过去了，自顾不暇的雷文也就没多想。但是他也知道，那是冲他和葛存义俩男人来的。实际这小蔚州是被软禁起来了，除了怒还能做啥？昨天彩凤被游街的事遭软禁的雷文一点也不知道。其实就是知道了，出于各方面的禁锢，他也不能去救她。如果他真的去了，还不得被裘嘉阁一伙也给“成双成对”地游了街。

“土匪！孙子，狗杂种！也太欺负人了！有本事冲爷儿们来，折腾个妇女算啥本事！”这小蔚州登时气疯了，这样吼着。

眼前的天也黑了，一个蜡黄凄惨的病妇形象倒在面前，让人撕心裂肺。呻吟中的病妇也像索命似的冲着他谴责道：“文娃子，你是男人吗？你个孙子，姐要死了你管不管？”这是幻觉，他一晃膀子又一拳砸在自己的膝盖上。

“谁干的？”他吼着。

“还能有谁……裘胖子呗！”

霎时间，雷文的眼前乌云翻滚，群魔乱舞，夹杂着凄惨的女人哭号。他的头涨得要裂开了，愤怒，说理，报仇，谁怕谁？打吧！随手操起一根镐把，三步并作两步地要冲出大门。

他刚跨出大门一步，就被老练成熟的毛妞大姐拦下了，毛妞夺下镐把扔在门旁。

大门里面刚好有半截子墙垛，气急败坏的后生一脚蹬在墙垛子上，垂头看着地。

毕竟他才二十四五岁嘛，缺乏阅历。干啥去？他要去拼命！对立面要往死里整他心爱的女人哩，能不急红了眼吗？何况她不光是他爱的人，还是抱大背大他的姐。找谁？那就是找裘嘉阁了！现下他在哪儿？不知道。找到他后就是一通拼杀，非砸扁那狗日的不可！他现下是机电部里的老大，说一不二压倒一切的人物，泵房“捉奸”、开批斗会和这南园游斗，这一切勾当坏根都在他那一张嘴上，当然这账得跟他算了。

算账评理的结局必然要吵起来，谁能怕谁？甚至会动了家伙，结局如何不好说，报得了仇吗？先别管，出了这口气再说。

这是毛妞拦挡了，没人拦挡他雷文自己也得停下来。终究他是金雷文嘛，从小经历的事太多了，不是毛头小伙子了。

盲动是一时兴起，稳重干练才是他的秉性。“知己知彼百战不殆”这句名言再次响在耳边，他承认暂居劣势，得必须想好下步棋方能动，愤怒、惆怅、无奈、彷徨失措——作为一个头脑清晰的青年，前天的批斗会后就应该想一想对立面要走的下一步棋了——恶劣情绪打得他要站不住了。

毛妞大姐连哄带摁地把他按在一处斜坡处，他顺势蹲下来闭住眼，屏住气，旋而又猛地捶打着头，泪水夺眶而出。

还是有权好呀，副主任裘嘉阁这会儿大权在握，他不光是部副主任，还是党总支的副书记。他一句话就下放了自己这副段长，下放到库房劳动改造。

乔毛妞大姐劝他莫冒冒失失从事，好好想想下步棋如何走，也劝他想想法儿，找找可以说上话的领导同志，申诉一下下大雨那天暴雨造成水泵停机的经过。她给他提示，他垒的挡水坝不是还在嘛。

女人有其独到的细心和方法，这个大姐说，当前最当紧的是去安慰被逼到人生边沿上的彩凤，她太可怜了，女人更禁不住这种事情的打击。她劝他静下心来先去陪陪彩凤，姐弟俩商量一下打个甚主意。大姐的意思是，要么就破罐子破摔，弄假成真，做成“花好月圆”的梦，要么就据理力争，硬碰硬，拼个你死我活，谁也甭想好。

风风火火的乔毛妞大姐走了，备品备件库里恢复了原态，雷文呆呆地看着那堆备件出神，那不是备件，那是彩凤姐哩，彩凤正在抽噎着让他去救，是幻觉。他也确实多时没见到姐了，下雨天在泵房光抗洪防雨了，实际没说几句话。这当口更急着看到她，把心掏给她，就是俩人不说话抱头哭一场也好嘛。不光是彩凤对弟弟有怨气，弟弟对这个糊涂的姐也埋怨——这点儿常识也没有，怎么犯了混钻进他们的套呢？混账透顶了！又想到多日没登四排房子5号小院的门子了，再加上事事都牵涉到自己，咋有脸去呢？这后生犹豫再三最后下了决心，先给娘儿仨买点饭送过去再说。

傍晚时分，雷文从食堂打了点饭，先把自己的那份吃了，又买了两份姐和孩子爱吃的菜，然后跑到后街的供销社买了点糖豆，待路上人迹少的时候去敲姐家的门，当然遇到了一些人的白眼。“咚咚咚，咚咚咚”，没敲开，他没有再敲，他听得出家中有人，似乎还听得见姐姐低声饮泣阻止孩子开门的声音。

门子没叫开，反倒引来5号小院周围邻局的嘁嘁喳喳，似步入雷区，像一些人在隐蔽处看着了，小巷子里过往的行人也投来异样的白眼。不再敲了，他下了决心，走为上策，还是避一避好。考虑这当口和彩凤见面的话，更会给姐弟惹来麻烦，更会让人抓住把柄。

他悄悄地往自己住的单身宿舍走着，走走停停，停停又走走，半里地的路程走了个把钟头，停下瞭望一番，疑惑彩凤会不会追过来。路上尽管灯光昏暗，路人很少，但他感到不知有多少双眼睛在盯着自己，不是有个不做亏心事不怕鬼叫门吗？自己是堂堂正正做人；清清白白做事呀！自己说不清啥个心理，但就是这么自责和羞愧。走到一处斜岔道道口，他甚至连宿舍也不想回了，这是咋了？倒霉冤屈都让自己赶上了，冤呀，冤呀，委屈煞了！真想找个背阴处大哭一场以宣泄苦楚。想到这几年的遭遇，想到姐姐彩凤对自己的钟情，想到人家整彩凤就是整自己，脸上火辣辣地难堪。“金雷文，你个胆小鬼！你自私，你是个天大的废物！”他暗暗骂起自己，关键时刻连个心爱的女人都保护不了，更不敢近前给点安慰，这还叫啥爷儿们？

后来他又敲过几次彩凤的门，终没敲开，也就不再敲了。老敲老不开没意思，敲一次寒心一次。

事后他知道，有时彩凤确实没在家，有一天彩凤碰住门子找孩子去了，大人出了事情俩儿子跟着遭罪，上学的路上，生活区的路上，孩子们更被指指点点，成了受气包。特别是在南园村小学上学，村里一伙子捣蛋孩子拦劫欺负葛家的俩小子，告到老师校长那里也没彻底解决，弄得俩孩子都不想上学了。

那一天彩凤找到孩子后把他们打发回家，自己又出了南大门走上田间小道找了个僻静处待了一会儿，又坐在一处玉米地地头上朝老家的方向哭了一场。她抽抽搭搭地哭诉：“得罪谁了？咋这倒霉事都让自己赶上了！”骂了这骂那，最后竟骂起不称心的丈夫麻子葛存义，他这老东西如果在沉沙的话，咋会让人欺负到这种田地。

听乔姐介绍，这些天她也往彩凤家跑了无数次，她老怕彩凤妹子想不开做出傻事。

被游斗那天，彩凤被蔚州的老乡们营救后送到钢厂卫生所抢救，苏醒过来后，回到家光是哭，都哭傻了，见着孩子搂着还是个哭。男人不在家，弟弟雷文又不见了，跟好姐妹在一块也像隔着层纸，这样怎么得了？

“这个钢厂机电部的裘胖子，做得太过了，太缺德了！”毛姐又一次骂起了裘嘉阁。

那会儿天是黑了，但终究是要亮的。

8

彩凤、雷文这对苦瓜蛋子，在麻子老葛的眼里是一对不熟的货。彩凤这个烂货得常敲打着点儿，雷文这个忘恩负义的东西打死也活该。裘胖子进行了撤职流放禁锢精神摧残后，老麻子胳膊肘往外拐了，真以为姐弟私通了，莫名其妙地紧步后尘，私设了公堂，使无辜的小蔚州又遭了一劫。他麻子是幕后导演者，让老家来的沉池哥儿们干的，打得那个惨啊。

论体质、武功，来个七八个如何放得倒雷文，但那是打了黑枪，智取的。

送了电影票，借雷文匆匆赶往街上的电影场时，被小树林里的人打了闷棍，拖到“公堂”前过的堂。

那是个漆黑的深夜，沉沙街东一处乱葬岗子的废井房子里，无辜的金雷文被“过堂”。七尺大汉被绑了个五花大绑跪在砖地上，过了三次堂，已被打得奄奄一息了。他喘息了一会儿，一缸子凉水泼到他脸上。雷文慢慢苏醒过来，不辨东西，腿麻木得不像自己的。

忍着浑身疼痛，他极力地回想着这场遭遇，寻找活路。

先分辨处境，借着星点的光亮他看到自己兴许是跪在一处什么房子里，房子中间是眼被封住的井盘。黑洞洞的环境中，不辨西东，从站的人的裤腿靴鞋看，像个井口站了一圈人，听口音都是外地人。上面坐着的年长者似“座山雕”式的人物，也穿双皮靴坐在那儿，旁边的那位比较年轻，半蹲半站地靠在他身旁，披着大衣，像叼着烟。这俩人准是俩当家的了，房子里的气氛相当，像炉台出铁那样炽热。问话的头头踢打着物件怒吼道：“说！说吧！”“屁股扛得住就甭说！”“招吧！”“不说，你挺不过，快说！提起麻袋倒西瓜都倒出来！”

“说！”“不说就给他下硬家伙！”两边喽啰式的随从杀气腾腾，吼声骂声一片，真像到了阎罗殿。

压杠子的有俩人，都是凶神，背后是个敞怀露肚的壮汉，拄着根木棒。这木棒雷文认得，也耍过，叫白蜡杆子，头上若安上个尖头就是矛。“文革”期间农村搞武斗时，它没少出现。

这伙人都是些啥人？土匪、强盗、武斗团伙……雷文急剧地思索着。

“看个甚？找揍是不是？”壮汉勃然大怒，把雷文的头狠狠地摁下去。

“老实点！找死是不是？！”背后的喽啰嗷嗷回应着。

“说！”左边的呼叫。

“别耍死狗，老实交代！”右边也在喊。

“大爷，轻一点好不好？这是腿，不是钢轨。”雷文挣扎着声音嘶哑地哀求着。

好一个气势森严的阎王殿，屋外一片漆黑，连颗星星也没有。

“臭煞了！”“臭煞了！”一个人捂着鼻子跑进来，恶心得要吐。待他讲明臭的因由后，人人掩鼻骂街。

原来选这块“过堂”的人，也不动脑子，真缺德，井房上面是个渠口，渠口旁有个粪坑，臭气熏天，随风吹过来，赶上又是顺风。

“小子，今儿个算大爷倒霉透顶了，窝在这儿陪你闻臭味儿。你师傅老葛对你那么好，又是你的救命恩人，你这龟孙子做事竟这样伤天害理，还是人吗？空披着张人皮！说，说，说具体的，坦白从宽，抗拒从严！‘从严’就是废了你，把你骟了，信不信？”这是拄棍子的打手说着骂着，并将棍子的一头朝雷文的裤裆捅去，疼得小蔚州嗷嗷叫。

“大爷呀，大爷，疼煞了，莫捅了，再捅我真的废了，我废了就太亏了，小子长到二十五周岁，还没尝过女人味哩，莫说办这缺德事了。”哭诉着的雷文死死地夹住裤裆，那可是要命的地方。

“小白脸，能信你的鬼话吗？说人话不办人事儿的东西！”另一个打手在吼。

金雷文一边哀告求饶一边发誓辩解：“大爷饶命，听我说，我真的什么事也没干！没有的不能瞎说吧？咱素不相识，无冤无仇，更没有把谁家的孩子扔下井，整我毫无道理。”

“小杂种，敢犟嘴，再犟就打嘴。咱们是不认识，也无冤无仇，可你小子缺了阴德，得罪了仇家，天地不容！大爷路见不平，拔刀相助，要替你的仇家报仇，整你就有整你的理由！”那人像个官儿，以势压人，强词夺理。

“大爷，请你把嘴擦干净些好吗，我不是杂种，有名有姓，革命家庭，贫下中农成分。”

“呸！你的底儿大爷略知一二，你爷爷金忠烈那个老‘特嫌’，你爹——我说的是西合营你那个爹，是‘三反分子’，你该定个‘坏分子’！你家都是专政对象，还有脸摆什么革命家庭？”真厉害，大当家的慢条斯理地当头扣了这些帽子。

“你说的那些都是‘文革’时的不实之词，‘四人帮’已倒台了，应该还历史一个清白。”金雷文理直气壮，据理力争。

“大爷没空儿跟你嚼舌根——管你这些屁事儿！我们是惩罚坏人坏事，不是来落实政策的。老实交代好了，说你自己的问题！”说这话的人又是那个当官儿的。这人苍老，说话憨直，很有些理论味道。

“我有甚个问题？”这是雷文，较起了真。

“装，装！是不是？你，麻子老葛——不，葛存义主任跟你是啥关系？”

“我姐夫——我姐姐的丈夫。”

“那是你姐的男人了？”

雷文默认，委屈兮兮，愣着神儿无言答对。

“既然是你姐，你姐夫，奶姐也是姐吧？为啥你俩不清不白，勾搭在一块？”问话者兴许是官儿中的副手，声色俱厉。

“这是栽赃，亲情是亲情，恋情是恋情，俺姐弟俩平日相处向来注意分寸，规规矩矩。”

这是雷文和那位长者的对话，有一点儿核实事实以理服人的气氛。长者说累了，把“问案”的事儿好像交给了副手。他又悄声道：“没时间跟他磨牙，说！说！不说就打，打死活该，不然不知道马王爷三只眼！”老当家的蛮横起来，扔出这句狠话。

俩当家的嘀咕了一下，好像老家伙转身退出去了，走前又甩出了一句：“大爷忙着呢，一大堆事儿等着哩，哪有时间跟他废话！”

几句问话后，雷文一下子明白这桩事是麻子支使干的了。不光是麻子的支使，听口音这些人都是沉池那边来的，麻子老葛是不是就在旁边，还说不清。

“金雷文，放老实点，好好交代问题！想花言巧语蒙混过关没门，不交代点儿具体的你过得了这一关吗？兄弟们，操起家伙给这小子点儿颜色看看。”随着副手的指令，几个喽啰立即行动起来，杠子、棒子、拳头一起上，雷文又遭到一顿毒打。

“爷爷呀！小子实在是冤，冤，冤煞了！我的小命你尽管拿去，要了我的命，没有的事儿还是没有。”雷文被打得气炸了肺，鬼哭狼嚎般蹦得地面山响。

“死不承认是不是？我们是替法院审判你！”一个帮凶骂骂咧咧。

金雷文把头脸一甩，横眉冷对，不予回答。这几句问话已回答过多遍了。问话的人就这么两句，黔驴技穷了。

“没的说了吧？认了？……认了吧！”二当家的不知咋的来了精神，慢条斯理地追问下去，“说吧，说呀！不着急，慢慢说，一个好汉三个帮，帮人搞清问题不算虐待你这俘虏吧！大爷我做好了打硬仗的准备。这样吧——先不打你，咱讲理，讲不通咱们就耗吧。谁不耗谁是孙子，看谁耗得过谁！”

“熬，熬吧，听凭大爷们的安排，熬三天三夜小子没做也是没做。”金雷文针锋相对，反唇相讥后闭了口。

“又在犟嘴？”二当家的提高嗓门大声呵斥。

另一个喽啰附和道：“他不光犟嘴，还在狡辩、强词夺理。”

“我是你们的俘虏，阶下囚！杠子、拳头都在你们手上，怎能夺得了理？”

“又在这儿绕是不是？大爷是大老粗，听不懂你这么多的词儿。”二当家的火了，火冒三丈地吼起来。

“别再跟他废话了，连汤带水的不行，就来点儿干的吧。”压杠子的两个人相互打了个手势，猛然间一杠子摁下去，又让小蔚州疼得喊爹叫娘了。

“娘呀，娘呀，娘娘娘娘——大爷！大爷！爷爷！饶了小子吧！饶了小子吧！不了不了……不了！”小蔚州立刻灰了，换了谁也得灰包。

磨刀不误砍柴工，毕竟雷文跟老庚爷练过气功，暗地里抖腿挺腰，悄悄练了练内功，松了松筋骨，一小会儿就缓过了神儿。

这时，他猛然想到自己在这里遭罪，二姐怎样？是不是也遭了暗算呢？小贾不地道，麻子和胖子都不地道，她一个妇女太实心了，也太软弱了。金、葛两家的恩怨姻缘有了发展——早年就有混崽从中作祟，这会儿又加上胖子裘嘉阁从中搅和——自己和彩凤的那点儿“秘密”越来越保不住了。自己被这伙孙子劫持绑架，就像西天取经的唐僧、孙悟空，是一个劫难，在这关键时刻，“招”什么“不招”什么，必须有个全盘考虑，必须有个底线。得对付，既保护自己，更要保护好二姐。损害二姐的话打死也不能说！

下一个“主审官”是手持白蜡杆子的汉子，好像多喝过几年墨水，算跟雷文对上撇子了，一通急促的审问对话。

“我问你，你从多大就跟这小妖精睡到一起了？”

“不懂你的问话，我从没跟妖精睡过。”

“我指的是你那个姐。”

“我知道你是指我姐，我姐是女人——女同志，不是妖精，至于问从多大，一岁半吧。”

“又兜圈子，绕绕，能绕过去才怪！不过你小子够有福分的，那么小就睡在俊妞的怀里。”

“屁话！”雷文实在憋不住了，严厉反驳训斥道，“小时你没跟姐妹们在一条炕上滚过？”

事实胜过雄辩，金雷文据理力争，一遍又一遍地摆出事实说明他和二姐彩凤是清白的。

“莫费话，是我审你，还是你审我？”

“这要看真理在谁手里了。”

“你有狗屁真理，趁人家男人不在家，睡人家的婆娘——还是自个的姐。”

说到“真理”俩字，小伙子毫不动摇——一个小老百姓有啥真理可讲？但是他认为百姓也得讲真理。他始终不承认，这“泵房捉奸”是胖子裘嘉阁陷害的，总有个真相大白的时候。啥叫真理？真理就是一就是一，二就是二，实事求是嘛。下大雨在泵房挖的排水沟口子，七八袋子泥土垒成的挡水小土坝还在吧，后墙根的两三个鼠洞还都摆在那儿，这都是事实。

“大雨天，脱得光光的在泵房里滚不就够了，还要甚个证据？”

“那是造谣！”雷文说下去，“大道上的谣言你也信。”

“那，那为啥批斗那婆娘——你的姐，还游了街？”

“我怎么知道？那是‘四人帮’的流毒作怪，是迫害，是挑动群众斗群众！”

“那你说了能算吗？”雷文反问。接着又套近乎地跟他交谈起来，“请问几位大爷还有那位爷爷，你们是哪座庙的神仙？哪个街口的？不在自己庙里修行，来这里帮别人的忙，到底为了啥？告诉小子，小子就是死了也落得个明白鬼。”

“咱光明磊落，没啥藏的掖的，可以告诉他咱是哪座庙的！”这是大当家的。

那位大当家的不知何时回到了现场，一本正经地插话：“可以告诉你，大爷是北山的。北山知道呗？北山人从不欺负好人的，北山人都是革命派，堂堂正正的工人阶级。北山人路见不平，拔刀相助。”

审案的队伍有些调整，人员在走动。

那个二当家的帮腔：“听清楚了吗？小子，我们厂长跟你说得再明白不过了。好好交代吧，大爷也忙着哩，早说清了就放你回去，不然这井房就是你的葬身之地。”

对方不断露馅，正像估计的那样，这伙人果然是麻子老家沉池县来的，厂长？哪儿的厂长？受刑中的金雷文嘀咕着。看来事情麻烦又不太麻烦，他心里有了底数。底儿清楚了对雷文脱身有利。如果对方真有头儿在里面，那会掌握政策的，不敢胡来，不会出大事。

那位当家的像个善人，像个有涵养的智者，听起来也滑稽，改换了另一种口吻道：“金段长，我这样称呼你可能更合适些，咱们身上都有一摊子工作，一大堆儿事等着去办，是吧？谁也耗不起，谁也不是干这个的。这样吧，你说你跟你奶姐姐没干过那种事儿，你也提供点证据，好让我们交差，是不是？”

雷文还是用那句回答：“您是领导吧？……”先奉承了他一句再说话，缓和了一下气氛。

“这类问话刚才问过，我也答过，这类问话实在是笑话，这类事能提供出甚个证据呢？诸位老兄可以示范示范。没有的事就是没有，还要人找出什么证据？可能吗？笑话！根本也不需要证明，就因为我是她奶弟弟，她是我姐，吃一个娘的奶一个锅里的饭长大的！”

“说她是你姐就能证明吗？”对方绷起脸来问。

“咋不能证明？我能对养大抱大的姐起孬心？”

“你们这种人咋不能？你长得帅，她也漂亮，又都在这个岁数，她男人又那么老，俩人见天在一起蹭来蹭去就没想尝尝鲜？……”又是二当家的滥插话。

接下来杠子压，棍子砸，拳打，脚踢，雷文又惨了，又是“小爷爷，大爷”地叫着。

“停一停！还是让他交代吧！”那位当家的又发了话，“说吧，咋搞上的？在一块睡过几次？没有那种事也提出证据。”

“师傅，我也叫你厂长吧，你们厂子有些人的嘴太脏了，再这样提问我只能拒绝回答。”

那位大当家的说：“好吧，接受金段长的建议，我宣布一条纪律，谁也不许胡说八道，世上的事儿就怕认真二字，打了盆说盆，打了碗说碗，说话要有证据，要符合政策，都给我听清了，把嘴管好。”

“是！”接下来一通允诺声。

“说——”这是二当家的，有气无力。

“说！说你的事实，不承认有这事也拿出证据。”打手们七嘴八舌学着舌地吼叫着。

雷文说：“没有证据，也没人给证明，这事没法证明。让我姐夫回来证明吧。”小蔚州是谁？有人说他绝顶聪明嘛，那也过奖，心眼还是有的，这会儿受刑中跟他们还要起了嘴皮子。

“这怎么证明得了？它跟炼铁、采矿不一样，风温、配料控制着脱硫，脱硫决定铁号，黑渣只能星星点点拣出点儿碎铁，也成不了铁，你是三氧化二铝吗？只能是堆黄土，要啥证据？”三绕两绕小蔚州把他们算计了，知道他们几斤几两了，知道了他们也是一伙子炉前工、热风工，又清楚了他们是古子房铁厂的，小土炉子。

要着嘴皮子也能换来暂时的休憩，果然不打了，因为打手们也打累了，都是人嘛，血肉之躯嘛。现场一度沉静下来，长者碰了一下二当家的的手臂，又扶着他的肩头站起来向拿白蜡杆子的人递话道：“你们先审着，俺俩撒泡尿去！”说罢俩人走出屋子。

“敢说大爷是黄土，那你小子把自己当成精粉了，好小子扯得真远！”几个喽啰附和着掰扯着，显得委屈得不行。

当官的走了，几个喽啰的劲儿自然松了下来，好像连要嘴皮子都不想要了，熬到这会儿都困了。尽管仍然喊话问话，但谁都明白那是摆摆样子。俩头头到门外显然是商量对策，他们之间的对话应该很私密，低一声高一声地听不完整，但偏偏被雷文听到了。或许故意就让这后生听到，兴许为了留个退路。

“再加把火，挤一挤？”像大当家的看还能挤出个啥。

“怕也挤不出多么大的油水，麻子老哥交办的这活儿太难办了。”二当家的“唉”了一声这样说。

“那就再加把火，挤挤吧，好跟麻子交代。”这又是大当家的。

“怨这小子倒霉犯到大爷的手里。”二当家的得意扬扬。

“那好吧，再给点儿颜色看看也好，让他多长长记性。”这是大当家的。

接下来，二当家的埋怨这地方太臭了，大当家的说就图这儿清静，又离公路不远，防止车陷进去，办完事好脱身走人。

于是俩人躲到上风头继续交谈着。

夏秋季节气压低，在这阴山背后，空气不好流通，这守着个粪坑的废井房子确实太臭了。白天被日头晒过的大粪恶臭恶臭的，让人掩鼻不及。

9

事后雷文知道了这伙人确实是北山里一个地级企业二级单位的，也叫厂，也是冶金系统。来的当头的是个副厂长，他的助手二当家的那黑大汉是厂里的办公室主任。下面的虾兵蟹将是临时凑来的。这些人当年“文革”造反时大部分是麻子的铁哥儿们，称得上过命兄弟。今儿个麻子遇到恶心事儿，找到他们，他们当然要凑上前来擂一擂拳头了。那是前些天的一天，不知啥缘故麻子突然间从南方赶回来，没回本厂先到了邻县的他们那儿，在那里吞吞吐吐地道明情况，说沉沙人如何如何骑在沉池人脖子上拉屎，趁他不在厂子时霸占了他的妻子……不好再往深里说，冲着他们唉了几声，什么要求也没提，让哥儿们看着办吧。这位厂长老兄火冒三丈地喝道：“反了那小杂种了，兄弟替你出这口恶气……”说罢麻子走了，去了哪儿不清楚。随后小个子庞信来过两趟，帮助详细策划、实施及选址。偏巧他们这个厂购进的一台设备需要从沉沙火车站往回拉，于是选了兵调了将，来了六个心腹，并支派了一部大货车，调兵布阵忙活了两天，又在沉沙北郊为选址忙活了一天半，才整出这个局面。在树林打棒子时庞信还在，“审案逼供”时庞信躲了。

俩头儿继续磋商着。

大当家的说：“这事是有点麻烦。”他想的是刑讯时得掌握分寸、政策，还得莫留遗患，莫惹出大事，对好友有个交代。

“叔，咋整听你的。”那二当家的这样说。

其实麻子葛存义也留了个心眼儿，对俩当家的朋友讲，不光这雷文在地区有根儿，省里可能也有人，说雷文写过一篇什么论文，可能被省里相中了，给他回信落实过情况。麻子明确讲，设“公堂”也只是抓起来吓唬吓唬即可，莫伤着关键部位。其实大当家的这二老汉答应给麻子帮忙，也不单是出于义愤，主要是看了麻子挂职的口南四县联合民兵师副参谋长的职位，有用得着的时候。

俩头头商量到此，二当家的当即起身道：“好吧，你老先在这儿抽口烟，先莫进去，交给我办吧。”

“等等，让他们避开他的要害部位打，屁股上打几下不要紧，莫伤着腰，懂吗？压杠子压他的腿肚子，别伤了骨头。那小子也是个技工，混到这份上不容易，打不残断不了骨好吃饭，今后有啥话也好说。”大当家的说到这儿一扬手，唯唯诺诺的二当家走了，转身回到井房子。

又一通刑讯逼供开始了，雷文自己有感觉，这会儿打得更狠，不过都是冲着屁股来的。几个孙子把他又一次摁倒在地，拉下裤子来打屁股，那是用板子打的，再不使棍棒，头几下那叫泰山压顶，打得他惨烈地“嗷，嗷”叫，打得哭爹喊娘，钻心地疼呀，那屁股就甭想要了。啊！啊！真狠啊！不过倒没伤着腰。

审判逼供的现场白热化后形成较力胶合状态，打人的人打累了，骂人的人嘴唇唾液也骂干了，被打的雷文疼痛难忍难熬，又渴又饿又困。审问的人在应付着公事，问答常常语无伦次。受刑者奄奄一息，半天问不出一句话。

“说，跟小妖精彩凤几岁开始就舒服过？共舒服过多少回？”绑匪们怒吼着，语无伦次，问话千奇百怪。

“啊！别睡呀，睡着了，睡着了。哥儿们，别审了，这小子睡着了……”一个绑匪像在提醒。

“不让他睡！不是有个酒后吐真言嘛，梦中也会吐真言的。让他说，睡着了就打，一打就知道真睡假睡了，看他还装不装蒜。让他再来个湖边的蛤蟆咯呱蹦跳。”另一个绑匪再想损招。

“又睡了，又睡了……看你还睡不睡。”果然来实的了。一个绑匪扇了后生一个嘴巴，这样嘟囔着。

“抽他的嘴，俩人打，轮流着扇，看他装不装死，看是嘴硬还是巴掌硬！”

头一个绑匪出的招儿更阴损。

那几个喽啰是长年摆弄石头的主儿，打起人来出手凶狠，又特野蛮。雷文受刑不过，先来个屈打成招吧，好汉不吃眼前亏。这就更惨了，扪着良心编瞎话，孙子们要啥他就给啥，编了一连串的离奇故事和糊涂话。例如什么跟姐长年睡在一个被窝里，姐叫他干啥就干啥……这么新奇又鲜活生动的情节把“审案”的几个小子都听得直了眼。

云山雾罩，越扯越远，越说越玄，大难中的小蔚州被逼得灰心丧气鼻涕一把泪一把，断断续续违心地编造了许多离奇的故事，字字句句都是对钟爱的二姐的一种伤害呀！这实在是为了逃避现实酷刑没办法的办法。亏心呀！亏心的小蔚州心里在滴血呀！用耻辱的语句换一时的苟延喘息。果然打手们住了手，不打了。

“停，停，停！别问了，别问了，歇会儿吧！”还是那位大当家的，忽然惊呼着叫停。给闹剧泼冷水的正是这位厂长，他不知何时进来的，蹲在了人们身后。

“停一停，累了吧？大伙儿抽支烟眯瞪一会儿。”他又指了指雷文，“也让这家伙眯瞪一会儿。”转脸对打手们说，“人要给我看好。”这老汉也说得有气无力，转脸阴笑了两声，意识到是被人耍了，狠狠地朝屋里人瞪了一眼，又把二当家的拉回到屋外说话。他轻蔑地看着这批恨铁不成钢的主儿，并替受刑人悲哀。

长者悻悻地对助手道：“够了，够了，情况够多的了。这厮的话你能全信他的？耍了，被这厮耍了。”兴许他连这二当家的也看不起，莫名其妙地倒有点喜欢这个受刑的年轻人，得便还想帮一把。过去搞派性斗争时自己也是这么干的，这叫留得青山在，不怕没柴烧，又道人家这是光棍不吃眼前亏嘛。

二当家的问：“咋了？”他对厂长佩服，但是又嫌这老干部阴阳怪气。

“知道这小子哪里人吗？”长者反问。

“南山的。”

“哪个南山？”

“有几个南山，当然是这里沉沙的南山了。”二当家的自作聪明地补充道，“叫黄羊山老爷岭吧。”

长者说：“错了，这里的叫小南山，叫黄羊山，那家伙是蔚州大南山的，是老区，叫小五台。”

“不是沉沙的？”

“当然不是了。”

“看看，哭了半天还不知道死的是谁、何方人士。”

“咱们这山区山也太多了，在老家咱不是管大海陀、东山庙也叫大南山嘛。”二当家的也自作聪明地领悟道。

“我说的蔚州老区小五台那个大南山，人可不坏，民风也好，地区出了一大批干部都是那儿的。欺负咱的是铁道线上沉沙街的小南山，不会是那里的人。”

“错了？”

“可不错了，小五台人好着哩。”

“都是山里人，也算一家人不认识一家人。”二当家的阴阳怪气地这样说。

“可不是。”

一听说是小五台大南山的人，沉池的这俩头儿的劲头消了一半，他们想报复的是火车道线上的沉沙人而不是南山蔚州人。

俩头头在外面合计事时听到房子里没动静了，其实被摧残乏累的金雷文早进入梦乡了。虽然仍被摁在地板上，但睡得还挺香，乏累得像只死狗。就真让他睡一会儿歇一会儿好了，一个好心人还在他头部垫了个草袋子。

这一块儿的人偏见极重，派性裹进了地域，一提沉池人就是被欺负的山里人，欺生者当然是火车道上的沉沙人了。两地的人积怨很深，所以葛存义邀人来报仇不光是报复一个火车道线上的金雷文，还是为拿沉沙人出气的。俩当家的蹲在屋子外另一侧说下去，那里避风，躲开了大粪坑。

能听清的是这些话：“他和那婆娘睡了？”“睡了。”“多少次？”“无遍数了。”“能落实吗？”“那哪能落实，他们从小在一个被窝睡大的，别人咋能证明。”“一次也是睡，十次、百次也是睡，够了，可以定性了，唉！真让麻子猜对了，狗杂种，天理难容呀！”大当家的说得咬牙切齿，像是挖出了一个特务，恨得牙根疼。

这位厂长说到这儿下了决心道：“咱不再追问了，这是搞破鞋，道德败坏，作风问题，即使是真的，咋处理？能抓起来枪毙吗？不能。顶多有公职的开除公职，没公职的婆娘也只能教育教育。我碰到过这类事，棘手得很，小娘儿们给你喝药儿上吊什么的，逼出人命就麻烦了。”“咱又不是人家县、人家钢厂的专案组，结了吧，不再费这个劲，跟麻子说一声就算了。”厂长说到这儿把话题转到如何处置好金雷文上。“后面的事千万保好密，让当地沉沙人发觉了还不得惊动派出所？麻子让咱搞的这一套追起来叫绑架，叫私设公堂，这小子老家不是沉沙的总是沉沙的工人嘛，你动了人家县里的人，又打成这样，还了得？”

人上了些年纪，顾虑犹豫也多，大当家的定了基调后又出去歇凉，事情留给助手再审一审。

那年代的人都爱认个死理，这类“案件”审起来也真认了真。审讯现场里哪有迷瞪一会儿的道理，休息片刻继续“烧”着“火”。这伙儿人对缴械投降的雷文穷追不舍，正在为落实一个“细节”顶着牛。

“说！”

“说！”

偷了嘴的落架鸡，招人轰打招人踢，这是常情。为了打破批判现场的沉闷空气，二当家的放出话，要拿下流氓分子金雷文这座堡垒，要大获全胜，全靠大家了，愿问啥就问啥吧。大当家的坐回到帅位抽着烟观阵。

雷文成了破鼓万人捶的开心果，任人耍。

这个奚落道：“小子你也真是个人才，球大的时候就懂这。”

那个讲：“这叫福分，这就是你们川里人的出息。”

看稀罕还用到别处去吗？雷文成了千人唾骂的众矢之的。你小蔚州不是要人家吗？遭报复了，谁说不是，可把小蔚州当猴耍了。

“说具体的，来点儿更鲜活的……”

蒙眬中，睡眼半睁的雷文说：“不是都说了吗？还让我说啥？”

“说细节。”

气愤至极的雷文横眉冷对不语，后来连眼都懒得睁了，暗暗骂道：“又是‘细节’，这伙孙子，逼人太甚！

“说！说！老实交代！不交代小心你的屁股。”

雷文仍然没有吭声，咬紧牙关，屁股不就是烂了吗？人不怕死，还有何惧。

“压！不来厉害的不说，贱骨头。”一杠子压下去，又是一声惨叫。

“王八蛋，太欺负人了，这叫放狗屁，你找你姐时，谁先找的谁？”人怕害命，狗怕斗，兔子急了也咬人，小蔚州真给斗炸了，豁出去了。

现场又一惊一乍地炸了窝，一片愕然，气氛高一阵低一阵，又一阵鬼哭狼嚎。

遭受多次毒打的金雷文始终处于昏昏沉沉的状态，但事后一想起自己为减轻痛苦而被逼“招供”说了那些话，心如刀绞，十分懊悔。方才讲了那些混话，是人话吗？愈发觉得对不起心爱的二姐，对不起全家的祖宗八代。爷爷金忠烈、生父金振川，还有养父和师傅老庚爷都不是这样的软骨头。或许也是活该——命该如此……若不是无聊地与二姐被称作“天生一对”，也不致招得彩凤爱得那么要死要活。对那个天仙般的二姐自己不光有爱，还有无与伦比的敬。对这纯真无华最亲近的姐姐怎么能亵渎呢？金雷文骂自己：你这个笨蛋、怕死鬼，这一点刑罚就受不住了，就胡说八道了！他一遍又一遍地暗暗骂着自己，又不时泪流满面，若不是被倒剪着双手，早抽打自己了。不行，必须推翻前面的所谓的“供词”。要笑对严刑拷打，做顶天立地的汉子，把前面说的话都推翻了。

“小子！跟大爷摊鏊子[①]是不是？要着俺哥儿几个玩是吧？自己吐的又吃进去？胆子可不小哇！”二当家的横眉竖眼地质问。

“拉出的屎又都坐回去了，男子汉大丈夫说话不算数这叫人吗？合着大爷们熬了这半夜白熬了？”绑匪甲质问。打人好像成了一种“劳动”，这厮们也委屈。

“确实也不是拿几位爷耍笑，你们的杠子也太厉害了，不招腿就断了。”雷文据实辩理。

“没这么严重吧，一个大男子汉连这点考验都扛不住，算啥男子汉？”另一个绑匪说起漂亮话。

“大爷，小子不是男子汉！起码还不算大男子汉。”

一个喽啰幸灾乐祸地插话道：“让他说，为什么说自己不是男子汉！”

另一个也逼问：“你说自己不是男人——男子汉，是个甚意思？难道是娘儿们？”

雷文迎峰解释：“我是说，我还没娶媳妇，还没跟女人干过那种事儿哩。”意思像问自己，“没干过那种事儿，没尝过睡女人的滋味那能算男子汉吗？大爷，我真的不是秏，我若秏我是孙子。”

说孙子就是孙子吗？“唉唉唉！这不是秏是什么？还用说，你本来就是孙子嘛，又在这里打转转。”

几个家伙觉得被要了，嘴斗不过这小白脸，就刑具上见呗。现场的仨家伙又各操各的刑具动起来，持白蜡杆子的那位用杆子的粗头狠狠敲了一下雷文的踝骨，雷文钻心地疼，又敲了第二下，雷文疼得“嗷嗷”叫起来。背面的那俩压杠子的，一杠子摁下去，雷文那腿像被斩断了。

金雷文疼得爹呀娘地哀告着：“大爷呀！我这腿，我这腿，我这腿要断了！腿断了小子就完了，彻底完了，吃不了饭了，求求大爷留下这腿吧！我们修理工凭这腿吃饭哩。炉顶上，水塔上，都得爬——爬云梯哩。求求你们了，留下我这腿吧，留下我这腿吧……”疼得他抖动着缩成一团。

---

①摊鏊子：一种农家熟食，即烙饼，多是烙煎饼。鏊子是烙饼的炊具，用铁铸成，平面圆形，中心稍凸。

“号叫个屁，你的腿还在，给你留着哩，留下让你继续发坏。”

金雷文真熊了，熊包一个，疼得咬着牙着，原本谁要说他钟爱着的姐是要跟谁急的，这会儿再也不敢急了，钻心地疼着，哭都哭不充分，生不如死，甭说辩论了。

时过午夜，冷风习习，这片乱葬岗子上更是静得到处飘着凉气，只有这井房子里传出鬼哭狼嚎的声音。

“莫打了。”是那一个熟悉的声音传来，是大当家的，听他说下去，“莫打了，给他松动一下手脚，让他接着眯瞪一会儿吧，折腾了几个钟头，又没吃没喝，莫折腾趴下，该给他喂点水了。”大家一看是厂长，才住了手。

刑讯果然停下来，喽啰兵七手八脚地找了点水过来。

“莫喂了，这小子睡着了。”有人悄声说。

“那就让他睡一会儿再喂吧。”这是厂长，一脸愁相。

小蔚州似乎睡着了，又像是打了个盹，屋子里谁说什么好像他都知道，有的话听得特真。那个厂长说的话最清楚。谢天谢地，这位爷爷说了话后好像杠子从腿肚子上移开了，腿脚似乎轻松了许多，像是有人搬起自己的头给自己灌了两口水，啊！甜甜的，比蜜还甜，有生以来喝的最甜最甜的水呀，再想喝，碗没了，没了就再没这个奢望了，你是囚徒嘛，听凭人家摆布吧。不大一会儿他真的进入梦乡了，好像是遇到凶恶的赤发鬼魂索命，大铁链子哗啦一下套住自己就走。他心想命不是都给你们了吗？不知咋的一蹬踺绳索都开了，自己的身子莫名其妙地飞起来，腾云驾雾似的飘浮在云层上，飞呀，飞呀，飞到一座山纵身又飞越了另一座山。“自由了！”像是自己在喊。接下来走了好多地儿，过了好大一会儿。好了，不怕了，就是死也不遗憾了，二姐、小外甥，养父还有好友义平，好多亲人都见到了。

不知过了多么大一会儿，金雷文不知被什么惊醒了，徐徐睁开眼，意识到原来是南柯一梦，自由是不可能的，自己仍被捆着手脚，仍卧在砖地上，好在腿还在。蒙眬之中他真的看到有人拿着有水的酒瓶子，含了水向自己喷来，感觉像被雨水淋过似的，像下雨，太美了，凉爽极了。

借着凉爽劲他睁眼寻觅，屋子仍黑乎乎的，哪里有赤发鬼魂，更没有云层雾山，一个亲人都没有，仍置身在刚才的位置，还是被捆绑着，嘴啃着地面，不过上身的绳子松了，脖颈能活动了。一股大粪味袭来，他恶心得要吐，打了个喷嚏，怅然间才算彻底醒了。这时才明白，自己被打昏睡过去——出奇滑稽地到阴曹地府颠了一圈——又被一干人弄了回来，弄醒了。

井房的门突然敞开了，射进一丝光亮，像有人出出进进，并且听到火车鸣笛，还有火车错车声，那是编组站作业，证明离县城不远。

旁边有人叽叽喳喳，后来躲什么，戛然停下来。议论的内容在埋怨什么人，无非是说：替朋友帮忙弄出人命吃了官司不值，最好见好就收吧……没人吭声，也没人否定。这是几个喽啰兵。

茫然间，雷文意识到这私设的公堂肯定是葛存义找人搞的，跟沉沙人没关系。沉池人一家干的兴许简单些，兴许老葛不会要自己命的，想到这儿心稍微平静了些。

刑讯停止，好像还有人提着瓶子对自己喷水，只有那一个当官的训话。

“别喷了，瓶子对嘴灌一下，轻一些，轻一些，一边抬着，叫他自个吮吸，喝点水就好了，一斤水下肚了，好了，没事了。”是那位厂长的声音，边说边到雷文跟前看了看，还摸了下他的额头，又弯下腰去看了下雷文的腿伤，才坐回原位。

忽然间，屋子的气氛改变了，门子敞开得更大了，射进一丝月光。深夜，有了月光，就慢慢使人心平静下来，给人一种安全感。

“人可给我看好了！”不知哪个官儿说了这么一句。

雷文甩了甩脸上的水珠，睁开眼看了下周围的情况，真像威虎厅的场景，就是有点闷。借着月光能看到人影了，人仍挤得满满的，只见坐着的那个二老汉倒也和颜悦色的模样，压低了声音说：“这小子可能虚脱了，脸上惨白是因为缺水，没关系的，看这块儿头，体格壮着哩，喂了水，回头再喂点儿干粮，就会好的。”有人应声，也有人叹气，这人稍沉了沉又说，“大家想想，审得怎样？他交代的哪些是真的，哪些是哄咱的？说这么多，跟那小娘儿们有事儿没事儿，再砸一砸，砸实了好向人家老朋友回话。”

屋子里没人答话，鸦雀无声。你是当官的，你咋说就咋办呗。

见无人说话，厂长把囚犯交给了俩打手，把其他人等召到屋外说事。

雷文见状，又急忙闭上眼睛，佯装睡着。俩仨钟头了，他是一直这样对付过来的。

屋子外七嘴八舌上了，喊喊喳喳，嘀嘀咕咕，都说这地方臭，要结了案赶紧离开，被厂长又训斥了几句。厂长继续说下去：“麻子老哥多年没求咱办事了，好哥儿们嘛，既然应了人家就得给他帮实忙——帮到底，尽量办圆满，帮他出了这口气，或者去了心病更好。他媳妇和这厮真有事的话也得办成铁案，板上钉钉。若姐弟俩没这种事也要对麻子老哥说清楚，让他们踏实过日子好了。人家毕竟是一家人，小舅子姐夫好亲戚嘛。”说到这儿他把话锋一转强调道，“帮人家办事，就应该实事求是，有就有，没有就没有，砸实。即便一时弄不清也不能搞出事——我说的是出人命，别给人家麻子惹场官司。”

“厂长，他醒了。”有人捅了下长者，打断了他的话。

其实雷文早醒着，只是没吭声。他盘算着，这戏演了大半夜该收场了，弄到这步田地，顶重要的是看这伙孙子如何收场，有个圆满的说法。对自己讲，当务之急是先央求他们给再弄点东西吃，有了劲儿，然后再想脱身之策。于是他仰起头恭顺地喊道：“爷爷，给弄口吃的可以吗？”

“饿了？”厂长问。

“嗯！”雷文有气无力地低声应着。

这是第二次喂食，笑话，挨打受刑也是一种消耗，要继续挺的话，热量得跟上。

“好，咱就给他点儿吃的，绝不虐待俘虏。”厂长这样诙谐地说道。

“还不服气，圈在笼子里的狼崽子还想咬人哪！”二当家的又卖着乖。

雷文说：“你这人的嘴咋就这么臭？总该讲点儿卫生吧！人的一生不会都顺心，都会遇到点儿倒霉的事，你没饿过肚子吗？又要给我紧紧‘鞋带’是不是？”

“那就再紧紧‘鞋带’好了。”二当家的火被激起来，喊了一嗓子。

“紧鞋带”是黑话，是压杠子施刑的俩人间的暗号。

接下来，“啊”的一声，直起身子的雷文又趴了下去，随即央求道：“大爷，大爷！小子不敢了，不敢了。”这都是年轻人雷文嘴贱的报应。

这或许是说了句实在话，不过不该这当口说。这不是硬碰硬往刀刃上撞嘛。这雷文和二当家的都是啄木鸟的主儿，你在矮檐下就得懂得低头嘛。二当家的也不能得势不饶人。

“好了，好了，调教他的话回头再说，先喂点儿……”这是厂长又来说情，不知从谁那儿抓了个大馍递给持白蜡杆子的，示意他送到雷文的嘴边，又道，“人是铁饭是钢嘛。”并嘱咐，“别着急，一点一点儿地喂。”

打手转换成看护，开始喂食了，是馒头，是咸萝卜，是白开水，有稀有干，搭配还挺周全，像喂宠物猫狗那般，喂得挺细心。毕竟这些人不是专业打手，也是有家口的普通工人嘛，家里也都有家口嘛。喂食的喽啰一边往他嘴里送一边戏谑道：“你小子真有福分，算你碰上好人了。爷问你，你是伤残俘虏，还是医院病号？大爷倒真成了保姆陪护。”

“谢谢，谢谢，谢谢师傅。”雷文感谢的话发自肺腑。这会儿这些人在雷文的眼里成了菩萨。

一个馍刚喂完，饮了口水，老厂长又掰了半块递过来，也很快喂完，又塞了块咸萝卜，最后饮了半缸子水，也算水足饭饱了，够意思了。

夏日的深夜，风倒了——北风倒成了南风，那一坑恶臭的大粪气味转到背后，屋子里撕心裂肺的行刑哀告逼供现场变成了行善优待囚犯的善所。谁能想到，转眼间小蔚州又要大难临头了。

“好！都精神点，继续干活！干完了好回家睡觉。”

厂长老汉一声高喊，众喽啰立即挺直身板积极回应。与此同时，只见一道弧形的闪光随着“啪”的声响停在砖台子上。是啥，哪来的不知道。

这又是一场杀猪宰羊的戏。

“啊！”很瘆人的，众人愕然，眼尖的人看清了，是尺巴长的匕首。

“啊！啊——”众人大惊失色，“这是咋了？……”真要给这小子放血了？刚才的善所要变成杀人现场，太吓人了。

刀响话音落地的同时，整个屋子像突然燃烧起炽烈的大火，气氛炽烈得使人窒息。大眼瞪着小眼，众人乱成一团，爆炸在即，谁也难想象要发生什么事。

被呼作厂长的二老汉转过脸来，凶相毕露，杀气腾腾，一脸铁青，全然换成另外一个模样——恶鬼凶神一尊。

“扒下他的裤子！”又凶狠狠地怒喝道，“裤子，裤子！”是在命令打手们。

他又转脸对呆若木鸡的雷文道：“小子，大爷没闲工夫跟你耗了，今天得给你来点厉害的看看——不给你动点真的不知道马王爷几只眼。”霎时间，凶相毕露的老汉怒目圆睁着高声叫着板。

除了二当家的，其他人都处在紧张气氛中，也都似乎傻了——目瞪口呆地愣在那儿。“文革”时再乱，沉池县也没有杀人的，不光雷文，打手们也都傻了眼，方才甭看诈唬得凶，可毕竟都是些见识短浅的普通人。

在二当家的指挥下，所有的手电筒都打出了强光，一束束强光集中射向一个点上，那就是小蔚州金雷文。强光的刺激使这只囚笼里的豹子紧闭住了眼，慌了神，挣扎着。

“扒裤子，懂不懂？傻瞪着干啥，磨蹭个啥！”火当家的火了，像只被惹火了的斗牛，真真切切是他的喊话声。

大当家的拍在砖台上的的确是把刀子，尺巴长，半寸来宽，亮闪闪的。雷文定睛看去，着实吓了一跳，头“嗡”的一下炸了，这是干啥，干啥哟？还被绑着的腿本能地挣扎起来。小伙子急切地想：好呀，屠手们来吧，吃饱了喝足了，该宰了是不是？不就是一个死吗？他脸上的青筋绷得紧紧的，脑子里急剧地思考着多个可能性，准备随时冷静地应对一切。他蓦然意识到，要出大事，他这条小命快没了。

雷文想到的一种可能是，刀子是杀人的凶器，叫厂长的这位矬老头儿要干啥？真要宰人？无冤无仇，没这么大的过节吧？

雷文想到的另一种可能是，刀子也是唬人的，逼刑逼到这个份儿上，棍子、板子、拳头都尝过了，还是第一次见到刀子，要逼自己交代大问题，说不定真要给放点儿血。他双腿俩脚被牢牢地绑扎着，扣子贴肉，又都是些死扣子，想踢踢不飞，如何是好？只好用脑子对付了。

只听到凶煞厂长又说话了：“其实也没啥，先声明一下，小子听着，不要你的命——想要你命的话，还等到现在吗？在小树林早乱棍把你打死了，只是想……”这老汉说到这儿打了个嗝，这一嗝又着实使人揪心。

“只是想给你动点儿小手术。”到此老汉才算把话说完整。

“啥小手术——难道……”闪念间雷文的情绪越发激动，“啊”的一声惊叫的同时，本能地把双腿夹紧，牙齿咬得“咯咯”响，暗暗骂道：沉池的小子们，还有该死的麻子，真是胆大包天，何年何月了，真那样办的话缺德到家了，告到官面[①]都是杀人犯，得统统枪毙！

不过他转念一想，不会吧。他对这老东西百思不得其解，不知他装着几杆秤，卖的什么药，今天碰到地道的变色龙了，刚才给水喝给馍吃，怎么突然变脸了？

小伙子在琢磨对策，呼救、拼命、逃跑、碰死，同归于尽。他横下了死的决心，自己只能居于狮群，绝不能成为任人宰割的羔羊。好了，沉池的老小子！来吧，同归于尽！他横下一条心，思谋着自己的死法。

“没长耳朵是不是！不是让快扒他的裤子吗？愣着干个甚？”火冒三丈的厂长真的生气了，吼着，并比画着让喽啰兵给雷文松腰部的绳子解开裤扣。他们先是硬把他两手倒绑到背后，再把他的裤腰扒到膝盖部。

房子里登时忙乱起来，几只手电筒的灯光扫过来扫过去，扒裤子成了的重头戏，受刑者不让扒，绑匪们非扒不可。他像被捆缚着一蹦三跳的猪狗嘶叫撕咬

①官面：方言，即官府，泛指政府机关。

着，慌作一团，乱哄哄。房子真的要爆炸了，即将成为火光冲天的屠宰场。

“土匪！狗强盗！你不配尊称爷爷，只能让人叫你老土匪——”

“他再骂，撕烂他的嘴——”被激怒的厂长怒吼着。

撕嘴的没见过，扇耳光可是常见的，“啪啪啪”几下打在受刑人的脸上，同时一阵撕心裂肺的骂，接着咒骂的声音小了，雷文像闭过了气。惨呀，人要死，就一头撞死，千万莫当“俘虏”。沉池县的这伙孙子，你骂他们是土匪够不上，不过也太缺德了，何冤何仇出此损招儿、下此毒手？

又是一道锋利的寒光闪过，刀子在空中划了一圈，仍握在那大当家的手上，最后“啪”的一下又拍在砖台上。

大当家的这是玩的啥花活？包括受刑者雷文和众打手都不解，“不杀人亮刀子干个甚？”

10

“住嘴！”当听到缓过气来的雷文还在咒骂时，大当家的真的被气炸了，腾地直起身子，人们注意到刀子又被他拾起握在手上，他又一次强压怒火将匕首拍在砖台子上。这是要干啥？这不要神经吗？众人面面相觑。

“给我打他的嘴，狠狠地打！打这个肉烂嘴不烂的贱豺种！”

金雷文惨了，“啪——”“啪——”左右开弓一边一个喽啰，蒲扇大的巴掌打到脸上，疼得他“嗷嗷”叫。

大当家的也气得脸色铁青，也声嘶力竭地骂着：“打的就是这张臭嘴！不识抬举的东西。”接着吼道，“不老实还打，狠狠地打！”

“咋了，没良心的狗杂种，给你喝了又吃了，翻脸不认人了，莫名其妙！”

“吃了喝了怎么样，像注水猪，吹圆了喂饱了就宰吗？”雷文撕扯着反击。

“说个甚？说的甚意思？爷爷不明白。”这是大当家的。

“不宰人杀人亮刀子干个甚？”雷文质问。

大当家的换了另外一个模样说话了：“金段长，你误会了，没有宰你的意思，莫把事情看得这么严重。”又解疑道，“在松树林，我们准备了三条杠子侍候你，要想宰你还不容易……还得说两句，我当过兵，逮你花了点脑子……你有两下子嘛，不过我们还是一杠子把你放倒了，若是多加上几杠子，你的头早开花了。想宰你的话，还等到这会儿。”最后又补了一句，“没有深仇大恨，宰你做甚。”

雷文紧张的情绪立刻缓和下来，不过十分不解，因为这话没回答到正题上。

“快——把这小伙子扶起来！”大当家的大喝一声，似乎真的要动手术了。

几个喽啰兵赶紧扶住金雷文，这后生的腿都跪麻了，加上刚才扒裤子时那样折腾，哪里扶得起，无法站立。那位厂长命令：“把腿上的绳子去掉，谅他也跑不了。”

“大爷，就松开吧，小子不跑，要跑早跑了。”金雷文趁势央告，又虚晃了一枪道，“小子就是孙猴儿也逃不出你如来佛的手心儿。”

“老实点儿，莫要贫嘴！”拿白蜡杆子的三号头目怒吼道，顺势朝雷文屁股上踢了一脚，正踢到伤口上，撕心裂肺地疼。

“谅你也不敢跑，你也跑不了。”这是二当家的。接下来几个打手七手八脚真把雷文腿上的绑绳去掉了。

“站好了吗？”是大当家的问话，接着又自言自语，“是骡子是马牵出来遛遛不就知道了。”

和缓的气氛没过五分钟，惊扰又起，大当家的命令道：“把他扶好，把他的裤子往下扒！再扒，快！”几个听差没搞清意思，仍然愣在那里。“扒呀！”大当家的不耐烦了，声色俱厉地骂道，“聋了吗？把这小子的裤子扒下来——”又喝道，“都把手电给我打开对着小子的裆。”

这次喽啰们听懂了，几支手电的光束立刻集中到小蔚州的腰部，这后生疯了，刚解开缰绳的双腿一抬老高，带着哭腔责问：“你们要干啥？”

“干啥？一会儿就知道了。”

“我抗议！我抗议！法西斯！”但哪站得起。

被仰面弄成个猴样的金雷文像等待阉割的一头猪，声嘶力竭地挣扎着，腿夹得紧紧的。

“我抗议！抗议！”这是被缚的龙腾虎啸般的一头狮子萎缩退避的抗议声，人在矮檐下不得不低头，立刻又换了一副哀怜的娃娃气的口吻，“大爷，爷爷呀，可不能动刀子，真动了刀子，咱们前世无冤今世就有仇了。饶了小子吧，我磕头作揖了。求大爷和爷爷了，求你们……了！”哀求着的小蔚州慌作一团，一脸土色，真的熊了，要反抗，晚了——黔驴技穷了。

伴着漆黑的夜幕，凄惨悲凉的哀告声确实也令人怜悯。大当家的带来的这些随从是些普通工人，怜悯起这后生来，不知道要发生什么事，又不敢多说多问，跟着担心。

“叫唤个球？胆小鬼！就这么点能耐，若碰到敌人打来了怎么办？不当顺民才怪！你是南山拳王的孙子嘛，吓成这熊样。”又是二号头目的戏谑，成了好人一个，慢条斯理戏谑道，“吓得尿裤子了吧？大爷可不愿闻那味，我们大当家的不是告诉你了吗……哪里也不动你，放心吧，只是解开看看。”

哄人吧？雷文登时呆呆地看着说话人，不理解“只是解开看看”是啥意思，本能地松动了下腿脚，确定腿脚还是自己的。

正在众人面面相觑疑窦丛生时，大当家的又说话了，说话前先斜了眼雷文：“他误会了，误会了，也怨我老汉，事先告诉他要干啥就好了，惹这一通疯闹。”大当家的卖的这是哪门子关子？一语道破不就揭了谜底。

被缚的公熊似鸡，任人宰割摆弄吧。金雷文的裤子很快被扒掉了，赤裸裸地完全暴露在大庭广众之下。人们的注意力全神贯注在大当家的举动上，这时那把亮锃锃的匕首还放在砖台子上。

“我抗议！我抗议！土匪，做得稀的！”小蔚州暴跳如雷，晃着膀子，踢腾着。

“那就算了，不让看就不看了，捆好了扔到车上拉回去审，再叫他闹哄。”大当家的赌气似的说，众人愣在那儿，都不相信自己的耳朵，集中听下一句话咋办。

大当家的不审了要走的那几句话让雷文也摸不着头脑。他倒没像二当家的骂的那样尿裤子，但也吓了个够呛。人嘛，再一身豪气也搁不住折腾，还小嘛，没脱离人的本性，开头六神无主，继而歇斯底里，疯了，像刚刚挣脱绊子[①]还坠着缰绳的劣质头马，又嘶又叫又踢又蹦。几个打手折腾了半天才把他摁住，像戴马绊子那般又锁住了他的腿——能站立不能跑。这倒把大当家的吓出身冷汗，亏了麻子仔细介绍了这厮身手不凡的情况，防范得当，不然绷开了绊子儿蹶子就尥倒几个早让他跑了。说不准再招引一伙愣小子打群架，那事就大了。这倒让大当家的替他的朋友麻子葛存义捏了把汗。这个块头儿，这么帅这么壮的小伙子，哪个见了不动心不爱？论争女人，麻子的条件、本事和这对手差远了，调教不好真够麻子喝一壶的。

“不拉回去，不拉回去哟，在哪儿说在哪儿了。”大当家的也来了一个缓兵计，接下来说，“金段长，莫怕，莫怕，唉！事情弄得复杂了——我们只是解开你的裤子随便看一下，保证不动你一根毫毛。”

“爷爷，求你了，不信你只管去查，小子保证没干过缺德事儿，小子还是个童蛋子。”

①绊子：系在牲畜腿上使之不能快跑的短绳。

“这不能光听你嘴说，我得亲自看一看。”大当家的说得特认真。

“爷爷，你哄人，这也能看出来吗？”

“我有法儿，能看出来的，你老实配合一下就行了。”

尽管大当家的还押着“宝”，但下步棋越来越明晰了，像注射了一针镇静剂，半信半疑的雷文和众人的情绪慢慢平静下来，一位随行工人插嘴介绍：“我们头儿当过外科大夫，棒着哩。”

大当家的马上纠正：“不是医院的大夫，是公社卫生院的赤脚医生。”

那人说：“不也给好多女人动过手术吗？”

“那哪能叫动手术，是学艺，跟着医院的大夫给人上节育环，搞结扎。”

“一样的，一样的，不都是动刀子嘛。”那位工人继续拍马屁。

“那可不一样，搞结扎简单极了。”

雷文听罢仍不由得打了个冷战，想想二老汉的这话确实够怕人的，不还是动刀嘛，又联想到这人说过动手术的话，心里又敲起小鼓，两腿不由得夹紧，身子发疯似的后缩着。

大当家的说：“又怎么了？怕了？来！把这讨厌的物件撇到一边，我老汉对它也没好感。”说着把刀子递给一个助手，示意他放起来。

这一手使雷文的情绪暂时稳定了，但仍没打消顾虑。

废井房子的气氛登时缓和了许多，再平静下去这“活动”该收场了，应该进入梦乡了，整人的“大爷们”也好，挨整的倒霉蛋雷文也好，心理要求接近。这半夜三更正是深睡的时刻，可都应该眯瞪一觉了，就是睡十分二十分半个钟头也好，有什么事明儿早晨再说。这哪能呢？必须早早有个交代，大当家的说：索命鬼麻子那里还追着听信儿呢。雷文是越早脱离险境越好，不光逃出受摧残的险境，躲过这一劫，还要避开成新闻人物的窘境，越早把倒霉的事压下去越好。

“公堂”的现场瞬息万变，偶尔还挺滑稽。

刚才是的大当家的发威施暴，这会儿竟在漆黑一片酷似冥府的废井房子里和小蔚州聊起了家常，哪里像“审案”摧残群众，倒像两代人促膝谈心。

“你和姐夫俩人差多少岁？”

“差十五岁吧，没仔细想过。”雷文打心眼儿里腻烦提老葛，被迫应付着。

大当家的说：“不！他瞒了岁数，起码瞒了三岁，兴许四十五岁，这也难怪，为了好找媳妇嘛。你多大了？”

雷文答：“二十五周岁。”小伙子腻烦，认为这是耍笑自己，不想回答，又毫无办法。

大当家的欣然赞美道："好年岁，黄金季节，又赶上好时候了。我比你姐夫大五岁，但见了面还得管他叫哥——他的官大嘛。造反拉队伍时，他是头儿，才管他叫哥的，到这会儿也没改。"

这老家伙也真有水平，这里聊着天，那里把事儿办了——借着手电光耐心仔细地观察，像负责婚前体检的医生，弄得小伙子痒痒的。对男子汉雷文来讲，这属于一种污辱，但抗议咒骂没用。这后生现在正从对方的表现中洞察一切找出路——你要笑我我对付你，慢慢地他从这位被称作"厂长"的大当家的脸上看到了一线生机，老家伙额角的皱纹舒展开了，像个医生在诊脉，辨症施治，一丝不苟。

"你爹多大了？"大当家的继续问。

"属羊的，五十多了吧，我没注意过他的准年岁。"

"你这当儿子的粗心了。"

"是粗心，或许是不在一起住的缘故，不亲。"

"还有个爹？"

"那是养父，叫大，从小他把我带大的，亲着哩。"

"也是彩凤婆娘的爹吧？"

"嗯。"雷文哼着，被迫消磨时间，借此磨到天亮或许得救了。雷文心里骂着："真无聊，查户口是吗？北山的小子，大爷多大，大爷的爹多大，关你屁事，查得着吗？"但又佯装听话，有问必答。

"我比你亲爹大一岁，就叫大爷好了，莫再爷爷、爷爷地喊了，听着别扭，也承受不起，我就拿你当侄子对待吧。"

"那就不动刀子了？"

"当然，当然！"

"咋说？"二当家的见状越发想知道结果。

"圆满圆满，非常非常的圆满，这结局太完美了！太完美了！"二老汉兴高采烈地说下去，"折腾了这一夜，哥儿几个没白忙乎，收了，收了，快去给麻子老哥道喜吧——对这后生事说，对麻子老葛事说，对咱们事说，都是天大的喜事儿哟。"

说来也怪了，登时房子里像轻风吹拂，星光闪烁，洞府大开。小蔚州丈二和尚摸不着头脑，不自然地问："叔！不，叫大爷吧，大爷，你把我说糊涂了，快说小子我咋了！"

"没事了，没事了，金段长你好好地吃点东西先睡会儿吧。莫动，莫动，下课喽！”

躲在隐秘处的老汉随即告诉了二当家的这个秘密。

“原装货，没干过那种事，这不是麻子和大家都希望的吗？”

“这个小蔚州怎么啦？”

“童蛋子——没碰过女人的童蛋子。”

“真的？”

“千真万确，就相信你叔的眼力吧。”

二当家的说：“太好了。”

十分钟后，二当家的恭恭敬敬地亲自给金雷文又喂了俩馒头，就着咸菜，还又喂了点水，其他人都老老实实地围在一起等候大当家的撤摊子的决定。

归心似箭的人们嘁嘁喳喳说着小话：“这个包袱总算甩了，爷爷困死了……”

那些人走了后，雷文仍被捆绑着，这伙小子还没胆量给他松绑，他一觉睡过去，一直睡到第二天午后，俩掏雀的小孩打开门子才发现了他，这才救了他。

雷文被“私设公堂”折腾得打得很惨，三天下不了地，亏了赵桐主任回到了部里。爱才如命的赵主任，以办培训班的名义把小蔚州弄到矿上养了一段时间，又及时调回来参加了会战。

这一阵葛存义纠集外县人来本县“私设公堂”残害群众的事儿犯了，沉沙镇政府过问了，弄得又是一通风波。金雷文虽是受害者也弄得愈传愈远，名誉扫地，幸亏葛存义托人压下了这件事。本来是师徒恩怨了结的事，反倒闹了个沸沸扬扬。

11

天上下“铁雨”，信吗？不信。信不信由你，世界大了，无奇不有呀！

靠近天车大库铆焊场的西部边沿，一垛钢板前，一个人正弓腰蹲在那里下着料。这几个钟头他一直干这活，没动过窝。他就是放回一线顶岗的副段长金雷文。他远离了大队人马作业的空阔场地，挤在一条窄长的地带。这里原本是归供销处管理的板材大库，为给高炉大修腾场地，能挪的挪走了，能动窝的动窝了，挪不动的还是那堆大家伙，像堆堆小山包还堆竖在这儿。为了赶进度，又为了腾场地，严格地讲它是临时作业场，工人们见缝插针地挤在这儿从事下料作业。有几堆人记载着作业了，金副段长几乎像陷进钢山铁堆中，被围得密不透风，铁巷子里钻来钻去。

副主任老葛把他放在这专管下料的联合作业组，是临时措施，除了拿割炬焊把的副段长（系五级焊工）金雷文，尚配有一名按图打眼儿画线的钳工，还有一名吊车司机和另一名壮工。给他们的任务是，三天把高炉炉喉、炉顶和热风炉球顶的料都下出来，移走腾出这块地儿开辟新战场。三天干利落，腾出场地。整个上午雷文带领的作业组一门子心思都绑在下料上了，天空的风雷如何响动，头顶上的天车如何轰鸣，没有分散他们多少注意力。

后半晌阴沉的天色黑下来，一度黑得像黑锅底，作业受到影响，立即得到探照灯和顶部灯光的支援，很快生产恢复了常态，焊机嗡嗡，进度不减。下料作业的第一天，就创出了好业绩，实现了开门红，为下一道工序打下了良好基础。在黑咕隆咚的冰山一角，挤在这儿的一个个作业组，不时撞出灿烂的火花。只有轰隆轰隆的天车为伴。

继密布的乌云和周边围上来的闪电，一个霹雳在头顶上炸响，串串闪光划破了混沌的天体，冲天入地直破长空。更浓厚的乌云自北而南，势如破竹，移山倒海。跟来的大风刮得哗啦啦，哗啦啦，呜呜作响。麻子认得，老家沉池这风云叫跟斗云，风叫沙尘暴，可不是好征兆，弄不准大暴雨要来了。他额头的青筋绷起老高，请示总调，尚未接到停产避风雨的指令，现场的人群有些骚动了。作为总指挥的葛存义只好适时起动了预案。

真让葛总指挥说准了，几分钟的工夫，跟斗云裹着闪光雷说到真到了，第一个云头压着第二个云头翻滚，牛嘶马啸，霎时间倾盆大雨从天而降，盖住了天，盖住了地，封住了地面上的万事万物。整个大地均处在一种浑噩状态，人心浮动了，哪还能不浮动？人们的脑袋似装进瓮里，像一切都停止了。“爷呀，说来就来了，半年没这么大雨了。”人们惊叹。

但还没有接到停产指令。

七处八处的锤声还在响，啥机器也还没有停转。有经验的老职工疾呼，这么大的雨水真应该停工了，再不停工，胡闹，胡闹！要出娄子的!麻子老葛的牛劲上来了，拿出了民兵拉练那一套，一不怕苦二不怕死，军人服从命令是天职嘛。车还在动，焊火花还在喷发，人还在吵，好一个战天斗地的火热场景。人的头脑好像凝滞了，在和老天较劲。

一场大的灾难果然降临了，事后雷文忆起那一刹那，简直像经历了一场噩梦。

雷文和他的竞赛对手刘玉锁气割下料的竞赛打得难解难分，那一天的气氛也像在深夜，像夜班作业，他们一门子心思都在生产上。头半天，工棚外如何闹天，如何打雷刮风吵闹，谁都没放在心上。

那个午前，铆焊场现场的气氛很宽松，不管老天的脸色阴得多厚，多么多变，现场的气氛吵得有多紧张，可人的情绪是激昂的。天塌下来大家顶着，有总厂总调台，有个主抓安全的副主任裘嘉阁在这儿顶着。天塌了那怕啥——有临时遮雨棚、脚下的绝缘材料、绝缘手套、雨靴保驾护航，还有“一不怕苦，二不怕死”的精神。这对机电会战来讲也算轻车熟路了。革命就难免有牺牲，前赴后继。务实的务虚的，可以说都进了场，到了位。

团总支书记贾喜凤真有法儿，真把大家的劲鼓起来了。在她的组织下，间休时还有即兴的比拳脚、掰手腕儿和号儿句二人台活动，还出了一期墙报，墙报内容很富有煽动性，一不怕苦二不怕死的词语派生延伸到慷慨的“头可断血可流，生产指标不可丢”的高调。在社会主义竞赛热潮中，现场无闲人，也分不出强人、勤人、懒汉、懦夫。那个小贾秘书也太忙了，跑出跑进不得个闲。她午前最后一次从总调室回来，还推了个饭车来，有一盆子猪蹄，有一大簸箩猪肉包子，有几罐北京六必居的酱菜，有几瓶小酒，还有炸糕哩。这是蔚州人最爱吃的，雷文想拿又不好意思先动手，朝小贾努努嘴叫唤道：“这么多人就这么几块糕，咋个分？”跟来的食堂师傅解释道：“莫怪！这是临来前刘厂长打开自己的饭盒扣到这饭车上的，本是他夫人老高捎给他的，他说犒劳一线的力士吧。”大家听完了才作罢。老高是刘头儿——刘兴厂长的老伴，人家刘头儿见天忙工作常常回不了家，老伴捎给他的美食都扣给咱们了，还有啥说的？贾喜凤传达了刘厂长的意思，老天跟咱摽劲儿，咱也不含糊，给它来一个游击战术，灵活机动地对应，咱得学《龙江颂》中的堤内丢了堤外补的精神嘛，提前吃完饭，不下雨就干，大雨下来干不了了就停，午间不休了，加班加点干，完了活补休。这刘头儿还说：这顿饭谁也别掏饭票了，算他刘厂长请客，他自己掏腰包。厂长掏自己的钱“贿赂”工人蛮新鲜。

人家刘兴厂长掏个人腰包请大伙，却有人开着玩笑批判上了，是在调度会散会的时候，说这叫“物质刺激”。

这是老孟——焦化厂的那位书记老头儿说的。刘兴讲：“这不叫’物质刺激‘，叫’食品鼓励‘吧，反正把劲儿鼓起来了嘛。”老孟问：“我们分厂任务若完成得好，若超了额，给不给送点儿猪蹄、猪肉包子、酱菜、炸糕什么的？”刘头儿答：“送，送，送，加倍地送！只要你们分厂日突破了‘双百加十’[①]，我

①双百加十：俗语，政治鼓励口号，其意思是：日产一百吨精焦、一百吨机制粗焦和土炼焦，再加十吨焦炉回的蒸胺等化工副产品。

亲自推着饭车去，敲锣打鼓去，给你们送猪蹄，送猪肉包子、酱菜。”老孟说：“那炸糕呢？”刘头儿说：“炸糕可不敢应，回头得跟老伴商量。”

小贾学说到这儿，现场一通哄笑。

这是那天吃饭时的一个小插曲，人逢喜事儿精神爽，那几瓶小酒更勾人的劲头，劲头起来，啥事儿也好办了。当年的工人老实厚道，人家厂长给面子请了客，干呗，甩开膀子玩命干呗，还有甚个好说的？趁不下雨撂下饭盆抽袋烟干开了。工人们心实，也不爱思谋多少事儿，咱就是干活的嘛，就得受嘛，这个“受”字，就是受累——费力气，也就是劳动。当时讲劳动最光荣，不好好劳动叫啥劳动者，叫啥工人阶级？自己是工人阶级一分子，国家是自己的，是在给自己干。这话小学生都听得明白，当爹的常给他讲，不劳动不得食。本阶级里的事都处理不好的话咋去领导一切？人们明白，不管刘头儿掏不掏腰包，反正人家的用意是好的，为国家的，没装自己腰包里。工人想，这顿饭反正自己没交饭票，刘头儿掏了，自己这不赚了。

连支烟也没顾上抽雷文就干开了，这叫笨鸟先飞。此前他到黑刘的作业场地溜达了一圈，知道人家走在前面了，经过小贾核算，黑刘那一组果然胜他一筹，那可不行，得赶上去，质量也得上乘。

还得把好质量关，气割剪裁这玩意儿可不是玩的，可不比泥瓦匠。瓦匠齐不齐一把泥，错了可以扒了重垒，这钢板可不行。一块大钢板，火炬嘴子一下去就算定了，割不好，料说废就废了，那可不得了！何况这钢材还是稀有物资。他们大刀阔斧又细针密线地干着，虽不好与绣花比，但比绣花还要认真细致，丁是丁卯是卯。与老天抢着时间较着力，喝了人家刘头儿送的半瓶子小酒，又吃了俩猪蹄，算充足底气了，更应该拿出点儿表现来回报社会，回报那些酒菜。这不叫狂热得飞扬跋扈吗？不！这叫革命热情大喷发，疯狂一点也没啥。

快马加鞭地建设社会主义，与时间赛跑，只争朝夕。热火朝天的场地上不时传来指标刷新的信息，又不时刷新自己的纪录。一个钟头过去了，完成了一个半钟头的计划，又百尺竿头，扬鞭跃马，继续腾飞。指标刷新后，又有新的指标等着你创造，产业工人就是干活的，就是创造奇迹的，头前奔跑，就得当老大。干呀，不管别人咋想，雷文一直是这么想的，有力气不用也存不下，累也累不死。给公家干活与给自个儿干没什么不一样，家口老小的吃穿住行公家基本上都管了，工人的生活厂子也都管，对厂子三心二意行吗？

只听到头顶上乒乓暴响，耳朵都快震聋了——为了防雨，作业现场有苇箔、塑料布搭的天棚，这是为了防触电防爆——也不知风婆婆，雨神何时到的，倾盆大雨霎时到了近前，牛嘶马啸般地吼叫着，鬼哭狼嚎般地发着威。搭成起脊形、土法上马乱凑合的雨棚着风一吹散了架，散了架就重新搭起来。

他们耳朵快被打聋了，眼睛被打得模模糊糊，雷文和工友商量了一下宣布："不干了，暂时避避吧。"四个人迅速各去各的掩蔽所。

头顶上大雨倾泻着，风声雨声混合着噪音震耳欲聋，他的脚已经踩到积水水洼了。

啊！这是咋了？天车还"呜呜"响着，预见到这是盲干——雷文被这种违反规定的行为吓了一跳！惊恐中，他的脑子乱作一团。

情急万分，没办法管这些了，他急忙关闭氧气瓶，收拾零碎的器械物品，要避到安全地带去。避向哪儿，事先没想预案，他一片茫然。

"咯噔，咯噔，咯噔""唰唰唰唰""呜呜呜呜"，各种噪声混杂着疯癫似的吼鸣着。

似乎有一种不祥的凶兆笼罩着雷文的脑海，"要出事儿！出大事儿！"他心里嘀咕着，钢板、钢材、瓦斯、电线，这里到处是导体，哪里是安全地带？避到哪儿？他一脸茫然，头昏了。

"谁在主事？——沉池来的那只熊，那二杆子货，麻子姐夫！他要倒霉，倒大霉！"万分紧急的残酷现实不允许他多想，心在胸腔内咚咚地跳着。

说也奇怪，俩人尽管有多次口角、挑衅和较量，又积有私设公堂的宿怨，但或许有彩凤这重关系，出事之前，雷文还一直拿麻子当亲戚看待，甚至当家人——当姐夫看待，常常担心这家伙如果有个三长两短，姐和孩子咋办？

"啊！大祸来临——"他这样喊出了声。

伴随着隆隆的震耳雷响，大难临头——铺天盖地的大块铁自天而降，"我的姥姥，天啊！完了，完了！"惊恐慌乱的那一刹那，不知哪根神经爆裂突变，也不知哪来的那么大力气，他就地一滚，弹跳出五步远，鬼使神差般地躲过了这一劫。他又一滚，到了安全地带。

惊愕中他急忙对落下的物体进行辨析，落的是啥？咋会是铁呢？不是水雨是"铁雨"！朝自己来的吗？咋了，咋了？

要爆炸的现场，惊吓声一片，雷文几乎蒙了。

附近的几位工友同声惊呼，以为金雷文完了，报销了——被砸死了。

"啊！天车上是谁？想干啥？要砸死人吗？！"这好像是雷文喊的，他第一个反应是怒不可遏，嗓子都哑了，带着哭腔。

“要砸死人吗？”这是回声。

“要砸死人吗？”这又是回声。

现场惊风急雨呼号声一片，雨幕中愤怒的谴责带着回声，回声凄厉愤慨。

又一道闪烁着的寒光划破长空，长空惊现短暂的明亮。

“啊——大命的，大命的！就差那么一丁点儿！”惊恐之余，人们雀跃着庆幸。

有个工友小心翼翼地近前瞅了瞅，不断地喊怪：“怪！太玄了！”落铁处恰巧对着雷文的头部。他猛一抬头，那半栏笼铁还张着大嘴，惊恐未定的人们呼啦一下闪离险地。

“啊！小蔚州——老兄弟，哥我差一点儿见不到你了。”跑过来的小黑刘抓着雷文的肩头摇晃着，流着泪，继而涕泗横流。

“天车上的人听着，有种的你下来……你下来！”这是黑刘顶风冒雨朝天空喊，“杀人吗？——想砸死人吗？”喊杀声变了韵，气愤至极。

现场的气氛登时更加紧张了。天下奇闻，莫大的怪事，不亚于唐山大地震的一次余震。

大雨助纣为虐，像是在趁火打劫，仍在哗哗地下着。雷文愣在原地未动，蒙蒙地看着地，仍裹合在刚才的噩梦中，说不出一句话，任凭风雨拍打着。他所有的衣服都被打湿了，甘愿接受暴风大雨的惩罚。

“谁干的？”雷文喊，像一梭子子弹朝高空打上去。

“谁干的？哪个缺德鬼干的？”又一梭子子弹朝高空打上去，旁边的工友也喊着。

“滚下来，滚下来——说清楚！”这人更不客气，恨不得抓到凶手生吞活剥。

“揪下他来！用大锤砸死，砸死他！”帮腔的吼叫着，乱了，现场乱 成一锅粥。

现场真像开了锅，愤怒的人群吼着，跳着，骂着，砸着铁器，疯了，人们的头脑一时混乱得失控了，弄得草木皆兵了。警惕性不知咋这么高，拿着对待入侵者的态度对待抛物谋杀的人了。

登时人们都躲到安全处——离开天车轨道，谁也顾不上淋不淋雨了。谁也不知道这是冲着金雷文来的，还是冲着别人来的，抛下的铁块不长眼，砸到谁的头上都得砸成肉饼。

几分钟的工夫，像经历了一场噩梦，这场梦险些要了文娃子的小命。定神以后，他借着探照灯灯光看清了，离自己七八米远的地方是散落的那堆铁块，好家伙，散落了那么一大片，一块铁锭足有十公斤，掉到地面上都砸出一个坑，有的铁块被积水淹没了，这是铁笼里的一笼子铁，一笼子得装五六十块铁锭，如果砸到头上不砸成肉泥才怪。

那惨状，不敢再往下想了。雷文想：这难道是真的？真的是冲我来的？无仇无恨，咋了？咋了？真要要我的命吗？真要要我的命吗？怎么不是？自己的一件外衣还见头不见尾地压在铁堆中。“啊！”雷文不由得又打起冷战，要吓瘫了。兴许是爷爷和养父积的阴德吧，老天有眼，多亏了那一滚！谢天谢地！

这是冲他来的吗？不会吧，有多大仇恨？怎么能不是！他又冷静下来一想：本厂的散装吊装作业，向来注意安全，有严密的操作规程，过去掉过铁（叫高空抛物），顶大也是散碎的铁屑矿渣，从没有散过笼散过包。这次可不一样，半栏笼铁锭呀，开了笼门像下大雨似的。咋不是阴谋杀人呢？同行中也从未听说过有这样的事故发生。

咋不是要杀自己呢？咋早不散包，晚不散包，偏偏在大雨幕中在自己的头顶上散包？

金雷文想：“你还是个爷儿们吗？人家骑着你的脖子拉屎，你就这么熊包？能忍吗？”登时雷文怒火万丈，头要裂开了。泵房让人家“捉奸”，烈士陵园旁让人家揪去过堂，一系列恶心事儿，一股脑涨裂了他的脑海。

“谁干的？”“谁干的？”随着工友们的喊话，他也跟着喊，“有种的你下来！”

“你个刽子手敢下来吗？敢下来算你王八蛋有种！”伴着风吼雨声，上下好像对骂开了，还很激烈。

实际只有下边骂的，上边是回音，似乎骂得不可开交。

雷文的声音达到了歇斯底里的程度，划破了雨幕，他第一个猜到是麻子干的，杀父之仇夺妻之恨，不共戴天，不是他还有谁！

当下最主要的是那半栏笼铁还在半空悬着。谁也近不得前。这次生灾害必须排除，谁去排除？

“谁干的？”这是想干啥？这是必须立刻解决的问题。

“谁干的？”雷文心里早就明白了，不是老麻子还有谁？他注意到了这一点，这个老小子今天老在自己头顶上晃荡——不是一直在天车上吗？昨天前天不是这样，因为昨天前天自己的作业地儿没在天车底下嘛！雷文看到了——借着探照灯的光看到了——这王八蛋在天车上的身影。除了他，天车架台上还有开天车的俩小闺女儿，下乡知青，她们没这个胆儿，也没这种仇。

是麻子老葛干的吗？不是他又是谁？前天二姐还对好朋友毛妞学说，麻子几次恶狠狠地说，要砸死他们这对“狗男女”哩。

不是听说近来他睡觉时枕头底下或腰里老掖着把刀子吗？别人逗着问他这是干啥，他说要宰野猪。这里是城镇，是设有八道岗哨的国有工厂，野猪在哪儿？谁见过？雷文的好哥儿们让他还是注意点好，好汉不吃眼前亏嘛，还说麻子这号人可没根底，生下来就不熟，他曾扬言，年轻时一天捕杀过两头野猪。还是躲着点好，惹不起躲得起嘛。听了这话雷文没在意，心想，看他那熊样，那哈喽气喘要进棺材的样子，打打黑杠子还得雇凶，这样鲜血淋淋的事尤其在大白天他敢干吗？有这胆量吗？吓唬吓唬人打肿脸充胖子吧？打起来怕他也不是个，真的打起来不一拨弄一个跟头？又一想，呛呛着动起手来丢人，毕竟他是自己的师傅嘛，为了个女人不值。伤了谁都不好，人命可不是儿戏。

受到这突如其来的威胁和打击，小蔚州和麻子的这点恩怨复活，一次次语言冲突的激烈场景又闪现在眼前，像高倍数飞速倒着片子的纪录片，一格又一格地飞速闪过。

“小子，莫做亏心事，小心自己的小命！”那是一天中午，雷文去食堂打饭，麻子跟踪赶上来，恶狠狠地扔下这句话擦身过去，又扔过来一句：“不信，咱走着瞧！”

那一天，可能是上午上班没多么大一会儿，雷文去他的办公室请示工作。这临建的办公室里只有他俩，棚子的周围也没人，没说几句话，他“噌”地从腰中拔出把半尺长的刀子往桌上一拍：“小子，认识它吗？活腻歪了就说话，是爷儿们咱比画比画，多了不敢说，老子给三十多头野猪、狼崽放过血！”

这同一天的傍晚，他俩先后到棚子西的临建厕所小解，厕所里又是只有他俩，解罢，他系着腰带怒吼道：“……你不承认吗？小子呀，这叫什么……这叫恩将仇报，你再敢碰彩凤——知道吗？那是爷一个人的彩凤——老子就捅了你！”

这还了得，一而再，再而三，小爷爷哪吃这一套！这不明显被人骑在脖子上拉屎嘛，哼！雷文横了这麻子一眼，好像一只脚蹲了地板一下，刚想还嘴问问这麻子：“我怎么着你家——你的彩凤了？”不承想来了个人——是踮大爷拐着个腿来了，麻子扭头匆匆走出厕所没影子了。老踮好像听到了什么，问雷文怎么回事儿。雷文只好说没事，没事。这踮大爷为他俩也提溜着心。雷文一度想过打报告调走，又总放心不下二姐彩凤。

“忘恩负义的东西，忘恩负义的东西哟！……心跑哪儿去了？让狗吃了吗？”

“老子收拾你孙子的法儿有的是……”

“活腻歪了就试试看！”

“……”这些狠话、狂话一直围着雷文的耳朵转。

这几天，雷文简直是压着气过来的，这类叫嚣不时响在耳边，小儿科呀小儿科！烦透了！

紧躲慢躲，不承想，今天这灾祸真的来了。再躲吗？哪里是退路？那就等着挨宰吧！……躲到哪天算个头哟！今儿个算到头了吗？

大雨仍“哗哗”地下着，又是电闪雷鸣，又是疯牛般的大风，雷文满胸膛的火气冲上脑门儿。瓢泼大雨，雨幕中伸手不见五指，像是面对着扑面而来的一只猛兽，它张着血盆大口扑来了。啊！咋办？那就拼呗！没被砸死这一百多斤就是本钱，要杀我嘛，也不掂量掂量，有种的来吧！雷文满腔怒火，义愤填膺。

他回头又一想，这事还不能乱放枪，自己跟麻子老葛之间的矛盾不属于阶级斗争，算了。起码他在破坏抓革命促生产的大好形势。他思虑再三，认为当前如何应付的主要是半空还吊着那么个大铁家伙——大铁铲，那是没赶走没并合的老虎口，危机（事故隐患）还在潜伏着，不知道还会发生什么事。彻底躲开这一劫是最主要的。

“轰隆轰隆”，又是一通雷声掠天而过，还伴随有闪电和暴风，雷声电闪风暴三管齐下的推力，使整座铆焊场成了一片海，万事万物都编织进雨幕中。他不是领人挖了排水沟吗？咋还会积这么多水？又响了一声炸雷，令人胆战心惊，没人再敢动一下，普通百姓，芸芸众生，均在惊魂未定的骇愕中。

天车停了，场地上所有的人手中的活计似乎都停了，像正常运转的钟表戛然停了摆。所有眼睛都瞪着这雨幕，好像发了癔症的老天抽起风来，雨下得东边的大湖兴许平了，西边的淖也平了，处处一片汪洋，一片混沌，铆焊场像泡在水洼里。

雷文静下心来，站在一道墙体的高台子上透过纱帐般的雨幕低头望着跌落的那堆铁，那堆铁下面正是他在切割的钢板，他早先脱掉的工作服和割把、胶管等工具还在铁堆中的钢板上，啊！太险了！确实捡了一条命。他暗暗祷念，爷爷呀，老庚爷呀，是你们救了我——若不是手疾眼快，若不会点儿武功，不会滚爬躲闪术，真的就完了。

雷文又透过雨幕望了望右上方，不由得往后又倒退了两步，颤抖不止高悬着的摇摇欲坠的半栏笼[①]号外铁还挂在半空，随时都有砸下来的危险……那是老虎口，太悬了！若早半个钟头砸下来，他这小命真的报销了。

雷呼电闪，雨幕顶天立地，唐山大地震前的征兆，现场像听不清人们的喊话，一片混乱。

“谁在下边？……下边有人吗？”一个苍老的声音传来。是男人，老年男人。雷文的耳朵被震聋了，屏气去听，声音是从上面传来的。

上方是哪儿？上方就是天车操作室。

现场没有人回应。“哗哗哗……”像是只有雨声回应着。

“有人吗？！谁在下面，吱一声……听到了吗？快吱声！”又是那苍老的声音，声音中带着颤音，继而是几声咳嗽。

上面人影晃动，那个苍老的喊话者急了，又一连喊了几声，伴有低细的女人的声音，兴许是天车工。

“咋了？聋了吗？站起来吱一声……聋了吗？”又是那老男人的声音。

雷文咬住牙根暗暗骂道：“没跑，就是他——葛麻子。”

上面急促的喊话又起，喊些甚听不清。

上面又喊了，像是由远及近喊的，是指名道姓喊的：“刘玉锁，刘玉锁，小黑刘，小黑刘——”

“莫喊了，我在这儿，我在这儿——”这是黑刘答话。黑刘像只猫在哪儿待着看不清。

“在这儿怎么看不到你？”上面的人质问。

“能叫你看到吗？”黑刘一腔怒火声嘶力竭地反问。

“咋了？”那老男人也反问。

“还咋了，问你自己，看看你们吊手上的这铁！”

这一回听清确定了，喊话的老男人正是副主任葛存义，仍在上面。

“我的铁，怎么了？”老葛吃惊地反问。

“你说怎么了？下来自己看看再说！”气冲冲的黑刘申斥着。

“怎么了……”上面又问了。

---

①栏笼：或叫铁筐、花铁箱，各地叫法不一，类似抓斗机上的抓手。

黑刘话答得很冲，不中听，带脏字。

大雨大风的号叫打断了他们的问答，有些话语被淹没在雨雾中。干活的怕个甚，若急了，甚也不怕了，火了，也不再称官衔叫师傅，话语不干不净了。

又一串惊雷闪现，人们发现天车上又有个绿色麻包滚了下来，估计那是人。这说明空中下铁雨前后，天车上除了天车工和麻子主任还有别人，只是看不清晰，此情况终没得到证实。

12

“等着呀，啥也别动，天车制动也别动，我这就下去。”听清了，确确实实就是麻子，带班的副主任葛存义。

雷文机警本能的反应是再也不相信这个姐夫——这个披着人皮的狼了。拣家伙吧，他本能地摸到了那根铁杠。附近的工友也操起家伙。

大雨“哗哗”地下着，大风暴雨的气势始终没减，雷声轰隆轰隆，震天动地，脚下的水哗哗地流着，积水直逼临建的工作平台，平台和地面平了，区间道路成了排水沟，积水顺着加班新挖的水沟流向西大渠的方向，西面都下白了天，雨柱、闪光、炸响、地面上没脚的积水混杂着人的惊恐躁动等噪声，一阵阵，又一阵阵，几乎把这十五里钢城都装在瓮里了，好像淹没了。多年没有得到透雨的这个县——京北第一大县，盼雨盼穿眼的人们以多么喜悦的心情庆幸这场大雨的到来呀！那农业上是个大丰收，大合奏中难免要蹦出几个不和谐音符，谁能想象到这屁股大的铆焊场会出这么不愉快的事，当空落什么铁呀！给大雨大丰收的形势抹黑哩！

说一点不害怕那是假的，雷文蹲在雨水中眼前一片昏黑，心悬在胸腔半空颤抖着，这一天赶快过去吧。雷文借着晃动的探照灯光看到，东南方向的加工大件空档，有个黑影晃动，霎时间踉踉跄跄的影子到了跟前，雨幕中钻出一个人，果然是葛麻子，手中也握着一条棍子。

仇人见面，火气上撞，大战一触即发。

雷文见到的这老东西哪还有个常人的样子，像只笨拙又凶狠的熊瞎子，横眉竖眼，浑身带刺，好像也红了眼。不打无准备的仗，雷文本能地缩身闪退了几步。

“都有谁在？我来了，出来吧。”老家伙抹了一把脸上的雨水，气呼呼地问。手里那条杠子跟他一样凶地拍打着水。

现场没人应声，也没见人走动，更甭说迎接他了，只有雨声风雷声做他的回音。按理说这是正常不过的现象，险象迭起，都像在罐里，谁敢出来。

“小……小刘呢？小黑刘，小黑刘在哪儿？”

“主任，我在这儿，在这儿躲雨哩，要做甚就吩咐吧。”还是官儿有官儿威，刘玉锁登时换了口气。

“先待着吧，不找你。”又抹了一把水拉了拉头上的帽子，麻子接着喊话，“金雷文！金雷文！人呢？你给我出来，你给我滚——出——来——”麻子的声音果然变了，带着颤音，明确不找黑刘来找雷文，这是冤有头债有主嘛。

雷文没吭声，现场仍只有雨声风声。

雷文打定主意就是不吭声，以静制动，静观事态发展。

这会儿麻子站着发威的地儿正是雷文作业的那块钢板上。这还了得？还是老弟兄们好，黑刘——刘玉锁喷发似的嚷着提醒他：“躲开！快躲开！危险，危险！”

这麻子全然不理会焊工黑刘喊什么。雷文的整个脑子充满对这“杀人魔王”的仇恨，没觉察到麻子这一举动对他本人意味着什么。事后雷文猛醒，兴许他冤枉麻子了，若是他，为啥他也站在危险地带？

记不清是他说了句话还是雷文说的，大气上来，狠话都可以往外扔。

“我出来了，你敢吃了爷爷？！”雷文继续吼着。

这都是气话，或许是误会引起的行动失误。雷文应该先问问他：“我怎么着你了，凭空骂街生事？”

“出来又能咋样？”话到人到，雷文冲破雨幕纵身跳下台阶跨前一步到了老东西的面前，继续吼道，“你小爷爷还没死——想不到吧？”雷文抹了一把打在脸上的雨水。只见麻子呼啦一下闪身后退了一步，抡起那根木棒，朝雷文扑过来。这一招叫猛虎扑食。

“好个老小子，过招就过招吧。”雷文这样想着，再也没办法摁下满胸腔莫名其妙的怒火了，闪身躲过砸过来的棒子，没等老家伙站稳，一个燕子钻云到了他的身后，拦腰把他抱住，顺着雨势把他甩了个跟头，上去就是一脚。雷文踢罢躲到他的身后。

“蔚州猴！你敢打人，打领导同志，打师傅——”

“打你怎么了？谁先动的手？”雷文厉声责问。

“我。怎么了？教训你一下怎么了？”麻子声嘶力竭地带着哭韵说，接着喊道，“我跟你拼了！”

“我怕拼吗？不就是这百十斤嘛，谁退缩谁是孙子。”雷文这样喊道。

雨似乎停了，风还不小，“呜呜”地刮着，似乎是拍打申斥着什么，风雨不会劝架，只会痛惜。

麻子老葛沉默了，一句话也没再说，似乎是想说辞，还是等救兵。

雷文继续怒吼道：“葛存义，看好了吗？我金雷文还没有死——没被你砸死！你可真够毒的，比蝎子还毒！兔子急了也咬人，不是吗？小爷爷今儿打的就是你，恨不得杀了你，报仇雪恨！”

不容他强词夺理，雷文继续申斥：“你是师傅吗？你不仁我才不义的，你要再动就是死，不是你死就是我死，小爷爷的家伙不是吃素的。”

“你小崽子敢踢人，反了你了——”麻子继续吼着。

“踢的就是你，这不是你自找的吗？小爷爷练过八段锦，朝你的要害处踢一脚就废了你，不信你就往前扑。”他继续申斥，“小爷爷若无肚量，该一撬杠砸死你！你都想要我的命了，报复你一下又怎么啦？！”

刚才这句话真刺激了老葛，他大声质问：“谁要你的命了？说清楚！”

“要赖，赖……我说的是赖账——要死狗。”

“我赖什么了？”他的嗓门也很高，又反问，“谁赖了？”

“能有别人吗？你！你！你葛存义——”雷文说得斩钉截铁。

“有什么证据？”

“看天！”雷文指着还吊在半空中摇摇欲坠的那半栏笼号外铁，“看这里……”雷文又往眼前脚下一指，那里有一堆铁块子——是一堆铁摞铁的铁块子——压着雷文先前脱下的那上衣。

麻子不看则罢，看毕大惊失色，随着“啊”的一声惊叫，他连滚带爬地避到安全地带，大口地喘着气。

那堆还悬在半空的半栏笼号外铁不再叫铁，是张着血盆大口的老虎，让人看了打战。

“这是谁干的，谁干的？！奶奶的，太险了！太险了！”这麻子似刚醒了酒般地惊呼着，带着颤音。

雷文紧追不放，冷笑了一声挖苦道：“又装，装！演二人台是不是？！”

麻子蒙了，好像又马上回过神似的大声反问道：“我在装？跟我有什么关系？若是我使的坏，刚才我不是也站在那儿吗？”

“这我们就不知道了，还是拍拍良心问问自己吧。”说到这儿雷文大声地反问，“刚才雨最大的那段时间你在哪儿？”

“在天车上。”

“做啥了？”

“调起动器。”

“为啥早也不散包晚也不散包，偏偏走到我头顶上散了包呢？”

“啊！我怎么知道！”麻子矢口否认，理屈词穷。

“你怎么不知道？你在天车上嘛！”

“我是支嘴的，又不是我开的车。”他强词夺理。

“这还不简单，插进手去一点就行了，当谁不知道。”雷文说这话有依据，他是副段长嘛，修天车这类活儿，干得不再干了，谁能哄得了谁？

“若是我使的坏，知道这宗事，方才我还站在那儿？”麻子指着危险地带问。

雷文反攻为守道：“莫扯别的，把话回到正题儿上，你在天车上时吊装物卸在哪儿，工人不是得听你的指挥？为何早不散包晚不散包偏偏到了我的头上散包了？跟我有仇吧？这是要砸死我吧？”雷文把“早不散晚不散……”这个关键词语加重重复了一次。

麻子嘟囔着，听不清应对的话，又抹了一把脸，猜不出是抹雨水还是抹汗珠儿。

“先说清，这会儿来这儿干什么来了？”雷文一句话点到要害处，紧追不舍，单刀直入。

“看看！看看出了什么事！”麻子疲于应付，结结巴巴。

“你是查看我死没死吧？！”又一句话正中要害。雷文没等他拿出推托理由来，又像一梭子炮弹打过去，“葛存义，你还有脸称你是我的师傅吗？不说别的，就说你那俩崽，二小子触了电是我救的吧？大小子发高烧送医院，也是我救的吧？为了抢救他，我穿越火车调车场，钻火车道，翻越墙头，我的鞋都跑丢了，不是为了及时让你的儿子打上吊针吗？咱俩有师徒之谊，我对你家算有救命之恩吧？你这是不是恩将仇报？”

说到这儿雷文恼恨得有点儿颤抖了，不容麻子分辩义正词严地说下去：“好像我咋着你家彩凤了似的——且不说她是我姐，一起长大的，吃一个娘的奶长大的——你不是在镇上的烈士陵园水房子私设公堂审过我了吗？有你猜疑的那种事儿吗？是真是假让你验过了吧？暂且不说彩凤应该算谁的人，夺妻之恨，谁夺了谁的妻？”

和麻子的对骂中啥难听啥损人的话雷文都掷给他了：“空叫你披了张人皮！

土匪行径！恶霸！事后雷文也觉得话说过了，可人在气头上嘛，一铁棍撂倒他的心都有。雷文再问：“你拿着棒子来这里干啥？莫不是看我没被砸死，再给我一棒子？”

说到这儿，雷文本能地又后退了一步，跟麻子拉开距离，并握紧铁杠。

雷文思前想后，觉得再也不能这么凑合下去了，干脆就来个鱼死网破吧！杀了人挨枪子儿，断了头不就是这百十斤吗？他愤怒地直扑山顶，我还怕他个球！麻子，我跟你拼了！雷文握紧那杆铁杠正想冲上去结果这老小子的性命，突然脚下一滑，险些跌倒。

事也凑巧，雷文正踩到一块石头上，雨又大起来，瓢泼大雨摁下了雷文的火气，把他浇醒了。

轰鸣的雨声和闪电裹合来几位长者的声音。

“你小金可得把握好自己，小不忍则乱大谋，好女人多的是，为个女人丢了前程不值吧？杀人是要偿命的！”

“看你这后生，是个好苗子，还要看如何把握自己，好男儿志在四方。”

“小不忍则乱大谋，知足常乐，能忍自安嘛！”

老主任赵桐，师傅老庚爷，还有踮大爷、王吉恩大爷、姚祥师傅说过的话语响在耳边，还有爷爷金忠烈也说过这类话，只是那会儿太小，记不住了。

大雨只会“哗哗”闷着头下着，不会说话，更不懂劝架，风和雷电也只会发威施暴，也不懂成人之美说和几句，这一会儿雷文多么希望——这是渴望——能有几个人站出来给说和几句，圆圆场，就坡下驴，也就将就着过去了。谁知这样的环境中半个人也等不来，人呢？好像都死了吧？人呀！人情炎凉——当时民风竟是这样——多一事不如少一事，遇事习惯各扫门前雪。

没有人吭声，更没有人冲出雨幕挡在雷文和麻子老葛的中间，他只好将自己种下的苦果自己吞服，摁下火气，又往后倒退了一步，清了清嗓子号道：“姓葛的，咱俩冷冷脑子吧！谁对谁错，都错在哪儿，都想想吧，都以大局为重吧！把火气摁下去冷静一下冷处理吧！不敢拼是孙子，再往前一步就打断你的腿！不信，有种的你就过来好了！”这说了些啥话，是息事还是拱火雷文自己也说不清。

雷文的吼声盖过了“哗哗”的大雨声。雷文已退到了隐蔽处，麻子还裸露在明处，好像这老小子也傻了，掉魂了。毫无情面的大雨点子朝麻子压过去，为雷文助威……

人匆匆一生，总会遇到些难以忘怀的切肤之痛，在沉沙镇，在南园大地，在滂沱大雨雨幕中，突然发生的天空下铁雨的这种怪事——这种千古奇闻，让险处逢生逃过这一劫的金雷文每每想起来都心惊肉跳。

13

金雷文的喊叫，还有俩情敌的吵架声，终于惊动了在附近躲雨的工友们。有人在走动，有人仍在原地未动，有人冲进雨幕往这里挪动，三三两两往这里集中。其实这些工友就躲在附近的炉体大件旁，或在大件里面，一为避雨，二为躲是非。人们屏气凝神地在看个究竟——太怕人了，嚷架的内容骇人听闻：一会儿天上掉下来的铁块子要砸死人了，一会儿又要把人砸扁，太恐怖了——没弄清原委之前，谁也没敢到近前。

大雨当中，踮段长、贾秘书，还有工人中担任着党总支书记的几个头头脑脑都哪儿去了？连面都没有露，更甭说劝架了，难道都没在铆焊场，都聋了吗？也不都是。

这也不完全怨这些头头脑脑，这里是沉池，那里是蔚州，谁肯轻易为了虱子烧袄呢？金雷文怪人家怪错了，人们也不都是有私心怕事，不都是怕火烧到自己引来是非，而是另有隐情。麻子更怨不得人家，他的脾气糟糕透了，他跟人吵架抓架一律不让人劝。劝可以，你必须向着他说，派别人的不是。反之你就甭说阴阳话，和稀泥的话也不行。对这麻子来讲，老主任赵桐、总厂长刘兴的话兴许还听得进去几句，别人都不顶事——不让人张嘴，连机电部党总支书记小白也不例外。都顾及他资格老不跟他一般见识。其实，都不应该怪，事情来得太突然了，工人们的难言之隐有两点。一，“文革”虽然过去了，但这里还有派性，玉米地泵房“捉奸”事件在全厂引起了那么大动静，后来麻子老葛又卷了进来，形成了两个男人争夺一个女人的态势，达到了白热化的程度，这会儿又听到发生了烈士陵园后井房“私设公堂”的事，又险些打残了“奸夫”，弄不好要出人命，真真假假，真假难辨，弄不清的事谁敢轻易表态？表态的要负责任的。二，工人们认为，你俩这是一个副主任和一个副段长吵架，这会儿又动了手，白热化了，两虎相争必有一伤，谁知道东风硬还是西风硬，哪棵树上有果子。换句话说，他俩都是官，都是大爷——这帮工人的顶头上司，哪一方也得罪不起，所以才不敢近火烧身。

双方就这么对峙了一会儿，像醒过盹似的葛存义又反击了，对他说想用半空落铁砸死人的事一口否认，嚷道：“这是血口喷人！”

“铁证如山，不信咱法庭上见！”雷文的这句话正中靶心，噎得葛麻子半天说不出话。

“告诉你……哼！请问你是我师傅吗？……”委屈满腹的小蔚州金雷文，说到此眼泪夺眶而出，再也说不下去了。

“告诉你，你若是我师傅的话，绝不会见风就是雨，下这个黑手！”说到此，小蔚州难过得说不下去了，泪水夹裹在雨水中夺眶而出，接着悻悻地道，“我可以对天发誓，我跟你的女人甚事儿也没有，有的话天打五雷轰！我告诉你，我不想把事情闹大，闹大了对谁都不好，不值得！……请你不要逼人太甚！若不然，你有木棒，我这儿有铁杠，一撬杠下去你的脑袋会开花！”

葛存义似乎仍没再说话，或许是说了被雨声压得听不清晰。他能说甚？小蔚州讲的都是事实——前几天他导演的“私设公堂”审案的结局他相信了。他找不出“落铁跟他没干系”的充足理由，谁叫他那时就在天车上呢。

雨声小了，人群似乎静下来，但没人走得太近，三三两两站在那儿观看着，嘀咕着。

不知咋的，听到雷文在喊叫，原料分厂书记韩金贵冒雨赶过来了，但一看吵架的人中有麻子，躲了。

这边金雷文和葛存义继续骂着架，俩人本能地拉开了距离，手中的家伙都攥得紧紧的，唇枪舌剑打着口水仗。

“葛存义，你还拿什么解释？看我的袄……”小蔚州指的是压在落铁堆中的工作服。

“王八羔子瞎了吗？雨水蒙住了眼，我什么也看不清。”

老葛说的确实是实情，雨幕中，雨水弄得到处一片白，白茫茫一片，半空、地面都似被扣在蒸笼中，确实什么也看不到。这会儿好些了，雨水确实小了，大雨变成了中雨，慢慢变成蒙蒙细雨了。天似乎亮了许多，雨幕撤走，铆焊场恢复了雨前的轮廓，远处有人开始动弹了，机器在响，电火花又闪烁了，除了挂在半空中摇摆欲坠的天车上的那个栏笼还挂在那儿，其他都恢复了常态。人们开始走动，似乎要回到原岗位干活，也有的似乎要近前劝架。不知咋闹的，终归没见有人出来。

“干活，干活，回去干活吧！这里碰到点儿小事儿，正在处理着，没事儿，没什么大惊小怪的，统统干活吧！”这是老葛。

“完不成任务扣你的奖金！”又是老葛。

“说你呢！还愣着干啥？！”还是老葛喊人，抓纪律。

麻子老葛的脸皮真厚，又摆起大主任的架子，大声地发号施令。在驱散看热闹的人群的呵斥声中他找回些许慰藉，以此转移视线，扭转了尴尬局面。

“小刘，怔着还嘚嘚个甚，干活去！干活去！完不成任务，小心开了你！”

这麻子也真不知拉个人，人家这小刘小吗？都是年近四十的高级焊工了，不冠上个“师傅”说话不合适吧？亏了这人脾气好，不太计较这个，皱了下眉头过去了。你想想麻子这样的人缘，还有多少人说他好呢？

麻子的棋局步步被动，有他吃亏的时候，这样吼一句也就是犒劳一下嗓子，把窝的那肚子火气撒到焊工快嘴刘身上了。

说到这儿，得补充一句，老踮和小贾去哪儿了？这里出了这么大的事儿，咋不出来和和泥圆圆场？这俩人下午都没在，老踮是跟麻子打好招呼走的。供销部一个人开着电动三轮车来这儿找人办事儿。老踮的腿爬高时又窝了一下，疼得走不了，电动三轮返回时，他蹭了人家的车，让半路拐个弯，把他送到按摩师田福家去。贾喜凤是雨前让裘副主任给打发走的，说是去总厂送报表，谁知道干啥去了。

不知从何时起，负责安全的副主任裘嘉阁站在人群中了。雨幕撤去，人群慢慢散去，日光露头的当儿才露出这位大忙人，是来劝架吗？不是。人家胖子可没这闲工夫管这闲事儿，再说部总支给他们分工明确，就是想管麻子也不让管。这一回他又是以总厂安全生产委员会委员的身份出现的，生产和安全同样重要，这里安全上出了事——高空坠铁，属于未遂事故——人家这“委员”当然得到现场事必躬亲了。

胖子这人人缘好，还挺有理论水平，也很敬业，时刻关心着群众的一举一动，在有稀罕事发生或群众闹事吵架的场合，不管参与不参与常常总会有他的身影，并且多是不显山不露水冒出来的。所以他海称①自己没有听不到的风，没有不知道的事，甚也瞒不住他。有人说他干这机电部的副主任大材小用，也太辛苦了，应该安排在治安部门或军事参谋部。胖子这人也真有意思，给人的印象是，总是那么行动四平八稳，穿戴整整齐齐，讲起理来头头是道，处理起问题来有条不紊。他穿着也奇特，这会儿刚到中秋季节，仍然整整齐齐地穿着那件胶质大雨衣，并把雨帽遮得严严的，不知道雨停了吗？也不害怕捂一身痱子。

在副段长雷文的眼里，这位矬墩墩的副主任裘嘉阁着实不招人待见，像尊天神，深不可测够道道②的主儿。跟他共事让人感到相当累，你跟不上他的道道。

---

①海称：方言，即夸海口，说大话。

②够道道：方言，够狡猾。道道：指办法、主意。

这人一般不正面拿意见，老攥着个拳头让人猜，事后说来他都是对的，真理永远在他手里。今儿个他算哪面的，对麻子被怀疑制造“高空坠铁事故”他是咋看的，当众他啥也不说，背后却放出话说这是一起未遂的谋杀事件。其实他早到了现场，小蔚州和麻子吵架时，好像他也在一处高处避雨，好像成了路人，压根就没去理会吵架的事。他像是在看戏，一会儿看看地面，一会儿又看看上空——上空还悬挂着半栏笼子号外铁——这胖子像魔术师那般利落，不知哪来的相机，“啪啪”两下，就抓拍到几张片子，第一手材料到手了。

那个梳着飞机头的女秘书贾喜凤这会儿也露面了，先跟葛副主任叨咕了一会儿，然后走到裘副主任跟前听从派遣。

裘副主任拍完了照片，对现场情况一一做了笔录，还找来一根绳子把现场圈起来，对有的要害部位动了皮尺，量了又量，最后，这胖子小裘指挥着天车工把那倾斜着的半栏笼号外铁沉到地面，叫来辆车和搬运工，把地面散落的器物统统堆到西厢的铁堆上去，收拾停当，这才作罢。

接下来，小裘又找雷文详细地问了情况，雷文据实一一说清。麻子葛存义主动回避，自己把自己当成了“嫌疑人”。工人们全部散去回到岗位，一切恢复常态，各就各位，再未生事端。

大雨过后，农田喝饱了，厂子外面的西大渠，南面的渠沟，还有穿过厂区与中央大道平行的排水沟以及泄进东沙河的阴沟暗沟都满了，半槽子水，整槽子水，到处白花花淌着涟漪在奏着丰收的序曲。青蛙们最爱凑热闹，不知从哪里钻出来，亮着歌喉歌唱着。钢厂、磷肥厂生活区靠近农田渠堰上的孩童们顺着水跑跳，撒着欢儿。大地神清气爽，好一番欢乐景象。

下了雨也确实给这座靠近农村工农关联密切的大型企业带来了福音——一半以上的职工原来就是农民，当地的人都在农村有家，见到喜雨当然高兴，但同时也带来了一些争夺劳力资源的麻烦。雨后家里补种夏锄需要人，厂子顶岗需要人，县委号召组建支农队下乡更需要人，机电部办公室里递假条返乡的人络绎不绝。总厂酝酿抽人组织支农队，但围在葛、裘两位副主任面前请假回村帮农的工人有七八个了。老踮按摩回来了，他说路上顺便查了查本部新建的两条排水沟，有冲开豁口的地方，需要抽人修补，这个摊场主任们早料到了，但没想到这么严重。指挥部里围了半屋子人，弄得俩主任头都大了。滑头鬼裘嘉阁借着点事儿溜了，剩下守摊儿的麻子老葛火冒三丈，拍桌子瞪眼，吵架骂人，耍起了态度。高空坠铁的事件让他背上了一个说不清道不明的黑锅，烦得要跳楼了，这会儿让请假回村的人一围，小贾又追着屁股说总厂让报支农人员名单，老踮又叨叨着抽人去清理泄水渠的事，麻子像陷进火牛阵，走到乌江边，处于四面楚歌的境地，急得要碰头了。正在这时，救命菩萨回来了——赵桐主任顶风冒雨回到了厂里，没顾歇息，直接到了铆焊场大修指挥部，才算救了麻子老葛的驾，捞出来这个不熟的货。

老主任能冒着暴雨回厂“救火”，是摇把子电话杂音造成的误会。老主任有个出嫁的女儿住在省农药厂生活区，回厂的路上拐了个弯去看多时未见的女儿，那时尚未下雨，老汉坐在女儿的炕头上准备吃新炸的糕哩。这老汉放心不下铆焊场会战的事，找了个座机摇起了厂里的电话，是贾喜凤接的，电话受到雷电重度干扰，说十个字六个字听不清楚，到了老汉的耳郭传递到脑海里是：高空落铁，副段长金雷文给砸死了，这里谁谁谁还拿起了铁杠、木棒动起了手。小蔚州是赵老汉的眼珠，晴天霹雳般这么大的噩耗，让老汉糕也不吃了，飞身跳下炕，抓了个车冒雨往回赶，浇成个水鸡子，还得了大闪风①，落下了慢性气管炎的毛病。

“金雷文呢？金雷文在哪儿？”老主任没去大修指挥的办公室，直接到了生产一线，找不到金雷文，急得眼冒金星，高声喊着。

这会儿雷文在哪儿？在沉沙街——他喝得烂醉，斜歪在七里外的一家小酒馆里的一把椅子上。

一个钟头前雷文离开现场的情景，还得从安委会委员裘嘉阁的问话说起。

“小金，刚才吓了一大跳吧？！”

“嗯！哪能吓一大跳，嘣嘣嘣，天塌地陷那般，把地面的积水溅起老高，砸得焊活钢板嗵嗵响。”还没看清谁在问，雷文便悻悻地绘声绘色地叙述着。讲罢他才看清是他眼中的坏蛋裘胖子。

“幸好，幸好！让你这后生捡了条命，不然的话，那就惨了，白活这二十多年了，连个女人也没娶上。”

“裘主任，你这当领导的说的这叫甚话！甭远扯，打了盆说盆，打了碗说碗，尽管问。也没啥，你也在现场，不都知道了……还想知道个甚？”

“咱这叫例行公事，把过程、你知道的情况都告诉我，一五一十，越详细越好。”小裘认真地说。

金雷文对小裘能一五一十吗？他们间还揪着个疙瘩。

有一段时间金雷文没跟裘胖子这么交心式地交流了。“玉米地泵房捉奸”事件是个大结，那是地道的栽赃陷害，雷文也清楚这“结儿”的根儿在麻子和胖

①大闪风：方言，重感冒。

子两个人身上，整自己整彩凤就是整姐夫麻子老葛，自己当了替罪羊。这个事儿一出，毁了自己半辈子的前程，臭了自己，他俩成了世仇，决心一辈子不理这坏蛋。谁能想到落铁的这事一出，他和这仇家走到一块了。但是人家是主管的，他又懂事故处理规程，只能配合了，还能咋样？同时还佩服人家这胖子干事利落。

经过梳理，情绪镇定后的小蔚州雷文给总厂安委委员裘嘉阁讲述了较完整的事情经过。

那雷声电闪折腾到十二点半，吃罢刘厂长请客慰问的优待饭，水足饭饱后，这雨还没下来，师傅们再也等不下去了，或许这就是刘头儿的食品鼓励吧，没等葛存义发话，有的拿起了焊把，有的端着割炬，相互感染着干开了，焊机一响，生产指标往上蹿，电焊帽子一捂盖，这里“嗡嗡”，那里“嗒嗒”，再大的雷声也听不到了。上面备有临时搭设的防雨棚，下面铺设有绝缘材料，都麻痹大意了，外面下没下雨，几时下的，有多么大，都不知道，可以说盲人骑瞎马，光干活儿了，啥也不知道。龙门巨吊上的天车工也吊着栏笼号外铁在人们头顶上的钢轨滑道上徐徐滑进，当时他看到天车上的人很注意安全生产。人们开头怕，慢慢地也就不怕了，习惯成自然嘛。

雷文在这样的气氛下拿起割炬下起了料，两只眼睛紧盯着钳工师傅画的线，喷出的电火花组成了一幅斩钢截铁的壮观生产图景。身在图景中，心思和眼球都聚集在“沙沙”的割口上，盖过了一切雷声电闪和“咣当，咣当”的天车行进声，气氛是那样完美、和谐和壮阔。

当事人金雷文就这样陶醉沉浸在“下货很快”的酣战气氛中，度过了先头的时刻。

大雨真的来了，风助着雨威牛嘶般地叫着，不大一会儿，那木遮席搭的防雨棚被打得个七零八落。顷刻间更大的风雷雨柱到了，天黑了，地白了，人在雨水中挣扎，地面上积水横流，整个作业现场都像被装进了铺天盖地的穹庐。

当事人雷文急忙让助手们停工分散避雨，情急之中，他仍严守操作规程，急忙关闭气嘴，又本能地跑到五米外关严氧气瓶子和电石装置。正在这时，大祸来临了，“嘭嘭嘭”多声巨响的同时，天女散花般的大铁块子铺天盖地自天而降。

只见他就地一滚，避开了危险地带，躲过了这一劫。

雷文叙述这惊险一幕时，几次提到他爷爷和他师傅老庚爷，多亏了两位老人教他习武时教会了他就地十八滚，还感谢他的养父养母给了他个好身板，关键时刻扛下来了。

在铆焊场的大雨中空中落铁的这件事上，裘嘉阁几次找雷文了解情况，不论是谈话还是聊天，都表现得特民主，特友善，特和气，好像要和死对头小蔚州尽弃前嫌拉近关系。可是人家小伙子偏不买账。

金雷文明白他是啥东西，也搞得清他撅什么尾巴拉什么粪的。有关的必须说的对他说，需要防着他的尽量不说，麻子虽坏，虽狠，但事都在脸上，而这胖子是笑面虎，把不准哪一天哪一会儿瞅冷子给你一口。

雷文这后生终没有像有些毛手毛脚的小伙子那么犟，那么不知深浅，他看到了这步棋，见好就收吧，今儿个和麻子对峙下去，能有个啥好结果？人家都干开活了，自己干活的器具还都压在乱铁下，气割下料干不了，也没了心情，继续和老葛骂架，再动手走上几个回合，能分出什么高低吗？真打真踢真摔还真下不去手。三十六计走为上吧，火往上升，气往下走，一个箭步跳出打斗现场，管它25天献不献礼，那是厂长刘头儿的事，今天万幸没被砸死，暂且就活一天乐和一天吧，甚也不管了，离开这是非之地为上策。

想到这里他回头朝裘胖子和秘书小贾说了句："你们辛苦吧，我头疼，回去歇一会儿。"说罢，头也没回就离开了现场。

世上的人总是爱惜自己的生命的，没听说谁是真正不怕死的，就是死也要值得。小蔚州雷文也是这样，平日慷慨激昂，不是狂热，就是吹牛，到了真事上就知道了。这不每每回忆起这段心惊肉跳的遭遇，他总是那么激昂，久久不能平静。

出了铆焊场大门，小蔚州有一股子被遗弃、遭戏耍、被追杀的感觉（这时老主任还没回到厂里），几乎成了丧家犬，脸发烧，感到无地自容了。钢厂呀，这叫啥事？带人加班突击挖水沟找到他，几次爬五十多米高的水塔找到他，咋这次高空落铁挨砸的倒霉事又找上他了？这次他没被砸死，但不幸运的是，他感到自己可不是胜利者。自己得到什么了？甚也没得到。还被人家戏称，为了一个小娘儿们儿这样折腾，值吗？没有半点儿成就感，倒真有点儿丧家犬的感觉。像刚刚偷了人家的东西，险些被人逮着，中了机关埋伏，险些死于非命。

他又感到特委屈，心里特不平静，好似在说世上还有好人的活路吗？不让管事了，好，俺就啥事不管好了——好好当工人干活好了。蔚州的小爷爷惹不起你，还躲不起吗？时势造英雄，时势乱世也能把人捏弄成狗熊。小蔚州会吗？小蔚州不会的。

古人曰："百米水流能上房，疯狗打急了得跳墙"都是逼出来的——叫逼上梁山嘛。不是有个物极必反一说嘛，或叫坏事变好事。雷文开头还是知书达礼、遵从"一日为师终身为父""朋友之妻不可欺"的信条的，把过时的婚姻法奉若信条，狠心地抛弃前嫌，抛弃从前的婚约，把寻找多年心爱如命的二姐彩凤又送给了仇家葛存义，老老实实过自己的日子。

遭受天空掉铁险些丧命之虞，命悬一线，坏事就变成了好事。雷文凭空遭受“泵房风流案”诬陷，被下放去接受劳动惩罚忍了，罚做脏累危险的活计忍了，连遭遇“私设公堂”刑讯逼供被打得死去活来的罪都忍了，而这次又袭来直要性命的天空掉铁，这才心一横反了，破罐子破摔了，不就是如何做也做不成好人嘛，干脆干吧，那还能咋？

这又临到重复“坏事变好事”这句话，若没有“天空掉铁”，事情还没有彻底暴露出来，他的姐姐彩凤也不会被逼得疯疯癫癫拿着个棍子到处找麻子玩命，推动俩人结合的义愤填膺的几个妇女也不会投给俩人多方的援手，雷文也不会下了这横心，说：“咱上床就上床吧，不活了。”天呀，天是啥模样说不清，老天报应是咋回事也说不清。有人说：老天有眼瞪着世人表演哩。又有人说：不是不报时候未到嘛！

14

俊婆娘彩凤打小特高傲、自信，也显示着决心和执着——百折不挠。但过度自信了会显得偏执，想要得到的东西必须得到，有时会显得自不量力、强人所难。她要得到弟弟的爱——这里指真刀实枪的情感，想了两年了，事物发展不是有个水到渠成的规律嘛，她以为费了这么大的心血和磨难，得到雷文那么多的承诺，今儿个雷文又遭遇如此大的磨难——差一点见不到面，还有啥说的？“成就好事”还不算水到渠成吗？事实上他俩可算不上“偷鸡摸狗”，是货真价实的“破镜重圆”！

这天下午，听到弟弟的险情后，她疯了般地找麻子报仇，全然不顾脸面了，顶大弄个鱼死网破算了，达到了要豁命的程度。麻子走了，走得很急，又避得远远的。也有说是赵桐主任劝他走的——继续调运设备嘛，劝他躲一躲，躲躲这个风头。到底是咋走的说不清。走了好呀，是给他俩相会腾地方吧！到真事上麻子踹货[①]了，媳妇跟他彻底翻了脸。彩凤下了决心，一股脑抖搂出他办的那些坏事，如何买卖婚姻，逼婚，强奸，给他抖搂殆尽，逼得麻子没法待了才躲的——按现代名词讲，这叫舆论的压力。麻子葛存义再也不是正人君子，是抢男霸女的恶霸黄世仁。人家雷文、彩凤才是真正的一对。霎时间南园十五里钢城沸沸扬

①踹货：方言，熊包一个。

扬，这桩“花案”“谋杀案”成了头号新闻，弄了个鸡飞狗跳。

舆论一边倒，在几个姐妹的帮助下，弄巧成拙，今日要演出一场“花好月圆”的喜剧。

俊婆娘金彩凤安顿俩儿子睡下后，躲到小南房里对着小圆镜修饰打扮起来，打扮个甚？等情郎嘛。镜子里出现了一张方脸庞，她嫌这脸有些愚鲁，就调整了发型，让部分头发垂在两腮，脸型立刻变成了小巧玲珑的瓜子脸了。眉梢上多了一根毛，她用镊子轻轻拔掉。自己丑吗？不丑。她自信在一块儿的这群女人中自己把不准盖帽儿①了。但是她还不放心，自己欠这弟弟太多了，花骨朵般的容颜让那老麻子给吞食了，好时候转眼间就要流失过去，能怨得她金彩凤吗？抱着一种补偿赎罪的心理坐在这镜前的。

在另一个地儿，后生的心扑腾扑腾地跳着，像要去偷人，要去行窃。这种事儿那时候叫“搞破鞋”——毕竟是去偷人家的女人嘛！何况又喊人家个姐姐。

金雷文是在虚幻缥缈中走向四排房子的，雷文住在十三排，离四排不远，东边是大路，西边是渠堰，都能走，生活区西口就能进去，笔直平坦五分钟就到的路，他偏偏绕远绕了个圈子绕到东口用了半个钟头。咋了？心虚嘛。人家的丈夫刚去了外地，还是打了架走的，众目睽睽下走的，自己这样莽莽撞撞地去，总觉得不自然，理亏。尤其是在这漆黑的夜晚，又显得蹑手蹑脚，有些做贼的阴影伴随。亏了漆黑的天幕，绕行的小路又没有灯光，像一块无形的遮羞布，把自己裹了个严严实实。

黑夜是把遮盖伞，星空燃起一盏指路灯，小蔚州雷文似漂浮在天河上，遥望着那颗明亮的织女星偷偷摸进二姐家。

葛家的街门虚掩着，掩得严丝合缝，门板笨厚乌黑，不像个寻常百姓的屋门，倒像个森严的关犯人的牢门，里面关押了一个可怜的女人，在这间“牢房”关押了二年了。雷文怅然若失，慌乱间，不知道来这儿干啥了，是救助这女人出牢狱还是给点儿欢乐就离开？他轻轻挪推了一下，门子开了，没有一点声响，或许是心上人做了手脚的缘故。可越是静他越感到心虚，突然碰击的轻微声响，越发让他觉得心跳加速。葛家这所五号小院儿像个见不到坑口的火坑，他像站到坑沿儿上，形势逼人，跳也得跳不跳也得跳了。

通过南小房时，他轻轻喊了声姐。没有回声，但似乎院子里射来一丝微弱的手电光，这是回馈的信号，是凤儿，是二姐，是心爱的人在那里，正在等自己。

刹那间，在他的感觉里，那是恩赐——一个女人把最宝贵的身体交给男人，

①盖帽儿：方言，即拔尖。

包含着巨大的疯癫的爱。可这院子里，他以弟弟的身份出出进进无数遍了，但是以这样子偷情的心理状态进入还是头一次，来偷“供果”了，会不会被人抓住，还真不好说。

他麻利地把门子推好推严别住。小南房附带街门，里面还垒有半截儿墙将摆放的床与过道隔开，小房的北口挂了帘。这才算过了第一道关口，觉得到家了——是到家了吗？到家也不是到了自己家。他感到不敢相信，眼前这个晃动的窈窕女人不正是自己的妻子吗？他总觉得拿她当妻子不理亏，他们好了那么多年，只是没领证、没睡在一起而已，领了证就入洞房了。他找了十年了，盼星星盼月亮，终于等来了这个幸福时刻。他低声地叫了一句“姐”，“不！叫凤儿。”女人道。“凤儿！”男人这样叫了。他俩似乎都含着眼泪，尤其是女人哽咽地这样对答着。

他没有任何理由再犹豫，跨前一步搂抱住她，继而亲她的腮，亲她的颈，亲她的眉心，亲她的嘴。

她哭了，那是幸福的泪，悲悲切切险些哭出了声。他一个七尺之躯的男子汉也几乎处在瘫痪的状态，任凭对方摆布。两个肉体相拥，产生出的力差点使这对情侣瘫倒，是她扶住他，还是他扶住她，说不清。

他闻到了她身上的香气，这香气让人贪婪、陶醉。她就是自己的妻子，用农村人的话说，就是自己屋里的，他们像一盘石磨子，无法隔离的上扇儿下扇儿。

今儿个她再不是以“姐”而是以女主人的身份接待他的，这样的幽会她策划准备多日了，她想得特细，连如何说话如何行动的细节问题都设想好了，谁会想到今日变成了现实。这个时刻她想了多时，甚至在大货车上，在下大河南的大树沟里都想过。大雨滂沱，高空掉铁，麻子出走，一切又显得那么突然，他感到措手不及，所以瘫了，只好一切由她摆布。她像个猎手，他是猎物。

她的心“咚咚”地跳着，在自己的家里还觉得处处有地雷，有深坑，想好的话都忘了，傻乎乎地等在那儿。他是男人，不听他摆布还能咋？她恨不得一下子让他抱起摔在床上，压在身下，像老麻子那样鲁莽地行事。这早已属于她的幸福时刻她足足等了十年了。

这是俩情侣第二次接吻了，第一次是在大货车上，对弟弟来说那是形势所迫，为了平定她的情绪而随机应变，那时是任由她摆布，那时他是俘虏嘛。这次不一样，这时候的吻是他俩梦寐以求的，两颗心在扑通扑通地腾跳，他们都渴望永远这样吻下去。

再说俊婆娘彩凤，处处有入洞房的感觉，这女人更像残冬时刻饥饿多日的恶狼，叼住他的大嘴就不松口了，她汪汪的泪水顺着鼻翼流进俩人黏在一起的口腔中。

俩人准备了好多话要说，她急着知道空中掉铁伤没伤着他什么地方，吓得如何？他要问她被打的肋骨伤处还疼吗？他听到她再次遭到麻子殴打，想知道她伤到哪了，去没去过医院检查，还有孩子受到惊吓了没有，知不知道他们的事儿？这些急待知道牵挂的事儿，见了面一激动啥都忘了，千言万语，一吻了结。

女人撕巴着把他推离自己的身子，扶他站好要瞅一下他的身体，又让他转一圈，他依从地做了，做出一副极健壮的样子，她放心了。

他又一次把她圈在怀里，抚摸了她的后腰和后背，接下来抚摸她的胸部，好像一根一根数着肋骨检查，有意躲过那颤颤巍巍的乳房，关切地问："凤儿，伤到的这肋骨还疼吗？"他们嘁嘁喳喳打着耳语，像两只蚊子叫。"不疼了。""不说疼你来吗……""来，早就想来了。凤儿，大雨高空落铁差一点儿砸死我，你猜我第一个想到什么了？""什么？""怕看不见凤儿你了，我可不能死，你的债还没还哩。""当然不能死，今儿个以后，不允许你再提这，再说就打嘴了！"

"不说了，不说了，保证不说了。我当然不能死，折腾了这么多年，我还没跟姐，不，跟凤儿办过那种事。"

再没有话语，只听到后生"噢"了一下，想必是女人不知扭他哪了。

接下来，火候到了，应该办正事儿了，这对情侣，干柴烈火般地抓着心又咬着耳朵说了这些话。"啥个事儿？"女人问。雷文轻声道："坏！又在考我，不是想了多年了吗？"女人害羞地回应道："咋说不是。"小伙子欣喜若狂，又一次把这风骚漂亮的女人搂在怀里，喃喃问道："孩子们睡了吗？""早睡了，睡得像俩小死狗。"

"那……咱咋还不……"这对情侣都这样想着，谁也没说出口，这话能说出口吗？尤其是他俩这种特殊关系，一个手势、一个眼神儿、一丝喘气的声音都能传递信息，都知道对方接不接受你，要你干什么不要你干什么，无言的亲吻触摸、大口的喘气让这对恋人完成了预热阶段的一切，干柴烈火谁也撑不下去了，大战一触即发。

小伙子更主动了，顾不上屋子里俩外甥睡没睡实，睡在哪张床上，更顾不了墙外有没有人在窃听，他大口喘着气的同时下手了——一只手向下移到她的敏感处，她半推半就地用手挡他又像捉住他的手让他摸。小伙子的另一只手臂顺势把她托起上移搭在自己的肩上，他的左耳和口鼻正触到她裸露的肚脐处，顺势吻了下那肚脐……

他的心突突地跳着，跳得他不能自制地处在凝滞的状态。知识分子嘛，总没有农村毛头小伙子那么鲁莽那么直接——或许这是看闲书看得过多的缘故——他在迟疑地问自己，这漂亮女人这朵花他想了二十多年了，有情有义，但没有合法的手续，这也叫乱搞吧？人家的男人不在，人家的儿子还管自己喊舅舅，这样……以后如何交代？

他瞬间转念一想，要打退堂鼓吗？抛下她的感受就此罢手吗？那怎么可能？那样这个女人会死的。

登时，他又恢复到来前的神态，今儿个夜晚若不来跟这儿凤儿上床，来干啥了？连送口信的毛妞大姐也清楚这一点，莫再婆婆妈妈，良辰吉日还想错过吗？窝囊呀，还能有选择吗？豁出去了!

不知从何时起，起了风，静静的小院子也不再那么静谧了，压在小房顶上的杂物“丁丁”作响，似乎在给小伙子撑腰打气。风神似乎在挖苦他：傻小子，还犹豫个啥？“十年的属于你俩的良辰耽搁了，还想再耽搁吗？人的一生有几个十年？”

这时体魄健壮、力大如牛的壮小伙子金雷文，感觉托在肩上靠在胸前的漂亮婆娘凤儿像一树散发着香气的染色丝绵，又像刚刚收获的一捆子金贵的庄稼，一股子暖流温暖了他的全身，他的身体像燃烧的一团火，炽热得烫手烫人。他甘愿通过这团火的燃烧，把自己和这丝绵、庄稼化成一堆灰烬，永远融于一体。他不想再错过今晚的良辰吉日，决心蹚蹚瑶池水了。

这时的彩凤像团烂泥似的紧紧贴在他肌肉发达的肩膀上，喃喃哼哼着任他摆布，似乎沉醉在梦幻中。当他扛着她慢慢登上大屋屋门的台阶时，蒙胧中的她终于止住了他，示意去小南房，这一切是她早早安排好的。

盼了多年，终于盼到这一天了。

十五年了吧，今日终于让他们修成正果花好月圆了。正是：

都言亲缘胜情缘，
姐姐弟弟瞎扯淡。
人间冷暖情第一，
南小房里凤颠鸾。
阴阴阳阳龙戏水，
欢欢乐乐好姻缘。

只因婚龄差三岁，
好事一拖整十年。
今日牛郎蹚瑶池，
龙腾虎跃闹翻天。
王母无招搞变通，
织女放归下凡间。
天下情人结眷属，
人情回归万民欢。

15

礼仪之邦的中国青年以革命事业为己任，他们不赌气、不气馁，绝不会为一时一事、一己之私去玩命。国家的安危第一，性命也只有一次，蛮干者那是傻瓜蛋子。这说的就是金雷文。

中秋八月，微风习习，京北大湖钓鱼场上两名垂钓者在窃窃私语。

“是个爷们儿，真爷们儿——蔚州的爷们儿宁折不弯，是只豹子，不是狗！”

“咋说不是。”

“麻子也太小瞧人家了。”

“完全不是！欺负人的是那麻子，媳妇是人家的，他抢的人家的。”

“后生这样做，是不是欺负人？后生这样做，是不是不道德？”

“不！那原来就是他媳妇，这都是逼的！”

“离开那婆娘，就找不上媳妇吗？”

“想找他的女人有的是，排着队哩。”

这个可怜又可悲的麻子，若见到情敌雷文的话，前天恨不得白刀子进去红刀子出来，昨天兴许还扯开嗓子破口大骂了一通，再加上几个耳光，今天变了，天有不测风云了，脑袋冷下来了。这厮毕竟是自己带领多年的徒弟，有多么大的事儿不能坐下来说说？这小蔚州不光是俩娃的娘舅，还救过俩娃的命，是大恩人哩。这老麻子神经病，脑袋里安着个转轴哩。况且这会儿自己也不顶事了，明儿后儿、又咋鼓捣好这个家？老麻子呀，可怜可悲呀！

这麻子老爹也真够狠，真够损，真够绝的，事后真让他想出个损招——让姐弟又一别十五年。唉！人生总共才有几个十五年！老天让他直不起腰，让他抬不起头，让他一想起就亏心，报应哟！

清晨过后，太阳升到一竿子高，通向大湖岸边钓鱼场的小道上，两辆自行车相跟走着，相距几十米远。穿钢厂工作服的人中有俩人像有事往一起凑的，一个是青年，一个像是二老汉。老汉要追上年轻人了，可又偏偏慢下来，似工友，似师徒，又似亲戚，忽而远忽而近忽而又远，也不太远，搞什么鬼？

湖面波光粼粼，渔舟，渡船，泳者，钓者，采莲者，浮光掠影，霞光万道，一派繁荣景象。霎时间又是风云突变，西风烈，北风跟得紧，卷起湖面千层浪。一片暴风过后湖面又水平如镜了，万物又归真了。这就是口外多变的自然景象，尤其是在浩瀚数十公里的大湖地区。

那通往渔场小道的两辆车子上，前头的是金雷文，后面的是葛存义，先前是一对好亲戚。

这一天又是个公休日，金雷文骑车又来这大湖岸边钓鱼了，不知何时，那位三道弯的麻子葛存义也骑车随了来，他携带的不是钓竿鱼饵而是扎网兜子。这里距河口不远，他要沿着湖边溯河而上，到达水面宽阔的河汊子布网扎鱼。他性急，事儿也多，可没这么多闲空儿眯着眼盯鱼漂儿，要下一网收获半篓子。其实，他今儿个来，还不是借故找内弟小蔚州说说话。汉子们也有特任性的时候，一个副主任，一个副段长，工作上天天打头碰面，撅鼻子朝脸，好长时间没凑到一起聊聊了。

这一个山地的小城镇几乎永远是风平浪静的，闭塞，落后，孤陋寡闻。这里竖不起西单墙，也刮不起东单风，大部分人还处在“日出荷锄而作，日落荷锄而归”的境界，安静，清新，质朴，踏实。讲空洞大道理当不了饭吃，还是更实际地上班，下班，挣工资，领劳保，量米下锅，生火做饭，生娃子，养孩子。老百姓得常说这些老百姓的话，并且年复一年，日复一日。京城和塞北小镇两重天地。

不该发生的事情在四排房子发生了，或许他俩的事很隐秘，或许做丈夫的没有堵在床上，但总应该有个耳闻吧，好像是那段时间姐夫没在家的缘故，但麻子回到家里的四五天中，小院仍然很平静，反常，反常！那位毛张飞李逵式的人物总没有火冒三丈、暴跳如雷的举动，连小声拌嘴也没听到。这位当年敢空手捉狍子的暴躁主儿咋了？傻了？聋了？忍了？那些爱操心的人茫茫然。

小道上仍是微风习习，树影婆娑。

“他舅慢走，说句话。”这是葛存义紧赶了几步，在雷文的车子后面呼叫。

“他舅”这个词汇特新鲜，也特亲切，他已经多日没这么叫了，是比着孩子叫的，他是姐夫嘛。这一叫，看似平常的一句话，倒把小伙子吓了一跳，其实他早就发现麻子跟在后面了。

啊！是叫自己吗？小伙子被叫得怀疑自己的耳朵。车子继续在颠簸的小道上走着，小道的里侧沟下有一条清澈的溪流，不时传来低沉的蛙声，像是回答着小伙子的问语：“对啦，对啦！”雷文借下坡又上坡的机会，环视了下左右，身后七八米处只有赶上来的姐夫葛存义一个，前面后面再无别人。

正在这时，喊声又在背后响起：“他舅，停一停嘛。”声音婉转偏低沉，似乎掺杂有哀告的色彩。

“啊！”伴随着和缓的应声，雷文急忙把自己的车停下，似乎也有点儿心虚，人家打上门来了，要拼命吗？他急忙带着让道的礼貌姿态把车子和人都闪到一边，这样先翻了脸，动了手，可以占据有利地形，那意思还有，若误会对方，先让人家过去，自己可以跟在人家身后，以示尊重，留下个退路。

“是叫我吗，主任？”雷文怯生生地站在一旁，像是听候使役和申斥的下人。官大一级压煞人，平时不一贯管人家叫“主任”嘛。他毕竟是人家的下级，还兼有师徒情谊，师长更是应该尊敬的长辈。

高炉炼铁要有个预热的过程，人们处理问题也应该有此规律，有个思想准备才好。正在此当儿，路沿上的一个娃因为够树枝闪下了沙沟，雷文借机去救，也好想想问题。

评判一件事的是与非、对与错，要看站在什么立场，使用甚个标准。四排房子5号小院近日发生的这事，对雷文来讲那是物归原主，可以理直气壮地讲他胜利了，而麻子是报应，雷文可以坦然地认为：正义在自己一方，自己和姐姐都是受害者，麻子老葛的行径是抢男霸女的土匪行径。对两个男人争夺的年轻漂亮女人彩凤来说，是妇女解放，老天爷睁眼了。

而对麻子葛存义来说，两个人的行径，是破坏安定团结，甚至是破坏抓革命促生产，是无法无天，道德败坏，男的是奸夫，女的是淫妇——属于重点打击对象。

老葛从喊“他舅”这个称呼起，小伙子意识到，这位从前的师傅和领导兴许不是跟自己来拼命的，更不是来兴师问罪的。兴许他还没察觉自己睡了他的女人。兴许他知道了自己跟二姐的事，但木已成舟，他认了。小伙子七上八下地猜想着。

老葛的“说句话”想说什么呢?

警告自己，让自己远离彩凤，痛改前非，重新做人?或者像赵桐，还有老踮大爷几次说的那类话，你还年轻，该放手就放手，得饶人处且饶人，为了前途，不计个人得失，好男儿志在四方，前途无量呀!

赵桐、刘玉锁、踮大爷不是积极给自己张罗对象吗?来拼命兴许不会，这二老汉摆的不是那个架势，那是啥呢?那么还能咋样?跟自己能讲和吗?一个槽上拴不得俩叫驴，这话粗一点儿但是至理吧。像西方人那样真刀真枪的决斗吗?俩男人不动手厮杀，在这里私下里讲和——如何处理一个都爱着的女人——对彩凤来讲那太不公平了。

雷文想，彩凤既是自己的姐，又钟爱着自己，两个人生死相依。钢厂女人中她是最漂亮的，也是公认的最善良、最心灵手巧的，还能找到第二个更好的美人儿吗?男女私情的这类问题能讲和、割爱吗?若能讲和的话，人到何时也得讲天地良心，对一个钟情于自己的孱弱女人，既然以身相许，定了终身，能昧着良心让给别人吗?两军对峙，寸利必得，跟这老麻子谈条件时，绝不能有半点儿对不起二姐。

回到那条小道上，那个遇险的娃已被雷文拉上沙沟。

又开始上路了，雷文仍在前，老葛仍随后，厚着脸皮赶着说话。

“有时间吗?咱们聊聊好吗?”这仍是老葛。

“有!”小伙子果断地回答，为了缓和气氛跟着补了句，“不是歇班嘛，歇班这时间都是自己的。”又反问，“不会研究炉喉下料吧?我这脑袋里都是鱼了。”

葛存义倒不说了，没事人似的从徒弟的身旁绕过去头前走起来。

这是唱的哪一出?雷文感觉怪异，不露声色地在后面跟着，等麻子开口。

“有事儿吗?”小伙子终于憋不住了。

“有点儿小事儿。”这是老葛。笑话，他要说的这是“小事”吗?

“说吧，我听着哩。”雷文答道。这后生见风使舵，与人为善。

“不——不在这儿。”麻子跟着补了理由，“这里人多不方便。”

“听着哩，明白，你说在哪儿?”雷文又问。

快下河滩了，这里是岔口，当然是下坡，俩人的车子一直是推着的，葛存义停住脚步往四周看了看，犹豫不定，没吭声。

“我看咱去那儿吧。”雷文提议。

“哪儿?”老葛问。

“那里没人——两棵大柳树下面好像原先还有几摞砖头。”

“就那儿了。”老葛决定了，俩人都安置好车子，整理一下渔具。老葛迈开脚步头前朝那儿走去，雷文跟在后面，再没说话，俩仇敌各想着各的心思。

这是两军对垒，厮杀前闷一会儿是常态。

远远望去，那处凹陷确实是一个避风聊天的去处，一圈荆棘树棵子蓬蓬松松地长着，中间有数棵较高的柳树，看上去树荫蛮大的。

不好！有人——一伙孩子在耍，老葛抢先看到了。“这地方还不能去。”老葛想着溜出了嘴。

雷文说：“咋？不就是几个娃吗？他耍他的，咱说咱的，怕啥？”

“边上还坐着人哩。”老葛说。

雷文这才发觉孩子戏耍的周围有几个人零散地坐着，还有女人、拾着柴的老太太。

“要不咱再找个别的时间？……”麻子试探着说。

雷文稍加迟疑，不耐烦地道：“你到底有什么事儿？”

老葛回答：“闲事儿，几句话。”

“闲事儿就甭说了，我这人不爱操闲心管闲事儿。”

老葛道：“咱家——葛家小院的事……”

“啊？”雷文听了这话惊奇地几乎喊出声，心想，麻子这是要干啥？咋个使用了“咱家”一词？要不是彩凤遭抢劫，陷入你老葛家的“老虎口”，葛家小院跟我姓金的有啥关系？于是他厉声道：“那是你葛家的葛家小院，不是姓金的小院，说明白点……”

“不喜欢这小院了？”这是葛存义，接下来反问，“你不是还在那小院里睡过吗？”

“那是过去——两三年前睡小南房的事儿，这会儿……睡不睡，那是两码子事，丁是丁，卯是卯，一码归一码。”小伙子绷着脸这样说。

“睡过没睡过可不一样，怎么叫两码子事呢？有感情哩。这才多长时间，不会这么健忘吧？”麻子老葛声色俱厉地这样说，可倒叫小伙子摸不着头脑了。

“说正事儿，打了碗儿说碗儿，打了盘儿说盘儿，莫扯远了、绕弯子，有啥意思。”小伙子有点儿不耐烦了。

“他舅，莫误会，其实也没啥，就是想坐在一起随便聊聊，这地方人来人往的，这样吧……”没想到麻子这么有耐心，又绕了回来。

“聊聊嘛可以，不就是交换交换意见吗？”后生想着溜出了嘴。

麻子老葛一口一句“他舅他舅”地叫着，这本身就让为招架一方的小蔚州雷文松懈了斗志，再也没有那么牛气、那么执拗了，俩大男人终于商议妥了“说事儿”的地点。

“就在备品库吧，我已经跟郑师傅早招呼过了。”这是葛存义。

金雷文说：“中。”他反问道，“几时？哪一天？”

葛存义说：“今晚，八点吧。”

“谁去给开门？”

“下班前我要好了钥匙。”

“中，中中。”金雷文应着，心里暗暗骂道：“看来老麻子早有准备，可恶！咋早不明说，还在这里绕来绕去忽悠半天。”

为了争夺漂亮小媳妇彩凤，俩男人的战争序幕在风风雨雨折腾了半小时后就此结束。

备品库就是胖子主政期间金雷文被罚“劳役”的那个小院落。

16

也怪奇，那天夜晚的风刮得特猛烈，“哞哞”得像牛叫，像马啸，像狼嚎，像地震前兆的山倒地陷、山洪暴发，吓人得很。

铸造工段冲天炉隔壁的这处平房小杂院像个废弃无人搭理的兵工厂厂房，热风阀，泥炮主体，塔吊支架，机床的底座，热风炉的“U”管，堆砌了半院子，墙头上还布了电网，院门口还趴了只凶凶的看家狗。这里不靠大路，又远离生活区和生产区，周围除了那间半停产状态从来没有夜班作业的铸造段和一间危险品库，很少有人活动。半山头还有半截子炮楼土墩，下面坡面上是一处野坟场，夜晚鬼火闪闪，似听到狼嚎鬼叫。在这极其荒僻幽静的地方，入夜时刻偏偏狼烟突起，战火燃烧，一场争夺战在进行中，忽而炽热得进入白热化，忽而和缓轻声得又似淙淙流水、和风细雨。

跐大爷、库工老郑在门房子里下棋，这是赵桐安排的。赵旋风讲，俩人都交给你跐段长了。俩人拍桌子摔家具骂娘都可以，就是不能动手！你的人嘛。老跐说：“麻子可不是咱的，他正管我哩。”赵桐说：“他爱听你的。”

这也确实是僻静所在，俩粗门儿大嗓的男人在库房内，声音忽高忽低说了一大通了，唇枪舌剑地吵着，有时候夹带着甚动感情的哭泣，像是哭，又不是哭，那是嚷嚷。这会儿像消停些了。

从前的师徒俩，这会儿的仇家，上首坐的是麻子葛存义，下首坐的是小蔚州金雷文，可能是进行过几次激烈交锋了，俩人都弄了个脸红脖子粗，也都累了，“战事”进入休战状态。门房窗外的大黑狗也不叫了，眯在那儿养着神。

库房里，俩人一递一杯地喝着酒，老葛似乎有些醉意，嘴叨叨着，听不清在说啥。后来听清了，老葛思绪混乱，工作上的、生活中的，婆娘孩子打架的事儿，混合在一起说的，东扯一句西扯一句，光听他一个人嚷嚷了，啥意思搞不清楚，语无伦次。

小伙子雷文坐在对面小口地喝着酒听着，任其说下去，轻易不插话。是师傅在训徒弟吗？不是，徒弟心不在焉，是听师傅侃大山。

在门房里的老踮着实着急，这叫啥？麻子这叫满嘴开火车哩，能解决啥问题？踮大爷不了解葛存义找情敌交换意见的用意，麻子这好像也算一种交际方法吧，下下毛毛雨，试试水，瞅冷子打出一梭子。人家老郑啥也不管，也啥也管不了，说自己个儿就是个看门的。

麻子过去竟不知徒弟也是蔚州的。有些话让他麻子自己咋说出口——自己不在家，老婆靠了人，给自己戴绿帽子的竟是自己器重的徒弟，谁承想他们间还有前情并且黏糊得相当深。已经找人教训警告了那坏小子，没有治住，反而变本加厉，自己老了，撑不下这场面，认了，为了这个家不拆散，为了孩子，想学着有的农村人的做法找个拉绑套的一起过，维持住这个家。这种话能说吗？

可这话怎么说呢？是说你把我的老婆搞了，我不计较，这样子也蛮好嘛，一起过吧……自己是师傅，是领导，是带领数百名预备役民兵历经千辛万苦跋涉千里在前沿阵地拉练的师职副参谋长。这跺脚地颤、叱咤风云的人物，这会儿对着恨之入骨要一口吞掉的奸夫讲起了仁义，要和平共处，还得央求人家给面子，这多么难为情，多么贱性，如何张得开嘴？

风“呜呜”地刮着，刮得正是东北风，从白河龙庆峡谷挤过来的那股邪风，正扫过土焦场。土焦场和原料的小料场，全部是露天作业，扬起滚滚尘沙，越过骆驼峰小山包，首当其冲打到备件库小院里，打得铁皮房顶“丁丁”作响，飞沙走石。这里成了不产焦炭的土焦场。库房里时时传出嚷嚷的讲话声，讲话声又不时被风沙吞没。

老踮和郑老汉越听越糊涂了，葛主任这是在训人，训谁？训小蔚州吗？人家雷文这后生干活不错，从不耍滑头，抓段里的工作更没得 说，蛮棒的，训不着人家，又奇怪怎么这小蔚州不反驳呢！

风声的夹缝儿里又传来老葛的声音：“……谁怕谁，他小裘啥东西……分工明确，谁的事儿就是谁的事，犯了事跑不了，没有的事儿想扣屎盆子也扣不上……肚里没病死不了人。”

老踮的棋术应该算蛮不错的，赵旋风也下不过他，今儿个咋了？摆了两盘，一盘平局，另一盘要输给臭棋篓子老郑了。

其实，今儿个老踮的注意力没在棋上。

踮大爷不明白，麻子和小蔚州交换意见，咋又扯出了裘胖子？俩副主任又干上了，不知为了些啥。

俩老头有这样一段对话。

老郑说：“为了啥？他俩没正事，屁大的事也呛呛，还什么伙搭。”

老踮唉了一声：“看看旋风这命……”老踮指的是老主任赵桐。

老郑道：“赵主任带的这一班人也真够呛，哪有时间工作，光和稀泥了。”

这次交谈对雷文触动很大，也决定了他青年时期的命运，使他久久难忘，愤懑不平。他就是胸怀大志、要驰骋千里做大事的金雷文，不是害人害己做尽坏事儿的小木匠胡翟。这次两个大男人的谈判，是决定小媳妇彩凤归谁的。他贸然做出了暂时撤出的艰难抉择，尽管事后后悔过——那是极度思念情侣彩凤的时刻，但事实证明他的抉择是对的。不然，争下去，把不好要出人命了。

这天夜晚天确实很黑，风很大，库房静得瘆人。俩人引弓待发，摆出决斗的架势。点火就着的情敌在这种荒僻孤寂的地儿交换意见、聊天说事儿，能有啥好结果？翻了脸动起家伙来连个拉架的也没有，不能不让人捏把汗。事后雷文才知道踮大爷跟来了。

不过，雷文不怕，怕又有什么用，若怕就不来了。爷儿们嘛，就得活出个爷儿们的样儿。论环境，这一块雷文熟，雷文在这库里干过十几天清砂，那是裘胖子给创造的条件。论年纪雷文小他二十岁，论武功对打麻子不是个儿。但是雷文还是要夹着尾巴做人，人家毕竟是师傅，俩人在矿上时麻子还救过他的命。

雷文是如约踩着点儿到库里的，进了铁皮库房办公室，师傅葛存义早坐在那儿了，耷拉着个脸，摆起了谱儿，像个大领导。麻子这人好这么一惊一乍的，全没了在大湖边装孙子的模样。雷文想：我做好了思想准备——这里是白虎堂嘛，把不好给自己来个下马威，来就来吧，来者不惧嘛。他不装孙子，我装孙子了，敌对双方，打得过就打，打不过就在一旁弥着，要不就跑。找到有利的地形再抬枪打，看咋说。蔚州人就是这样做的。蔚州人的足迹遍及中国，干啥啥成，诀窍就在这儿，起个名叫“金氏兵法”吧。

“师傅，您早来喽。”见面后雷文仍像往常一样毕恭毕敬。

麻子把头扭过去，没搭理。

出于礼节，也为了好说话，缓和一下气氛，不是显摆，也不是赔罪装孙子，更不是巴结他这个官儿，但起码也得表示一下友好。所以雷文是带了酒和菜来的，专门从街上买的啤酒，没敢带白酒，那玩意儿喝多了惹事儿。他带了四瓶扎啤、四个猪蹄、三包花生米（一大包两小包），这“判”若“谈”得顺当，吃不了，剩下的带给小外甥。为了表明当舅舅的心意，两小包花生米包装上写着外甥的名字。老葛也带来了酒，是白酒，还有一包炒黄豆和一瓶酱菜，好东西——北京六必居的，还有个热菜——炒黄菜，未动筷子就香气扑鼻喷着热气，想必出自二姐彩凤之手，见物思人，雷文心里空落落的，三天没见到她了。

老葛带这酒必是想一醉方休的，一瓶子整的，还有俩半瓶子，足有二斤多，好酒，牛栏山二锅头，还有多半瓶子不知从哪儿整到的闷倒驴。

老葛早喝上了，开着口的那个多半瓶子起码下去了三两，脸红得像个关公，炒黄花菜让他扫了一个角，炒黄豆的豆皮子散落了满桌子。雷文也喜欢这二老汉的直肠子性格，是条汉子——大个子，大脚板，大耳朵，大手，一身虎气，欠缺的是秃脑门、瓦刀脸，若不是让人讨厌的那脸麻子，兴许还不至于十个女人见了九个躲，混出这么多故事。

他是北山来的出了名的酒鬼，有人戏称他为“酒主任”，见了酒比爹还亲。他说过愿意来沉沙工作，是因为沉沙有名酒沉沙大曲，味道浓厚醇香，过瘾解馋，喝着有劲儿。这个主儿喝起来，半斤等于没喝，一斤喝不倒，照样骑单车、爬炉顶。这主儿喝酒就爱找点炒黄豆吃，因此爱放屁，往往开会会场上闻到气味要找屁源，人们很自然地要看他。这人也不懂得找明白人咨询一下，吃这么多黄豆关不严屁门，能让女人们喜欢吗？有一段时间秘书小贾跟他同在一间办公室办公，她坐在他桌子后边的一个角，那里离墙近好放橱柜，后来这位女秘书借口打扫卫生方便把自己的桌子挪到门口了，说那里接待工人们方便。鬼才知道真正的原因，门口通风好嘛。

酒过三巡，谈兴勃起，烟雾缭绕，战火纷飞。

“今儿个晚上我来干啥了，是喝闲酒侃大山吗？”雷文一直在问自己。

整个酒场雷文没说多少话，再说麻子这种口若悬河的人讲开了话别人插不上嘴。另外，吃不准老家伙是借酒撒欢消愁还是跟他绕圈子，套近乎，软化自己。咋就说了这么多？都说了两个钟头了，还入不了正题，使雷文困惑不解，不得不回到原位重新审视自己的立场和态度了。当时雷文心里敲起小鼓，咋不事先想办法找彩凤商量商量，又一想，也别太自责了，哪儿跟哪儿，他也找不到机会见彩凤。

酒过三巡，老葛，喝得舌根直了，还在喝，谈兴还不减，并且越扯越远，听起来全然没个边际。雷文的确心里不耐烦了，几次插话想把话题拉回来，绑到正事儿上，可遇到这种不生不熟的犟种，算倒了霉，他如何依你。雷文说东，他给岔到西，半句话也插不进去。

麻子有千条妙计，雷文有一定之规，彩凤不光是雷文钟爱的女人，也是雷文的恩人，你咋说咋绕雷文也不能出卖彩凤。

“不早了，不早了，咱还喝吗？都十点多了。”

雷文空举杯做个样子，再也不陪他真喝了，尽可能找他讲话的空隙插话。

老葛睁开蒙蒙眬眬的眼提起酒瓶子看了看，“还早着哩，早着哩，咱还喝，喝，一醉方休！”

“那可不行，明儿个还上班哩，再说主任你不是还要说事儿嘛……”

“说啥事儿？说啥事儿？我现在说说说的不都是事儿嘛……刚才我说到哪里了？还讲那次拉练吧，到了平定堡、闪电河，是闪电河，有个潭，有一片水，是，是。来吧，让狗日的愿来就来吧！来了统统消灭光！看过电影《上甘岭》《打击侵略者》吧，那会儿咱们处于一穷二白的情况，装备差极了，那武装到牙齿的美帝都不怕，都让咱打败了。”

麻子主任那架势真成英雄了。

只好让老葛继续说下去，真是让人毫无办法，雷文又瞅了眼马蹄表，表针正指在十点二十分上，并且“嗒嗒”地还在飞速地旋转着。变换方式，雷文再没提几点，而是捉表在手，将表挪到老葛的跟前醒目处。

老葛说：“注意到了，都快十一点了，不晚。我习惯十二点睡，喝了酒，睡起来解、解、解乏，痛快，一觉到天亮，足足逮它六个钟头，不误早、早、早上……上班。”说到此，他提起了最后的一瓶酒晃了晃，瓶内泛起串串酒花，大加赞扬道，“好酒，好酒，不醉那是傻瓜，稀松货，苦、苦、苦、苦命鬼，没口福，做不了大事情，咱是爷们儿，爷儿们就得活出个爷们儿的样子……怕啥，怕个屁，今朝有酒今日醉，一醉解千愁。”

“咋了？又看这狗熊表了，让人扫兴，十二点咱准散。”说着这儿麻子竟把表翻了个个儿，只听到表响，看不到表针了。

这老麻子真的醉了，醉得两眼挂着血丝，额头上绷出了青筋，这会儿也不知道又在说什么。雷文犯起了嘀咕，不管今晚他要说什么，得溜就快溜吧，改天还可以再让他说嘛，但就是溜不掉，硬走也不好。雷文借去院里放水的机会打主意，没想到这老家伙跟了出来，他也要放水。回到屋子里，雷文发现麻子把他的上衣藏起来了，衣服里有一串钥匙，找不到钥匙就开不了车子，就进不了宿舍门，想走更走不了了。

老葛就备战率领基干民兵拉练的问题侃侃而谈着，雷文只能随声附和着喝着闷酒。

人的情绪随风而起，时而大风凛冽波浪起伏，时而风平浪静。雷文后悔不该来这荒僻的地儿跟麻子对饮。麻子在那里分析国内外形势，他闷在这里分析他俩的实力，分析了这酒喝下去的风险系数，慢慢地雷文的情绪平静下来，责怪起自己看问题盲目，犯了庸人自扰的毛病，看到了自己的稚嫩和毛躁。

麻子老葛的理论水平不低，实在不简单，至此他们间个人的恩怨销蚀了大半。

正当雷文入神地听着麻子对战略形势的分析时，不知何时起，他的话题转了，从国际转到国内，又从北京、上海、武汉、广州转到这山城沉沙镇，转到金雷文、金彩凤和他北山汉子葛存义的感情纠葛上。话题又涉及雷文的切身利益，使他有点儿措手不及。

正戏就是这样开锣的，值得绕这么大的弯子吗？浪费了自己俩半钟头，狡猾！狡猾！狡猾！

雷文才猛然醒悟到这一向毛躁的老葛竟然稳重起来，滑起来。前面交谈的竟都是“帽戏”，东拉西扯俩半钟头这才归了正题，正剧刚开锣。他也真佩服起这家伙的酒量，一斤半酒到肚了竟不吐不瘫，脑瓜还这么清楚。要不有人把他比作北山豹子，凶残歹毒。

老葛确实有他的难处，这条进入暮年的二老汉终于把难以启齿的话憋到正题上了。就像圈进辕里的一匹老驴，吭哧半天，还得上路。

“你和彩凤……”说到这儿他稍停一下说下去，“你和彩凤俩竟办出这事儿，这叫啥事儿哟！”他的语句哽住，下面的话堵在嗓子眼儿里了。

普普通通的几个字竟像一梭子子弹打在雷文的胸膛上，雷文要被打死了——羞死了，也委屈死了。雷文急速垂下了头，这是咋了？半年多的风浪激流、大江大浪都扑通过来了，今儿个这是咋了，这熊样？！“你是小偷吗？”雷文在心里问着自己，又自问道：“你偷了他家的人吗？你偷过人吗？都没有吧？咋了，你的胆子哪去了？”

低头叹气是人遇到挠头的事时的一种本能的表现。

桌子对面，说了半句话的麻子哽住了，也把头脸扭过去，又佝偻着缩在那儿，两手抱着头深深陷在两膝间，那是无地自容的反应。酒也不喝了，剩下那半瓶二锅头敞着口，撂在那儿。杯子里还残留着半杯酒。

“你——还有她，哼！你们的那桩恶心事儿我知道了，我能怎么着，我能跟你拼命吗？……拼个鱼死网破，自相残杀，让人们看笑话。”

说到这儿，二老汉的语音有点儿颤抖，哆哆嗦嗦地在桌面上摸索着，捉到那个酒杯，扬头喝下那半杯酒，抬手抹了下嘴唇，说下去，“丢人呀，丢人，丢人呀！丢了人怎么啦？日子不还得过嘛，凑凑合合地也得过是吧？有孩子嘛，你年轻，你小子的好日子更长哩，你说是吧？”

雷文没有吭声，愣在那儿呆呆地看着。麻子终于吃力地又说下去：“唉！年龄不饶人啊，年轻人体会不到，师傅我往五十上数的人了……”

雷文感觉怪异，见他如泄了气的皮球般可怜巴巴，为了缓和一下气氛脱口问道：“不会这么大吧？”他应道：“咋个不会，农村习惯虚一岁，我虚岁都四十六了，算半截子入土了吧。”他把话打住，哆哆嗦嗦地又在桌面上摸，摸到了才发现纸烟没了，生气地把那空烟盒攥成个蛋儿抛到地面上。雷文见此急忙从屁兜里取出自己的烟递到他跟前，他接了，又连忙划根火柴送到脸前，狠狠地大口吸了一口，又猛吸了一大口，似乎腹腔好受了一些。当师傅当官儿的都是这劲头，抽了别人送上的烟连个谢字也没有。

继而他撣去烟灰把纸烟顺在眼前，瞅起商标。雷文介绍道：“甭看了，是恒大。”“哪来的这么好的烟？”雷文答：“风机房的那个女工小周给的，天津知青。”他又问：“那个挺俊的小胖墩儿？”雷文“嗯”了一声。这麻子又问：“她咋送给你烟？”雷文随便应付道：“我教过她技术。”

这麻子不再问啥了，那眼神儿似乎有点异样。雷文明白，是这老麻子把他想脏了。小胖墩儿对他有没有意思不知道，送烟也不感到意外，但他对人家姑娘确实没啥，他就是一条路走到黑的呆子，二姐彩凤在他心中的地位坚若磐石，嫦娥来到眼前也动不了他的心。

这是插曲，都过了俩多钟头了。师傅葛存义或受到什么事情的触动，过了预热区痛痛快快地说下去：“为了跟彩凤的这点儿事儿，咱们师徒爷儿俩翻脸真想弄个鱼死网破吗？那样值吗？我这个年纪，我这个身体，还有几年的活头？我想开了，咱商量个两全其美的法儿，好吗？唉!成全你俩了，睁一只眼闭一只眼让你们好下去算了，你咋说？”

雷文愕然，听着这是一个男人对另外一个男人——不！是情敌——说的话吗？他真不相信自己的耳朵，但是他是有精神准备的。

雷文怔在那儿，半天没有说啥，疑惑这话是他说的吗？呆呆地看着，辨析着自己耳朵的听力。

是他说的，没错！

麻子说罢，他没看雷文，急速地把头扭过去。

现场一阵静默，一切近乎沉寂了，只有院子里的风声，呼嗒嗒，呼嗒嗒。

雷文这个当年的师傅，这么粗鲁的人，竟能想出这么多弯弯道道，消耗了俩仨钟头，绕了这么大圈子，赔上了两瓶多酒，终于把这句话挤出来了。雷文万万没有想到他竟说出这种话。他不知使了多么大劲儿竟能说出嘴，金口玉言哟，多么贵重的一句话！他像一个笨拙虚胖粗俗的产妇，十月怀胎，一朝分娩，费了那么大的劲——也不知鼓了多么大的勇气，终于把憋了多日的这句话破釜沉舟般地扔出来了。立刻情况不一样了——雷文羞愤之余，看到他那神态好像放下了个包袱，很痛快。雷文怀疑起自己的眼睛，这就是那位常常自夸的民兵师职副参谋长。

啊！这叫啥话呢？这叫爷儿们嘴里的话？！

啊！震惊之余雷文明白了："他真撤了吗？不对！是想仨人一口锅抡马勺？"凑合着过是吧？坝上有这类事，蔚州也有。让雷文戴上捂眼帮他拉磨子。

这是啥事儿？啥事儿呀！恶心得雷文哭了，只是没哭出声，泪水顺着鼻翼沟儿流进了嘴里，咸咸的，这不是感激的泪，也不是羞愧的泪，也不全是委屈辛酸的泪，为啥哭连他自己也说不清楚，甜酸苦辣咸五味杂陈吧。

眼前佝偻在长椅上的这位老者再也不是前些天心目中的"土匪""恶棍"葛存义了，而成了一个可气可怜可悲又可唾的长者。恩恩怨怨一股脑儿涌上心头，难以名状的苦辣酸甜也涌上心头，他又可怜起老葛来了，半辈子了竟混到这个份儿上。

嘴里发干火气上攻得头皮痛，尴尬之余，他也送个人情，敷衍着，瓮声瓮气地哄道："师傅，甭听人们瞎说，那是瞎掰，我和彩凤啥事儿也没有，屁事儿也没有，您老放心好了。"这种情形下雷文能说什么呢？他违心地以假话搪塞着这个可怜虫。

"没事儿就好，没事儿就好呀！"老葛是低着头说的，兴许他不相信这是从他自己嘴里说出来的。他明明知道雷文是在忽悠他，但看不出半点儿反感。说起来也真是的，这类糟糕透顶的恶心事儿，不这么说，不红脸白脸一起唱咋说？

这酒是遮羞的，菜更是排除尴尬的好东西，炒黄花菜吃光了，猪蹄还剩了俩，盘儿里的炒黄豆和炒花生米捏得见了底。他们的对话就这样扭扭捏捏拐弯抹角地进入正题，俩情敌间互动心眼——两个大男人商谈漂亮女人归谁的问题，尤其是在师徒间谈这类事儿，俩人都不好开这个口，作为丈夫的年近暮年的老葛更难。雷文真有点儿替老葛悲哀，从那没点血色的气色、呆滞的眼神儿可以看出这个人处境也太难了，二十来天没见好像老了十岁，眼窝深陷，两眼红红的。为那么个女人值吗？汉子们都会说：值。这就是常说的那种："杀父之仇，夺妻之恨，不共戴天。"

"师傅，咱们喝。"为了打破沉闷气氛，雷文几次敬酒，恭敬地道，"先喝为敬了。"杯杯喝干。

"你小子也不能光让我喝，想灌醉我是不是？先不喝了，说点儿正事吧。刚才你不是问师傅有啥事儿吗，有事儿，今儿个不是来跟你喝闲酒的。"

扯了这么几句闲话，俩人总算把尴尬的一幕托了过去。

这老葛看起来是胸有成竹，是有备而来的，说他是北山的"酒老大"名不虚传，一斤多酒下肚好像全没什么事儿，往那里一坐，似哪家稳操胜券的大厂长一般。他接着刚才的话说下去，说得一点也不打磕巴了，说的话像不是说自己，是在替别人说和什么的。

"……暂且不说你俩这桩恶心事儿，也撇开亲戚这一层——娃儿们总归管你叫舅吧——我还终究是你的师傅吧！唉——过去的事儿就让它过去吧，不过去又能咋，这现状不都别扭……"说到此他突然把话锋一转，单刀直入地说下去，"咱们都是爷儿们，爷儿们，爷儿们，听懂没听懂？跟带兵打仗一样，爷儿们考虑问题就得有自己的思维方式，哪个事儿重要？国家安危最重要，与国家大事比，咱这能算啥？小菜一碟吧，整天里抛开大事，不合时宜吧？！"顿了顿又说下去，"对有些事儿得看开一点儿，甩得开，不然还能活吗？小不忍必乱大谋！"

葛存义到此把话打住，雷文才听出点儿麻子老爹这话里的门道和意思，真佩服这人脸皮之厚，老婆偷了人还大言不惭地认为这是小事一桩，唉！雷文怎么会有这卑鄙浑球儿的师傅。他还扯得这么远，又跟备战大局扯到一起，好像就他自己顾大局，别人不管不顾。

在民间，每天闷头儿过日子的小老百姓，能有多少天大的事儿？杀父之仇，夺妻之恨，能不算大事吗？哪里像麻子这般看成是小事儿。好呀，高调竟唱到这个份儿上，大言不惭呀!

"小子，说说以后咋办吧……"不出所料，挤尽水分的老麻子亮干货了。

雷文没有吭声，确实没做好回应的准备，能说啥？雷文说出“咋办”的法儿来他能听吗？还是以静制动的好。

等不及的葛存义又一梭子子弹打过来，又一次单刀直入地问：“你撤还是我撤？——让彩凤跟你还是继续跟我？总得想出个万全之策。”

争夺美人的战争登时进入白热化状态。老葛低一声高一声说着，那话中带着颤音，听不清晰词句，但主要意思听明白了。这话也太直出直入了，光天化日，突然打来一梭子子弹，弄得雷文措手不及，被打得张口结舌。

半晌雷文没缓过味，这句话一直响在耳边：“我撤还是你撤？——让彩凤跟了你，还是继续跟我过？”老葛好厉害的一句话。

雷文仍然呆若木鸡地坐在那儿半天吐不出一个字。雷文能咋答，雷文能说啥？“跟你”“跟我”这像啥话？“你带走”“继续跟我过”这是一句能说定就定的事吗？再说彩凤是人又不是物——不是一匹骡马。麻子这一梭子子弹太厉害了，“嗖”地一下从雷文的喉头侧边擦过。

这句问话确实将了雷文一军，挺主动的局面登时弄得被动了，好厉害的麻子师傅。

“我撤还是你撤？——让彩凤跟你还是继续跟我？”这话反复响在耳边。

“我……”雷文“我”了半天终没有“我”出一个明白字。

确实没有想到老葛会有这样的问话——原来准备的是“话不投机半句多”，登时拍桌子瞪眼操家伙，却没想到是这局面。

事也凑巧，救兵来了，亏了老主任赵桐派人来找老葛说工作上的事，他被叫到院里说事，才算将事情缓和了。趁空隙，雷文把纷乱的思绪急忙整理了一下。

雷文实在憋屈得厉害，有一肚子委屈去向谁说？他委屈的是彩凤被抢被骗走十年了，彩凤开天辟地就是他的人，他的人丢了，被抢走了，天大的委屈，那时候为甚没人站出来说话？凭啥这会儿他们重逢后结合了，却有人说三道四，又被看成是偷鸡摸狗。照老葛的想法，他们就这样不明不白地凑合下去再说。“再说”，说什么？不还是昧心憋气地过日子吗？雷文思前想后决定还得让彩凤离婚，他正经八百地娶彩凤做妻子，到那会儿人是正式的人，家也是正式的家了。他娶得起媳妇管得起饭，凭他的本事、他的工资收入，就是让凤儿在家待着也够吃够喝，就是不在这里干到别处干也饿不着。最大的障碍是这会儿的彩凤，身上挂着俩小零碎，那俩小崽怎么办？彩凤忠于爱情，又爱子如命，必然会造成无法兼得的两难局面。

遇到这事，就得散，没有万全之策。

一刻钟后，老葛回到屋里，他们要说的事继续。

“好吧，你在这儿将我一军，我偏偏反其道而行之，壮着胆子，吓唬你一下儿，看你能咋说。”雷文想。

“真让我说？”雷文问。

“当然！痛痛快快地说。”这是老葛。

“我说啥你都答应？”

“太啰嗦了，你还是小蔚州吗？”

雷文提高了嗓门，声色俱厉地宣告道：“我带彩凤走好了！”

“你咋说？”麻子一愣，听了这话有点儿慌神儿。

“这样耗下去，咱们都痛苦，万全之策是：我申请调动或辞职，带彩凤走！这话还让我再重复一遍吗——我带彩凤走！”

麻子也声色俱厉地反问：“这算咋说？”

“这还能咋说？你俩正式办离婚，我正经八百地娶金彩凤做妻子。”

“没有更妥善的办法吗？”

“没有，自古华山一条路。”

“你连个窝都没有还能去哪儿？”

“养起猪垒起圈，我娶得起媳妇管得起饭。”

“你俩准备去哪儿？”

“回家去。”

“回大金家村吗？”

“嗯！”雷文窝着火反讥道，“操这么多心干啥！”

“我是替你着想，你们混到这个份儿上，能回大金家村？”

“真是为我们着想我就感谢了，我能不能回村不劳你操心。我姓金的做事光明磊落，大金家村从东口到西头，当年七八岁时——这会儿二三十岁了——谁不知道我跟彩凤是天生的一对，只是没到结婚年龄没领证。”下面的话雷文没说透，他愤愤地横了老麻子一眼，似乎在说，“若没遭遇你这土匪打劫，我们早成家立业仨孩子养出来了。兴许俺俩的日子比你过得好。”

“咋没想到留下来——留在沉沙，留在这钢厂咱们一起过不也挺好吗？”麻子愁楚楚地带着哀求的口吻压低了声音这样说。

“啊！咋说？”听了这话雷文急忙画道道儿，这是啥意思？他明白了这老麻子师傅想说啥，像是给他拉偏套，刚才雷文的揣测对了，还是静观其变好了，不吭声是上策。

17

老葛很冷静地把方才的话又说了一遍。雷文立刻想到，难道这就是老葛的“万全之策”吗？——“咱们一起过”，这是啥意思？又可笑又可悲又无奈——同时他在问起自己：“你是狗吗？”

这时雷文脑海里闪烁着自己一生最厌恶的嘴脸，就是叫了几年姨哥的混崽，那个淫棍，那只狗，以及他和养母间那桩桩恶心事。

麻子是想让自己也像混崽那般在石榴裙下当狗闻味吗？可恶!

这麻子老爹变化也太大了，前天还想鱼死网破，今天来了个一百八十度大转弯。

葛存义见雷文怔神，立即补充道：“小子，我说的是真话，是真的，咱是爷儿们，上面握手下面绊人一脚的事儿咱不干！”

为了表明心迹，这麻子老爹坦言：“前些天是不冷静，腰里是别过刀子，抽屉里的柜子里也放过刀子，是想拼个一了百了，包括也给自己一刀。后来想明白了，那叫犯浑，若咱们都死了能一了百了吗 ？我俩儿子咋办？那种盲动的做法是极不负责任的。”

“哈哈！”雷文鄙夷地看了他一眼，好个能屈能伸的大丈夫，好个肚子里能撑船的“宰相”。

雷文诧异，揣测咀嚼着对方的话。

“不，不，不不！”雷文连续用了几个否定句，以掩饰一时慌乱得不知所措的窘态，心想，先应付一下再说，于是要了个花枪，用模棱两可的话推翻了刚才要带彩凤走的说辞，“这是不可能的。我和彩凤好是好，总会给师傅您留足面子的。作为弟弟可以，但作为别的……你的四排房子和小宅院我是不能去也没法去的。”

“没有什么不可能！这个法儿——这种情况农村的山沟子里、草地里常有，也不是一家，孩子们叫‘大’叫‘叔’，不过得蛮好吗？”这麻子老爹又说话了。

老葛苦涩地呷了一口酒，连珠炮似的说下去：“你小子不用再捂着盖着安慰我，不是两句话能安慰得了的，事实就是事实，黑的成不了白的，我从彩凤那里看得出，对你小子我心里也有数，莫拿我当傻子。他对你好，真好。”他伤心至极，说不下去了。半晌，他俩谁也没说话。

“说‘过去’就好了，这摊场能过去吗？老弟就帮哥个忙吧，就搬到家里来住吧，咱们一起过好了。”半晌后，老葛又这样说话。

“哼！”这麻子老爹多贱，老哥、老弟地叫着，这称呼多亲切，为了推雷文上套竟给他改了辈分，原先是“小子小子”地叫着，这会儿拿他当哥儿们了。

“别别别，我可承受不了，再说这话我就走了，莫再提，莫再提！……”雷文仓促应战，扔出这句话。

桌子上的马蹄表似乎停了摆，那“丁丁”的声音一直就没被人注意到，风声、沙粒摔打铁皮屋顶子的噪音盖过了屋子里的一切声音，门房边上的大黑狗像也没再叫，似乎一切都进入了深夜。其实，雷文和老葛半晌都没再说话，好像他们俩大男人间的“谈判”突然停了。

酒喝得太多了，头皮“嘣嘣”跳，雷文想走，可走不脱，他没有理由也不忍心离开喊过师傅的这二老汉。人家的处境可比他难呀。就像倒在雪地上冻得瑟瑟发抖的老羊倌，说他的皮袄让人扒了，向他求救，能忍心离开吗？何况扒他皮袄的人正是他自己，他还好意思跑吗？

他们都在那里怔着，好像都乏了，话都吐尽了，锣鼓也敲了，重头戏唱罢了，该散场了，可谁也没提走这个字。

最主要的原因是这场酒白喝了，空花了仨钟头，只是提出了问题，没摆平了这场纷争，更没找到解决问题的方案，这个晚上白过了。雷文仍眯着眼抻着，熬时间，想着心思，思谋着对策。他还能说什么呢？毕竟人家老葛和彩凤是领了证的合法夫妻，毕竟他把人家的婆娘睡了，在人家这二老汉面前他是个罪人。从另一个侧面想，由于他的出现（算总账——讨债也一样），人家老葛平静的家庭被弄成了一锅粥。如果他不到沉钢来上班，无风哪起得了浪？人家5号小院，不还安安静静吗？雷文心开始愧疚，一切委屈消散，一切理由也没得说了。忙乱之中，雷文哪还能利用这段时间想出对策呢？没有，搜肠刮肚半天也没有圆满的对策，更甭说万全之策了。

风沙一阵一阵，扣在房顶上的一件什么铁家伙不知怎么被吹了下来，“哐当当”地砸在地面上，登时引起一阵狗叫，大黑狗的惊嚎，又带来居民点炸了似的狗群的狂吠。这一下子惊醒了朦胧中的老葛，他腾地拉开门子瞅了瞅，见无异样才回到原位。雷文也紧随其后了。

在口外，夜半的风常常这样，屋子里沉闷，院子里风刮得剧烈、热闹，刮得昏黑眼晕，暴风使黄沙、金属物体落地，大黑狗狂叫，一阵天塌地陷般的群狗齐吠，小小的插曲带来极其振奋的效果，屋子里的俩爷儿们的火再次烧旺，风助火威，火借风势，葛家的四老汉抖擞精神摆开架势厮杀，雷文也挺直腰板顶上去。

最后这场战役走了仨回合，围绕着三个话题拼杀。这仨问题是：雷文搬不搬回葛家小院，大小、二小俩孩子的安置问题，老葛重新组建家庭以求圆满。仨事也算三个议题。

麻子老葛说："让你搬回家一起过怎么了？有人能吃了你？"

雷文反问："我搬回你葛家小院，我算啥？你算啥？她又算啥？"

老葛说："你来家时，我给腾地儿，我去小南房住，你可以临时给俩娃儿当爹。"

"孩子们干吗？"雷文冷笑着问。

"我会去做工作，习惯成自然，住长了就习惯了，没事儿了。"

"你拿我姓金的当啥了？我算啥？我算狗吗？咬跑了老狗占上了窝！要么就是待在一边闻味，拣拾垃圾。师傅，你说我是这么生活的人吗？"

"有什么不行的？不是有些户——有些家庭这样过得挺好吗？例如你养父家，你大，你养母，还有你姨哥，过了那么多年，不是过得挺好吗？"麻子够缺德的，哪壶不开偏提哪一壶。腻歪这话也毫无办法，是恶心人，但也是事实嘛。

"好的话，他们咋过不下去了？混崽那个坏蛋咋走的？让我给踢跑的！我还是养子都这样……回头再说这一码。师傅，你也让我当那坏蛋吗？我没本事，混得不好，娶不成媳妇咋的？我知道，在农村这事儿叫拉帮套，娶不成媳妇的人才这么干，我不是那号人！"

"管它叫啥，那不两全其美吗？你俩好，圆了梦；我的家也不散，孩子们有爹有娘，还有个舅舅或者叫二大，多好！再生了孩子是你的孩子，长大了分家，那叫分槽。再说俩男人的工资养一个女人，日子过得富富裕裕……"

"呸！"雷文火了，控制不住感情了，放肆地啐了老东西一口，再也不想认他这个师傅了。

老葛翻了脸，"噌"地拉开抽屉拿出那把匕首拍到桌面上，吼道："反了你了！你小子敢啐师傅！"

"啐了你能咋了？你敢捅了我？"雷文猛地站起，用挺直的胸膛和愤怒的目光逼视着老葛，继续吼道，"你当这里还是打闷棍扔棒子的小树林吗？"雷文横眉冷对揭着短。

老葛被雷文无所畏惧的气势震慑住了，也气急败坏地回瞪了雷文一眼坐回到原位子，并收回那把刀。

"师傅……"雷文强摁下一腔怒火说下去，"我又喊你师傅了，我想这样对话有利于把握住咱俩的矛盾性质，咱们总不是敌我矛盾吧？咱们都是男人，男人考虑问题总应该长远一些，你提出的要走的那一步，想没想过你俩儿子？”

“儿子咋了？老爹也是为他们着想，总比让他们缺娘少爹好吧？”

雷文登时驳斥过去：“错了，错了，要为十年后、二十年后儿子的处境着想，尽忠、知恩俩孩子都生得虎头虎脑，一脸豪气，知书达理，长大后兴许都是出人头地的人物，若走了那一步，叫他们如何人前挺直腰板？”

老葛“唉”了一声，冒失地插了一句：“当然儿子永远是我老葛家的。”又反问，“我走到哪一步了？走得不算太远吧？”心事重重的老葛说下去，“将来，他们会理解老爹我的处境，会理解老爹的良苦用心的。再说，老爹到了这个年岁，这个身体还能活几年，这是没打起仗来，一旦战事起来，我正式报名参军，开赴前线，为国捐躯。”

“莫说这么远好不好？真到了那一天我不先你一步到前线嘛。”

到此，雷文急忙把话题拉回到如何摆布葛家的俩儿子身上，说：“彩凤是个好女人，你们感情不和，缘分殆尽，情感这问题可不像修机器，怕不好扭了。但彩凤对这俩孩子的感情是至深的，若不是中间有你俩的这对宝贝疙瘩，过去我们想走的话早就走了，有两只手，有点儿技术，哪里找不到饭吃？四只手养不了两张嘴吗？”

雷文继续说下去：“瓜儿离不开秧，崽儿离不开娘，我有深刻体会，甭说是生母，养母也不例外。二姐被骗走了，我的养母也不见了，本县周边邻县我一连找了三年，那时我只有十几岁，没了爹娘的娃儿，像断了线的风筝，甭提多么孤单了。养母卖了我二姐，拆散了我们俩，恨吗？恨。恼吗？恼。可是恨归恨，她仍然是娘，有一天把她老人家接回来给她养老送终的还得是我……”

雷文没有计较他的态度，继续说下去：“让我搬回小院也可以，让我和凤儿占小南房吧，今后小南房归俺俩了。一个院，两家过，彩凤仍然每天给你做饭，照料孩子。”

麻子急道：“那不行，小南房也姓葛，咋能归你？”

雷文驳斥道：“小南房咋姓葛？都是公家的、钢厂的，那是我花了仨月的工夫，捡拾旧砖旧瓦、厂中村搬迁拆房的废旧木料盖成的。当时你没在家，带人去北疆拉练了。”

“那地儿是我的。”

“地儿是公家的闲地，没人管，谁占了归谁。”

“你小子早有这打算吧？”老家伙恶狠狠地问。

“你算说错了，当时根本没有这心，是给俺二姐彩凤盖的，你算沾了光。”

“咋证明你说的是真话？”

“有两点，我若是想自己占有，我就不主动搬回单身宿舍了；我若早打了这小南房的主意，我就不垒东墙头了，没有东墙头就形不成这会儿的小院。”

“那俩崽睡哪儿？”

雷文的话顶上去，反问：“你说呢？”他似乎觉得这话太冲太顶，立刻解释道，“小南房屁股大的地儿，大人住就够挤的了，当然俩崽随你住正房。”

“那彩凤半夜就永远不上正房的床了？”

雷文吼道：“她有自由，由她自己决定好了。”

“凤儿就算归你了？”

“归我了，这是第一步……对外她仍是我的姐。”

“那第二步呢？”

雷文郑重地回答：“我耐心地等待你们正式离婚。”

18

下面是俩男人一通急促的对话——发展到最后成了嚷架。“你这如意算盘打得够仔细的呀！”“不这样咋说？”“那这小媳妇就归你了，你可捡了个便宜。”“废话！啥叫捡？她本来就是我的嘛，就当让狼给叼走的小丫头又救出了狼窝。”“骂吧，骂吧，反正我没白娶凤儿，我是足足花了一万块钱，十块钱五块钱一张的人民币，半兜子。”“让你破费了……”说到这里雷文再也抑制不住胸腔升腾起来的怒火，反讥质问道：“你花了一万块就没罪了吗？就不算抢劫了吗？你给人家女人吃安眠药片捆起来锁起来，就因为花了钱就不算犯罪了？！这是地主恶霸黄世仁的行径，你是强奸犯，该枪毙！”

随着雷文的吼声，气急败坏的麻子老爹火冒三丈，腾地又从椅子上腾身而起，又是那一套，要抄家伙，比画一番。雷文为了稳住形势，变了下口气说：“师傅，先消消火气，气大伤身，一些事还可以再商量嘛！您说呢？”雷文巧妙地摁下他的身子，让他又稳稳地坐回到原位。

事后说起这阵势，有人夸赞雷文：“你小子真行，真能稳住阵脚。”雷文无可奈何地冷笑道：“这些年南山北山，南屋北屋，到处找娘寻姐安慰羊倌老爹，还不都是逼出来的。”

稍微心平气和后，他俩继续刚才的话题，建议麻子重新组建家庭的事。

“师傅，你考虑没考虑重新组合一个新家庭的事？”

“啥？让我重新结婚吗？”

“不是重新结婚，是建议你把跟你有关系的几个破碎家庭打烂了重新组合一下。”为了缓和气氛，雷文还举了高炉大修热风系统落地拆改重新组装的事例。他又举例说，“洗涤塔掏出芯子，换上套内部装置，可以做静电除尘嘛。”

麻子说：“又扯得这么远！说正题，非让我离婚吗？”

雷文答：“不破不立。”说到此雷文循着谈兴话锋，适时地又把话题拉回来，“师傅，莫先谈离婚的事，我先提个建议好不好？”

麻子说：“有话快说，莫跟我兜圈子了。”

“我建议先把你的萍妹妹接过来住些时候 。”

“你怎么知道有个小萍？小萍又怎么了？”

“不怎么啦。”雷文慢条斯理地说，与他拉家常，说他爱听的，尽量不伤他自尊心。

“你咋知道有个小萍？”

“莫问这么多好吗？鼠有鼠道，猫有猫道，我知道总有我知道的道理。我不光知道有个小萍，还知道她去世的爹辜老汉是有名的老皮匠。还知道你萍妹待的东万口北边有个白草，你过继的伯父葛三老汉的旧相好白婆子死了，可她的儿子白大小、白二小还在，还跟你有一桩扯不清的官司。你那一万块钱咋来的我都知道，还知道你认了那辜皮匠当干佬。你不是也知道我不少事吗？你不还知道我老家有个师傅叫老庚吗？不是跟你吹，俺师傅庚爷也是条走南闯北的江湖汉子，比你懂得也不少。你不是还知道我的养母和那个坏嘎杂子姨哥那档子事儿吗？在哪儿可能你都知道。我可以问你你是咋知道的，你能先告诉我吗？”

方才的这一番话倒又把老葛弄了个张口结舌，可以说将了他一军，他怔在那，似乎傻了，把头再低下去，像霜打的茄子。见此情景雷文心里很不是滋味，又想溜，试量半晌终没溜成，因为仍没解决根本问题，只好硬着头皮说下去：“把辜小萍接过来吧，接过来你俩住正房，俺姐弟俩住小南房，日子过长了都好有个照应。再说她死了男人后，孤苦伶仃地拖拉着俩娃也不容易。”

“你这叫曲线救国吧？！”麻子反唇相讥。

雷文不明白“曲线救国”这个词的含义，反正不是好话，这当儿也无暇研究，任他说吧，于是含混其词道：“曲线也好直线也好，画出‘线’来就是好线，就能气割下料，就能解决问题就好了。”

谁能想到，老葛对此倒认起真来，立刻啧口道：“那可不行，她是我妹。”

“妹，不也不是亲的吗？十多年前你不是就想娶过她吗？”

“那会儿是那会儿，这会是这会儿。”

“那会儿咋了，这会儿又咋了？”

“那会儿没有你姐，这会儿有你姐了。”

“我姐彩凤咋了？”雷文横眉冷对咄咄逼问。

“你姐是朵盛开的桃花，鲜桃一口。”

“小萍不一样吗？不就比俺姐大七八岁？！”

“与你姐比起来那只能算棵婆婆丁，干菜窝窝一个。”

“你还嫌小萍丑了。”

老葛又不说话了，垂下了头，埋在支撑的两条手臂里，不作答也是回答，对小萍丑的问题默认了。

雷文继续多嘴，为给说话补点底气，轻轻抿了一口酒，“啥丑呀傻呀，关键是对心思，你能拢住她的心，她能一心一意跟你过日子，不就得了！你说是吧？！”

老葛竟然把眼睛睁开，昂起头气呼呼地质问道：“你咋知道小萍丑？”

“不是你告诉我的吗？”

“我咋告诉你的，我说啥哩？”

“你不是说她是像棵婆婆丁，干菜窝窝一个。”

“这是我说的？”麻子老爹后悔了要赖账。

“你说了没十分钟，你不说我咋知道？”

麻子老葛像个孩子轿情起来，反倒质问道：“你不嫌她丑，咋不去娶她？”

“这是哪里话？我没见过她，从未说过她丑呀。丑俊跟我没任何关系，我为什么要娶她？我没钱，没落脚的地儿，混得不好，娶不起媳妇吗？”

“你要娶了她就好了，你就是我的妹夫，咱们又成亲戚了。”麻子这时竟然有心思说这玩笑话。

“得得得，莫扯得太远，扯得这么远有甚意思？若再商量不妥正事，我退席了，都十一点二十了，明儿个早上还得上班。”

老葛全然没十一点十二点的概念，倒也动了真情继续说下去：“说的是句玩笑话，玩笑哟，你这样好的条件，怎么会去捡别人剩下的窝窝头吃呢？当年要娶她的话用不着花这一万块，是她辜家上赶着咱，兴许一个子儿也不用花。”

麻子老爹得意扬扬的心情溢于言表，他猛喝了一大口酒，晃了晃瓶子，斟满放在那儿说下去：“那娘儿们——我说的是干爹家俺的小萍妹，对我确实不赖，我几次手紧用钱都是从人家那里拿的，想接人家怕也不跟我出来，再说俩叫驴不能同槽，俩草驴能圈在一个圈里吗？再说还有两家两窝子四个孩子能在一个屋檐底下过吗？还不天天打破头……走到那一步真的家无宁日了。”

老葛又呷了半杯酒，接着不知所从地把杯子转了一圈又把剩下的半杯酒喝干说下去：“那娘儿们有钱，有的是钱，爱听我说话，爱听我逗着她玩，投缘吧，不嫌弃咱这张脸。至于想要人家嘛，恐怕现在人家还不干，我一个月挣这百十块绑在一个地方，人家还看不到眼里，人家在东万口北街有个皮匠院，十五六间房子，她继承了她爹的家业，算市镇小业主，有煮皮子的大锅，还养了驴，有拉车……”

麻子跟雷文掏心窝子了，如数家珍般不厌其烦地说起东万口辜记皮匠铺的事儿。那神态好像他也是皮匠铺成员，压根就没离开过那皮匠铺。

雷文真没想到，和这位老爹“谈判”崩了后，会出现这戏剧性的一幕。

以上说的话算雷文和麻子老爹第三个回合的较量了，谈判没有丁点儿结果，可悲呀可悲！麻子昏了头，跟雷文说这些干啥？显能吗？让人听了真哭笑不得。在当前这个阵势中——谁当彩凤的丈夫，谁撤谁留，仍没痛快话。

夜更深了，风似乎小了些，不知是什么夜莺类的鸟类“喳喳”叫着飞过，更给人留下夜深人静、孤寂沉闷的感觉。酒喝到这个份儿上，雷文头大得觉得房子像漂在水面上，整个小院子都在转，他知道是喝多了，这酒场该结束了。国家也好，国际上也好，民间谈判也好，很少有个一步到位的，不都是打打谈谈嘛。其实对今儿个的“谈判”雷文的期望值并不是那么高，今天只好就这样了。雷文曾几次提议别喝了，斜眼扫了下，白酒瓶都空了，剩下的两瓶啤酒被老葛、雷文高高举到零件架子上，不让喝了，说白酒和啤酒混喝更容易醉。酒菜都吃光了，黄豆、花生米也吃光了，只剩下满桌子随风飘动的皮皮，酱菜包里还剩俩酱萝卜，四个猪蹄啃了仨半，那半拉光等着找刀从骨缝里剔肉了。这样子的残羹剩菜局面不结束还等啥？可那老葛拧着偏说：“不！还早哩还早哩。”作为徒弟的雷文哪还能说别的？总不能不欢而散吧，总得要圆满地唱完这出戏吧。

风在吼，沙砾拍打铁皮声仍在响，狗在吠。

又是一阵沉默，雷文只好从皮皮中捡了几个被丢弃的瘦干的花生豆、黄豆丢到嘴里，静静地等下去。

过了十多分钟，这老葛仍不语，又睡着了吗？雷文没办法，只好又没话找话说，尽力把话题拉回到正题上，不枉白过这一晚上。雷文建议，一时难决定的事就都想一想、放一放以后再说。总的来说，雷文这日子过累了，决心撤了，老家还有个从小养大他的老爹——就是因为他年迈孤单的养父没人管，所以他才想谋求调回蔚州——回到家乡发展，甚个钢城、铁道线，离北京近，都去吧，这地方他待腻烦了，迟早得离开这个是非之地。一听这话，老葛登时来了精神，追着问：“彩凤怎么办？”雷文果断地答：“彩凤我不带走，有俩孩子的拖累也带不走，至于今后她咋想咋办我管不着，全凭她自己的态度了。”

没酒了，找呗。

爷儿们说事儿，没有酒那算啥话？麻子师傅在这库房里找呀找呀，又找出人家库工老郑藏的多半瓶酒，厚着脸皮也把它开了，道：“放心吧，小子，咱把老郑头的这半瓶也替他开了，以后还给他一瓶好了，咱们喝，敢作敢当，这才像个爷儿们！”他高兴地一反常态，几次给雷文满酒，极力劝着雷文喝。

“放心吧，小子，矿石化成铁水再也还原不成石头了。我不是犟种，认了这一点，放心，话说开了，这一页就算翻过去了，你回不回蔚州两可，今后师傅不会怎么着你的。”

“说得漂亮，你小子能像表白的这样利利落落撤出？”他接着又问，“你俩沾上断得了吗？哄人吧，当哄孩子是不是？”

“能断，我走了，离开这鬼地儿，一东一西，相隔八百里，不见面，不就断了吗？”

“那，可不一定！”麻子倒成了断案的法官，喋喋不休。

雷文说的都是理，是真话麻子叨叨着，嘴里像缠着裹脚布，像在说：“你能控制住，那馊娘儿们能控制住吗？”

“那我可管不着，我回我的南山沟，她跟你照样住在那四排房子……”说到此雷文控制不住感情，得先驳斥几句老东西再说，于是道，“我的姐——也是我终生爱着的人，也堂堂正正，可不是馊娘儿们，这会儿她还是你爱人，应该尊重她……”

麻子没有反驳，也没有再说话，在昏睡眯瞪还是在思考说不清。

雷文本能地“唉”了一声，“伤心透喽，我走了后不准备再来这沉沙了，甭说干活、生产多做点儿贡献了，想找个地儿看点儿书都静不下心来，我真想避到龙泉寺去。我不来沉沙，她——我的二姐彩凤如果不回老家，一年到头，几年下来也难得见上一面，更甭说在一起干什么了。她在这里能不能把握住自己，看她本人，也看师傅你的本事了，毕竟她刚三十出头嘛。”

时至三更，是夜班出第一炉铁的时候了，风小了，院子里静下来，狗也不叫了。只有这备品库房内还硝烟滚滚。

喝了半夜酒，俩大男人都喝多了，麻子老葛还翻出了老郑的那半瓶子酒——两三瓶子酒下肚了，在肚子里滚烫滚烫的，将近四个钟头了吧，喝了，谈了，也骂了，也拍了桌子，还险些动起手来，在俩爷儿们争一个女人的问题上——谁撤谁守、彩凤归谁的问题上，谈判总要有个结果吧，有了，就是雷文上面的几句话："我撤回老家，我退出……这是我的承诺，也是我这个男子汉的宣言。"他老葛还能说啥？他还能咋样？

雷文算什么人？胆小鬼，还是道貌岸然的伪君子？说不清，违心嘛，也不算违心，雷文的这点儿力量能捻几颗钉，他还真没力量处理好她和俩幼小儿子的这道难题，不撤又有甚个法？雷文说没出卖她，她爱的不光是他强壮的身子、洒脱的容貌，还有他的气质、韧劲和才识。雷文起码没有钻阴沟去当狗——没有答应去给麻子像狗或毛驴那样"拉偏套"，仨人在一条大炕上拉过来推过去，把凤儿当成性奴隶。要好，我就要堂堂正正娶凤儿，把她当人看。

"师傅，我还得说几句，算我多嘴提个建议吧。我声明一下，下面的话一点也涉及不到我金雷文自己，所以才算提个建议。"为了表明下面的话和雷文没关系，是出于对师傅的爱护，他把"提个建议""多嘴"说得很重，有的词加重了语气说了两次。

"你老人家还真得想个彻底的法儿处理好和妻子彩凤的关系，我撤出了，走了，你们家能安静得了吗？这样凑合着过不行……不得整天生气，长年累月担着心，为个甚？你个人思谋思谋吧，老夫少妻，条件不般配，这摊场你对付不了，不得整天里担惊受怕。你又没过硬的控制她的神法，总不能像皇城里的嫔妃那样锁到家里不让见人吧？彩凤今年还不到三十一，正值盛年，社会上又这么复杂，你伺候得了这样强壮炽烈的婆娘吗？甭说压根感情不好，感情好的又能长久吗？现在不是秦始皇他老奶奶那个年代了，那个年代怎么着？秦始皇的亲妈不也没守住活寡？这样下去不生气才怪。"

麻子老爹似乎在听，听得还挺入神。

"哪里的苍蝇不叮食馊肉呢？我走了再也不回这沉沙了，这里有缝儿，就有别的苍蝇飞进来，能防得住吗？……"说到这里他想打嘴，可笑，形容不当。难道过去自己也是讨厌的苍蝇嘛，他俩那段神圣纯真的爱情是"苍蝇"叮"馊肉"吗？彩凤是块"馊肉"吗？让二姐知道了这比方，不撕烂了他的嘴才怪。

雷文又说："再莫想招进个人'拉偏套'的事了，咱这里是城市不是农村。那也不是长久之计，长此下去一个槽上能拴住俩叫驴？"

风好像彻底停下来了，院子里房顶上房子后面彻底静下来，连院子东边的骆驼峰都静悄悄得瘆人，真似一些文章中描写的那种庭院幽深、万籁俱寂。狗又“呜呜”了几声，那是那厮见到熟人的常态表现，没几分钟的工夫，库房大门响动，像有人回来了，老葛没动窝儿，扬手示意让雷文继续坐着，知道那是老郑师傅回来了。这看门老人办事老练，进得大门转身到了门房，没来打搅他们。或许这是老葛事先交代过的。

屋子里艰难的谈判还得一会儿。老葛拉着雷文不放，雷文想结束也没法，交谈的内容还是那些——老葛拐弯抹角说来道去还是要搬回他家住，拉偏套，仨人一起过，只要雷文到了床前，他躲出去，让雷文和凤儿快活。说这样日子过得如何如何幸福美满，还说这叫什么“三全其美”，说有合适的雷文还可以搞对象娶媳妇，说凤儿再生了娃姓金归雷文。雷文当然不干了。别人有千条妙计，他有一定之规，开的条件再优惠也不应口。拉偏套，免谈了！雷文替二老汉师傅悲哀，话如何说得出口？话说到这个份上不难为情吗？雷文压低了声音，有点儿做贼那般，也怕窗外有耳。

麻子很固执，逮着雷文像抓到根救命稻草似的想力挽狂澜，磨磨叽叽地还重复那意思，越说越不像话。雷文恶心得不行，心中无名烈火熊熊燃烧，像躲避泼过来的一盆脏水，头脸上身躲过了，腿脚躲闪不及，溅了一鞋，实在无法忍下去了，雷文吼道：“莫说了！莫说了！你把徒弟我看成猫狗喽，这样咱在钢厂职工面前能直起腰？裘胖子导演的‘泵房捉奸’‘南园游街’事件把俺俩弄了个灰头灰脸还不够吗？请想一想若是再走那条道，在南园你的孩子能不能去上学？在这四排房子，在全机电，你全家人抬得起头吗？”雷文气呼呼地说下去，“人说话办事儿……得拍拍胸，问问良心。”继而又哀告道，“师傅，咱爷儿们得拍拍良心呀！”雷文羞得要哭了，只好把话打住。

没等雷文把意思说全，老葛自作聪明地插话：“家丑不能外扬，咱俩不说，彩凤不说，谁能知道？这年头，国家的事都说不清楚，生产上的事儿都忙不过来，谁能顾上谁，不都是各扫门前雪嘛。”

雷文怒吼道：“良心上知道，良心不得安吧？爱就是爱，恨就是恨，谁跟谁是一家子，那女人是谁的婆娘都放到光天化日之下。若这样，男的刨狗洞，女的吃流食儿——猫狗的日子彩凤也不干。再说，你那俩儿子可厉害了，孩子一天比一天大了，也不会容许这样过下去——人不人，狗不狗的日子。这会儿，还没怎么着你这俩儿子就用那眼神儿看我，今后，你、我还有彩凤怎样面对他们？那日子叫日子吗？”

雷文绝不是危言耸听，拿大话哄人，近个把月——自从跟彩凤上床后，他吃尽这个苦头了。大树沟娃儿们围攻尽忠，他出面保护，碰到了尽忠那傲慢的拒绝态度，他寒心了。

听了雷文这句话，麻子茫然若失，那头低垂得几乎趴在桌面上了。

趁热打铁，压不住情绪的雷文还得再说几句，想把师傅的思绪扭到正道上，“话我说得够明白吧？我撤……要不就你撤——跟彩凤正式离婚，都重新过自己的日子，时髦的话叫过幸福生活。师傅你的声望和经济地位都不错，找个条件相当的对心思、对撇子①的准能找到，何必受这个罪。再重复一句，我撤是想彻底离开这沉沙，到个没烦恼的地方，一走了事，不再蹚这池浑水了，累了，想轻松地结束这场梦。”雷文慷慨激昂地陈词。

“说得漂亮，良心在哪儿，良心能值几个钱，谁见过？”老葛在嘟囔，声音很低，带着哭韵，近在咫尺的雷文都听不清晰。

掐着他的话头雷文反驳道：“没见过谁扒出心来让人看过，不都这么说嘛。”接下来，雷文像这酒场开头时麻子对他装腔作势做报告那样说了几句大道理，“良心就是西合营俺老爹说的一个爷儿们一辈子要行得端做得正，办的事儿自己心里平静，对得起人，不愧疚，对得起自己，不拧着心说话，更不唱高调。说出去的话，许出去的愿，得实现，不放空炮，也让自己平心静气地过日子，吃得饱睡得香。”

说到此，雷文联系了点儿实质问题：“我是爱彩凤的，抛开打小她把我抱大是我的奶姐姐这层关系不说，我们对心思嘛，彩凤更爱我，这样谈论爱有点矫情了，但不用这个爱字找不到可替代的词汇，只好还用。彩凤爱我爱得掏心掏肺、死去活来，这点我体会到了。兴许你家小萍妹子也有这种感情吧，不然为啥到这把年纪了还这么伺候你……珍惜吧！”

“爱是一回事，能不能嫁娶、一生厮守白头到老是另一回事，有这个心也好嘛，在外国电影里这叫暗恋，《红色娘子军》中吴琼花不是暗恋着洪长青，《野火春风斗古城》中的金环不是暗恋过杨晓冬？暗恋就暗恋嘛，没关系，不影响过日子的。爱和恨都放到明处，正大光明，这就叫良心，这样才过得坦然。你说的让我走的那条道，错了，千万千万莫再提了，打死也不干。”什么事儿？雷文不便再说明，那是多么难听的词汇，“拉偏套”呗。

说了这大半天，对牛弹琴了，换回了这老东西的一句话：“……你来家，我避开，不能先试试吗？”连着絮叨了两三句。

“试什么？”雷文吼着，恶心，恶心，一刻也不想再坐了，抓起饭盒直起身

---

①对撇子：方言，指对脾气。

子就走。

跟这种混人、熊包、熊瞎子不能再谈了，能有个甚共同语言？他后悔今晚凑到这里来，喝这窝心酒。

雷文想一步离开，又不忍心离开这混人、这寡廉鲜耻的人，心想：师傅呀，可怜虫！媳妇俊丑，真这么重要吗？天仙又能咋样？为留住个小俊媳妇这样低三下四，说违心的这些话值吗？他看到这个瑟瑟蜷缩在椅子上的老葛委实心酸，不愿做得太过。这人委实也是个人前叱咤风云的人物，毕竟是自己的师傅嘛，咋说也得给留个台阶吧。于是他硬着头皮赔罪道：“师傅，你接着喝，我喝多了，头疼得很，我得回去睡了，真的要回去了，求师傅谅解，改日谢罪好了！”

“滚！滚！滚吧——不识抬举的东西，今后再也不想见到你！”

雷文不再理这混人，一脚到了门外。

“让我离，没门！等着吧，爷爷有法儿治你！等着后悔吧！”

随着老葛的吼叫声，从身后打来一包子东西，硬邦邦的，半截散开了，天女散花般地擦肩而过，原来是吃剩下的那半包猪蹄子，还有花生米。雷文这才记起这猪蹄是他买的，骑车跑到街上买回来的，正犹豫捡不捡时，后面的狠话到了：“小子，自重一点，不怕枪子崩了你就狠……再动爷爷家的彩凤，爷爷就捅了你！”

“咋了？咋了？”门房的门子“嗵”的一声响动，老郑从屋里跑出来，挡住了老葛的去路。

人，特别是男人，麻子这空手逮野猪的横茬儿，今天竟求到他这徒弟，这主意太恶心了。人怕打脸树怕揭皮，他真的翻脸了。他想，你先别得意，有你小子后悔的时候，爷爷让你闹个鸡飞蛋打，人财两空！

风停了，彻底停了，眨眼的工夫，望到了北斗星。雷文借着星光灯光，踉踉跄跄地回到十三排房子，险些错进了隔壁的房间。仓仓皇皇，他把自己放倒在床上，但心里明白，清凉清凉的，幸好屋里没别人，都上夜班了。正是：

> 金雷文一语“好马不备双鞍”，
> 葛存义两度制造情侣长离十五年，
> 一生几度“十五年”，涕沾衫，涕泪涟涟，肠欲断。
> 陈规鬼魅派生大冤案；
> 麻子幕前幕后害人害己，
> 搞出一出天长地久加万水千山，

一个北国，一个川南，长相思，涕涟涟，
离别情，情深似海，
终生怨，怨恨如山，
年后喜得春风化雨，
人间悲欢，两度花好月圆。

19

可怜天下父母心，小韩也真是的，对象也得老人操心。沉钢原料分厂的韩书记——那个韩金贵，苦哇，为女儿小韩的婚事又坐汽车又坐火车跑到蔚州来找这雷文帅哥说话。唉!这可是找上门赶着的难事。帅哥雷文可没有耍滑头，把应该跟妹子说的话都跟韩家老汉说了，但又需要老一代的帮助提携，还得跟老领导藏藏掖掖，就像在沉钢一样，既尊重老主任赵桐的庇护，又受到那种判罚 ，但也不能伤了老人的心。这会儿的小韩的爹和水仙的爹在这里斗法，这小伙儿被俩爹争夺，这类爷们儿对爷们儿的较量小伙子谁也不敢得罪，谁知道哪棵树结果。也不怨后生三心二意，本来人家彩凤现成的丈夫和俩儿子放在那儿，这里俩美女等在这儿，还在竞争，下一步棋还没定数。

啥意思？韩金贵老汉回到代王城，还提回了后生的酒，还给披回了件棉大衣。这是啥意思？父女揣测着对方雷文说过的每句话和每个行动细节，终也没真正弄明白这小子啥意思。老汉不吭声了，他怕引起女儿的不爽，也好观察宝贝女儿的态度，突然小韩眉开眼笑起来，俏皮地道：“我知道了，这下爹当了‘老地主’，有人给你提前交租[①]来了。”

“看你个妮真坏！”

父女俩决定收下酒，大衣也暂不送回去，照老韩的话说，叫留个念想。

搞对象真费劲儿，这个下午，这俩仨钟头，金雷文勉强过了这一关，偶尔皱起眉来，心灰意冷起来，动了去龙泉寺找爷爷当和尚的念头。

蔚州小北川，全天都刮着风，是春风，呼嗒嗒、呼嗒嗒地刮着，像娃的小手挠痒痒那般，痒痒的，又暖暖的。这后生走了桃花运还是厄运说不清。

一波未平，一波又起，第二天傍晚时分，坐在一个角落闭目养神的小蔚州听到有人呼喊自己的绰号。

“‘当头炮’，大门口有人找！”这是一个同龄的棋友在喊。因为小蔚州下

---

①交租：北方农村人戏称女婿买礼品孝敬老岳父。

棋爱用当头炮才留下了这绰号。又因为整天泡在一起，熟了，亲了，不再称他的官衔。

“谁找我？”

“不知道”

“长得甚样？”

“一个脑袋两条腿，俩耳朵俩眼……”

“贫，贫，是不是？”雷文不耐烦地接着追问道，“没时间耍贫，高个还是矮个，多大年岁，姓个甚？”

捎话人这才一本正经做了介绍，好像是个开小车的师傅，二老汉了，小个子，小脑袋，小鼻子，小眼儿，挺精神的，好像姓庞吧。

雷文猜到是谁了，准是那个叫庞信的——麻子的朋友。这人在雷文的脑海里是个恶心茬口，一提到这个“庞”字他就想吐。宋朝不是有个卖国、迫害忠良的庞文吗？

“他来干啥？”雷文愤愤地说。

“好像是拉着官儿来的，官儿是口上的。”

“他调到口上了吗？”

“不知道，快去看看不就知道了。”

没容多想，雷文抬屁股就想朝大门口走，没走两步，茫然停住脚，一把拉住捎话的那位工人师傅说：“兄弟，求你个事——求你回到大门口代表我看看那老庞，说我正忙着，特忙，抽不开身，有啥话跟你说就好了。”最后跟了一句，“就这么说。”

送信那人道：“你有啥忙的？不是在这儿歇着吗？人家大老远来的，我不去！”

“不！哥儿们，你不知道，刚才老大说找我说事，让我就在这儿等着，能走开吗？”雷文说的“老大”是暗喻，是外协对口单位——军工保密厂来的代表。

捎话人说：“那可不行，那人给你带来个包袱，说必须交到你手里。”

雷文怪异地自言自语：“包袱？给我的包袱？谁捎来的？……”

“磨蹭啥？快去看看不就得了。”身旁来了个人推了他一下说，“走你的，老大来了哥替你顶着。”说这话的人是铸造棚段长。

小蔚州闪身快步到了厂子大门口，找司机老庞，不见了，找要留下的包袱，也见不到。门卫告诉他说人家走了，说有急着要办的事，回了小南门。又说就住在小南门了，没提包袱的事儿，人家叫你今天晚上去，明儿个人家就回口上了。

雷文听罢觉得扫兴，怨自己磨叽，快走几步不就能见到老庞了吗？在他的眼里，老庞是凶神，一提这名字就反感——他从彩凤那里得知，破坏姐弟美满姻缘的麻子的第一大帮凶是那王八蛋混崽，第二大帮凶就是这庞矬子了。拐卖二姐的坏主意兴许都是矬子出的，该千刀万剐的东西！

但这会儿不见不行，得要包袱。

谁捎来的包袱呢？是老葛还是盟兄莫义顺？多么大的包袱？东西还在他手里，得必须见他，算是求那王八蛋了。哼！小蔚州这样愤愤地想着。

小南门即蔚州县的第二招待所，上面来的人住的地方。

小南门跟政府大院、县驻军营区、县人武部一样，戒备森严，眨着神秘的眼睛，虽没有荷枪实弹的人员把守，也弄得草木皆兵。这里距国境线也就几百公里，属于国防战备一线。

晚饭后八时许，金雷文去了小南门，管理严得很，他在传达室登了记，等在门房里。

值班员把来客的电话打到总机，总机又联系了排子房客房的分机，电话打回来让等着，雷文坐在长板凳上耐心地等着，一等个把钟头。

小南门不是衙门也像座衙门，不光难进，在这里找人等人也难，真像是“三步台阶宫廷殿宇”那般戒备森严呀，有一点儿响动，大惊小怪。

值班室的外厅也算个小会客厅，按规定这是防火防爆级别较高的单位，不让抽烟，又无人说话，干等呗。按理说雷文在的城南铸造厂是县里的大厂，车间干部也应算科级，大小也算是个中层领导，可到了这儿也得装孙子，坐在冷板凳上干干等了个把钟头。值班人员在外边的房子值守，这内厅只剩雷文一个人。

屋外刮起风，这里正冲着壶河水库那道口子，风也不小，裹来一派诱人的青草芽子气息，涩涩的，又香香的。招待所的西北墙角是在河沿上修起来的，那条半宽且陡的蜿蜒小河沟子似乎近在咫尺，仿佛能听到牛嘶般的流水声。金雷文的耳音心音呀，随着这风声流水声逝去，回到十年前黑洞洞的大金家村的苦难深渊。

“娘呀！你在哪儿？二姐呀！你在哪儿？”这后生内心悲凉地呼喊着——刚刚团聚的二姐这个亲人像又一次被狼叼走了，又一次被山洪冲走了，冲得迷雾重重，无影无踪。雷文又回到了十年前，一个孤苦伶仃的山里娃，哭闹着，扯着嗓子到处找姐喊娘，娘和姐在哪儿？娘和姐真的被狼叼走了吗？谁信呀！凶狠该挨枪子儿的野狼呀，等着吧，等到有一天，非剁了你不可！恶狼在哪里呢？就在近前，麻子算狼，老庞算狈了，老庞能算坏人吗？参与倒卖人口的小个子，算一个拐骗犯不亏他吧？一会儿就要见面了，仇家相见，应该分外眼红吧。照十年前的心境，定要生吞活剥了他。可若那么莽撞，要坏事的。今儿个是自己求人家嘛，得拿这小司机当大爷看。

屋门子开了，小个子庞信好像急匆匆闯进屋子的，“晚了晚了，让你久等了。”他一连声地喊着。

这个神气十足的中年汉子，一身崭新军绿服装，昂首挺胸，显得倍精神，随着门子开合，裹进了一团风沙和春草芽子香气，同时也裹来一股大粪气味。

“是小金呀？”

“是是，庞师傅！”

“来到老家当官了是不是？”

“哪里是官？不还是个带班干活的。”

俗话说，树有多高影子也就有多大，老庞今天拉的是地区的一个大官儿，也就更神气了，接待规格不低。他解释说下午时间急迫，留了句话就回来了，不敢耽搁，领导要车就是急茬儿，得盯着。

“是是，领导工作重要，我迟了几分钟到厂门口你走了，我抓了辆车子追出来，那自行车可没轿车快，晚了晚了，没寻到你的影儿。”

庞信听着这话不对味，谁叫自己没多等一会儿呢，自己这不成了兔子了。这话听着恶心，但他也没法反驳，算了，走着瞧吧。老庞这会儿想起来有些扫兴，甚至有些后悔，为了几个钱拉那皮条拆散了人家，确实也够缺德的。

春风深谙人意，春草芽子的清香气息中和了屋子里的不和谐气氛，把俩人的谈话拉回到和谐友善的场地。屋子的东墙摆放着一面墙的高架子，架子前放有三步台阶的梯形木制品，不知做啥用的，兴许是寄存到这里的。进到屋子里的庞信就选中这块地儿了，抢步蹲坐上去恰恰跟小蔚州坐成了个对角线，雷文倒显得矮了不少，庞信给自己弄了个居高临下之势。

“庞师傅，给您添麻烦了。”小蔚州雷文压抑着一腔的不快这样说。毕竟真的给人家添了麻烦，要取的东西还在人家手里，不过终归心里不是滋味，暗暗骂着这神气十足的车夫。

“不不，小意思，小意思。”这是庞信，显出他的从容、大度，像是小事一桩，又高高扬起手臂，瞅了眼表针——他腕上的表闪着丝丝光亮——和墙壁上的挂表对了对，回过手来抚摸了一下胸襟上的像章，又抚摸了一次。这会儿的小蔚州雷文可不管这些，他全副精力贯注的是接收包袱。矬子老庞进屋出现在后生的眼里两手空空，没带来什么东西，引起了雷文的警觉，难道东西放在别处，难道在捉弄自己？不会吧？

“给我捎的东西呢？”雷文问。

“莫急，在车里了，回头就给你——一堆破球烂蛋——不想捎，不想摆在人脸前，塞后备厢里了。”

这话不顺耳，怎么平常话让他也说得这么带缺德味？但还得问下去。雷文皱皱眉，“谁捎的？”

矬子不由得一愣，屋里的气氛登时凝聚成一团火，要爆炸了。老庞屏气听了听，幸好屋外无动静。

“还能有谁，你的亲戚呗——你姐夫。”老庞说。

“捎的啥？”

“杂七杂八的破烂呗，打着包哩。是不想让咱老厂外的人看吧，封得那么严。我捏了捏，好像有棉衣服，暄乎乎的。还有锅铲、勺子一类的小器物吧……一大包，可分量没多少，看看就知道了。”说到这儿姓庞的自作聪明地跟了一句，“看来这是你姐、姐夫让你安家用的了。”

一提到“安家”俩字，像两根针扎在雷文心窝上，一股不祥之感笼罩在头上，近两天他老感到眼跳，难道二姐跟那老麻子离婚的事儿彻底泡了汤？

“他俩在哪儿？”雷文急着问。

“不知道。”庞矬子答得硬气又若无其事。

小蔚州理直气壮地质问：“这东西咋到了你手里？还让当面转交？”

“是，是，是在沉钢交给我的，那是半年前的事儿……那时还不知道他要调动。”

“咋拖了这么长时间才交给我？”

“你姐夫不让早交给你。”矬子自鸣得意地说，“受人之托忠人之事嘛，再说当时也不知道你在哪儿。”

装孙子是吧？雷文暗暗骂着，接下来小蔚州连珠炮般发问：“你在地区重局工作往各县跑，不会不知道有个城南铸件厂吧？”他气炸了肺，又见矬子继续忽悠他，实在摁不住火了，才这样噎他。

“一堆无用的东西，迟交早交，有啥？”老庞反唇相讥。

“咋个知道我无用？难道老麻子跟你说了什么？”雷文越说越窝火。

“莫多想，也别麻子麻子地叫好吗？难道老葛不是你的亲姐夫？”

“姐夫？屁！土匪！强盗！黄世仁——”对方的一个“姐夫”刚出口，几乎使小蔚州气炸肺，恨不得逮着葛存义生吞活剥。

“东西，你不想要了吗？”

“凭什么不要！这是我的东西，这叫物归原主，我的人呢？”似困兽犹斗猛虎里拔牙，金雷文嗷嗷地叫起来。

小个子庞信明白小蔚州说的什么，“人”又是指谁，老葛家和金家这桩公案他一清二楚，本来就是他参与策划制造的，也算当事人之一。他给葛麻子当了军师。见雷文说话一声比一声高，矬子怕了，那葛麻子是活捉野猪狍子的愣头儿青，这小蔚州是南山拳王金忠烈的孙子，这小子和麻子交过手，把麻子弄得一个跟头，俩爷哪个爷都惹不起，光棍不吃眼前亏，切莫当了替死鬼，想到这儿，他急忙扭转了话题解释道：“不是我不交给你，是你姐夫让听他的电话，五天前我接到他打过来的电话，这不借着送地区领导的机会给你送来了。”庞矬子说得倒风和日暖若无其事。

“姓庞的，今后在我脸前莫再说姐夫这俩字，长点记性！”他吼着，拳头攥得“咔咔”响。

“好好，你是大爷，给你来服务还遭数落！小爷爷，你可记住冤有头，债有主呀！姓庞的可没得罪你吧？”

“没你的事，没你的事，快给我取东西好了。”这是小蔚州，其实对方啥人他都清楚，但雷文也是个不吃眼前亏的主儿，这当儿拿到东西为上策，找机会再收拾这坏种。

这期间，庞信告诉他不能马上取东西的因由：东西在车里，车停在领导住宿的窗子下面，待领导睡了后取更方便些。

其实，庞信多心了，雷文是打小谋着干大事的人，可没那么小肚鸡肠，他守着严于律己、宽以待人的信条，还遵循着冤有头债有主、冤家宜解不宜结的准则。庞信帮助麻子葛存义制造了那起绑架买卖婚姻案，三年前雷文就认识常来找麻子的这帮凶仇家了，但这家伙不是元凶，报仇也得先对麻子葛存义而不是他。要想报复整治这小矬子的话，雷文有很多的招数和机会，只是大人大量没那么办而已。像有一次这矬子从外地到沉钢，麻子正在现场抢修，他冒冒失失地到小轧车间找麻子，于是陷在两条火龙般的轧线材之间，吓得叫爹喊娘，正好被在现场的小蔚州看到了，是雷文冒着风险近前把他领过来的。还有一次也是矬子找麻子，在土烧结场地他若向前多迈一步踏进地窖内，那两条腿就甭要了，又是亏了雷文喊了一嗓子救了他，否则，这家伙送不了命也得残废。

在葛存义、金雷文争夺一个女人的问题上，庞信一直袒护麻子，尽管麻子不地道，手段实在恶劣，但那会儿在农村的偏僻地带，又老又丑的邋遢男人找媳妇真难啊，都这么使钱。人家麻子花了上万块，金彩凤就是朵花也得让人采。后来情况有变，庞信慢慢对小蔚州有了好感。经过这点点滴滴的闪光的恩怨情结，也听到过彩凤被打折肋骨的哭诉，这庞信似乎慢慢同情起小蔚州姐弟来，人家本来是恩爱的一对嘛，活活让自己帮助麻子把人家拆散了，弄到这悲惨的地步。不说金雷文几次有恩于自己，但凭人情也是作孽呀。偶然想起这些，矬子再也不敢更不情愿给小蔚州使坏了。

风越来越大了，沙粒打得玻璃“丁丁”作响，也打消了俩人对话的尴尬，冤和仇总也有个到头的时候吧。

“庞师傅，我姐她俩这会儿到底在哪儿？”是小蔚州。

这后生说的俩人包括仇家葛存义和他深爱着的彩凤，相提并论了，为啥这个提法——把恨得咬牙切齿的麻子和爱着的二姐捏合在一起提，这是雷文对此有了看法——这个姐难道食言反悔了，对老家伙屈服了，俩人合伙骗自己，躲避自己？唉！女人嘛，想到这儿，他苦恼极了。

庞信若无其事地摇摇头道：“不知道！”并勉为其难地肯定说，“真的不知道。”

“姓葛的不是给你打过电话吗？你没问他在哪儿？”雷文严厉地问。

“电话说完他就挂了，我问他调到哪儿，他只说在山里。”

“山里是哪儿？”雷文追问。

“山大了，我也说不清哪座山，好像有个龙字。”

“龙什么？”雷文揣测着问，“什么龙呢？”又猜道，“本地区的厂子都有哪些叫龙的？”

庞信说：“龙佛寺、龙家营、二龙庙、龙关……说不清了。”

小蔚州登时感到天昏地暗，有一种被凶龙缠绕的感觉，像被这群恶龙凶龙戏耍着，吞噬着。极度暴躁彷徨间他喷口而出问出了下面的话：“你见过孩子疯了般地找娘吗？”

庞信立刻回答：“都是村里出来的，受到了欺负遇到了危险，娃子要找的第一个人就是娘。”小矬子附和着，顺着后生说。

“你找过娘吗？”

“没有，我从小没娘，跟爹长大的。”庞信觉得这话答得有点勉强，但像有种力量挟制着不想说又没办法不说。

“我也打小没娘，有养母，你知道，我是从小在养母的炕上跟俺姐也就是彩凤一起滚大的。也可以说是她把我抱大、背大的，所以我第一个要找的就是这个姐。”

说到这儿，小蔚州又疯又痴地高呼起来：“二姐，二姐，二姐呀，你在哪里？”这狂呼声吓慌了小矬子庞信，也惊动了值班室的人员，探身问道：“咋回子事？”

庞信急忙对着值班员打圆场：“没事，没事，晚饭时喝多了。”

小蔚州喝没喝酒庞信不清楚，钟情又是为个甚也说不清，为什么？为个小娘儿们值得这么疯疯癫癫吗？在庞信的观念里，男男女女不就是这么回子事嘛，嫁一个嫁俩先嫁谁后嫁谁有啥了不起的，娶媳妇不就是为找个窝儿嘛，这样大惊小怪，太不好理解了。

雷文全然不去理会矬子和值班员的对话，又接着吼了两句，情绪才慢慢平静下来，怕事的庞信只好附和着，恨不得找空子把东西交给这小疯子赶紧打发他走。

半疯魔的雷文在自言自语：“二姐，二姐是我的命，我是把她当娘看待的，咋能没有二姐呢？”

“是应该当娘看待，是应该找到她，和她长期在一起过。”庞信附和着。

“好，好！我不能没有二姐。我就是这样想的，俺俩本来就是一家子。”情绪过激的金雷文似乎甚也不怕了。

“过日子总要有点儿物质基础吧，这不人家俩人还给你了个包袱……”矬子借此跳出了重围转到下个话题，“咱去取包袱好吗？”

“好，那，咱这就去。”小蔚州的疯劲立刻降温，也就坡下驴。

不知咋的——是献殷勤还是挑事端，临出门子前矬子避开外人透露给小蔚州一个秘密：“她怀孕了。”他指的是彩凤。

“谁？”雷文惊讶地追问。

“还有谁，你那个姐呗。”矬子说到这儿，压低了声音挑逗似的问，“你的吧？”接着又补充了一句，“听说快七个月了。”

雷文没有吭声，脸腾地一下红了，立刻沉浸在一种要当爹的幸福中。尽管他不明白庞信说这话的意思，但这信息总是人家告诉给自己的，也算一“恩”吧，可不能再说不好听的话了。

打开会客室的门子，他这才发现，轻飘飘地随风下着小雨，是春雨，喜雨。

“春雨贵如油呀！”这是养父金老三和师傅庚爷，还有老主任赵桐多次说过的话。后生登时心情好了些，有一种要转运的感觉。

西山半坡突然对角形地打出两束电光，电光画了几个圈儿次交叉交合到一点上，又慢慢撤回到原位，继而消逝在群山间。与此同时，雷文听到了“嗡嗡”的机器响声——那是飞机的响声。雷文明白又不敢多想，那是空中有情况，可能是驻军的一次跟踪侦察行动。

面对着春雨，憧憬着未来，面对着西山，想到眼前紧张无序的战事气氛，小蔚州升腾起一股又甜又涩又酸的复杂情绪：国际形势这么紧张，生产这么忙，我整天这么婆婆妈妈的，我这是想啥了？想起啥来了？

这是啥时候，都想啥了？这是小蔚州当时的心绪，无形中他自责起来。

“接住，这是块破油布，给你了。不是下雨了嘛，遮挡一下兴许管点儿事儿，连这草帽也戴上，兴许多少管点事儿。”这是矮个子庞信。

老庞发起了善心，搜罗了半天，找出两件不成器的遮雨物品硬塞给了金雷文。心事重重的这文娃子精明的精气神都跑了，木头人般地听老庞摆布，连个谢字都忘了说。见物伤情嘛！二姐，二姐呀！

西山坡的光束又亮了，仍然像刚才那样闪过来又闪过去，传来老庞的又一次嘱咐声：“……下大了就找个地方避避雨再走。”他倒有点像老人般唠叨开了。

“我怀孕了，怀上了你的孩子。”“真的？”“……千真万确，未挑盖头，先给你留下根！你的种儿。”这是大树沟里一串甜美的令人企盼憧憬的对话。八九个月前，沉沙大树沟的月亮光下，彩凤透露心迹的这些话又响在小伙子的耳边。是甜，是涩，是凄惨，终究也是希望吧。

当夜，城南厂厂区里一间单人寝室，那寝室原来是宿舍兼办公室，昏暗的灯光下，乍暖还寒的屋内凄凄楚楚，院子里一片寂静，雨淅淅沥沥还下着，看着包袱，再狠横强硬的汉子也滴下了眼泪，这是谁的主意？是麻子一个人的道道儿？彩凤又在哪儿？知道不知道？……有些东西可能麻子老葛是不知底细的，捎了回来，表明个啥？缘分尽了吗？彩凤是自己十几年前就定下的结发妻子——那是东邻西舍都知道的事——就这样算了？算了？死心了吗？弄得小蔚州心头的这个疙瘩越拨拉越紧。“二姐呀，二姐，你在哪儿？”

包袱没有学说的那么大，也真的不太重，虚虚胖胖得像个棉包，是那件军棉大衣和那件棉裤占了地方的缘故。其他零碎巴脑凑到一块也没有半兜子，是有小炊具。那件棉裤是弟弟拿到姐那里拆洗的，是姐弟间情感纠葛的主要信物。

雷文被开回老家，临别前让人家告告别，识趣的葛存义早早躲出去上班了，来接弟弟的雷军心疼弟弟没有为难他。本来是“开除”嘛，按“解聘”处理的，得让家里人来接，代表厂子已经把人交回家里了。应该是由生父或养父来接的，养父老羊倌金老三办不了这件事，生父金振川嫌丢人，自己不愿出面，推给了在果树场工作的他哥雷军。金雷军这会儿同情他俩了，没办法，硬着头皮来了。雷文向方方面面的人辞别，做得都很体面，不像是被开除，倒像是应征参军。老主任赵桐给足了面子，还给开了个小型的欢送会，再说，赵桐也不是完全同意官们的“决定”。“泵房捉奸案”这风波在钢厂和沉沙街上影响太大了，总得处理几个来收场，管你冤不冤，总得有这么个垫背的。赵主任对雷文几年的工作业绩给予了公正的评价，定的调子是年轻人更像一颗螺丝钉，哪里需要就拧到哪台机器上，城南厂需要技工，沉钢只有忍痛割爱了，调回家乡后，小金段长可以照顾年迈独居的养父嘛。戏看似唱得圆圆满满，但都是糊弄鬼的，知道内情的工友谁不惋惜，这么文武全才、身强力壮的能人生生被挤走了。段长老踮含着泪讲了几句公道捧场的话，鼻子一酸哭出声说不下去了，最后一句惋惜的话是：“只要我老踮还在位上，说话还有人听，过几年就要求把你请回来，人才嘛。”会上雷文没有哭，他有大将的风度，不光讲了些对沉钢的留恋，还大度地留下了对沉钢建设发展的建议，真真令人刮目相看。

钢厂对雷文处理过了头，杀鸡给猴看的——本就是派性流毒制造的一起冤案嘛，领导间栽赃陷害，雷文做了牺牲品。群众有看法，小话不少。

“多么大的事儿就给开回家？还不一定是真的，真的咋了，不就是男人女人这点儿事嘛。”

“出檐的椽子先烂，丢出去的是块好钢呀！唉！沉钢这叫办的啥事儿呀！”

“找老主任，找他有屁用？都是没有骨头的，还不是看着小个子的脸色行事。”

“不是听说人家小蔚州上面也有人吗？”

“处理一个工人哪会引起那么大的动响？有人兴许也靠边儿站了。”可不，那会儿几天变一个局势。

“等着看吧。”

万事俱备，就差文娃子和钟爱着的二姐上火车站前再见上一面了。不算生离死别，也凄惨得唱成了“走西口”。

西去的火车开车前的俩仨钟头，四排房子5号小院的家中没别的人，就是安排这对情侣幽会的。麻子走了，捎走了午饭，说定不回来的；俩儿子早早被支派去上学了；邻居们上班去了，像是把影响两个人说悄悄话的钉子都拔了。

还有多少话要说？该说的话——卿卿我我的那些甜言蜜语在大树沟都说了，该做的都做了，一点就明白。不外是搂搂抱抱亲亲嘴，都到了这种程度，那很自然，太出格的事没敢办。人不是猪狗，总要有个脸面嘛，不然这里折腾着突然闯进个送行的人来怎么办？不羞死。余下的就是“离别后让人不放心”“睡觉时脚莫露在被子外呀”“伤的部位莫着凉”“凉饭热热再吃呀”……这些婆婆妈妈的话了。

“带上这双毛绒袜子，姐给你连夜织的，黑灯瞎火把握不准尺寸，快穿上试试合适吗？”女人的眼哭得肿成一道缝了。

以丈夫自居的弟弟说：“不试了，准合适，姐的手天天摸我的心嘛。”

“那棉大衣呢？还是你带走好吗？再买还得花布票，到了个新厂也不一定发。”

“不不，给你留下了——就留给你穿了，你胸口那伤……”他又不经意间提到了被麻子打伤的两条肋骨——捅到心口上的伤痛处，“……需要长期保暖才对，留给你长期穿吧。”这话说得勉强，不是说好俩仨月后，跟麻子离了婚回大金成亲嘛。但是那话俩人说得都底气不足。

“留下就留下，披上这大衣就像坐在你怀里，再冷也暖烘烘的，天大的事儿也不怕。”女人说到这儿突然发问，“留给我，冬天你穿什么？买新的得花一丈布票，要不姐给你布票……”

雷文说：“莫管了，到时间就会有的，实在买不来新的我就回大金向大（养父）要件老羊皮袄穿好了。”

“那多难看，让姑娘们看了不笑掉大牙。”

“你凤儿不在身边，我还让谁看？！”

“给不给谁看，凭你了，看你的良心在不在，慢慢姐就老了。”

“姐可不老，姐嫩得还像一朵花。”

“莫耍贫嘴，快来娶姐好了。”女人这话带着哭韵。

这棉大衣也有一段感人的故事。去年初冬，在沉钢厂区道口的空场看电影时，彩凤带着俩儿子坐在中间一排的砖头上，天慢慢飘起了雪花，演的是《朝阳沟》，加放湖南花鼓戏，甭说飘小雪，下雨打着伞也得看下来。站在后排的雷文看到彩凤娘儿仨冻得挤成一堆，立马穿过人群，近前把从自己身上脱下的棉大衣披在那瑟瑟抖动着的二姐的身上。带着强壮小伙儿的体温，带着一盆炭火般的热力，一股热流温暖了小俊媳妇的全身，当然彩凤也把俩孩子统统揽到怀里，旁边的人羡慕至极，谁不夸金彩凤有个好弟弟。当时小俊媳妇是没有忸怩礼让的——

这时在她心目中他再也不是那个弟弟文娃子了，他是自己的男人嘛，他就得这样疼自己、对待孩子。此后彩凤几次提出还棉大衣，雷文拖延着没让还，说就给姐穿了，彩凤也没真还，拖到春夏出了事——“玉米地泵房捉奸案”——再想还给雷文也不方便了。

故事回到了俩人生死离别的这一天，彩凤又一次打开了床头橱柜，哆哆嗦嗦地取出那条待拆洗的棉裤，不好意思摆弄，又不能不摆弄，委实十分内疚地说：“姐拖拉了，棉裤还没来得及拆洗，带走还是不带？”雷文蛮不上心地说：“带吧。”彩凤说：“带了咋办？”她捏捏棉裤的后腰部责备道：“不老实，天天蹴屁股咋了？这里都单了，带走咋穿？”“我找个人拆洗一下就行了。”“找谁？能找到合适的人？”“交给俺哥，让俺嫂子拆洗算了。”“不中，不中，家里人知道你有了我——有了媳妇，还推给人家嫂子合适吗？”“不是还没过门吗？又离得这么远。”“说傻话，没过门就不是媳妇吗？留下吧，拆洗后姐给你重絮絮捎回去，还有仨月吧，把不准到那会儿我跟麻子离了，过了门，人到了你跟前，棉裤自然就到了。”这彩凤想得多么美好。

彩凤和雷文设想的“好事儿”都落空了，他俩低估了对手，那个老葛不光不同意离婚，还把事情做绝了，缺德到带着小媳妇跑了，跑了个无影无踪。

跑到哪儿了？哪座山，哪座庙，还是哪处海岛呀？

回到八个月后城南铸件厂的这间屋子，小蔚州望着包袱里的这堆东西呆若木鸡，心呀，又凉凉的！二姐你在哪儿？！你到底咋想的？你瘦了吗？你会瘦吗？闷煞弟弟了！

展在那儿的包袱皮是条整麻袋，展开前确实缝得严严的，拆口处还封有防拆的帖子，弄得神神秘秘的。归还回来的物品不外是棉大衣一件、棉裤一件、儿童军帽两顶、像章五枚、盒尺一个、儿童力士胶鞋两双、学生铅笔半打，还有勾过墙缝儿的小抹子、刷墙的刷子、自己写了字的学生作业本和自己教二姐识字算题的本子、高小初中的课本，另外还有几件小炊具。够了，够了，送给二姐的和二姐有关的东西都在这儿了。麻子好狠毒呀！二姐若也有这个意思的话也太绝情了。这不一丁点儿“念想”也没留！炊具做啥？不就是让自己娶妻成家嘛。

这是一堆他赠送给彩凤母子仨的家当，全部退给了自己，啥意思？形势突变，风急浪激，小蔚州的心呀，凉透了。

“好狠心的老麻子！刁钻的老麻子，你这是想把我金雷文的影子从你妻子金彩凤的心窝里、脑海里、记忆里一股脑儿洗掉呀！好恶毒呀！你那俩儿子都是我救过的，是我给了他们第二次生命，咋不也领了来交给我？做得到吗？”小蔚州这会儿还这样痴情地想着，思考着。他咒毕麻子，脑袋空空的，再也不痴心幻想了。他像是再问：我做得到吗？跟俺这个姐不算恋情算亲情，足有二十四年了，能把她从记忆中抹掉吗？

这时的雷文像过电影般地把近些年和二姐交往时送给二姐的东西过了一遍，起码还有两件没退回来，一件是那件珍贵的定情物——在显赫营打造的凤头饰品，一条银质的簪子，还有就是留在彩凤体内的那条小生命了。他从老庞的嘴里得知，孩子要生了，那条小生命保住了，那难道不是最大的纪念品吗？同时他也从另一个角度想，那是自己的根，麻子当然明白孩子是谁的，还没做绝打掉孩子，让彩凤把孩子生了下来，这算最大的善意了吧？！

小蔚州不解的是这件军绿棉大衣明确是送给姐姐穿了，怎么又送了回来？打从她被丈夫打伤后，她就经常披着这大衣暖身。照她本人的话说，披上这大衣就像弟弟在身边，大衣显现出的魁梧身影对暴虐的葛麻子是最大的威慑，就不会怎么着她了。这小婆娘想得过于简单了，越是这样的物品越发成了麻子的眼中钉，起因就是这是雷文送她的。他更不解的是，棉裤说好是拆洗后送还的，咋个没拆洗就拿回来了？难道姐真不要自己了？也不嫌棉裤的屁股处单了冻着自己了吗？至于那半打学生铅笔、力士胶鞋、军帽、像章、作业本，都是舅舅买来弄来送给俩小外甥的，麻子想让“红杏出墙”的她从记忆中抹掉这一切，也不让孩子心里留下这个舅舅的影子。

一件件包含着生活故事的物品（有的堪称信物）摆在那儿，像一把把亮晶晶的尖刀戳在小蔚州的胸口上。怨恨、委屈、愤怒和愁绪一起涌上心头，他恨不得拔地而起找谁干上一架，找谁呢？能找到谁呢？找麻子葛存义，还是找坏种裘嘉阁、混崽、帮凶庞信？可谁也找不到，连麻子，还有自己的二姐彩凤的影子都摸不着，何谈报仇雪恨呢？愤懑之余，他只好拉灭了电灯和衣睡下，以求进入梦乡赶走苦楚，哪里想到黑暗带不来镇静，万把钢刀挑弄着自己永无宁日的心。

突然一声炸响，那是惊雷，响在当空，雨大了，小雨变成中雨了，继而好像大暴雨到了。再后来光亮从玻璃窗上闪过，他早已经领教过了，那是西山接踵而来打向高空的探照灯。

春雨呀，好好下吧，下得越大越好，驱走了阴霾，赶走了愁绪，快来点儿切切实实的曙光吧。

像个亡了亲娘的娃儿的小蔚州，凄楚地蜷曲成一团，哀号着。

20

不少人爱打如意算盘，金雷文算一个。活着的人只要不是傻子、植物人，没有不追求幸福的。要得到想得到的，要实现想实现的，这都合乎常理，人往高处走嘛。从老百姓嘴里说出来这就叫美梦、梦想或理想。这也就是商家说的如意算盘。梦，总归是梦，结局不好说。

半年前，雷文、彩凤共度良宵待过的大树沟那块地儿，是情人的天堂，是值得大加赞扬的地方。大树沟里这对情侣“谋划理想未来”的那些话——那些誓词般的豪言壮语、甜言蜜语，是爱情中的美好符号，多么美妙和瑰丽！那也可以说是梦，美梦——常人向往的梦。从眼神儿中看得出这对还以姐弟相称的人，不是以泪水洗面哭别，也不是送行的人站在高坡处高高地扬着手，半天不能落下，而是一个壮观的出征誓师的画面。彩凤带着俩娃站在道旁频频向弟弟招手，那一别好像两路友军凯旋在望——庆功喜宴已经摆好，不久就要胜利会师的。

但是梦总归是梦，不是现实，梦醒之后总要情愿与不情愿地接受现实，现实兴许也是糟糕的。

金雷文还有他姐姐彩凤在大树沟分析形势时，太乐观了，错估了对立面麻子的力量。对弈的第一局不光没有达到理想境界——离婚，团圆，走向红地毯，住上理想爱巢，抱上新娃，而是一团糟。大树沟那会儿制定的那么美好的理想目标，这会儿像被一场大水冲走了，文娃子可以说被打了个一败涂地，还一头雾水。年轻人，太轻狂了，头脑太简单了。

两个年轻人太幼稚了，没想到世态如此复杂。

现实生活就是这样，谁都免不了爬坡，兴许要摔一跤，摔跤有甚可怕的，是强者再爬起来，重新走下去，弱者可能一蹶不振。金雷文、金彩凤这对情侣是这样，一次次遭遇不幸，再爬起来重新起步。

雷文被调遣的事真的比较顺利。事后他觉察到或许叫猜到那也是在演戏，演给老百姓看的。钢厂的党委委员赵桐利用了一些关系和影响力在处理金雷文的问题上看准了雷文这个人才，把本来是犯了错误开除“发配原籍”的坏名声，变成了“工作需要支援家乡建设”的正常调动，丑事变成了俊事。

树挪死人挪活，陡然间，金雷文从处处遭排挤“犯了错误”的劳教分子成了蔚州各单位争夺的香饽饽。回到蔚州的第三天，城南厂领导派专车像挖宝贝迎财神那搬接他回厂里，还开了个欢迎会。他这高级技工极受欢迎，进厂五天当了维修工段段长，仨月当了铸造车间副主任。在秋忙秋耕秋灌季节，县农业战线到城南厂求援抽技工支农，雷文带领三个人的维修组到代王城公社支农的任务完成得特棒，不光受到了公社党委表彰，还通过广播名扬全县。西合营机械厂要挖雷文当副厂长，城南厂当然扣住不放，也正谋划让他进入厂级领导班子。

雷文这个平步青云的暴发式新秀，不光事业上飞黄腾达，情爱方面也有躲都躲不开的艳遇，弄得很心烦。县城地面小，城南厂就算大厂了，厂周围的技校、农校、医院、气象站一些工薪阶层待嫁的大姑娘们像苍蝇叮上黄糕般，盯上了这魁梧清秀的大帅哥。其中有两大“美人儿”追他最厉害，一个是沉沙钢厂分厂韩金贵书记的小女儿在这插队的韩家妹子，好像老主任赵桐还打电话想促成这件事，另一个就是顶头上司胡厂长的女儿水仙姑娘。韩家妹子半年内追到他近前接触了十八次，在气象站工作的水仙天天追，缠住不放。谁都猜不透这后生的心病症结。他心里矢志不移地装的还是那个姐，别人再追他也没动摇。

小蔚州金雷文走了桃花运，几乎天天有美女围着，一堆大姑娘盯上了他这块鲜肉，难就难在他如何婉转地解释也逃不脱，难道真让小伙子说：“我还等我姐姐哩。”那样人家不就会说他疯了傻了？你姐姐不是有男人吗？正当胡家水仙和韩家妹子使巧献媚追求这后生争得不可开交之际，半年杳无音信俊俏得倾国倾城的小媳妇彩凤突然出现在他面前，给一潭死水般的后生的心田上投入一枚石子，激起了一串涟漪，也在火热的“胡韩夺婿争夺战”中又点起了一把旺火。

偏巧这一天在城南厂厂子的门口，两位女主人公水仙和韩家妹子都在，他们三个的爹——胡厂长、来探亲的韩金贵和雷文的生父金振川也都在。唯独少了唱大戏的男主人公金雷文，他正在改造好试车的二号冲天炉子上组织出铁，正在忙活着。他正忙得不可开交时，大门门房的一位门卫喊他：“金主任，金主任——”他是城南厂铸造车间的副主任。

“啥事儿？”站在炉顶平台上的雷文问。

“大门口接待室里有人找。”

“干啥的？”

“一辆军用吉普，还跟了辆取铸件的大货。”

“看不到我这儿忙着了吗？拉铸件，找供销！”

喊话的门卫急了，一连声地催促：“厂长让你快去一下，让你马上到！”

门卫说罢要走，还在炉顶上的雷文急忙用话摁住，“哪个厂长？”

“胡厂长。”

又是胡厂长，后生一听到这“胡”字有点儿挠头，有点儿腻烦，但又不能违背，暗暗骂了句。

门卫似乎明白雷文的不快，急忙补充道：“是你姐来找你了，你不接待，谁接待？”

“是我姐？”雷文紧着追问，“哪个姐？”

门卫摇摇头。

雷文问：“前些时候坐牛车来的那个？”

“哪有牛车，不是跟你说了嘛，坐军车，吉普车。”

十天前，确实来过雷文的一个姐，那是傻子黑凤。黑凤听到弟弟雷文回到家乡的消息，怪他为甚不去看她，天天跟她的老丈夫闹，又跑回篱笆院闹，没办法，老羊倌只好借了辆牛车赶到城南厂看了看雷文才算了事。为了哄她，雷文还学了狗叫，他们住了一宿。

雷文梦寐以求要见的是二姐彩凤，今儿个果然来了，天大的喜事，这是他万万没想到的。回到家乡后，他三天两头想到至死爱着的那个凤儿，美女们再围着也消减不了那份情绪。彩凤果然回来了，是彻底回到家乡——离婚了——还是见面说说话就回去？雷文嘀咕着。

“快去吧，人家还等着哩。”门卫说罢又甩过来一句，“可气派了，人家是辆军车送来的，一伙子当兵的，还有位参谋长。”听罢这话雷文立刻警觉起来，参谋长是谁？事情有变，不妙！

雷文料理了工作跳下炉台子，三步并作两步穿过偌大的厂区到了大门口，“人呢？二姐呢？”他愣住了。

厂门口只站了些闲散人员，哪里有当兵的和军车？至于二姐彩凤嘛（应该还有俩外甥）哪有个影子？不知咋的，生父，还有韩大爷，跟着胡厂长朝县城方向走着，只看到了背影。

雷文问门卫：“军车呢，当兵的呢？”

“人家有任务，跟咱们县武装部的车走了。”

“车上有女人吗？”

“好像有个穿花袄的女的，没让下车，那女人在哭。”

这就怪了，拉二姐来看自己，不让下车……军车，当兵的，动军车，当兵的，还有武装部的人来干甚？咋了？还有位参谋长，雷文第一个想到的是那一定是葛存义了，否则，还有哪一个参谋长？南片四县的联合军训拉练的事不是都过了几年了吗？

军车一溜烟地回来了，不是有两辆吗？回来剩一辆了。车停下后，先跳下俩当兵的，接下来弯腰下车的是位大个子首长，雷文一眼认出，果然是葛存义，好大派头的副参谋长！一身崭新的草绿色军人干部装，锃亮的高腰靴，确实有戎马半生的大将架子，还夹带着跺脚四颤的威风。

“我姐呢？”雷文迎上去没多客套开门见山地找彩凤。

老葛应道：“方便去了，一会儿会叫你见到的。”

“去哪儿方便了？”雷文着急地问，想马上见到彩凤。

“犯浑！女人解手能告诉人吗？”麻子吼着，神气得很，再也不是那会儿在库房喝酒谈条件时那熊样儿了。

金雷文可不是犯浑，彩凤来——麻子跟了来是他始料不及的，彩凤这是上门来找他？像不是，像另有变故。

这会儿他只能静观其变，对彩凤归谁的问题，尽管没说痛快话，可不是秃子头上的虱子明摆着的嘛。

麻子对人介绍他一口一个舅爷，不是说明态度了吗？

金雷文是硬汉不假，但毕竟还嫩了点儿，才二十五嘛，到了这么复杂的社会，又碰到了胡翟、葛存义、裘嘉阁，还有好人帮倒忙的主任赵桐，这个个硬手，算他小蔚州倒霉到家了。这么大的后生想起这事儿来，偶然还哭鼻子，每每讲起这次十五分钟的离别后的会面时，眼中含着泪水，像是大梦一场又大病一场呀，惨极了！

那会儿雷文跟麻子老葛总共待了一个钟头，中间几乎傻瞪着眼干等了半个钟头，跟心爱的二姐只匆匆说了一刻钟的话。干干巴巴的就那么几句话，不让说了，二姐仍像个囚犯，又被硬性带走了。这叫啥事儿，啥事儿哟？你长着嘴干啥了，不会问吗？不让问，咋？军事秘密。他拉着彩凤要去哪儿？更不让问，那是军事行动。彩凤一点也不知道吗？不知道，俩人一对糊涂蛋，一刻钟呀，就那么火烧屁股的一刻钟，被麻子裹进了迷糊阵，走了。雷文感到心爱的女人哭得抽抽搭搭，又一次被狼叼走了。

这会儿麻子给雷文的感觉是披着袈裟的魔王强盗，张牙舞爪地冲着他笑。开头雷文没见到姐，姐正好去了厕所。他在厂门口周围找了问了一圈都没有，果然看见穿着军装戴着军帽的葛存义站在那儿神气十足地和厂长讲话，给人现役军人的错觉，他还以军官自居。这人亲热地一口一个他舅地喊着雷文，也抽出支高档烟扔给雷文，雷文接了没抽，急着找彩凤。老葛还从军用背包里摸出顶军帽扣在雷文的头上，说：“甭找了，你姐方便去了，莫急，有你姐弟说话的时候。”雷文一直没应声，全部的注意力都用到找彩凤上。老葛还俨然像父兄那样，没握雷文的手，倒抚摸起雷文工作服上的污垢，心疼地说些关心话。雷文觉得不对劲儿，这是咋了，婆婆妈妈的？没想到他是在演戏，演给雷文这傻子看，客观上也是演给城南厂人看的。

雷文问：“俺姐的身体咋样？心口憋闷的病好些了吗？”

麻子说：“一会儿见到你姐一看就知道了。”

雷文问：“离开沉沙后，我往沉钢三区你的家写过三封信，头两封没退回来证明收到了，但没见回信。第三封退回来说查无此人了，打问沉沙来的人说，你调走了，调到哪儿了？今后怎么写信联系？”

麻子说：“回头会告诉你的。”

雷文又问：“你们来，今晚住在哪儿？住厂里还是去城内街上找旅馆？若住厂里的话我在这儿正好有一间屋子，腾给你们住好了，我另寻地儿。”他简单告诉雷文，不住了，在蔚州哪儿都不住了，有紧急任务到西山去，还说完成任务后他们还会回来的，回来时住。这时雷文才知道，他们先去了雷文和彩凤的老家大金，是莫义平腾出房子让他住的。他讲了养父金老三的身体，还讲了留下了钱和食品，安排好了生活，活脱脱的一个好姑爷。他还讲到了东院大娘，讲到了后巷槐树下的师傅庚爷，讲到了大姐黑凤和她的孩子，不知咋的来了兴致，连老得跑不动的小狗黄黄都讲到了，讲得惟妙惟肖、唾沫四溅。

再问别的，人家一概不回答了，好像极为机密。雷文也理解，人家那是军事秘密嘛。那战备时期，一沾军字神秘得很，谁还敢多问句什么。

正在这时，远远开来一辆车，也是军用吉普，有人认的是蔚州本地县人武部的，麻子急急忙忙迎上去，跟雷文连个招呼也没打。雷文不怪，咱是老百姓嘛，人家军队战事方面的事儿，知道得越少越好。

事后得知，老麻子根本不是军人，那一回是在演戏，演给雷文看的。若是现役军人为什么没有帽徽领章？顶大算个军工人员，从前那个预备役民兵师的副参谋长是虚职，临时的，几年过去早注销了。他通过老关系，车是借的，人是借的人，连蔚州人武部的人开车来看他也是事先打了电话，礼节性地来叙情谊的，都是通过关系做的。啥秘密、有任务那都是瞎掰，子虚乌有。

麻子跟县人武部的人说了一刻钟，雷文在原地干等了一刻钟，城南厂的人怪异地向雷文打听。雷文也无法回答，只好仿照麻子的说法“回头再说”了，都闹得一头雾水，打了牙往肚子里咽。

吉时显现，最盼望的时刻到了——雷文的姐姐、雷文一生最亲最亲的人儿终于来了，思暮想的姐姐金彩凤出现在雷文的跟前，当时雷文感到天突然亮了，像雨后春笋，像满池塘的荷花那般，像一炉奔腾而泻的钢水铁水在流淌，像光照四海的菩萨驾到了，这是真实的心理写照，真真实实。雷文就是这么想的。顾不上看她穿什么戴什么，她见面后的第一个动作是扑向了雷文，雷文接住了她，此时此刻他们不管别人说什么，怎么看，俩人都控制不住自己的感情了，像滔滔奔腾的河水，俩人都涕泪交加。抱着雷文的姐哭得连鼻涕带泪水打湿了雷文的衣衫。雷文连声地说："姐，莫哭了，莫哭了，我们不是又见面了嘛！""姐对不住你，对不住你哟！""没你的事儿，没有你的事儿哟！""莫说了，莫说了，说个甚，也晚了，晚了！""不晚，不晚！我们的日子还长着哩，好日子会来的，会来的。"说到这儿彩凤猛地撕掰开他后退了一步直起身子。"看姐这身子，我一定给你留下条根！"彩凤说着指了指自己的肚子，她的肚子是大了。"姐，还疼吗？""不疼！小家伙在里面还动哩。"

千言万语吐不尽的情思，千言万语说不完的欢乐！哪有那千言万语，越到这时候越无话了，满腹的感情洪潮均在这抱头痛哭的倾泻中，在场的众人只有韩家妹子知道是怎么回子事儿。雷文问："提没提跟麻子离婚的事儿？"姐说："提了，可是麻子死活不离，人家又抓住'军婚'二字，没办法，只好再想别的法吧。"他们哭泣眷恋的情况，感动了好几个人，有人悄声说："看人家这姐弟的感情。"有人介绍："从小她又当姐又当娘，是她把他背大的。""亲人呀，亲人离得这么远，咋能不这样苦想呢！""小蔚州实诚，是个有良心的人。"……雷文和彩凤的表现是有分寸的，抱的姿势是长幼亲人间的抱，不是情侣间的搂抱，就连凤儿名义上的丈夫老麻子也挑不出理。

雷文这位二姐也是个好哄的糊涂虫，若干年后她回忆老葛是调动了，到那会儿住在哪儿，工作在哪儿——啥单位，单位是做啥的，都说不清楚。二姐学说，从沉沙搬家时是夜间搬的，坐的是蒙了大苫布的货车，摇摇晃晃咯噔了一夜，天明才到了地头。是个大山沟，不太大的一个厂，生产啥不知道，见天只听到空气锤震天响，砂轮嘶叫，黑白不得安静。只知道厂子后有座庙叫龙佛寺，庙旁边有个隧道口，大汽车晃晃悠悠地开出开进。见天见不到太阳，房子冲哪儿也不知道。厂子的前面是座山，也有一条隧道通大公路。憋闷死了，亏了厂子旁有块花园似的地方，寺庙东边那块空旷地是个老单位，叫什么地区渔场，天天嚷着要搬走，可没有搬，说养有专供京城高官们吃的名贵鱼种。这次麻子丈夫要带她去哪儿，干啥去，她不知道，光说"有任务"。啥任务不知道，假的，军事任务还能带家属吗？她没去想，更说不清。二姐说，这次出行本来麻子是不带她的，他说他自己拐个弯到大金看看孩子的姥爷，她闹着非要一起去，既然能借到车，就弄个大车连俩儿子也带上，麻子是借了，但没解决，只好俩大人来了，把孩子托给邻居家带。麻子对她说："来可以，但要约法三章：一，回到大金一句离婚呀、回老家呀等伤害感情的话都不能说；二，去哪里住几天不能问，那是军事秘密，不该问的一个字也不能问，更不能闹，闹起来，没法收拾，只好推下车去喂狼了；三，不要和陌生人说话，更不能单独活动，去解手他麻子给站岗，说特务有迷魂药，以防止被特务掳走。"说起老家的事儿，二姐来不及说别的，说见到爹还硬朗，只是耳朵聋了，腰弯得厉害，爹见了她光哭，麻子倒是挺会做人，给爹买了药，说是虎骨，还留下个大电棒，又留下一百元钱，在全村散发了三条大境门烟，请大奶奶、五叔、六婶、院中的七个哥和兄弟喝了酒，还给大姐黑凤和前院嫂买了脂粉，弄了个满堂彩。大皮鞋、军官服、军车，随行警卫员还一口一个副参谋长地喊着，在大金造成了假象：彩凤嫁了位军官，当了官太太，虽然年岁大了些，但其他没得挑，姑爷很富有，很有权势。至于从前传说的什么"老麻子""大十六岁""修理工"一类的词语，随着好烟好酒好脂粉香喷喷的气息不翼而飞了，乡下人眼界窄眼皮子薄，好糊弄，哪个是真哪个是假，谁还分辨得清。那年月边疆吃紧，官兵卫国戍边浴血奋战，与"军"字沾边的都光彩、都神秘，谁还敢有半点怀疑，多问半句。

至于那个二姐彩凤嘛，她真正成了骗子的婆娘和帮凶，成了这桩闹剧的龙套演员，打了一颗牙咽到肚里，像木偶那般让麻子牵着走，将错就错了。

那会儿，时逢初冬，天色阴沉沉的，风刮得猛烈，城南厂靠南墙正有一处板墙铁皮墙，被风刮得叮叮作响，震天动地。西北上刮暗了天，飘起了小雪花，空中还隆隆作响，那个季节没有雷，像是哪面山体上的打炮声，气氛紧张火热，令人窒息。

厂子进城的方向走过来一队人马，几个穿军装的人，还有送行的人，老远一个人一边看天一边喊着。

"走了，走了，走了——"是一身戎装的葛存义这样喊，还不时驻足向投来羡慕目光的人群招手示意。在老葛的婉言推辞下，县人武部的吉普像是开跑了。厂里的头头脑脑也早都离开了，都忙得很，有一摊子事，军车来了，出来照应一下得了。现场只剩下雷文、姐夫妇和随行的一干人等。

雷文和姐都顿觉愕然，这是咋了？才十几分钟，才说了几句话。

"走？来这一小会儿就真的要走吗？"雷文脑袋里这么一闪念，雷文和姐不再哭了，彼此嘱咐着保养好身体的话，昂首挺胸应付着即将面临的离别场景。

“不走了，或者晚走一会儿，行吗？刚来这么一会儿。”雷文恳求挽留道。

“他舅，莫留了，我们真的有事儿——有任务，看西北上来天儿了，返程时争取再来吧。”这是麻子老葛，他没正眼看雷文，着急地紧盯着西北越来越厚的云，漫不经心地这样说。

“真能再来？”雷文疑惑地问。

“当然。那要看返程时走哪条道了，能再走07线[①]准能回你这儿。”

“我等着。”雷文还能说什么呢？这当儿雷文扮演的角色极其复杂，名义上是他孩子的舅，老关系还是他的徒弟和下级，实际是和他共同争夺一个女人的情敌，他家婆娘的肚子里还怀有自己的孩子，既不能露出破绽惹起事端，也不能示弱带有半点儿窘态。

二姐彩凤早被麻子推上了吉普车，车立刻开动了，麻子又一次像个强盗劫匪那般狠毒地咣当一声碰上车门就开动了，连探出手来招招手的礼节都没做，他哪里顾得上这些，耳边只飘出他二姐的呵斥声：“哭个甚？又不是去死，见不上面！”

就这么着，心爱的人又一次给劫走了，是在光天化日之下劫走的——这样活活把他俩拆散了，土匪！强盗！缺德不缺德？只让他俩说了一刻钟的话儿，心比豺狼还狠，就这么放弃了吗？不放弃又能咋样？

不！雷文得追上去送一程，正好本厂的那辆大货车出大门，雷文拦下来打问了出车的任务和去向，在雷文的急迫恳求下，很快就敲定了，司机师傅答应绕道帮雷文追赶送一下。

“金主任，你说去哪儿？”

“就跟上前面这辆吉普。”

“怕跟不上，人家是越野车。”

“能跟多远就多远呗——反正是送人。”雷文心想：“二姐在吉普车里哭，我紧跟在后面，兴许看到我跟上来就不哭了。”或许这也是一种安慰吧。

西北风呼啸，吹得地面沙尘翻滚，像制造着人仰马翻的气氛，哪里还能听到吉普车里的哭声。吉普车已穿越城区，攀爬上西去的山路，艰难地前进着。雷文乘坐的大货车不离不弃地紧跟着。吉普和大货车同时发出低沉的悲鸣，像是在抽泣，叙述着人间的不幸。

吉普车过了暖泉镇，顺西北的方向上了山，雷文犹豫了一下，让师傅停了

① 07线：即宣大线，战备公路。

车，不跟了，等待奇迹出现吧。

风越刮越大，卷起了西山脚下壶河滩上光秃裸露着的浮尘沙粒，向调头返程的大货车压过来，颗颗沙粒透过汽车驾驶楼的窗玻璃打在雷文脆弱的胸脯上，胸腔内雷文的心碎了。

“老天爷啊！不公呀！你咋不来管一管……惨哟，太惨了！”雷文吼着，弄得大货车司机不知所措。

正是：

南山为之哭泣，北河为之号啕，
咒阴谋，鸣不平，骂歪道。
这世道，太糟糕，抢走了媳妇还逼人家跑龙套。
嘴里含着屎，喝着尿，还得自己说好！
壶河岸边又唱起河北梆子《三上轿》，
韩俊卿唱得字字挠心，声声泪，逼人上吊，
腊月寒冬六月雪，没有姐弟的命运糟。
老葛导演的这出俩情侣诀别戏，
出招儿太损，做事太绝，损到家了。
生死诀别总共给了十五分零三秒，
有多少苦衷要诉——知心话要说，不让说，
一剪子剪断了红线两依依，任飘摇。
扯起大旗压人，泰山压顶吓狗，狗狂嚎，
耍了个“军”字做虎皮，胡说八道，不怕遭应报。
这对情侣何年才能相见，天知道。

第五章　苦恋苦思苦斗

1

事情过去了八九年，到了1980年。这时的金雷文可不再是几十个人的小厂城南厂的灰头土脸的副厂长了，是钢厂厂长喽。一阵阵灰气腾腾的雾霾天气早过去了，每天兴高采烈，神气十足，变了一个人似的。时来运转赶上国家改革开放，他早就占了恢复高考的光，上了四年大学，毕业后当了唐钢一座钢炉的炉长，又被原来的地区挖回本地，这会儿是上接班人梯队册子的技术专家，是几万人的老厂沉沙钢厂的总厂长。

桑干河长约千里，流域数千平方公里，可是塞上宽阔富庶的大水系。桑干河谷的故事多，英雄辈出，悲歌壮烈，喜歌多多，民间故事众多。桑阴这一段叫大桑河，都这么叫的，当然还有小桑河，也叫杨河。

大桑河的水甜，沿河的百里果林的果子脆甜脆甜的，没等成熟尝一口是酸的，但酸也好吃，一点点酸，不倒牙。

人世间的事情和果子一样，悲欢离合都是苦辣酸甜的。小蔚州金雷文来桑阴县找他的姐五次了。他问起走时的情况，有人告诉他说看见葛存义一家是傍晚走的，那么匆匆忙忙，着了火似的，都上了军车，成年人戴着军帽穿着军绿棉大衣，俨然入伍成军人了。俩大男崽也一个人顶着件军大衣，像两只小狗直瞪着眼偎在妈妈身边，那小丫头像只毛毛虫被裹在军绿大衣里。据说军车开进小五台山系的一片丛林进了赵家蓬特区，好像也是三线工地。驻地在哪儿，干啥去了，家属怎样安置的，这都是军事秘密，没人能知道。

今天这是第六次，傻嘛，这不是瞎子点灯嘛。

“唉——不找了！不找了！算了！”不找，不找，这不又来找了。唉！这里有块磁石哟。这一直是金雷文承受不住又难以放下的心结。心结，心结，心结就是一块石头。

那次雷文从桑阴县回到沉沙后，他的心更凉了，找二姐彩凤又找了三年，那找人的热度一下子从天上降到了地上，从沸点空降到冰点，找彩凤的那颗心像是死了。

这个彩凤呀，让人说啥好，唉！不找了，就让它过去好了，他决心把这一切都忘掉，就当做了场梦，噩梦，虚惊一场，梦幻吧！让它成为永恒的记忆算了。他小蔚州本人就是从小五台大南山的村里出来的，不光知道大南山的深邃——山体深邃得外界人的视线到达不了，像所在的公社草沟堡还有岔道，几十年前闹日本那会儿，那么狡猾的日本鬼子侵华八年都没进去过。这情况不一样嘛！

他还能再找吗？哪有条件再找呢？“我让你小子来个人财两空鸡飞蛋打！”又是那一声背兴话，又是那个老麻子。麻子弄了这一手，真够绝的，绝到家了。实际属于中央直管的赵家蓬这块地儿，听起来神了，说起来也太玄了，玄得常人不敢相信，谁也得退避三舍、敬而远之的。雷文几次想闯一闯的，终于没敢闯。据说这种特区特到家了，人员只能进不能出，进去的人生老病死都在里面了，甭想跟外面的人接触，若一进去你这一生就算交代了，想出来，来世再见吧。整个特区只有一两个邮差跟外界有接触，那也不知道有多么严格的制度约束。他——小蔚州金雷文这半生吃的有关政治两个字的亏还少吗？爷爷金忠烈的问题到这会儿还是个悬念，再也不敢去碰什么赵家蓬了，他叹了一口气道：“金彩凤，拜拜吧！”

真的不找彩凤了？做得到吗？死得了这条心吗？这是不可能的。难呀，况且碰到小蔚州这个一根筋，让他割断情感好比割他的心肺哟。这个一米七五个头、宽阔胸膛的七尺汉子，你饿他两天可以，墩[①]他几下也挺得住，可就不能夺他所爱，甭说女人他不让，就是小猫小狗也不可以。大厂的总厂长雷文容得了数万名职工的大生产活动，容得了煤水电多厂在能源方面的争夺战，容得了抗旱秋收季节的劳动力资源争夺战，容得了个人恩怨日常生活方面的大事小情，可唯独难割舍和姐姐彩凤的这份情感。到了寻找二姐彩凤这问题上他就成了小脚女人，拿不起来又念念不忘，硬让他断了念想是万万做不到的。这不是宰他嘛。又一次来这桑阴县寻找不正说明了这问题吗？西瓜皮擦屁股黏黏糊糊，没完没了。

既然知道心上人被裹进了赵家蓬大深山，并且人家还没离婚，处在生离死别

①墩：方言，用拳头打。

相见希望渺茫的边缘，为何还这么痴情地寻找呢？不是还抱有幻想，还想十年前的“奇迹”出现吗？还想突然再跳出个魏良吗？

他也相信命嘛，也很难说清。他应该是个唯物主义者，可生活中的他偏偏在唯物和唯心上掰扯不清，有些事情他也是信仰至上绝不相信鬼神，但是一碰到情感方面的具体问题就糊涂了。读的书再多，受的政治教育再多，地位再高，他仍然是个凡人，一遇到情感的事儿就犯浑了。在择偶上实在看不懂这后生，识文断字的白领丽人他不爱，腰似杨柳美若天仙的富家女他不搭理，那么钟情于他、追了他多年、根红苗正、长相清秀端庄大方的韩家妹子他也不爱，身价显赫的贵妇型女人虎子妈跟他结婚五六年，不说离就离了吗？啥理由，没感情。感情二字真是个怪物，其他理由全不重要，就这，离了。可以说不爱金枝玉叶，不爱丝丝绿柳，打小就爱那个工人群里灰头土脸已成了他人妇的姐姐，不可理喻啊！爱了二十多年遭遇了两段失踪，又找寻了二十多年，还爱得那么死乞白赖、死心塌地，何况这女人还比他大五岁，也怪有意思的，还真跟他动了真格的，还弄出了个孩子。这是咋了？疯了傻了吗？他们自己说不清，别人更没法说清，这就叫命——千里姻缘一线牵，打不烂，拆不散，理还乱。

为了找彩凤，雷文利用了各种关系，每次去地区重局办事他都到小车司机庞师傅那里坐一会儿。可惜人家老庞讲，断了，关系早断了，断了多少年了，打从老葛进了深山，一次口信也没捎回来过，不是一个系统了，连一次电话也没打来过，没法。老葛走了，他不是还留下个叫铁锤的侄子在钻机厂吗？原来雷文对这铁锤没好印象，一向不来往的，为了找人他几次屈尊找到这小子，还送给他烟，给他地方粮票，有一回他找来，还留这小子喝了酒，都是为了求人嘛。说起这铁锤对雷文的称呼还有点小故事，开头他跟雷文论哥儿们，因为那时雷文管葛存义喊师傅，后来雷文彩凤姐弟重逢认亲后，这小子随弟弟尽忠、知恩管雷文喊起了舅舅。这一回他见的沉钢总厂长找到自己，登时觉得自己傍上了大官要平步青云了，不光“舅舅”这称呼叫得甜甜的，还恨不得叫“爷爷”“姥爷”了。雷文爱一个人安安静静钓鱼，这个沉池西沟生产大队的大队长葛存孝的“大公子”铁锤也弄了辆车子，扛着个竿，有事没事地往大湖边钓鱼场跑，像层胶带，沾上就跑不了了。雷文厌烦起这根本扯不到一起的远房“亲戚”，但是有苦难言，多多少少从他那儿可以听点儿情况，找点儿关于彩凤的线索。通过这铁锤他还联系上了西沟的葛存孝和东力口的辜小萍。为了找人嘛，这小蔚州也花了不少冤枉钱，跑了不少冤枉路。葛家人等也会应付这小蔚州，也真沾了他的光，就是知道点儿麻子的准信，也不会告诉他，两家心知肚明，都是互相利用而已。雷文有了总厂长这块金字招牌，下边的人有主动替他分忧解愁的，为了探听葛麻子的下落，在部队上也打听过，从“保密”窝里挖情况，这多么担风险啊！但是在那神秘的年头，找人——找彩凤总没有突破性的进展，大气候不到嘛。

几年后，雷文综合各方面情况得出结论：老葛和彩凤夫妇俩确实在赵家蓬“小三线”待过几年，老葛还当了一个分厂的厂长，彩凤当了护士，两个儿子也都上了初中，小丫头会跑了。总体讲，人家一家子都算可以，有吃有穿，孩子们有学上，除了大小子的身子虚弱些，还没有闹大病的。但是，时过不久，这一家子又从人间蒸发了。还是跟战备有关，北疆的形势缓和，南疆又起风波，老山前线吃紧，好像战略布局调整，老葛一家还是被裹进国防战备的大行动中了。他麻子到哪会儿也是枚小棋子，又一次被转移了。据说这次是被大闷罐火车装走的，行程不会太近，连赵家蓬的人都不知道他们的去向，军事秘密，“秘密”到家了。在这种严峻形势面前，小蔚州更愤懑了，和心爱的人像相距万里之遥，总厂长也不顶事，你这个地方企业的小头头，能算老几？惨呀！相会团圆的事儿遥遥无期，甚至彻底泡汤了。

平时想想可以，他这总厂长专门来桑阴找寻哪有时间。这么远，见缝插针也插不上，为此出来次数多了又张不开嘴，同样这次也是借出差顺路来桑阴的，直接诱因是，他听说前院嫂又来桑阴机械厂的丈夫这里探亲了，他总厂长金雷文想从前院嫂那里探听点儿情况，像这里有块磁石那般，情不自禁，浑浑噩噩地说誓不再来这不又来了。那时的领导干部都比较自觉，像小蔚州当了这么大企业的领导，扔下一大摊子工作外出找媳妇那像啥话，那是说不出口的。这次地区通知开会，提前一周通知的，提早两天出来，名义上是顺路来看看朋友，打听点儿情况。谁承想天公不作美，他来了，想找的前院嫂倒提前回了老家，说娘家有弟弟过事儿[1]，问前院哥，关于从前待过的麻子厂长，关于彩凤，他没有在过那个厂，啥情况也介绍不出。

不过听喜鹊叫了没有白听，应验了——前院哥陪他去了趟彩凤住过的老房子，又碰到了一位贵人，是麻子的老邻居，那个齉齉鼻的老婶。老婶是个城镇家庭妇女，向来不出院不接触人，不关心外面的事，讲不出大道理，可跟彩凤偏偏熟，熟极了。一见雷文这么大的官来找穷亲戚彩凤，倒也深受感动，又倒水又递烟又留吃午饭，并且谈得很拢。

老婶对彩凤的印象很好，说了不少彩凤的好话。这老人齉齉着鼻，说话又

①过事儿：方言，办喜事儿。

很快，又爱着急，有些话听不清，有些话只能明白个大意。有关彩凤和雷文的只有下面这些话：“彩凤说，她有个弟弟是抱来的，一个村的，打小死了娘，没奶吃，饿得‘哇哇’叫，是她给抱回来的，丢到娘的怀里喂奶，也喂了些羊奶，不哭喽，在这以前，闹瘟疫，自己的亲弟弟在瘟疫中也死了，娘疼疯了，加上奶子肿胀疼得要命，抱回的那小东西救了娘，娘也救了这个娃，这就是这个奶弟弟，真是老天赐的缘分。他就在我家长大成人，上了学，还在上大学，在村里是呱呱叫的好后生。他是自己这个姐带大的，这小伙儿可俊哩，可壮哩，可听话有出息哩，在唐山上大学也出类拔萃，上学前就是单位（指的是城南铸造厂）的头儿了。你姐还说，唐山在哪儿识不得，弄了一窝子娃儿也走不脱。说你给她这个姐争气哩。她说这个奶弟弟对她家有恩——救过她二小子的命，大小子发高烧送医院也是他给救的。说她家永远不能忘记他，还说二小叫知恩就有这个意思。她正在给你织着一件毛活，织了个半拉就被大卡车裹走了。”说到这里，老太太急忙回到里间屋，取来个布裹着的包包，打开后是几双鞋垫，“她说你准来找她，让我交给你。”

那鞋垫是白布做的，细针密线精心缝制，还绣了云子花图案，像是贴上去的两幅剪纸，中间还绣了个活脱脱的红心。睹物思人，含着泪的雷文几乎哭出声。这哪里是鞋垫，分明是姐的一颗心呀！小蔚州雷文的手颤抖着。这对外半保密的桑阴矿机厂，围墙外有座庙叫龙佛寺，庙旁就是地区水产养殖场，前院哥还带雷文来这里看过，这里倒是没彩凤的丁点信息，但有那个麻子厂长抱他女儿来这里耍的故事。养殖场老师傅介绍，抱女娃的那位葛厂长高高的个头，有点小麻子，常戴个口罩。说人家抱的那女娃俊极了，白白胖胖，大大的眼，眉心还有一颗痣，见了生人爱笑。雷文听罢心里明白，那就是自己的心肝儿，人家葛家给养得好好的，喜忧参半，含着泪水。

这次来桑阴机械厂，还有个不顺心的地方是没见到恩人赵桐。赵桐调来这个厂四年了，任这里的副厂长，是从前在沉钢机电部时一直栽培金雷文的老主任和恩师。老主任对他情同再造，恩重如山，可惜人家出差了，雷文悻悻地离开。

他也有大的收获，碰上回老厂探望的侯洁了。侯洁仍那么神经兮兮，问到葛存义的下落他却守口如瓶一问三不知。但一说起“小道消息”却眉飞色舞，好像他的岗位就在中央高级参谋部，上知天文，下知地理，连政治局都能进进出出，啥都知道。

大桑河宽得见不到对岸，常年雾气腾腾，但水流不算宽，积水的水洼子一段一段的，蹚着浅水能过河，过了河是头堡、二堡，攀过了灰蒙蒙的那几座大山，翻过了桃花大山大峡谷就回到生自己养自己的地儿大金了。一想到早年在大金跟二姐彩凤还有傻子大姐黑凤摸滚抓拿的童年的情景，烧疼了自己的心。这就是他梦里常喊的那个凤儿，他一想就疼痛难忍，不能再想了。大桑河的桑阴县城段的北堤不算高，有些地儿低得显不出堤堰，小蔚州雷文的心和这潺缓水流还有矮矮的堤堰一样，尽被那个凤儿还有他俩的那个小宝贝弄得筋疲力尽，一点力气也没有了。不再找了，没了，干工作去吧，找也找不到。

凤儿在哪儿？在南海还是在西天？凤儿的影子填满了他的脑海，这人在岗位上的小蔚州身不由己，没有时间再找了，说下大天来还得工作第一，还得赶快赶末班车往口上赶，开会去，工作第一呀，忙起工作来什么也不想了。搞产量，上项目，上新台阶，跨大步，流大汗。秋风抚摸着这汉子的脸颊，脸颊铁青，沙粒拍打着这汉子的后背，沙滩河床上卷起了一股沙团又一股沙团，脖颈里尽是沙土了，后背能成为铜墙铁壁吗？难说，小蔚州他挺着，再挺着。

正是：

桑河的水，甜又酸，
三山夹着一道川，宽到天边，找人难。
这条汉子走三步退两步又大步向前！
铁铸的誓言，找上一百年也心甘。
找回爱，找回酸，酸变甜，找回大团圆。
决心铸就一条红线，
红线把两颗心网得似丝似絮似铁链。
山可倒，河可干，心不变，不变的不单是激昂誓言。
说不找，能不找吗？
断了弦的风筝心何安，悔万年。
一滴孤泪苦，两厢相拥泪水甜。
不找了那是气话，找、找那是必然。
孤寂的心要活，心碰撞另一颗心，大路朝阳开，枯井要涌泉。
让含着汗水泪水血水拧成的这根线，
比铁硬，比钢坚，扯不开，砸不断。
找你到天边，海角天涯间，
耗尽全身鲜血，天天哈喽气喘，心甘。
找上它一百年，骨头成灰也团圆。

2

总厂的例会开得最多的当属大、小调度会了。大调度会每周必开，可以说雷打不动，最忙时总厂的大调度会一周开过两次。小调度会每天一次，凌晨开，一上班就开，往往开在大调度会前面，厂部的主管副厂长和总调、主管调度和分厂等二级单位的调度等先把头一天生产上碰到的棘手问题通通气，提前呛呛出个意见，拿到大会上让总厂长拍板。

又碰到了沉钢总厂的大调度会，也是一个夏天的下午，好像是三伏天。改革数年，沉钢的这类会议瘦身了，偶尔开成飞行会议，在房子里开着开着喊来辆大巴车，拉着与会人等转移到现场去开，议而必决，提高效率。

今儿个的会仍在总厂调度室旁边的小会议室开的，吵的仍是原料质量问题，全区工业生产大上，沉钢产品是基础，是支撑，是这出大戏中的主角，甚至是戏骨，是大马群中领跑的头马。小工业、修工事、大军工、水利站建设都着急要钢要铁嘛。本来全区的三个市属单位、八十四个县乡级企业单位，还有三项水利工程都指望着这点钢铁了，他金雷文当然是那个威武扬鞭的牧马人。几年来沉钢产值翻番、质量环保成果上等级的业绩表明，这雷文确实是位优秀的牧马人，是极称职的。但是在有的“婆婆”眼里他是一匹好马——好马驹子，也是一匹难驾驭的劣马。他总有独出心裁的新玩意儿、新做法，不是顺毛驴，不那么理想，时不时尥一下小蹶子，这样的马驹子发展下去那还了得，得好好敲打敲打。其实人家金雷文对总厂长这个位置爱不爱是矛盾的，从前他竞争这个位子，是为了抓权，说话有人听，可以施展抱负，大干一番。可坐上这位子后，他反倒腻烦了，他希望去当总工程师，可以坐下来研究点问题，领着人攻关，琢磨点儿问题。金总厂长这样的领导，口碑好，爱护犊子，对下边人软了些，所以有人这样评判，他这人不应该当总厂长或县（市）长，应该去当工会主席或当管婆婆妈妈的妇联主任，心太软，摸不到主次，又不会看上边的眼色行事，时间长了会吃亏的。像你个总厂长腻烦开会可不行，哪件大事不是在会上解决的呢?

20世纪90年代中叶，沉沙这较偏僻的地儿还用上了手机，总厂长有一台，是能漫游的。这等于给雷文的背上插上了两只翅膀，让这位总厂长在会议期间干了不少“私活儿”“小活儿”，也挨骂甚至挨白眼，但这总让他乐不可支。特别是因适时打了个电话找到了或办成了啥事，他那异常的表现简直喜形于色，自言自语：“这玩意儿好！好！”活活道出一个工作狂的心声。此举也是为了人办好事嘛，但有的同级有看法，说他显摆自己，要小聪明。对此他不怕，反正事儿办了。有看法他也不怕，反正不是为自己，多少跟工作和维稳工作有关系吧。他的“电子化的脑瓜”人们还真佩服，这一会儿会上正扯着焦炭储料槽供料不及时影响到称量和炉具投料问题，看着他是认真听了，但那是他的左耳朵，还不时在本子上记些数字，像是在认真听会，偶然插问几句话，还那么贴题认真。其实，他的脑袋正想着干点私活儿，半拉子脑袋开小差了。

他的右耳朵这时开了小差，好像又一次倾听三号高炉炉长姚祥在向他诉说一起民间纠纷——为一小片儿荒地，三炉乙班的一位上料工被打了，归了派出所管，后来又转到法院，法院庭审不公造成了冤案，上料工那一小片儿荒地被人家捞去还赔了些钱。为了赔钱，他把自行车也卖了，每天还得拐着腿来上班。三炉的有些工友哥儿们打抱不平，想集体去法院闹事“讨公道”，这事被姚炉长给压下去了，偏巧姚祥和雷文是邻居，无意中这些冤情传到了总厂长的耳朵里，这事当时也被雷文压下去了。但压下归压下，可这桩事他没忘记，这会儿他发现会场一角坐着名中年妇女——被他戏称作武大姐的理化部主任武来凤，马上联想到这武大姐的爱人是县委办公室主任，便决定顺便托托这位夫人转托她丈夫过问一下这个案子。

事后他又问了一回，拖着还没解决，自己也觉得棘手，就没再催人家。凑巧他今儿个又看到武来凤了，这回要当成一项任务交给武来凤，上纲上线，事情不大，但涉及维稳。你道雷文是嘴碎爱操心管事的瞎婆婆吗？可不是，不应该他管的事儿他不管。

调度会的另一个角落也有人在说话，还发出惊叹声，登时引起了总厂长的注意，不由得看了说话的那伙儿人一眼。小秘书见状前去探听，立马回来向总厂长报告：从口上回来的人的嘴里得到一条消息，从咱厂调走的老主任赵桐病了，病得还不轻，好像他的几个儿女都在口上集中了，在郑州工作的老大刚下了火车。“啊！”一个霹雳般的惊讶举动引起了小小骚动。这是总厂长金雷文的反常举动。因为他和赵桐的那份感情，他脑袋里波浪起伏，难道老主任真的不行了？咋说也得去看看吧，他想。

“没事，没事，没事的！”他直起身子，打了个手势，示意总调度把会开下去。他沉静下来，梳理一下自己的思绪。总调度会意，会议继续下去。

稍事镇定后，雷文梳理了一下本厂和外联有关方面几件需要急办的事儿，并在本子上列出项目、写出提示，还写了今天调度会决定意见。

原来他想再听听下面的意见，有关几个部门的问题抢先协调一下，但是让赵桐病了的坏消息给搅了。这会儿如坐针毡上的他再也无法安静下去，就是再在这里硬性坐下去，也满脑袋都是老主任病危的影子。

分工主抓生产的莫副厂长深谙世故，悄悄凑过来说话。当然他深知盟弟雷文跟老主任赵桐的关系可不一般，那可是形同父子、恩同再造了。他也知道，雷文跟彩凤的这段姻缘是个“棒打鸳鸯”的悲惨结局，老赵桐从中起了助纣为虐的坏作用，所以雷文颇有怨言，甚至老赵桐一度被骂成“老顽固”“棒子手”。但雷文不计前嫌，极讲知恩图报。雷文遭厄运被开回老家，本来是灭顶之灾的丑事一桩，让赵桐事先铺路，唱成了抢“人才”迎“贵人”的喜剧。雷文大学毕业后能回老厂工作和挑起如此重的重担，伯乐群中最早最大的伯乐还是这位赵桐。

这会儿的雷文跟老莫说了几句话，又把本次调度会自己初拟的写着决定意见的那张条子摁给盟兄，接着把总调度叫到跟前说了几句，就匆匆离开了会场。

小会议室距总厂长办公室有两里地，一个在中心地带的总调室旁，一个在靠近正门的厂部大楼内。这段路程要通过沉钢的“功勋炉”——炼铁分厂的三号大高炉和刚投产的自动称量大料仓、改造中的五号污水处理池，还要跨越两条厂区作业铁轨线路，号称老厂区的重型设备走廊。他这总厂长每天的工作一半坐在楼内筹谋调配，一半时间马不停蹄地活跃在这批设备中间。他每每说到这些设备器械，总是如数家珍，一脸朝气、豪气。这会儿，三号高炉出铁后排渣，巨大的“咕咕咕”声响和喷出的火舌蹿出二三十米远。二号钢炉休风后正在试车运转，同样传来阵阵嘶鸣。料仓下的一辆称量车停在取料口，几个人围在那儿，总厂长都视而不见了。

“金厂长！”有人见他走过来打起招呼。“啊……啊……啊！”金雷文也热情地回应着，但没停下来过问一下，若在过去他要一一驻足查看的，甚至忙活一阵子。他边走边打电话，往日的习惯通通改变了，繁荣场景也好，故障现场也罢，都没引起他的注意。

火山烟海，车水瀑飞，银蛇穿行，风吼雷动。火热的现场把雷文的思绪推向浩瀚大海，又一个潮头翻滚到了眼前，心绪早到了老主任的病房里，满眼只有老主任和赵家的一家人。钱塘江涛也罢，飞瀑钢流铁流也好，一切均被撵走腾空，在雷文的脑袋里好像一切都不存在了。

“咱们的大厂长今儿个这是咋了？”人们以异样的目光看着通过的金雷文，悄声议论着。

“准有急事，看那急忙忙的样子。”工人们看着总厂长三步并作两步的步伐说。

“金厂长，车，车！车要过来了！响过警示铃了。”一名厂区道口工摇着小旗子这样喊。

“好好好！我注意到了，谢谢，谢谢了！”遵规循矩的小蔚州站在安全线内，等候车过后通过。

一些岗位上的作业工人发现总厂长走路踉踉跄跄，还边走边打电话，不放心地张望着。这位年轻厂长的思绪啊，连着工人的心哟！

四十分钟后，总厂长金雷文匆匆回到厂部大楼内的办公室。

这一路他打了若干个电话，找了赵桐在沉沙的小女儿，找了赵桐留在口上家里的大女儿，找了远在蔚州果树场的他亲哥金雷军、蔚州县医院一个熟人，又找了口上地区附属医院的一个头儿，又直接和他的好友住在西合营将军坡村号称“神医”的民间医生赵静修通了电话。这些事都算顺利，他捉住烟盒大小的手机，还利用了他办公室的座机和厂部话务室的机子，得心应手，任他调配，任他驰骋。有些事是委托办公室人员给办的，他是总厂长嘛，厂部的话务总机接线员为他服务是应该的。

在探望重病号老主任赵桐的这件事上，他仍然得益于从大师系统工程书籍中学到的方法，先干什么，后干什么，舍弃什么，抓牢什么，运用得相当娴熟。就像他常参与的两座高炉、钢炉大修投入运转后的工作程序，装料制度，料谱，压力，测温，缸温，燃烧，系数，一一都在有计划地施行那般。一个钟头后，他又一次打电话找到老主任家回到口上的长子，交流了一些想法和情况，终于确定下来明天要去口上看老主任的行动方案。好个不简单的金雷文，这一翻折腾后他不仅确定了第二天自己的行动方案，也是代口上的医生和赵主任的家人拟定了个补充性的护理系统工程。

一个钟头前，他早通过电话向总厂党委书记刘兴同志做了汇报。刘书记极重情谊，也极关心戎马半生、功勋卓著的老干部赵桐的身体健康，对雷文的做法鼎力支持。

雷文又通过电话或面谈找了老莫等几个副手交代了一些急着办的事情。

折腾了一个下午，晚上七点多了，小蔚州雷文还站在厂部大楼的屋顶平台上折腾着。他仍在打电话，是打给北京三家店他的前妻虎子妈的。雷文宽厚，他们是时髦的协议离婚，因为有儿女的缘故，婚后还有联系。虎子妈不也是医生嘛，雷文打她的电话为了找一个老药方——离婚前他俩共同保存的一个药方，是个偏方，他想捎给老主任赵桐。

“呜”的一声，一列特快进站了，那是开往包头的特快，只停留二分钟，四五里地外传来了“哗哗”的车轮摩擦声。这雷文忘记过了开饭时间，忘记早该下班了。滚滚的车轮响声把他带进了往夕受迫害的岁月和在蔚州城南厂那段飞黄腾达欢快的时日，那都是老主任给铺垫打点的，这恩情可不能忘。赵桐好人一个，好人就应该长命哟，他在为老汉祈祷祝福。

继而车轮响声又把他这个大厂总厂长的思路带上了飞奔的列车，带进了口上东山坡那座破旧的小杂院，那是老主任口上的家，雷文去过，当了总厂长后也去过几次，也吃过人家的老西儿[①]老太太的拿手戏猫耳朵[②]。老主任深沉慈祥的面容又一次闪现在眼前。上几次见面老主任好像要说点儿什么，张了张嘴又都没说。总厂长金雷文想到这里愈发心绪不安了。他又想到兴许赵桐不是为他自己的事，那老汉为自己的事儿从不张口的。好像那不是口上东山坡土二沟的老赵家，是他大金西北角岗上自家的篱笆院。不知咋的神志游离，眼前出现了异样的一幕，不是在口上而是在大金家里，显然是养母铁五妞嘛。想起养母他就挠头，他这个总厂长，他这个当儿子的，甚心也得操到了，本能地摁了一下内衣袋里的钱夹，该尽的孝还得尽。

这时他突然又想起了个事，立马给车队打了个电话，落实了一下调度会前因事故致盲的老炉前工赖添福要求让他儿子在钢厂上班的事。那时他急着去大会议室的调度会，被赖师傅堵在楼道里，简单地问了几句他的想法和要求，没多说，就把添福就近扶进了一间屋子，立马打发人把三楼人力资源部劳人科的科长叫下来处理一下。他把老赖摁在一条椅子上就赶往了会议室，走出十多米停下，打电话给车队调度安排车送赖添福回家。这会儿想起了这件事落实没落实、咋落实的，他放心不下。他是不是瞎指挥？他了解赖添福的情况吗？咋不了解，十七八年前，雷文还当维修工的时候，碰上了残疾后心灰意冷的添福老兄，他打那会儿起关心起这一家子，那瞎老赖的媳妇还是他参与张罗的。一晃十几年过去了，谁会想到老赖的儿子都该上班了。

要不有人说金厂长瘦了，能不瘦吗？工作第一，别人的事特热心，甚事也管，自己的生活过得一塌糊涂，忙活了一天，回到那冰凉的院子冰凉的家连口热水都喝不上。他就不想痴爱着的姐姐彩凤？咋会不想，偶尔连尖刻的尽挑毛病的虎子妈都想。一个事业心极强的男人，被女人拖住动弹不了手脚不行，没有女人也不行。

---

①老西儿：方言，京津冀一带对山西人的昵称。

②猫耳朵：玉米面做的一种地方小吃。

3

这一天夜晚，金雷文在漫天星斗的十一点才回到厂里，闭着半只眼吃了点凉干粮，他又坐在办公室里跟财务和总工抠了个把钟头的数字，出差时他爱搂草打兔子，去口上看赵桐，顺便还要去趟局里，还有地区物质局、燃料公司，捎带办几件事儿。一些事儿办得只争朝夕，就是这么见缝插针挤出来的。

早晨五点，小车司机敲门了，“叮叮，叮叮，叮叮叮——”小司机还有点儿不好意思，咋个不好意思？昨个儿约定好的起大早往蔚州赶。去蔚州请民间医生得走08线，该线处于半施工状态，过了六点半花园铁道口和桑阴大桥要堵车了，一堵就得半个小时，堵它个俩仨钟头也是它，河里有半槽子水飞不过去。这是条通大南山的主干线，四县区交界，横跨两个干涸的水库，部分路段那哪叫路，得走河床，进了山还都是大山路，要过十盘鹰愁崖、桃花岭，要爬上跳下到西合营少说也得四个钟头。

面包车风驰电掣般快速前进着，穿梭驰骋在群山峡谷间，一车人一门子心思赶路了，一路无话，细节不表。他们拐上西合营北的一个村子接上赵静修，又转过车头启程北上了。他们从这儿改道壶河谷地穿过化稍营、深井镇、另一个十八盘，到了显赫营北的口上市区。

西合营是雷文童年多次住过通过的地方，在这块地方他今天急急忙忙办了需要一两天办完的事儿，那可叫兵贵神速、争分夺秒，加在一起还不到四十分钟。到了西南坡中学家属区看了看继母，他爹过世后他从没有忘记过那个老太太。他跟继母见面不过三次，一丁点儿感情都没有，但他是孝子，后儿子该做的事他都做了。这老人终究是伴随父亲度过最后岁月的恩人，他留给继母五十元钱，这是他月薪的三分之一，略表心意。

在西合营的这段时间他先后打了三个电话，说话较长的是打给大金的学友莫义平二哥的，养母铁五妞从保定回到家了，他是求义平哥帮忙忙照顾养父母二老，还了解了那个已嫁人的傻大姐金黑凤的情况。他共留下一百三十元的用项，给养父母一百元，给黑凤姐三十元，略表寸心吧。另外一个电话打给城南的这个曾经战斗过并帮助自己度过三年荒年的老厂子，说留恋极了，想老人儿，想厂子的一草一木。最后一个打到了代王城镇党办，凑巧真找到了韩家妹子，这会儿妹子也过得不错，已是仨孩子的母亲，丈夫是副县长，她是代王城镇党委书记。当然妹子也相当关心他，但关心归关心，只是说句现成话而已，都是革命同志嘛。他俩通了七分钟的话，都是知识分子的腔调，说话都注意分寸。雷文没敢招惹倾慕过他一时被他戏称为月宫仙子的水仙，因为情感淡漠，又怕惹是生非。

匆匆告别西合营，沿壶河河谷北进，急急忙忙北赶，折腾到十二点终于进入了大桑河畔原阳县境，此前这辆车的行车里程已有六七百里了，按事先安排的行车里程占到了百分之六十，口上市区触手可及了。这小车开得简直飞起来了，遇到点儿沟儿坎儿也没减速。亏了司机师傅负责，在西合营抓空隙对车进行了保养。先前路较顺，车显得特别少，但是到了化稍营南大桥时，麻烦来了，让众人惊了个目瞪口呆。怨不得路上车少，因为这里桥面故障断交多日了。

司机紧锁眉头，心急火燎，望河兴叹，毫无办法，恨不得扇自己嘴巴，骂自己粗心大意，因此耽误了行程，再三向总厂长致歉。这一回他学乖了，连续请教了三拨儿路人，策划了稳定牢靠的行车路线，求人问路找带路的向导，光大境门烟就用了半条。花费都由总厂长自己掏腰包。没办法，只好改走新线了，返回北水泉，走下道爬上去辛堡乡的大坡，翻过马圈堡那道山梁，从东城镇城南的便桥过大桑河，再上宣大高速经显赫营去口上市区。这一绕多绕了一百多公里的支线公路和乡间路，多费了仨钟头，到达赵桐老主任家时已经是下午五点，太阳爬上西山了。看病人送医生这事儿都耽误在路上了。

老赵桐有三个家。为何这么多家？老职工老干部们真正的家是厂子，一生与老厂有感情，所以才叫以厂为家了。说他家多，那叫家吗？只不过是一两间小房子，几件旧家具，一个铁炉子，充其量是个小底片儿而已。更精确一点讲，赵桐一生因工作需要调动多次，还因为家里有搬不走的老人和儿孙的缘故，才有了口上的家（算老家）、沉沙镇的家和桑阴县的家，都是小底片儿。

昨天雷文在电话中从赵桐小女儿那儿得知，老主任在病榻上。身边有年老的父母，还有逐渐长大参加工作的子女，这些都不能随迁，所以三个家只是留下搬不走的三个底片儿。他是在口上老家晨练时摔了一跤才病的，是腿部骨折，腰椎受损，血压居高不下，坐不起来，翻不了身，更趴不下，又长了褥疮，大小便又失禁，最后也影响到心脏了——说是心肌严重缺血，心律不齐，可受大罪了。好像还休克了两次，好像医院还发出过病危通知。

他小女儿还说，爸妈老两口对撇子，一对不求人的老实人，有病一起扛着，不说，也不去麻烦公家。爸爸卧床不起这仨月，把她妈也累病了，老两口得的一个病，都是高血压，犯起病来天旋地转站不住。让他们找厂子帮忙，说不动，妈妈就是硬撑着，硬不住院。小女儿讲，她爸先是住进地区医学院附属医院，住腻了，伙食又不好，近日回到家中，算家庭病床。小女儿还讲，她爸爸那种脾气，不轻易麻烦人，有不少情况连他现在桑阴的厂子也不让告诉。他们厂来过人，来了个工会干部，拿了一堆药条子回去了。是俩月前来的，药条子得经过管财务的厂长签字，还不知道哪些能报哪些不能报。她说，这事连地区重局的人也瞒了，爸爸不让说，有多大的事儿都爱自己扛着。小女儿还说，她爸爸几次叮咛她不要跟雷文哥哥说，莫让你分心。

焦化的老孟厂长、原料书记韩金贵，还有炼铁的几任书记茹济、东山、玉莲和时下的老侯——侯廉，不都是这样子的人吗？好像打起[①]就这样，他们说抠巴公家是耻辱的事，谁也没去教谁，也不去攀比谁。

斗私批修时，韩金贵都斗了点儿啥？用过公家的两个信封、三张信纸，回蔚州时没花钱搭了公家的货车，还让人家“供”在驾驶楼里。

老侯廉的斗私也是笑话，就从车间里偷拿了一张大表，回去卷烟用了，抽过工人们递的纸烟，在炉台子上干活时多吃过冰糕、汽水什么的。

老侯有点儿口吃，抓思想主要就是抓纪律。有一次附近村里抓到一个偷玉米棒儿的捞渣工，被人家扭送到分厂办公室，又送到老侯那里，可把这老书记气蒙了，他打发生产队的人走了后，恨不得踹丢人现眼的那个小子几脚。他审了半个钟头，审问时有一段急促又艰难的对话。

“为为，为啥祸害人家的庄稼？为啥？为为为，为啥——”那小子不语。“你不是村里来的？哪个村的？”那人低声道：“辛堡子的。”“我再问你这捞渣工定量多少？”“56斤。”“56斤你还吃不饱吗？”这是老书记的厉声质问。“能吃饱。”“能吃饱还去祸害人家庄稼？”当然就是吃不饱也不能祸害人家！公家的同样不能祸害，自留地就更甭说了。老侯反转又问：“你爹娘在生产队一天吃多少？”捞渣工答：“八大两。”老侯问：“能吃饱吗？”捞渣工说：“吃不饱，俺爹拉拉着腿下地。”老侯说：“你爹这样，招工前你在家不也是这样吗？看你这后生——浑小子，昨天你还是农民吃八大两，今儿个你成工人了，吃到了将近二斤，反倒祸害起人家农民来了。农民起早贪黑地在地里种庄稼，人家容易吗？工人和农民是弟兄，你这样作践农民弟兄的劳动成果不害臊吗？”最终老侯把那捞渣工说服了，这后生给生产队赔了钱，还帮忙锄了两垄草。

为了探视有恩于自己的老主任，金雷文今天早上五点就被叫醒了，五点半

①打起：方言，表示从一开始。

上了大公路，转眼间到了鸡鸣驿。早饭没顾上吃，嚼了几块饼干，午饭也没吃好，一路连口水也顾不上好好喝，跑了一天的路，到达了目的地，这一绕就是一千三百多里，值吗？值。

可是来到老人的病榻前和老主任赵桐说的话——完整的话不过十句。他来得也太晚了，不到一个小时就告辞了。他除了看老主任，还是来口上办公事的，同行的还有总会计和机械副总。原计划下午四点赶到约好见面的那里，这会儿已通了致歉的电话，他得赶到那里去。人家在等，不然人家明早出差。事儿赶事儿都赶到一起了。这段时间让“神医”赵静修给病人检查了一番，占去了大部分时间。

为啥和老主任只说了这么几句话？因为老人已处于半昏迷状态，已经快不能说话了。又说附属医院的医生叮嘱让卧床静养，不让他多说话。就只说了这么几句话，真不容易，像沙里淘金淘出的几句话，也是他的亲人贴在他的嘴边说的，他的话是经过翻译加工的。

雷文初到病榻前，老主任还在睡着，睡梦中他的身体偶尔还在扭动，那是躺卧过久酸疼的表现，但面部还是那么慈祥，仍然是质朴、刚毅、善良的容颜。赵医生给他诊脉他像全然不知。小蔚州示意不要惊动他，别影响他。

雷文离开这间屋子避到外间，后来又到了院里，进一步交流了一下情况，又跑到另一间屋子看了看雷文管她叫大妈的老太太，说明了来意后，把带来的几种药品、补品放下，还想留下点儿钱，老太太死活不让留，最终还是留下了，老人只好接受了。老太太过去偶尔把关系密切又讨人喜欢的这后生当成儿子，今儿个这小金的表现，亲生儿子也不过如此吧。

雷文又回到老主任的屋子在病榻前默默等了两分钟，老人终于醒了，认出是雷文，激动得急着要说话又说不完整。他家里人告诉小蔚州，这是见到你高兴的，俺大哥从郑州赶回来后，爷儿俩见了面也是这样。刚才他说了，见到你喜欢的另一个原因是想叫你来，有话对你说，怕你离不开，没好意思叫，说今天终于来了，好了。

说“有话对你说”啥意思？这登时引起了小蔚州的警觉，还能有啥意思？明白了，准是盼望多年的时日到了，麻子老葛把二姐彩凤裹到哪里去了这个谜底该揭开了，准是有了准信。想到此，他的心要跳出来了。

看老主任这人，看这个黏糊劲儿，唉！都过去十三年了，十三年来为找凤儿光找他这赵旋风就找过八次，现在看他这旋风刮得慢慢腾腾，没有丁点儿急迫劲儿，让人说个甚好。人一生有几个十三年，再不揭底双双都该入土了。皱着眉的雷文这样想。

雷文又不好意思先提这件事，先行闷着，都闷着。

管生产技术的人三句不离本行，重病中的赵桐老汉问起了沉钢基地建设进度和水污染的情况，雷文通过他的家人一一作答，提到的生产数字指标用手比画着说话。老太太也凑到跟前阻止他问生产，说都到啥时候了还操这份心，挖苦他说离开你姓赵的老倔头子就不建设社会主义了吗，养你的病行了。其实人家老汉不是真倔，那是对党的事业执着，是一根筋儿。

那手表的指针似刚上满发条一般急速地闪动着，嗒嗒的响声催促着雷文赶快结束谈话。雷文说给他请来一位乡间骨科名医，留在这里陪床护理，说着话赵静修进一步查看了他的身体，还查看了病床和护理器材，同时提出了治理方案，当然还说了不少康复在望的宽心话。雷文讲，他说了老主任是建设沉钢的功臣，赵医生的护理费和一些医药费老厂沉钢都承担了。他还讲了党委书记刘兴对老主任的病情和康复是如何的关心。

赵桐感激万分，频频表示对老厂老人们的思念，捉住雷文的手久久不放，眼中含着老泪。又谈了几句，雷文深表歉疚地说他不能待多久，重局工业公司的宛总找他还有事要谈。赵桐表示理解，要放他走。

这时雷文突然接了一个电话，他告诉赵桐是人事科长武金凤打给他的，立刻避到一边去接。

接罢电话回到老主任跟前，赵桐的嘴一张一张地早等在那儿了。他示意让家人避开，把雷文招到嘴前，开始说起一些极后悔无奈又极抱歉的话，道出了苦衷，光说“对不住”。

不过老汉憋了这么多年终于道出了一个秘密，晚了，说也说不清楚了——只能告诉雷文个大概，找彩凤嘛，自己去找好了。葛主任一家可能在西南大钢，大钢在哪儿？在云贵川。云贵川地面方圆三四千里，大山就几十座，大山沟子还有江河那么多条，小山沟子还不得几千上万。雷文早就知道西南大钢是保密厂，在滚滚狼烟、浩如烟海的哪座山窝子里的一个地方隐蔽着，要找到人那可就难了。再说跟这些单位共事交往又往往神秘得不行，要找人，那还不是大海捞针吗？

不过老主任透给他的信息给了他一线希望，也印证了他已掌握的情况，起码彩凤这一家子还活在世上，并且活得挺健康，当然他想起钟爱的二姐时也想起了那心肝宝贝小丫头——那是自己的亲骨肉。人只要活着就好，世上有了人，家里有了人，一切一切都有了。人在就有团圆的时候，一定会有的。

老主任说不出大西南葛存义一家的具体地址，但他说出了两个人，这俩人有可能知道点详情，或者通过信。一个是老家村里的一个老锻工，还在矿机厂上着班，名字说不清楚，家属可能叫前院嫂。另一个就是武金凤，找老莫就行了。

临别前，雷文避开老主任一家塞给了乡医赵静修一千元钱，同时说了些感谢的话，恳求赵医生在这里安心护理些时日，说吃住都替他安排好了，就住在沉钢驻口办事处，给老人治疗得差不多时再回。他又说：“沉钢算临时雇用你吧，需要护理多么长时间就住多么长时间，一千元是预付款，其他款项到沉钢驻口办事处报销。”他说自己会派驻口办事处的周主任前来协助办理的。他还几次说老主任是功臣，花多少钱都应该。

辞别了老主任，雷文一行赶到地区重工业局时离下班仅有半小时了，宛总经理带着相关人员还在等他。

办完事，雷文他们的车立马往回返，中间赶在花园镇吃了点饭，接着赶路，因为转天雷文还得参加大湖水治理的环保会。赶回到沉沙时，晚上十一点多了，这一天雷文的身子累得散了架，脑袋累大了，还装了一大堆事儿，他实在太累了，进了沉沙街上自己的家，闩住街门子，倒在床上什么也不想了，好在走时紧张得连被子也没叠，鞋一脱，头一着枕头就着了，连灯也没关，屋门也没关。

有一窝小燕子在吱吱叫，卖力地叫个不停，兴许是为了祝贺主人得到了喜讯唱着赞歌，祝贺主人事情办得顺利。

猫儿又来串门儿了，“喵”呀“喵”的，还不止一只。这是夏天，又不是春天闹猫子的节令。“吱吱”响动，跟头轱辘的一场战斗结束后，室外院中静下来，想必是猫儿捕鼠成功了。

屋子静下来，自家的院子也静下来，不大一会又传来邻家的动静，一连几家的狗叫过后，对过的邻家门子响，又有几声骂狗声，那是王哥家在化肥厂上中班的二小子回来了。

狗叫，猫闹，燕子争窝，榨机吵，火车响，均未搅了小蔚州的梦，他的身体倒在床上放松了，可他的大脑神经纤维却异常活跃着，越过了千山万水浩瀚的青山绿水，找着他的初恋情人——他矢志不渝爱着的宝贝般的二姐。他也在寻觅着自己的爱情结晶那个小丫头。忽而双双腾游在长空，翱翔了千里，忽而姐弟俩又像童年时期那会儿手拉着手，肩并着肩，并坐在奔驰于千里沃野的火车上，去哪里无暇思索。同行者还有不少熟悉的不熟悉的面孔，一堆人在吵，意见不一，有说去东海瀛洲的，有说去海南三亚天涯海角的。转念间风云突变，雷鸣电闪，风雨交加，劈得人睁不开眼，手一松钟爱的彩凤霎时间不见了，寻觅间听到神兵在上空呼号，声音中夹杂有麻子师傅葛存义的叫嚣声——要拼命是不是？！这麻子师傅是来找人的还是来拼杀的，一切都在茫茫中。正是：

交人交心，
浇树浇根，
交上蔚州直肠汉，
誓把黄土变成金。
以德报德，
以恩报恩，
小蔚州胸似海宽，
毫不利己，
专门利人。

4

京城西山，一派生机盎然，宽阔的长安大道直抵西山根起了，这里是首钢的正门，昨天代表们进入偌大的首钢厂区参观过了，不光深入学习了首钢艰苦奋斗勤俭办企业的精神，还受到了鼓舞。

今天是会议第三天，要参观京西化工区的。谁能想到，在西郊大灰厂的西边，群山峰峦当中——这种七进八出七弯八拐的山峦中，竟藏有这么大个工业区，叫“葫芦套”，啊！大极了！代表们难辨方位，这“葫芦”真的把大家“套”住了。这里从前是禁区，这会儿叫啥说不上。

“啊！”这地儿咋这么弯弯曲曲，山也太高，沟也太深了！这地儿抗战时好像鬼子没进来过，打鬼子最好了，装得下千军万马，浩如烟海，神出鬼没。

算让您说着了，“葫芦套”里嘛。诗人哲人一语中的，了得，了得。

这个“套”字确实把参观者给“套”住了，越套越兴高采烈。“啊！”高耸入云的铁岭，攀上九霄云霓的巨塔，十分辉煌磅礴壮美哟。这又是哪儿？京西。京西又在哪儿？三家店、大灰厂、房山街都算京西吧？一片连一片，了不起哟。

“套”字是百姓的语言，是形容此地之诡秘，是言里三层外三层、七勾八拐套住你没商量。前面一个小山包，近前一座小桥，过了桥是个黑窟窿，又不是洞，是隧道。绕过洞别有洞天，操场那么大，又一道几里长的沟，沟里烟囱林立，阡陌纵横，轻烟袅娜，机声隆隆，一个方圆几里的山湾，好大好大的一个工业区哟！

看上去绵延几里长，拐了八个弯——说不清是七个、八个还是十几个了——从东华门的冶金部大门口，大巴车飞驶了俩多钟头，穿过了海淀、丰台才进了这所谓葫芦套。“啊！总算到家了吧？”“没到家，远着哩。”“唉！还没绕开这葫芦套。”套呀套呀，里三重外三重，八卦阵、火牛阵呀，进来就甭想出去，令人惊愕，怕人极了。不知啥原因，没让代表们进这道沟。有卓越阔达的远见，才有广阔宽厚的胸怀。设计者决策者战略家们当年不知如何想的，竟钻进这兔子不扎窝的地方建厂。“哈哈！太有创意了——异想天开呀！”有人给出结论：战备年代嘛，就得这样吧。

“这里连卫星也找不到吗？”大三线小三线哟！

在“套”里也是几出几进，神秘莫测，“套”里也是光秃秃的低丘地带。大巴在平坦的柏油路上徐徐驶进，扫视沟子的背坡阳坡，正是秋天秋忙季节，咋这地方连棵稀疏的旱柳古松也少见？光听说在京城的西边，西边的哪儿又难说得清楚。是太行山，难道太行山就这么神秘吗？大巴又七弯八拐进了另一个地儿。这里有树了，树还真不少，像穿越了一里地茂密的林子，才进入开阔带。哪里是树？林立的工业铁塔此起彼伏，纵横的管网从沟底蜿蜒到山头，爬满了整条沟，呲呲的泵水泵气声，穿梭运动着的动体或云雾中的固体，塞满了眼目。一幅宏大壮丽的大区图景，把耳眼填得满满的。

这里确实是一个“套”，“套”得外来人晕头转向。战备三线的保密厂区就是这样的吗？“套里人”的生活区也布在这儿？这里或许纳入了宏伟的三线建设系列。

车队来了，一水的乳白色高档大巴，一拨又一拨，好长的参观队伍。

总厂长金雷文和随从也坐在大巴里，早在集体行动前就换乘了部里组织的大巴了，新的目的地和会议的第二项议程是：参观学习特大型企业燕化东方红炼厂的节能挖潜和环保理念。这家大企业是京城极牛的老大，其防火等级特高，进出一律是该厂的专用交通工具迎送——得搭乘他们的车，车辆有限，得分批进入，特烦人，外单位的车禁止入内。金雷文参观燕化这故事应该接在前些章的开头部分——冶金部扩大范围，地方大钢通知雷文去首钢参加经验交流现场会，这次会议是冶金和化工两部联合召开的，包括冶金焦化和化工环保两大系统的领导和专家。雷文因为养母病重，回乡探视，耽误了，星夜兼程，起了个五更，赶了个晚集，终归误了，没听上会议前部分的内容。星夜赶来，提前到了指定现场，抢先坐到了车队的第二辆大巴上。

进入“禁区”半小时后到了高级消防禁区，大巴车远远地都停靠在半里外，逐人搜身检查禁绝火种，参观队伍与厂区员工森严壁垒泾渭分明得俨若两世人。“这会儿不是开放了吗？”有人问。赵家蓬特区没进过，难道也像小赵家蓬？

洁净的厂区地面，高耸入云密如蛛网云雾缭绕望不到天际的炼塔、管丛、罐群、高桥云梯、雄似插翅高飞的筒式塔群，只闻声响，烟气徐徐，难觅人迹。这里寸土寸金，地形地物运用绝佳，让参观的人群看得瞠目结舌、叹为观止。“啊！现代化，高精尖，这就是现代化嘛！”特区，特区，难道这就是特区吗？听介绍，这组炼塔巨人下牵着大油田、大油站、大化工厂和数以万计的加油站点。这里谈“火”变色，根除一切隐患，真正安全第一，标准化作业，人的生命为天。小蔚州金雷文出过国，在日本的千叶制铁所大电炉铸钢机前住过脚，在德意志鲁尔工业区一面作业屏幕前考察时，细瞅过冶炼指数，那都是在外国，可今天在这里仍受到震撼。相比之下，他觉得本厂沉钢的设备落后了半截子，每每使他跃跃欲试，要追赶现代化。

他在燕化的另一个分厂，叫胜利厂吧，在该厂一位师傅的陪同下爬上了45米高的一座什么塔，可能叫分馏装置吧，考察了塔顶节制阀的养护与维修。在这塔顶仰望蓝天，蓝天扬手可得，俯视地面，地面上的人似蚂蚁在动，浩荡东风激人丹田气沉。

雷文下了分馏塔甩步就要到地面时，不远处传来一堆参观者的会话，是老外。有两位外宾在塔前住了脚，指指点点，像是在争着什么。接下来，“哈罗”“哈罗”声从另一群人中传出，一个衣着时髦的中年男子朝俩外宾凑过去。小蔚州放眼望去，在他五米外伫立逗留着一胖一瘦俩老外，那瘦子显得真高，少说也一米八，咋这么面熟？特别是举手投足时那特殊的动作。另外那位老外——那一篓油似的胖老外比他矮了近一头，但思维敏捷，伶牙俐齿，哇啦哇啦争着什么。啊！苏联的巴甫洛夫，那鼻子大得带钩，这会儿他们的国名叫俄罗斯了。对，就是他，雷文在唐山矿冶时听过他的课。他不是早回国了吗？是没走还是又来了？雷文在一旁嘀咕着，不好意思前去打扰，等候在原地想听一听避一避再过去，反正离集体活动集合还有一段时间。俩老外像是也在讲解分馏塔，讲得很快，话语专业性很强，听也听不明白。正在老外怅然若失时，来了俩中国人，一个穿米色工装的岗位工在那里指指点点，显然是谨言慎行的。这是从厂内随地呼叫过来的，也是来帮助回答国外友人的技术问题的。另一个国人原来是自己的半拉子老乡，原来是他，熟透了，老侯廉的弟弟侯洁，想不到在这里遇到他了。

“啊！”小蔚州不由得唏嘘了一声，他想，真的开放了，这么保密的地儿，竟让外国人看。

侯洁老哥扮演着翻译的角色，在一旁帮忙话回答着老外的问题，见了雷文招了招手，也只是笑笑示意，打了个招呼。他瞅冷子和侯洁有几句对话。“金总，也来参观喽！”“是的，侯师傅，调到这燕化了？还是在京城什么地方高就？”“哪里，哪里，暂时把咱侯某人安排在外宾楼参与接待。”“那高个子是巴甫洛夫吧？”“是，是，就是巴甫洛夫，你们也认识？”“不认识，在唐山听过他的课，讲‘热风阀构造原理’的，是大课，没单独接触过。”“好好，不好意思，回头再聊。金总，我还有要事告诉您，回头找您。”“拜拜！”小蔚州近前一步，轻轻抓了下侯洁的肩膀以示亲热。侯洁老兄反手搭过来进一步泄密说，今儿个晚饭吧，我请客，就在冶炼厂招待所，让你见识一下。

雷文似惊又喜地嘀咕着：“最想见的人，谁呢？”侯洁急急忙忙追老外去了。

这位侯洁老兄神通广大，手眼通天，官不大能力可不小，几天不见竟换了这么一身洋行头，看起来有点儿滑稽，一夜间，土老帽变成了洋绅士，西装革履，锃亮的尖头儿皮鞋，领结还是艳红色的，着实让人见了新鲜，五十多岁的人了，咋打扮得如此鲜艳无比？似个十七八岁的公子哥。事后得知，这会儿这人任外宾楼接待处副主任一职，其实这口外老乡侯洁忽忽闪闪半辈子，哪里受过高等教育，更没有正式学过外语，只是人聪明，交际接触人的面儿宽，注意随时学一些而已。这会儿改革开放了，外事活动增加，老外们频频来华交往，对外文外语翻译的需求量增长，这类人才被重视起来。老侯礼仪外交外语方面的才能得到发挥，一瓶子不满，那半瓶子还能晃荡嘛，没有朱砂，“红土子”也为贵了。看看这位老兄那神态，可不是一般的科员兼翻译，俨然像专家学者。

那个大个子老外一口气同一个词汇重复了三次，大拇指还兴奋地举得高高的。侯洁翻译给大家：“这是巴甫洛夫专家夸咱们哩，一口气说了仨‘中国好’，他就是中国好，中国干得棒，中国是好样子的。”

侯洁老兄说着激动起来，学着俄国专家巴甫洛夫的样子，扭过头对着中国同胞又竖起来了个大拇指，鹦鹉学舌似的高声宣示道：“中国的好！中国的好！”

“中国好！……”现场泛起一串欢呼的涟漪，泛起阵阵欢声笑语。

俩老外还没走，站在雷文的对面朝来的方向张望着，雷文也看到眼前仍是那座座高耸入云的高塔，高塔像几个挺立的巨人。起风了，高塔上空连着一条似云似烟的丝带，随风飘舞着，似浮烟，似云朵，似散落着的朵朵烟花，漂亮极了。

“亚克西！”“亚克西！”又一拨参观人群走过来，雷文望去像有熟悉的面孔，兰化的、西钢的、克油的，还有什么天池旁边石河子的，记得他们是昨天大会上发言的西北组，都长得很美，线条流畅，蛮精神。“亚克西”也是“好”的意思，语言不同，但意思相近，都是在为繁荣昌盛的祖国祝福。

西装革履的侯洁回到了现场，还带来两位工作人员，一位穿米色工装的老者，后面跟着一个穿同样工装的青年女性。那姑娘捉着个袋子，还提来个小巧的工具箱。这个想必是老侯替外籍专家请来的本厂工程技术人员。

“啊！”雷文又一次被震撼了，这中国专家一组人竟和老外一起展开图纸，还在为个甚争论着。胖子专家还认真翻看起中国女职工递给的资料，还在说话。中国真开放了，现代科技是共享的，中国请来老外，老外兜着一堆宝走了。老外也留下了宝藏，也为中国的科技界射进了阳光和希望。中国的银山宝锭和七彩阳光照亮了世界，世界更是一座取之不尽、用之不竭的大银矿。山山水水都有中国人的一份，中国人只有进取，壮大自己。中国这个巨人天天在增高。

冶金、化工两部联合组织召开的这个大型交流会马不停蹄地开了三天。散会了，与会人员同步化地打道回府了——传经送宝淘宝堆银的各地区各大厂矿各路“神仙”级别的与会者都满载而归，回到自己的“庙宇”麾下——可以变宝为宝的那一亩三分地儿。小蔚州金雷文在京城还得逗留两天，住进了冶金部下属的一间招待所，这招待所恰在侯洁所在的外宾楼附近。

这小蔚州和老侯有事相约，是雷文找老侯商量启动沉钢稀有矿石项目京在城酝酿报批的事，求老候在上面给找人。沉钢的玉马矿发现了与铁矿、硫铁共生的稀有金属，这金属达到了国家稀缺物质保密的等级，沉钢正待开发上马，部里、省里得投资立项，得办严格的审批手续。沉沙钢厂下属的玉马铁矿身处宝地，极有开发价值，前途极为辉煌。最要命的地方是选址——选在这沉沙断裂带小盆地的关键部位，宝藏在地层深部，要开采选址很重要。选对了，一锤敲定立项了；选错了也是上边的一句话，基层白忙活半天。

这里是大桑河、洋东河和潮白河三条水系交汇处，才垒聚成这么一个占地上百里的京北大湖，地质结构独特，要在大湖上方开凿一座金属矿山，将要严重污染到水源。中国就这么一个北京，重要水源地要数着京北大湖了，它可是京都百姓赖以生存的大水缸呀。当年不知碰上了哪一位迷迷瞪瞪的设计规划师，大钢在这儿上马前，咋个连这点常识都被忽略了？

小蔚州雷文早就注意这个问题了，地区有指示有规划，刘厂长交接时也为这一大课题向他交代了，近些时上边的环保风频频劲吹，作为一个企业家，雷文当然极重视这问题。大湖的环保工作处在“保守治疗”阶段，企业的前途未卜，雷文经常记起这项工作，遇到问题主动出击，已经做着发和缩两手准备。积极推动严格考察玉马稀有金属矿上马，就是他重要的一手。稀有矿立项通过上马的话，沉钢就能活下去。候洁捏着他的肩膀说的晚饭要说的事也有这个。

那天傍晚侯洁应邀来找雷文了，是谁请谁几点开宴呢，没有说清楚，反正会面的地点在招待所的小餐厅，这里有小单间，找个说话处方便，随意点几个菜，谁请谁都无所谓，说得着，彼此都给对方办过事。从性格上讲，雷文对侯洁这位二老乡并不怎么应心，这人不实在，弯弯道道太多，对他应下办的事像在雾里看花。这位老兄不是办缺德事的恶人，但也不是讲公道、乐于助人的宽厚义士。他的不少话语听起来要打折扣的，哪些话是真的，哪些是假的，让人难以辨认。但是，不应心的人还一点也不能怠慢，更不能一脚踢开，关键是他是好友侯廉的胞弟。另一点，这类人又不能不交，在社会上混的人“没有走不着的路，没有求不着的人”，这人神通广大，交往面广，在一起侃一会儿大山能多得些信息。

说来也怪，一提到侯洁，雷文总爱把他和麻子老葛联系在一起，他们是更近的老乡嘛。

至于侯洁对雷文的认识就更现实了，在侯洁眼里，这小蔚州雷文不是单纯的一个人，不光是围在周围转的朋友，还是一份财富，有可使用的人力、财力、权力资源。老侯极力想弄清雷文上头的根儿在哪儿，但始终没弄清。说雷文是个人才，他信又不全信，关键还不是上面有人，他这颗“星”才能够被人看到，才能闪光，才能够挑起这副担子嘛。雷文这是第二次到沉钢工作了，从前那些年为啥就崭露不了头角，还受了那么大的委屈呢？那时没人吧。在老侯的眼里，钢厂雷文的价值有个“飞跃”过程，从前这后生的职务也带长，可只是个副段长、主任和分厂厂长，雷文找了去亲近他，他多是躲着走。这会儿老侯真拿豆包当干粮了，主动亲近，经常联系，多是主动上门说事儿，一口一个金总地叫着，嘴甜得像只八哥。没什么事碰到了也可以凑凑，联络联络感情嘛。“感情”这玩意儿遇事儿也成了“财富”，要么说人熟是一“宝”嘛。这会儿带上个“总”字，立马升值了，“总”字的后面跟着四万人、几十万吨钢铁及相应的若干份权力，他一张条子就能办好多事。这些权力若为自己所用，不知能变成多么大的能量和财富。因此，同是对待一个人，老侯的态度也换了另外一个模样。这次聚会，老侯做东，提来了美酒，点了菜，还专拣着总厂长想听的话说。人说这老侯精着哩，转轴脑瓜，猴儿精猴儿精的。

老侯还没来，妹子侯梅和妹夫先到了，张罗着，几位口上的老乡也陆续到了。

在市场经济条件下，生产关系慢慢变了，人格标准有所变化，人情世故显得也变味了，人际关系中的“情”字减退，“利”字“权”字膨胀，讲关系也是一种资源、一种财富的何止一个侯洁呢，连总厂长金雷文的脑袋里也有这类影响的阴影，关系资源论或许在毒害社会，受影响有多寡轻重而已。雷文好就好在经常敲打着自己，人得讲卫生，讲道德，讲本分，日省吾身，但人又不能太干净了，太干净的人在社会上混不能活。

5

在京城最宽阔的东西大干线上远在一里外就看到那富丽堂皇的贵宾楼了。镶金嵌银的贵宾楼的匾额显得阔绰扎眼、地位显赫，把其侧的东池子小马路显得那么狭窄和局促。其另一侧就是金雷文下榻的一家冶炼厂招待所。那低矮的房舍，那狭小的院落，和贵宾楼比起来相形见绌，一个是富人区，一个是平民之家。

立在高台阶半空的贵宾楼又像头装扮时髦的傻骆驼，它下首的冶金招待所倒像站在骆驼旁跟脚的小伙计，只因为这地方寸土寸金的缘故，招待所的楼房比较高，所以像傻骆驼近前站了位高个儿伙计。因为一墙之隔恍若一家的缘故，两家的客人站在露台或院子里活动，一般都能互相看到。

二位专家回到下榻处，正坐在阳台的凳子上纳凉，作为高级服务员的侯洁站在身旁指指点点，俯瞰着浩如长河车水马龙的大街。这幢新建的贵宾楼，确实也是鸡群里的凤凰了。急切想打听一下二姐信息的雷文不时望一下仨人的活动情况，急盼老侯告别外宾来到自己身前。可是仨人逗留在那露台上黏糊上了。一胖一瘦的俩老外像在争论着什么，还挺激烈，叫什么木尔西的德国佬拍打着桌子角。那个傲气凌人以气压人的巴甫洛夫嗓门更高。他在抽烟斗，能模糊看到他的烟斗口里喷出来的烟火，随着他的高傲的讲话姿态，画着火圈上下跳动。巴甫洛夫下首的是那位叫什么“西”的德国专家，他没抽烟，好像在转着一个杯子。俄国人真是在发火吗？冲谁？冲那个德国人吗？又为了啥事？不会是针对中国的侯洁吧？怎么会呢？侯洁掺和在那儿温文尔雅，得心应手。

雷文对这些老外不怎么感兴趣，特别是对那个巴甫洛夫一点好感也没有，他的飞扬跋扈、盛气凌人、粗暴野蛮让人看了恶心。

改革开放了，搞活了，外国人不能不理，侯洁这号人更不能疏远，不是叫与时俱进嘛，与时俱进好了，小蔚州雷文这样想。

贵宾楼厅堂里的灯亮了，看得更清晰了，雷文发现老外们和侯洁的争论似乎告一段落了。从几个人的举动看，巴甫洛夫的争论主要不是针对老侯，老侯离开时，他俩又是握手，又是拥抱，而木尔西没有。雷文深谙老外们的习俗，这些外国人心胸宽阔，讲话也多直来直往，刚动完拳头兴许回头就握手拥抱，行为光明正大，很可爱！

取人之长，补己之短，见先进就学嘛。

从事了几年外事活动的侯洁也有这个优点，好像人家侯洁老兄从没有生气的时候，有人骂老侯是“笑面虎”，雷文不认可这样的说法，有时自己也仿效这样的做法，所以从当副段长到当了副厂长、分厂厂长到总厂厂长，给人们的印象这个后生、这个官儿好人一个、好官一个。跟他这样的人做事，交这样的朋友，让人放心顺气，信得过。上面考察，不是有人说过，金雷文，好厂长，好苗子，选对了。办事很少有像老厂长那样的霸道作风，几乎没见人家小蔚州拍过桌子，也没见跟谁瞪过眼，该办的事都办了。在他的话语里，成绩都是别人的、党委的。

雷文对老虎的“虎”字有自己的理解。“虎威”“龙腾虎跃”是褒义词，“笑面虎”里的“虎”就是贬义词了，这个“虎”字笑里藏刀，是要吃人的，但他认为侯氏兄弟都是好人、诚实人。他大哥侯廉，钢厂数一数二的大好人。这老二侯洁也是好人，例如给有病的职工淘换药，还不是一人一次，也没见他吭声讨好。好像邢台地震他学雷锋捐了钱，唐山地震他报名去了唐山抗震救灾。而具体到自己，在寻找二姐彩凤的问题上，雷文认为他是个两面派，始终不说实话，后来想明白了不怪他了。从前——那应是几年、十几年前，为了找彩凤自己求过他不下十次了，看他那副德行就知道是在应付自己，当时恨不得把他囚在一个地方用拳头逼他讲真话。但到现在也没问出个一二三，现下都过去了，他兴许真不知情，兴许知道就是不说，替朋友保着密。毕竟老葛是他的好朋友，或者是党委不让讲的。忠于朋友、友情，这叫信义。他直到最近才知道彩凤被麻子弄进大特区了，知道了还能咋样？你金雷文敢去闯西南大特区？

雷文情绪极其复杂，这一会儿又碰到阴阳怪气的侯洁老兄了，这老兄下午就悄声告诉他说要告诉他个好消息，啥消息说不清，还说争取让自己见到个人，是谁？来不及细说，除了彩凤的下落，还有啥更重要？

晚秋季节，北国的京城，树影婆娑，微风习习，下班后的时间，正是凑上几个老乡知己喝点小酒、侃侃大山的欢乐时刻，问事不成，会会朋友联络一下也好嘛。

老侯洁出贵宾楼的大院儿十分钟了，就是没见到人影，一步之遥的邻居姗姗来迟，咋也说不过去。难道“猴崽子”又在耍笑自己？不会的，不会的！雷文这样嘀咕。不敢吧，打从自己这个厂长前面加上了个“总”字后，见了面这老侯可热情哩。今天先由他去吧，他不会失约的，不来就等着好了。

雷文点燃了一支烟，面对着老侯所在的方向轻轻地吸着闷烟。贵宾楼的露台上好像巴甫洛夫仍和几个老外在那里聊天纳凉。有的老外似曾在什么地方见过，也怪气，他又对那个巴甫洛夫产生了极大兴趣。

这小蔚州最爱想事——一个“大鼻子”转眼过去不就算了嘛，如何引起了这么大兴趣？

金雷文想创造条件准备接触一下这些老外——国外“智多星”们，借脑认识世界，充实自己，这不恰巧是个机会嘛。开放了，要发展光在自己那一亩三分地里土打土闹不行，不走出去咋能大发展？

侯洁晚到了二十多分钟，他说买了包烟，实际中途给人家劝了回狗架，实际正经八百办的事是把妹子侯梅叫了来给小蔚州敬酒表达谢意。

侯梅原来是沉钢的司磅员，为了解决和北京工作的丈夫两地生活的问题，是雷文批准并帮助她调回北京的，所以侯洁借机让她表达一点谢意。或许是好心待人有好报的缘故，雷文这时才知道侯梅的丈夫和葛存义是一个村子的，并且和葛家沾点亲，走得很近。

今天的侯梅不经意间道出了葛存义裹着小媳妇彩凤在西南大山里的秘密，还道出麻子老葛早在一年前就死了，并说彩凤尚过着孀居生活。

侯梅说：“按娘家街坊论，俺家娃应该管存义叫四舅哩，过去还真不知道金总和彩凤是姐弟，是一家哩。彩凤在哪儿？听葛家人说在西南大深山里一个叫渡口的地方，也是个大型钢厂，挺大挺大的，全国数得着哩，四哥没了，四嫂当了领导，可能是大钢职工医院的主任吧。”侯梅侃侃而谈，她提到的四哥就是麻子葛存义，四嫂是金彩凤了。这条消息事后在侯洁那里也得到证实。这时的老侯说这事再也不吞吞吐吐了，还恨不得在雷文面前立功赎罪讨好哩。

西南大钢露出了真面目，大钢的医院就是彩凤所在单位的具体地点，照雷文现下的身份地位，单位的组织部门去封公函（查找亲人）或挂几个长途电话就解决了，但是年代久远，随着年纪的增长人的思想也复杂了，雷文没马上这样做，还在犹豫着，喜的是二姐还活着，忧的是时间已过了十五年，想见她复杂了。

回到老乡聚会酒场的高级翻译侯洁又被人叫走了，说是有位领导去看望专家了，叫他去，官身真的不自由哟，喊老侯的来人说话时又提到了巴甫洛夫。

老侯走了后，没了做东的侯洁的引领，酒场进入低迷状态，雷文的思想开了小差，一直围着巴甫洛夫转。

那时他还是唐山冶院的大学生。

他是在一个设备故障排除现场见到的巴甫洛夫，好像不是唐钢，是唐钢附近叫什么小套子的地区钢厂。对了，在迁西，比京西的大套子小多了，但进去七转八拐，也把人套了个够呛。炉子是小型洋高炉，像沉钢被称作老爷炉的炉腹上打了箍的那种老炉子，土得很。小型洋高炉逆行请洋专家治理能请到吗？怎么可能呢？那可是笑话，绝对请不到的。但人家这位专家带领他的学生不请自到。不为这病炉子，是实习的——为个甚？当时他是矿冶学院客座教授，在华期间也跟着学毛著，极为崇仰毛泽东，常常带领学生深入到生产一线学习。过去他研发的强项是洋高炉冶炼，搞的炉子是大高炉，没有接触过小高炉（土高炉），不知道这“梨子”的滋味，要走出殿堂来地方工业生产现场尝一尝。当时在冶院就读的雷文，恰恰是跟着实习队伍来的学生。

“小套子”的那座小高炉，工艺上得了“肠梗阻”一类的病，长时间“带病”运转是吃不合格料造成的，炉膛跟人的胸膛一样，常年粗茶淡饭饥一顿饱一顿不“过劳死”才怪。啥叫“结瘤”，吃进去拉不出来了，风口[①]显示腹腔上部撑住了，撑得还挺厉害，严严实实，愁得大家团团转，从大厂唐钢也请来了人，照在场的本国冶炼技术人员的“手术”排解方案，只能炸瘤了。

炸瘤在即，“大手术”一触即发，火药雷管推出推进，人心惶惶。

“不不不不——不可取，不可取！后患无穷的。”有个人吼着制止，近前瞅了瞅，是巴甫洛夫，他脑袋摇得像拨浪鼓，这声音像声炸雷，给传统的炸瘤方案浇了一瓢凉水，雷管被推走，炸瘤的“刀枪”入库，一场虚惊闪过，这老外登时“扭转了乾坤”。

其实巴甫洛夫多事了，他已经不是请来解决关键技术问题的专家，只是带着学生来实习的外籍教师，没有发言的分。可他仍然还是巴甫洛夫——那位爱扔杠子、爱放炮的巴甫洛夫，就不顾场合和身份地讲了，可能是他的“余威”的缘故，他的建议被破格采纳了，改炸瘤为洗炉，客观上为这个厂改进了操作技术，延长了炉龄，挽救了损失。

今天出现在眼前（贵宾楼）的又是那个专横的要人奉若神明的巴甫洛夫，

①风口：装在高炉腰部探测炉况的部件。

好像仍然那么不可一世，不过看他和另外那一位德国专家在那里争论的气势略逊于从前了。从前是争论得不可开交时，咄咄逼人地前逼，而这时耸着肩后退了。他们在争论个啥不便多问，也无法去打问，再说中国人去接触外籍专家是有限制的，尤其是在国家级会议活动时，外事局、安全部的人盯得很紧。

和外国专家接触不上，不是身边还有侯洁这层关系嘛。这个随团行走的侯洁，没有专职服务于某专家的任务，一有空闲就凑到总厂长小蔚州身边来聊几句。

“侯主任，俄德两位专家是在争论个甚？值得又惊动炼厂工程技术人员掰扯些甚数据吗？”总厂长金雷文在问。

侯洁说：“不清楚。巴布洛夫讲俄语，夹杂着点英语，俄语我还懂得些，能扯上几句，也能沟通一些极普通的技术问题，往深处一探究咱就不懂了。至于英语，还有德语什么的，咱就一窍不通了，顶多识得几个字母，不敢轻易往外晾，光怕出丑。”

雷文笑道：“有时候见你在他们面前表现得极精明强干，也极随便，说得嘻嘻哈哈嘛。”

“那是现象，说的话尽是些生活上皮毛的琐事。”这是侯洁。

“琐事也是事——生活的组成部分，任何人都离不开生活是不是？也就离不开琐事。”对此，雷文上升到理论高度。

“干我这类工作的实际是个‘高级衙役’，最没出息的活，好人不愿干，赖人又干不了。”

“莫这么悲观好不好？这会儿改革开放了，外宾进来这么多，你们任务越来越重了。讲到重要性，你们的岗位算得上开放的前沿阵地。”

雷文讲这些话是高抬老侯了，他听得飘飘然。

“总厂长尽说宽心话哩，您还甭说咱这份儿工作风险性还不小，不知哪句话说错惹来麻烦，甚至会让人给开了。”侯洁谈起外事工作的苦处。

和侯洁聊着的雷文踌躇片刻后问道：“这巴甫洛夫好接触吗？是高傲，还是随和，我指的是性格。”

侯洁反问：“有事情？”

雷文说：“没啥要紧的，无非是技术上的事。”

侯洁说：“是冶金冶炼方面的问题？”

雷文“嗯”了一声。

侯洁稍沉了沉答：“他是冶金方面的专家，其他平平，一涉及政治，很敏感……就这样说吧，人是好人，脾气也比较随和，生活方面从不出难题，讲究凑合。可是关键性技术问题怕是从他嘴里掏不出多少有价值的东西，嘴严得很。他们这些老专家，尤其是到了这把年纪的老家伙，跟咱隔着心，也是谨言慎行，跟咱犯一样的职业病，打个岔就把关键词语滑过去了，岔也打得巧妙，涮了咱咱也听不懂。有些事情外事局那里挡着驾，难着哩……”

其实下午雷文和侯洁就扯到了这个问题，这里得补叙一下雷文白天在一座高塔下参观的情况。当时雷文问：“接触外籍专家方面的政策，好像有松动吧？搞开放嘛……”

侯洁说：“……不太明显，上边的事不好说，让你摸不着大门，还说变就变，你说是吧？咱老侯在这里仍是个老百姓，接触的最大的官是司局领导，知道的事或许还不如你总厂长的……”老侯说到这儿猛然碰了下雷文示意道，“那里叫我了，回头再聊。”他扔下这句话就匆匆走了，走了几步似乎猛然记起了什么，捉住小蔚州的手道：“口北大钢的郭厂长也来了，可能在后边那拨儿人里，他跟巴甫洛夫熟，熟得很，又会直接说几句俄语，回头碰上了，你们聊聊。”

“不是听说巴甫洛夫在口北帮忙时和厂子的关系很紧张吗？”雷文问。

侯洁说：“那会是那会儿，这会儿好了……”这话没说全，老侯匆匆追赶前面的队伍去了。

口北大钢的老郭是个好人，跟雷文也熟，就是文化水平低点儿，雷文闪身住脚朝后面望了望。

一拨儿参观的人过来了，但是没有郭厂长。

雷文确实想接触接触巴甫洛夫。厂子要发展，传统的方法捆住了手脚，涉及环保问题特棘手，单凭国内的力量解决不了，得向这类专家求教了。过去在唐山矿院当学生时不行，那时才二三十岁，人家是大专家，上的又是大课，讲的全是外语，单独会话必须经过专职翻译。这会儿他身份变了，是青年企业家了，是大厂的总厂长，又去过日本、德国，见识过。雷文是个细心人，爷爷的“历史问题”就是个教训，所以闭了嘴还得慎重行事。

6

熬呀，等呀，岁月流逝，她从一个“土鳖孙”家属工变成了一个大厂医院的护理部主任。

呆呆的彩凤坐在那儿盯着信傻想半天了，想神经了。十五年她就是这样过来的。

那天夜晚，因为过多地思考多病丈夫的事儿，儿女们的事儿，还有被她当成“隐形监狱”的葛家庭院的前前后后，还有文娃子，闹得失眠了，失眠得很厉害，通宵达旦，转天一照镜子，丑煞了，眼袋拉得长长的、肿肿的。这样的情况，她熬了十几年了。

唉！一生有几个十年？那一年，哪一年呢？最后见到他的那一眼是在吉普车里，车缓慢行驶在蔚州城南大路上，隔着挡风玻璃，她的眼被泪水糊住了。他追着车，他在暴跳，像闪电中的一只雪豹。她没见过雪豹，见得最多的是狼，狼和豹她分不清。

信这个怪物，把彩凤婆娘快折磨疯了。

她西昌医学院函授班毕业了，文化水平提高了，不光看得懂信，也能写信了。她说她可以当麻子的老师和秘书了，这是和丈夫讲好的允许她念补习函授学院的条件。她长出了翅膀。

那天晚上老葛没回家，说有事，在他的水电厂部值班，就睡在岗位上了。其实这也是常事，彩凤不在乎。他是分厂厂长嘛，谁知道有啥紧急任务。他办公室里单备了张床，也备有被褥、枕、席、水、食品和常用药品，备得很全，像在那里过日子似的。这对老夫少妻从来只有名分没有情分，况且分房分居多年了。在这豪华庭院里，她是尚处盛年的小媳妇，而出来进去的葛存义是典型的老头子了，说是彩凤的爹也有人信。丈夫一直把妻子看成只会生伢子做饭端洗脚水的白痴，跟这个山窝窝买来的婆娘有多少好交流的。妻子把丈夫看成老古董，老掉牙的东西，没了颗臼齿的老公马，像台很少动的戏匣子，偶尔打开也不知道唱的啥。二儿子和女儿都在外地上学，几个月不回家，这会儿偌大的宅院里只剩下彩凤和长子尽忠娘儿俩了。尽忠住在主楼外面的平房，那里距狗窝鸡舍近，他有自己的乐趣。这就是说，娘儿俩谁也不知道谁做啥，互不干扰的。

思谋起来这次失眠也怨自己——吃罢夜宵本来该早早上床休息了，家里外头的事那么多，累得要瘫了嘛，一到家哪还有精力干别的——折腾个啥？那时她还只是病区的个护士长，那个“长”的职务是虚的，管十个八个人，自己也盯着病床，就是个小组长嘛。啥也得你这个“长”带头，活没少干，磨破了嘴，跑细了腿，见天一身臭汗，嘴碎的挑刺的多，也落不下多少好。

回到自己家这一亩三分地儿后，应该享受上等人的生活了，床是藤床，饰以花鸟鱼虫雕花，富有弹力，是丈夫托人从数百里外的一个古镇购买来的，睡在上面既松软又凉爽。为了防止蚊叮咬，还挂起了蚊帐，冷了还有丝绵被，按道理只要心静是不会失眠的。

可是自己偏不，睡前偏偏练了一大阵子瑜伽，还耍了一通拂尘，又错误地饮下一杯咖啡，才惹下了祸。“冤家呀，冤家！还不是文娃子闹的。活该呀，活该！”她暗暗骂着心上人和自己。这个弟弟一别十几年了，还是从前的那样吗？还是淡漠了？

瑜伽这门功夫彩凤练了几年了，这个将近四十岁的口外草地上的婆娘，看上去还这么嫩面，得益于她常年在医疗界学会了养生术，还因为经年不断地练着瑜伽这门“洋气功”，又常年擦抹一种什么护肤品。当然她还练着从白仙姑那儿学来的拂尘功，那是秘方。她有信心，早晚会和弟弟团聚的——她不相信他俩会是那样糟糕的结局，他们永远是一对嘛。她本来就比人家文娃子大四五岁，又生过仨娃子，一门子心思要创造相会的条件，创造一个“奇迹”——长别十几年就当睡了一觉过去了。小媳妇嘛，一觉醒来还是那么鲜嫩水灵的小媳妇。不能让心上人看到自己成了个黄脸婆，更甭说不敢想的老太婆了。养护好皮肤也很重要，她要保持一种旺盛的激情。所以甭看又一个十年过去了，她的心态还始终那么美，肌肉仍富有弹性，所以背后人们对她“小媳妇”“小媳妇”地叫着也就见怪不怪了。她不守着丈夫老麻子时，精力总是喷薄向上的。和老麻子在一起时她蔫得像条毛毛虫，像老了十岁。同时她也遐想弟弟会是啥样子了——一座山似的个头，方脸高鼻，浓眉大眼，一身腱子肉。

失眠因为一封信——去年老家前院嫂寄给西昌的朋友转给自己的那封信——一封过时的信。信封揉搓得破裂焦黄了，信纸上有的字迹模糊难辨，再难辨也识得，那信深深印在她的心上。

一封过时的信，何至于这么珍贵？

当然珍贵了，小媳妇虽然没要过黄金，但在意识里这信比黄金还要贵重。

这封信抬头和主体混乱，忽而是嫂（嫂写的），忽而成了自己的爹了，当然有它的道理。彩凤明白，前院嫂是一个农家妇女，能有多少文化，收到信后，能写回信就不错了。信的内容不外告诉彩凤五点：她的娘就是那个让人懒得提的三奶奶身体很好，早已回家了，莫牵挂着她。她爹，让她断了跟弟弟文娃子的念想，说他上了大学混上了个好差使，光了宗耀了祖，这会儿回到了沉沙的老厂当了厂长。顶重要的是她也结婚了，娶了个家在北京的阔女人，说也生了个小子儿。顶重要的还有，彩凤就是有了弟弟的准确地址，也莫给他去信，各家都安安静静过日子好了。最后一点，爹想她，也想没见过面的外孙和外孙女，现在政策宽松了，得便时回来看看，姑爷（这里指葛存义）如抽不出空儿，她可以自己回来嘛。

金彩凤一生中牵肠挂肚的亲人有六个，她爹金老三，她弟弟金雷文，其次是她的仨娃，还有她娘三奶奶铁五妞，当然还应包括傻姐姐黑凤。这黑凤姐已经嫁人了，她那种情况也没法交流，近似把她忘了。说来道去彩凤一生中最惦念的人还是那个金雷文，简直是魂牵梦萦。这封信是前院嫂以彩凤的爹金老三的口气给彩凤回的，谈的主要意思是，人家后生都结婚成家了，一定莫再招惹是非惦记人家了。

这一封简简单单的信——八分钱传来的信，按道理看完了知道了内容，把信扔到一边或赌气撕碎顺手一扔，照爹的话做就行了、得了，何劳这么折腾、珍藏，扰乱了常态。这封信留了几年，却衍生出这么多需要交代的故事。

这可不是一封简单的信函，虽然只是一封平信罢了。平信咋了？物以稀为贵嘛。彩凤婆娘从寄出第一封信后（以后又寄了若干封）到收到这封信等了三年，等得心急火燎，望眼欲穿。她哪里是等前院嫂介绍家乡的情况，明显是想了解心上人的近况嘛——不知有多少次了，她总要在心底把钟情一世的奶弟弟雷文骂几句："那个没良心的二杆子货把抱大背大他的老姐姐忘了。""狗娘养的！"连连骂上几句，不是有个"天天读"的政治要求嘛，她不是"天天"而是"年年""月月"都要骂，骂几句能顶啥？兴许能让瘀滞的心情缓解些，其实也不尽然，骂着骂着会哭起来，骂得歇底里了，也骂自己。偶尔想骂的那个"二杆子货"不是人家，是自己——是自己坑了人家文娃子，耽误了人家这么多年，确实也不该再打扰人家了。打扰不打扰、何去何从，这又成了她的心病，心病加心病那可成了大病，常就歇斯底里了，会无缘无故发脾气，甚至对着信纸抽打自己。在医书上这叫心障碍或癔症。偶尔看到个长相像雷文的后生也是这种情况，这小媳妇发不了福或许就是这个原因。有人说上了年岁就缓解了。

能缓解些吗？不会的，更会引起对情人弟弟的万般情丝，挂念起弟弟的悲苦现状，又胡思乱想起来。一会儿像到了弟弟身边，甚至与弟弟拥抱在一起大哭着。一会儿又似和弟弟远隔千山万水，一个在天上一个在地上。猜想起弟弟这时不知如何找自己呢，弟弟的小心眼儿上来也是拧拧的，也不知多少天没好好吃饭了，还不知瘦成个啥样子。人是上天造的，造出来的人为甚有男又有女，男女间又有这么多情丝万缕？难呀，蠢呀，傻呀！啊！要命呀！不想了！多想想现实好了。多想想天空时常有雷雨光临，雷雨过后又会是个艳阳天。

7

为了寄出信，本不想逃离禁区的彩凤冒过一次险——越过刺网，攀过大山到区外的镇子上送信。

那是几年前的事儿，她是跟随一个叫阿菊的中年彝族姐姐去的。她不知道当地为什么这么多叫阿菊的，阿菊这名字的含义不知道，是说这些人是香花或吉祥鸟——善良的意思吧。

这个阿菊嫁了个汉人，半通汉语，极同情彩凤的遭遇，豁出去挨打被抓也要帮她一把。当时男人们是全员军事化，远在距驻地二十多里、五十多里外的高炉、钢炉、烧结机房、矿山、水电五大会战基地鏖战，吃住行工都在工地上。他们把家小都交给公家管了，公家还向他们打了保票，说公家一定能管好。建大钢基地调集五省的技术力量时，把精兵强将的家小（不含父辈老人）都接出来“随军”，并曾许下过优惠条件，一为保密，二为让这一批为革命建设献身的同志“与大钢共辱共荣”。总厂为了解除职工的后顾之忧，采用了屯垦方式，在家属中优化组合，单独成立了职工生活工委，管家属专用的建筑队、车队、食堂、浴池、学校、卫生所等生活设施。办好这一批婆娘和娃子们的事，又单独选了一块可以封闭管理的坪坝建起了班排连半军事化高度集中的管区——后来改建发展成第一至十二工人新村。彩凤和阿菊都是住在这管区的家属，日久天长成了好姐妹。阿菊是个彝族人，嫁了个汉族男人，也有了俩孩子，划了禁区后她家被裹进了大钢，网外又划了几片独立的区域，娘家住在网外一个土地瘠薄的什么地方，那里就有邮局。阿菊先告诉彩凤说禁山那是吓唬外地人的，她能变着法经常回娘家的。还说借套彝家衣服给她，也扮成采药的彝族女人，跟她走就行了，又教会了她一些对付盘查人员的法儿和土话。彩凤写好两封信——桑阴机械厂家属区前院嫂和沉钢水泵房武金凤各一封——都藏在彝式的发簪里。那是个周日，她跟老葛打招呼说去采药。她喂过家禽家畜，料理好仨孩子的事儿，天还眨着晨星就出发摸出了营区。这时行人少，检查的人疲惫，各方都松懈。她们摸过了东江江湾处的那道浮桥，沿江北上坑坑洼洼地走了三里路，这才钻进一道乱草丛生大树荫翳的深沟，行走在山石嶙峋沟壑纵横的林间小道上。一路上彩凤的心咚咚地跳着，但特别开心，她的一只鞋磨穿张嘴了，幸好阿菊姐多备了几双草鞋，半天后草鞋也被磨烂了，她忍着疼痛匍匐爬行，待天大亮才爬上一道山梁，找到了下山去邮局的路口。这时外面都亮了，可林子里还昏黑得像在山洞里，到处阴森得漫无天际。

突然天际大开，到了一处开旷的树林子，后来看清林子的尽头是边沿的村落。阿菊和彩凤都被暴露在光天之下，一阵梆子响，又似一阵铜锣响，接下来喊声四起，霎时间从高空跳下了无数人，一弯腰的工夫阿菊不见了，可彩凤被捉住了。她的身份露馅了，不由分说，她糊里糊涂被绑了，分辩听不懂，拿她当了特务。现场有男有女，从服饰上识别都是寨子里的土兵。彩凤从小听到过有天兵天将，老家蔚州的树没这么高，森林也没这么深，天兵是啥样子的咋也想象不出来。这时总算见到了，有些是从高空中飘下来的，像落叶飘雪般，神极了，玄极了，使人眼花缭乱、叹为观止。

醒过神后，彩凤向上仰望，哪里有如此高耸的树木？原来陷在真正的木棉林里了。好大的木棉树丛，她家豪宅子里也有木棉树，但那是小树，这里的树冲天入云。

高高的木棉树，火红的花，织成一片天网，甭说凡夫俗子，陷进去只山鹰也无法脱网翱翔。有的树可以住人吧？在此修筑的哨所，细看还修有上下通达的索道和攀缘绳道，此起彼伏，对角线布网，控制了地面和空中的一切。阿菊这一点没说明白，她说的是半彝半白普通话，咬字不清，或许说了彩凤她没听懂。兴许她俩进林子前和进入这条沟后，早就进入人家的视线了。木棉树、木棉花在贡献美姿、财富的同时，还扮演着拘禁甚至劫掠的角色，让彩凤这个倒霉蛋赶上了。

彩凤当了这里的囚犯——像逃犯。她在跟这些人躲猫猫打哑谜。土兵真凶，她一次又一次地遭到戏弄性的追赶，还被打了弹弓。神了，倒也有点人味儿，弹丸不打头，打到背上腿上臀上，疼疼的。亏了穿戴的那套彝族服饰，博得了一些同情，被捉住后先头只被倒剪着双臂牵到一处藤寨前，没问几句话自己汉民女子的身份就暴露，土兵换了多人审问，也没有审明白。审累了，人家将她扔在一边，还给她喂了水和苞谷饭。她觉得大难临头了，心咚咚地跳着，以为自己完了、报销了。但她也相信组织上的力量，自己毕竟是公民嘛，有大钢嘛，大钢里还有个“老头子”嘛。

这样遭了一天罪，哭诉也没用，没人听懂她的话。夜里就把她囚禁在寨子边沿的竹笼子里，好像是关家畜山羊的地儿，头顶上就是土兵的哨所，大刀等兵器闪闪发光。是个月黑天，高大的山把月亮遮挡得无影无踪，林子里更是漆黑一团。林子的西面、北面的远方像是有光亮，有叽叽喳喳声和喊话声，也有打击乐声，那无疑是村寨了。后来才知道，果然是彝寨，亏了没带小女儿来，不然那就更糟了。一通忙乱之后，寨子广场上灯火通明，再后来她望到了篝火晚会的场景，最热闹的是竹竿舞，竿声脆响，笙歌声声，人们的视线都集中到晚会上了，看管彩凤的人越来越松懈。吊着的木笼距地面有半人高，就像古装电影、戏剧里演的囚禁囚犯那样，中间放了个木凳，让她坐着。彩凤一直在哭诉，坦白自己为了寄封信才闯到这里，要去对面镇子上的邮局，说自己有丈夫有孩子，在禁区有吃有穿生活得很好，不想跑，更不会做那些损害国家利益的狗特务干的事。想不到这些站岗的土兵也有粗通汉语的，后半夜再也没有骚扰伤害她。没有人害来了兽害，她最惧怕的蛇蝎在脚下爬来爬去，蠢蠢活动。在她的哀求下，土兵把竹笼吊离地面一人高，以避其害。整整一夜，她又受到另一方面的袭扰，像掉进了蚊子窝，被咬了个遍体鳞伤、鼻青脸肿。

寨子里的土兵，也是属于禁区联防部队管辖的民兵，没受过正式训练，没有配火药火器，只持有冷兵器。按照禁区治安规定，第二天上午土兵像真的捉到一个越境的“特嫌分子”那般，把彩凤囚在一辆铺着毯子的囚车上弄下了山，交到了大钢基地的治安总部。沿途像要猴那般晾晒着她，寨子上的人立了功，像给基地贡献了战利品受到了嘉奖，一路上搞得热闹非凡。彩凤用自己的衣服蒙着头不敢望周围一眼。

“快来看哟，要猴了，捉到空降特务了！”

“还是个女的？”沿途的居民点有人这样呼喊。

彩凤在基地治安总部又被审查了半天，是关在远离医院的一间屋子里审的。后来到场的憋闷的老葛一声没吭，傍晚下班前，他从分厂里弄了辆车，捂着盖着地把妻子彩凤领回了家。听说为此麻子老葛也吃了瓜落。不是小题大做，战备需要，当时就是这个现实。夫妻俩安心不安心扎根三线基地建设的斗争还在继续，同床异梦，磕磕绊绊，不在话下。

彩凤这次冒险行动的收获是，她买通了一名土兵，花了些钱，确实把寄给武金凤和前院嫂的两封信拐弯抹角地送出去了。尽管等了三年，总算换回了前院嫂的这封信——总算跟家乡联系上了，总算知道了最牵挂的奶弟弟雷文的生活现状还不错。“还不错”就好。

听说弟弟已经结了婚，这婆娘酸溜溜的，那也没法，形势所迫嘛，自己失信在先，如何怨得了弟弟，只好认命了。但这事她又总觉得还画不上句号，天庭牛郎织女转世结亲的说法在脑海里又占了空间。一笔账没有了结，又有一笔孽债来了，不是还有爱情的结晶小文心嘛。特别是看到那个棺材瓤子的丈夫时，喜鹊登枝，她心思又活了，她像啥都明白了，啥也看开了，常常叹着气想这老家伙还能活几天。他老东西美美地安排着后事，自己想自己的辄，骑驴看唱本——走着瞧好了。不是有个有情人终成眷属的俗话嘛。

从这次送信受到的磨难中，她切实体会到大钢禁区确实是铜墙铁壁，她不会再跑了，也很难跑出去。但她看出了国家开放的动向，等着云开雾散见日头的那一天吧。

等来了，不光是捷报频传的锣鼓声，还有更洪亮的声响，那是大钢升级换代走出去请进来的新生。大钢归部里管了，大钢融入全国经济建设了。盼星星盼月亮盼到雾散了，藩篱拆除了。这艳阳天终于等来了，春雷响过一遍又一遍，已经是暮春了，春风送暖，春雷苦长又苦短，难道小婆娘彩凤的春天到了？春天意味着精神解放，金光灿灿，风和日暖。

这是另一天，彩凤失眠那天后的某一天，也是个夜晚，她坐在悬挂有纱质蚊帐的藤床前的藤编小凳上，帐子严实地闭锁着。床前摆有藤编茶几，茶几上又摊着几封信，有老信，也有一封刚收到的信，那是堆把她要折磨死的信。这"鬼"就在这信上了，这些要了命的、搅人心弦、丢给人烦闷的信——好姐妹武金凤刚寄来的信。

阁子的屋檐开得很长，像芭蕉叶，像鸭脖，像蒲扇，长长地探到天井间，那是为防雨防晒开的。卧房的窗子常年敞着，为了通风和采光。有窗子可没玻璃，垂上一块纱布代替了玻璃，脚力是短板，又受那么多大山阻隔，并且玻璃那玩意儿运输起来爱碎，当地人不习惯用它，都用纱布代替了。这时段，玻璃也好，纱帘也罢，尤其到了夜间朝外看去还不都是昏黑一片。这里是大山沟，望不到繁星，也习惯了，山沟和小盆地憋煞人，也难见蓝天，更别说弯月了。这地方常被誉为四季如春，春象征着万物复苏，真是个温暖的词汇。入夏了，若在老家口外，人们还靠着火墙子在老羊皮褥子上睡觉，而这儿四季都如春，早已是细雨绵绵、雨丝潇潇，农家忙着种作物了。被湿润的夏风裹进来的雨丝洒满了半间屋子，打在她的脸上、手臂上、脖颈里，弄得人痒痒的，也爽爽的。她窝心吗？愁闷吗？连她自己也说不清楚。

半年前收到的前院嫂的那封信摊在灯光耀眼处，强烈的电灯光亮照到信上的每一个字，关键的词语几乎给照穿了，她不想看，但往往字句又勾住她的眼球，尤其是她爹三爷爷让她断了和奶弟弟的念想，莫给她弟弟去信——"都安安静静过日子好了"的那些话语，像一根根银针刺在她心上。那哪里是跳跃在纸上的文字，是钢刀啊，是置人于死地的凶器。文字呀，也残酷呀！

偶尔她也恨起好姐妹"前院嫂"来，真是个不动脑子的农家婆娘，为什么要这样写？为什么不能写得婉转些——咋就这样直来直去，可以留点儿悬念让自己猜嘛，让自己好接受些。摆弄着信，转了几个圈子，她翻过来一想，觉得又错怪人家前院嫂了，人家有多少文化，脑袋里能装多少文字？字写得歪歪扭扭，还有明显的错别字，写封信多么不容易。这封信从去信要了解情况到收到回信拖了三年，还不知人家这姐妹鼓了多么大的劲儿才写了这回信。好像这是第二封信，后来她知道了，一年前寄来的那第一封给退回去了，是写错了地址，还是这里还没设邮局，还是大钢基地禁区的信一律拒收？她琢磨不出。在这种情况下，人家好姐妹又写了第二封信，可见情真意切。她彩凤收到信后不知咋办，茫茫然，所以收到信半年了也没往回写信，她不知道如何写好。她委屈得要死，恨着爹又恨起弟弟，恨不得立刻回到桑阴机械厂的生活区或老家大金家村，见到好姐妹抱头哭诉一番，倒出苦水后就去寻死。可是她脱不得身，回信也难，那一回找邮局招来囚在木笼里险些给蚊子吃了的横祸，想起来刻骨铭心，她被整怕了。

几封信中还有在外地上学的儿女的信，她同样当宝贝似的保存着，苦闷时翻腾出来把玩一番。尤其是宝贝女儿文心的信，她不光是她身上掉下来的肉，还暗示着一个方面，看到她或看到这小丫头的来信就像看到了那个朝思暮想的人。这女人是红着脸看女儿的信的，信上说些啥内容不重要，重要的是这个“她”——她的一颦一笑、一举一动都像他，这让人宽心，兴许没有这小丫头，她早就死了，骨头早就烂得没了。她葛文心——俊得像葱白似的小俊丫头——是他俩爱情的结晶。这些信件不能守着麻子老东西摆弄，他是属司马懿的，几十年了，为了防止自己变心或出逃，像防特务那般防着她。她摆弄信件也尽量避着大儿子尽忠的眼睛，这娃子不知像谁，心理变态——全家所有人他都提防，包括他的爹老麻子，更甭说想起来恨得咬牙切齿的“舅舅”金雷文了。一沾个“雷”字他就变色，成了禁区。

彩凤又一次翻腾近日收到的武金凤的信，盼了多年，同样是早早寄出事隔两三年后才收到回信——朝夕企盼的那封信，金贵金贵的信。信不就是一张纸吗？可她不知道翻看过多少次了，这次拿起来又急速地合上，不敢再瞅。信上说了些啥不知道，但从她红一阵白一阵的面颊可以看出是相当刺激的。

蒙蒙的细雨好像把蚊虫都封在草堆、水坑了，加上强烈的灯光的缘故，那厮们再也没敢来骚扰，兴许骚扰了也没引起女主人的反应。

这女人背着灯影搓了一回脸又搓了一回脸，不知咋的，她直起身子急速地跑到隔壁女儿的房间，急速地拉亮了灯，三步并作两步地到了大穿衣镜前，莫名其妙地端详起自己的脸庞来。镜面上呈现出一个美丽年轻的婆娘的形象。镜子中的人是金彩凤吗？她怅怅然不知所措，照了又照，看镜面，雪白的护士帽下是大大的眼睛、弯弯的眉毛、不肥不瘦的小鼻子，还有小小的嘴巴，嘴巴两侧的桃腮上还有俩酒窝，丑呢，俊呢？茫茫然她捏了捏自己的皮肤，还算有弹力，也算白皙，那丑在哪里呢？她不解，无意间把护士帽摘下，蓬松的缕缕青丝垂下来遮盖住半张脸，这一下更丑了，她急忙把视线转向一侧，拿起梳子，又退回到镜子前，并麻利地调整梳理了一下头发，这回好了，瞅着顺眼了，宽宽的略显秃的额头和丰满但有点儿胖的脸蛋儿被盖住了，再也没有了刚才的老相。

最后她还是皱了一下眉头，把注意力集中到稍显突出的眼袋上，呆呆地和镜中人对视了片刻，似有所获，快速地回到自己的卧室翻找出几样化妆品，又回到镜子前涂抹起来，忙活了十多分钟后，好了，到九十分了。南国仙域，四季常青，攀西峡谷这片地儿是养肤护肤的养生之乡，花多，花粉也多，护肤化妆的法儿随处可得。她不自觉地咬了咬嘴唇，涂过花粉的嘴唇尚未露出裂痕，迸发出鲜嫩。

她对着镜子在自言自语："文娃子，姐老吗？我的小冤家，姐等着你。告诉你吧，咱的小丫头，像你，更像姐，我给养得好好的，盼着会有相见的那一天，她是你的，还给你好了。"

这婆娘神经兮兮地跟镜子说着话，是倾诉还是乞怜难以说清。她癔症了吗？说不定。不知哪会儿起，雨下大了，阁子外下得噼里啪啦。涛声瀑声混合着雨声如牛嘶马啸般，遮盖了小婆娘的喜悦心音和哀叹。

武金凤写来的那封信很长，写了四五页吧，字字情，句句泪，词词动心，从来信看，姐妹离别后思念急迫相见的心境写得情真意切，往夕姐妹间的眷恋情怀跃然纸上，感人肺腑。这些都不重要，最重要的是好姐妹传递给她一条顶顶重要的信息：金雷文混得不错，混得有职有权了，真正发了。另外雷文已经和虎子妈离了婚，俩孩子都带到了北京，一切都办利落了，在沉沙镇他成了光棍一条。这岂不是为她姐弟俩百年好合奠定了基础——那位老麻子、大她十七岁的病秧子丈夫还能活几天——来信不言而喻，是说你就等着吧，总有团圆的一天。这给小婆娘阴霾的心绪带来了一丝曙光。

春夏之交黄梅季节的雨说停就停了，这种季节能不能彻底放晴实在难说，在雨丝中折腾了半夜还没挨枕头边的彩凤决心睡一觉，明天还要上班，不该撕巴不开地瞎想，那不叫"庸人自扰"嘛。她苦笑了一下，懒散但极珍惜地收起那些信，然后上床睡下，可想睡睡得着吗？难说，这路咋走？路在哪儿？路就在脚下。

正是：

鸿雁传书，心花怒放。
勾沉思一声巨响，
雷声电闪能否驱走阴霾？
希望，失望？还不好讲。
麻子老爹占着茅坑死活不让，
明锁暗铐，紧紧绑，
开锁的钥匙就握在他自个手上。
春雷送来希望，路在自个脚下，
千山万水情系双方，
团圆相聚不是妄想。

8

年事已高、病魔缠身的老葛觉悟了，要赎罪，趁自己还能讲话，说句公道话，要成人之美，但是晚了，罪孽造下了，采取点儿补救措施好了，那也好，精神可嘉。

人之将死，其言也善，像是定律。必然的人生棋谱上有时会偶然跳出个突然，使人不可想象，道理对否也未可知，实乃说不清的问题。晚年的葛存义是没脱开人生规律的，对妻子也好，对所谓情敌有恩于他全家的“舅爷”也好，有了些新的看法，敌对仇视情绪消减了。他要赎罪，尤其是对仇家骨血的女儿文心不避赎罪之嫌，百般疼爱，视若掌上明珠。呜呼哀哉，这让人如何评说？还说什么？就这么结了。

“嗡嗡嗡，嗡嗡！”疾驶在攀西峡谷的救护车呼啸而过。

“病号是个当官的，准是个当官的！”有人这样嘀咕。

“咋知道？”那人问。

“那不医院的头儿跟着哩。”有人答。

四个钟头前，葛厂长是搭蹭着大钢基地医院的救护车回到家的。

在这攀西大峡谷里，谷、江、水、电、路“百里防线”，一切的一切都是在为大钢服务，因上游国家工程大江截流的缘故，部分江段水资源日渐枯竭，大钢用水告急，十万火急，基地指挥部在靠地方解决支援无着的情况下，急事急办，决定用土法修建土坝集水保大钢生产。水电分厂的任务是保证水电供给，五十三岁的分厂厂长葛存义自然成了夺水大战的主帅，他带领几百号职工、几十台设备和地方援建大军，战斗在截流工程前沿阵地“浴血撒汗”十几天了。他可是在为建设拼这把老骨头，以身作则，带病带头苦干鏖战，几次晕倒在一线现场。大钢基地总指挥——那位副部级的“一把手”——光怕拼掉了这匹领跑的老马，调整了领导力量硬性把老葛这匹老马架下来，后来又找过路的救护车硬性把他送回家中休养。说的也是实在话，护理部主任家的老头儿，回到家不就等于享受“特护”了嘛。可在他这个老夫少妻的特殊家庭不是这样，这对畸形的老夫妻像路人，谁也不理谁。老葛委实不愿退出战场，被硬性推上救护车后，还嘟囔：“我没事儿，我这是老病，在棚里喝口水就好了！”总经理含着泪说：“回去休息几天再回来嘛！我可离不开你这老将，后面的任务重着哩。”

军人服从就是天职，没理由可讲，叫你撤就得撤下来，没商量！

救护车载着老葛开跑了，一溜烟，还载着老葛的那点不情愿。

“嗡嗡嗡！”救护车的响动和人的喧嚣一时间搅扰了山乡生活区的平静。葛家小院更是鸡飞狗跳、鹅鸣兔子跑，落在高大木棉枝头的云雀受到惊扰也钻入云际林海了。一辆小小的救护车把平静的三五平台搅了个乱哄哄。

这里是高耸在山窝里的点式阁楼，花团锦簇地挂在半山腰，房前屋后又都是一个个小院落。

锦绣别墅般的葛家小院除了干渴着在寻水喝的鸡狗鹅鸽空无一人。彩凤也在单位顶班领军鏖战两天没回家了，那个拐儿子尽忠上了临时班也很忙，这会儿不知在哪儿闲逛，反正没在家。这时间没在家也是常理，午后三点，上班的时间嘛，邻家的小院落也少有人迹活动。

照大钢建设指挥部总经理的指示，必须用救护车把这位二级单位的老厂长葛存义送到总厂医院全面检查治疗，进而送到基地疗养院疗养，说这老伙计拼搏了这么多年，是国家的一匹好马，绝不能累死在磨道里，不能让他再拼了，这是死命令。一向对总部首长指示循规蹈矩的老葛从来落实不走样，可偏偏这次走样了。他那点应对八方的社会经历，他那张嘴，几个跟车的医生护士哪拧得过他，院长有事半路早下了车，他们再也拧不过这老葛，再说车上还有别的急需救护的病号需要送医院，半路不能耽搁，必须往回赶。总经理有一条死命令——让他马上住院。他老葛有十条应付这条命令的对策，说回家看一下取点东西就搭车去医院，终于要滑头下了车，回到了家。回家做甚？趁脑袋还清晰，他得整出一份资料。两年前他参与了凉山区科学水文队一项调查，但资料放丢了，卸任前他得给大钢科研处一个交代。另一点是家里还有不放心的杂七杂八的一些事儿。

救护车开跑了，在这盘旋狭窄的街市小道上叮叮当当呼啸着开跑的，人们望着远去的车，又望望葛家小院，是一串串奇异的目光。

救护车上还有重病号，十万火急，临下车前医生又一次摁着哄着给这老厂长量了血压，听了心率，留下了药品，帮他整理了衣服、物品，然后送进院子，约定让他回家看看就在医院里见。在医护人员的眼里，这走路晃晃荡荡的糟老汉可不是一般人物，他是基地“常委”一级的功臣嘛，冷了热了都不行，必须谨慎热情地侍候着。再说他是医院被看作“台柱子”的护理部金主任家的老头儿，更不能有半点差池。

人家十二分厂的厂长葛存义可没摆什么派头，也不想搞什么特殊化。在普通职工眼里，他一向低调、平易近人，一改从前在沉钢当主任时吹胡子瞪眼的派头。他处理国事、家事（私事）上是蛮有分寸的，往往“公”字的事在和“私”字的事碰撞时主动地因公废私，服从了国家利益。老葛很早就是个官迷，沉沙口南民兵师拉练时当的副师职副参谋长的那个虚职头衔，他一直念念不忘，言谈话语中常常流露出来。这会儿他是地道的正团职了，开始以为自己还能升，升副师。这也没啥新鲜的，一匹老马有谁不想从边套的位置挤进辕里风光它几年，升了官职还联系着待遇嘛。

葛厂长慢悠悠地拉着路旁扶栏攀上一个个台阶，踏进自家虚掩着的街门。小护士帮他提进来的行李也很简单，无非是洗漱用具、水瓶、一个背包、一个马扎。

葛家宅院的街门门环空搭着，双环之间别了根竹棍，那是拦挡家禽的。

到家了——到自己的家了，有一种归属感涌上心头，老葛大概有半个月没回家了。回到自己的家，像从天外归来又踏坐到大地上，膨胀的头颅似乎松快了些，就是还有点晕。围在周围的家养的那些生灵慢慢静下来，这厮们认人，老主人回来了，都亲切友善地在那里张望着。大公鸡还扑打扑打翅膀，以示欢迎，那也是要喝水求助。老葛揭开缸盖舀了一瓢水倒在一个水槽里，它们争先恐后地抢上去，老汉一股怜悯之心涌上心头。老葛这会儿也想来杯凉茶喝喝，可是无人侍候自己，心里空落落的——兴许他早知道家中无人，这时本来就是上班时间嘛，上班族都是家家碰门闭户，家中无人怨得了谁？不知咋的他突然想起了四千里外和他一起长大的邻家妹子辜小萍，怨自己错打了算盘，后悔当年进特区时，没把她也带过来，带来就带来了，这块地儿是少数民族聚居地区，头面人物俩媳妇的不罕见，民不告官不纠，没人认真抓这个，妹子守了寡，也怪孤单的。要是那胖妹子跟在他身边一心一意地过，不就多一个斟茶倒水的可心人了吗？

想归想，终归成不了现实。这会儿麻子老葛想见的还是那匹难以驯养长着虎牙的妻子金彩凤。他甚感委屈，偶尔感觉由天上掉到了地上——折在这小婆娘的手掌里了。

将近二十年了，他们的婚姻好像没有一天顺遂过，他们葛家是花过大钱的，永远没有平等对待过花了万元大票买来的这女人，买来的婆娘买来的马，不应该永远让她当牛做马吗？而老葛太相信有钱能使鬼推磨这句话，总认为彩凤是他花大价钱买来的，就应该侍候他，供他玩乐。所以彩凤永远觉得生活在狼窟里，活得那么憋屈、苦涩，麻子在家时再香的花也闻不到香，老家伙的一举一动都那么令人作呕、窒息。她往往待在那儿苦笑着自己，也苦笑着三个娃娃，这叫咋回事？这还叫个家吗？咋别人家不是这样？不知二十年是如何过来的。对丈夫老葛来讲，他也觉得日子过得熬煎、不正常，像是见天和一只母老虎生活在一个笼子里，自己永远以胜利者占有者自居，但又永远没点儿安全感。鞭子在他的手里握着，偶尔晃一下，在老虎的屁股后面瞪眼施威，但却不敢抽打。不知道哪时转身挠你一家伙就够你呛，咬你一口更受不得。是女人的翅膀硬了吗？确实是硬了，你是正团职，人家还是副处级呢，半斤对八两了。再说，儿子大了，他再也不敢伸手打人家的娘了，小丫头更是她娘的护身符，当然儿女大了，对他这个爹，也是个保证。

妻子彩凤脾气不好，在丈夫面前爱尥蹶子，但总有她的优点，治家可是把好手，把这所别致的花园式的洋楼小院治理得井井有条，邻里关系极好，又入乡随俗，和当地人关系也不错，人人夸赞。

她人没在家，可水是准备在暖瓶里了，暖瓶、水杯、毛巾、水盆，还有常用药品都准备在跟前。他们家庭院中还装有太阳能热水器，这在当时很时髦，回到家的老葛拧开水阀，温水下泻，淋浴着全身，得到了一种莫大的享受，这都亏了家里有这么位龇着虎牙的女人。再者，人家彩凤是护理专家，是半个医生，一旦犯起病来离开人家是不能活的。

“老子也该享受了，老子见天享受特护，还不该享受吗？你现下的这个副处级主任不也是老子给你争得的。”老葛美美地这么想。

洗罢澡，冲过凉，老葛登时觉得轻松了许多，眩晕的病也缓解了，踩在地板上的脚也不再像踩在棉花上了。老葛想立刻躺倒歇一会儿，又好像在这个家有些事儿还得办，必须马上办，否则睡不踏实。他坐在竹编躺椅上——恰巧这架竹编躺椅和从前从四排房子赚受的那把斗地主时分来的太师椅有点儿相似，倒也从中得到了不少慰藉。

这一会儿，凭栏窥视女人卧房的老葛偶尔又觉得对不住人家金彩凤，毕竟人家比自己小十几岁，按时髦话讲不是一代人。这么多年，尤其是来到禁区，还真挑不出人家有哪点儿不轨，才三十多岁，年轻人嘛，穿点儿新衣服，扑点儿粉，照照镜子也是常理，或许也受当地彝族风气的影响，女人不打扮那还叫女人吗?

这样一想，心头的扣子一解开，这老葛倒觉得不晕了，心沉下来，腿脚也不抖了。其实刚才隔着栅栏看了半天，妻子的床铺、衣架、立柜以及上面的物品好像什么也没动过，跟自己那天离家时一样。自己跟妻子都是部门领导，最近一段时期大钢基地开展抗旱节水战高温夺钢大战，他在东江带人拦江集水，她带领本部人马火线防疫救人。他又聚精会神地望了望床帐衣物，兴许彩凤也几天没回家了，更觉得刚才犯了神经，看那被子还叠得整整齐齐，枕席凉席上还落着树叶哩。小叶片被风一吹，轻轻飘动。

老葛扶着栏杆沿着散发着桐油气味的木梯退行到楼下，猛然发现了新大陆——一转身的刹那，突然看到对着楼梯藤编屏风上的巨型镜框内镶有一张大照片，四个角各配镶有小幅照片，大照片是女儿文心练武时的生活照，背景映衬着峰峦起伏的群山，近前的景物是被花卉簇拥的广场，像是操场，摆有刀枪剑戟。小丫头一身戎装，英姿飒爽，在舞剑，剑锋直指南山，昂首望天，气贯长虹。“这就是我葛厂长的女儿嘛！”麻子专注地看着，眉飞色舞，眉心生出紫气，甜甜美美地这样想。没想到刹那间，他眉间的紫气消散了，摇摇头，叹了一口气。

厅堂的餐桌上笼屉布下盖有小半笸箩熟食，还有水果，那是那个懒汉长子吃剩的。他捏了捏还不算硬，肚子确实有点儿饿了，随手拣了个馍吃起来。馍嚼在嘴里，因为牙口不好，嚼着有点儿费劲。他又想起了闺女，若是小丫头在多好，她一眼就能看出馍好嚼不好嚼，早打开火馏一下或倒杯热水给爹泡一泡了。尽管洗罢澡了，但身上有些地儿仍有点儿痒，小丫头在时早跑过来给他捶捶挠挠，那小手软得像面筋，拍打起来还蛮有劲儿。他不清楚那样小的手咋能舞动那么长那么重的剑。昨天在工地上休息闲聊时，一个老兄问起丫头的情况，他自己就像说书般把丫头被云南的一个体操学校选中被带走跟人家老师学艺去了的事说得极富有传奇色彩。

山坡上映进来的半坡山茶花映入眼帘，跳在眼前的一朵尤为鲜艳，一个枝上竟有两色花，红的艳红，白的雪白，烧灼着人的眼球。看烧眼，不看又让人甩不开、道不明，他的目光久久不能离开。

可惜呀，这会儿都变了，特区不特了，那片林子、那整个山坡又都归地方管理了，林子归了人家地方，那美丽的山茶花不也是人家地方的了吗?

9

风云突变，三五平台的葛家院子似乎天塌了，地陷了，一转头的工夫，老厂长葛存义的病又犯了，斜身躺倒在那把椅子上。亏了身旁的那架急救电话，话筒和电话线还耷拉着。

电话打到医院护理部，又引起一阵骚动，几分钟后，救护车匆忙出动了。陡峭盘旋的坡道上，电闪般的救护车穿越钢城生活区呼啸而过。

乱了，乱了，脑子里一片空白，带队救护出征的主任金彩凤向来没有这么慌乱过。麻子老葛这一病倒，确实让小婆娘彩凤慌了手脚，似乎不是丈夫病瘫在几里外的竹楼宅院里，她彩凤自己倒瘫倒在救护车上。乱，乱乱，急哟。

彩凤面色蜡黄，浑身颤抖，一位年老一点的护士姐姐抱住她，嘴里不断安慰着："金主任，没事的，老厂长的身子硬朗着哩，能扛得住……"彩凤说："是，是，没事的，都各就各位吧！我没事，我没事。"人们也在惊恐中觉得怪异，平时她们的金主任很少提到丈夫（说话也是爱说她家的大小子和小闺女），好像是守空房的单身女人。

坐在救护车里的彩凤恨不得一眼见到丈夫，你老东西可别死，有些账还没算哩，有的架还没吵完哩，有些事还得你办哩。这个在医护抢救战线上的护理部主任、女强人变成了个初上战场的小护士，登时感到要去的宅邸像是个火山口，要救的不是丈夫，而是位命垂一线即将没顶的老人。昨天恨得想一口吞掉的土匪强盗大恶霸，这会儿成了可怜虫，她只想到他的好，他的坏处一笔勾销了。"老头子呀，你可别死，我还没跟你过够哩！"她这样想着。

这是对私，这次麻子丈夫若一头栽倒醒不过来——就这样报销了，这婆娘像遭五雷轰顶，更感到悔恨交加不知所措了。对公讲，自己要犯大错误，老葛是从开山筑坝集水工地坐救护车回来的，谁这么大胆让他半路下车回了家？大钢基地坐镇前沿的首长点名给予特护，老家伙半路跑回家了，还在班上的她没有上心，任其自便了。这事儿正归自己负责，那还了得？这回老葛一蹬腿走了，还不落下一堆闲话？闲话传到核心层头儿的耳朵里，自己还有好日子过？本来自己跟老葛这种两离两合的婚姻状况，像头顶上的虱子明摆着的，兴许有人疑心自己希望老葛死。本来人家老葛就是"爷"字辈①的人，你是不是他家婆娘不重要，只要你是大钢基地的医务工作者就应该照顾他。何况你还是护理部主任呢！

---

①"爷"字辈：方言，某些偏远地区的人们对高级干部的一种俗称。

没出十分钟，风驰电掣般的白色救护车停靠在葛家小院门口。四五位白衣战士有扛担架的，有提氧气瓶的，有挂听诊器的，全副武装，沉着地拥到老葛晕倒的厅堂。救护车又一次登门，搅乱了三五平台生活区平静的秩序，街头巷尾都站着人，人们以惊恐的目光注视着事态的发展。大战在即，职责所在，彩凤的腿不再软了，三步并作两步到了病人老葛的跟前，她没有头前去开门，特区的大门从来不锁也不别，她不是作为妻子在行事，她是一名白衣战士，在病患危难时刻第一位的是镇定救人，是有条不紊地施行急救措施，查体征，听心音，切脉，试体温，把患者从死亡线上拉回来。这是顶顶重要的，亲昵的表现不是不能有，安慰的话不是不能说，这要看啥时候，都是为因时因地救人而采取的主要措施。

斜躺在宽大竹椅里的麻子老葛面色苍白，精神恍惚，再加上口水白沫像一摊流得七零八落的烂泥，就像一条甚个虎气威严也没有了的毛毛虫。惨呀！人可别老，别有病，弄成这熊样儿。那电话话筒就摔在他的腹部下，像一串随时要引燃爆炸的引线。这样的大厂长——哪里还像个大厂长呢！狼狈的那熊样就像是一个扔在山根马路边儿上无人理睬的干瘪老头子，盖上个老羊皮袄或一挂蓑衣，拿他当病卧在路边的老羊倌、老渔翁也有人信。有谁会一眼认出他就是当年曾带领数百名民兵跨越长城走独石口远途拉练，直指敌人前沿阵地的副参谋长？来到大钢基地后几次大会战都有他，不是主帅也是副帅或三把手，那吆五喝六咋咋呼呼的威风哪儿去了？相比之下，再和一身素装、柳眉秀目、仍处在花朵般年龄的俊婆娘一比，太寒酸了，说是父女或叔侄也可，说是夫妻太让人见笑了，甚至有几个爱瞎说妄念妄想的后生这样损人：“这老家伙、老棺材瓤子还救他做甚？死了算了，早死早脱生，也好给咱们的主任——小媳妇再找个人家腾个地儿。”又有人说：“可不能死，想啥法也得让他多活几年，挣几百块哩，一个人挣的顶得上咱仨。”

那年月，在农村婚姻再不合理也得伙着，受着，熬着，很少有离婚这一说，老葛也确实有占着茅坑不拉屎之嫌。老传统就是“嫁鸡随鸡，嫁狗随狗”。认命吧，要么凑合着过好了，等着老死吧。这现实确实也令人心酸，确实也不合理。

小话儿当不了饭吃，也改变不了乡风里俗，太阳天天照样从东山出西山落，整个特区照样一派春光。

葛家小院的厅堂里正在进行着一场救护战斗，老医生的听诊器贴在老葛的胸口上，劝这位老领导“静一静、再静一静”。体温计插在老葛的胳肢窝，一个护士也让他静下心来，夹住夹好，夹十分钟。老医生听罢，把听诊器递到主任彩凤手里，静下心来的彩凤也听了听，看了一眼老医生，算定了砣。但是他在原地不能动，是不是脑出血说不准。老医生又忙着看他的舌苔，又翻开他的上眼皮检查着什么，救护车都调过了头，头朝着医院的方向，人群也给闪出通道，后车门始终敞着，担架堵在厅堂门口，光等着抬人走人了。人们的情绪异常紧张，谁能说清是啥结果，谁知道病号病到啥程度，听不到家里人的哭声，就是正在救，证明还有口气儿。

院子门口乱得很，但霎时间鸦雀无声，树上的小鸟吓得也闭上了嘴巴，一切的一切都在听那位脖颈上挂着听诊器的医生指挥。

阁楼里，大钢基地第十二分厂（水电厂）的老厂长葛存义正大难临头、命悬一线，身子倒置悬挂在万仞刀山间一棵垂死的老树上，随风飘来飘去。患者大汗淋漓，行将坠落，头像钻进蒸笼，整个身子泡在汗水中。这革命半生的二老汉，从来没有这样害怕过，他感到末日到了，还能坚持几个钟头呢？他心里还明白，但就是不敢睁眼，越不敢睁越想睁开眼再看看这个世界，太留恋了，像找人，像是有好多话要说，找谁呢？妻子就在身边，自己似乎坐在彩凤的怀里，幸福极了，这是有了这个家后唯一一次享受这般温存。睁开眼迷茫间，他搜索着亲人，好像眼前只有妻子一个人，想屏退左右有什么着急的话要说，可是做不到。要交代后事吗？自己说不清交代个甚，不辨东西南北了，嘴像脱开躯壳不是自己的了，还好血压没有上到极限。

眼前身侧是茶几上摊着的一个本子，写有几组数字，还写有“基地科研处”字样。

老汉盯着本子，寻觅着什么。

彩凤说：“走前你说过，这堆材料要交给科研处的，好像差几个数据。”

老葛听清了，像点了下头。

“甚也别说了，先顾命吧，地球离开谁都转！”这又是彩凤。

老葛艰难地睁了睁眼，又疲惫地合上，须臾间又睁开，像还在找，找什么呢？找人吗？

彩凤明白，那准是找大小子和小丫头，大小子不知哪儿逛荡去了，你能控制得了他？小丫头文心在几百里外。糊涂了吗？她不是还在昆明上学吗？

其实不是这么简单，除了公事还有堆家事哩，麻子老爹当紧要说什么呢？——大儿子的事儿，小丫头的事儿，东万口皮匠院那点儿遗产的事儿，这些料排给谁好？一家几口人中说给谁更合适呢？他死死盯着一张照片，是在成都上学的二儿子知恩。

说给彩凤吧，不行，没了自己她注定要走的，不回到金家也得去刘家、李家、赵家，一辈子从来没跟自己一心过过；交给老大——大小子——那个不中用的东西，甭说别的，自己这病还不主要是由他而起，这会儿想抓他也抓不到；交给二小知恩敢情好，可他远在千里外的成都，想抓也抓不到，让他坐特快回，爷儿俩怕也见不上这一面了。同时，他还记挂起知恩在谈着的对象小云，小云知根知底，又都是父母给张罗的，真能成了儿媳那最好，但那总是没过门的儿媳。如果文心来了就交代给那小丫头，可不行，如今像火包在一层纸里，那是仇家的孩子，不是自己的种，指不上。到这会儿的老葛呀，还瞎想个甚，顾命吧。

老家伙又指望穿白大褂抢救自己的这一伙儿人了，总有一线生机吧，他祷天告地，祈祷老天有眼。

可是头要炸了，不敢睁眼，也不敢下蹲，更不敢躺卧，脚底下像踩在棉花上，踏在洞的边沿儿上，一蹲下去兴许彻底完了，再也起不来了。头上像泰山压顶，压顶是啥样子的说不清，唐山大地震自己体验到了（那仍是在沉沙不是唐山），是在一个深夜的两三点，自己晕得头疼，旋转得厉害，又颤了几下，站不住——头碰到墙角子上，弄了一个包。他又想到，十几岁当小电工那会儿，沉池那家煤窑的冒顶事故自己赶上个边儿，捡了条命，还不是险些交了粮本。每次大难来临前都有征兆，嗡嗡地响，天昏地暗，又像地震前那般要天塌地陷了，耳边呜呜响。这会儿怎么了，也要大难临头了吗？

社会就是这个现实，你是这个单位管事的（大官和小官一样），你倒下了，马上有个新领导顶任，前赴后继嘛。可在家庭中不行，操持全家事务的爹娘可不能没，没了就真没爹或娘了。

“抬走”“上车”“开车”，一字值千金的这几个词儿在空中回荡着，可惜这话盼也没盼来——总没有从穿白大褂挂听诊器的老医生嘴里溜出。众人仍在急切地静候着。

在这抢救现场，金彩凤扮演着两种角色，既是救护队伍中的专家型人物，又是妻子，忙乱中她做得很到位。结婚这么多年，她好像从来没像今天这样对丈夫老麻子好过。这会儿她以慈母般的心肠，用像护理婴儿般的手势和动作来照顾这个厌恶了一生的老麻子丈夫。人都到了这会儿还能说什么呢？——在他麻子异常惊恐剧烈抽搐时，她把那颗恶心煞人的头揽在怀里，并且拍打着背给他温存，给他爱，使这个快死的老头子得到了一种前所未有过的归属感，从他满眼欲滴的泪珠中就能观察到。他被怀疑是脑出血类的脑科的病，得先给药打针，在原地观察静养保守治疗。这段时间他几乎都是在妻子彩凤的怀抱中度过的，他们间有一段极富情感纠结的对话。

“老头子，你可不能吓唬人，醒醒……老头子，快醒醒！我是彩凤，我是彩凤，我是彩凤呀！你可不能走！我不让你走！你若走了我跟谁去吵去闹去怄气去？怄了二十多年了，整整二十三年吧，这气还没怄完，咱还得一起怄下去。”

“是彩凤呀？……”昏沉中的老麻子似长别后第一次见到妻子。

“是。”这是彩凤带着哭韵的应声。

“我不走，不走，再黏糊你个十年，八年……”

“不走就好。”是彩凤，仍然带着哭韵说的这话。

蒙眬中的老葛反问：“我说过要走吗？”

“莫瞎说，莫再提这个走字，瞎说打嘴。”彩凤哄他心宽，又给了个妩媚的笑脸。

半天，老葛没有再说话，两只颤抖的手攥着妻子的手，死死地攥着，像把钢钳把对方的手箍在手掌里永不松开。这动作让小媳妇彩凤有些发瘆，她的手跟着也抖动起来，难道麻子真的要完了，惊恐悲痛的泪水夺眶而出。

眼前像是个黑洞，不是从老早就盼望这一天吗？若没了这麻子日子会是啥样子？她茫茫然，但也动情地叨叨着：“我不让你走，就不让你走，一会儿就好了。”

老葛似从迷梦中惊醒，刚经历了一场噩梦，像民间说的诈了尸般地猛然吼叫起来：“不走，我不走！我当然不走了，我还不能跟你断，也断不了。”着实把人吓了一跳。

接着他号起来，像在跟媳妇争辩：“莫想好事，我走了给你腾地儿吗？！想得倒好，是吧？！姓葛的蛮对得起你金家，老子花了一万块弄来的你。那时候最大的面值是十元票的大团结，一万块娶的高价媳妇。一万块什么概念？村里有一万块的就是万元户，一万块钱放在一起就是一大书包呀，一大书包钱交给了你们家他姥姥，我才把你弄到手的……”

老葛不知怎么了，越说嗓门越高，把不准不晕了吧？晕的话咋能说出这些话？

这叫哪壶不开提哪壶，这不是当众揭自己的短吗？把领兵布阵的大主任金彩凤气炸了肺，腾地一下把怀里的这麻子丈夫推开。可怜又可悲的彩凤呀！二百五劲儿上来啥也不顾了，她要反击麻子这个脏东西，张了张嘴又闭上了，还是忍了这一会儿吧，最打紧的不是掰扯家里的是非，是救治病人。

“你对，你对，你有钱，你有钱，百元大票装了半兜子，你个混蛋，快死吧，找你的一万块去吧！”气急败坏的彩凤嘟囔着，是垂着头小声嘟囔的，欲哭无泪。

麻子不知又说啥了，彩凤翻了脸，好像扭了老家伙一把：“胡说！疯了是不是？叫你再胡说！”随着老葛“啊”的一声惊叫，人们才明白这平时文质彬彬的护理部女当家人凶起来了不得。

彩凤示意全科医生进行深部护理检查。

“再量一回血压吧，老厂长，方才环境乱，兴许测得不准。”随车医护人员为了缓和气氛让病人静下来，这样说。

“表呢？体温表呢？”另一名小护士协助彩凤在葛存义的身上找体温表，从他袄袖里的胳膊肘处找到了，彩凤命令道：“再来，再来……夹在这儿，夹住喽。”

满脸含着笑的老医生像个老奶奶，又像个雕刻师，耐着心，对付着，叹着气。“睁开眼看着我。”老医生命令着，又一次检查了病号老葛的眼白，按了按眼窝，一切按部就班。

老葛反倒把眼闭得更紧了，可怜巴巴地央告：“不敢睁眼，晕，晕得厉害。”

“好了，好了，就睁一下，半分钟，好了，好了！”老医生像哄孩子那般给这病着的老厂长检查，认真做了记录。彩凤又急忙让老葛靠在自己身上。

“咱不睁眼……”检查完毕老医生对病号说，又悄声跟护理部主任沟通，“拉回去吧，得做CT、心电图！”

“真的这么严重？”彩凤心事重重地溜出这句。

“大意不得，咱快走好吗？”医生催促道。

“快走吧，抬担架上好了……”彩凤说到这儿，带着哭腔抱着麻子丈夫的头说，“咱不睁眼，咱得去做心电图。”

随车医生又悄声告诉彩凤：“已和院长通了话，也和附近的易县县医院通了话预约了，弄不好得去易县做核磁。”

“咱不睁眼，咱不睁眼，一会儿就好了。”这是叹着气的彩凤。

担架把老葛抬出了竹木楼，这里有风，拐到小马路上风还比较大，妻子急忙调整了一下让他背风而坐，以防他被风冒着不得了。着风一吹，人们觉得头脑得到了一定的放松，走到林荫道的转弯处，这里露天，人们才发现下雨了，是小雨，算蒙蒙细雨，春雨贵如油，盼了仨月了，这可是好兆头。

雨越来越大，砸打得路边的宽树叶子乒乓三响，接下来救护车通过一段林荫带，响声更大了，像机关枪响，像炒豆子，于是救护车慢下来。

路旁的小院子里传来一段儿歌，几个娃伙着唱的，唱儿歌的娃子的家长也可能是北方来的，一口沧州味。

“下雨了，冒泡了，王八戴着草帽了。”开头一个娃嚷，接着几个孩子一齐嚷，就那么几句话车轱辘式地反复嚷着，跳着，毫不心烦。

彩凤让病号躺下了，又在一侧垫了个枕头，这样平稳些。

“嚷个屁！回阁楼里嚷去，讨厌死了。”成年人这样轰赶着孩子们。老葛的人缘也不错，几个年轻工人骑着单车头前走，开着道。

车里坐在担架一侧的彩凤抱着丈夫的头，不时用自己的手帕替丈夫擦拭着汗珠。用自己的手帕给病号擦汗，对彩凤真是破天荒唯一的一次。颠簸的山路上，麻子一路处于半昏迷状态，救护车里的顶棚已经挂上了吊针，可能是强心针。车子是平稳地开进的，可再平稳也得颠，盘山道嘛。司机尽量不鸣警笛，也很少对路人喊话，让车子里的气氛和病号保持一种平静祥和的状态，尽量让老厂长安静地睡上一觉。车外农舍里娃们的嬉笑哼歌，没有引起救护车里的人们的注意，救的是人，在争分夺秒，司机全神贯注地盯着路面，洞察一切，躲避障碍。

葛存义仍在哼哼唧唧叨念着那几句话：“我不敢睁眼，像被旋风裹上了天……”

彩凤轻柔、温存、慢言细语地安抚着这老家伙：“咱不睁眼好了，咱不睁眼好了……快到医院喽！”

医院门口堆了一伙儿人，如临大敌，鸦雀无声，院长、各科主任都到了，并备有部分医疗器械，如迎接天神般。

10

金彩凤和她的“白衣战友”又一次把丈夫从死亡线上抢了回来，她在医院的病榻前伺候了三天三夜，把丈夫伺候好了，自己也累倒了，睡了两天，想到这也划算，总算还了老麻子的这点儿人情。

那几天，麻子患有泌尿并发症，她连吸尿这类脏活儿都做了，这类活儿作为妻子是应该承担的，但从内心讲她认为不应该，若讲报应的话她认为麻子是遭到报应罪有应得，谁让他从年轻就不老实。直到现在自己的肋骨还有块硬伤，都是老麻子作的孽，疼起来恨不得咬他几口。但她没那么做，一丁点儿报复心理和咒他快死的心理也没有。

这是种变态的爱吗？不是，完全不是，说到作为夫妻一场恋情方面的爱的话，她一点儿也没有过。就是说她白白在他们葛家做了二十多年媳妇，一次也没尝到过丈夫对自己或自己对丈夫的那种爱的滋味，到了今天这个份儿上仍然一点儿也没有，说到底这老夫少妻的畸形结合永远是场悲剧。这会儿小媳妇的做法用点儿时髦的话讲叫仁道、信义和责任担当。从她作为妻子的责任讲，她倒有一种赎罪心理。丈夫已是五十多岁的人，丈夫再治好病也都到了这把年纪，再搭伙也搭不了几年了。得塌下心来好好待见待见这老头子了。

偶然她也会想到有一笔账老家伙还没还——在蔚州沉沙她和他是老家伙拆散的。

提到报恩可谈不上，在她的脑海里麻子一直是坏人，又麻又丑，又凶狠奸诈又缺德好色。粘连在老家伙头上的种种不好的名词始终挥之不去，但想来想去，啥事也得一分为二嘛，麻子对自己起码有三点是不错的。一，老夫少妻年龄相差悬殊，俩人站在一起不般配，麻子承认了这现实，有意回避了这一点儿。平日自己爱钻到年轻人群儿里说说笑笑，偶然还和异性朋友打打闹闹，麻子没有横加干涉过。自己常年坚持练瑜伽，练拂尘功，参加歌唱团的活动，人家麻子从未说个不字。饭做晚了，壶里没备水，影响到日常生活，他也没恼过。常年分道扬镳保养身子的结果是，她这小媳妇几年后还是小媳妇，留住了青春，留住了花容月貌，而那麻子和自己拉开了距离，越来越显老，越来越像自己的老爹。夫妻间的事，这老家伙也不像从前那样缠自己了，解放了。兴许麻子也明白，她修饰打扮养生健体、保持青春是为了谁，老家伙终究给了自己一个宽松的发展环境。二，小丫头叫文心（名字是老家伙给起的，是老家伙让自己“稳心”的意思，但客观上其中不是有个雷文的“文”字嘛），她心知肚明，他明知道丫头文心是雷文的骨血，还那样掌上明珠似的疼爱，对自己不能不说是一份情分。三，自己能上西昌医学院，后来当了护士长，又升了这护理部主任，除了自己的拼搏，还不是因为家里有这么位“老太爷”嘛。

麻子老厂长的命是抢救回来了，不晕了，但脑际淤血无法排除，留有一过性昏迷的后遗症，身体虚弱得很。

半个月后老葛到工地上转了转，总经理硬把他推回家，安排他再在家休养些时日。

“下雨了，冒泡了，王八戴着卓帽了。”坐在竹编大躺椅上的葛存义这时静下心来了，耳边还像响着那一天车外传来的娃儿们的戏耍声，登时，一阵不舒服。每每他以为真的下雨了，走出阁楼张望，天是黑的，哪有半点雨丝。他觉得下雨是好事儿，但这话别扭。

下雨给自己带来了福音，给大钢的生产带来了生机，给人一种凉爽感。半年了，没有半年也有四五个月了吧，自己这个水电分厂厂长尽跟水打交道了，电没顾了管，为了节水、集水伤透了脑筋。看天色，他疑惑这兴许是场小雨——是一场还是一阵儿说不清楚，总是个要下雨的兆头。

想到涉及水的雨，他感到莫大的宽慰，可是一想到儿歌的“王八戴着草帽了”中的“王八”二字就不舒服，无形中要往自己的脑袋上揽。这真叫杞人忧天，谁也不认识谁的小孩子吼两嗓子跟你当官的老爷子有啥关系？这能怨谁？怨媳妇跟小舅子“道德败坏”吗？好在人家非亲姐弟，再说人家这么多年——可以说半辈子了——没见上面。另外谁叫你买媳妇前不照照镜子，不思谋一下自己的德行？谁叫你尽想老牛吃嫩草呢？儿歌俗语，你能限唱制止？你算老几？你小时候不也这么唱过吗？

在家中坐不住的麻子病好后到工地上班了，同志们关心老领导的身体，劝他再歇几天恢复一下元气再上，老葛惨然一笑，“不歇了，工地这么忙，多一个人手多一把劲儿，拿下工程再歇吧。”也有特熟的老伙计拍着他的肩膀说：“有干劲儿！命大！那一天救护车响时我以为你得去阎王那儿报到了。”麻子没有掩饰对死的恐惧，但诙谐地应道：“去了，阎王一扬手，说，回去吧，你还不能来这儿，回去好好解决解决集水建库的问题。我只好又跑回来了。”那伙计听罢揶揄道：“得了吧，你这老口外，说得这么有鼻子有眼煞有介事。”麻子老葛笑了笑走开了。

对待家事这老人也更一丝不苟，有些事上肚量真够小的。如在料理后事上，东万口小萍的皮匠院有他一间房半个院子，他跟俩儿子都交代了，让儿子们看了房契，还画了图。干啥？他死后可以让儿子去和小萍妹子（尽忠应该叫姑姑）算账嘛。现下归了他的林间竹楼小院，院子的边墙内外有五棵木棉树应归他家所有，他保留了当年基地事务管理局局长写给他的那张纸，纸已经灰白了，在关键问题上能起到法律作用。树是五棵不是四棵——包括竹栅栏墙外的一棵。木棉在当地是聚宝盆，一棵成树价格上千元。

老厂长葛存义病重病危几次抢救的那段日子，三五平台生活区上空的这片云彩总没有酿成大雨，往往乒乓热闹一阵过去了，旱情没解，东江上边几十里外增建的那几道集水蓄水土坝工程还在搞（照部特派员总指挥的话说，那叫“百年大计”），东江还将红红火火再热闹些时日。打这以后，修建得够得上别墅级别的葛家小宅院，似乎平静了些，没有再听到过麻子老厂长骂人训人声，也再没听到过有人哭泣，平平静静过日子嘛。但似乎这户人家的成员都在等，一等又是两年，等什么？说不清。经过葛存义犯病病重抢救的经历，葛家几口人（包括后添的二小知恩的媳妇小云和小孙子）的感情更和谐了，雨后清澈凉爽宜人暖融融的气息形成了。可惜这气息来得太迟了，早十年就好了。不知道又过了几个月，麻子安详地走了，是坐在他那把太师椅里喝着茶突然走的，当时刚给他赶早一年过了六十大寿，寿筵是个大团圆的结局。全家他所记挂的人中，除了一个妹妹——那个比亲妹还亲的妹子辜小萍，别人都看到了。他死于脑梗，这次抢救时已经不会说话了，弥留之际，女儿文心也在身边，他紧紧抓住女儿的手，把女儿推到彩凤的怀里，把手中写有“雷文”二字的纸条摁到妻子手里，妻子明白，含着泪，这一切来得太晚了。正是：

人生如梦，似梦似醒，梦和醒不都得一生。
似美得不行，腾身九霄，天天喝蜜；
似瞬间尝屎喝尿糠菜果腹，委屈得不行。
见风尘仆仆的存义厂长也算人精，
所有的罪他都受过了，所有的福他都享了，
一生遗憾的是鼻翼两侧多了几颗豆豆，
十元面值的半兜子票子甩出去换来个漂亮媳妇，
金屋藏娇，贵子绕膝，风光、遗憾了一生，心里惭愧，被诅咒一生，
跨四省避三山五岳唱高调征南扫北，躲灾星。
仁者见仁，智者见智，闲话多多：
或曰为建设大后防耗尽心血可歌，可泣！
或曰背娇娘贵子远走海角深藏山沟损人利己，可恨。
心术多多，身板不行，想双套马车一齐拉，让人家一炮崩平。
到头来怀愧疚之心牵红线出赎罪招儿，
明示妻子与老情人修好团圆空送了番人情。

11

大金家村大柳树下几个老年人在议论。

“那是谁？”

“还有谁，文娃子呗。只是老太太这病……”

“病得兴许不轻。”

“三爷爷可收养了个好儿子，这是人家厂子又来车接哩，这么远的路回沉沙镇可够这娃儿呛。”

井台、巷口、树荫下人们议论着，七嘴八舌，挤鼻子弄眼，念叨养子的好，数落起老太太的不懂事。

人人鼻子下面都长了张嘴，大金家村的人——兄弟爷们儿，大娘大婶，大嫂老姐——都在用小时候的称呼夸赞文娃子——这个当了大厂长的雷文，大孝子，可真是个大孝子哩。当说起他娘办的那些事儿，众口一词地“唉”了一声！

这一天太阳都往西南斜了，黑色小轿车载着总厂长从大柳树一侧开走了。雷文顾不上下车辞行，打开车窗带着歉意向乡亲们挥手。

远处近处，沟底下高岗子上的闲散人员也深情地望着撩起沙尘开走的轿车。

多情也是情，都是一起光屁股长大的朋友，或是看着他长大的老人，没人怪罪雷文不下车辞行，有人还为他解脱，人家实在是忙嘛！弄着那么大个摊子，确实不容易！一大早来傍晚还得走，忙嘛。轿车开跑后，起码两堆儿人议论起铁五妞和雷文这对养母养子的事。北边那堆儿储家的人居多，南边那堆儿是老庚爷骂着五妞那赖老婆子。

“这娃儿真够意思，百分之一百一了，这还是抱养的，亲生的怕也达不到这成色，炕前端屎端尿，砸开冰水洗脏褥子，原本是闺女干的活儿，养儿子都干了，想着法儿给老太太治病。”

另一个人帮腔：“是够意思，孝顺到家了，这叫甚？这叫报恩，这叫义气！这一点像他爷爷老忠头。金忠烈老汉为这个‘义’字、‘忠’字闯荡了半生，好人没得到个好报，可惜到这会儿还没个下落，这娃也亏了老忠头送给三爷爷了，不然当时怕也活不了。”

“娘对不起他的那些事儿这娃儿一句也不提，过去的事儿提了顶啥用？还不是怕伤脑筋，白消耗精力，现实一点儿，顾眼前吧。金老三、铁五妞三奶奶不单是抱养了一个儿子，还捡回了一桶金。今后可别再提这娃那娃的了，人家雷文的官职比一个县的县长都大，人家管的那厂子老大啦，有多少万职工哩。”

第三个乡亲叹了口气接茬道：“这老太太得这种病也是报应，这叫脏病，她敢对养儿子露实底儿吗？！不敢吧。这叫作的。”这人又翻起了老账道，“当年人家彩凤和雷文俩人青梅竹马、情投意合，多么合适的一对，谁想到一万块让这花心婆子给卖了。害得天生的一对天南地北，这么好条件的养儿子都三十大儿了连个家也一直没定下来。见天，在外面千军万马、千事儿万事儿，回到家凉炕一条，孤身一人。”

另一个人说：“都是这花心婆子和那坏种外甥作的孽，那个该挨千刀的！”这人骂的是混崽。

“恐怕还在等彩凤吧？不是说她是织女星？”

“把不准，听人说文娃子还自称是牛郎星哩。”

北山坡下的草场边也有一堆人，有老汉，还有青年人。中间蹲坐着一位精神饱满、容光焕发的小老头，他是雷文的师傅庚爷，说话时唾沫四溅，有时候还带点骂街的口气，这是又在说谁？当然又是他的老搭档金老三家的花心老太铁五妞了。这俩老羊倌是几十年形影不离的老朋友，他的徒弟雷文这些年在婚姻问题上的遭遇都跟这花心的养母铁五妞有关，所以每每提起这老婆子来，他总是愤愤不平，骂几句解气。

这里是通后山的要道，人们都愿在这儿歇脚听故事。在场的有来后山打草的俩后生，对新闻感兴趣，总爱打问个这，打问个那。

老庚是个侃大山的主儿，嘴上没个把门的，对三奶奶的轶事越说越花哨，越说越新颖，亏了三爷爷没在场，否则老汉的脸往哪儿搁？须臾，两只偷嘴的羊窜进庄稼地，庚爷吼斥着跑上前去，这里的一伙人继续聊着争着。庚爷安排人控制住羊群，急急忙忙回到原地儿。

“庚爷，今儿个要讲的故事主角是谁？”

“当然还是那花心老婆子铁五妞。”

“不是说她病入膏肓要死了吗？”

“一时还死不了，死了大金家村就没这现世报了。”

“听说雷文又从显赫营请来了一位大牌专家诊治着呢？”

“啥名医也治不了。”老庚爷在附和。

“那是啥病？”又有人问。

“啥病？怪病加心病。像常人说的痔疮又不像痔疮，文娃子隔些时候探家一次，回来给她洗呀洗，这不洗了一年多了，加上新药粉，也不见个好，我想这是说的那种脏病，送老的病。”

又有人说：“老三娶了她算倒霉了，倒不如咱庚爷光棍一生、心净一生好。”庚爷听了这话飘飘然，说着还朝地面唾了一口。

“咋不接她到沉沙、北京去看？”

“她不去！儿子也没让去，怕丢人呗。”

“来点更花一些的，听着新鲜。”几个后生起哄说。

庚爷说得很零乱，逻辑性不强，一会儿说人家三奶奶不好，一会儿又说人家的好。他说当年她对抱来的雷文这个养儿子做得确实好，跟亲养的不差分毫，养儿子孝顺她也是应该的。在有些事儿上，有的亲娘也做不到。也有人说公道话，说那娃儿后脖颈处长疮时，还不是这养母冒着生命危险给治的嘛。庚爷接着说，那次，文娃子后脖颈处起了个小馒头那么大的包，没及时看，成了脓疱了，还没有崩破，脓排不出，肿胀疼得那娃哇哇大哭，抱到一个神汉那儿，神汉说给发发功排排脓吧，就请神汉排脓，又请灶神又拜长仙，把孩子折腾得哭得几乎背过气也未排出脓。只好送到一家卫生院，卫生院治不了，说没有吸脓的设备，建议送到县医院，还说若县医院也找不到这设备只好送地区大医院。这算个啥设备？医生描绘说像孩子吃奶的小嘴，三奶奶听罢弓下身用嘴含着伤口吸起来，吸一口把脓水吐掉漱净嘴再吸，连着吸了三口，排出了脓水，肿消了，疼痛登时轻了，文娃子不哭了，救了养儿子一条命。这就是铁五妞冒着被感染的危险，用口吸毒救患儿的生动故事。

说起这些事庚爷不说了，他再说花哨的就不对了，咋说他也是文娃子的师傅，这老女人再花再乱不也是娃他娘——他养母嘛，摊上这样子的老人雷文他当小辈的能咋着？顺着哄着呗。这养儿子比亲生的还孝顺，也真让他分了心，遭了罪，够苦的了，不看僧面看佛面吧。

庚爷下面的话说出个重大的秘密，众人听了目瞪口呆。

“这次文娃子来，这花婆娘竟向儿子提出一个怪要求，哼！那叫要求嘛，简直是放狗臭屁！哼！听起来是极大的笑话，让儿子着实作难，说她说不服，讲道理也讲不通，文娃子守着我唉声叹气。娃那么大的官，管得了千军万马，管不了这么个难缠的养母。只好拖下去了，反正她这花婆娘还一个月两个月死不了。不说了，不说了。我说了，你们听起来得笑掉牙……”

“说说听听，一笑完事儿，影响不到张三李四。”

“说！”

“说！说出来也让我们听听鲜儿！那也不能太粉了。”

经过众人一再恳求，再三地鼓吹，喜欢咧咧的老庚终于又说下去。老庚像个说书的，说到这儿拿捏了半天才开口，倒先问了一句：“这花婆子死了往哪里埋？”

一听这话，众人面面相觑，有人试探着回答：“这还用问，当然是跟三爷爷埋在一起了，他总归是金家的三奶奶嘛，是吧？”

“就是。”有人这样肯定说，“跟那个坏蛋外甥出去闹哄那么多年又回到老家住进了篱笆院，这叫叶落归根吧。这会儿病了，金老三还得给熬水喝做饭吃，养着她，还是金家的婆娘，人们才仍然喊她三奶奶。”

“先讲一个叫暗恋的词，知道不知道？”庚爷问。

众人茫然后异口同声道：“没听说过！”

庚爷说：“这是个新词，我也刚听说的，不知哪位大专家给起了这么个乱弹名儿，惹出这么多是非，兴许是进口货。”

“说吧，这花婆子暗恋谁呢？”一个性急的后生这样问。

冷了一会儿场，老庚终于揭开谜底，一字一板地说下去：“暗恋谁？暗恋着文娃子西合营教书的那个亲爹——大先生金振川。”

众人愕然，同时咿呀唏嘘一片。“这老婆娘，疯了吗？”这不是癞蛤蟆想吃天鹅肉吗？“不可能，不可能！咋个不可能，想不到这娘儿俩也会有一头子！”有人煞有介事地这么分析说。

一个老汉突然冒出“娘儿俩”这句话，原来铁五妞和大先生金振川以婶母和侄子论过多年。是从铁五妞的大妯娌那儿论起的辈分，振川吃大奶奶的奶，当然管三奶奶叫婶了。当然后来儿子文娃子归了人家，那啥也不叫了吧。金忠烈、金振川和羊倌金老三，还应包括大奶奶那一支，这俩金家的家庭太复杂了，引出了这么多是是非非。

“真没想到他俩能搞到一起。”

有人立刻否定：“不可能，暗恋就是单相思，没形成事实。”

那位爱瞎猜的又顺着自己的思路猜下去，煞有介事地道：“怨不得那老夫子大先生这么多年不结婚续弦哩，原来这俩人还有这么一腿！三奶奶甭看没文化，长得嫩面，又白，小模样俊着哩。”

另一个人说他一百个不相信，说俩人没有接触的时间，几十年没见过几次面，不谋面如何撞出火花？三奶奶又识不得几个字，野汉子给她写了信也不认识，如何能搞到一起？再说大先生振川也不是那种人。

爱瞎猜的人又煞有介事地猜下去，还提出事实根据：“文娃子在西合营亲老子那儿上学住了几年，知道不知道？”

“当然知道，振川是他亲爹嘛，还有个亲哥雷军陪着。”“我再问，文娃子管养母叫啥？”“叫娘。”“管他亲爹金振川呢？”“叫爹。”“管养父金老三呢？”“听说叫大。”那人又分辩道：“这不得了，叫爹叫大不一样的，北边有个叫大营盘的地方，管亲爹都叫大，管继父倒叫成爹，倒过来了，反正其中有文章。”“这跟三奶奶铁五妞又有啥关系？”“不对，据说是振川让这么叫的，以分清振川和老三同时在场时，儿子叫爹是叫哪个爹——亲爹还是养父。”那位接着说：“有说是五妞让这么叫的，又说是振川让这么叫的，又都有他俩，把不准他俩事先商量好的，这不明摆着嘛，真干过没干过就扯不清了。”有人又这样分析：“人家庚爷说的是她暗恋人家大先生振川，不是真在一起。兴许人家振川不一定知道，这就叫单相思，常人说的那种剃头挑子——一头热。”

庚爷说：“是一头热，暗恋了人家一辈子，到死人家兴许还不知道。”

“这还讲个甚？人都死了四五年了，可能死鬼金振川的那把骨头都烂没魂了，暗恋明恋也好，单相思、双相思也好，还能再在一起？活人跟鬼魂能搞到一起吗？再说振川死了后，不是与文娃子的亲娘合葬了吗？”这是另一个人的分析。

“说得对着哩。”另一个人凑趣地接嘴唠叨道，“可能连手都没碰过，这会儿人家大先生死了，臭地里了，入土为安了，这婆子不想人家的好处——好处有啥？起码给了她个好儿子吧。反倒作践起人家死鬼来，让大先生在阴间也不得安宁。”

不管老礼新礼，在蔚州的大南山至今还是挺封建的，作风不好的人被人看不起、嗤之以鼻。

12

这里可不比保定，保定是府，这里是个小山村，那会儿乡里人家日子都穷，人们穿的都是破衣烂衫，习惯了，谁也不笑谁，碰到个讨饭的，狗也见习惯了，不管穿的啥也不咬。府上、口上、京城的人可不同，真是人敬富的、狗咬破的。当然当时这大南山还真见过几个拉着棍子讨饭的主儿，也怪，狗不咬。三奶奶可不是因为富有才受到人们的尊敬，其实有七分是儿子给挣下的。村子里也没有几个人愿意理睬这穿着阔气时髦的老太太。男人们把她看成骚货，婆娘们也多离她远远的，看见她要去家里就掩门，怕沾上腥。

最近她又和馒头房要饭的有一次不愉快的接触。

这时的三奶奶在村里成了一个怪胎型的人物。论命她的命最好，几乎成了享乐晚年的富婆了，可一提起她办过的那些事儿，处处让人指脊梁骨当笑话说。

那天铁五妞正在馒头房等着取馒头，有下面一段唠嗑。

馒头房老板惠敏说：“姨，你的命多么好，儿子多么孝顺！”

接下来惠敏把雷文订馒头的过程说了一遍。

惠敏说：“那天你儿子开车走到这路口时发现了俺们这店，停下车进来看了看，又问了一些情况，又到俺家后院的磨坊、碾坊和厨房、仓储屋转了转，就定下了长期供馒头的事。后来听旁人说，你的儿子是个官，大官儿，是做大事儿的人，看这问那，那叫什么考察哩。他又问了一些话，问麦子面粉是哪里来的，长期供应有无保证，愿意不愿意供给你家馒头。当然愿意了，送上门的财神嘛，就算签了合同——听说那叫口头协议，他预先交了款。一定就是三个月的，我给了他个牌牌，给粮票的一角八，不给的二角五，那是高价。俺们的麦子面是从关南淘换过来的，要走好远的路，贵吗？瓜菜代那会儿，一个馒头五角哩。你家放羊的老汉见天自己来取的。有两次你家没顾上取，还不是我派人送到你家的。”惠敏啰唆了这么多话，其实可以完全不说这些，见牌给馒头好了，可这就是女人的本能，女人心细，把话又讲了一遍。

惠敏三十出头，活脱脱个小俊媳妇，泼辣，利落，又善言辞，见面熟，刚才一下说了这么多话。蔚州大南山开放后也是人才辈出，富有经济头脑的主儿有的是。

刚好有个大姑娘隔着窗帘听到了她们讲话，须臾，出了前厅到灶边忙着烧火。五妞见这姑娘长得十分俊俏，就问是谁，多大了。惠敏答：“俺家小姑子，十六岁了。”五妞赞道：“这眉眼儿，这手脚，可得寻个好主哩。”言来语去，三奶奶在馒头房坐了半个钟头，东拉西扯地攀亲套近乎。三奶奶委实是个走南闯北会交际的主儿，见面不久就跟这家的姑嫂熟了。铁五妞赶着想认那惠敏的小姑子做干女儿，惠敏进到后院与家里人商量了一下，出来对五妞说：“就认你作姨吧，或者她做侄女也可以，可就是做不得女儿，说暗卜了一卦，属相犯克哩。”

五妞明白是咋回事儿，也不再勉强，就此作罢，连侄女、外甥女也没认。甚个属相犯克，那是推辞，还是信不过自己这老婆子。本来嘛，亲生女儿都让自己这婆子给卖了，何况干女儿呢？这话是听惠敏婆婆说的，她这铁五妞后悔死了，偏巧她近日看了场叫《被爱情遗忘的角落》的电影，演员也熟，贺小书主演。联想到电影故事中的人物，她茫然地道：“这就是说自己吧？自己算什么人呢？好好的一对鸳鸯活活让自己给拆散了，心里有愧呀！”哪还有好心情、有脸吃养儿子订下的馒头呢？可饭还得吃，她懒得打柴，更懒得生火做饭。

与此同时，北坡下的草场边吼声、笑声、争论声更急，人们也扯到馒头上，赶羊的庚爷回来了。

草场边这里刮的是斜风，忽强忽弱，忽大忽小，开放了，日子过好了，村里人也兴开了留头，后生们头顶上的头发忽而被吹得倒立，忽而像有人给梳头那样，把散发又齐齐整整地抿贴在头皮上。山沟子里的后生们是很少用木梳子的，头发乱了一般就听凭它乱着，个个都像怒发冲冠的样子，太乱了，就用手一抿——这会儿"怒发冲冠对谁"？这会儿是对花婆子铁五妞——习惯成自然，谁也不笑谁。

馒头馒头，惠敏小媳妇的馒头这会儿成了欢快逗乐儿的议题。

"看那小手和面，揉面，剁馒头，三摸六赶，转眼一笼屉，又一笼屉，等着上灶的生馒头就摆在那里了，白白暄暄，散发着一股子香气，和她那娇嫩的小手一样美。"这俏皮话出自一个小青年之口。

"人家那是小佛手，没摸过锄把吧？"

"废话，废话！说点正经的好吗？俗气！"庚爷训人了。

"莫琢磨小手了，人家的男人是铁匠，犯在铁匠手里一锤子让你脑壳开瓢。"

"还是讲大孝子文娃子吧，听说那娃长年累月给养父养母每天订二斤馒头，够吃的了。"

"关南拉回来的麦子，坝上拉下来的油，天天吃白馍，不等于天天过大年吗？金家三老汉，抱回这么个养子，养儿子又这么有钱，不等于捡回了座金山银山吗？"胡扯了一通后，话题终于又被庚爷引领到正题上。

庚爷插进来说话："对着哩，他家的事儿咱老庚清楚，不光馒头，还月月寄钱，从小伙子大学毕业分到唐钢开始，每逢双月一寄，一寄俩月的，婆子没回来前，平均每月给养父寄十五元，十五元就够老三喝酒吃肉的了。老三不让寄，他不听，每双月就邮寄来，外人哪知道这些。老三嫌麻烦，托人取了就近给他存到银行里，打算将来给他娶媳妇用。那婆子接回来后，雷文改成一个月一寄了，三十元，总钱数多了一倍。我想这是孝子考虑到养父养母俩老人的缘故，等到小伙子赶上几次升职挣得多了肯定还想多寄些，可挣得多，应酬也多，花销也大嘛，外加上那娃还不断接济西合营继母家的异姓弟妹，再给大姐黑凤点，所以没再多寄，这娃的钱也是省吃俭用节省出来的。"

羊又糟蹋庄稼，庚爷拉着一位后生赶羊去了，唠嗑的话题顺着羊群的流向流逝了。众人议论的仍是雷文每月捎钱的事。农村有些老汉老婆吃饱饭后爱吃咸萝卜操淡心，这会儿又掰扯起老三的钱怎么花。

一个拾柴的小老头感慨万分："文娃子后生一年得给养父家捎多少钱呀？少说也得四百吧？加上一年为他那个娘来来往往几次折腾，请先生，哪次不得花几十？光这个没正经的养母，那娃儿一年掏上千块打不住哩。"

拾柴的小老头和另外一个割草歇脚的二老汉一人一句地扯着。

"就是，就是，得上千。"

"这个宝贝养儿子算叫金老三逮住了。"

"对着哩，对着哩！还是有个在外面上班的儿女好，当了官更好。"

"人家文娃子不光孝顺，还是炼铁炼钢的大官哩，特有钱。"

"要不他们家花钱这么大手大脚，听说三奶奶一个集要吃两只烧鸡，有时候还买正宗三十年一锅汤的柴沟堡熏肉。"

"这老婆子成了王母娘娘了，过上了神仙的日子。"

"人家模样儿养得就是好，脸颊红润，脸细白细白的。"

"这样这老太太还百病缠身？"有人发怪话质问。

"那是烧的——烧包流油！"

"该让她回到改革开放前，一天八大两，再叫她狂！"

"饱暖思淫欲，这婆娘怕又想那个情人——对象小拐子外甥了吧？"

"小情人、小拐子那厮若再来，活着的话少说也五十多了。"

真是闲人闲话，管人家五十六十，说个"小情人"就得比铁五妞小，小了就招人疼。

"不会再来的，说死了，有的说被车轧死了，有的说下湖捞鱼死在白洋淀了，谁知道。"

"白洋淀是啥地方，不是大海吧？"

"淀像咱京北一样，也是个大湖，坝上人叫海子，也叫淀，离海远着哩。"

"不光想那小拐子，这花婆子还能想谁？"

"想谁？想大先生金振川呗。"这会儿又挤进个多嘴的"百事通"。

"他不是死了吗？"

"死了就不能想吗？"说话的声音很熟，原来是庚爷，不知哪会儿又回到群里了。

"那不是邪门歪道，神经病吗？"

"就是神经病，她厚着面皮提出死后让养儿子把她和早死的振川并骨。"

众人愕然，"天下奇闻！竟有这档子事！"

一个人从人群背后挤进来道："林子大了，什么鸟都有。"

大家定睛看去，说话的人是现任村主任莫义平。

13

记得那是几年前，有一天莫义平正在大队房子办公，电话铃突然响了，是好朋友雷文。他咋个在保定？莫义平搞清后才知道他是去接他养母的。他养母就是那位三奶奶铁五妞，算在保定混糟了，混得没饭吃了。雷文想接她回家她又没脸回，好说赖说总算说通回来了，但又说自己全身有病，不能下地挣工分，也不能跟老汉金老三上山放羊，得有人养。雷文说："我当儿子养你。"她答应回来了，但有一个条件得答应了她才跟着他回。这是她第一次公开她暗恋着雷文的生父振川的事，才有了自己死了后要和东岗子的大先生并骨的事儿。莫义平一听这话，觉得确实是天大的笑话，恨不得当着面臭骂她一通，可是当时远隔几百里见不上面，事情急迫，他拿不出好法，就算应了她——答应她死后可以和雷文的亲爹埋在一起。这也算是缓兵之计吧，村主任点了头，雷文还觉得不踏实，他讲得的通的理由有二：一，死了以后就由不得她了，埋不埋，往哪埋，儿子说了算；二，这会儿山区仍实行半土葬，实际都是公墓嘛，哪里还有家族式的阴宅墓地，不都是乱葬岗子嘛，还不是插空儿就埋到哪儿。雷文听罢，也就权且答应如此了，就算电话上说定了。三天后他真的把老太太弄回了家。老太太也真是风光，是养儿子弄了辆吉普车接回来的。三爷爷是雷文做好了工作才让她进家的。

三奶奶铁五妞活活拆散了养子雷文和女儿彩凤的一段美满姻缘，俩情侣一生不幸，每每害得姐弟俩为情所困死去活来，祸根冤头债主就是这花婆子铁五妞。为什么雷文此仇不报，反倒对铁五妞这么尽孝道，把她从泥潭中接回老家侍奉，享尽晚年快乐，寿终正寝？文娃子当然不是没心没肝的傻瓜蛋子，对养母这么孝顺、以恩报恩当然有个由头。

雷文接回养母报养育之恩还主要是为了照顾形单影只的养父金老三。家里没个女人，养父像丢了魂的野猫，日子过得一塌糊涂。有个女人在家当主心骨才像个"家"嘛。这都是冠冕堂皇的闲话，难以细究。让莫义平看还是为了报答儿时他长疮她吸脓的那救命之恩。

人走时气马走膘，兔子运气好了三枪打不着。三奶奶就是命好，她在保定过得贫困潦倒时，几乎被人卖了当了"奴隶"。儿子最后把她接回家，天天吃白馍睡热炕头，不是好命吗？

三奶奶确实命好，这会儿刚睡醒，头也没梳，地也没扫，蹲在院子里看蚂蚁搬家，玩着儿童的游戏。

篱笆院当空和地面上的动物世界里最忙的就是那群工蜂和工蚁了，忙着采蜜，忙着找食。雨前也好雨后也好，好像这些动物从来不得歇，从来没个停下的时候。

三奶奶常常装傻充愣地跟小孩子耍在一起，和小朋友玩寻找蚂蚁洞的游戏时各持己见，吵得不可开交，适逢七爷路过，求七爷鉴定，七爷笑着摇头，她不依，七爷只好说："找文娃子吧。"她真找到雷文，儿子笑着让她去找郑渊洁，"童话大王"当然找不到了，但一度真引起了她的兴趣，要给"童话大王"写信。雷文说："写吧写吧，老太太没事研究蚂蚁这本身就是笑话嘛。"雷文还说自己研究过狗，惹得养母对狗注意起来。

在这个小院，在整个大金家村成人中，活得最潇洒最自在的要算三奶奶铁五妞了。这会儿她是全村的"第一闲人"，甚也不干，油瓶子倒了也不扶的主儿。就因抱养了个好儿子的缘故，享受上了天，说贡献不及那群蚂蚁和工蜂。这是个深秋，午后四点多，她刚睡醒，午睡吗？早过了午睡时刻，大田里的人们正在掰棒子、收玉米、割豆子，一般劳力都掰了三四个来回了，豆子也割了有三大垄，有些人蹲在田头在喝水。再说庄户人哪有午睡的习惯！为啥这里的农户习惯吃两顿饭？好摆布劳力嘛，也是为了节粮省水省时间嘛。这说的是壮劳力下地的人们，像三奶奶这类游走在井台巷口的被叫作"吃饱蹲的"老幼闲散人口就无所谓了。田地里再忙荒了地、疯了草好像也没她的事儿。秋忙季节，地里有人的全家凑齐吃两顿饭，地里没人的两顿三顿的都有，想哪会儿吃就哪会吃呗。丈夫三爷爷在她的心目中向来就是块木头，她从来不计较老东西去干啥，更不管他吃不吃饭。这也好，三爷爷金老三乐得和那群羊为伍，自由自在。这里的三奶奶人是回来了，但她老人家的各种身份还漂在外面。你铁五妞一口气跑到外面流浪了十二三年，都干了些啥？一个字不识的老妇女能干个啥？她养儿子是几万人大厂的总厂长，这不就打了保票。新任村主任莫义平是这样解释的：户口无所谓，在外面晃荡了这么多年，死活都说不清，不劳者不得食，当然口粮没份了。其实有无口粮都无所谓，金老三粮油上属于富户，有老三吃的准有她吃的，一次地不下，天天照样吃馒头、喝小米粥、吃烧鸡，谁让人家有个好儿子呢。所以到了这会儿，人家还在睡懒觉。这是睡觉吗？是在闭目养神。照老庚的话说，不想干就甚也甭干，好好想想这十几年，你就闭门思过吧。不睡觉又能干啥去？这才闲着无聊看斗鸡、看蚂蚁搬家哩。

仍然是这个时辰，回到西里间暖炕上的三奶奶，窗里窗外，又参与了一场动物间的“救美”“护美”活动。最倒霉的要算小狗黄黄了，“汪汪”着夹着尾巴避到门洞里。

精神恍惚的三奶奶在似睡非睡、似阴又似阳的朦胧中，好像屏住气在听什么，是在梦乡吗？不是，她睁着眼在听。窗台底下鸡吵闹着啄食，狗又多管闲事地冲扰了鸡娃们的盛宴。正在这当儿，大公鸡和小黄母鸡“噗噗”地飞上屋檐，又“咕咕”吵着追逐着飞回地面。她知道，这是动物世界的争雄称霸争斗，她恨起那大公鸡得陇望蜀的霸道，又惊叹那大公鸡红红的羽毛、金冠彩霞般的霞帔披肩、雄踞一方的英雄气概，又想，从前的皇上后宫可有三宫六院七十二嫔妃，在这院里称王称霸的大公鸡为什么不可以。再说争宠的还不只公鸡一方，那嫩面挺拔的小白母鸡不也“咯咯”“咕咕”地频频在鸡王周围争宠吗？说她清楚吗？又不完全清楚，她这会儿正跟在一个作古的人的屁股后面转着，大白天她演起了人鬼情——她癔症了，那老帅哥仍在他眼前晃，仍是那么英俊洒脱，走路时，高过自己半头个头，使自己如在一棵梧桐树下。啥意思？他是注意上自己了吗？——自己这个漂亮的“三婶”还是从前的三婶，还是名副其实的俩人的小宝贝文娃子的娘。那时虽是一个村里的人，但一个东岗，一个西岗，也是“鸡犬相闻，老死不相往来”。小宝贝文娃子的生母啥模样她没印象，照理讲——从哪个方面都可以讲——她五妞应该算是文娃子的亲娘哩。

房顶上似乎有一番斗争，争斗最厉害的时候风吹下几片花的羽毛，三奶奶认得那是大芦花公鸡身上被啄下的战败品，听动静那是在与被人叫作“高大红”的另一只公鸡在角斗。惨呀！大芦花哪里是“高大红”的对手，但她相信自家的大芦花是不会认输的。又是“咚咚”的一番追逐。这一回咋了？“高大红”像鸣叫着飞走了，房顶上的“鸡王”就剩下大芦花了。“咕咕咕”“咕咕咕”“喔喔——”听它那鸣叫声就能想象到那厮那扬扬自得的样子。它又在屋檐边“喔喔——”震天动地的一声吼叫，似乎要宣泄什么，它是胜利者，它维护了领地，它要破坏一番，它要干什么了。

“呼呼呼！”大芦花趾高气扬地以巨大的声响铺天盖地地飞离屋檐，挺立在地面上了，两只暴戾的眼睛瞪着那群静心觅着食的母鸡。终于它选准了目标，“咚咚咚”吼着追上去，霎时间腾空飞起扑到一团白色的暄暄绒绒的物体的背上，那是这群母鸡中最洁白最嫩美的小白……窗扇是支着的，从窗户投到院子里一枚石子儿，又一枚石子儿——这是铁五妞事先准备的，就是为轰鸡用的。随着院子里杂乱的声响和嘶叫，院子里所有动物都被吓跑了，大部分会飞的禽类又都飞上房檐、屋顶或几棵树杈子上。“走走走！”她仍在发布着驱赶令。最后一件从窗户飞出的物体，不是石子，而是一把扫炕笤帚，正好打在小黑狗的脊背上，谁让它不长耳朵呢，“嗷嗷”着跑远了。

落下窗扇，又借着玻璃的反光捋顺了散乱的头发，她这才放倒身子躺下去。她这一次真的要再睡一会儿了。折腾了这么半天都干了些啥？实际啥正事儿也没干，好几个钟头的宝贵光阴白白浪费掉了。这也没啥，老了，儿子接回自己来不就是吃饱养老的吗？当年她带着仨孩子，又种着几片田地，还支着家庭缝纫这摊儿，大刀阔斧地干了那么多年。后来跟着外甥在外面打拼，也算“说说道道的强人”。可日子一去不复返了，回到大金的这三年不都是这么浑浑噩噩过日子消磨时光吗？

铁五妞暗恋的人竟是养儿子的生父，他还管她叫过三婶。这人死了，她还在暗恋着这死鬼，声称死了后要跟他并骨。生前没做比翼鸟，死后也要同穴双飞。真是笑话，让养儿子咋说才好？岂不弄出笑话？养儿子又没办法，恨得牙根疼。

人这一生总有辉煌的一段或者几段时光——人们常说那些飞黄腾达、兴高采烈的时光，然而也有不愿意回想的那些糟糕倒霉的记忆。三奶奶就不愿回忆在保定的时光。人这一生总会有“过五关斩六将”的风光时候，也总有“走麦城”的倒霉时候，谁都愿意想那些愉悦的、扣人心弦的痛快事，没人愿意想小时候那些尿床尿裤子的事儿。他不愿意想的是谁？还不是那个让她高兴半生又倒霉一生的坏蛋混崽嘛。

三奶奶和电影有不解之缘，在蔚州大金，在里县北宗，在保定市区的税务角，哪个月不得看几场。

三奶奶暗恋老帅哥金振川，暗恋了几十年，胡编吗？还真不是胡编，这都是看老电影看出来的。在她讲，电影是命，电影比白馍、莜面还香。她暗恋振川老帅哥和电影有关。

三奶奶一生最爱看电影（那年月没电视），在“文革”时、“文革”后、改革开放之初，还有跑到保定经商的那些日子，她是有条件要看，没条件创造条件也要看上一些新电影的。为了看场电影来不及吃饭饿肚子她也乐意，迷嘛，真是鬼迷心窍愿打愿挨嘛。有的外国片他也看，像《第八个是铜像》，还有《桥》《老枪》。为了看电影，她看服装摊位时丢失过商品，丢过钱，和老搭档吵过嘴，吵着要分家过。在老家大金那会儿她跑到八里外的邻村看电影崴过脚，伤好了还要去看。那时放的影片，也就是那么几部老片，《侦察兵》看了五遍；《野火春风斗古城》看了三遍，金环、银环的有些台词她竟能背得烂熟；《青春之歌》中林道静的一个眼神儿她都能记住；《早春二月》里上官云珠表演的愁苦相，她竟学得惟妙惟肖、出神入化。《渡江侦察记》《永不消逝的电波》《家》她也都看过，也算不少著名男演员的粉丝了。妇女中不少人看电影是为了看帅哥（当时叫男士英雄偶像），看热闹。作为农村女粉丝，她脑袋里装了这么多男演员，最欣赏、最佩服、最心动的老的帅哥有金山、白云，当代的就是王心刚、孙道临和达式常了。她心目中的第一帅哥是王心刚，那思想那做派那魁梧的标杆身材和气贯长虹的体魄，令她达到了神魂颠倒的地步。看过一场王心刚主演的电影后，那个英武的艺术造型几乎十天八天离不开她的脑际。那些天她碰到的同龄的男人都被她比对过了。她听人说过历史上的美男子要算什么潘安、宋玉，认为当代的王心刚、达式常比不上潘安帅气。可他认为人家王心刚和达式常都是革命派，他潘安往哪儿摆。

电影这种媒体造就了一批英雄形象和史诗，也制造出一批像三奶奶铁五妞这类奇形怪态的人物和逸闻。

铁五妞真进角色了，躺在大炕上的三奶奶自然持续着金环思念杨晓东的思路，水到渠成般地想到了她的老情人。是混崽吗？那拐子往哪里摆？跟那厮厮混了那么多年，顶大算个露水夫妻逢场作戏，找个替身找找乐和而已。

这老太常常是愣怔怔地在那儿瞎想，在想啥？想电影情节，恨不得钻进电影故事中，成为故事中的一员。她想，杨晓东咋就不能成为振川大先生，自己为何就不能成为金环？尤其是到了保定，这想法越来越炽烈。保定就是《野火春风斗古城》故事的发源地嘛。大先生已经死了五年了，《野火春风斗古城》也成了老片，可是老太太这种情绪有增无减。

躺在大炕上的三奶奶精神焕发，一幕一幕又过起了电影。先定格在与妯娌大奶奶家的小丫头五女的一段对话上。五女正端着一盆刷锅水去喂猪。这五女管她叫婶。

那是三十年前，在个猪窝旁。

远处，大奶奶家的街门口，那老太太正在送她的奶儿子金振川，娘儿俩像都在擦拭着泪，俩母子说啥听不清。

铁五妞问："你娘那是送谁哩？"

"三婶明知故问嘛，真不知道？"小丫头反问。

"当然不知道，看着有点熟，像电影上的王心刚——杨晓东是吧？真帅气！”

“婶也觉得他帅气了？那是俺振川哥。”

五妞急问：“振川哥？——他就是金振川？”

“不是他还能是谁，教书的大先生。”

“教书的大先生？哪儿的？”

“西合营。”小丫头说得很冲，趾高气扬。

“西合营从这里看哪儿？”

“北边，正北，过了东杏河、夏源，还往北，距咱这儿八十里地，我说的是公里，公路路桩上写得明明白白。问这么细干啥？看上人家了吗，要找人家去吗？”

大奶奶家的小丫头五女嘴真厉害，五妞问了两句，惹得她回了八句，她把猪食倒进石槽后更有空儿杵在那儿闲扯了。

“看你这小烂嘴，尽胡说！我是他婶，隔着辈分哩！你是妹子，还差不多。又不是亲的，可以自由开放些。”

小丫头五女问：“还是婶？他跟你叫过婶吗？”

五妞急答：“没叫过，没在一起说过话，没谋过面。”

五女调侃道：“这不得了，那是你在充长辈，人家帅哥兴许不认你这婶，拿你当妹子哩。他都三十了，你多大？”

三奶奶铁五妞半天不好意思地答道：“我才二十八。”

五女认真地学说道：“俺振川嫂子三十二了，比振川哥大两岁，好像俺哥开头不同意，是老忠叔做的主。”

五女讲的振川嫂子是和老忠头一起抗日的一位老战友的女儿，她父母被鬼子挑死了，老忠就把这个孤女收养了，后来竟做主要她做了儿媳妇。倒霉蛋振川不同意也没法，得谨遵父命。

14

那是三十多年前篱笆院里的女主人三奶奶第一次见到帅哥金振川，便暗恋上了。那老忠头当着本村村委会主任，刚刚经过了“四清”运动，生产上有了些转机，学大寨修梯田，大干快上，风风火火。人们都忙大事了，振川的婚事小事一桩。至于后来有人揣测，因为文娃子的缘故，兴许振川跟五妞有一腿，纯粹是瞎掰，俩人一生没接触过，都没碰过手。

三奶奶总也成不了金环、银环，她一生就是个家庭妇女（在农村是女社员），更追不上老帅哥——她心目中的杨晓东。嫁来大金，头十年的日子——合作化公社化时期，她就这样平平静静地过来了。后来电影队下乡，再后来又有个报纸和电台的节目了，村子里还安上了大喇叭，你识字也好不识字也好，大量的新生事物都能往你脑袋里灌，像洪水猛兽般冲刺着。在那荒寂偏僻的地方，一部电影片敌得住十挺机关枪。看了那么多部故事片后，这老山沟子里的婆娘思想意识来了个飞跃，竟也懂得爱了。爱是囊括万事万物的，连那革命化程度如此高的人杨晓东，不也瞅空子爱了一次嘛。她莫名其妙地成了电影迷和演员的粉丝，谁的？王心刚的。那一部《侦察兵》她看了好多遍，最后那一遍是跑到外公社看的，半夜三更才回到家，害得丈夫金老三沿路找了仨村。这天半夜老三破天荒地扇了五妞两个嘴巴，那老山汉光说："不！不！不！"讲不出啥道理，她哭了半天。金老三干涉老婆看电影的事成了笑柄，害得妇联干部站出来说话了。妇联干部说："电影是公家让放的，宣传革命思想，你不让看是什么性质的问题？"老三呜呜了半天说不出一句话。他认为媳妇看电影可以，就是不能再看王心刚。这就难说了，谁知道哪部片子里有王心刚。最终他倒给妻子赔了礼，又连扇自己仨嘴巴，直到五妞做出保证才了事。

从此以后，老三总没安心过，整天里提溜着心过日子，光怕五妞跟王心刚跑了。其实那可是瞎掰，王心刚在长春哩，距离大金三千里地，再说人家是名演员，五妞想攀也攀不上，怎么会跟他跑了呢？铁五妞的魂魄早被她暗恋着的一个男人摄跑了，他不是王心刚，竟是她可以抓得到的一个大活人金振川。这可不是铁五妞浪荡，或许也是一种爱吧。五妞懂得了爱是一种权利，自己只是想想不动真的。这种爱法（指"暗恋"）也着实让丈夫金老三受不了，见天像防贼那般防着。五妞也不是那种见一个爱一个水性杨花的乱弹婆娘。谁叫金振川的长相太像王心刚哩，惹得三婶五妞对他的思慕达到了魂牵梦萦的地步。实话实说，当时国家还没开放，被誉为银幕上美男子之一的王心刚出演的影片中没有时下时髦的飞眼那类动作，正派得不能再正派了，台词也没有下流语言。这五妞自己也清清亮亮，她哪里是看上了几千里外的王心刚呢，分明是想够得着逮得着的西合营的大先生嘛，才引出了暗恋、梦中幽会、张冠李戴这么多古怪故事。

三奶奶太爱养儿子的生父金振川了——爱了一生，爱了几十年，爱得人都死了，还爱着，要并骨，成了笑话。在养儿子没出生以前他就爱，谁叫他长得那么像电影演员王心刚呢。小宝贝从人家母亲肚子里爬出来了，跟她扯不上丁点关系，但她仍然爱着，硬往一处扯，埋怨那娃儿投错了胎，咋就没投到她的肚子里。阴差阳错，机会来临，文娃子死了娘，她铁五妞又恰恰死了个儿子，老忠头无奈之下，把宝贝孙子给她当了养子，可叫天作之合，她名副其实地当了这个娃儿的娘。这娃儿偏偏是她朝思暮想的那个大男人的种儿，尽管这种儿没有在自己这田地里，但这娃儿从生出来会说话起，喊那个人爹，喊自己娘，这爹和娘总算配到一起了吧。配在一起的爹娘还有啥事儿不好说的？可惜事情总没有她想象的那么简单，配到一起的爹和娘是两家子，永远在不了一起。居住地一个在南山，一个在北川，相隔八十公里。

三奶奶对长相英武、气度非凡的教师金振川这么钟情，其实是对人的原始人性的爱慕，还说不上算爱情。恰巧她又收养了这个人的没奶吃的儿子，这个孩子后来成了她的养子，长大后又回到生父的身边上学。照常理，养母去看望养儿子是再正常不过的事。那不就有了条件吗？凭借这条件创造的就是载体。偏偏养母婆家的家人干涉这种事，限制孩子的养母见到生父，而她性格又有那么点儿欠缺——不让去就始终没敢去。一个是城镇学校的大先生，一个是农村识不得几个字的婆娘，也确实不般配，难交流嘛。她爱慕了他大半辈子，但没说过几句话——不给说话的机会（条件）嘛，粗略地细想起来有这么几回。

那一天，五妞坐在家门口做针线活，晒太阳（当时还没收养雷文），大奶奶和奶儿子振川说着话走过来，振川要回学校，探视过养母后去大公路上等长途车，恰巧路过三叔金老三家门口。走近后，大奶奶急忙介绍："这是你三婶，叫三婶。"知书达理的振川当然叫了一声。怯生生的五妞怕得很，振川叫没叫，叫啥，她没听清。这时的她，还只是穿红挂绿的年轻婆娘，咋好意思让那么高大的男人叫婶呢！急乱中赶忙往自己家院里让座让茶，当然人家急着赶车，没进她的家。就说了那么两三句话，大妯娌领着那人走了，让五妞只漠漠地看了个后身。

这是第一次这么近距离地和那男人对视接触，像端详电影上的王心刚那般端详起这个晚辈。又过了七八年吧？声势浩大席卷城乡的"文化大革命"开始了，那一年文娃子才七岁，七岁的娃儿很像他的爷爷老忠头——威震拳坛名扬南山的拳王金忠烈，像一只天不怕地不怕的小老虎，他爹的事儿——咋个"三反"的他说不清，他爷爷是好人坏人他心里有数，咋个响当当的抗日英雄顷刻间成了反动派被抓了呢？是五花大绑抓到县里去的，说是跟县里的走资派一起清算反动罪行。他一百个想不通，也造了反，和几个当时叫"红卫兵"的战友走了，闯了柴沟堡，最后又闯到地区所在地的一所中学，嚷着要参加批斗大会，闹会场大辩论，来个"越辩越明"。他们走了，只带着两天的干粮走的，吃什么，住在哪儿，家里人都不知道。先前出去两拨人去找，彩凤跟去了，金老三也放下羊鞭跟出去了。三奶奶放心不下，蒸了路上吃的玉米面馍也要跟着找去。大奶奶硬把她摁下了。说她离开这块地儿哪里也去不了，说她没离开过家乡，说周围山上沟里有多少多少豺狼虎豹、妖魔鬼怪。她又说家里需要人照顾羊，有二闺女头前跟走了，再让老三跟了去送些干粮就行了。大奶奶还安排人盯着五妞不让她远走，就这样被扣住了。甭看老三不在，有这么个厉害的妯娌拦挡，好事儿都没了。这大奶奶可不是一般妯娌，她公婆和丈夫金老大早死了，老大临终留下遗嘱，说老人临终前有话：老三傻笨，看不牢买来的这小媳妇，一定让院中人看管好了。如此多年，五妞虽对振川有情，但是总找不到接触的机会。大奶奶实际在扮演着恶婆婆的角色，所以三奶奶只能暗恋着振川，没有举动，想大先生也只是想想而已。三奶奶五妞自己也确实觉得力不从心，她是文盲，一辈子总数加起来也识不过三十个字，出了家门口两眼一抹黑，只知道南面有个保定，北面有个大同，小地方还知道有个西合营和显赫营，两个营还常常记混，八十公里有多么远，说不清，怕得很。这次没有跟着去找儿子，事后她后悔煞了，照常理找到儿子不就找到大先生金振川了吗？别人告诉她大先生被揪着到柴沟堡又转到口上，可以寻迹找下去嘛。不过那样就麻烦了，她出不了西合营就得走丢，人们还得去寻她。

三奶奶暗恋金振川，吃亏就亏在识不得几个字上了，一生被男人拿捏着，早年是金老三，到了保定是混崽。

羊有羊的道，猫有猫的道，老鼠也有它自己出入上下的道路。人就更复杂了，走熟了的道路改起来也难，甚至一条道儿跑到黑，劝也劝不住，拦又拦不下。民间有句话，听人劝吃饱饭，这个劝就是劝人走正道，否则就碰壁了。三奶奶跟混崽姨甥恋，道德上受到谴责，甚至在有些方面遭了罪，也算罪有应得吧，但是她得到了满足。她也好，混崽也好，都属于生活中的不幸者，那年代没有离婚这一说，既然不是有血缘关系的姨甥，男女都有需求，为什么就不能结合呢？双双有情可以通过离婚重新结婚来理顺，何必这么偷鸡摸狗过日子？那个混崽又为此遭到人家养儿子报复，被踢伤了一条腿。三奶奶你看上了酷似王心刚的金振川，问问那大先生本人，他是否看上你了呢？

金雷文是在养母咽气前赶回家的，出殡时也披了麻戴了孝打了灵幡。娘嘛，再不对也是娘，跟一个文盲老太太能讲出理吗？在儿子的妥善安排下，老太太叶落归根了，大金家村能讲理的人都夸赞金雷文厚道。至于她与谁并骨，外人不得而知。

第六章　回归故里

1

大西南，攀西大峡谷和仙境春城。

水电分厂葛存义离世后的第三年——1992年。这一年恰巧是这麻子老兄在蔚州城南厂门口导演的“十五分钟诀别戏”演出后的十五年。现在不是让人窝心的那一天，是出花好月圆大团圆的重头戏，欢乐的锣鼓敲得正响。第一部戏在此谢幕了，第二部戏也将开锣，女主人公还是金彩凤。

北燕南归是常态的自然现象，这里讲的是“南燕北归”衍生出来的故事，叶落归根嘛。一个婚姻不幸滞留在西南大山区的孤身女子受尽折磨和难耐的孤寂，能不渴望调回北方的故乡吗？这叫叶落归根——走遍全国，哪里也不如蔚州的水甜。美好家庭在等她，她被接回来了。

八月的深秋，北国一片金黄，可是这里仍一派绿意，山是绿的，谷是绿的，滩湾像片绿毯，四季如春，绿意盎然。绿色好呀，处处体现着生命力量。这里是江南嘛，这里也是四季吐绿繁花似锦的高原，尤其是在那飞火泛烟的十里钢城，在那三百里长年吐绿的峡谷，小蔚州的思绪时时腾跃着，可体会到了这北国与南疆风光的迥异了，金雷文的心呀，从京郊顺义平顶山高岭幽谷突然间升腾了八千米，坐飞机坐特快来的嘛。是酸甜，是迷茫，是痛心，难以形容。

这次金雷文是公私兼顾，他得到了刘头儿的支持。

1980年到1990年这十年间，是金雷文政治上成熟、事业上屡创佳绩、飞黄腾达的十年。金雷文赶上了好节令，伴随拨乱反正、经济腾飞，大学毕业回到了老厂子沉钢的他，解决了组织问题，挑了重担，入了党，连续多届出席学毛著、生产创佳绩经验交流会，成了道德敬业模范、思想腾飞上线的人物。他还参加了两届地委党校学习班，成了地区精英企业的拔尖人才，部里省厅里也有了名气，两次到技术先进的国家考察。他从唐山冶金学院的高才生走上领导岗位，进而逐步攀升挑上大厂总厂长的重担。他和老厂长刘兴配合得很好，又极得行署秘书长秦昌老汉的赏识，他们领导的企业肩负着全地区工业生产腾飞的重担。最近雷文参加化冶两部委三废减排和节能会议，更提高了对国家经济发展思路的认识，每每想展翅腾飞、跃跃欲试。回到本地他受行署委派参与组织了南片重化工业调查，提出亟待解决的环保发展的问题和建议。两个月下来，他累得面黄肌瘦。抽调到地区事多，本厂和家庭的事也牵涉了这位总厂长的不少精力。这段时间比较大的事他忙了两项。下属一个二级单位稀有矿产金属项目上马试运转报批，跑省里的管矿产和环保的几个部门和京城有关部委。养母三奶奶害了爆发性火眼，后来被诊断为青光眼，草沟堡和西合营的医院都看不了，弄得整天里要死要活，弄得养父金老三不得安生，没办法，他这个养子只好把母亲接到沉沙来看，足足折腾了一个多月，他这总厂长夜晚也得去陪床，费了九牛二虎之力，总算保住了这只患眼。这段时间又扯出了大哥雷军家的侄子参军和西合营继母家的一些家事。把养母送回老家后，雷文这才腾出精力考虑自己小家庭的问题。打从他和前妻离婚后，他被弄得焦头烂额，没个家，家里没个女人支应着不行。

他在事业上是胜利者，在婚姻家庭上是失败者，弄得很糟很糟，整天像个乞丐，像个赶脚的。三十岁时虽然出于压力结过婚，还生了个娃叫虎子。有人说他那叫“政治联姻”（媳妇是县长外甥女），可他和媳妇老尿不到一个壶里，只好离了。都三十五岁了，一个大厂的总厂长，工作时千军万马，回到家冷炕冷灶，孤苦伶仃。这会儿国家、社会和厂子都闹好了，闹正规了，金雷文的家庭问题也应该解决了。没个家庭，像没个后方基地的弃儿游子。刘书记讲：“大伙都应该帮忙，都应该同情他。”

这一生养母铁五妞是他不小心的病——他的累赘和“气包”，摊上这茬口，没法，她是娘嘛。养父金老三不也是累赘嘛，拐着条腿，全仗放养十几只羊混吃喝，爬山够呛，再老就动不了了，还得靠养儿子。还有那个挂心一生、日夜思念的二姐彩凤不也拖累他一生吗？雷文命苦，荒草丛野藤上结下的一个苦瓜，从小亲人失散，找姐姐，找祖父，找生父，找养母二姐，好像一生都在找亲人。这一趟川南滇北行他要干啥？找人嘛。当然名义上那是开会考察传经送宝的。组织上对此讲得公道全面，厂党委刘兴书记放他过来的，他也是一片好意。他小蔚州是个极清廉的人，自己花钱坐在飞机上、长途卧车上常常扪心自问：花公家的钱坐飞机出来找人你这叫啥？北京飞重庆一次，重庆飞贵阳转西昌又一次，这是第三次了。这一次他是有备而来的，来之前从几处亲友那里得到信息，知道奶姐姐的准信了，她在西南大钢，通过组织关系，过过公函，通通信，打打电话，不就联系上了，可是偏偏没找到。奋斗多次全然没得到那个福分，阴差阳错没办成，只有他亲自跑一趟了。人到场与人不到场不一样，跑拐了腿也情愿，不是鼻子下有个嘴嘛。

入夜，电视里的《新闻联播》过后，劳累了一天的总厂长金雷文正靠在宾馆的沙发里休息。他是为参加西南片冶金工作经验交流会来这里的。这里是昆明，他们沉沙厂高炉吃小料炼出优质铁的经验一出口便引起了震动，他是被昆明钢厂邀请来传经送宝的。

"叮叮叮！"电话铃响了，夜深了，都九点了，这是谁呢？

"谁？我是口北来的金雷文，您是哪位？"

对方是个女人，应了声，声音好熟悉，"啊！真的是她——姐姐彩凤！"

金雷文嘀咕着，急剧地思索着，不敢相信自己的耳朵，十几年没听到这声音了，这声音太熟悉了，又不能不相信。来前一位当工人时的好友找他聊天，说他印堂特明亮，主大吉，有好事。

他心神恍惚，应验了吗？半信半疑。

"你是谁？请明确回答，你是二姐吗？彩凤吗？哭什么？！"

"我就是你姐——金彩凤，没想到吧？没想到我会在这里等着你，我打了好多个电话，这会儿才找到你。"这是话筒里那个女人的回音，抽抽搭搭还在哭。

确实就是她，找了十几年的她！这声音是她的，没人开得了这个玩笑！"姐，姐呀，我是文娃子，我是文娃子呀！"两处的电话听筒里抽抽搭搭抽泣成一团，泣不成声了。"姐，你莫哭了，咱们都不应该再哭了，说正事才对，要笑才对，咱们又要见面了。算起来十五年没这样说话了，那会儿在蔚州城南厂门前路上你被硬性弄走，打那会儿……"姐那里只有抽泣声没有答语，他这个男子汉倒成了絮絮叨叨的妇人，抢着在说悲欢离合。

"姐，你在哪儿？你也在昆明吗？还是在另一块地儿？还是在附近一个什么地方？我要马上见到你，马上，马上！"金雷文这样肯定地说，此后的一段时间只闻哭声。这个小蔚州呀，像儿时的那个娃急不可耐了。

雷文说："在西南大钢开会时，我找过你，可你们单位太大了，没找到，就被人邀到这里来了。办完事，我准备二次去西南大钢找的。"

接下来仍是雷文的哭诉。

她在哪儿？他又在哪儿？两块地儿还是一块地儿？一头雾水。

“我是在昆明，但没在你身边，没办法马上见到你，离你远着哩。你所在的是昆钢招待所，在昆明北郊，那里属于郊县，我所在的地儿在滇池西面，怎么能立刻见到？”这是姐的声音，说着说着又在哭，抽抽搭搭的。

这会儿雷文再三听声音辨认，细心认真地辨别起来，就是姐——彩凤，没错。就是心上人，一点没错！真像彩凤说的那样，一个北郊一个西郊，短时间如何见得上面。姐弟分别这么多年，彼此两家的情况又不清楚，天南地北各居一方，他也不解，彩凤既然来找自己，既然知道自己的住所，何不到昆钢直接来找他？何必住这么远，何必先通电话，又是在这个钟点打来电话？雾水，雾水，一头雾水呀！太让人难琢磨了。这么大的总厂长像傻了。情况可不是十五年前了，情况可能有很大的变化，情况太复杂了。小蔚州惆怅万分，只能牢牢抓住电话，通话的声音可不能让它中断呀，一句话值千金！只能相信对面的女人就是奶姐姐彩凤，顾不了许多了。

在滇池西的金彩凤或许也是这样想的。“咋早不打电话？饭后人多，早打不方便嘛！”这都是实情。

一年后雷文才知道，彩凤住的地儿是云南省的一所艺术学校，她住在女儿的学生宿舍里。女儿就是他俩的小丫头葛文心，当妈的还对女儿保着密。

“我找你找得好苦呀……”这是姐。

“我也一样，找你找了十五年，这里的地儿找遍了。”这是奶弟弟。

雷文在电话里听女人叙述：“我说的是现在，我从家里跟着你来了昆明，先找到这里的市重工业局，又找到云南省的化工厅和重工业厅，最后，才从这里的钢厂查找到你的行踪。晚了，晚了，再找过去那里下班了。谢天谢地总算遇到几个好心人！后来又找到你住的这家招待所，找到了，说你住下了，但又晚了，说你被一位管生产的厂长请走了……”雷文从彩凤的倾诉中了解到这个姐确实也在急着找自己，费了不少劲。

“你知道这十五年我找你找了多少地方吗？从北国找到江南，又从显赫营、赵家蓬的‘小三线’找到川南的‘大三线’。那时找你，得先找到你家的葛存义——唉！我的那位做得稀的师傅。国家冶金部，国家的有关省里的市里的国防工业委让我找遍了，大部委找了不下七八家，本地区的部门和有关厂子矿山更甭说，几乎年年找，有个机会门路就去打听，找遍了，哪儿哪儿都碰壁，把人找疯癫了，简直是大海捞针哟，总没有捞到有用的信息！”

难呀，实在是难呀！这得要花多少年多少月的工夫，跑多少冤枉路？难道真上天了！

金雷文几乎是哭着对着电话说这番话的，当然彩凤也哭诉着委屈。弟姐俩这时不是犯傻吗？顶顶重要的不是得先约定好见面地点嘛，啰唆这些干啥？实在是犯傻嘛。

这天夜晚，金雷文和金彩凤这对情侣在昆钢招待所客房的电话中哭哭啼啼地打了接近一个钟头的电话，若不是服务员不好意思地来敲窗户——说有个长途电话急着用这条线路，或许还会继续打下去。承蒙昆钢领导的热情招待，转天正是云南大理举办的“蝴蝶泉情人节”，要举办五天，主人热情地问：“要不要去开开眼？新鲜着哩！”“要的要的。”雷文高兴地应着。昆钢派了一部轿车把雷文送到大理。头天晚上通话时，雷文邀他姐姐彩凤凑过去，怕她走丢，见面地点嘱咐了又嘱咐。这才引出俩情侣蝴蝶泉会面的曲折故事。会面接头走了弯路，谁叫他俩都那么匆匆忙忙，这叫好事多磨吧。

第二天，雷文给本厂沉钢总厂秘书打了个电话，了解了下分厂车间的生产运转情况，又安排布置了一番，然后给刘兴书记挂了电话，汇报了开会情况，说应昆明钢厂之邀去该厂参观交流经验。这一天他还利用半天的时间，转了昆明的商场，置办了些衣物，心登时沸腾起来，准备好好装扮一番。

梦，梦！这两天小蔚州雷文恍恍惚惚地在昆明街上、在招待所里一直做着梦。好哇！梦了十五年，要醒了。总厂长像是疯癫了，像个要入洞房的新郎官，像个新婚三天要回门的姑爷，觉得这江南城乡到处是鲜花嫩草，甚甚都好。

残冬的梅花花更美，蝴蝶泉边又一春。这是一句古话，今天在这里应验了，正应在俊婆娘金彩凤的身上。徐娘半老好事一桩，她也忙忙乱乱地做着当新娘子的美梦。

这是阔别十五年要见的彩凤啊！这一路上奥迪车上的金雷文的心咚咚地跳着，其实也是庸人自扰，自我躁动。凤儿又没在眼前，凤儿在哪儿不知道，离别十五年了嘛，他意识中这个彩凤的丑与美都是虚幻的。凤儿不是在滇西哪个处所，也是在去大理的路上——火车上还是汽车上，还是早到了大理蝴蝶泉，一头雾水。彩凤懵懵懂懂来了个电话，电话太突然，后来又被硬性掐了，放电话又太匆忙，只约定了个蝴蝶泉中心花坛见面就撂了，蝴蝶泉在哪儿，手持何信物，就更让人糊涂了。想弄个究竟，前天深夜和今晨又急着打电话联系，晚了，费了不少劲终未联系上。到此他十分懊悔，为什么前天晚上没去求昆钢的那位副厂长，为什么非到蝴蝶泉，在昆明市区约个见面地点不更稳妥吗？晚了，又晚了，摸着瞎来到要去的这几百里外的大理，蝴蝶泉在哪儿还不知找到找不到。

屈指算来，凤姐已经接近四十岁，对女人来讲四十岁啥概念？半老婆娘嘛，也有人称作“黄脸婆”嘛。说不清兴许像沉沙有的婆娘那样弓腰驼背一脸褶子。不考虑这个问题不实际，几万人大厂的总厂长，也算上层人士了，又才三十多岁的壮年期，当然要考虑这问题了。这里情况又特殊，遇到雷文这样一根筋的痴情郎君，没得法，他若不是“从一而终”，这么多年疯狂地找彩凤，也不会和前妻那么别扭。在他的脑袋里：“就她了。”没有岔道。这是讲的相貌上的年龄，奶姐姐彩凤永远是最俊最俊的女子，是貂蝉，是西施。这么多年，在他的心目中，彩凤的俊与美还是丑与老并不重要，要找回的是她那颗心，彩凤不光是姐也是媳妇——没过门的媳妇，而实际彩凤始终把他当成可以托付一生的丈夫。这么说他一直把彩凤当成老妻了，老妻的美与丑无关紧要。这说的是感情上的年龄，雷文心里的彩凤永远是个美人，美妇人，定格，定格，漂亮煞了，心灵美，体态也美得顶破天了。

雷文对奶姐姐彩凤相貌的定格在姐弟俩一次结伴出行上，好像在昨天，思谋起来像是在多年前的一天，就像是在眼前，在一起回蔚州在大货车上出洋相的那次吧。

好像五月初，那次她破格地打扮了，那可酷煞了，过去怎么样？用自己的话说，那叫老母猪去赶集家里外头一身皮嘛，车上的那会儿变了个人儿。麻子老葛扔给她半穿半披的棉大衣里的她一身浅颜色的紧身小裤褂，袄是粉红色的，裤子是军绿色的，艳丽又得体。白力士矮腰胶便鞋，偶尔探头袒露的那对裹着白袜子的脚似一双玉藕，还围了条白底蓝红印花的薄纱巾。在沉沙，那是顶顶时髦的。头巾蒙头盖脑到脖颈垂着围的，连她那硕长的大辫子都盘藏在脑后（按道理她是俩孩子的少妇了，不应该留辫子了，那准是为给他看的）头巾上三四朵盛开着拳头大的红玫瑰爬满了她的头颅，围巾在下巴处打了个结，是蝴蝶结，把凤儿的大方脸点缀成了瓜子脸。麻子老葛可不注意妻子的打扮，他的心思完全放在那次蔚州行能弄回多少粮油来了。那一年她刚刚三十，雷文自己二十五，都是那个年岁，又有金童玉女定姻缘的那层关系，这是干啥呀？弄得人眼花缭乱。现在想起来他脸上还火辣辣的。姐会老吗？变成个啥模样？……不会老的，永远还那么年轻，像一苞水儿。小蔚州美美地想着。

路上没多少要说的。从昆明到大理再到蝴蝶泉，一部奥迪一名司机和一个他，飞车越谷，腾云驾雾，一路无话。路况又好，半天的车程。江南又怎么了？沉沙是个山沟子，这大理的蝴蝶泉地区不也是山沟子吗？连那昆明市啥模样也没给雷文留下多么深的印象，连那金街也模糊了，满脑子都是“玉人来”的凤儿，匆匆而过，他的思绪都缠绕在找亲人上了，满街满巷子的人，尽是些女人，凤儿的一张张脸。昆明到大理也就是那么几条普通公路，也弯弯曲曲，像似沿着湖畔而行的，这里叫洱海。半天的车程，半天够长了，挠心不得行了。小蔚州迷迷糊糊到了蝴蝶泉，哪会儿进了大门，哪会儿穿过阔绰的迎宾街，都不知道，成了糊涂蛋，在司机师傅的帮助下很容易地找到了预约好的中心花坛。

“人在月下混，单等玉人来。”这诗句不对吧。

“到了，到了。人呢？”他说的是金彩凤，满脑袋里尽是金彩凤了。

这里的语言听不太懂，半普通方言，像到了境外，到哪儿了？多数是些招揽生意的驴客、掮客。奥迪司机也跟着活跃起来，介绍了些当地的故事和土特产品，说哪种龟汤是壮阳的，哪些药叫“金枪不倒”，哪些鹿皮铺在身下怎么怎么好。司机一指一幢即将完工的大楼介绍道，将来可以接待外宾，驴客也好，掮客也罢，雷文均不感兴趣，当然奥迪司机也介绍了些有用的东西，一些风土民俗，还介绍了些当地小伙子与美丽的姑娘幽会的美好传说。雷文只是出神地听着，心始终没离开过那个凤姐。

雷文这个一米八个头走南闯北出过洋见过大世面的汉子今天也怯了场，没到达中心花坛时恨不得一步迈到那儿，抬头转脸见到心爱的人，抓到个金彩凤。但是等到了潭边又望而却步，唯唯诺诺，四处张望着。人来人往，美女少妇如云，半老富婆富姐，好像到处都有彩凤的影子，好像又都不是。人呢？彩凤呢？金彩凤在哪儿？他六神无主了，两只脚像上了绊子轻轻挪动着。开头奥迪司机帮忙找，这会儿司机早被他婉言打发了。

三月三蝴蝶泉，对对情人肩擦肩，花儿香，伞儿展，双双人儿坐毡垫，果然到了伞的世界，花的世界，果然是城市见是不到的另一番景象。这里幽会的地方太多了，方才奥迪司机还介绍过这里前有鸣溪谷，后有云水间，迎面有雾山云海，太多了，太多了。

放眼望去，泉边树下到处闪着并肩贴脸的影子，揽的，抱的，亲的，让人不敢再看了，啊！太解放了。小径上一对情侣相携相伴着走过去，树下甜甜蜜蜜地坐着对对恋人。啊，咋了？咋了？咋会这样？我的凤姐在哪儿？

慢慢腾腾地在这里绕了两圈了，总没有望到彩凤的影子。他可以驻足打问一下吗？也可以到树下、伞下近前认一认嘛，都不行，语言不通，怎样问呢？再说又过了这么多年，要找的人高矮胖瘦、穿的啥戴的啥一概说不清，摸瞎打听不是瞎子摸象吗？一旦错过，再出误会那还得了？不丢煞个人！在他这领导几万人的大厂长来说是抹不开面子的。

彩凤是不是在故意躲避自己，故意不露面？那也难说。要么是会面地点没说对，那么急急忙忙说的——是蝴蝶泉还是鸳鸯地？这地儿有几个蝴蝶泉，据说这里的这座蝴蝶泉方圆数里，谁能说得清记得清哪个地儿。

他有自己的主见，彩凤不是那样狠心的婆娘，又熬煎了这么多年，不会这样耍下去的。

噢，有了，那里像是有个女人向这里张望，是凤儿吗？有些像。

雷文驻足朝一处假山背影处望去，假山左侧站着位高个子女性，或许是戴着草帽的缘故，脸面和发型看不清楚，一身紧身的短袖白裤褂，下着白鞋——或是草编拖鞋，修长的长臂上套着一双淡青色的网织防晒袖。转脸间才看清是戴着墨镜的，看不清脸。她手中还拿了把折叠洋伞，洋伞仰撑着，斜挎着个深颜色的腰包。好在对方站的地势高，看了个全身——取得了完整印象。

“同志，在找人？”耳边传来个纤细的声音，兴许是那位女士投来的。

“是，是，是找人。”雷文拘谨地应着，就是看到像姐——确认了是彩凤，也不敢贸然相认。

雷文凑前着打量起这女人；从穿着打扮上明显是个职业女性，但辨不清年龄，看不到眉眼，戴着墨镜嘛。他徜徉间猛醒，那一米六七的个头，在江南女人中是少见的，腿长像两根钢柱子，兴许就是她吧。他想近前细看又不敢移步。

其实这位女士早发现了雷文，才有了刚才的问话，也在那儿轻移莲步，兴许同一种心态，想认又不敢认。

雷文这时才发现是自己的疏忽，怎么前天晚上通话时不做个什么记号——拿着接头物件，懊悔不及。

这妇女张望什么呢？咋就不把那副宽边墨镜摘掉呢？想到这儿，他猛然醒悟，女人打扮了，男人何尝不是呢？他觉得好笑，笑着也上下看着想着自己的装扮，一米八五的个头上套了一套进口布料的休闲装，这是刚买的，为这次幽会准备的。一双和衣服同色系的轻便鹿皮凉鞋，头上也戴了一顶港式长舌帽，鼻梁上也架了一副宽边墨镜，又捉了把高档折扇，嘿嘿，这扮得像啥？港客嘛。他过去也穿过白色的行头，那是帆布工作服外加宽边墨镜，那是抢修高炉、焦炉看风口用的，这会儿的洋装洋样不是让女人看嘛，显得洋嘛帅嘛年轻嘛，这举动对错当作别论。想到这北国来的总厂长急忙摘下墨镜。

2

憋了许久，中心花坛旁的这对男士女士终于凑上前说话了。

“请问这位大姐您是……你是西南大钢的吗？”男士贸然问。

“我是，是——西南大钢来的，你是哪位？”戴墨镜的女人在答，她不自然地扶了扶墨镜。

“河北沉沙钢厂厂长金雷文，请多关照。”雷文甩出公关语调，亮明身份，不自然地端详自己，笑了，又觉得滑稽，没了那副墨镜倒觉得转松自在。

“大钢公司医院护理部来的。”她把医院护理部说得很响亮。

口气变了，像叙家常，“也是从北方过来的？”

金雷文套起近乎，“请问大姐贵姓？”

“免贵姓金，金彩凤。”

“啊！找到了，找到了！”原形毕露的雷文高兴得跳起来，吼道，“你是二姐，啊！找了这么多年，可让我找到了。”

登时泪珠夺眶而出，雷文的心扑通一下落了地，他像到了家——回到了久别的大金家村（觉得是在村子西口公路边），又见到久别的二姐了，谢天谢地终于找到了：“姐，我找了你十五年啊！”他抱着忐忑的心境移步扑上去，失态了再也不是什么大企业的厂长，他又回归到十几年前的文娃子。他磕磕绊绊地抓住了她，姐弟俩拥抱在一起。

他是跨越了两步台阶扑上去的，全没有注意到脚下石缝里流着的水，弄得一踉跄，险些栽倒，失态了。

小蔚州真的失态了，真的。那是啥也不顾了，像三十几年前扑向三奶奶的那个娃子，那是寻奶吃。这里不是养母是姐，他把姐又一次当成娘了，苦命的娃呀，找到姐了。像二十多年前在崖头草地那样，抹着泪。

女人先是拉住了男人的手臂继而拥抱他，搂抱当中，女人验证了自己的感觉，他是她的文娃子。娃呀，姐呀，苦呀，十五年了。

“文娃子，你是我的文娃子，文娃子，文娃子……”女人捶打着男士的背，泣不成声。她也是在这里转悠几圈了，急得火烧火燎，这会儿的心扑通一下落了地。这女人既喜悦又复杂，更癫狂，更像嫁出的女儿回到娘家。

“文娃子，咱们不是做梦吧？”她两只眼直勾勾地盯着他。他感觉到了，她在颤抖，自己也跟着颤抖着。

“不是的，不是的，姐，你掐掐自己的皮肉，是在现实中，是在人间，了十几年，终于找到了，见面了。”

“文娃子，姐这傻妮儿，哭过不知多少次，那一回哭得眼肿了好几天，光怕再也见不到你了，见不到得的话，姐怎么活？”

“又说傻话，不都活得好好的吗？你兄弟壮着哩，前些时一口气爬上了鸡鸣山，不信就试试看吧。”

“小坏蛋！”女人猛地捶了男人的背一下。

他和她互相捶打着，抹着泪，像早年孩子时的年月那样。多么贵重的一刻呀！

“我们都没死吧？”女人懵懵懂懂地问，越发滑稽可笑。

“都没死，都没死，活得好好的，活到了这一天。”男人问女人，“咋说话这么丧气？”男女破涕为笑了，男人顾不了周围许多，冒冒失失地在她那张粉脸上亲了一口，先亲了她的腮——还像从前那么鲜嫩的腮。女人被亲晕了，她和他亲得黏成一个人，她像闭过了气，她的脑袋里霎时腾空，仿佛又回归到大树沟苦别的年代，不自然地想起了她俩的宝贝——爱情的结晶葛文心。他俩是啥关系，早不是大金家村儿时的姐弟了，他们比情人还进了一步，她就是他未过门的媳妇，他早是她的未婚夫了，他们是离散多年、找了千遍万遍又聚合到一起的地道的一对。恍然有隔世之感。

哭诉多年离别之情后，捉住姐的手臂，晃着姐的肩，小弟弟又埋怨道：“开始特区不让随便通信，解禁后为什么不直接给我写封信？”

“写过不是一封，都退回去了，那时老葛在世，实在困难……”又骂了句，“那个醋罐子。”

“你不是跟武金凤通过信吗？”男人反驳，在责问。

“那时你还没离婚！和托过金凤大姐，人家不愿掺和。”又道，“再后来你离婚的事儿我不知道。”

还能说什么？阴差阳错，处处有卡，都是误会造成的，或许这又是命中注定吧。不再追问了，事情都过去了，反正不是好了吗？

“老葛死了，死了两年了，那个挨千刀的东西做得稀的，咱们重新开始吧。”女人诉说着，骂着，追悔着。

“那当然，好不容易等到了这一天。”男人说着，又次搂抱住她，抱得更紧，像逮着雀的娃子，牢牢地抓住，光怕飞了。男人是有过这样的担心的，要不这么疯了似的各处寻找。四十岁的女人，保养好了还是朵花，鲜嫩鲜嫩的。花周围蜜蜂又多，谁知哪只不长眼的工蜂逮着就咬一口。

他们相偎着诉说着委屈，互相拭着泪。雷文像回到了孩童时代。

她也有对不住他的地方。老葛死了不是两年，是五年，三年的头上她戏剧性地嫁过一次，嫁的也是个老头，也是位戴帽翅的。这人不光图她年轻漂亮，还看上了她是护理专家，有想法。老头是附近郊县里的，她去了就当太太，前呼后应，批金挂银，生活条件相当优越。但她只去了一周就跑回来了（据说是按照当地习俗是试婚，不算结婚），跟单位里和亲戚朋友都没声张，跑回来就再没去，来车接也不去，从此断了，断了两三年了。这事她瞒了雷文，瞒得很严，其实雷文不在乎。

解放了，解放了，奔腾呼号着。他们俩也都清楚，这里是边远地区少数民族聚居的蝴蝶泉，言行奔放行为无羁，再也不是封建礼教习俗流毒深重的钢城南区那间囚笼小宅院。自由天地，山高皇帝远。

湖光山影，繁花似锦，绿树葱翠，泉水淙淙，这蝴蝶泉确实是个幽会谈情说爱的好去处。在这里本地村寨的、客居的、外地来的几十或几百对身着民族服饰，流行时装的情侣或躺卧在万株密林深处或漫步于林荫道上。黄莺、玉蝉、金雀、白鹭在歌唱，千万对彩蝶在起舞，组成了满园春色和谐欢快的乐章。

“咱们也找块地儿说说话呗。”他说的“说说话”是暗示，她明白啥意思。十五年前在葛家小院的小南房里，姐弟俩第一次“说话”不就弄出个小丫头文心吗?

“听你的。”女人脸腾地一下红了。

俩人相偎着在花坛的隐蔽处找了一条长椅坐下。这才彼此打量起对方的穿着打扮，拥抱着女人的男人扳过女人的脸夸赞道：“姐，好俊的婆娘，你是化了妆吧？和从前同样漂亮，差一点让兄弟不认识了。还戴了副墨镜，神气十足地站在那儿闷着，好吓人哟，兄弟想上前搭讪也不敢。”

女人撒娇地答，“真的吗？真心话？姐怕自己老了，俺家的文娃子见到不认识，兴许以为是哪里的老太婆呢，所以才化了妆的，漂亮呗？好看呗？照十几年前的样子化的，其实也没啥，只是擦了点儿粉，拿了两件时髦衣服换上，借了顶草帽扣上，别的年轻妮子又拿来一副墨镜让我架上。平时我是概不化妆的。”说到这儿心事重重地又道，“都四十岁的人了，化也是这样，姐是老了吗？”

雷文忙搭腔：“姐可不老，咋个会老呢？还嫩的很呢，一点儿不显老。”雷文继续这样补充奉承着，“在我金雷文的心里姐永远是年轻的婆娘，要不找了这么多年还要千山万水来找你？我不也一样老了吗？”

听到这儿，女人彩凤也急忙扳过男人的脸，端详了又端详，不无遗憾地叹息道：“是的，也显老了，都有白头发了，这么多年不容易，愁的吧？”

彩凤又道：“不过在姐的眼里，你仍然是姐的小帅哥，棒小伙子。该死的麻子老葛，作孽作威了这十五年，好端端的一对——一个家让老东西给拆了，耽误咱都成了二老汉、老太婆了。当年真没法。咱们也好，老夫老妻了，凑到一起过咱们的，乐和晚年呗。”

说到这里彩凤倒严肃认真起来，板起脸征求意见道：“文娃子，姐郑重其事问你一句，真不嫌姐吗？不嫌姐土吗？掏心窝子说真话！”

听了此话，雷文有些莫名其妙，虎起脸道：“你说呢？你金彩凤说的哪里话？我不喜欢你，坐飞机坐火车绕了一个大圈又一个大圈来这里干啥？给飞机火车找买卖吗？再有这个心再这样问就跟你急了。”

彩凤认真听着，先是面带愠色，继而眉开眼笑。雷文再看彩凤——大美人一个嘛，左看右看上看下看都好，都称心如意，这蝴蝶泉找不出第二个，天底下也找不出第二个了。照雷文童年的一位好友莫义平的俏皮话说，那叫龟爷看绿豆——对眼了。

其实，女人心眼就是多，思想也复杂，有些话她这会儿不跟他说，他真的爱她吗？得考验他一段时间。前天晚上在电话里，当紧的话不都说了吗？那一个多钟头的时间，谈到了他们俩正式结婚，婚后调到一起，谈的是真情实感，谈了双方以前家庭遗留的孩子的工作、生活问题，谈得很具体，一一协商了初步意向，这会儿又提起来，也真的是招人家烦，招人家雷文不高兴。

对金雷文来讲，这会儿最重要的是还欠债的事——那就是“说话”。找到她了，如愿以偿了，还要把她调回老家。他怪姐磨叨，自己在老家站住脚了，在那个位子上，不一切都好办吗？这一会儿为啥还啰啰唆唆？

“啊！有了家了，有了媳妇了，应该享受了，应该舒服舒服了。”这个雷文疯了，毫无顾忌地把彩凤压到身子下。

金雷文金彩凤这对早有婚约的老情人，在大理洱海岸边的蝴蝶泉享受到了人间欢乐，享受到了应该享受的生活。尽管这生活耽搁了多年，谢天谢地，总算有了个好结果。这对丧偶离异的自由人在这锦园丛林里，如鱼得水、海阔天空、无忧无虑地度过了三天两晚，

美酒，佳肴，音乐，一处处的小桥流水，一处处的锦园密林，有莺歌燕舞穿梭其间，有心上人相依相伴，说不尽的甜言蜜语，说不尽的掏心窝子话。特别是俩人在一起享受生活时，再也没有人像从前那样查岗盯梢，像喝了一坛蜜，逮了

一顿可口的米糕，美呀，甜呀，痛快呀，放松了，敞开心扉了！江南真是个好地方！

雷文变质了，腐败了？可不是，和平年代享受生活一点儿错也没有。创造财富，享受生活，他摆布得体，生活总得有张有弛嘛。

来之前，他作为干部参加劳动，穿起帆布工装和工人们一起战斗在高炉前、土烧结窑前。战高温，夺高产，鏖战了十天，闯过了双百吨大关，向地委报喜，那是有力地支持了全地区的产业呀，全区人的大喜事啊！这时雷文的心情比那时还美，佳偶加佳绩，双喜临门呀！天庭有多么美，龙宫有多么富丽堂皇，小蔚州不清楚，可在这蝴蝶泉的美好时刻，他可算亲自尝到了，心儿飞上天了。

时间虽短，浓情厚谊，幸福生活让金雷文乐得乐不可支、乐不思蜀了。女人的心总是很细腻的，这三天，连吃什么饭、喝什么酒、听什么音乐、爬哪座山，逛哪一处美景、逛哪一处庙，都是这个情人姐精心设计的。现在的彩凤再也不是从前遍山坡赶牛羊粗门大嗓的彩凤了，而是念过医学院的护理部主任，粗通医学，精通护理学，懂些音乐和美术，又美若天仙，步履飘飘，使雷文感到她是个理想的伴侣。囚禁了人家良家女子半世、醋坛子酱罐子半生的麻子葛存义为革命献身，为名利耗尽筋骨，也过早地安眠在攀西大峡谷，一切享受没他的份儿了。坏事办尽，但他也给他的情敌金雷文留下了这么一个大美人、好妻子，还有一条根葛文心。彩凤一点也不显老，额头上还找不出几条额纹，方方的脸庞，弯弯的眉毛，这把年纪了还留着一尺多长的披肩发，水灵灵的大眼和小小的朱唇，华丽入时又不显风骚的服饰，让人咋看咋可心。

美人就是美人呀！更奇怪的是她还保持着高挑匀称的身材，没有中年妇女那常态的大肚子。这是她坚持练瑜伽、长期涂抹当地一种花粉的结果。尝过黄连的人才能体味到蜜的甜，他枕在她那富有弹性的大腿长臂上仰望蓝天白云皓月，特有种孩童般的安宁感觉。小蔚州深深感到等彩凤没有白等，找彩凤找了这么多年，找对了。彩凤热情奔放的修饰打扮，是往金雷文的嘴里灌蜜。那又有什么不可？对着哩，对着哩，他不光是情人，早年还是弟弟嘛——她抱大背大的他嘛。他等了这么多年，为她险些被砸死、打折了腰，找了她那么多年，受了那么多的罪，因为喜欢她嘛。他的事业发达了，就等于她发达了，自己是他的姐嘛。现下他发达了，当了大企业的领导，有职有权，跟了他情况不挺好吗？这叫乐享其成、花好月圆。

讲起这个凤儿和文娃子这对姐弟的情况是笑话，这俩人也蛮有意思，女人应该依恋男人吧，可那男人小娃子依恋他姐更厉害，依恋得人不敢信。金雷文拿奶姐彩凤不是当妻子，更多的是当姐当娘，他是她抱大的嘛。在处理家庭事务上他也是楷模。他们的好朋友村主任的二小子莫义平有这么一段话：俺住院就住在彩凤当院长的那家医院了；爹得了怪病原定是进京城看的，可京城的医院住不起，只好在沉沙住，跑到京城凑合着看，就住在她家，所以她两口子的那点事儿咱是一清二楚。甭看雷文那个管几万人大厂的厂长在外面是只虎，回到家就成了只羊了。更准确点儿讲，成了个娃娃，甚事也需要人照顾的娃娃。彩凤回到家仍是姐是保姆，也是家庭主管，像大观园里二奶奶王熙凤那个角色。雷文八小时内在厂里车间里办公，八小时外回到家里接待上访的、看文件、看书、看报，还离不开办公，忙得彩凤成了全职保姆兼半个秘书。她说过，她是他的媳妇，更是他的姐嘛，自己不心疼谁心疼？这都是惯的，从小就这样。

雷文是出了名的忙人，整天一上班就忙着去开会，忙着下现场处理生产上的事情，有时急着出差，被地区被县里叫了去办别的事。整天出门穿什么衣服，提什么文件包（或工具袋）也要彩凤操心。雷文也不装样，把彩凤真当成姐了。如果他们夫妇在一起时，又有生人在场需要介绍，雷文总指着她说："这是我姐。"很少听他说是他爱人或他老伴或孩子他娘。他不光表现出对老妻的尊重，还表现出绝对的民主。

在家时见来了客人，是找彩凤的，雷文也抢先倒水递烟给人极好的印象。说起小时候，莫义平也说得蛮有意思，金家是大姐姐小弟弟，雷文既是他奶母三奶奶养大的，也是彩凤二姐抱大背大的。人前雷文懂礼貌，那是彩凤带出来的，雷文身上的一些坏习惯（如任性、耍蛮）那是彩凤惯出来的。雷文和别的孩子一起耍，别的孩子吃了亏来告状，也是先找二姐彩凤的。雷文打小不光离不开彩凤也是怕彩凤的，有个例子可信也可以不信。小时候雷文吃饭时不吃酸菜，爹说不行，娘也管不了，后来吃了，据说是二姐彩凤拿筷子打出来的。

俗话说家有严妻不做横事，在金家小院应验了，雷文一生办了不少好事，从没有在家里收过礼，还多数是这个姐给挡下的。千辛万苦，找彩凤找了这么多年，有谁说找错了？

再说俩人都是四十上下的大人了，不再是贪玩的孩子了，他俩的政治觉悟高，还都得吃政治饭嘛，思想不含糊。这次相会除了情呀爱呀，还谈了他们两家的娃（当然谈得最多的是他们俩的爱情结晶文心）和两地的一些风景趣闻，又谈了些与思想政治有关的事，那时还时兴"政治第一，思想领先"，人家彩凤有时还显得比雷文进步。

这事得从好姐妹武金凤扯起，后来又扯出另一个女人来。彩凤是抓政治思想工作的，近日去成都开会，在招待所里碰到了河北来的一个姐妹，原先不认识，后来认识了，是位女作家，叫英昌，正在写一本反映抗美援朝英雄事迹的书。她从这位女士的嘴里听了好多感人的故事，几次听着听着流出了眼泪。彩凤应下了帮助收集资料，还说出版后会帮忙推销。

雷文还准备从京城和外地引资。谈到引资，这个唐山矿冶学院的高才生金雷文雄心勃勃，壮志凌云。前些日子他参加了行署专员组织的半坝地区经济开发考察团，他带领一个小分队在狼窝沟到战海一线沿坝头住了一周，逐路段逐村考察访问，提出了修建一条“绿顶天路”旅游经济带的建议。

沉钢不是日产超百吨指标达标率逐年上升吗？金雷文干得好好的，还折腾个啥？可不是，居安思危嘛，农药厂撤了，化肥厂关了，酒厂也限产了，今天的钢厂还轰轰隆隆热火朝天，谁知道明天呢！东面的大湖波光粼粼，问明天还这么平静吗？不好说。这不都是吃咸萝卜操谈心吗？咋说不是。这天夜里这对中年伴侣聊到很晚，聊着聊着鸡叫了。

好景不长，幸福时光匆匆而过，总要遇到点小插曲，遇到点小的干扰，其实不是干扰，是喜讯。三天的假期快结束了，最后一天雷文、彩凤回到宾馆后，迎面是昆钢的小车司机在等他们，递给金雷文一张沉沙来了电话的条子。原来是金雷文原来的单位口北沉沙钢厂有要务催他赶快回去。小车也来了，就是专门接他的，第二天他赶到昆明，下午的飞机，连夜飞北京，转车沉沙。

对金雷文来讲，这确实是大好事。来昆明之前，为了污水治理，钢厂转产——新兴的转产项目稀有金属建设项目批下来了，省里要拿建厂的实施意见。这项工作是金雷文具体抓的，行署主管专员批示，要沉钢一周拿出意见，第二周周三上行署办公会议。厂子这么大的事，行政一把手当然要冲锋在前了。

人走时运马走膘，所有的好运气都让小蔚州金雷文赶上了。两个月后，他飞回西南大钢和金彩凤正式结了婚。仨月后把妻子调回了沉沙镇。金彩凤爱岗敬业，工作勤恳，业务娴熟，后来被安排当了县医院的副院长。

沉钢下属的稀有金属工程半年后正式上马建设，开局良好，进展快速，挂帅这项工程的总厂长金雷文立了新功，得了奖。

由于工作成绩卓越、工作的需要，沉沙县要改成沉沙市，在改县进市的建制人事安排酝酿中，金雷文被推举为副市长。

金雷文也有他的心病，他的爷爷忠烈老汉还没找到，爷爷若活在世上的话七十有三了。金雷文安排时间周五上了南山龙泉寺，顺便回了趟老家大金。

正是：

南来的雁，北去的雁，排成人字排成行，“吱吱”“呀呀”过大江。

花儿好，月儿圆，美酒佳肴加银圆，金光大道西天上，出大力，流大汗，班后闲。吃饱喝足茶水端，讲段故事莫求全，就当逗你玩。

什么叫姐，什么叫弟，什么叫娘儿们什么叫汉，两口子都得走红地毯。

古村镇，大庄院，处处锣鼓敲，处处喇叭响，娶媳妇嫁闺女过事忙。

驴配嚼子马配鞍，老虎笼门永远关，吃饱穿暖柴米油盐，前进路上永向前，永向前。

人最重要的是情感，谁个胖，谁个瘦，谁个勤，谁个懒，高小姐最爱八戒哥，悟空爱逗着八戒玩，日月如梭，光阴似箭，稀里糊涂又半年。蜜罐里莫要不知甜，莫犯糊涂惹心烦。

北国的风筝南国的船，北方吃咸南方甜，南国要龙舟北国玩旱船，万家欢。

孰道沙河能行船，吃饱喝足闲扯淡。莫较真儿，抠字眼儿，翻账单，人间哪有这么多大实话，高高兴兴又一天。

花儿好，月儿圆，花好月圆庆团圆，彩蝶双飞水面舞，劫后余生更香甜。

后　记

在本书的写作过程中，我得到好多热心人的帮助，尤其是张家口市前市委领导同志的鼓励和指教，关键时刻帮我迈过一道大坎儿。我也从河北省图书馆和石家庄市图书馆组织的公益活动中汲取了营养。在本书的写作过程中帮过我的人很多，主要有李创、李文明、史进军、段征涛、郭翠英、董振刚和杜永兴。出力最大的是河北省社科院退休干部李创先生，他年事已高，在视力欠佳的情况下还帮我看稿，对部分章节修改润色，几年来多次在我最困难的时刻伸出援手。党校学友河北省农科院李文明先生，对我写作进程中的每一步都有指导，使我备受感动的是他曾主动光临寒舍，替我排忧解难。前言是求好友写的，但这位先生坚拒署名，只好遵从。

我的爱人张玉娥更是全力支持我写作。当时恰逢我家迁新居，极度忙乱之际，老伴还有儿女孙辈承担了全部家务，使我能够安心写作。尤其在我准备出版本书极度困难的时刻，“出！家里支持你，印出来留作纪念！”老伴多次说过的这句话给了我巨大的鼓励，使我吃了定心丸。

本书的出版，责任编辑尹志秀老师付出了艰辛的编辑加工工作，责任校对李鸥老师、设计排版陈淼老师也倾注了大量的心血劳动；社长、总编辑张采鑫先生几次登门与我和老伴沟通交流，协商各种细节，在此均致以最诚挚的谢意！

2018年10月